KB051839

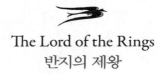

The Lord of the Rings

반지의 제왕

두 개의 탑
THE TWO TOWERS

THE LORD OF THE RINGS   PART 2

J.R.R. 톨킨 지음

김보원 김번 이미애 옮김

arte

CONTENTS

Synopsis 008

BOOK THREE

1 보로미르, 떠나다 013

2 로한의 기사들 028

3 우루크하이 070

4 나무수염 099

5 백색의 기사 144

6 황금 궁전의 왕 177

7 헬름협곡 213

8 아이센가드로 가는 길 242

9 수공의 표류물 271

10 사루만의 목소리 299

11 팔란티르 321

BOOK FOUR

1 스메아골 길들이기 346

2 늪지 횡단 377

3 굳게 닫힌 암흑의 성문 405

4 향초와 토끼 스튜 427

5 서녘으로 난 창 453

6 금단의 웅덩이 489

7 십자로로의 여정 510

8 키리스 웅골의 계단 526

9 쉘로브의 굴 550

10 샘와이즈 군의 선택 569

Three Rings for the Elven-kings under the sky,
   Seven for the Dwarf-lords in their halls of stone,
Nine for Mortal Men doomed to die,
   One for the Dark Lord on his dark throne
In the Land of Mordor where the Shadows lie.
   One Ring to rule them all, One Ring to find them,
   One Ring to bring them all and in the darkness bind them
In the Land of Mordor where the Shadows lie.

지상의 요정 왕들에겐 세 개의 반지,
　　돌집의 난쟁이 왕들에겐 일곱 개의 반지,
죽을 운명을 타고난 인간들에겐 아홉 개의 반지,
　　어둠의 권좌에 앉은 암흑의 군주에겐 절대반지
어둠만 살아 숨 쉬는 모르도르에서.
　　　모든 반지를 지배하고, 모든 반지를 발견하는 것은 절대반지,
　　모든 반지를 불러 모아 암흑에 가두는 것은 절대반지
어둠만 살아 숨 쉬는 모르도르에서.

Synopsis

이제 『반지의 제왕』의 제2부이다.

제1부 『반지 원정대』는 호빗 프로도가 가진 반지가 실은 모든 힘의 반지들을 지배하는 절대반지라는 것을 회색의 간달프가 알게 되는 이야기였다. 제1부는 프로도와 그의 동지들이 모르도르 암흑기사들의 무시무시한 추격에 쫓겨 고향 샤이어로부터 도망쳤다가 마침내 에리아도르의 순찰자 아라고른의 도움으로 절망적 위험들을 헤치고 깊은골의 엘론드의 집에 도착하는 여정을 서술했다.

엘론드의 주재로 회의가 열려 그 자리에서 절대반지의 파괴를 기도(企圖)할 것이 결정되고, 프로도가 반지의 사자로 지명되었다. 그 다음에 그의 장정(長征)—할 수 있다면 절대반지가 파괴될 수 있는 유일한 곳인 대적(大敵)의 땅, 모르도르의 불의 산에 다다르려는—을 도울 반지 원정대가 꾸려졌다. 아라고른과, 인간을 대표하는 곤도르 영주의 아들 보로미르, 요정을 대표하여 어둠숲 요정 왕의 아들 레골라스, 난쟁이를 대표하여 외로운산의 글로인의 아들 김리, 호빗을 대표하여 프로도와 그의 하인 샘와이즈 및 젊은 친척 메리아독과 페레그린, 그리고 회색의 간달프가 원정대를 이룬다.

반지 원정대는 비밀리에 깊은골을 떠나 북쪽으로 멀리 여행하던 중 한겨울에 카라드라스의 높은 고개를 넘으려다 실패했다. 간달프는 그 산 아래를 지나는 길을 찾아 숨겨진 문을 통해 방대한 모리아의 광산으로 일행을 인도했다. 그러나 간달프는 지하 세계의 끔찍한 괴물과 싸우다가 어둠의 심연으로 추락했다. 이제 옛 왕들의 숨겨진 후계자로 드러난 아라고른이 모리아의 동문에서부터 원정대를 이끌어 요정의 땅 로리엔과 안두인대하를 거쳐 마침내 라우로스의 폭포에 이르렀다. 이미 그들은 자신들의 여정이 첩자들에 의해 감시되고 있고, 한때 절대반지를 소유했고 여전히 그것을 탐하는 골룸이란 자가 뒤를 밟고 있다는 것을 눈치채고 있었다.

이제 그들은 동쪽으로 길을 돌려 모르도르로 갈 것인지, 아니면 다가올 전쟁에서 보로미르와 함께 곤도르의 수도 미나스 티리스를 도우러 갈 것인지, 또는 둘로 나뉠 것인지 결정해야 했다. 반지의 사자가 대적의 땅을 향해 기약 없는 여정을 계속하기로 결심했다는 것이 분명해지자, 보로미르는 완력으로 절대반지를 차지하려 했다. 제1부는 보로미르가 절대반지의 유혹에 무너지는 것, 프로도와 그의 하인 샘와이즈의 탈출과 헤어짐, 그리고 모르도르의 암흑군주 및 아이센가드의 사루만을 섬기는 오르크 병사들의 급습에 원정대의 나머지가 뿔뿔이 흩어지는 것으로 끝맺었다. 이미 반지의 사자의 원정은 재앙에 휩쓸린 것 같았다.

제2부 『두 개의 탑』은 이제 원정대가 깨어진 후부터 마지막 제3부에서 상술될 거대한 암흑의 도래와 반지 전쟁의 발발에 이르기까지 반지 원정대 각 대원의 각개 약진을 이야기한다.

두 개의 탑

BOOK THREE

Chapter 1
보로미르, 떠나다

아라고른은 잽싸게 언덕 위로 내달렸다. 그는 이따금 허리를 굽혀 땅바닥을 살폈다. 호빗들은 발걸음이 가벼워 순찰자로서도 발자국을 찾기가 쉽지 않았다. 그렇지만 꼭대기에서 멀지 않은 곳, 샘하나가 길을 가로지른 축축한 땅에서 그는 자신이 찾고 있던 걸 보았다.

"내가 자취는 제대로 읽어 낸 거야."

아라고른이 혼잣말로 중얼거렸다.

"프로도는 언덕 꼭대기로 올라간 게 틀림없어. 거기서 뭘 봤을까? 그런데 이상한 건, 왔던 길을 되짚어 다시 언덕을 내려갔단 말이야."

아라고른은 망설였다. 직접 꼭대기로 올라가 보면 영문을 알 만한 단서를 잡을 수 있을 것 같았지만 시간이 촉박했다. 그는 몸을 날려 큼지막한 포석(鋪石)들을 가로지르고 계단을 뛰어올라 단숨에 꼭대기에 다다랐다. 그리고 높은 곳에 앉아 주위를 살폈다. 하지만 해가 어둑해진 터라 세상은 침침하고 멀어 보였다. 저 멀리 독수리 같은 커다란 새 한 마리가 높이 떴다가 널찍한 원을 그리며 천천히 대지를 향해 내려오는 모습이 다시 눈에 띈 걸 제외하면, 북쪽부터 한 바퀴 빙 돌아 처음 자리로 되돌아올 때까지 먼 곳의 산지 외에는 보이는 게 없었다.

그렇게 눈여겨 살피는 중에도 그의 예민한 귀는 대하 서쪽 저 아래 삼림에서 나는 소리를 놓치지 않았다. 그의 몸이 뻣뻣이 굳었다. 왁자한 외침 가운데서 오르크들의 거친 목소리가 식별되자 더럭 소름이 끼쳤던 것이다. 별안간 목구멍 깊은 데서 긁어 올리는 듯 큰 뿔나팔이 울렸고, 그 웅장한 소리는 폭포의 굉음까지 덮으며 힘차게 솟구쳐 산지를 뒤흔들고 계곡에 메아리쳤다.

"보로미르의 뿔나팔이야!" 그가 외쳤다. "위기에 처한 거야!"

그는 용수철처럼 계단을 내달리고 날 듯이 길을 꿰질렀다.

"아! 오늘은 악운이 닥쳐 하는 일마다 죄다 어긋나는군. 샘은 어디 있는 거야?"

뛰어가는 동안 점점 요란해지던 외침 소리가 이제 희미해졌고, 뿔나팔 소리는 더욱 처절하게 울려 퍼졌다. 오르크들의 격하고 새된 고함 소리가 솟구치더니 갑자기 뿔나팔 신호가 뚝 그쳤다. 아라고른은 마지막 비탈을 날래게 내달렸지만 언덕 기슭에 닿기도 전에 그 소리들은 잦아들었다. 그가 왼쪽으로 몸을 돌려 그쪽으로 달려갈수록 그 소리들은 점점 멀어져 갔고 마침내 더는 들리지 않았다. 그는 빛나는 칼을 뽑아 들고 "엘렌딜! 엘렌딜!" 하고 외치며 나무들을 헤치고 돌진했다.

파르스 갈렌에서 1.5킬로미터쯤 떨어진, 호수에서 멀지 않은 숲속의 작은 빈터에서 아라고른은 보로미르를 발견했다. 그는 마치 휴식을 취하는 것처럼 큰 나무에 등을 기대고 앉아 있었다. 그러나 아라고른은 그의 몸에 검은 깃의 화살이 숱하게 꽂혀 있는 것을 보았다. 그는 아직도 손에 칼을 쥐고 있었지만, 그 칼은 손잡이 부근에서 부러져 있었고 곁에는 두 동강 난 뿔나팔이 놓여 있었다. 그의 주위와 발치에는 칼에 베인 오르크들의 시체가 겹겹이 쌓여 널려 있었다.

아라고른은 그의 곁에서 무릎을 꿇었다. 보로미르가 눈을 뜨곤 무슨 말을 하고자 안간힘을 썼다. 마침내 흐릿한 말소리가 천천히 새어 나왔다.

"난 프로도에게서 반지를 뺏으려 했소. 미안하오. 난 그 죗값을 치른 게요."

그의 눈길이 멍하니 돌더니 쓰러진 적들을 향했다. 줄잡아 스무 구의 시체가 거기 널브러져 있었다.

"그들은 갔소, 반인(半人)들 말이오. 오르크들이 잡아 갔소. 그렇지만 아직 죽지는 않았을 거요. 오르크들이 그들을 결박했으니까."

그는 잠깐 말을 멈추고 지친 듯 눈을 감았다. 잠시 후 그가 다시 말했다.

"잘 있으시오, 아라고른! 미나스 티리스로 가서 내 동족을 구해 주시오! 난 실패했소."

아라고른은 그의 손을 잡고 이마에 입을 맞추며 "안 되오!"라고 말했다.

"당신은 이겼소. 당신만큼 큰 승리를 거둔 이는 거의 없었소. 마음을 편히 가지시오! 미나스 티리스는 무너지지 않을 거외다!"

보로미르가 미소를 지었다. 아라고른이 다시 말했다.

"그들은 어느 쪽으로 갔소? 프로도도 거기 있었소?"

그러나 보로미르는 이제 말이 없었다.

"아, 감시탑의 영주이자 데네소르의 후계자가 이렇게 가다니! 비참한 종말이군! 이젠 원정대도 다 무너졌어. 실패한 건 오히려 나야. 간달프가 나를 믿은 것도 허망한 일이었고. 이제 난 어떻게 해야 하나? 보로미르가 내게 미나스 티리스로 가 달라고 부탁했고 나도 정녕 그러고 싶다. 한데 반지와 반지의 사자는 어디 있단 말인가? 내가 무슨 수로 그들을 찾아 원정을 파국에서 구해 낸단 말인가?"

아라고른은 보로미르의 손을 부여잡고 울면서 허리를 굽힌 채 한 동안 무릎을 꿇고 있었다. 레골라스와 김리가 그를 발견한 것은 바로 그때였다. 그들은 언덕의 서쪽 비탈로부터 사냥꾼처럼 소리 없이 나무들을 헤치며 기어 올라왔다. 김리는 손에 도끼를 움켜쥐었고,

화살이 다 떨어진 레골라스는 긴 칼을 들고 있었다. 막 숲의 빈터로 들어선 그들은 뜻밖의 광경에 놀라 멈칫했다. 순식간에 사태를 파악한 그들은 잠시 숙연하게 머리를 숙였다. "아!" 하고 레골라스가 아라고른의 곁으로 다가가며 비통한 목소리로 말했다.

"우린 숲속에서 오르크들을 신나게 쫓고 베었지만 차라리 여기서 함께 싸웠더라면 이런 불행이 닥치지 않았을 것을. 뿔나팔 소리가 나기에 있는 힘을 다해 달려왔는데 너무 늦어 버렸어. 당신도 치명상을 입지나 않았는지 걱정이오."

"보로미르가 죽었소. 나는 그와 함께 여기 있었던 것은 아니기에 다친 데는 없소. 내가 저 언덕 위에 떨어져 있을 동안 그는 호빗들을 지키다가 쓰러졌소."

"호빗들! 그럼 그들은 어디 있소? 프로도는 어디 있고요?"

김리의 말에 아라고른이 지친 듯 대답했다.

"나도 모르오. 보로미르가 죽기 전에 내게 말하기로는, 오르크들이 그들을 포박해 갔다는군. 죽지는 않았을 거라고 했소. 나는 그에게 메리와 피핀을 따라가라고 했지만, 정작 프로도나 샘이 그와 함께 있었는지는 묻지 않았고 물었을 때는 이미 너무 늦어 버렸소. 오늘 내가 한 모든 일은 온통 어긋나 버렸소. 이제 어떻게 해야 하겠소?"

"먼저 망자의 시신을 거둬야지요."

레골라스가 말했다.

"그를 이 더러운 오르크들 가운데 썩은 고기처럼 내버려 둘 순 없지요."

"그렇지만 우린 재빨리 움직여야 해. 그도 우리가 여기서 꾸물거리길 원하진 않을 거야. 우리 원정대 중의 누군가가 산 채로 포로가 된 거라는 희망이 있다면, 우린 오르크들을 쫓아가야 한단 말이지."

김리의 말에 아라고른이 대답했다.

"그러나 우린 반지의 사자가 놈들과 함께 있는 건지 아닌지 모르 잖소. 우리가 그를 저버려야 하나? 먼저 그를 찾아야 하지 않겠소? 참으로 난감한 선택이 지금 우리 앞에 놓여 있소!"

레골라스가 말했다.

"그렇다면 우리가 해야만 할 일을 먼저 합시다. 우리가 격식을 갖춰 우리 동지를 매장하거나 그 위에 봉분을 세워 줄 시간도 도구도 없는 처지지만, 돌무덤은 세울 수 있을 겁니다."

"그러자면 일이 힘들기도 하거니와 오래 걸릴 거요. 쓸 만한 돌을 구하려면 물가까지는 가야 한다고."

김리의 말에 아라고른이 대답했다.

"그렇다면, 그의 무기와 그가 무찌른 적들의 무기를 함께 실어 그를 배에 누입시다. 우린 그를 라우로스폭포로 떠나보내 안두인강에 안기게 할 거요. 적어도 곤도르의 강은 그 어떤 사악한 것도 그의 유골을 욕보이는 일이 없도록 돌봐 줄 것이오."

그들은 재빨리 오르크들의 시체를 뒤져 칼과 갈라진 투구와 방패 들을 한쪽에 쌓아 올렸다.

"봐! 여기 단서들이 있어."

갑자기 아라고른이 외쳤다. 그는 그 끔찍한 무기 더미 속에서 풀잎 모양의 날에 황금색과 붉은색 무늬가 장식된 칼 두 개를 집어 들었다. 좀 더 뒤지자 붉은색 보석이 박힌 작고 검은 칼집들도 나왔다.

"이것들은 오르크들의 것이 아니야. 호빗들이 차고 다니던 거지. 틀림없이 오르크들이 그들을 약탈했지만 칼을 챙기긴 두려웠던 거야. 그것이 어떤 칼인지 아니까. 모르도르를 파멸시킬 마력이 서린 서쪽나라의 작품이지. 자, 그럼 우리 친구들이 아직 살아 있다면 무기를 갖고 있지 않을 테니, 혹시 만나면 돌려줘야 하니 이것들을 챙겨 두겠어."

레골라스가 말했다.

"난 화살통이 비었으니 구할 수 있는 화살은 죄다 챙길 테요."

그는 무기 더미와 주변의 땅을 뒤져 화살을 꽤나 찾았다. 그것들은 멀쩡한 데다 오르크들이 늘상 쓰는 화살보다 화살대가 더 긴 것들이었다. 그는 그것들을 꼼꼼히 살폈다.

이윽고 아라고른이 시체들을 둘러보고 말했다.

"여기 널브러진 놈들 중엔 모르도르에서 오지 않은 자들도 많아. 내가 오르크와 그 족속들을 좀 아는데, 이들 중 일부는 북쪽에서, 즉 안개산맥에서 왔어. 그리고 여기엔 내가 처음 보는 놈들도 있어. 이놈들의 장비는 오르크의 것과는 전혀 딴판이라고!"

거기엔 보통보다 허우대가 크고 가무잡잡한 피부와 치켜 올라간 눈꼬리에 굵은 다리와 큰 손을 지닌 네 명의 고블린 형상의 병졸이 끼어 있었다. 그들은 오르크들이 보통 쓰는 언월도가 아니라 그보다 짧고 날이 넓은 칼을 차고 있었다. 또 길이나 모양이 인간의 것과 유사한, 주목으로 만든 화살을 갖고 있었다. 그들의 방패에는 검은 벌판 한가운데 세워진 작고 하얀 손의 이상한 문양이 새겨져 있었고, 철갑 투구의 전면에는 흰 금속으로 세공한 S의 룬 문자가 박혀 있었다.

아라고른이 중얼거렸다.

"이런 표식들은 이전에 본 적이 없어. 무얼 뜻하지?"

김리가 말했다.

"S는 사우론을 뜻하지. 그건 쉬이 알 수 있잖소."

가만히 듣고만 있던 레골라스가 외쳤다.

"아니야! 사우론은 요정의 룬 문자를 쓰지 않는다고."

아라고른도 레골라스와 같은 의견이었다.

"그는 그 이름을 쓰지 않을 뿐 아니라 그것을 글로 쓰거나 입에 올리는 것도 용납하지 않지. 그리고 그는 흰색을 쓰질 않아. 바랏두르를 섬기는 오르크들은 빨간 눈의 표식을 쓰지."

그가 잠시 생각에 잠겼다. 그러고는 한참을 기다려 다시 조심스레 입을 열었다.

"S는 사루만인 것 같네. 아이센가드에서 악이 꿈틀대고 있으니까 서부도 더는 안전하지 않아. 간달프가 우려한 대로 배신자 사루만은 어떤 방식으로든 우리 여정에 관한 소식을 입수했어. 그가 간달프 의 추락에 대해서도 알고 있을 수 있고. 모리아에서 온 추격자들이 로리엔의 감시망을 벗어났거나 아니면 그 땅을 피해 다른 길을 잡아 아이센가드에 이르렀을 수도 있어. 오르크들은 빠르게 움직이거든. 어쨌든 사루만은 이런저런 소식을 알 수 있는 많은 수단을 갖고 있 어. 그 새들을 기억하나?"

"음, 우린 지금 수수께끼들을 궁리할 시간이 없소. 우선 보로미르 부터 옮기자고요!"

김리의 말에 아라고른이 대답했다.

"그러나 그다음에는 수수께끼들을 궁리해야만 하네. 우리의 진 로를 올바로 택하려면 말이야."

김리가 말했다.

"아마도 올바른 선택이란 없는지도 모르오."

난쟁이가 도끼를 들고 가 몇 개의 나뭇가지를 꺾어 왔다. 그들은 활시위로 그것들을 한데 묶고, 그 틀 위에 자신들의 외투를 깔았다. 그리고 대충 만든 이 상여 위에 동료의 시신을 싣고 강변으로 향했 다. 거기엔 함께 떠나보낼 그의 마지막 전투의 전리품도 실려 있었 다. 강변까지는 짧은 거리였지만 보로미르의 체구가 워낙 크고 건장 했기 때문에 옮기기가 쉬운 일은 아니었다.

레골라스와 김리가 서둘러 파르스 갈렌으로 간 사이, 아라고른 은 상여를 지켜보며 물가에 남아 있었다. 1.5킬로미터 남짓한 거리라 두 척의 배로 강변을 따라 빠르게 노를 저었지만 그들이 돌아오기까지는 제법 시간이 걸렸다.

레골라스가 말했다.

"참 이상한 일도 다 있네! 강둑에 배가 두 척밖에 없어요. 다른 배는 흔적도 보이지 않았소."

아라고른이 물었다.

"오르크들이 거기 갔었던 걸까?"

김리가 대답했다.

"그놈들의 흔적도 못 봤소. 놈들이 있었다면 배를 죄다 가져가거나 부숴 버렸을 거요. 꾸러미들도 물론이고."

아라고른이 말했다.

"가서 땅바닥을 살펴봐야겠군."

그들은 보로미르를 배의 한가운데에 눕혔다. 잿빛 두건과 요정 외투를 포개어 그의 머리 밑에 받쳐 주고, 길고 검은 머리카락을 빗겨 양어깨 위에 가지런히 놓았다. 그의 허리께에선 로리엔의 황금빛 허리띠가 은은하게 빛났다. 그들은 보로미르의 투구를 그의 곁에 두고 갈라진 뿔나팔과 칼의 손잡이, 파편들을 무릎 위에 올려놓고, 발밑에는 적의 칼들을 모아 놓았다. 그런 다음 뱃머리를 다른 배의 꼬리에 붙들어 매고는 물속으로 끌어냈다. 강변을 따라 노를 젓는 그들의 얼굴에는 비통함이 가득했다. 배는 급류를 따라 파르스 갈렌의 푸른 초원을 지나갔다. 톨 브란디르의 가파른 비탈이 붉게 물들고 있었다. 벌써 오후도 반이나 지나고 있었다. 남쪽으로 향하자 그들 앞에 라우로스폭포의 연무가 황금빛 이내처럼 솟아 희미하게 반짝였다. 세차게 우르릉대는 폭포 소리가 바람 없는 대기를 뒤흔들었다.

그들은 비탄에 잠겨 시신을 실은 배를 띄워 보냈다. 보로미르는 흐르는 물의 가슴 위로 미끄러지며 편안하고 평화롭게 누워 있었다. 그들이 노를 저어 자신들이 탄 배의 방향을 가눌 동안 강물은 보로미르를 데려갔다. 그 배는 황금빛을 배경으로 하나의 어두운 반점으로 이지러지더니 이윽고 별안간 사라졌다. 라우로스폭포는 변함없이 포효를 계속했다. 대하가 데네소르의 아들 보로미르를 영원히 데려가 버린 것이다. 이젠 미나스 티리스에선 아침이면 백색탑 위에 서 있던 그의 모습을 다시는 볼 수 없으리라. 그러나 후일 곤도르에서는 그 요정의 배가 폭포와 거품 이는 웅덩이를 타넘고 오스길리아스를 헤치고 안두인강의 많은 어귀를 지나 별이 총총한 밤에 그를 저 대해까지 데려다주었다는 이야기가 오래도록 전해졌다.

셋은 떠나는 그를 눈으로 좇으며 한동안 말이 없었다. 이윽고 아라고른이 말했다.

"백색탑에선 그를 찾겠지만, 그는 산에서도 바다에서도 다시는 돌아오지 못할 게요."

그리고 그는 천천히 노래를 부르기 시작했다.

긴 풀 자라는 늪과 벌판 위로 로한을 헤치며
서풍이 걸어와 성벽을 맴도네.
"오, 떠도는 바람이여,
오늘 밤 그대는 서쪽으로부터 무슨 소식을 내게 가져오는가?
그대는 달빛이나 별빛에 거한(巨漢) 보로미르를 보았나?"
"나는 그가 일곱의 강과 드넓은 잿빛 강물을 타넘는 걸 보았네.
나는 그가 텅 빈 땅을 걷다가
마침내 북녘 어둠 속으로 사라지는 걸 보았네.
그리고 더는 그를 보지 못했다네.

북풍이 데네소르 아들의 뿔나팔 소리를 들었을 테지."
"오, 보로미르여! 난 높은 성벽에서 서쪽 저 멀리까지 바라보았
건만
당신은 아무도 없는 그 텅 빈 땅에서 돌아오지 않았네."

다음엔 레골라스가 노래했다.

남풍이 대해의 어귀로부터, 모래 언덕과 돌무더기로부터 달아
나네.
그것은 갈매기들의 구슬픈 울음을 싣고 성문에서 신음하네.
"오, 한숨짓는 바람이여!
이 밤 그대는 남쪽에서 무슨 소식을 내게 가져오는가?
아름다운 사람, 보로미르는 지금 어디 있는가?
당신 오지 않음에 내 마음 아프오."
"그의 거처를 내게 묻지 마오.
험악한 하늘 아래 흰 해변과 어두운 해변엔
유골이 지천이네.
수많은 이들이 안두인강을 내려가 대해로 흘러들었네.
그들의 안부는 내게 소식 전해 줄 북풍에게 물으라!"
"오, 보로미르여! 바다로 난 길은 성문 넘어 남으로 뻗건만
당신은 잿빛 바다 어귀에서 구슬피 우는 갈매기들과 함께 돌
아오지 않았네."

이어서 아라고른이 다시 노래했다.

북풍이 왕들의 관문에서 내달아 포효하는 폭포를 지나네.
그 우렁찬 뿔나팔 소리 탑 주위로 깨끗하고 차갑게 울리네.

"오, 힘찬 바람이여!
오늘 그대는 북쪽에서 무슨 소식을 내게 가져오는가?
용자(勇者) 보로미르의 어떤 소식을? 그는 저 멀리 있으니."
"나는 아몬 헨 아래서 그의 외침을 들었네.
거기서 그는 많은 적과 싸웠어.
친구들이 그의 갈라진 방패, 부러진 칼을 물가로 가져왔지.
그의 머리 그리 의기 높고 그의 얼굴 그리 아름다우니
그들이 그의 사지(四肢)를 뉘어 주었네.
그리고 라우로스, 황금빛 라우로스폭포는 그 품에 그를 안았
지."
"오, 보로미르여! 세상 끝날 때까지
감시의 탑은 늘 북녘의 라우로스, 황금빛 라우로스폭포를 지
켜보리라."

이렇게 그들은 애도의 노래를 마쳤다. 이윽고 그들은 배를 돌려
최대한 빠른 속도로 물결을 거슬러 파르스 갈렌으로 몰았다.
김리가 말했다.
"당신들이 동풍은 내 몫의 시로 남겨 두었지만, 난 그것에 대해 한
마디도 읊지 않겠소."
아라고른이 말했다.
"그래야겠지. 미나스 티리스에선 사람들이 동풍을 맞으면서도 그
것에게 소식을 묻지는 않지. 그나저나 이제 보로미르도 제 갈 길을
갔으니 우리도 서둘러 우리의 길을 택해야 하네."
그는 이따금 몸을 굽히며 초록 잔디를 샅샅이, 재빠르게 살폈다.
"오르크들은 이곳을 지나가지 않았어. 만약 놈들이 이리로 왔다
면 그 어떤 것도 확실하게 식별될 수 없거든. 이리저리 가로지르고
다시 흩어진 우리의 모든 발자국이 여기 그대로 있어. 우리가 프로

도를 찾기 시작한 후로 호빗들 중 누군가가 여기로 돌아왔던 건지 알 수가 없단 말이야.”

그는 샘에서 흘러나온 실개천이 대하로 졸졸 흘러드는 곳 가까이의 강둑으로 돌아갔다.

“여기 선명한 발자국이 몇 개나 있어. 호빗 하나가 물속으로 걸어들어갔다가 다시 나온 거야. 그런데 얼마나 오래된 건지 알 수가 없군.”

김리가 물었다.

“그렇다면 당신은 이 수수께끼를 어떻게 풀이하는 거요?”

아라고른은 대답을 미루고 지난밤 야영지로 돌아가 꾸러미들을 살폈다.

“짐 두 개가 없어. 하나는 분명 샘의 것이야. 그의 짐은 크고 묵직한 편이거든. 그렇다면 답은 이거야. 즉, 프로도는 배를 타고 갔고 그의 하인도 함께 갔어. 프로도는 우리가 저 멀리 떨어져 있는 동안 이곳으로 돌아왔던 게 틀림없어. 내가 언덕을 올라가던 샘을 만나 나를 따라오라고 했는데도 분명 그는 그렇게 하지 않았어. 그는 주인의 속내를 짐작하고 프로도가 떠나기 전에 여기로 돌아온 거야. 그로서도 샘을 두고 떠나기가 쉽지 않았던 거고!”

김리가 툴툴거렸다.

“그렇지만 왜 그는 한마디 말도 없이 우릴 내버려 두고 가야 했던 거요? 참으로 이상한 행위로군!”

아라고른이 말했다.

“용감한 행위이기도 하지. 내 생각엔 샘이 옳았어. 프로도는 모르도르에서의 죽음에로 어떤 친구도 함께 데려가고 싶지 않았던 거야. 그러나 자신이 가야만 한다는 건 알았지. 우리를 떠난 후에 그에겐 자신의 두려움과 의혹을 이겨 낸 어떤 일이 있었던 거야.”

레골라스가 말했다.

"혹시 뒤쫓는 오르크들이 덮치자 달아난 것일 수도 있어요."

아라고른이 말했다.

"그가 달아난 건 확실해. 그렇지만 오르크들한테서 달아난 건 아닌 것 같아."

아라고른은 프로도가 갑작스러운 결정을 내리고 떠날 수밖에 없었던 이유에 대해서는 끝까지 입을 다물었다. 보로미르가 죽어 가면서 한 마지막 고백을 그는 오랫동안 비밀로 묻어 두었다.

레골라스가 말했다.

"자, 적어도 이만큼은 이제 분명하네요. 즉, 프로도는 이제 더 이상 대하의 이편에 없고, 배를 탄 이는 프로도일 수밖에 없을 거다, 그리고 샘이 그와 함께 있으며 짐을 가져간 이도 샘일 수밖에 없을 것이다."

"그럼 우리의 선택은 남은 배를 타고 프로도를 뒤쫓든지, 아니면 오르크들을 걸어서 쫓는 것이군. 어느 쪽이든 별 희망은 없지만. 우린 이미 소중한 시간을 꽤 허비했다고."

김리가 말했다.

"생각 좀 해 보자고! 지금이라도 이 사나운 날의 악운을 바꿀 수 있는 올바른 선택을 할 수 있을 것 같아."

아라고른이 말했다. 그러고 나서 한참을 망설이다 마침내 입을 열었다.

"나는 오르크들을 쫓겠어. 마음 같아선 난 프로도를 모르도르까지 안내하고 그와 함께 끝까지 가고 싶어. 그러나 만약 내가 지금 황야에서 그를 찾아 나선다면 나는 포로들을 고문과 죽음에 내맡겨야 해. 드디어 내 마음이 선명해졌어. 즉, 반지의 사자의 운명은 더는 내 손에 있지 않다는 거야. 원정대는 이제 소임을 다했어. 그렇지만 여기 남은 우리는 힘이 닿는 한 동지들을 저버릴 수 없어. 자, 이제 가자고! 꼭 필요치 않은 모든 일은 그냥 놔두자고! 우린 밤낮없이 길을 재촉해야 해!"

그들은 마지막 배를 끌어 올려 나무들이 있는 곳으로 갖고 갔다. 그리고 그 밑에 필요하지 않거나 갖고 갈 수 없는 물건들을 놔두었다. 그러고는 파르스 갈렌을 떠났다. 그들이 보로미르가 쓰러진 빈 터로 다시 돌아왔을 때는 막 오후의 햇살이 지고 있었다. 거기서 그들은 별 어려움 없이 오르크들의 자취를 찾을 수 있었다.

레골라스가 말했다.

"다른 족속은 이렇게 마구 짓밟고 다니질 않지. 놈들은 길 가는 데 방해가 되지 않더라도 자라나는 것들을 베고 쓰러뜨리는 걸 즐기는 것 같아."

아라고른이 말했다.

"하지만 그러면서도 놈들은 대단한 속도로 가고 지치지도 않아. 그러다 보면 우린 나중에 딱딱하고 휑한 땅에서 길을 찾아야 할 수도 있어."

김리가 말했다.

"자, 놈들을 쫓자고! 우리 난쟁이들도 빨리 갈 수 있고 오르크들보다 빨리 지치지도 않는다고. 그러나 이 여정은 기나긴 추격이 될 것 같군. 놈들은 우리보다 훨씬 앞서갔으니."

아라고른이 말했다.

"옳은 말이야. 우리 모두에겐 난쟁이의 끈기가 필요할 거야. 어쨌든 가자고! 희망이 있든 없든 우린 적의 자취를 쫓을 거야. 만약 우리가 더 빠르다는 게 판명된다면 놈들에게 화가 미칠진저! 우린 요정, 난쟁이, 그리고 인간의 세 종족에게 불가사의로 남을 대단한 추격을 시작하는 걸세. 3인의 사냥꾼이여, 앞으로!"

아라고른은 한 마리 사슴처럼 뛰쳐나갔다. 그는 나무들을 헤치며 질주했다. 드디어 마음을 정한 만큼 지치지 않고 날래게 일행을 이끌었다. 그들은 호수 부근의 숲을 뒤로했다. 그들은 긴 비탈을 기어

올랐다. 해가 떨어져 이미 빨간 하늘을 배경으로 어둡지만 윤곽이 뚜렷한 비탈들이었다. 땅거미가 내렸다. 그들은 돌투성이 땅의 잿빛 그림자들처럼 사라졌다.

Chapter 2
로한의 기사들

땅거미가 짙어졌다. 등 뒤 저 아래 숲에는 엷은 안개가 끼어 안두인 강의 희미한 가장자리를 조용히 덮었지만, 하늘은 맑았다. 별들이 돋아났다. 차오르는 달이 서편 하늘에 떠 있었고, 시커먼 윤곽의 바위들이 보였다. 돌투성이 구릉의 기슭에 다다라 그들의 발걸음은 느려졌다. 오르크들의 발자취를 쫓기가 더는 쉽지 않았던 것이다. 여기서 에뮌 무일의 고지는 길고 험한 두 능선으로 북에서 남으로 뻗어 있었다. 각 능선의 서쪽 사면은 가팔라 오르기 힘들지만, 많은 협곡과 좁은 골짜기를 낀 동편 비탈은 보다 완만했다. 3인의 동지는 온밤 내내 가장 높은 첫 능선의 꼭대기까지 기어오르다가 다시 반대편의 깊고 구불구불한 계곡의 어둠 속으로 내려가며 뼈처럼 딱딱한 땅을 헤쳐 나갔다.

동트기 전의 고요하고 서늘한 시간에 그들은 거기서 잠시 쉬었다. 앞서가던 달이 져버린 지 오래였고 그들의 머리 위로 별들이 반짝였다. 첫 햇살이 아직 뒤편 어두운 구릉지 위로 나타나지 않았다. 아라고른은 한동안 어찌할 바를 몰랐다. 계곡 속으로 내려간 오르크의 자취가 거기서 사라진 것이었다.

"놈들이 어느 쪽으로 접어들 거라고 생각해요? 당신 짐작대로 아이센가드나 팡고른숲에 이르는 보다 곧은 길을 잡아 북쪽으로 갈까요? 아니면 엔트강에 닿고자 남쪽으로 갈까요?"

레골라스의 물음에 아라고른이 말했다.

"목적지가 어디든 놈들이 그 강으로는 가지 않을 거야. 그리고 로한에 크게 잘못된 일이 없고 또 사루만의 힘이 크게 불어난 게 아니라면 놈들은 로한들판을 가로지르는 가장 짧은 길을 택할 거야. 북쪽으로 추적합시다!"

그 넓은 골짜기는 등마루를 이룬 구릉들 사이로 돌구유처럼 뻗쳐 있었고, 밑바닥의 둥근 돌들 속으로 실개울이 졸졸 흘렀다. 오른편에는 험한 벼랑이 자리했고 이슥한 밤 속에 잿빛 비탈들이 희미하게 그림자 진 채 솟아 있었다. 그들은 북쪽으로 1.5킬로미터 남짓 나아갔다. 아라고른은 허리를 굽혀 서쪽 능선으로 이어지는 습곡과 골짜기 들을 수색하고 있었다. 그보다 좀 앞서 걷고 있던 레골라스가 갑자기 큰 소리를 질러 아라고른과 김리는 황급히 그가 있는 쪽으로 달려갔다. 레골라스는 발치를 손가락으로 가리키며 말했다.

"이미 우린 우리가 쫓고 있는 놈들 중 몇을 따라잡았어요. 자, 보시오!"

그들은 처음에 비탈 기슭에 깔린 둥근 돌이라고 여겼던 것이 아무렇게나 쌓아 둔 오르크들의 시체란 걸 알았다. 죽은 오르크 다섯이 놓여 있었다. 시체들은 숱한 칼질로 심하게 훼손되어 있었고, 둘은 목이 잘려 나갔다. 땅바닥이 그들의 검은 피로 축축했다.

김리가 말했다.

"수수께끼가 또 하나 생겼어! 한데, 이것을 풀려면 날이 밝아야 하는데 우린 그때까지 기다릴 수가 없단 말이야."

레골라스가 말했다.

"흠, 자네가 어떻게 풀이하든 내가 보기엔 우리에게 희망이 될 것 같네. 오르크들의 적은 우리의 친구가 될 수 있잖아. 아라고른, 이 구릉지에 사는 이들이 있나요?"

아라고른이 대답했다.

"없네. 로한인들도 여기까지는 좀처럼 오지 않아. 이곳은 미나스 티리스에서 꽤나 멀어. 우리가 알지 못하는 이유로 어떤 무리의 인간이 여기서 사냥을 하고 있었을 수는 있지만 내 생각엔 그것도 아닌 것 같아."

"그럼 당신 생각은 뭐죠?"

김리의 물음에 아라고른이 대답했다.

"적들 속에서 내분이 일어난 것 같아. 여기 죽은 놈들은 저 멀리서 온 북방 오르크들이야. 쓰러진 놈들 중엔 이상한 배지를 단 큰 덩치의 오르크는 전혀 없어. 한바탕 싸움이 벌어진 것 같아. 이 더러운 족속들에겐 흔한 일이지. 아마도 어느 쪽으로 갈 것인지를 두고 논쟁이 있었던 것 같아."

김리가 말했다.

"아니면 포로들을 두고 논쟁했을 수도 있고요. 그 와중에 그들도 여기서 종말을 맞지 않았기를 바라야죠."

아라고른은 크게 원을 그려 가며 땅바닥을 샅샅이 살폈지만 싸움의 흔적은 더는 보이지 않았다. 그들은 계속 나아갔다. 벌써 동편 하늘이 희붐해지고 있었다. 별들은 스러지고 회색빛이 천천히 커지고 있었다. 그들은 계속 북진해 나아가다 지면이 움푹 꺼진 곳에 이르렀다. 굽이쳐 흐르는 작은 개울이 계곡 저 아래까지 돌길 하나를 파 놓은 위로 관목들이 몇 그루 서 있고 양옆으로는 풀이 무성하게 자라 있었다.

"드디어!" 아라고른이 소리쳤다. "여기 우리가 찾던 흔적이 있어! 이 물길 위쪽이야. 오르크들이 논쟁을 벌인 후 이 길로 간 거야."

이제 추적자들은 재빨리 방향을 틀어 새로운 길을 쫓아갔다. 지난밤의 휴식으로 원기를 찾은 듯 그들은 이 돌 저 돌을 짚으며 뛰쳐 나갔다. 마침내 그들이 잿빛 언덕의 꼭대기에 다다랐을 때, 돌연 한 줄기 미풍이 불어와 머리카락을 훑고 옷자락을 뒤흔들었다. 으슬으슬한 새벽바람이었다.

뒤를 돌아보니 대하 건너의 먼 구릉지가 환하게 빛났다. 동이 튼 것이었다. 태양의 붉은 테가 어둑한 땅의 양어깨 위로 솟았다. 눈앞의 서쪽에는 세상이 무정형의 잿빛으로 고요히 깔려 있었다. 그렇지만 그들이 쳐다보는 참에도 밤의 어둠은 녹아내렸고 깨어나는 대지의 색깔들이 되돌아왔다. 로한의 드넓은 초원 위로 초록이 넘실거렸고 물 흐르는 계곡들엔 흰 안개가 가물거렸다. 저 멀리 왼편으로 150킬로미터 남짓 떨어져 백색산맥이 청보랏빛으로 드러났다. 머리에 희미하게 빛나는 눈을 이고 아침 장밋빛에 발갛게 물든 채 칠흑의 꼭대기로 솟구쳐 올랐다.

"곤도르! 곤도르여!" 아라고른이 외쳤다. "나 그대를 보다 행복한 시간에 다시 봤으면 좋으련만! 아직껏 나의 길은 그대의 눈부신 개울들에 이르는 남쪽을 향하지 못하네."

> 곤도르! 산맥과 바다 사이의 곤도르!
> 거기엔 서풍이 불었고, 은빛나무의 빛이
> 옛 왕들의 정원에 눈부신 비처럼 떨어졌네.
> 오, 자랑스러운 성벽이여! 순백의 탑들이여! 오, 날개 돋친 왕관과 황금의 옥좌여!
> 오, 곤도르, 곤도르! 인간들이 은빛나무를,
> 혹은 산맥과 바다 사이에 다시 부는 서풍을 언제나 볼 수 있을까?

그는 남쪽을 향한 눈길을 거두고 앞으로 가야 할 길의 서쪽과 북쪽을 두루 살피며 말했다.

"자, 그만 가세!"

그들이 서 있던 능선 바로 발밑부터는 가파른 내리막이었다. 스무

길 남짓 아래 널찍하고 울퉁불퉁한 바위 턱이 깎아지른 벼랑의 가장자리에서 별안간 끝났으니 그곳이 바로 로한의 동부장벽이었다. 그렇게 에뮌 무일은 끝나고 그들의 눈앞에는 로한인들의 초록 평원이 눈길 닿는 데까지 뻗어 있었다.

"봐요!" 레골라스가 어슴푸레한 하늘을 가리키며 소리쳤다. "그 독수리가 또 나타났어. 아주 높이 떠 있어. 이 땅에서 북쪽으로 날아가고 있는 것 같아. 대단한 속도야. 보라고요!"

"아니, 내 눈에는 보이지 않는데, 눈 밝은 레골라스여." 아라고른이 말했다. "그는 까마득히 높이 떠 있음이 분명해. 그가 내가 앞서 봤던 것과 같은 새라면, 그 임무가 궁금하군. 그건 그렇고, 저길 좀 봐! 보다 가까운 데서 더 긴급한 무슨 일이 있나 봐. 평원 위로 뭔가가 움직이고 있어!"

"수가 많아요." 레골라스가 말했다. "도보로 움직이는 큰 부대인데, 그 이상은 잘 모르겠군. 어떤 종족일지도 알 수 없고. 그들은 아주 멀리 있소. 60킬로미터쯤 될까요. 평원은 워낙 편평해서 거리를 가늠하기 어렵거든."

김리가 말했다.

"그렇지만 이제 어느 길로 가야 할지를 알려고 더는 자취를 더듬을 필요는 없을 것 같소. 가능한 한 빨리 벌판으로 내려가는 길을 찾자고요."

"오르크들이 택한 것보다 더 빠른 길을 자네가 찾을 것 같진 않은데."

아라고른이 말했다.

이제 그들은 밝은 햇빛 아래서 적들을 쫓았다. 오르크들은 최대한 빠른 속도로 진군한 것 같았다. 이따금 추적자들은 바닥에 떨어지거나 내버려진 것들을 발견했다. 식량 자루들, 딱딱한 회색 빵의 껍질과 부스러기, 찢어진 검은 외투 하나, 돌에 부딪혀 망가진 징 박힌 무거운 구두 한 짝이었다. 그들은 그 자취를 따라 북쪽으로 급경사 진 길을 끼고 나아갔다. 마침내 그들은 요란하게 쏟아져 내리는 개울에 의해 골이 깊게 파인 바위에 도착했다. 그 좁은 협곡 사이로 울퉁불퉁한 길 하나가 가파른 계단처럼 내리뻗어 있었다.

길을 따라 쭉 내려가던 그들은 낯설고도 갑작스럽게 로한의 초원을 맞닥뜨렸다. 그것은 초록의 바다처럼 바로 에뮌 무일의 기슭까지 솟아 있었다. 흘르드는 개울은 후추풀과 수초가 빽빽이 우거진 곳 속으로 모습을 감추었으나 초록의 터널을 이루어 길고 부드러운 비탈을 따라 먼 엔트강 계곡의 늪지를 향해 흐르는 졸졸대는 물소리가 들렸다. 그들은 구릉지에 달라붙은 겨울을 떨쳐 버린 느낌이었다. 마치 봄이 벌써 꿈틀대고 풀과 잎새에 수액이 다시 흐르고 있는 것처럼 여기선 공기가 보다 부드럽고 따스하며 희미한 향기를 머금었다. 레골라스는 불모의 곳들을 거칠 동안의 오랜 목마름 끝에 물을 벌컥벌컥 마구 들이켜는 이처럼 폐부 깊숙이 공기를 들이마셨다.

"아! 이 초록의 내음이라니! 숙면보다 나은 보약이오. 자, 이젠 달려요!"

아라고른이 말했다.

"여기선 발이 가벼울수록 빨리 달릴 수 있겠군. 아마도 징 박힌 장화를 신은 오르크들보다 더 빨리 말이야. 이제 우린 놈들과의 거리를 좁힐 기회를 잡은 거야!"

그들은 강렬한 냄새를 맡은 사냥개들처럼 달리며 일렬로 나아갔다. 그들의 눈엔 간절한 빛이 어렸다. 거의 정서쪽으로 행군하는 오르크들이 휩쓸고 지나간 널찍한 풀밭에 추악한 흔적이 찍혀 있었다. 그들이 지나간 곳엔 로한의 향기로운 풀들이 짓이겨져 꺼멓게 변해 있었다.

"멈춰!" 앞서가던 아라고른이 큰 소리를 지르고 옆으로 비켜섰다.

"아직 날 따라오지 마!"

그는 주된 발자국에서 벗어나 날쌔게 오른쪽으로 달려갔다. 다른 것들에서 갈라져 나와 그쪽으로 간 발자국들을 본 것이다. 맨발의 작은 발자국들이었다. 하지만 그것들은 얼마 안 가 주된 자국의 앞뒤에서 비어져 나온 오르크 발자국들과 뒤섞이더니 이윽고 급하게 도로 방향을 틀어 마구 짓밟힌 발자국들 속에 묻혀 버렸다. 아라고른은 가장 멀리 떨어진 지점에서 몸을 굽혀 풀밭에서 뭔가를 집어 들고 이내 뛰어 돌아왔다.

"그래, 아주 확실해! 호빗의 발자국들이야. 내 생각엔 피핀의 것이야. 그는 다른 호빗들보다 키가 작아. 그리고 이걸 보라고!"

그는 햇빛에 반짝이는 물건 하나를 들어 올렸다. 그것은 너도밤나무의 갓 난 잎새 같았는데, 나무라고는 없는 그 평원에선 낯설도록 아리따웠다.

"요정의 외투에 달린 브로치야!"

레골라스와 김리가 함께 소리쳤다.

"로리엔의 잎새들이 괜히 떨어지진 않지. 이건 우연히 떨어진 게 아니야. 뒤따라올 수도 있는 어떤 이에게 표식으로 떨어뜨려 놓은 거라고. 피핀이 자국을 벗어나 뛰어나간 건 이 목적이었다고 생각돼."

아라고른의 말에 김리가 대답했다.

"그렇다면 적어도 살아 있기는 한 거군. 게다가 기지를 부린 데다 다리도 놀렸어. 이건 고무적인 일이야. 우리의 추적이 헛된 게 아니었군."

"용기를 냈다가 호되게 당하지나 않았기를!" 하고 레골라스가 말했다. "자, 계속 가자고요! 그 명랑한 젊은 친구들이 소 떼처럼 끌려다닌다고 생각하니 가슴이 타는 것만 같소."

해가 중천까지 올랐다가 이윽고 하늘을 타고 서서히 내려왔다. 저 멀리 남쪽으로는 가벼운 구름장들이 바다에서 떠올라 미풍에 실려 갔다. 해가 떨어졌다. 뒤편에서는 어둠이 솟아 동쪽에서부터 긴 팔들을 내뻗쳤다. 그럼에도 추격자들은 걸음을 늦추지 않았다. 이제 보로미르가 쓰러진 지 하루가 지났고, 오르크들은 아직 멀리 앞서 있었다. 그들의 모습은 평원에서 더는 보이지 않았다.

밤 그늘이 주위로 몰려들 즈음 아라고른이 걸음을 멈췄다. 그들은 그날 행군 내내 단 두 번 짧게 쉬었을 뿐이었다. 새벽에 서 있었던 동쪽 경계부터 지금 멈춘 곳까지 그들이 달려온 거리는 60킬로미터쯤 되었다.

아라고른이 말했다.

"마침내 우린 어려운 선택에 직면했어. 여기서 쉬면서 밤을 보낼 건지, 아니면 의지와 힘이 닿는 데까지 계속 뒤쫓을 건지."

레골라스가 말했다.

"우리가 여기서 잠을 자며 쉬는 동안 적들이 우리처럼 쉬지 않고 행군한다면, 놈들은 우릴 멀찌감치 떼어 놓을 거요."

"아무리 오르크라 해도 분명 놈들도 행군 중에 쉬지 않겠어?"

김리가 묻자 레골라스가 대답했다.

"오르크들은 웬만해선 해 아래 탁 트인 곳을 다니지 않는 법이지만 이놈들은 그렇게 했어. 분명 놈들은 밤 동안도 쉬지 않을 거야."

"하지만 우리가 밤 내내 걷는다 해도 놈들의 자취를 따라갈 순 없어."

김리의 말에 레골라스가 다시 말했다.

"내 눈길이 미치는 한, 놈들의 자취는 왼쪽이든 오른쪽으로든 방향을 틀지 않고 일직선으로 뻗어 있어."

"아마 내 어림짐작으로도 어둠 속에서 자네들을 인도해 길을 벗어나지 않게 할 수 있을 걸세. 하지만 만일 우리가 길에서 빗나가거나 놈들이 옆으로 새 버린다면, 날이 밝았을 때 다시 자취를 찾기까지 오랫동안 지체될 수도 있어."

아라고른이 말했다. 그러자 김리가 다시 말했다.

"이럴 염려도 있어요. 우린 오직 낮 동안만 어떤 자취가 딴 길로 새는지 알 수 있잖소. 그런데 만약 아까 본 것처럼 호빗 중 누군가가 놈들의 손아귀에서 빠져나와 도망치거나, 또는 그가 동쪽으로, 예컨대 모르도르를 향해 대로로 끌려간다면, 우린 그 흔적을 그냥 지나치고 까맣게 모를 수 있단 말이오."

"자네 말이 옳아."

아라고른이 말했다.

"그러나 만약 내가 저 뒤편의 표식을 제대로 읽어 낸 거라면, 흰손의 오르크들이 득세해 지금은 부대 전체가 아이센가드를 향하고 있어. 놈들의 현 진로가 내 판단이 옳다는 걸 입증하지."

"그렇지만 그런 표식 풀이를 확신하는 건 성급한 일일 수도 있소." 하고 김리가 말했다. "그리고 호빗의 도망은 어떡할 거요? 만일 어둠 속이었으면 아까같이 피핀이 남겼을지도 모르는 브로치 같은 건 우린 그냥 지나쳤을 거란 말이오."

레골라스가 말했다.

"오르크들은 그 후로 경계를 두 배로 강화할 테고 호빗들의 신세는 훨씬 고달플 거야. 만약 우리가 손을 쓰지 않는다면 다시는 도망칠 수 없을 거야. 어떻게 손을 써야 할지 짐작이 안 되지만 우선 급한 것은 놈들을 따라잡아야 한다는 거요."

김리가 말했다.

"그렇다 해도 숱한 여정을 거친 데다 우리 종족 가운데서 지구력이라면 누구 못지않은 나로서도 잠시도 멈추지 않고 아이센가드까지 줄곧 달릴 수는 없다고. 나도 애가 타고 마음 같아선 벌써 출발했을 거야. 그러나 지금으로선 더 잘 달리기 위해서도 조금은 쉬어야겠어. 그리고 쉴 바에는 아무것도 보이지 않는 밤이 딱이야."

아라고른이 말했다.

"그래서 내가 어려운 선택이라고 말한 거요. 이 논쟁을 어떻게 끝 낸담?"

"당신이 우리의 길잡이요. 게다가 추적에 능숙하니 당신이 선택 하시오."

김리가 말을 마치자 레골라스도 대답했다.

"내 가슴은 계속 가라고 죄어치오. 그러나 우린 항상 단합해야 하 오. 난 당신의 판단을 따르겠소."

아라고른이 말했다.

"자네들은 지금 어설픈 선택자에게 선택권을 주는군. 우리가 아 르고나스를 헤쳐 온 이후로 내가 한 선택들은 다 어긋났어."

그는 북쪽과 서쪽으로 점점 짙어지는 밤을 오래도록 응시하며 한 동안 말이 없었다. 마침내 그가 어렵게 입을 열었다.

"어둠 속을 행군하지는 맙시다. 놈들의 자취나 다른 이러저런 표 식을 놓칠 위험이 더 큰 것 같소. 달빛이라도 충분히 비치면 그것에 의지할 수도 있겠으나 애석하게도 일찍 져서 오늘 밤은 달빛조차 여 리고 흐릿할 뿐이오."

김리가 중얼거렸다.

"그리고 오늘 밤에는 달이 구름에 가렸소. 귀부인께서 우리에게 도 빛을 주셨으면 좋으련만. 프로도에게 주신 것과 같은 선물을 말 이오."

"보다 요긴한 곳에 주신 것일 게요." 아라고른이 말했다. "참된 원 정은 그의 몫일세. 이 시대의 위대한 행적들 속에서 우리의 원정은 작은 일에 지나지 않네. 혹시 애초부터 헛된 추적일지도 모르고. 지 금 내가 어떤 선택을 하든 아무 상관도 없는. 자, 나는 선택했소. 그 러니 시간을 최대한 실속 있게 쓰자고!"

그는 바닥에 몸을 던지고 곧장 잠에 빠져들었다. 그도 그럴 것이, 그는 톨 브란디르의 그림자 아래의 밤 이후로 잠을 잔 적이 없었던 것이다. 그는 하늘에 동이 트기 전 잠에서 깨었다. 김리는 아직 깊이 잠들어 있었지만, 레골라스는 북쪽으로 어둠 속을 응시하며 바람 없는 밤 속의 어린 나무처럼 생각에 잠겨 말없이 서 있었다.

"놈들은 멀리, 아주 멀리 있어요."

레골라스가 아라고른에게로 몸을 돌리며 서글프게 말했다.

"놈들이 간밤에 쉬지 않았다는 걸 난 직감으로 알겠어요. 이젠 오직 독수리만이 놈들을 따라잡을 수 있을 게요."

아라고른이 말했다.

"그럼에도 불구하고 우린 힘닿는 한 계속 쫓을 걸세. 자! 우린 가야 해. 놈들의 냄새 자취가 희미해져 간다고."

그는 몸을 굽혀 난쟁이를 깨웠다.

"하지만 아직 어두운데." 김리가 말했다. "언덕 꼭대기에 올라선 레골라스라고 해도 해 뜨기 전엔 놈들을 볼 수 없단 말이오."

레골라스가 말했다.

"언덕이든 평원이든, 달 아래든 해 아래든, 놈들이 내 시야를 벗어나 버리지 않았나 싶어 걱정인데."

아라고른이 말했다.

"자네 시력이 소용없다면 대지가 우리에게 풍문을 가져다줄 수도 있지. 놈들의 역겨운 발밑에서 틀림없이 대지가 신음을 토할 테니 말이야."

그는 귀를 잔디에 밀착시킨 채 땅바닥에 몸을 쭉 뻗었다. 그가 그렇게 누운 지 한참이 지났는데도 일어나지 않자, 김리는 그가 실신했거나 다시 잠들어 버린 게 아닌가 싶었다. 새벽이 가물거리며 왔고 그들 주위로 회색빛이 서서히 번졌다. 드디어 그가 몸을 일으키자 친구들은 그 얼굴을 볼 수 있었다. 창백하고 일그러지고 근심에 찬 표정이었다. 그리고 아라고른이 말했다.

"대지의 풍문은 흐릿하고도 혼란스러워. 주변 수 킬로미터 이내에는 걷는 게 전혀 없어. 우리 적들의 발소리는 희미하고도 멀고. 그러나 말발굽 소리가 요란해. 바닥에 누워 자고 있을 때도 그 소리를 들었고 그 때문에 꿈자리가 사나웠던 게 떠오르는군. 서쪽세계를 지나며 질주하는 말들의 소리였어. 하지만 그 소리는 북쪽으로 달리며 우리에게서 점점 멀어져 가고 있어. 이 땅에서 무슨 일이 벌어지고 있나 봐!"

"갑시다!" 레골라스가 말했다.

추격의 셋째 날은 그렇게 시작되었다. 구름이 끼고 그 사이로 해가 단속적으로 얼굴을 내밀었다가 숨는 그 긴 시간 동안, 그들은 마치 그 어떤 피로도 가슴에 당겨진 불길을 끌 수 없다는 듯, 때론 성큼 걸음으로, 때론 뛰면서 좀처럼 걸음을 멈추지 않았고 거의 말이 없었다. 그들은 드넓은 황야를 지나갔다. 그들이 입은 요정 외투는 회록색 벌판을 배경으로 흐릿했기에, 요정의 눈이 아니라면, 심지어 한낮의 서늘한 햇빛 속에서도 그들이 가까이 오기 전에 포착할 수 있는 이는 거의 없을 것이었다. 이따금 그들은 렘바스를 선물해 준 로리엔의 귀부인에게 마음 깊이 감사드렸다. 달리는 중에도 그것을 먹고 새로운 힘을 얻을 수 있었기 때문이었다.

온종일 적들의 자취는 끊어짐이나 방향이 바뀌는 일 없이 북서쪽으로 일매지게 뻗쳤다. 또 한 번 날이 저물 무렵 그들은 나무 없는 비탈들에 이르렀다. 그곳의 땅은 앞쪽의 곱사등처럼 낮은 일련의 구릉지들을 향해 솟아올라 있었다. 오르크의 자취는 북쪽으로 구릉지대를 향해 휘어지면서 점점 희미해졌다. 거기서부터는 땅바닥이 더 단단해지고 풀은 더 짧아졌던 것이다. 저 멀리 엔트강이 초록바탕 속의 은색 실처럼 굽이쳐 흘렀다. 움직이는 것이라곤 아무것도 보이지 않았다. 이따금 아라고른은 짐승이나 인간의 흔적이 전혀 눈에 띄지 않는 것을 의아해했다. 로한인들의 거처 대부분은 옅은 안개와 구름 속에 숨은 백색산맥의 나무 우거진 처마 아래 남쪽으로 수 킬로미터나 떨어져 있었다. 그렇지만 지난날 말의 명인들은 왕국의 이 동쪽 지역 이스템넷에서 수많은 마소를 길렀고, 목부(牧夫)들은 거기서 야영하며 심지어는 겨울철에도 그 일대를 유랑했었다. 그러나 이제 그 모든 땅은 텅 비었고 평화로운 고요함과는 사뭇 다른 침묵이 있을 뿐이었다.

어스름 녘에 그들은 다시 걸음을 멈췄다. 이제 그들은 로한평원을 120킬로미터나 지나왔고 에뮌 무일의 장벽은 동쪽 어둠에 묻혀 보이지 않았다. 막 떠오른 달이 안개 낀 하늘에서 깜빡이고 있었지만 약간의 빛을 줄 뿐이고 별들은 가려져 있었다.

"지금은 추격 중에 쉬거나 멈추는 시간이 정말 아까워." 레골라스가 말했다. "마치 사우론이 뒤에서 채찍으로 닦달하는 것처럼 오르크들은 우리를 앞서 달려갔어. 놈들은 이미 그 숲과 어두운 구릉지에 다다랐고 지금도 나무들의 어둠 속을 지나가고 있지 않나 싶어."

김리가 이를 갈았다.

"그렇다면 우리의 희망과 우리의 모든 수고도 쓰라린 끝장이야."

아라고른이 말했다.

"어쩌면 희망은 끝장일 수 있어도 수고는 아닐 걸세. 우린 여기서 방향을 돌리지 않아. 그렇지만 몸은 노곤하군."

그는 그들이 지나온 길을 따라 동녘에 모여드는 밤 쪽을 되짚어 응시했다.

"이 땅에선 뭔가 이상한 게 꿈틀대고 있어. 난 이 정적이 의심스러워. 심지어 저 파리한 달도 의심스럽고. 별들은 희미하고 전에 없이 몸이 노곤해. 순찰자가 쫓아야 할 선명한 자취를 앞두고 몸이 노곤해진다는 건 어림없는 일이지. 적들에게는 속도를 더해 주고 우리 앞엔 보이지 않는 장벽을 세우는 모종의 의지가 있어. 그러고 보니 노곤한 건 사지가 아니라 가슴이야."

아라고른의 말에 레골라스가 대답했다.

"정말 그렇소! 난 우리가 처음 에뮌 무일에서 내려온 이래 그 점을 감지했더랬소. 왜냐하면 그 의지는 우리의 뒤가 아니라 앞에 있으니까요."

그는 손가락으로 로한땅을 넘어 초승달 아래 어두워져 가는 서녘을 가리켰다.

"사루만의 짓이야! 그러나 그가 우리의 발길을 돌려세울 순 없어! 우리는 한 번 더 멈춰야 해. 보라고! 심지어 달도 몰려드는 구름 속에 빠져들고 있잖아. 하지만 다시 날이 밝을 때 우리가 갈 길은 구릉과 늪 사이의 북쪽이야."

아라고른이 중얼거렸다.

밤을 꼬박 새운 건지 잠을 잔 건지 알 수 없지만 레골라스는 예전처럼 먼저 일어나 있었다.

"일어나요! 일어나!" 하고 그가 외쳤다. "빨간 새벽이오. 숲의 처마 부근에서 이상한 것들이 우리를 기다려요. 길조인지 흉조인지 알진 못하지만 어쨌든 우리는 부름을 받았소. 일어나라니까!"

나머지 둘은 벌떡 일어났다. 그리고 그들은 미처 정신을 차릴 새도 없이 출발했다. 서서히 구릉지대가 가까워졌다. 그들이 거기 도착했을 때는 아직 정오가 되기 한 시간 전이었다. 민둥한 능선들로 솟아오르는 초록 비탈들이 북쪽을 향해 일직선으로 뻗은 곳이었다. 발치의 땅은 말랐고 잔디는 짧았지만, 갈대와 골풀의 희미한 덤불들 속을 구불구불 깊이 흐르는 강과 그들 사이에 너비 15킬로미터쯤 되는, 푹 꺼진 좁고 긴 땅이 놓여 있었다. 가장 남쪽 비탈 바로 서쪽에 거대한 원형의 땅이 있었는데 거기엔 숱한 발길에 짓밟혀 잔디가 찢기고 짓이겨져 있었다. 거기서부터 오르크의 자취는 다시 뻗어 나가 구릉지의 메마른 자락을 따라 북쪽으로 방향을 틀었다.

아라고른은 걸음을 멈추고 그 자취를 꼼꼼히 살폈다.

"놈들은 여기서 잠시 쉬었어. 그러나 그 곁으로 드러난 흔적조차도 이미 오래된 거야. 레골라스, 유감스럽게도 자네 직감이 맞은 것 같아. 지금 우리가 있는 곳에 놈들이 서 있었던 지가 어림해서 서른여섯 시간이야. 만약 놈들이 그 속도로 꾸준히 질주했다면 어제 해질 녘 즈음 팡고른숲의 경계에 도착했을 거야."

"내 눈엔 멀리 멀리 북쪽이나 서쪽으로든 안개 속으로 가물거리며 사라지는 풀밭밖에 안 보이는걸." 하고 김리가 말했다. "구릉지에 오르면 그 숲이 보일까요?"

아라고른이 말했다.

"그곳은 아직 멀리 떨어져 있어. 내 기억이 맞는다면 이 구릉지는 북쪽으로 40킬로미터 남짓 뻗어 있어. 그리고 엔트강 어귀의 북서쪽에 드넓은 땅이 고요히 펼쳐져 있는데 그게 또 75킬로미터쯤 될 거야."

"자, 계속 가자고요." 김리가 말했다. "분명 내 다리는 그런 거리 감각을 잊었소. 마음만 덜 무겁다면 다리가 더 기운을 낼 텐데."

마침내 그들이 구릉지의 끝에 가까웠을 때는 해가 떨어지고 있었다. 그들은 장시간 쉬지 않고 행군했다. 이제 그들은 천천히 가고 있었고, 김리의 등은 굽어 있었다. 난쟁이들은 노역이나 여행에 남달리 강인하지만, 마음속의 모든 희망이 스러지면서 그도 이 끝없는 추적에 지치기 시작했다. 아라고른은 그의 뒤에서 굳은 표정으로 묵묵히 걸으며 이따금씩 몸을 굽혀 지면 위의 어떤 흔적이나 표시를 살폈다. 레골라스만이 여전히 언제나처럼 가볍게 걸었다. 그의 발은 거의 풀밭을 밟는 것 같지도 않았고 지나면서 어떤 발자국도 남기지 않았다. 그럼에도 그는 요정의 여행식만으로도 필요한 모든 기력을 얻었고, 인간들이 그걸 잠이라고 부를지는 몰라도 이 세상의 빛 속에서 번연히 눈을 뜨고 걸으면서도 요정 꿈의 낯선 길들 속에서 정신의 휴식을 취하며 잠을 잘 수도 있었다.

"이 초록 언덕의 꼭대기로 올라가요!"

레골라스의 말을 따라 그들은 지친 몸을 이끌고 긴 비탈을 올라 이윽고 정상에 이르렀다. 그것은 반반하고 휑한 둥근 언덕으로 구릉지의 최북단에 홀로 자리했다. 해가 넘어가고 저녁의 어둠이 커튼처럼 떨어졌다. 그들은 도표나 이정표가 없는 무형의 잿빛 세계 속에 홀로였다. 단지 저 멀리 북서쪽에 스러지는 빛을 배경으로 더 깊은 어둠이 있을 뿐이었다. 바로 안개산맥과 그 기슭의 숲이었다.

김리가 입을 열었다.

"여기엔 우리의 길을 이끌어 줄 만한 게 아무것도 안 보이는데. 음, 이제 다시 걸음을 멈추고 밤을 지내야 해. 점점 추워지는데!"

"적설지에서 불어오는 북풍 탓이지."

하고 아라고른이 말하자, 레골라스도 말했다.

"아침이 오기 전엔 동풍이 될 거야. 쉬어야만 한다면 쉬어야지. 그렇지만 희망을 모두 버리진 말라고. 내일은 알 수 없는 거니까. 종종 해가 뜰 때면 묘안도 떠오른다네."

김리가 말했다.

"우리가 추격을 시작하고 벌써 해가 세 번이나 떠올랐지만 아무런 지혜도 가져다준 게 없다고."

밤이 깊어지면서 점점 더 추워졌다. 아라고른과 김리는 자는 중에도 종종 깨곤 했다. 그들은 깰 때마다 레골라스가 곁에 서 있거나 이리저리 거닐며 혼자서 제 종족의 말로 나지막하게 노래하는 걸 보았다. 그의 노래에 맞추기라도 하듯, 저 위의 견고하고 검은 하늘에 하얀 별들이 열렸다. 밤은 그렇게 흘러갔다. 이제 별도 사라지고 구름도 없는 하늘에 천천히 새벽이 열리는 것을 그들은 함께 지켜보았다. 마침내 해가 떠올랐다. 날은 어슴프레하면서도 맑았다. 동풍이 불어와 안개가 말끔히 걷혔다. 을씨년스러운 빛 속에 그들 주위로 넓은 땅들이 음산하게 널려 있었다.

앞쪽과 동쪽으로 그들이 벌써 여러 날 전에 대하에서 흘낏 본 로한고원의 바람 센 고지가 보였다. 팡고른의 어두운 숲이 북서쪽으로 넓게 퍼져 있었다. 50킬로미터쯤 떨어진 곳에 숲의 그늘진 처마가 고요히 자리했고 그보다 더 먼 쪽의 비탈은 먼 푸르름 속에 잠겼다. 그 너머 저 멀리 안개산맥의 마지막 봉우리, 우뚝한 메세드라스의 하얀 꼭대기가 잿빛 구름 위를 떠도는 듯 어렴풋이 드러났다. 숲에서 흘러나온 엔트강이 그들을 마주했다. 물결은 빠르고 폭이 좁아 양쪽 강둑이 깊이 파였다. 오르크들의 자취는 구릉지에서 강 쪽으로 방향을 바꾸었다.

아라고른은 예리한 눈으로 자취를 강까지 훑고 다음엔 숲 쪽을 되짚으며 강을 훑던 중에 먼 초원 위의 그림자 하나를, 잽싸게 움직이는 거뭇한 반점 하나를 보았다. 그는 바닥에 엎드려 다시금 귀를 곤두세우고 들었다. 한편 레골라스는 길고 가는 손으로 빛나는 요정의 눈에 그늘을 만들며 곁에 서 있었다. 그가 본 것은 그림자도 반점도 아닌 작은 형체의 기병들, 수많은 기병들이었다. 아침 햇살에 닿은 그들의 창끝은 육안으로는 보이지 않는 아주 작은 별들이 반짝이는 것 같았다. 뒤편 저 멀리에서 가느다란 실 가닥들이 소용돌이치듯 어두운 연기가 피어올랐다.

텅 빈 벌판에는 정적이 깔려 김리는 풀밭에서 움직이는 대기의 진동을 들을 수 있었다.

"기사들이야!" 아라고른이 벌떡 일어서며 외쳤다. "날랜 군마를 탄 많은 기사들이 우리를 향해 오고 있어!"

레골라스가 말했다.

"맞소. 백다섯 명이오. 저들의 머리카락은 노랗고 창들은 눈부시게 빛나오. 그 대장은 키가 아주 크고."

아라고른이 미소를 지으며 말했다.

"역시 요정의 눈은 날카롭군."

아라고른의 말에 레골라스가 "아뇨! 저 기사들은 25킬로미터밖에 떨어져 있지 않아요." 하고 덧붙였다.

"25킬로미터든 5킬로미터든," 김리가 말했다. "이 휑뎅그렁한 땅에서 우린 저들을 피할 수 없소. 여기서 저들을 기다려야 하나, 아니면 우리 길을 계속 가야 하나?"

아라고른이 말했다.

"우린 기다릴 거야. 난 지쳤고 또 우리의 추격도 수포로 돌아갔네. 아니면 적어도 우리를 앞질렀던 게야. 이 기병들이 오르크 자취를 되짚어 오고 있으니 저들로부터 소식을 얻을 수도 있어."

"아니면 창에 찔릴지도."

김리가 투덜거렸다.

"빈 안장이 셋 있지만 호빗은 안 보이는데."

레골라스가 말했다.

"우리가 좋은 소식을 들을 거라고 말하진 않았어. 그렇지만 좋은 소식이든 나쁜 소식이든 우린 여기서 기다릴 거야."

아라고른이 말했다.

이제 3인의 동지는 어슴푸레한 하늘을 등져 손쉬운 표적이 될 수도 있는 언덕 꼭대기를 떠나 북쪽 비탈로 천천히 걸어 내려갔다. 언덕 기슭에서 걸음을 멈춘 그들은 외투로 몸을 여미고서 빛바랜 풀밭에 한데 웅크려 앉았다. 시간은 느리고 무겁게 지나갔다. 바람은 가냘프지만 몸에 스며들었다. 김리는 마음이 불안했다.

"아라고른, 저 기병들에 대해 뭐 좀 아는 게 있소? 여기서 앉아 기다리다 졸지에 죽는 건 아니오?"

김리의 말에 아라고른이 답했다.

"난 저들과 함께 지낸 적이 있어. 저들은 자부심이 강하고 고집도 세지만, 신실하고 생각과 행동이 너그럽고, 용감하되 잔혹하지 않고 현명하되 학식은 별로 없어. 그리고 저들은 암흑기 이전 인간의 자손들이 그랬듯 책을 쓰진 않지만 많은 노래를 부르지. 그러나 최근 여기에서 무슨 일이 있었는지 또 로한인들이 배신자 사루만과 사우론의 위협 사이에서 어떤 심경인지도 모르네. 저들은 곤도르인들과 혈연으로 이어져 있진 않아도 오랜 친구였어. 청년왕 에오를이 저들을 북부에서 데리고 나온 게 기억도 할 수도 없을 만큼 오래전이야. 그리고 저들은 너른골의 바르드족과 어둠숲의 베오른족과 혈연이 닿아. 그 두 종족 속에서 로한의 기사들처럼 키 크고 잘생긴 이들을 아직도 숱하게 볼 수 있거든. 적어도 저들은 오르크들을 사랑하진 않을 거야."

"하지만 간달프는 저들이 모르도르에 공물을 바친다는 소문에 대해 말한 적이 있잖소."

하고 김리가 말했다.

"보로미르가 그랬듯 나도 그 소문을 믿지 않아."

아라고른이 말했다. 그러자 레골라스도 덧붙였다.

"곧 진실을 알게 되겠지. 이미 저들이 다가오고 있으니까."

드디어 김리조차도 질주하는 말발굽이 대지를 울리는 소리를 희미하게나마 들을 수 있었다. 기병들은 자취를 쫓아오다가 강에서 방향을 틀어 구릉지 가까이로 다가오고 있었다. 그들은 바람처럼 말을 달리고 있었다.

이제 맑고 힘찬 목소리들의 함성이 벌판을 넘어 울려왔다. 돌연 그 함성은 천둥 같은 굉음으로 덮쳐 왔다. 선두에 선 기병이 옆으로 벗어나더니 언덕 기슭 곁을 지나, 구릉지 서쪽 자락을 따라 다시 남쪽으로 부대를 이끌었다. 그의 뒤로 날래고 빛나며 보기에도 사납고 훤칠한 사슬갑옷의 병사들이 긴 대열을 이루어 달렸다.

그들의 말은 키가 크고 굳세며 다리가 미끈했다. 윤이 나는 회색 털에 긴 꼬리는 바람에 치렁거렸고 의기 높은 목덜미 위로 땋은 갈기가 늘어져 있었다. 말들과 그 위에 탄 사람들이 아주 잘 어울렸다. 큰 키에 사지가 길었고, 연한 아마 빛의 머리칼이 가벼운 투구 아래 흘러내려 등 뒤로 나부꼈고, 얼굴은 근엄하고 날카로웠다. 손에는 물푸레나무로 만든 긴 창이 들려 있었고 등에는 채색된 방패를 메었으며 허리띠에는 긴 칼이 꽂혀 있었다. 잘 닦여 빛나는 사슬갑옷이 무릎 위까지 드리웠다.

그들은 둘씩 짝지어 질주했다. 가끔씩 한 사람이 등자에서 몸을 일으켜 앞과 좌우 양쪽을 응시했지만, 그들은 말없이 앉아 자신들을 주시하는 3인의 이방인을 인지하지 못하는 것 같았다. 부대가 거의 지나쳐 갈 즈음 갑자기 아라고른이 일어나 큰 소리로 외쳤다.

"로한의 기사들이여! 북쪽에서 무슨 소식이라도 들으셨소?"

그들은 놀라운 속도와 기량으로 군마들을 제지하고 진로를 바꿔 돌진해 왔다. 곧장 3인의 동지는 뒤의 언덕 사면을 오르내리고 주위를 빙빙 돌며 점점 안으로 다가들면서도 계속 원진(圓陣)을 유지하는 기병들 속에 포위되었다. 사태의 추이를 궁금하게 여기며 아라고른은 말없이 서 있었고 나머지 둘은 움직이지 않고 앉아 있었다.

기사들은 한마디 말이나 외침도 없이 별안간 멈춰 섰다. 수풀처럼 빽빽한 창들이 그들을 향해 겨누어졌다. 기병들 중 몇몇은 손에 활을 들었는데, 벌써 화살이 시위에 메겨진 상태였다. 이윽고 한 명이 앞으로 나섰는데, 나머지 모두보다 키가 큰 장대한 이였다. 그의 투구에는 깃장식으로 삼은 하얀 말꼬리털이 나부꼈다. 그는 자신의 창끝이 아라고른의 가슴에서 한 자쯤 되는 거리까지 말을 몰고 나왔다. 아라고른은 꼼짝도 하지 않았다.

"너희는 누구냐? 이 땅에서 뭘 하고 있나?"

그 기사는 서부 공용어를 써서 말했는데, 그 말투와 어조가 곤도르인 보로미르와 흡사했다.

"나는 성큼걸이라 하오. 우린 북쪽에서 왔고, 오르크들을 쫓고 있소."

아라고른이 대답했다.

기사가 말에서 훌쩍 뛰어내렸다. 그는 말을 달려와 자기 곁에 내려선 다른 기사에게 창을 건네더니 칼을 뽑아 들어 아라고른과 대면하고 섰다. 아라고른을 매섭게 훑어보던 그 얼굴에 놀라는 기색이 떠올랐다. 마침내 그가 다시 말했다.

"나는 처음에 당신들을 오르크들로 생각했소. 이젠 그게 아니란 걸 알겠소. 그런데 이런 식으로 놈들을 뒤쫓다니, 정녕 당신들은 놈들에 대해 거의 무지한 거요. 놈들은 빠르고 잘 무장되어 있고 그 수도 많소. 만약 당신들이 놈들을 따라잡았다면, 당신들의 신세는 사냥꾼에서 먹잇감으로 바뀌었을 거요. 그런데 성큼걸이여, 당신에겐 무언가 이상한 데가 있군."

그는 맑고 빛나는 눈을 순찰자에게 돌렸다.

"당신이 댄 그 호칭은 사람의 이름이 아니오. 그리고 당신들의 옷차림도 이상하고. 당신들은 풀밭에서 솟은 건가? 어떻게 우리 눈을 피한 거지? 당신들은 요정족인가?"

"아니요." 아라고른이 말했다. "요정은 우리들 중 한 명만으로 저 먼 어둠숲의 삼림왕국에서 온 레골라스요. 그러나 우린 로슬로리엔을 거쳐 왔소. 그래서 귀부인의 선물과 은총이 우리와 함께 있는 거요."

그 기사는 새삼 놀란 듯 그들을 바라보았으나 눈길은 굳어 있었다.

"그럼, 옛이야기대로 황금숲에 여주인이 있는 거로군! 그녀의 그물을 벗어난 자는 거의 없다고들 하는데. 하여튼 수상한 시절이로고! 그런데 만일 당신들이 그녀의 은총을 받았다면, 그렇다면 아마 당신들도 그물 짜는 이들이고 마술사들이겠군."

갑자기 그가 레골라스와 김리에게로 냉담한 눈길을 돌렸다.

"왜 당신들은 말이 없는 거지, 꿀 먹은 벙어린가?"

그가 다그치듯 묻자, 김리가 벌떡 일어나 두 다리를 벌리고 굳건히 섰다. 손은 도낏자루를 움켜쥐었고 검은 눈이 번득였다.

"말 조련사여, 당신의 이름을 밝히시오. 그러면 나도 내 이름과 그밖의 것도 밝히리다."

"그 점에 관해서는," 기사가 난쟁이를 빤히 내려다보며 말했다. "먼저 이방인이 신원을 밝혀야 마땅하지. 어쨌든 내 이름은 에오문드의 아들 에오메르요. 리더마크의 제3원수지."

"그렇다면 리더마크의 제3원수, 에오문드의 아들 에오메르여. 글로인의 아들 난쟁이 김리가 당신에게 어리석은 소리 말 것을 경고하겠소. 당신은 자기 생각의 범위를 벗어난 아름다운 것을 험담하는 바, 모자라는 사람이 아니라면 용납할 수 없는 일이오."

에오메르의 눈에 불길이 확 타올랐고 로한인들은 격분하여 뭐라고 중얼거리며 창을 뻗치고 죄어들었다. 에오메르가 외쳤다.

"난쟁이 선생, 만약 당신의 머리가 땅바닥에서 조금이나마 더 높이 있었다면 나는 그 머리는 물론이고 수염과 다른 모든 것을 베었을 것이다!"

"그는 혼자가 아니오! 그 칼날이 떨어지기 전에 당신이 먼저 죽을 거요."

레골라스가 눈으로 좇을 수 없을 만큼 빠르게 손을 놀려 활을 당기고 화살을 메기며 말했다.

에오메르가 칼을 치켜들었고, 자칫 사태가 고약해질 수도 있었으나 아라고른이 그들 사이에 끼어들어 손을 들어 올렸다.

"송구하오, 에오메르여! 사정을 더 알게 되면 왜 당신이 내 동지들을 화나게 했는지 이해할 거요. 우리는 로한에, 그리고 로한인 그 누구에게도, 사람이든 말이든, 악의가 없소. 칼을 내리치기 전에 우리 이야기를 들어 보지 않겠소?"

"그러지." 에오메르가 칼을 내리며 말했다. "하지만 이 의혹의 시절에 리더마크를 방랑하는 자들은 그렇게 오만을 부리지 않는 게 현명할 거야. 먼저 당신의 본명을 말하라."

"먼저 당신이 누구를 받드는지 말하시오." 아라고른이 말했다. "당신은 모르도르의 암흑군주 사우론의 친구인가, 적인가?"

에오메르가 대답했다.

"나는 오로지 마크의 군주, 셍겔의 아드님 세오덴 왕을 받들 뿐이다. 우리는 저 멀리 암흑 땅의 권력자를 받들지 않으며 또 아직은 그와 공공연한 전쟁을 벌이고 있지도 않다. 만약 당신들이 그에게서 달아나고 있다면 이 땅을 떠나는 게 좋을 것이다. 우리의 모든 변경에서 분쟁이 일고 있고, 우리는 위협받고 있다. 그러나 우린 우리 것을 지키고, 선악을 불문하고 이방의 군주를 섬기지 않으며, 오로지 우리가 살아온 대로 자유롭게 살기를 바랄 뿐이다. 우리도 좋은 시절엔 손님들을 환대했지만, 이 시절에 들어선 초대받지 않은 이방인은 대뜸 우리를 냉혹하다고 여기지. 자! 당신은 누군가? 당신은 누구를 받드는가? 당신은 누구의 명을 받아 우리 땅에서 오르크들을 쫓고 있는가?"

아라고른이 말했다.

"나는 그 누구도 받들지 않소. 그러나 사우론의 종들이라면 어느 땅으로 가든 추격하오. 필멸의 인간들 가운데 오르크들에 대해 나보다 잘 아는 이는 거의 없소. 그리고 내가 이런 식으로 그들을 쫓는 건 선택에 따른 것이 아니오. 우리가 추격하는 오르크들이 내 친구 둘을 포로로 잡아갔소. 그런 급박한 처지에 말이 없으면 걸어서 갈 수밖에 없고, 자취를 좇아도 좋다는 허락을 일일이 청할 수도 없소. 게다가 난 적의 머릿수를 칼로만 헤아릴 것이오. 내게도 무기가 없 지는 않으니까."

아라고른이 외투를 뒤로 젖혔다. 그 손이 요정의 칼집을 움켜쥐자 칼집이 돌연 광채를 발했다. 그가 안두릴의 눈부신 칼날을 휘두르 자 돌연 화염이 일었다.

"엘렌딜!" 아라고른이 외쳤다. "나는 아라소른의 아들 아라고른 으로 요정석, 즉 엘렛사르로 불리며, 곤도르의 엘렌딜의 아들 이실 두르의 후계자 두나단이다! 여기 한때 부러졌다가 다시 벼려진 검 이 있도다! 당신은 나를 도울 것인가, 아니면 방해할 것인가? 속히 택하라!"

김리와 레골라스는 깜짝 놀라 자신들의 동지를 쳐다보았다. 그도 그럴 것이, 이전에 그들은 그가 이런 분위기를 뿜어내는 것을 보지 못했던 것이다. 인물의 크기에서 에오메르가 졸아든 반면 그는 부 쩍 커져 버린 것 같았고, 생기에 찬 아라고른의 얼굴에서 그들은 아 르고나스 선왕들의 권세와 위엄을 잠시나마 볼 수 있었다. 잠깐 동 안 레골라스의 눈에는 아라고른의 눈썹 위로 하얀 불길이 찬란한 왕관처럼 명멸하는 것 같았다.

뒤로 물러선 에오메르의 얼굴에 외경의 표정이 어렸다. 그는 오만 한 눈을 내리깔고 중얼거렸다.

"정말이지 요즘은 수상한 시절이야. 별안간 풀밭에서 꿈과 전설 이 튀어나와 생생한 현실이 되다니. 군주시여, 말씀해 주십시오. 무 슨 일로 여기 오셨는지요? 그리고 그 알 수 없는 말씀의 뜻이 무엇인 지요? 데네소르의 아들 보로미르가 그에 대한 답을 찾고자 떠난 지 오래건만 우리가 그에게 빌려준 말은 기사 없이 혼자 돌아왔습니다.

당신께선 북방에서 어떤 운명을 가져오신 건지요?"

"선택의 운명이오." 아라고른이 말했다. "그대는 셍겔의 아들 세오덴께 이 말을 전해도 좋소. 즉, 사우론과 함께할 것인가 아니면 그에 맞서 싸울 것인가가 걸린 공공연한 전쟁이 그의 앞에 놓여 있다고. 이젠 누구도 이제껏 살아온 대로 살 수 없을 것이고, 자기 것이라 부르는 것을 간직할 수 있는 이도 거의 없을 것이오. 그러나 이 중대한 문제에 대해서는 차후에 이야기할 수 있을 것이오. 혹시 사정이 허락한다면 내가 친히 왕을 찾아뵙겠소. 지금 나는 매우 다급한 처지이고, 해서 도움을, 혹은 적어도 소식을 청하오. 그대는 우리가 우리 친구들을 납치해 간 오르크들을 추격하고 있다는 걸 들었소. 우리에게 무엇을 말해 줄 수 있소?"

"더는 그놈들을 추격할 필요가 없다는 것입니다." 에오메르가 말했다. "오르크들은 전멸했습니다."

"우리 친구들도?"

"우린 오르크들 외에는 아무도 보지 못했습니다."

"그건 정말 이상한데. 쓰러진 놈들을 수색했소? 오르크들 외에 다른 시체들은 없었소? 그들은 작아서 그대 눈엔 그냥 어린애로 보일 테고, 신발은 신지 않고 회색 옷을 입었소."

"난쟁이나 어린애는 없었습니다. 우리는 쓰러진 놈들을 죄다 헤아리고 무기를 거둔 다음 우리의 관습대로 시체들을 한데 쌓아 불태웠습니다. 그 잿더미에선 아직도 연기가 나고 있습니다."

"우린 난쟁이나 어린애를 말하는 게 아니오." 김리가 말했다. "우리 친구들은 호빗이오."

"호빗이라고요? 어떤 종족이죠? 이름이 낯선데요."

에오메르가 물었다.

"낯선 종족에 걸맞은 낯선 이름이죠." 김리가 말했다. "그러나 그들은 우리에게 매우 소중하오. 로한에서 당신도 미나스 티리스를 온통 들쑤셔 놓은 그 소문을 들었을 거요. 반인족에 관한 소문 말이오. 이 호빗들이 반인족이라오."

"반인족!" 에오메르 곁에 섰던 기사가 웃었다. "반인족이라! 하지만 그들은 북방의 옛 노래와 아이들 이야기에나 나오는 소인(小人)일 뿐이잖소. 백주에 우리가 전설 속을 걷는 건지 아니면 초록의 대지 위를 걷는 건지요?"

"둘 모두일 수도 있지." 아라고른이 대답했다. "왜냐하면 우리 시대를 전설로 만들 자는 우리가 아니라 우리 다음에 오는 이들이니까. 초록의 대지라고 했소? 비록 그대가 현실 속에서 그것을 밟고 있긴 하나 실은 그것도 전설의 중대한 소재라네!"

그 기사는 아라고른의 말에 신경 쓰지 않고 에오메르를 향해 말했다.

"시간이 촉박합니다. 대장님, 우린 서둘러 남쪽으로 가야만 합니다. 이 무모한 이들은 제멋대로 공상하게 내버려 두시지요. 아니면 저들을 포박해서 왕께 데려갑시다."

"잠자코 있어, 에오사인!" 에오메르가 자기네 말로 말했다. "잠시 저쪽에 가 있어. 병사들에게 길 위에 집결해 엔트여울로 말 달릴 준비를 갖추라고 일러."

에오사인은 투덜대며 물러나 나머지 기사들에게 명령을 전했다. 곧 그들은 물러섰고 에오메르 홀로 아라고른 일행 곁에 남았다.

"아라고른이여, 당신의 모든 말씀은 하나같이 이상합니다. 그렇지만 진실을 말씀하셨다는 것도 분명합니다. 우리 마크 사람들은 거짓말을 하지 않고 따라서 쉽게 속지도 않습니다. 그러나 당신께선 전부를 말씀하진 않으셨습니다. 이제 제가 무엇을 해야 할지 판단할 수 있도록 당신의 임무를 더 자세히 말씀해 주시지 않겠습니까?"

아라고른이 대답했다.

"나는 몇 주 전, 노래 속에서 '임라드리스'라 불리는 곳에서 출발했소. 미나스 티리스의 보로미르가 나와 동행했소. 내 임무는 데네소르의 아들과 함께 그 도시로 가서 사우론에 맞서 전쟁을 치르는 그의 동족을 돕는 것이었소. 그러나 나와 함께 나선 원정대는 다른 사명도 띠었소. 그것에 대해선 지금 말할 수 없소. 회색의 간달프가 우리의 지도자였소."

"간달프라고요!"

에오메르가 외쳤다.

"회색망토의 간달프는 마크에도 잘 알려진 인물입니다. 미리 알려 드립니다만, 이제 그 이름은 왕의 호의를 담보할 수 없습니다. 사람들이 기억하기로 그는 숱하게 이 땅에 손님으로 왔습니다. 내키는 대로 철이 바뀌면 오기도 하고 수년 만에 오기도 했습니다. 이제 일부 사람들은 간달프가 언제나 이상한 사건들, 대개 불행한 사건들을 가져왔다고 말합니다. 심지어 그를 악의 전령으로 부르는 이들까지 생겼습니다.

정말이지 지난여름에 그가 마지막으로 온 후로 모든 것이 어긋나 버렸습니다. 그때 사루만과 우리의 분쟁이 시작되었지요. 그 전까지만 해도 우리는 사루만을 친구로 생각했지만, 간달프가 와서는 아이센가드에서 돌연 전쟁을 준비하고 있다고 경고했습니다. 그는 자기가 오르상크에 갇혀 있다가 가까스로 탈출했다고 말하고는 도움을 청했습니다. 그러나 세오덴 왕이 그의 말에 귀를 기울이지 않자 간달프는 가 버렸습니다. 그 후 왕께서는 자기 앞에서 다시는 간달프의 이름을 입에 담지 말라고 명하셨습니다. 격노하신 거지요. 간달프가 샤두팍스라고 불리는 말을 가져갔던 겁니다. 그것은 왕의 모든 군마 중 가장 귀하고 메아르종(種)의 으뜸이며 오직 마크의 군주만이 탈 수 있는 말이죠. 그 종의 종마는 에오를의 위대한 말로서 인간의 말을 알아듣지요. 이레 전에 샤두팍스는 돌아왔지만 왕의 분노는 누그러지지 않았습니다. 그 말이 사나워져 어떤 사람도 길들일 수 없게 돼 버렸기 때문입니다."

"그렇다면 샤두팍스는 홀로 저 먼 북방에서 길을 찾아 돌아왔군. 그와 간달프가 헤어진 곳이 바로 거기니까. 그러나 애석하게도 간달프는 더는 말을 타지 못할 거요. 그는 모리아 동굴의 암흑 속으로 추락해 다시 나오지 못했소."

아라고른의 대답을 듣고 에오메르가 말했다.

"괴로운 소식이군요. 적어도 제게는, 그리고 많은 이에겐. 그렇지만 모두에게 그렇진 않습니다. 왕께 가시면 아시게 되겠지만."

"이해가 다 가기 전에 절실히 느끼게 되겠지만, 그건 이 땅의 어느 누가 이해할 수 있는 것보다 더 비통한 소식이오."

아라고른이 말했다.

"그러나 위대한 자가 쓰러지면 그만 못한 자라도 이끌어야 하는 법이오. 모리아를 떠난 이후 기나긴 여정에서 우리 원정대를 인도하는 것이 내 역할이었소. 우린 로리엔을 거쳐 왔고—그대는 앞으로 로리엔에 대해 말하려면 그곳의 진실을 알고서 해야 할 거요—거기서 기나긴 대하를 따라 라우로스폭포에 닿았소. 거기서 보로미르는 그대가 전멸시킨 바로 그 오르크들의 손에 쓰러졌소."

"당신께서 전하는 소식이 비통하기 짝이 없군요."

에오메르가 외쳤다.

"이 죽음은 미나스 티리스에, 그리고 우리 모두에게 엄청난 손실입니다. 그는 훌륭한 전사였소! 모든 이가 그를 칭송했지요. 그는 좀처럼 마크에는 오지 않았습니다. 언제나 동쪽 변경의 전장에 있었으니까요. 그러나 저는 그를 만난 적이 있습니다. 제게는 그가 엄숙한 곤도르인이라기보단 에오를의 날렵한 후손들을 닮았고, 때가 되면 동족의 위대한 지도자가 될 인물로 보였습니다. 하지만 우린 곤도르 바깥에서 이 비통한 소식을 듣지 못했습니다. 그가 언제 쓰러졌습니까?"

"그가 쓰러진 지 이제 나흘째요." 아라고른이 대답했다. "그리고 그날 저녁 이후로 우린 톨 브란디르의 그림자로부터 행군해 온 것이고."

"걸어서요?"

에오메르가 외쳤다.

"그렇소, 보다시피."

크게 놀란 에오메르의 눈이 휘둥그레졌다.

"아라소른의 아드님이시여, 성큼걸이란 이름은 너무 초라하군요. 난 당신을 '날개 달린 발'이라는 이름으로 부르겠습니다. 세 친구분의 이 공적은 많은 연회에서 기려져야 마땅할 것입니다. 나흘이 다 하기도 전에 220킬로미터를 주파하시다니! 엘렌딜의 혈통은 참으로 강대하군요!

그건 그렇고, 군주시여, 제가 무엇을 하길 바라십니까? 전 서둘러 세오덴 왕께 돌아가야 합니다. 병사들 앞에선 조심스럽게 말했습니다만, 우리는 아직 암흑의 땅과 공공연한 전쟁을 시작하진 않았습니다. 그리고 왕의 귀에 바짝 대고 비겁한 간언을 올리는 자들도 있습니다. 그러나 전쟁은 다가오고 있습니다. 곤도르와 맺은 오랜 동맹을 우린 저버리지 않을 겁니다. 그들이 싸우는 한 우린 그들을 도울 겁니다. 저 그리고 저와 뜻을 같이하는 모든 이들이 그렇게 생각합니다. 제 관할, 즉 제3원수의 책임 지역이 동(東)마크이기에 저는 모든 가축과 목부를 엔트강 너머로 철수시키고 여기엔 경계병들과 날랜 척후병들만 남겨 뒀습니다."

"그럼 당신들은 사우론에게 공물을 바치지 않는 거요?"

김리가 말하자, 에오메르가 두 눈을 번득이며 대답했다.

"우린 그렇게 하지 않고 결단코 그렇게 한 적도 없소. 그런 거짓 소문이 나돈다는 걸 나도 듣긴 했지만 말이오. 몇 해 전 암흑 땅의 군주가 후한 값으로 우리의 말을 사기를 원했으나 거절했소. 그가 짐승들을 사악한 일에 쓰기 때문이었소. 그러자 그는 오르크들을 보내 우리 말들을 약탈하게 했고, 놈들은 언제나 검은 말들을 골라 할 수 있는 만큼 끌고 갔소. 그래서 이제 여기엔 검은 말이 거의 남지 않소. 그 때문에 오르크들에 대한 우리의 원한은 사무치오.

그러나 이 시점에서 우리의 으뜸가는 관심사는 사루만이오. 그가 이 모든 땅에 대한 지배권을 주장하고 나섰기에 우리는 수개월 전부터 그와 전쟁을 벌여 왔소. 그는 오르크, 늑대, 그리고 사악한 인간 들을 수하에 끌어들였고 우리의 통행을 막고자 로한관문을 봉쇄했소. 때문에 우린 동서 양쪽으로 포위될 지경이오.

그런 적을 상대하는 건 위험한 일이오. 그는 교활할 뿐 아니라 천변만화의 변장술을 부리오. 그는 두건을 쓰고 망토를 걸친 노인 행색으로 여기저기 돌아다닌다는데, 이제 와서 많은 이들이 회상컨대 간달프와 흡사하다고 합니다. 그의 밀정들은 모든 그물을 교묘히 빠져나가고 그가 부리는 불길한 새들은 하늘을 가로지르오. 나로서는 이 모든 일이 어떻게 끝날지 알 수 없고 그래서 걱정입니다. 그의 편이 아이센가드에만 있는 것 같진 않으니까요. 당신께서 왕의 궁정으로 가신다면 친히 알 수 있을 겁니다. 가지 않으시겠습니까? 의혹과 다급함에 처한 저에게 도움을 주시고자 당신께서 오신 것이란 제 생각이 헛된 희망일까요?"

"사정이 될 때 가겠소."

아라고른이 말했다.

"지금 가시지요! 이 흉흉한 시절에 엘렌딜의 후계자는 에오를의 아들들에게 정말 큰 힘이 될 것입니다. 지금도 웨스템넷에서는 전투가 벌어지고 있는데, 우리에게 불리하게 돌아가는 것은 아닌지 염려됩니다.

말이 나왔으니 하는 말이지만, 저는 이번에 북쪽으로 출정하면서 왕의 허락을 받지 않고 갔습니다. 제가 없으면 궁정에는 경비병이 거의 남아 있지 않는데도 말입니다. 사흘 밤 전에 척후병들이 알리기를 오르크 무리가 동부장벽에서 내려오고 있으며, 그중에는 사루만의 흰색 기장을 단 놈들이 있다고 보고했습니다. 그래서 저는 가장 우려하던 것, 즉 오르상크와 암흑의 탑의 결탁을 의심하고 제 집안의 에오레드를 이끌고 나갔습니다. 이틀 전 해 질 녘에 우린 엔트숲 경계 인근에서 오르크들을 따라잡았습니다. 거기서 놈들을 포위했다가 어제 새벽에 전투를 치렀습니다. 애석하게도 병사 열다섯과 말 열두 필을 잃었습니다. 오르크들은 우리가 예상한 것보다 수가 훨씬 많았어요. 다른 놈들이 대하 너머 동쪽에서 나와 가세하기도 했고요. 그놈들의 자취는 이 지점에서 조금 북쪽으로 가면 뚜렷이 볼 수 있죠. 그런데 다른 놈들이 또 숲에서 나왔어요. 역시 아이센가드의 흰손 기장을 단 거대한 오르크들이었는데 그 족속은 다른 오르크들보다 힘도 세고 사나웠습니다.

그럼에도 불구하고 우린 놈들을 끝장냈습니다. 그러나 우린 너무 멀리까지 나갔던 겁니다. 남쪽과 서쪽에서는 우리에게 와 달라고 아우성입니다. 가시지 않겠습니까? 보시다시피 여분의 말들이 있습니다. 그 검이 해야 할 일이 있습니다. 응낙만 하시면 우리는 김리의 도끼와 레골라스의 활도 활약을 펼치도록 할 수 있습니다. 그들이 숲의 귀부인에 대한 제 경솔한 언사를 용서해 주신다면 말입니다. 저는 오로지 제 땅의 모든 사람이 할 말을 했을 뿐이고 모자란 점이 있다면 기꺼이 배우겠습니다."

아라고른이 말했다.

"그대의 정중한 말에 감사하오. 마음 같아선 그대와 함께 가고 싶지만 난 희망이 남아 있는 한 친구들을 저버릴 수 없소."

"희망은 남아 있지 않습니다." 에오메르가 말했다. "당신들은 북쪽 변경까지 가도 친구들을 찾지 못할 겁니다."

"그렇지만 내 친구들이 뒤에 있진 않소. 우린 동부장벽 멀지 않은 곳에서 그들 중 적어도 한 명은 아직 살아 있다는 분명한 징표를 발견했소. 그 장벽과 구릉지 사이에서 다른 자취를 발견하진 못했지만, 어떤 자취도 이쪽이든 저쪽이든 옆으로 새지 않았소. 내 기량이 완전히 날 떠난 게 아니라면 말이오."

"그렇다면 그들이 어떻게 된 거라고 생각하시는 겁니까?"

"알 수 없소. 그들이 살해되어 오르크들과 더불어 불태워졌을 수도 있소. 하지만 그건 당신이 그럴 리가 없다고 했으니 염려하진 않소. 아마도 전투 이전에, 아니면 그대가 적들을 에워싸기 이전에라도 그들이 숲속으로 끌려간 거라고 생각할 수밖에 없소. 누구도 그런 식으로 그대의 그물을 벗어나지 못했다고 맹세할 수 있소?"

에오메르가 말했다.

"우리가 오르크들을 목격한 뒤로는 그 누구도 벗어나지 못했다고 맹세하겠습니다. 우린 놈들보다 앞서 숲 처마에 닿았으니 만일 그 후로 어떤 생명체가 우리의 원진을 뚫고 나갔다면 그건 오르크가 아니고 어떤 요정의 권능을 지닌 자일 것입니다."

"우리 친구들도 우리와 똑같은 옷차림이었소." 아라고른이 말했다. "그리고 그대들은 대낮의 환한 빛 아래서도 우릴 지나쳤지 않소."

"제가 그 점을 잊었군요." 에오메르가 말했다. "놀라운 일이 너무 많은지라 그 어떤 것을 확신한다는 건 어렵습니다. 세상이 온통 이상해졌어요. 요정과 난쟁이가 일행이 되어 우리가 늘 거니는 벌판을 걷질 않나, 사람들이 숲의 귀부인과 이야기를 나누고도 멀쩡히 살아 있질 않나. 게다가 우리 아버지들의 아버지들이 말을 타고 마크 땅으로 오기 전 까마득한 옛 시대에 부려졌던 그 검이 전장으로 되돌아오다니! 이런 시절에 어찌 사람이 해야 할 바를 제대로 판단하겠습니까?"

"늘 판단해 왔던 대로 해야지요." 아라고른이 말했다. "작년 이후로 선과 악이 뒤바뀐 건 아니니까. 또한 요정과 난쟁이가 생각하는 선악과 인간들 사이의 그것이 다른 것도 아니오. 자기 집에서나 황금숲에서나 선악을 분별하는 게 사람의 도리요."

"정녕 옳으신 말씀입니다." 에오메르가 말했다. "저는 당신도, 내 가슴이 하고자 하는 행동도 의심하지 않습니다. 그렇지만 모든 일을 하고 싶은 대로 자유롭게 할 수 있는 것도 아닙니다. 왕께서 허락하시지 않는 한 이방인들이 제멋대로 우리 땅을 떠돌아다니도록 내버려 두는 건 위법이고, 이즈음의 위험한 시절에 그 명령은 더욱 엄격합니다. 저는 당신께 자발적으로 저와 함께 가실 것을 간청했지만 응하지 않으시는군요. 100대 3의 전투를 시작하기란 정말 싫습니다."

그러자 아라고른이 대답했다.

"나는 당신네 법이 그와 같은 우연을 위해 만들어졌다고는 생각하지 않소. 그리고 실은 나는 이방인도 아니오. 비록 다른 이름을 쓰고 지금과 다른 모습이긴 했어도 나는 이전에 한 번 이상 이 땅에 와서 로한인의 부대와 함께 말을 달린 적이 있소. 그때 그대를 보지는 못했소. 그대가 어렸을 때니까. 하지만 난 그대의 부친 에오문드와 셍겔의 아들 세오덴과 이야기를 나눴소. 지난 시절이라면 이 땅의 어떤 고명한 영주도 그 어떤 이에게 내가 맡은 것과 같은 원정을 그만두라고 다그치진 않았을 게요. 적어도 내 임무는 분명하오. 계속 가는 거요. 자, 에오문드의 아들이여. 드디어 선택해야만 하오. 우리를 도와주시오. 아니면 최악의 경우라도 우리를 자유롭게 가도록 해 주시오. 그도 아니면 당신네 법을 집행하도록 하시오. 만일 그대가 그렇게 한다면 당신들의 전쟁터나 왕에게 돌아갈 인원은 더 줄어들 것이오."

에오메르가 잠시 침묵에 잠기더니 이윽고 입을 열었다.

"우리 모두는 서둘러야 할 처지입니다. 제 부대는 떠나지 못해 안달하고 있고 당신들의 희망은 매 시각 줄어들고 있습니다. 제 선택은 이렇습니다. 당신들은 가도 좋습니다. 그뿐만 아니라 당신들께 말을 빌려드리겠습니다. 오직 이것만 청합니다. 당신들의 원정이 결실을 맺든 허사로 판명되든, 말들과 함께 엔트여울을 넘어 메두셀드로 돌아오십시오. 지금 세오덴 왕께서 거하고 계신 에도라스의 화려한 궁전으로 말입니다. 그렇게 함으로써 당신들은 내가 오판하지 않았음을 왕께 입증하시는 것입니다. 당신들께서 신의를 지킬 것이라는 것에 저는 저 자신을, 그리고 어쩌면 제 목숨을 거는 바입니다. 부디 저버리지 마십시오."

"저버리지 않겠소."

아라고른이 대답했다.

에오메르가 이방인들에게 여분의 말을 빌려주라는 명령을 내렸을 때 병사들 사이에서 커다란 동요가 일었다. 어둡고 의혹에 찬 눈길이 많았지만, 에오사인만이 감히 터놓고 말했다.

"곤도르의 영주를 자처하는 분께서 내리는 합당한 명령이겠지만, 마크의 말을 난쟁이에게 준다는 걸 그 누가 들어 본 적이 있습니까?"

"아무도 없지." 김리가 말했다. "하지만 걱정 마시오. 앞으로도 그런 말은 듣지 못할 테니까. 흔쾌하게 주는 것이든 마지못해 주는 것이든 나는 그토록 대단한 짐승의 등에 올라앉느니 차라리 걷겠소."

"하지만 지금은 타야 해. 그러지 않으면 자넨 우리에게 방해가 될 거야."

아라고른의 말에 이어 레골라스가 말했다.

"자, 나의 친구 김리여, 자넨 내 뒤에 타라고. 그러면 만사형통일 테고. 자넨 말을 빌릴 필요도 없고, 말 때문에 마음 어지럽힐 필요도 없잖아."

아라고른은 자신에게 주어진 거대한 암회색 말에 올라탔다. 에오메르가 말했다.

"그 말 이름은 하주펠입니다. 그가 당신을 잘 모셔 이전 주인 가룰프보다 좋은 운으로 인도하기를 바랍니다."

좀 더 작고 가볍지만 고집 세고 격한 성깔의 말이 레골라스에게 주어졌다. 그 말의 이름은 아로드였다. 그런데 레골라스는 안장과 고삐를 떼어 달라고 청했다. 그는 "난 그런 건 필요 없소." 하고 말하곤 가볍게 뛰어 말 등에 올라탔다. 놀랍게도 아로드는 그를 태우고도 순하게 기꺼이 따랐다. 그는 레골라스의 말만 듣고 이리저리 움직였는데, 그것은 모든 좋은 짐승들을 다루는 요정의 수완이었다. 김리는 레골라스의 뒤에 추켜올려진 뒤 그를 꼭 붙잡았는데, 배에 탄 감지네 샘만큼이나 불안한 모양이었다.

"잘 가십시오. 그리고 찾는 바를 꼭 발견하시길! 최대한 빨리 돌아오셔서 이후 우리의 검을 함께 빛냅시다!"

에오메르가 외쳤다.

"돌아오겠소."

하고 아라고른이 말했다. 김리도 외쳤다.

"나도 오겠소. 갈라드리엘 귀부인의 일이 아직 우리 사이에 남아 있으니까. 당신에게 정중한 언사를 가르쳐야겠소."

그러자 에오메르가 답했다.

"두고 봅시다. 이상한 일들이 하도 많이 벌어지는지라 난쟁이의 사랑스러운 도끼질을 받아 가며 어느 고운 부인을 칭송하는 법을 배우는 건 그리 놀랄 일도 아닐 거요. 잘 가시오!"

그 말을 끝으로 그들은 헤어졌다. 로한의 말들은 매우 날렵했다. 조금 지나 김리가 뒤돌아보았을 때 에오메르의 부대는 이미 작고 멀었다. 아라고른은 돌아보지 않았다. 그는 길을 재촉하면서도 하주펠의 목덜미 옆으로 머리를 낮게 굽혀 자취를 살폈다. 머지않아 그들은 엔트강의 경계에 도달했고, 거기서 에오메르가 말한 다른 자취를 만났다. 동쪽의 로한고원에서 내려오는 자취였다.

아라고른은 말에서 내려 바닥을 살피곤 다시 안장에 뛰어올랐다. 그리고 길 한쪽을 따라 발자국을 놓치지 않게 주의를 기울이며 동쪽으로 웬만큼의 거리를 달렸다. 얼마 후 그는 다시 말에서 내려 앞뒤로 오가며 바닥을 훑었다.

"눈에 띄는 게 거의 없어."

아라고른이 돌아와서 말했다.

"주된 자취가 기병들이 돌아올 때 말 타고 지나간 흔적과 온통 뒤섞여 버렸어. 그들의 바깥쪽 진로는 강 쪽에 더 가까웠던 게 틀림없어. 그런데 동쪽으로 난 이 자취는 방금 생긴 것으로 선명하다고. 거기서 반대쪽 길을 잡아 안두인강 쪽으로 되돌아간 발자취도 전혀 없어. 우린 이제 천천히 달리면서 양옆 어느 쪽으로든 갈라져 나간 자취나 발걸음이 있는지 확인해야 해. 오르크들도 이 지점부턴 자신들이 추격당한다는 걸 알아챘던 게 분명해. 그러니 놈들은 따라잡히기 전에 포로들을 빼돌리려는 어떤 시도를 했을 수 있어."

그들이 앞으로 달려 나가면서 날이 흐려졌다. 로한고원 위에 잿빛 구름장들이 낮게 드리웠다. 엷은 안개가 해를 가렸다. 해가 서쪽으로 지면서 나무로 덮인 팡고른의 비탈들이 여느 때보다 가깝게 모습을 드러냈다. 그들은 왼편이나 오른편으로 어떤 자취의 어떤 표식도 보지 못했다. 이따금 도주하던 길에 쓰러진 오르크가 보이기도 했다. 그들의 등이나 목에는 회색 깃털의 화살이 꽂혀 있었다.

오후가 기울어 갈 즈음 마침내 그들은 숲의 처마에 다다랐고, 나무들로 에워싸인 탁 트인 공터에서 대대적인 소각이 있었던 자리를 발견했다. 잿더미는 아직도 뜨거웠고 연기가 피어나고 있었다. 그 곁에는 투구, 갑옷, 쪼개진 방패, 부러진 칼, 활과 창, 그 밖의 전쟁 장비가 무더기로 쌓여 있었다. 가운데 박힌 말뚝 위엔 고블린 형상의 거대한 머리 하나가 꽂혀 있었고, 박살 난 투구 위엔 흰색 기장이 아직 또렷했다. 더 먼 곳에, 숲가에서 흘러나오는 강에서 멀지 않은 곳에 흙무덤이 하나 있었다. 새로 지은 무덤으로 날것 그대로의 흙이 갓 떠낸 잔디로 덮여 있었고 주위에 창 열다섯 개가 박혀 있었다.

아라고른과 그의 동지들은 전장 주변을 두루 수색했다. 그러나 빛이 흐려졌고 곧 저녁이 내려앉아 어슴푸레하고 희미했다. 해 질 녘까지 그들은 메리와 피핀의 어떤 흔적도 발견하지 못했다.

"더는 어찌할 수가 없어." 김리가 서글프게 말했다. "우리는 톨 브란디르에 닿은 후로 많은 수수께끼에 부딪혔지만 가장 풀이하기 어려운 게 이거야. 내 짐작으론 호빗들의 화장된 뼈가 오르크들의 것과 뒤섞인 것 같아. 만약 프로도가 살아 있어서 내 말을 듣는다면 그에겐 끔찍한 소식일 테고, 또 깊은골에서 기다리는 늙은 호빗에게도 끔찍하겠지만 말이야. 엘론드는 그들이 원정에 나서는 걸 반대했잖아."

"그러나 간달프는 반대하지 않았어."

레골라스가 말했다. 그러자 김리가 대답했다.

"그렇지만 간달프는 스스로 가겠다고 나섰고 또 가장 먼저 사라졌어. 그의 예지도 쓸모가 없었다고."

그러자 아라고른이 말했다.

"간달프의 계획은 자신이나 다른 이들의 안전을 내다보고 세워진 것은 아니었네. 비록 끝이 암울하더라도 거부하기보다는 시작하는 게 나은 일들이 있지. 그렇지만 난 아직은 이곳에서 떠나지 않겠네. 어쨌든 우린 여기서 아침 빛을 기다려야만 하니까."

그들은 전장 너머 좀 떨어진 곳의 가지를 넓게 뻗친 나무 아래서 야영했다. 그 나무는 밤나무처럼 생겼고, 지난해의 널찍한 갈색 잎들을 아직도 달고 있었다. 그 모습은 흉하게 바깥으로 벌어진 긴 손가락들이 달린 메마른 양손 같았다. 그 나뭇잎들이 밤의 미풍에 호곡하듯 덜걱거렸다.

김리가 몸을 떨었다. 그들은 각기 담요 한 장만 가져왔던 것이다.

"불을 피우자고. 난 더는 위험은 신경 안 써. 오르크들, 촛불 주위로 몰려드는 여름 나방들처럼 닥쳐들라지!"

김리가 말하자 레골라스도 응수했다.

"만일 저 불쌍한 호빗들이 숲에서 길을 잃었다면 불빛을 보고 이리로 올 수도 있지."

"불을 보고 오르크도 호빗도 아닌 다른 것들이 달려들 수도 있어." 아라고른이 말했다. "우린 배신자 사루만의 산악 경계에 가까이 와 있네. 또한 우린 그 숲의 나무를 건드리면 위험하다는 팡고른의 바로 가장자리에 와 있고."

그러자 김리가 말했다.

"그래도 로한인들은 어제 여기서 대대적인 소각을 했소. 그리고 보다시피 그들은 불을 피우기 위해 나무들을 베기도 했고. 그런데도 그들은 노역이 끝난 후 그날 밤을 여기서 무사히 지냈단 말이오."

아라고른이 말했다.

"그들은 수가 많았네. 그리고 그들이 팡고른숲의 노여움을 개의치 않는 건 그들이 여기 오는 일이 드물고 또 나무들 아래로 지나가지 않기 때문이야. 그러나 우리는 바로 저 숲속으로 가야 할 수도 있어. 그러니 조심하게! 살아 있는 나무를 베어선 안 돼!"

"그럴 필요도 없소." 김리가 말했다. "그 기사들이 나뭇조각과 가지를 충분히 남겨 놓은 데다 죽은 나무도 지천으로 널렸소."

그는 땔감을 모아 와 불을 지피느라 부산을 떨었다. 하지만 아라고른은 거대한 나무에 등을 기대고 말없이 앉아 생각에 깊이 잠겼다. 레골라스는 탁 트인 공지에 홀로 서서 숲의 심원한 그림자 쪽을 바라보며 멀리서 부르는 목소리에 귀를 기울이는 사람처럼 상체를 앞으로 숙였다.

난쟁이가 작고 환한 불길을 피우자 3인의 동지는 거기 바싹 다가 두건을 둘러쓴 채 몸으로 빛을 가리며 둘러앉았다. 레골라스가 머리 위로 쭉 뻗친 나뭇가지들을 올려다보았다.

"봐요! 나무도 불을 반긴다고!"

그들의 눈이 춤추는 어둠에 현혹된 것일 수도 있지만 그들 각자에게는 가지들이 불길 위로 다가오려고 이리저리 몸을 굽히고, 또 위쪽 가지들도 몸을 수그리고 있는 것처럼 보였다. 그래서 그런지 갈색 잎들도 얼고 갈라진 손을 온기에 녹이는 것처럼 뻣뻣이 물러서 있다가 함께 몸을 비볐다.

침묵이 흘렀다. 문득 닿을 듯 가까운 미지의 어두운 숲이 비밀스러운 목적을 담뿍 안고 상념에 잠긴 거대한 현존으로서 자신의 존재감을 발산했던 것이다. 잠시 후 레골라스가 다시 말했다.

"켈레보른은 우리에게 팡고른숲으로 깊이 들어가지 말라고 경고했어요. 왜 그랬는지 알아요, 아라고른? 보로미르가 들었던 그 숲의 전설이란 뭘까요?"

"난 곤도르와 그 외의 곳에서 많은 이야기를 들었네. 그러나 켈레보른의 말이 아니었다면 난 그것들을 참된 지식이 퇴색함에 따라 인간들이 만들어 낸 전설로만 여겼을 거야. 난 자네에게 그 일의 진실을 물어볼 생각이었어. 아닌 게 아니라 숲요정이 모른다면 인간이 어떻게 대답하겠나?"

그러자 레골라스가 대답했다.

"당신이 나보다 멀리 여행했으니까요. 난 우리 땅에서 이에 관해 들은 게 전혀 없소. 내가 들은 건 인간들이 엔트라 부르는 오노드림이 오래전 거기에 거주한 내력을 일러 주는 노래들뿐이라오. 그도 그럴 것이 팡고른숲은 오래되었으니까, 요정들이 셈하기에도 아주 오래된 곳이니까."

아라고른이 말했다.

"그렇지, 오래되었지. 고분구릉 옆의 숲만큼이나 오래되었어. 그러면서도 그 숲보다는 훨씬 거대하지. 엘론드의 말로는 그 둘은 같은 뿌리에서 나온 것이라네. 상고대의 강대했던 숲의 마지막 요새인 게지. 그때는 첫째자손들이 배회했고 인간은 아직 잠들어 있던 때라네. 그렇지만 팡고른숲은 자신만의 어떤 비밀을 간직하고 있어. 그게 뭔지를 난 모르지만 말이야."

"난 알고 싶지도 않아요." 김리가 말했다. "팡고른숲에 살고 있는 게 무엇이든 나 때문에 성가셔진단 말라고 해!"

이제 그들은 제비를 뽑아 불침번 차례를 정했는데, 첫 번째가 김리의 차례였다. 나머지 둘은 땅에 드러누웠다. 그들은 눕자마자 곧장 잠에 빠졌다.

"김리!" 아라고른이 졸린 목소리로 말했다. "팡고른숲에선 살아 있는 나무에서 큰 가지나 작은 가지를 자르는 건 위험하다는 걸 기억하게. 그렇다고 죽은 나무를 찾아 멀리 헤매지도 마. 차라리 불이 꺼지게 놔두라고! 위급할 땐 날 부르게."

그 말과 함께 그는 잠에 빠져들었다. 레골라스는 이미 하얀 두 손을 가슴 위에 포개고서 꼼짝 않고 누워 있었다. 요정들이 늘 그러듯 그는 눈을 감지 않은 채 생생한 밤과 깊은 꿈을 뒤섞는 것이었다. 김리는 상념에 잠긴 채 도끼날을 엄지손가락으로 훑으며 불가에 웅크리고 앉았다. 나무가 바스락거렸다. 그 외에 다른 소리는 없었다.

문득 김리가 고개를 들었더니 바로 불빛 가장자리에 허리가 굽은 한 노인이 지팡이를 짚고 큰 망토로 몸을 감싼 채 서 있었다. 그는 쳉

넓은 모자를 눈 위로 깊숙이 눌러쓰고 있었다. 김리는 즉각 사루만에게 발각된 거란 생각이 뇌리를 스쳤으나 당장은 너무나 놀라 소리도 지르지 못하고 벌떡 일어섰다. 그의 갑작스러운 움직임에 잠이 깬 아라고른과 레골라스가 몸을 일으키고 노인을 빤히 쳐다보았다. 노인은 아무런 말이나 신호도 하지 않았다.

"저, 어르신, 무슨 일이십니까?" 아라고른이 벌떡 일어서며 말했다. "추우면 이리 와서 몸을 녹이시죠!"

그가 앞으로 성큼 나서자 노인은 순식간에 사라졌다. 그의 흔적을 가까이에서 찾을 수 없었을 뿐 아니라 그들은 감히 멀리까지 헤맬 수 없었다. 달이 져서 밤은 몹시 어두웠다.

갑자기 레골라스가 소리쳤다.

"말들! 말들!"

말들이 없어졌다. 말뚝까지 끌고 사라진 것이다. 한동안 셋은 이 새로운 불운에 대한 낭패감에 말없이 서 있었다. 그들은 팡고른숲 처마 아래에 있었고, 이 넓고 위험한 땅에서 유일한 친구인 로한인들과는 헤아릴 수 없이 멀리 떨어져 있었다. 그렇게 가만히 서 있는 동안 저 멀리 어둠 속에서 말들이 힝힝거리는 소리가 들리는 것 같았다. 그러고는 차갑게 살랑대는 바람 소리 외엔 모든 것이 다시 고요해졌다.

"자, 말들은 없어진 거야."

마침내 아라고른이 입을 열었다.

"우린 그들을 다시 찾거나 붙잡을 수 없네. 그러니 그들이 제 발로 돌아오지 않는다면 우린 그들 없이 해 나가야만 해. 우린 우리 발로 출발했고, 아직 우리 발은 그대로 있잖아."

"발이라!" 김리가 말했다. "그렇지만 그걸로 걸을 순 있어도 그걸 먹을 수는 없잖아."

그는 불에 땔감을 좀 던져 얹고 그 옆에 털썩 주저앉았다. 레골라스가 웃으며 말했다.

"자네는 몇 시간 전만 해도 로한의 말은 타지 않으려고 했어. 조만간 어엿한 기사가 되겠는걸."

"그럴 기회가 있을 것 같지 않아."

김리가 말했다. 잠시 후 그는 다시 입을 열었다.

"자네들이 내 생각을 알고 싶다면, 난 그게 사루만이었다고 생각해. 그가 아니라면 누구겠어? 그는 두건을 쓰고 망토를 두른 노인 행색으로 돌아다닌다고 했던 에오메르의 말을 기억하라고. 그가 우리의 말들을 데려갔거나 아니면 겁을 주어 쫓아 버렸고, 우린 닭 쫓던 개 신세야. 더 많은 분란이 우리에게 닥칠 거야, 내 말 유념하게."

"유념하지." 아라고른이 말했다. "하지만 난 그 노인이 두건이 아니라 모자를 썼던 것도 주목하네. 물론 자네 짐작이 옳을지도 모른다는 것과, 우린 여기서 밤이고 낮이고 위험에 처해 있다는 걸 의심하진 않아. 그렇지만 당분간 우리는 할 수 있는 동안 쉬는 것 외에 달리 할 게 없어. 이제 한동안 내가 불침번을 서겠네, 김리. 잠보다는 생각이 더 필요하니까 말이야."

밤이 천천히 지나갔다. 아라고른 다음엔 레골라스가, 그리고 레골라스 다음엔 김리가 불침번을 서며 시간이 흘러갔다. 그러나 아무 일도 없었다. 그 노인은 다시 나타나지 않았고, 말들도 돌아오지 않았다.

Chapter 3
우루크하이

피핀은 어둡고 어지러운 꿈속에 누워 있었다. '프로도, 프로도!' 하고 부르는 자신의 작은 목소리가 시커먼 터널 안에 메아리치는 걸 들을 수 있었다. 그러나 프로도 대신 수백의 흉측한 오르크 얼굴들이 어둠 속에서 그를 보고 싱글거리며 웃었고, 수백의 흉측한 팔들이 사방팔방에서 그의 몸을 붙잡았다. 메리는 어디 있는 걸까?

그는 깨어났다. 차가운 공기가 얼굴에 와 닿았다. 그는 바닥에 등을 대고 누워 있었다. 저녁이 오고 있었고, 머리 위의 하늘은 점차 어슴푸레해지고 있었다. 그는 고개를 돌려보고서야 그 꿈이 생시보다 나쁠 게 없다는 걸 알았다. 손목, 다리, 그리고 발목이 줄로 묶여 있었다. 옆에는 메리가 이마에 더러운 천 조각을 동여맨 채 하얗게 질린 얼굴로 누워 있었다. 그들의 주위에는 대규모의 오르크 부대가 앉거나 서 있었다.

피핀의 지끈거리는 머릿속에서 기억이 이어지며 꿈의 어둠과 분리되었다. 그래, 그와 메리는 숲으로 도망쳤었다. 그런데 그들에게 무슨 일이 생긴 것일까? 왜 그들은 노련한 성큼걸이를 무시하고 그렇게 황급히 가 버렸던가? 그들은 먼 거리를 고함을 지르며 달렸었다. 얼마나 먼 거리였는지 또 얼마나 시간이 흘렀는지 전혀 기억할수 없었다. 그랬는데 느닷없이 오르크 무리와 딱 부딪친 것이다. 놈들은 귀를 기울이며 서 있으면서도 그들이 자신의 품에 안기다시피할 때까지 메리와 피핀을 보지 못하는 것 같았다. 이윽고 그들이 고래고래 소리를 지르자 수십 명의 다른 고블린들이 숲에서 뛰쳐나왔었다. 메리와 그는 칼을 뽑았지만 오르크들은 싸우려 들지 않고 단지 그들을 사로잡으려고만 했다. 심지어 메리가 놈들의 팔과 손을 여러 번이나 잘랐는데도. 그리운 메리!

그때 보로미르가 숲을 헤치고 껑충껑충 뛰어왔었다. 놈들은 그와 싸우지 않을 수 없었다. 그가 놈들을 무수히 베자 나머지 놈들은 달아났다. 그런데 길을 되잡아서 멀리 가지 않아 그들은 다시 공격을 받았다. 줄잡아 백 명의 오르크들이었는데, 그중 일부는 몸집이 거대했다. 그런 놈들이 화살을 비 오듯 쏘아 댔다. 모두가 보로미르를 겨냥한 것이었다. 보로미르가 커다란 뿔나팔을 불어 온 숲이 울리자 처음에 오르크들은 당황해서 뒤로 물러났다. 그러나 메아리 외엔 어떤 응답도 오지 않자 그들은 여느 때보다 더 사납게 공격했었다. 피핀이 기억할 수 있는 건 이 정도였다. 그의 마지막 기억은 보로미르가 나무에 기댄 채 몸에 박힌 화살 하나를 뽑던 모습이었다. 그러고는 갑자기 어둠이 드리워졌다.

"내가 머리에 타격을 입었던 모양이야. 가엾은 메리가 크게 다치지나 않았는지. 보로미르는 어떻게 되었을까? 왜 오르크들이 우리를 죽이지 않았지? 우리는 어디 있고, 어디로 가고 있는 거야?"

그는 그 물음들에 답할 수가 없었다. 춥고 속이 메스꺼웠다.

'차라리 간달프가 우릴 데려가겠다고 엘론드를 설득하지 않았더라면 좋았을걸. 내가 무슨 소용이 있었어? 단지 성가신 존재일 뿐. 무능한 동행자에 짐더미지. 더구나 지금은 도난당한 처지에서 오르크들에겐 그야말로 하나의 짐 꾸러미야. 성큼걸이나 누군가가 와서 우릴 찾아갔으면 좋으련만. 그런데 내가 그런 희망을 품어 마땅할까? 그러면 모든 계획이 엉망이 되지 않을까? 자유로워졌으면 좋겠어!'

그는 몸을 좀 버둥거렸지만 부질없는 짓이었다. 가까이 앉은 오르크들 중의 하나가 낄낄거리며 역겨운 자기네 말로 동료에게 뭐라고 지껄였다.

"쉴 수 있을 때 쉬라고, 이 꼬맹이 얼간아!"

이번엔 그가 피핀에게 공용어로 말했는데, 그 입을 통해 나오자 그것도 자기네 말만큼이나 끔찍해졌다.

"쉴 수 있을 때 쉬란 말이야! 조만간 네놈 다리를 움직여야 할 테니. 네놈은 목적지에 도착하기도 전에 차라리 다리가 없었으면 하고 바라게 될걸."

다른 오르크 하나가 빈정거렸다.

"내 마음대로 한다면 네놈은 차라리 죽었으면 싶을 거다. 네놈을 찍찍거리게 만들어 줄 테니까, 이 더러운 쥐새끼야!"

그가 피핀 위로 몸을 기울여 누런 이빨들을 얼굴 가까이에 들이 댔다. 그는 길고 깔쭉깔쭉한 날이 달린 시커먼 칼을 손에 들고 있었다.

"얌전히 누워 있어, 안 그러면 네놈을 이걸로 간질여 줄 테니."

그가 뱀처럼 쉭쉭거렸다.

"네놈한테 신경 쓰게 하지 마, 안 그러면 난 내가 받은 명령도 까먹어 버릴 수 있다고. 저주받을 아이센가드 놈들! 우글룩 우 바그롱크 샤 푸쉬두그 사루만-글롭 부브호쉬 스카이."

그는 자기네 말로 격앙된 말을 길게 지껄였고, 그 말은 투덜거림과 으르렁거림으로 서서히 잦아들었다.

손목과 발목의 통증이 점점 심해졌고 밑에 깔린 뾰족한 돌멩이들 때문에 등이 파일 듯 아파 왔지만, 피핀은 공포에 질려 꼼짝 않고 누워 있었다. 그는 몸의 고통에 마음 쓰지 않고자 들을 수 있는 모든 소리에 귀를 기울이는 데 열중했다. 사방에서 떠들썩한 목소리들이 들려왔다. 오르크 말은 항상 증오와 분노가 들끓는 것처럼 들렸지만, 가만히 들으니 언쟁 같은 것이 시작되어 점점 격렬해지고 있는 것 같았다.

놀랍게도 피핀은 자신이 그 오가는 말의 상당 부분을 알아들을 수 있다는 걸 알았다. 많은 오르크들이 공용어를 쓰고 있었다. 언뜻 보기에도 두셋의 아주 다른 부족의 구성원들이 함께했기에 그들은 서로의 오르크 말을 이해할 수 없었던 것이다. 이제 그들이 무엇을 할 것인가, 즉 어느 길을 택할 것이고 포로들은 어떻게 처리할 것인가를 두고 격론이 벌어지고 있었다.

한 오르크가 말했다.

"저놈들을 그럴싸하게 죽여 줄 시간이 없어. 이번 여정엔 노닥거릴 시간도 없다니까."

그러자 다른 오르크가 말했다.

"그건 어쩔 수 없는 거야. 그런데 왜 놈들을 당장 죽이지 않는 거지? 저놈들이 엄청 성가시고 또 우린 급해. 저녁이 다가오니 서둘러 출발해야 한다고."

세 번째 목소리가 낮고 굵게 으르렁대며 말했다.

"명령의 내용은 이래. '모조리 죽이되 반인족은 안 된다. 그들은 사로잡아 최대한 빨리 데려와야 한다.' 이게 내가 받은 명령이라고."

"놈들이 뭣 땜에 필요한 거야?" 하고 여러 목소리들이 물었다. "왜 사로잡는 거지? 놈들이 그리 대단한가?"

"아니야! 내가 듣기로는 놈들 중 하나가 뭔가를, 전쟁에 요긴한 뭔가를, 이를테면 이런저런 요정의 비밀 계획을 가졌다는 거야. 어쨌든 저놈들 모두가 신문을 받을 거라고."

"네가 아는 게 그뿐이야? 그건 우리가 저놈들을 수색해 알아내면 되잖아? 우리가 직접 이용할 수 있는 어떤 걸 찾을 수도 있을 테고."

"그것참 흥미로운 발언이군."

다른 목소리들보다 부드럽지만 더 역겨운 목소리 하나가 빈정거렸다.

"상부에 그 말을 보고해야 할 것 같아. '포로들을 수색하거나 약탈해서는 안 된다.' 내가 받은 명령은 이렇다고."

"내가 받은 명령도 그래." 낮고 굵은 목소리가 말했다. "산 채로 포박할 것, 약탈 금지."

"우리가 받은 명령은 안 그래!" 앞서 말한 목소리들 중의 하나가 말했다. "우리가 모리아광산에서 그 먼 길을 마다치 않고 온 건 죽여서 동족의 원수를 갚기 위한 거라고. 난 죽이고 나선 북쪽으로 돌아가고 싶어."

"그렇다면 그 뜻을 바꾸는 게 좋을걸. 나는 우글룩이다. 내가 지휘자라고. 난 가장 빠른 길로 아이센가드로 돌아간다."

"주군이 사루만이야, 아님 위대한 눈이야?" 그 역겨운 목소리가 말했다. "우린 즉시 루그부르즈로 돌아갈 거야."

"대하를 건널 수 있다면 그리할 수 있겠지." 또 다른 목소리가 말했다. "하지만 위험을 무릅쓰고 그 다리까지 내려갈 배짱을 지닌 작자가 얼마 되지 않을걸."

"난 건너왔어." 그 역겨운 목소리가 말했다. "날개 달린 나즈굴이 동쪽 강둑에서 북쪽을 바라보며 우릴 기다린다고."

"그럴지도, 그럴지도 모르지! 그렇담 넌 우리 포로들을 데리고 획하고 떠나 루그부르즈에서 온갖 포상과 칭송을 받고, 우리더러는 능력껏 말의 나라를 헤쳐 가라는 거군. 아니야, 우린 뭉쳐야 해. 이 땅들은 위험해. 음험한 반역자들과 도적들로 들끓는다고."

"암, 뭉쳐야 하고말고." 우글룩이 으르렁댔다. "하지만 난 너같이 비열한 돼지를 믿지 않아. 넌 자기 돼지우리 밖에선 기도 못 펴잖아. 우리가 없었으면 네놈들은 모조리 도망쳤을 거야. 우린 전사 우루크하이다! 우리가 그 막강한 전사를 쓰러뜨렸다고. 우리가 그 포로들을 붙잡았어. 우리는 현자이신 흰손의 사루만을 받들어. 우리에게 인간의 고기를 먹이로 주시는 그 손 말씀이야. 우리가 아이센가드에서 나와 네놈들을 여기로 이끈 만큼 돌아가는 길도 우리가 택해 네놈들을 이끌 테다. 나는 우글룩이다. 이상."

"웬 사설이 그리 긴가, 우글룩." 그 역겨운 목소리가 빈정댔다. "루그부르즈에서 그 말을 어떻게 생각할지 궁금하군. 우글룩의 양어깨에서 부어오른 머리를 떼어 줘야겠다고 생각할 법도 한데. 대체 그 해괴한 생각들이 어디서 나오는지도 묻고 싶을 테고. 혹시 사루만에게서 나온 건가? 더러운 흰 기장을 달고 제멋대로 나서다니 그는 자신이 어떤 존재라고 생각하는 건가? 상부에선 듬직한 사자(使者)인 나 그리슈나크와 같은 생각일 거야. 해서 나 그리슈나크가 말하노라. 사루만은 얼간이, 그것도 더럽고 믿을 수 없는 얼간이라고. 하지만 위대한 눈이 그를 지켜보고 있지.

돼지라고 했어? 더럽고 하찮은 마법사의 입정 사나운 놈들로부터 돼지라 불린다면 네놈 족속은 기분이 어떻겠나? 확실히 말해 두는데, 그런 놈들이 먹는 게 바로 오르크 고기라고."

오르크 말의 요란한 함성들이 마구 터지고 '쨍그렁' 하고 무기를 뽑는 소리가 울려 퍼졌다. 피핀은 무슨 일이 벌어질지 보고 싶어 조심조심 몸을 굴렸다. 그의 감시병들은 난투에 합세하러 가고 없었다. 어스름 속에서 그는 우글룩으로 짐작되는 크고 시커먼 오르크가 작은 키와 굽은 다리에 어깨가 딱 벌어지고 팔이 땅에 닿을 만큼 긴 그리슈나크와 맞서는 걸 보았다. 더 작은 고블린들이 숱하게 그들을 에워쌌다. 피핀은 이들이 북쪽에서 온 오르크일 거라 생각했다. 그들은 단도와 검을 뽑았으나 우글룩에 대한 공격을 망설였다.

우글룩이 큰 소리로 외치자 그와 맞먹는 크기의 오르크들이 우르르 달려왔다. 그러자 갑자기 우글룩이 예고도 없이 앞으로 뛰쳐나가 날렵하게 두 번 칼을 휘둘러 반대편 둘의 머리를 날려 버렸다. 그리슈나크는 옆으로 비켜서더니 그대로 어둠 속으로 사라졌다. 다른 자들도 물러났는데, 그중 하나가 뒷걸음질 치다가 메리의 엎드린 몸에 걸려 넘어지며 욕지거리를 내뱉었다. 그렇지만 그는 그 덕분에 목숨을 건진 것일 수도 있었다. 우글룩의 부하들이 그를 훌쩍 타넘어 넓은 날의 검으로 다른 자를 베어 죽였으니까. 쓰러진 자는 누런 이빨의 감시병이었다. 그 몸뚱이는 아직도 긴 톱날 칼을 손에 쥔 채 피핀 위로 바로 떨어졌다.

우글룩이 외쳤다.

"무기를 거두라! 그리고 어리석은 짓은 더 이상 하지 말자고! 우린 여기서 곧장 서쪽으로 가 계단을 내려간다. 거기서 바로 고원까지 간 다음엔 강을 따라 숲으로 간다. 그리고 우린 밤낮없이 행군한다. 알아들었나?"

'이제 저 추악한 녀석이 부대를 통제하는 데 얼마의 시간이 걸리기만 한다면 내게 기회가 생기는 거야.'

그렇게 생각하자 피핀의 마음에 가냘픈 희망이 일었다. 그 시커먼 칼날이 그의 팔에 칼자국을 내더니 이내 손목까지 미끄러져 내렸다. 그는 피가 손으로 계속 뚝뚝 떨어지는 걸 느꼈다. 피부에 닿은 쇳덩이의 차가운 감촉도 느꼈다.

오르크들이 다시 행군할 채비를 하고 있었지만 북방족의 일부는 여전히 내켜하지 않았다. 아이센가드의 무리가 둘을 더 베어 죽이고 나서야 겁을 먹고 움직이기 시작했다. 많은 욕지거리가 오가고 혼란이 일었다. 그동안 피핀은 감시의 눈을 벗어나 있었다. 두 다리는 단단히 묶였지만 두 팔은 손목 둘레로만 죄어져 몸 앞에 두 손을 두고 있었다. 묶인 매듭이 억세게 빡빡했지만 그는 두 손 모두를 함께 움직일 수 있었다. 그는 죽은 오르크를 한쪽으로 밀어내곤 감히 숨도 제대로 쉬지 못한 채 손목 줄의 매듭을 칼날에 대고 아래위로 움직였다. 날카로운 칼날이 죽은 자의 손에 꽉 쥐어 있었던 것이다. 마침내 줄이 잘렸다! 피핀은 재빨리 줄을 손에 쥐고 느슨한 고리로 매듭지어 두 손 위에 걸쳐 놓았다. 그런 다음 쥐 죽은 듯 조용히 누워 있었다.

"포로들을 일으켜라! 저놈들에게 어떤 수작도 부리지 말라! 돌아가서 보고 저놈들이 살아 있지 않으면 다른 누군가가 죽게 될 거다."

우글룩이 소리쳤다. 오르크 하나가 피핀을 자루처럼 붙들어 그의 묶인 양손 사이에 머리를 박고 두 팔을 거머쥐고 아래로 끌어 내리니 피핀의 얼굴이 그의 목에 짓눌렸다. 그렇게 피핀을 떠멘 채 그는 덜컹거리며 걷기 시작했다. 또 다른 오르크가 메리를 같은 방식으로 떠멨다. 오르크의 집게발 같은 손이 쇳덩이처럼 피핀의 양팔을 꽉 죄고 그 손톱이 살을 파고들었다. 피핀은 눈을 감은 채 다시 역겨운 꿈속으로 빠져들었다.

그러다 갑자기 그는 돌처럼 딱딱한 바닥에 다시 던져졌다. 이른 밤이었지만 가냘픈 달은 벌써 서쪽으로 떨어지고 있었다. 오르크들은 드넓게 퍼진 흐릿한 안개를 내다보는 듯한 벼랑 가장자리에 있었다. 가까이에서 물 떨어지는 소리가 들렸다.

오르크 하나가 바싹 다가와 말했다.

"마침내 척후병들이 돌아왔습니다."

"그래, 뭘 발견했나?"

우글룩의 목소리가 으르렁거렸다.

"달랑 기병 한 명이었는데 서쪽으로 부리나케 달아났습니다. 이젠 거리낄 게 아무것도 없습니다."

"음, 그런 것 같아. 한데, 그게 얼마나 오래갈까? 바보 같은 놈들! 그놈을 쏴 버렸어야지! 놈이 경보를 울릴 거잖아. 아침이면 빌어먹을 로한의 말 키우는 놈들이 우리에 대한 소식을 들을 테니. 이제 우린 두 배나 빠르게 달려야 할 거야!"

그림자 하나가 피핀 위로 몸을 굽혔다. 우글룩이었다.

"일어나 앉아! 네놈들을 떠메고 오느라 내 부하들이 지쳤어. 이제 내려가야 하니까 네놈들도 직접 걸어야 해. 이제 순순히 따르라고. 소리를 지른다거나 도망치려는 건 금물이야. 수작을 부리면 그 대가는 반갑지 않을 방법으로 치르게 돼. 주군께서 염두에 두신 네놈들의 사용 가치를 망치지 않고도 괴롭힐 방법은 얼마든지 있어."

그는 피핀의 다리와 발목을 두른 가죽끈을 자르고 머리카락을 잡아 일으켜 두 발로 서게 했다. 피핀이 풀썩 넘어지자 우글룩이 다시 머리카락을 잡고 끌어다 세웠다. 오르크들이 낄낄거리고 웃었다. 우글룩은 피핀의 이 사이로 병 하나를 쑤셔 넣고 목구멍으로 어떤 타는 듯한 액체를 부었다. 피핀은 뜨겁고 맹렬한 열기가 몸속을 헤치며 흐르는 것을 느꼈다. 발과 발목의 통증이 사라졌다. 그는 똑바로 설 수 있었다.

"이젠 다른 놈 차례야!"

하고 우글룩이 말했다. 피핀은 그가 가까이에 누워 있는 메리에게 가서 그를 발로 걷어차는 걸 보았다. 메리가 신음했다. 우글룩은 거칠게 그를 붙잡아 끌어당겨 앉히고 머리의 붕대를 뜯어 버렸다. 다음으로 그는 작은 나무상자에서 꺼낸 어떤 검은 물질을 상처에 문질렀다. 메리가 마구 소리 지르며 격렬하게 발버둥쳤다.

오르크들이 손뼉을 쳐 대고 우우 소리를 지르며 조롱했다.

"약을 안 받으려고 해. 자신한테 좋은 걸 모르는군. 하하! 나중에 볼 만하겠는데."

그러나 그 당시 우글룩은 그냥 장난을 친 게 아니었다. 그로서는 속력을 내야 했고 그러자면 미적대는 부하들을 달래야 했다. 그는 오르크 방식으로 메리를 치료한 것이고 그 효과는 빨랐다. 그는 그 호빗의 목구멍으로 병의 음료를 억지로 넘기고 다리 결박을 끊은 다음 그를 끌어다 세웠다. 메리가 창백하지만 굳세고 도전적인 표정으로, 그리고 아주 생생한 표정으로 일어섰다. 깊이 베인 이마의 상처는 더는 고통스럽지 않겠지만 갈색 흉터는 평생 남을 것 같았다.

"안녕, 피핀!" 메리가 말했다. "그래, 너도 이 소소한 행군길에 올랐어? 우린 어디서 자고 먹는 거지?"

"어이, 이봐!" 우글룩이 말했다. "그런 짓 말아! 입 닥쳐. 서로 말하면 안 돼. 말썽 부리면 저쪽 편에 보고될 거다. 그러면 그분께서 네놈들에게 합당한 벌을 내리실 거야. 자고 먹는 건 괜찮을 거야. 네놈들이 충분히 견디고도 남을 만큼."

오르크 무리는 아래쪽 안개 낀 평원으로 이어지는 좁은 계곡을 내려가기 시작했다. 메리와 피핀은 사이에 낀 열둘 남짓의 오르크들에 의해 갈라진 채 그들과 함께 내려갔다. 밑바닥에 이르러 풀밭에 들어서자 호빗들은 기운이 났다.

우글룩이 외쳤다.

"이젠 중단 없이 계속 간다! 서쪽에서 약간 북쪽으로. 루그두쉬를 따르라!"

"동틀 녘엔 어떡하나요?"

북방족의 몇몇이 물었다.

"계속 달리는 거야." 우글룩이 말했다. "무슨 생각 하는 거야? 풀밭에 앉아 허연 피부의 놈들이 소풍에 함께하기를 기다릴까?"

"하지만 우린 햇빛 아래서 뛸 순 없어요."

"내가 뒤에 있는 만큼 네놈들은 달릴 거야. 달려! 그러지 않으면 네놈들의 소중한 동굴을 다시는 못 볼 테니. 흰손에 맹세코! 어설프게 훈련된 얼치기들을 원정에 내보내서 어쩌자는 거야! 달려, 이 염병할 놈들! 밤이 지속될 동안 달리라고!"

그러자 부대 전체가 오르크 특유의 성큼성큼 내닫는 긴 보폭으로 달리기 시작했다. 밀치고 젖히고 욕설을 퍼부어 대느라 질서라곤 눈곱만큼도 없었다. 그렇지만 속력은 엄청났다. 호빗에게는 각각 감시병 셋이 붙었다. 피핀은 행렬의 저 뒤쪽에 있었다. 그는 자신이 이런 속력으로 얼마나 오래 달릴 수 있을까 싶었다. 그들은 아침 이후로 아무것도 먹지 못했다. 그의 감시병들 중 하나가 손에 채찍을 들고 있었다. 그러나 당장은 몸속의 오르크 술이 여전히 뜨거웠고 정신도 말짱했다.

이따금 마음속에 자신들의 희미한 자취를 찾아 몸을 숙이고 뒤따라 달려오는 성큼걸이의 간절한 얼굴이 떠오르기도 했다. 그러나 아무리 순찰자라 해도 오르크들의 어지러운 발자국 외에 무엇을 발견할 수 있겠는가? 자신과 메리의 작은 발자국들은 앞과 뒤 그리고 주위에서 징 박힌 구두로 짓밟는 발길에 파묻혔다.

벼랑에서 1.5킬로미터쯤 내려가자 땅이 넓고 얕은 저지대로 비탈져 내렸고 바닥은 부드럽고 축축했다. 거기엔 초승달의 잔광 속에 옅은 안개가 희미하게 깜박이며 깔려 있었다. 앞선 오르크들의 어두운 형체들이 점차 흐릿해지다가 이내 안개 속에 잠겼다.

"어이! 이제 조심해!"

우글룩이 후미에서 외쳤다.

피핀은 갑작스레 한 가지 생각이 떠올라 곧바로 행동에 옮겼다. 그는 오른쪽 옆으로 길을 벗어나 붙잡으려는 감시병의 손을 피해 옅은 안개 속에 곤두박질쳐 뛰어들었다. 그리고 사지를 쭉 뻗은 채 풀밭 위에 떨어졌다.

"멈춰!"

우글룩이 고함을 질렀다. 잠시 소동과 혼란이 일었다. 피핀은 발딱 일어나 뛰었다. 하지만 오르크들이 추격했다. 바로 앞에서도 오르크 몇이 불쑥 모습을 드러냈다. 피핀은 생각했다.

'도망친다는 건 가망 없는 일이지! 그러나 축축한 땅 위에 손상되지 않은 나만의 표시를 좀 남겨 놓을 수는 있을 거야.'

그는 묶인 양손으로 목을 더듬어 망토의 브로치를 끌렀다. 긴 팔

들과 잔인한 단단한 발톱들에 막 붙잡히는 순간 그는 그것을 땅에
떨어뜨렸다. 그는 생각했다.

'이건 시간의 끝까지 여기 놓여 있을 거야. 내가 왜 이런 짓을 한
건지 모르겠어. 만일 다른 동지들이 탈출했다면 아마도 그들 모두
가 프로도와 같이 갔을 텐데 말이야.'

채찍의 가죽끈이 다리를 감아 와 그는 비명을 삼켰다. 우글룩이
달려오며 고함을 질렀다.

"그만하면 됐어! 놈은 아직 먼 길을 달려야 하니까. 두 놈 모두 달
리게 해! 채찍은 본때를 보여 줄 때만 쓰고."

그는 피핀에게 몸을 돌리며 으르렁거렸다.

"그러나 이걸로 끝난 게 아니야. 기억해 두지. 벌은 단지 연기되었
을 뿐이야. 달려!"

피핀도 메리도 행군 후반부에 대해선 기억하는 게 많지 않았다.
희망이 자꾸만 뒤로 밀리며 희미해지는 가운데 흉흉한 꿈과 역겨운
생시가 비참함의 긴 터널 속으로 뒤섞여들었다. 이따금 교활하게 다
루어지는 잔혹한 채찍을 맞으며 그들은 오르크들의 속도를 따라잡
으려 애쓰면서 달리고 또 달렸다. 멈추거나 넘어지면 꽉 움켜잡힌
채 상당한 거리를 질질 끌려갔다.

오르크 술로 인한 온기는 사라졌다. 피핀은 다시 추위와 메스꺼
움을 느꼈다. 별안간 그는 고개를 숙이고 잔디 위로 넘어졌다. 살을
쥐어뜯는 날카로운 손톱이 달린 억센 손이 그를 붙들고 들어 올렸
다. 그는 또다시 자루처럼 끌려갔다. 주위엔 어둠이 짙어졌다. 그게
또 다른 밤의 어둠인지 또는 자기 눈이 멀어 버린 때문인지 그로서
는 알 수 없었다.

그는 와글와글 떠들어 대는 목소리들을 어렴풋이 들었다. 많은
오르크들이 휴식을 요구하고 있는 것 같았다. 우글룩이 고함을 질

러 대고 있었다. 그는 제 몸이 땅바닥에 내던져지는 걸 느꼈고 떨어
진 그대로 누워 있다가 이윽고 암담한 꿈에 빠져들었다. 그러나 고
통을 오래 피하진 못했다. 무쇠 같은 악력이 다시금 덮쳐 왔다. 한참
을 들까불리고 뒤흔들리고 나자 서서히 어둠이 물러났다. 그는 그
제야 생시의 세계로 돌아오고 아침이란 걸 알았다. 뭐라고 명령을
내리는 고함 소리가 들렸고, 그는 풀밭에 거칠게 내던져졌다.

그는 절망과 싸우며 거기 잠시 누워 있었다. 머리가 어지러웠지만,
몸속의 열기로 보아 또 자신에게 술 한 모금을 먹인 것 같았다. 오르
크 하나가 위로 몸을 굽히더니 약간의 빵과 말린 생고기 한 조각을
내던졌다. 그는 곰팡내 나는 회색 빵을 허겁지겁 먹었지만 고기는
먹지 않았다. 엄청 배가 고프긴 했지만 아직은 오르크가 던져 준 살
을, 어느 생물의 것인지 감히 짐작도 안 되는 살을 먹을 정도는 아니
었다.

그는 일어나 앉아 주위를 둘러보았다. 메리는 멀리 떨어져 있지
않았다. 그들은 폭이 좁고 물살이 빠른 강기슭에 있었다. 앞에는 산
들이 불쑥 모습을 드러냈는데, 높은 봉우리 하나가 첫 햇살을 받고
있었다. 앞의 낮은 비탈들에는 숲이 어두운 반점처럼 펼쳐졌다.

오르크들 사이에서 다시 논쟁이 벌어져 고함이 숱하게 오가는 중
이었다. 북방의 오르크와 아이센가드의 무리 사이에 바야흐로 싸
움이 다시 벌어질 것 같았다. 일부는 뒤쪽 멀리 남쪽을 가리키고 또
일부는 동쪽을 가리키고 있었다. 우글룩이 외쳤다.

"좋아! 그놈들은 내게 맡기라고. 전에 말한 대로 죽여선 안 돼. 그
러나 우리가 그 먼 길을 마다치 않고 와서 얻은 걸 네놈들이 내버리
고 싶다면 내버리라고! 내가 보살필 거야. 늘 그랬듯 우루크하이 투
사들이 그 일을 하겠다고. 만일 네놈들이 허연 피부의 놈들이 무섭
다면 달려! 달리라고! 저기 숲이 있어."

그가 앞을 가리키며 고함쳤다.

"저리로 가! 그게 네놈들한텐 제일 큰 희망이지. 꺼지라고! 그것도 빨리, 다른 놈들 정신 차리도록 머리통을 서너 개 더 날려 버리기 전에!"

웬만큼의 욕지거리와 드잡이가 있은 후 북방에서 온 오르크 대부분이 떨어져 나갔다. 백 이상이나 되는 오르크 무리가 산맥을 향해 강을 따라 마구 달렸다. 호빗들은 아이센가드의 무리와 함께 남겨졌다. 줄잡아 팔십이 넘는 이 험상궂고 음험한 무리는, 큰 몸집과 가무잡잡한 피부, 그리고 치켜진 눈꼬리에 거대한 활과 넓은 날의 짧은 칼로 무장하고 있었다. 북쪽의 오르크들 가운데 몸집이 크고 용감한 몇몇이 그들과 함께 남았다.

"이제 그리슈나크를 처치할 거야." 우글룩이 말했다. 그러나 그의 부하 가운데 몇몇까지도 불안한 듯 남쪽을 바라보고 있었다. 우글룩이 으르렁댔다.

"나도 알아! 망할 꼬맹이 기병들이 우리 냄새를 맡았다는 걸. 하지만 그건 모두 스나가, 네놈 잘못이야. 네놈과 나머지 척후병들은 그 귀를 잘라 버렸어야 했어! 그러나 우린 투사들이야. 조만간 우린 말고기 혹은 그보다 더 좋은 걸로 포식할 거야."

그 순간 피핀은 왜 그 부대의 몇몇이 동쪽을 가리키고 있었는지 알았다. 그쪽에서 목쉰 외침 소리가 들리더니 그리슈나크가 다시 나타났고, 등 뒤엔 그처럼 팔이 길고 다리가 굽은 오르크가 마흔 명 정도 있었다. 그들의 방패에는 붉은 눈이 채색되어 있었다. 우글룩이 앞으로 나서 그들을 맞았다.

"그래, 돌아온 건가? 생각을 고쳐먹은 거야, 응?"

"난 명령이 제대로 수행되고 포로들이 안전하게끔 조처하려고 돌아왔어."

"저런!" 우글룩이 말했다. "헛수고야! 명령 수행은 내 지휘 아래 내가 챙길 거야. 다른 볼일은 없나? 부랴부랴 가더니 뭘 두고 간 게 있나?"

"얼간이 한 놈을 두고 갔어." 그리슈나크가 으르렁거렸다. "또 놓치기 아까운 용감한 투사 몇몇도 있고. 난 네놈이 그들을 궁지로 끌어들일 걸 알아. 해서 그들을 돕고자 온 거야."

"대단하시군!" 우글룩이 웃어 젖혔다. "그러나 네놈들에게 싸울 배짱이 없다면 길을 잘못 잡은 거야. 네놈들이 갈 길은 루그부르즈야. 허연 피부의 놈들이 오고 있어. 네놈들의 그 귀한 나즈굴은 어떻게 된 거야? 또다시 엉덩이에 한 방 맞은 건가? 음, 네놈들이 그를 데려왔다면 쓸모가 있었을 텐데. 소문대로 나즈굴이 그렇게 대단하다면 말이야."

"나즈굴! 나즈굴!"

그리슈나크가 마치 그 낱말에 자신이 고통스럽게 음미하는 고약한 맛이 담긴 것처럼 덜덜 떨고 입맛을 다시며 말했다.

"우글룩! 지금 네놈은 네 우중충한 꿈으로도 미치지 못하는 심오한 것을 두고 떠벌리는 거야. 나즈굴! 아, 그것들이 그렇게 대단하다면이라니! 언젠가 네놈은 그런 말을 한 것을 후회하게 될 거다. 이 원숭이 같은 놈!"

그리슈나크는 계속 사납게 으드등댔다.

"위대한 눈께는 나즈굴이 보물과 같은 것이란 걸 네놈은 알아야 해. 그렇지만 날개 달린 나즈굴은 아직 때가 아니야. 아직 때가 아니라고. 그분은 그들이 아직 대하 위로 모습을 드러내지 못하게 하셔. 너무 일찍 노출되지 않게 하시는 거지. 그들은 대전쟁—그리고 다른 목적들에 쓰일 테니까."

"네놈이 아는 건 많은 모양이야." 우글룩이 말했다. "보아하니, 네놈 주제에 어울리지 않게 말이야. 루그부르즈의 높은 분들이 어떻게, 왜 하고 의아하게 생각할 것도 같아. 하지만 그런 동안에도, 늘 그렇듯 아이센가드의 우루크하이는 궂은일을 마다하지 않아. 침 흘리며 거기 서 있지 말고! 네놈의 오합지졸 모두를 모으라고! 네놈의 다른 돼지 떼는 지금 숲으로 달아나고 있어. 네놈들도 따라가는 게 좋을걸. 아니면 네놈들은 살아서 대하로 돌아가지 못할 거야. 당장 꺼져! 지금! 나도 네놈들 꽁무니를 바짝 따라갈 테니."

아이센가드의 무리는 다시 메리와 피핀을 움켜쥐고 등에 떠멨다. 그리고 부대는 출발했다. 그들은 몇 시간이고 달렸다. 가끔 호빗들을 새로운 운반자들에게 떠넘길 때만 잠시 멈출 뿐이었다. 더 빠르고 강인하기 때문인지 아니면 그리슈나크의 어떤 계획 때문인지 아이센가드의 무리가 모르도르의 오르크들을 점점 앞질렀고 그리슈나크의 병사들은 그 뒤를 따랐다. 곧 그들은 앞서 떠난 북쪽 오르크들마저 따라붙고 있었다. 숲이 가까워지기 시작했다.

피핀은 몸이 멍들고 찢긴 데다 자신을 떠멘 오르크의 더러운 턱과 털투성이 귀에 욱신대는 머리가 쓸렸다. 바로 앞에는 구부린 등과 쉬지 않고 이리저리 오르내리며 걷고 있는 단단하고 굵은 다리들이 보였다. 그것들은 마치 쇠줄과 뿔로 만들어진 듯 끝없는 시간의 악몽 같은 초침 소리를 울렸다.

우글룩 부대는 오후에 북쪽 오르크들을 따라잡았다. 비록 희미하고 서늘한 하늘에서 빛나는 겨울 태양이긴 했어도, 그 밝은 햇살 아래서 오르크들은 맥이 풀리고 있었다. 그들의 머리는 아래로 처졌고 혀는 축 늘어졌다.

"구더기 같은 놈들!" 아이센가드 무리가 비웃었다. "햇빛에 푹 익었군. 허연 피부의 놈들이 네놈들을 붙잡아 그대로 먹어도 되겠어. 놈들이 오고 있다고!"

그리슈나크의 고함 소리를 통해 이 말이 한낱 농지거리가 아니란 게 드러났다. 실제로 매우 빠르게 달리는 기병들이 관측된 것이었다. 아직은 뒤쪽 멀리 있긴 했지만 그들은 늪에서 허둥대는 이들을 덮치는 밀물처럼 오르크들을 따라붙고 있었다.

아이센가드의 무리는 피핀이 깜짝 놀랄 만큼 배가된 속도로 달리기 시작했다. 달리기 경주에서 결승점을 향한 필사의 역주 같았다. 이윽고 태양이 안개산맥 뒤로 떨어지고, 어둠이 땅을 덮기 시작했다. 모르도르의 오르크들도 머리를 치켜들고 속도를 내기 시작했다. 숲은 어둡고 **빽빽**했다. 그들은 벌써 숲 가장자리의 나무 몇 그루를 지나쳤다. 땅은 위로 가팔라지기 시작하고 있었고, 갈수록 점점 더 가팔라졌지만 오르크들은 멈추지 않았다. 우글룩과 그리슈나크가 마지막 힘을 내라고 그들을 몰아대며 함께 아우성쳤다.

'그들은 조만간 해낼 거야. 여길 빠져나갈 거라고.'

피핀은 생각했다. 그러고는 간신히 목을 비틀어 한쪽 눈으로 어깨 너머를 힐끗 돌아보았다. 동쪽에 멀리 있던 기사들이 평원을 질주해 와 벌써 오르크들과 동일 수준에 다다른 것이 보였다. 석양이 그들의 창과 투구를 금빛으로 물들이고 엷은 색의 치렁치렁한 머리카락 속에서 반짝였다. 그들은 오르크들을 흩어지지 못하게 하고 강줄기를 따라 몰면서 포위하고 있었다.

피핀은 그들이 어떤 족속인지 몹시도 궁금했다. 깊은골에서 더 많이 배우고 지도와 그 밖의 것들을 더 많이 봤더라면 하는 아쉬움을 지금에야 그는 느꼈다. 그러나 그 시절엔 원정 계획은 보다 유능한 이들의 몫이려니 했고 또 자신이 간달프나 성큼걸이, 심지어 프로도로부터도 떨어져 나가리라곤 아예 생각도 못 했다. 그가 로한에 대해 기억할 수 있는 거라곤 간달프의 말, 샤두팍스가 그 땅에서 왔다는 것뿐이었다. 어쨌든 그 이름은 희망을 가져다주는 것처럼 들렸다.

'그나저나 우리가 오르크가 아니란 걸 저들이 어떻게 알까? 여기 아래쪽에선 호빗에 대해 들어 본 적이 없을 것 같아. 야수 같은 오

르크들이 궤멸되는 건 마땅히 기쁜 일일 테지만, 그에 앞서 난 구출
되기를 원한다고.'

피핀이 생각하기에, 아무래도 그와 메리는 로한인들이 그들을 알
아보기도 전에 오르크들과 함께 죽을 것 같았다.

기사들 중의 몇몇은 달리는 말에서 활 쏘는 데 능한 궁수인 것 같
았다. 그들이 사정거리 안으로 빠르게 달려들어 뒤편에 낙오한 오
르크들에게 화살을 쏘니 오르크 여럿이 쓰러졌다. 그다음 기사들
은 감히 멈춰 서지 못한 채 화살을 마구 쏘아 대는 적의 응사거리 밖
으로 돌아 나왔다. 이런 공방이 숱하게 벌어지는 와중에 때때로 아
이센가드의 무리 속으로 화살들이 떨어졌다. 피핀 앞에 있던 오르
크 하나가 거꾸러지더니 다시 일어나지 않았다.

기사들이 포위망을 좁혀 들어와 전투를 벌이기 전에 밤이 내려갈
렸다. 많은 오르크들이 쓰러졌지만 아직도 족히 2백은 넘게 남아 있
었다. 이른 어둠 속에서 오르크들은 작은 언덕에 당도했다. 600여
미터 정도밖에 안 될 만큼 숲의 처마가 아주 가까웠지만 그들은 그
이상 갈 수가 없었다. 로한의 기병들에게 에워싸였던 것이다. 작은
무리가 우글룩의 명령을 어기고 숲을 향해 계속 달려갔으나 단지
셋만 돌아왔다.

그리슈나크가 빈정댔다.

"자, 저 꼴 좀 보라고. 훌륭한 지휘야! 위대한 우글룩께서 다시 우
릴 이끌어 빠져나가게 할 수 있겠는걸."

그러나 우글룩은 그리슈나크의 말을 무시하고 명령했다.

"반인족들을 내려놔! 루그두쉬, 넌 둘을 더 데리고 그놈들을 감
시해! 역겨운 허연 피부의 놈들이 우리 진영을 돌파하지 않는 한 그
놈들을 죽여선 안 돼. 알겠나? 내가 살아 있는 한 난 그놈들이 필요
하다고. 그렇지만 그놈들이 소리를 크게 지르면 안 되고 또 구조되

게 해서도 안 돼. 놈들의 다리를 묶어라."

명령의 마지막 부분이 무자비하게 수행되었다. 그러나 피핀은 처음으로 자신이 메리와 가까이 있게 된다는 걸 알았다. 오르크들이 마구 외쳐 대고 무기를 서로 부딪치며 대단한 소란을 피우고 있었고, 그 덕분에 호빗들은 용케도 한동안 함께 속삭일 수 있었다. 메리가 입을 열었다.

"난 이것을 대단하게 여기지 않아. 녹초가 되다시피 한 상태야. 자유로워진다 하더라도 멀리까지 기어갈 수 있을 것 같질 않아."

"렘바스!" 피핀이 속삭였다. "나한테 렘바스가 좀 있어. 너는? 난 놈들이 우리에게서 앗아 간 게 칼뿐이라고 생각해."

메리가 대답했다.

"그래, 호주머니에 한 꾸러미 갖고 있어. 하지만 다 부스러졌을 거야. 어쨌든 내가 호주머니 속에 입을 집어넣을 수가 없다고!"

"넌 그럴 필요 없을 거야. 내가……."

바로 그때 무참한 발길질이 날아오는 통에 피핀은 소동이 잦아들었음을 깨우쳤다. 감시병들이 경계의 눈초리를 번득였다.

밤은 춥고 고요했다. 오르크들이 모여든 야산 주위로 일순 작은 횃불들이 타올랐다. 붉은 금빛으로 어둠을 밝히는 횃불이 사방을 뺑 둘렀다. 원형의 횃불들이 사정거리 내에 있었지만 기사들은 그 빛을 등지면서까지 나타나진 않았다. 오히려 오르크들이 횃불들을 겨누어 쏘느라 많은 화살을 낭비했기에 마침내 우글룩이 중지시켰다. 기사들은 어떤 소리도 내지 않았다. 밤이 이슥해진 나중에 달이 안개를 벗고 나타났을 때에야 그들의 모습이 간간이 보였다. 끊이지 않고 순찰을 도는 중에 종종 하얀 빛 속에 번쩍이는 어렴풋한 형상들이 보였다.

감시병 중 하나가 기사들 쪽을 노려보며 으르렁거렸다.

"저 빌어먹을 놈들이 해 뜨길 기다리는 거야! 왜 우린 병력을 모아 돌격하지 않는 거야? 참 궁금한 건데, 늙은 우글룩은 자기가 무얼 하고 있다고 생각할까?"

그러자 뒤쪽에서 우글룩이 걸어오면서 으드등거렸다.

"네놈이 그럴 줄 알았다고. 내가 전혀 생각도 할 줄 모른다 이거지, 응? 벼락 맞을 놈 같으니! 네놈도 저 오합지졸, 루그부르즈의 구더기들이나 원숭이들과 똑같이 형편없어. 그런 놈들과 함께 돌격해 봤자 아무 소용 없어. 그놈들은 그냥 찍찍 울며 줄행랑칠 텐데, 저쪽 평지엔 우리 모두를 소탕하고도 남을 만큼 역겨운 꼬맹이 기병들이 수두룩하단 말이야.

저 구더기들이 할 수 있는 게 딱 한 가지 있어. 송곳처럼 날카로운 눈으로 어둠 속을 볼 수 있다는 거지. 하지만 내가 들은 바로 판단하건대, 허연 피부의 이놈들은 대부분의 인간들보다 밤눈이 밝아. 그리고 저놈들에겐 말이 있다는 걸 잊지 마! 놈들은 밤의 미풍도 볼 수 있다는 말까지 나돌아. 그렇지만 그 잘난 놈들도 모르는 게 하나 있어. 마우후르와 그 부하들이 숲속에 있어 언제라도 나타날 거라는 거야."

일견 우글룩의 말은 아이센가드 무리를 안심시키기에 족한 것 같았다. 그러나 다른 오르크들은 기가 죽었을 뿐 아니라 또한 반항적이었다. 그들은 파수병 몇을 세워 두었지만 대부분이 쾌적한 어둠 속에서 휴식하며 땅바닥에 누워 있었다. 게다가 이젠 다시 아주 어두워졌다. 달이 서쪽으로 가다가 두터운 구름 속에 묻히는 바람에 피핀은 몇 발짝 떨어진 곳에서도 아무것도 볼 수 없었다. 횃불들도 야산까지 빛을 뿌리진 못했다. 그렇지만 기사들은 단지 새벽을 기다리며 적을 쉽게 내버려 두는 것으로 만족하지 않았다. 야산의 동쪽 중턱에서 터진 느닷없는 고함 소리로 보아 뭔가 잘못된 게 분명했다. 로한의 기병 일부가 말을 몰고 바짝 다가왔다. 그들은 말에서 내려 야영지 외곽까지 기어가 오르크 여럿을 죽이고는 다시 사라져 버렸다. 우글룩은 그들의 쇄도를 차단하기 위해 황급히 뛰쳐나갔다.

피핀과 메리는 일어나 앉았다. 그들을 지키던 아이센가드의 감시병들도 우글룩과 함께 가고 없었다. 그러나 호빗들이 탈출할 생각을 품었다 하더라도 이내 물거품이 되고 말았다. 털투성이의 긴 팔 하나가 각자의 목덜미를 잡아채어 둘을 바싹 끌어다 붙였다. 그들은 자기들 사이에 들이민 그리슈나크의 거대한 머리와 섬뜩한 얼굴을 어렴풋이 인지했다. 그의 고약한 입내가 그들의 뺨에 훅 끼쳤다. 그는 호빗들을 거칠게 다루며 더듬기 시작했다. 단단하고 차가운 손가락들이 등을 타고 더듬거리자 피핀이 진저리를 쳤다.

"자, 깜찍한 것들!" 그리슈나크가 부드럽게 속삭였다. "꿀 같은 휴식을 즐기고 있는 거야? 또는 그렇지 못한 거냐? 처지가 좀 거북하긴 할 거야. 한쪽엔 칼과 채찍이요, 다른 쪽엔 역겨운 창들이니, 원! 쬐그만 족속이 너무 커다란 일에 끼어들면 안 되는 법이지."

그는 손가락으로 계속 둘의 몸을 더듬었다. 그의 두 눈에서 창백하지만 뜨거운 불과 같은 빛이 일었다.

적의 간절한 생각에 바로 전염된 것처럼 문득 피핀에게 이런 생각이 들었다.

'그리슈나크는 반지에 대해 알고 있어! 우글룩이 분주한 틈을 타서 그걸 찾고 있는 거야. 자기가 차지하려고 말이야.'

피핀의 가슴에 섬뜩한 두려움이 일었다. 그렇지만 동시에 그는 그리슈나크의 욕망을 이용할 방도를 궁리하고 있었다.

"그런 식으론 그걸 찾지 못할 텐데. 그건 찾기가 쉽지 않지."

피핀은 나직이 속삭였다. 그리슈나크의 손가락들이 기는 걸 멈추고 피핀의 어깨를 꽉 잡더니 물었다.

"'그걸' 찾는다고? 뭘 찾아? 너 지금 무슨 소릴 하는 거야, 귀여운 것아?"

피핀은 잠시 침묵했다. 이윽고 그는 어둠 속에서 갑자기 목구멍 속으로 "골룸, 골룸." 하는 소리를 내며 "아무것도 아냐, 내 보물." 하고 중얼거렸다. 호빗들은 그리슈나크의 손가락들이 움찔거리는 걸 느꼈다. "오, 호!" 하고 그 고블린이 나직한 소리로 뱀처럼 쉭쉭거렸다.

"그런 뜻이구나? 오, 호! 아주, 아—주 위험하구먼, 요 깜찍한 것들이!"

"아마도," 이제야 정신을 바짝 차려 피핀의 속셈을 알아챈 메리가 말했다. "아마도 그럴 거야. 그리고 우리에게만 위험한 건 아니지. 그럼에도 당신 일은 당신 자신이 제일 잘 알 거야. 그걸 원해, 아니야? 그리고 대가로 뭘 줄 건데?"

"내가 그걸 원하느냐고? 내가 그걸 원하느냐고?" 마치 어리둥절한 것처럼 그리슈나크가 말했다. 그러나 그의 양팔은 덜덜 떨고 있었다. "대가로 뭘 주겠냐고? 무슨 뜻이야?"

"우리 뜻은," 피핀이 신중하게 말을 고르며 말했다. "어둠 속에서 더듬어 봐야 아무 소용 없다는 거지. 우린 당신의 시간과 수고를 덜어 줄 수 있어. 그렇지만 먼저 우리 다리를 풀어 줘야 해. 안 그러면 우린 아무 일도, 그리고 아무 말도 안 할 거야."

그러자 그리슈나크가 쉭쉭거리며 대꾸했다.

"친애하는 여린 깜찍이 바보들아. 너희가 가진 모든 것, 너희가 아는 모든 것이 때가 되면 까발려지게 될 거야, 모든 게 말이야! 너희는 신문자를 만족시킬 수 있도록 아는 게 더 많았으면 하고 바라게 될 걸. 정녕 그렇게 될 거야. 그것도 아주 곧. 우린 신문을 서두르지 않을 거야. 그럼, 아니고말고! 너희를 이제껏 살려 둔 이유가 뭐라고 생각하나? 요 깜찍한 것들아, 이건 진정으로 해 주는 말인데, 너희에게 친절을 베풀려는 게 아니야. 우글룩의 과오들 중 하나도 아니고."

그러자 메리가 나서서 응수했다.

"그 말은 그럴듯해. 하지만 당신은 아직 먹이를 집에 갖고 가진 못했어. 그리고 어찌 되든 먹이가 순순히 당신의 길로 가는 것 같지도 않아. 만약 우리가 아이센가드에 당도하면 득 보는 쪽은 위대한 그리슈나크는 아닐 거야. 사루만이 찾을 수 있는 모든 걸 차지할 거라고. 만일 당신이 먼저 차지하고 싶은 게 있다면 지금이야말로 거래를 할 때지."

그리슈나크가 분통을 터뜨리기 시작했다. 그는 특별히 사루만이란 이름에 더욱 분노하는 것 같았다. 시간이 지나면서 소동도 잦아들고 있었다. 우글룩이나 아이센가드의 오르크들이 언제라도 돌아올 수 있었다.

"너희가 그걸 갖고 있어? 둘 중 하나가?"

그가 으드등거렸다.

"골룸, 골룸!"

피핀이 말했다. 메리도 외쳤다.

"우리 다리를 풀어 줘!"

그들은 그 오르크의 두 팔이 격렬하게 떨리는 걸 느꼈다. 그리슈나크는 다시 쉭쉭거렸다.

"이런 더럽고 하찮은 벌레 놈들 보게! 다리를 풀어 달라고? 네놈들 몸뚱이의 모든 힘줄을 풀어 줄 테다. 내가 네놈들 뼈마디까지 살살이 못 뒤질 것 같으냐? 싹 뒤져 주지! 두 놈 모두 버르르 떠는 조각들로 잘라 주마. 네놈들을 데려가―그리고 독차지하는 데 그 다리들이 꼭 필요하진 않아!"

갑자기 그가 그들을 움켜잡았다. 그의 긴 팔과 어깨의 힘은 엄청난 것이었다. 그는 호빗들을 하나씩 양 겨드랑이 밑에 끼어 옆구리에 거세게 밀착시키고, 숨 막힐 것 같은 거대한 손으로 각자의 입을 틀어막았다. 그런 다음 그는 몸을 수그린 채 벌떡 앞으로 내달았다. 그는 말없이 빠르게 달려 마침내 야산 가장자리에 다다랐다. 거기서 파수병들 사이의 빈틈을 골라 밤 속으로 빠져나와 비탈을 타고 숲에서 흘러나오는 강을 향해 서쪽으로 가자, 달랑 횃불 하나만 켜진 넓게 탁 트인 공간이 있었다.

10미터쯤 가서 그는 걸음을 멈추고 주위를 살피고 귀를 기울였다. 아무것도 보이거나 들리는 것은 없었다. 그는 몸을 반으로 접다시피 하고서 계속 기었다. 다음엔 쭈그리고 앉아 다시 귀를 기울였다. 그러고는 마치 급습의 위험을 감수할 것처럼 벌떡 일어섰다. 바로 그 순간 한 기사의 어두운 형체가 바로 앞에 불쑥 나타났다. 말이 콧김을 내뿜고 앞발을 치켜들었다. 한 병사가 소리쳐 불렀다.

그리슈나크는 호빗들을 자기 밑으로 끌어당기며 몸을 던져 땅바닥에 납작 엎드렸고 이내 칼을 뽑았다. 포로들이 도망치거나 구조되게 놔두느니 죽이려는 심산이 분명했다. 그러나 그것이 그의 파멸을 자초했다. 빼 든 칼이 어렴풋한 쇳소리를 울리며 왼편 저쪽의 불빛을 조금 반사했던 것이다. 어둠 속에서 화살 하나가 쌩 하고 날아왔다. 능숙한 솜씨로 조준된 혹은 운명에 의해 유도된 그것은 그의 오른손을 꿰뚫었다. 그가 칼을 떨어뜨리고 비명을 질렀다. 말발굽들의 빠른 장단이 들렸고, 마침 그리슈나크가 벌떡 일어나 달릴 참에 그를 뒤쫓은 기사가 던진 창이 그를 관통했다. 그는 한 번 끔찍하고 오싹한 비명을 지르고는 잠잠히 드러누웠다.

그리슈나크가 황천객이 되었을 때 호빗들은 여전히 땅바닥에 납작 엎드려 있었다. 또 다른 기사가 동료를 도우러 날래게 말을 타고 왔다. 시각이 특별히 예민한 건지 아니면 어떤 다른 감각 때문인지 그 말은 그들 위로 가볍게 솟구쳐 도약했다. 그러나 그 기사는 요정 망토로 몸을 가린 채 너무나 기죽고 무서워 꼼짝 못 하는 그들을 보지 못했다.

마침내 메리가 몸을 꿈틀대며 부드럽게 속삭였다.

"지금까진 잘 되어 가고 있어. 그런데 날아오는 창에 꿰이는 건 어떻게 피한담?"

그에 대한 답이 거의 즉시 왔다. 그리슈나크의 비명 소리가 오르크들을 분기시켰던 것이다. 야산에서 들려오는 함성과 새된 소리에 호빗들은 자신들이 사라진 게 밝혀졌나 보다고 생각했다. 필시 우글룩이 몇 명의 머리를 날려 버리고 있을 터였다. 그때 느닷없이 빙두른 횃불들 밖의 오른쪽 방향, 숲과 산맥 방면에서 느닷없이 오르크 목소리의 화답하는 함성들이 들려왔다. 마우후르가 도착해서 포위군을 공격하고 있는 게 명백했다. 말들이 질주하는 소리가 들렸다. 기사들이 그 어떤 출격도 막아 내고자 오르크 화살의 세례를 무릅쓰고 야산을 둘러싼 포위망을 바싹 좁혀 가고 있는 동안, 다른 일단이 새로 나타난 적을 상대하고자 달려 나갔다.

순식간에 메리와 피핀은 자신들이 조금도 움직이지 않고도 원형의 횃불들 바깥에 있게 된 것을 깨달았다. 이제 그들의 탈출을 방해할 것은 아무것도 없었다.

"자," 메리가 말했다. "다리와 손이 자유롭기만 하다면 우린 벗어날 수 있어. 그러나 매듭에 닿을 수가 없어. 물어뜯을 수도 없고 말이야."

"애쓸 필요 없어." 피핀이 말했다. "말하려던 참이었는데, 난 용케도 내 두 손을 풀어 놨어. 이 고리들은 시늉으로 놔뒀을 뿐이야. 넌 먼저 렘바스를 좀 먹는 게 좋겠어."

그는 손목에서 슬쩍 줄을 떼어 내고 꾸러미를 끄집어냈다. 그 과자는 부서지긴 했어도 여태 풀잎 포장에 간직되어 있어 먹을 만했다. 호빗들은 각자 두세 개씩을 먹었다. 그 맛은 이젠 저만치 멀어져 간 평온한 시절의 아름다운 얼굴들, 웃음소리 및 몸에 좋은 음식의 기억을 불러왔다. 한동안 그들은 바로 옆의 전투 함성과 소음에 신경 쓰지 않고 어둠 속에 앉아 상념에 잠긴 채 과자를 먹었다.

먼저 정신을 차린 건 피핀이었다.

"우린 떠나야만 해."

"잠깐만!"

그리슈나크의 칼이 바로 가까이에 놓여 있었다. 그렇지만 그건 호빗들이 쓰기엔 너무 무겁고 꼴사나웠다. 그는 앞으로 기어가 그 고블린의 시체를 찾아 칼집에서 길고 날카로운 단검을 빼냈다. 그리고 이것으로 재빨리 그들의 결박을 끊었다.

"때는 지금이야! 몸이 좀 데워지면 아마 다시 일어서서 걸을 수 있을 거야. 그렇지만 하여튼 지금은 기는 게 좋겠어."

그들은 기어갔다. 잔디가 깊고 푹신해서 도움이 됐다. 그러나 기어가는 건 길고 더딘 일이었다. 그들은 횃불을 멀찍이 피해 벌레처럼 조금씩 앞으로 나아가, 마침내 깊숙한 제방 아래의 어둠 속을 꼴딱꼴딱 흐르는 강의 가장자리에 다다랐다. 그제야 그들은 뒤를 돌아보았다.

소음은 잠잠해졌다. 마우후르와 그의 '친구들'은 사살되었거나 격퇴되었다. 기사들은 침묵의 불길한 불침번을 다시 시작했다. 그것은 그리 오래 지속되진 않을 것이었다. 벌써 밤이 깊었던 것이다. 쭉 구름 없이 맑았던 동쪽에서 하늘이 열어지기 시작하고 있었다.

피핀이 다시 입을 열었다.

"우린 몸을 숨겨야 해! 안 그러면 발각될 거야. 우리가 죽은 후에야 오르크가 아니란 걸 이 기사들이 안들 우리에겐 전혀 위로가 안 될 테니까."

그가 일어서서 발을 굴리며 말을 이었다.

"그 줄들이 철사처럼 살을 파고들었지만 내 발이 다시 따뜻해지고 있어. 이젠 비틀거리면서도 걸어갈 수 있을 것 같아. 넌 어때, 메리?"

메리도 일어서며 말했다.

"응. 해낼 수 있어. 렘바스가 용기를 북돋워 주잖아! 또 저 오르크

술의 열기보다 느낌도 상쾌하고. 난 그게 뭘로 만든 건지 궁금해. 모르는 게 나을 테지만. 그 생각을 씻어 버리기 위해 물 좀 마시자."

"여긴 안 돼. 강둑이 너무 가팔라. 자, 앞으로 가자."

그들은 방향을 돌려 천천히 강줄기를 따라 나란히 걸어갔다. 뒤쪽 동편에서 빛이 차차 커져 갔다. 걸어가면서 그들은 자신들이 포로가 된 후로 일어난 일들을 호빗식으로 가볍게 이야기하며 서로의 감상을 견주어 보았다. 그 이야기를 듣는 누구도 그들이 지독한 고생을 겪고 극단의 위험에 처한 가운데 아무 희망도 없이 고문과 죽음을 향해 나아갔었다는 것이나 자신들이 잘 알고 있듯 지금도 그들에겐 언제고 친구나 안전을 다시 찾을 가능성이 희박하다는 것을 짐작도 할 수 없을 것이다.

메리가 말했다.

"페레그린 툭, 넌 잘 해 오고 있는 것 같아. 만일 내가 빌보 어른께 보고할 기회가 생긴다면 네 행적은 그의 책에서 거의 한 장(章)은 차지할 거야. 특히 저 털북숭이 악당의 술수를 간파하고 장단을 맞춰 준 건 대단했어. 그런데 언제고 누군가가 네 자취를 알아채고 그 브로치를 발견할까 싶어. 정말이지 난 내 걸 잃고 싶진 않지만, 네 건 영영 없어진 게 아닌가 걱정돼.

너와 보조를 맞추려면 내가 기운을 내야겠어. 그뿐 아니라 이제부터는 강노루네 사촌이 앞장서겠어. 내가 힘을 발휘하련다고. 우리가 지금 어디 있는지 넌 잘 모를 거야. 하지만 난 깊은골에서의 시간을 꽤나 잘 썼지. 우린 엔트강을 따라 서쪽으로 가고 있어. 안개산맥의 아랫단이 앞쪽에 있어. 팡고른숲과 함께."

마침 그가 그렇게 말할 때 숲의 어둑한 가장자리가 그들 앞에 불쑥 나타났다. 다가오는 새벽으로부터 기어 달아난 밤이 그 거대한 나무들 아래 피신했던 것 같았다.

"계속 앞장서, 강노루 씨!" 피핀이 말했다. "아니면 뒤돌아 이끌든지! 우린 팡고른숲을 조심하라는 말을 들었어. 그리 똑똑하다는 네가 그걸 잊진 않았을 텐데."

메리가 대답했다.

"물론 잊지 않았어. 그렇지만 내겐 전투의 한가운데로 돌아가는 것보단 아무래도 이 숲이 나은 것 같아."

메리는 나무들의 거대한 가지들 아래로 앞장서 들어갔다. 나무들은 나이를 가늠할 수 없을 만큼 오래돼 보였다. 길게 늘어진 크나큰 수염 같은 이끼가 매달려 미풍에 날리고 흔들렸다. 호빗들은 어둠 속에서 빼꼼히 비탈 쪽을 되돌아보았다. 어스레한 빛 속의 그 작고 은밀한 형체들은 시간의 심연 속에서 야생의 숲으로부터 처음 맞는 새벽을 경이의 눈으로 빼꼼히 내다보는 요정 아이들 같았다.

거리가 가늠되지 않을 만큼 저 먼 대하와 갈색평원 위로 붉은 새벽이 화염처럼 왔다. 사냥 뿔나팔들이 크게 울려 새벽을 맞이했다. 로한의 기사들이 돌연 활기를 띠었다. 다시금 뿔나팔 소리들이 서로 화답하듯 울렸다.

메리와 피핀은 군마들의 울음소리와 갑작스러운 많은 사람들의 노랫소리를 차가운 대기 속에서 선명하게 들었다. 세상의 가장자리 위로 궁형의 불길처럼 태양의 손발이 떠올랐다. 그때 기사들이 동쪽으로부터 우렁찬 함성을 토하며 돌격했고, 갑옷과 창 들에 붉은 빛이 번뜩였다. 오르크들이 고함을 지르며 남아 있는 모든 화살을 쏘았다. 호빗들은 기병 여럿이 쓰러지는 걸 보았다. 그렇지만 그들은 언덕 위로 올라 거기서 전열을 가다듬은 다음 선회하여 다시 돌격했다. 그러자 살아남은 침략자들의 대부분이 뿔뿔이 흩어져 달아났고, 그 하나하나가 추격을 받아 죽었다. 그러나 검은 쐐기의 대형을 유지하던 한 무리가 숲 방면을 향해 어기차게 달려 나갔다. 그들은 곧장 비탈을 올라와 구경꾼들을 향해 돌진했다. 그들이 가까이 다가오고 있어 그들이 도주하고 말 것이란 점이 확실해 보였다. 이미 그들은 진로를 가로막던 기사 셋을 베어 버렸던 것이다.

그들을 지켜보던 메리가 입을 열었다.

"우린 너무 오랫동안 지켜봤어. 저기 우글룩이 있어! 난 그를 다시 만나고 싶지 않다고!"

호빗들은 몸을 돌려 숲의 어둠 속으로 깊숙이 달아났다.

그 때문에 그들은 우글룩이 팡고른숲 어귀에서 추격대에 따라잡혀 궁지에 몰린 채 최후의 저항을 하는 것을 보지 못했다. 우글룩은 거기에서 마침내 살해되었다. 로한의 제3원수 에오메르가 말에서 내려 그와 일대일의 검투를 벌였던 것이다. 그다음에는 눈이 날카로운 로한의 기사들이 넓은 들판을 가로지르며 달아났다가 아직도 도망칠 힘이 남아 있는 몇몇 오르크를 소탕했다.

기사들은 쓰러진 동지들을 흙무덤에 누이고 승리의 찬가를 부른 후 큰불을 지펴 적들의 시체를 태우고 재를 흩뿌렸다. 그렇게 오르크들의 침략은 끝났고, 그 소식은 모르도르나 아이센가드의 어느 쪽에도 내내 닿지 않았다. 그러나 화장의 연기는 하늘 높이 치솟았고 많은 눈 밝은 이들에게 목격되었다.

Chapter 4
나무수염

그동안에 호빗들은 어둡고 뒤엉킨 숲이 허락하는 한 최대 속도로 나아갔다. 그들은 흐르는 개울을 따라 걷다가 서쪽으로 산맥의 비탈들을 향해 오르며 점점 더 깊이 팡고른숲으로 들어갔다. 오르크에 대한 두려움이 차츰 사라지면서 발걸음도 늦추어졌다. 숲속은 공기가 너무 희박하거나 부족해서인지 숨이 막히는 듯한 야릇한 느낌이 들었다.

마침내 메리가 걸음을 멈추고 헐떡거리며 말했다.

"이런 식으로 계속 갈 순 없어. 난 공기가 좀 필요해."

"어쨌든 물이나 좀 마시자고. 목이 타."

피핀은 개울까지 꾸불꾸불 뻗어 내린 거대한 나무뿌리에 기어올라 몸을 굽히고 쭝그려 모둔 두 손에 약간의 물을 떴다. 물이 맑고 차가워 그는 몇 차례나 물을 떠 마셨다. 메리가 그를 따라 했다. 물을 마시자 기분이 상쾌했고 기운도 나는 것 같았다. 그들은 한동안 개울가에 함께 앉아 욱신거리는 발과 다리에 물을 튀기며 주위에 고요히 선 나무들을 물끄러미 둘러보았다. 이윽고 사방의 잿빛 어스름 속에서 줄지어 늘어선 나무들은 점점 보이지 않았다.

거대한 나무줄기에 몸을 기대며 피핀이 말했다.

"벌써 길을 잃은 게 아닐까? 이름이 엔트든 뭐든 적어도 우리가 이 개울을 따라 내려가면 우리가 온 길로 다시 나갈 수 있겠지."

"다리만 괜찮다면 그럴 수 있지. 그리고 숨을 제대로 쉴 수 있다면 말이야."

메리의 말에 피핀이 다시 대답했다.

"그래, 여긴 너무 어둡고 답답해. 어쩐지 툭지구의 스미알 저 뒤편, 툭 집안 저택 속의 오래된 방이 생각나. 여러 세대 동안 가구를 옮기거나 바꾼 적이 없는 그 널따란 곳 말이야. 툭 노인께선 연년세세 그 안에서 사셨고, 그분과 그 방은 함께 늙고 누추해졌다고 하지. 그분이 한 세기 전에 돌아가신 후에도 그 방은 전혀 변하지 않았어. 그리고 노인 제론티우스께서는 내 고조할아버지이셨으니 시곗바늘이 좀 되돌아가는 셈이지. 하지만 그것도 이 숲의 오래된 느낌에 비하면 아무것도 아니야. 축 늘어지고 길게 뻗친 저 수염과 구레나룻같은 저 모든 이끼를 보라고! 또 나무들은 결코 떨어진 적 없는 너덜너덜한 메마른 잎들로 반쯤 뒤덮여 있는 것 같고. 지저분해. 이곳의 봄이 어떤 모습일지 상상도 못 하겠어. 혹 여기에도 봄이 온다면 말이야. 봄의 대청소는 말할 것도 없고."

메리가 대답했다.

"하지만 어쨌든 태양이 가끔은 비쳐 드는 게 틀림없어. 생김새나 느낌이 빌보 어른이 기술한 어둠숲과는 판이하다고. 그 숲은 아주 어둡고 컴컴하고, 또 어둡고 컴컴한 것들의 보금자리야. 이건 그저 어슴푸레하고 끔찍하게 나무들 천지야. 여기에 동물들이 산다거나 오래도록 머무는 건 전혀 상상이 안 돼."

"안 되고말고. 호빗들이 산다는 것도 물론이고." 피핀이 말했다. "그리고 난 이 숲을 지나갈 엄두가 나질 않아. 150킬로미터를 가도 먹을 게 없을 것 같아. 우리 식량 사정이 어때?"

"얼마 안 남았어. 우린 여분의 렘바스 두 꾸러미만 갖고 도망쳤고 다른 모든 건 남겨 뒀잖아."

그들은 요정 과자가 얼마나 남았는지 살펴보았다. 아껴 먹어도 닷새쯤이나 버틸 부서진 조각들이 전부였다.

"게다가 덮개나 담요도 하나 없어. 어느 쪽으로 가든 우린 오늘 밤 추울 거야."

메리의 말에 피핀이 대답했다.

"자, 이제 길을 정하는 게 좋겠어. 벌써 아침이 지나가고 있어."

바로 그때 그들은 노란 빛이 숲속으로 제법 멀리까지 비쳐 들었다는 걸 알아차렸다. 별안간 햇빛의 줄기들이 숲 지붕을 꿰뚫은 것 같았다.

"야호!" 메리가 외쳤다. "우리가 이 나무들 밑에 있을 동안 해가 구름에 가려져 있었던 모양이고, 이제야 다시 뛰쳐나온 거야. 아니면 어떤 틈새를 통해 내려다볼 수 있을 만큼 해가 높이 솟았든지. 그 틈새가 여기서 멀지 않으니……. 가서 찾아보자고!"

그곳은 그들의 생각보다 꽤 멀었다. 지면은 계속 가파르게 솟고 있었고 점점 더 돌이 많아지고 있었다. 나아갈수록 햇빛은 더 넓게 퍼져고, 그들은 곧 눈앞에 버티고 선 암벽을 마주쳤다. 언덕의 사면이거나 먼 산맥에서 내뻗친 어떤 긴 뿌리가 돌연 끊긴 곳이었다. 암벽 위로는 나무 한 그루 없었고, 햇살이 그 단단한 표면에 한가득 떨어지고 있었다. 그 기슭에 있는 나무들의 잔가지들은 마치 온기를 얻고자 팔을 쭉 내미는 것처럼 단호하지만 고요하게 뻗어 있었다. 이제껏 모든 게 몹시도 추레하고 잿빛으로만 보였건만 지금 숲은 풍요로운 갈색과 윤나는 가죽같이 매끄러운 흑회색의 나무껍질로 번득였다. 나뭇가지들은 어린 풀 같은 연초록으로 환하게 빛났다. 거기엔 이른 봄 혹은 그것이 스쳐 지나가는 듯한 환상이 감돌았다.

암벽 앞에 계단처럼 생긴 무언가가 있었다. 거칠고 고르지 않은 것으로 보건대 아마도 자연적으로 생겨난 뒤 바위의 풍화와 균열을 거친 듯했다. 숲나무의 우듬지들과 나란할 만큼 저 높은 곳 벼랑 아래 바위 턱이 하나 있었다. 거기엔 가장자리에 몇 가지 풀과 잡초 그리고 굽은 가지 둘만 달랑 남은 나무의 늙은 그루터기 외에 아무것도 자라지 않았다. 마치 이리 굽고 저리 휜 어떤 노인이 아침 빛 속에 눈을 깜박이며 서 있는 형상이었다.

메리가 신이 나서 말했다.

"올라가! 이제 심호흡도 한번 하고 땅도 살펴봐야지!"

그들은 암반을 기어올랐다. 만일 그 계단이 만들어진 것이었다면 그들보다 큰 발과 긴 다리를 위한 것이었다. 그들은 오르는 데만 열중한 나머지 자신들이 속박되었을 때 베이고 쓸린 곳들이 치유되고 원기가 되살아난 신기함에 놀랄 겨를도 없었다. 마침내 그들은 늙은 그루터기 발치께의 바위 턱 가장자리에 닿았다. 그들은 펄쩍 뛰어 올라 언덕에 등을 기대고 한 바퀴 돌며 심호흡을 하고 나서 동쪽을 내다보았다. 그들은 자신들이 숲속으로 단지 5, 6킬로미터쯤만 들어왔을 뿐임을 알았다. 나무 우듬지들이 평원을 향해 비탈들 아래로 행군하듯 늘어서 있었다. 저편 숲가에선 넘실대는 시커먼 연기가 높은 뾰족탑들처럼 솟아 그들을 향해 너울너울 번져 왔다.

메리가 입을 열었다.

"풍향이 바뀌고 있어. 다시 동풍이야. 여기 높은 데는 서늘하군."

"그래. 난 이것이 그냥 한때의 미광일 뿐이고, 모든 게 다시 잿빛으로 변하지 않을까 싶어. 참 안타까워! 이 텁수룩한 오랜 숲도 햇살 속에선 딴판처럼 보였다고. 난 이곳이 좋다고까지 느꼈는데."

그러자 이상한 목소리가 그의 말을 받았다.

"숲이 좋다고까지 느꼈다고! 다행이군! 드물게 고마운 일이기도 하고. 돌아서 봐, 내가 너희들의 얼굴을 볼 수 있게. 나는 너희 둘 모두가 싫다고까지 느끼지만, 서로 성급하게 굴지는 말자고. 돌아서 보라고!"

손가락 마디마다 혹이 달린 커다란 손이 그들 각자의 어깨 위에 얹히고, 그들의 몸이 부드럽게, 그렇지만 불가항력으로 돌려세워졌다. 그러고는 거대한 두 팔이 그들을 치켜들었다.

그들은 자신들이 매우 특이한 얼굴을 보고 있다는 걸 알았다. 그 얼굴의 소유자는 줄잡아 4미터가량의 키에 매우 건장한 데다 우뚝 솟은 머리에 목이라고 할 만한 게 없는, 인간 같기도 하고 트롤과도 흡사한 거대한 형체였다. 입고 있는 게 초록과 회색의 나무껍질 같은 건지 아니면 그게 바로 살갗인지 분간하기 어려웠다. 하여튼 몸체에서 짧게 뻗은 두 팔은 주름지지 않고 갈색의 반드라운 피부로 덮여 있었다. 커다란 두 발엔 각기 일곱 개의 발가락이 달려 있었다. 긴 얼굴의 아랫부분은 온통 잿빛 수염으로 덮여 무슨 수풀 같은데, 뿌리 쪽이 잔가지가 무성한 편이라면 끝 쪽은 가늘고 이끼가 낀 꼴이었다. 그러나 그 순간 호빗들이 주목한 건 무엇보다도 그 눈이었다. 이 깊숙한 두 눈이 지금 그들을 느리고 엄숙하게 살피고 있었고 그 눈길은 아예 꿰뚫는 듯했다. 초록빛이 뒤섞인 갈색의 눈이었다. 훗날 피핀은 종종 그 눈에 대한 첫인상을 이렇게 묘사하곤 했다.

'그 눈의 뒤편에는 여러 시대에 걸친 기억과 오래고 느리며 착실한 사고로 가득 찬 어마어마한 우물이 있는 것 같았다. 그러나 그 표면은 현재로 빛나고 있었던 바, 흡사 거대한 나무의 바깥 잎사귀들이나 매우 깊은 호수의 잔물결에 어른거리는 햇살과 같았다. 모르긴 해도 마치 땅에서 자라는 어떤 것—잠든 것이라고 말할 수도 있겠지만 달리 보면 뿌리 끝과 나뭇잎 끝 사이, 깊은 대지와 하늘 사이의 그 무엇이 불현듯 깨어났다가 끝없는 세월 동안 자기 내면의 일에 쏟았던 것과 똑같은 느긋한 관심으로 당신을 살피고 있는 것처럼 그저 스스로를 느끼고 있는 것 같았다.'

"흐룸, 홈." 하고 그 목소리가 말했는데, 저음의 목관악기 같은 낮고 굵은 목소리였다.

"실로 아주 기묘해! 서두르지 말라, 이게 내 좌우명이야. 만약 내가 너희 목소리를 듣기 전에—난 그 작고 민감한 목소리가 좋아. 내가 기억할 수 없는 뭔가를 생각나게 하거든—너희를 봤더라면, 만약 내가 그 목소리를 듣기 전에 너희를 봤더라면 말이야, 나는 너희를 작은 오르크들로 여겨 그냥 짓밟아 버리고 나중에서야 내 실수를 알아차렸을 거야. 정말이지 너희는 아주 기묘해. 모조리 아주 기묘하다고!"

피핀은 여전히 놀란 상태였지만 더는 무섭지 않았다. 그는 그 눈길 아래서 두려움이 아닌 호기심 어린 긴장감을 느꼈다.

"저어, 당신은 누구세요? 그리고 뭘 하는 분이시죠?"

그 오랜 두 눈에 경계하는 듯한 야릇한 표정이 떠올랐다. 깊은 샘들이 덮여 버린 것이었다.

"흐름, 자," 그 목소리가 대답했다. "음, 난 엔트야, 다들 날 그렇게 불러. 그래, 엔트가 딱 맞는 말이야. 너희들 언어로도 나를 엔트라고 할 테지. 어떤 이들에겐 내 이름은 팡고른이고, 또 나무수염이라고 하는 자들도 있어. 그래, 나무수염이 좋겠어."

"엔트라고요?" 메리가 말했다. "그게 뭐죠? 그런데 당신은 스스로를 뭐라고 불러요? 진짜 이름은 뭐예요?"

"후, 이런!" 나무수염이 대꾸했다. "후! 내 비밀을 다 말하란 게야? 그렇게 성급하게 굴지 마. 게다가 지금 묻고 있는 건 나라고. 너희는 내 나라에 있어. 너희는 누구지? 너희의 정체를 모르겠어. 젊었을 때 배운 옛 계보에 너희는 올라 있는 것 같지 않은데. 그러나 그건 아주, 아주 오래전이었으니 새로운 계보들이 만들어졌을 수도 있지. 어디 보자! 어디 보자! 그게 어떻게 되더라?

> 숨 탄 것들에 대한 전승(傳承)을 배우라!
> 먼저 자유로운 종족 넷의 이름을 꼽으라.
> 모든 것의 으뜸은 요정 아이들,
> 굴 파는 난쟁이, 그의 집은 어두워,

땅에서 태어난 엔트, 산만큼 오래고
필멸의 인간은 말(馬)을 잘 부린다네.

흠, 흠, 흠.

비버는 건축가, 노루는 뜀쟁이,
곰은 벌 사냥꾼, 멧돼지는 싸움꾼,
사냥개는 걸신(乞神), 토끼는 겁쟁이…….

흠, 흠.

둥지 속의 독수리, 초원의 황소,
뿔왕관의 수사슴, 제일 날랜 매,
제일 흰 건 백조, 제일 찬 건 뱀…….

흠, 흠, 흠, 흠, 다음은 어떻게 되더라? 룸 툼, 룸 툼, 룸티 투움 툼. 긴 계보였는데. 어쨌든 너희는 그 어디에도 들어맞지 않아!"

메리가 대답했다.

"늘 우린 옛 계보들과 옛날이야기에서 빠져 있는 것 같아요. 우리도 꽤나 오랫동안 여기저기 돌아다녔어요. 우린 호빗이에요."

그러자 피핀이 덧붙였다.

"새로 한 줄 만드는 게 어때요? 이렇게 말이에요.

굴집에 사는 반쯤 자란 호빗.

네 종족 가운데 인간(큰사람) 다음에 끼워 넣으면 맞춤하지요."

"흠! 괜찮군, 괜찮아. 그러면 되겠어. 그래, 너희는 굴집에서 산단 말이지, 응? 썩 어울리고 그럴싸해. 그런데 너희를 호빗이라 부르는 건 누구야? 요정의 말은 아닌 것 같은데. 오래된 말은 죄다 요정들이 만들었어. 이름 짓는 일도 그들이 시작한 거라고."

"다른 이들이 우리를 호빗이라 부른 게 아니고 우리가 스스로를 그렇게 불러요."

피핀이 대답했다.

"흠, 흐음! 자, 자! 그렇게 서두르지 말라고! 너희가 스스로를 호빗이라 부른다고? 그러나 너희는 그냥 아무에게나 이름을 말하고 다녀선 안 돼. 조심하지 않으면 너희는 너희의 진짜 이름을 누설하게 되는 거라고."

메리가 말했다.

"우린 그런 일에 조심하지 않아요. 실은 제 이름은 강노루, 강노루네 메리아독이에요. 대부분 그냥 메리라고 부르지만 말이에요."

"그리고 전 툭, 툭 집안 페레그린이고요. 하지만 보통은 피핀 또는 심지어 핍이라고 불려요."

나무수염이 말했다.

"흠, 그렇지만 내가 보기엔 너희는 성질이 급한 종족이야. 나를 믿어 주니 고맙긴 하지만 단박에 너무 터놓고 말하면 안 된다고. 뭐랄까, 여기엔 좋은 엔트들과 나쁜 엔트들이 있어. 혹은 너희 방식으로는 엔트들과, 엔트처럼 생겼지만 엔트가 아닌 것들이 있다고 할 수 있을 거야. 괜찮다면 나도 너희를 메리와 피핀이라고 부르겠어. 좋은 이름들이야. 난 너희에게 내 이름을 말하지 않을 거거든. 어쨌든 아직은 말이야."

반쯤은 빈틈없고 반쯤은 익살스러운 야릇한 표정이 깜빡이는 초록 빛과 함께 눈가에 떠올랐다.

"한 가지 이유는 시간이 오래 걸릴 것이기 때문이야. 내 이름은 내내 자라고 있고, 나는 아주 오래고 오랜 시간을 살았어. 그래서 내 이름은 그 자체가 한 편의 이야기와도 같아. 내 언어, 너희가 옛 엔트어라고 부를 것에서 진짜 이름은 그것에 관련된 것들의 사연을 일러 줘. 사랑스러운 언어지만 그것으로 어떤 걸 말하는 데는 아주 긴 시간이 걸려. 왜냐하면 우리는 말하고 귀 기울여 듣는 데 긴 시간이 걸릴 만한 가치가 있지 않으면 그것으로 그 어떤 것도 말하지 않기 때문이지. 그건 그렇고."

그의 눈이 점점 작아지고 날카로워지다시피 하면서 아주 밝아져 '현재'가 되었다.

"무슨 일이 벌어지고 있는 거지? 그리고 그 모든 일에서 너희는 무엇을 하고 있어? 나는 여기서, 여기서, 여기 아—랄라—랄라—룸바—카만다—린드—오르—부루메에서 아주 많은 것을 보고 듣고 (그리고 냄새 맡고 그리고 느끼고) 해. 미안해, 그건 내가 이 땅에 붙이는 이름의 일부야. 다른 언어들로는 뭐라고 하는지 몰라서 그래. 우리가 발 딛고 선 곳을 너희는 알잖아. 맑은 아침에 서서 주위를 바라보고, 해, 숲 너머의 풀밭, 말(馬), 구름, 그리고 펼쳐지는 세상에 대해 생각하는 곳 말이야. 무슨 일이 벌어지고 있어? 간달프는 무엇을 하고 있고? 그리고 이—부라룸."

그는 대형 오르간에서 나는 불협화음처럼 부르릉거리는 낮고 굵은 소음을 냈다.

"이 오르크들과 젊은 사루만은 저 아래 아이센가드에 있는 건가? 난 소식을 좋아해. 그렇지만 당장 너무 빨리 말하라는 건 아니야."

"참으로 많은 일이 벌어지고 있죠." 메리가 말했다. "우리가 빨리 말하고자 한다 해도 아마 긴 시간이 걸릴 거예요. 그렇지만 서두르지 말라고 하셨으니 어떤 것이든 우리가 당장 말해 드리지 않아도 되겠죠? 우리를 어떻게 하실 거고 당신은 어느 편인지 우리가 묻는다면 무례하다고 생각하실 건가요? 그리고 간달프를 아셨던가요?"

"그럼, 알고말고. 진심으로 나무를 아끼는 유일한 마법사지. 너희는 그를 아나?"

피핀이 침통하게 대답했다.

"예, 알았더랬죠. 그는 훌륭한 친구였고 또 우리의 길잡이였어요."

"그렇다면 너희의 다른 물음들에 대답할 수 있겠군. 나는 너희와 함께 어떤 짓도 하지 않을 거야. 그 물음의 뜻이 너희 허락을 받지 않고 '너희에게 무슨 일을 한다'는 거라면 나는 어떤 짓도 하지 않을 거라고. 우리가 함께 어떤 일들을 할 순 있겠지. 나는 편이란 것을 몰라. 나는 내 길을 갈 뿐이야. 하지만 너희의 길이 내 길과 얼마 동안 나란히 나아갈 순 있어. 그런데 너희는 간달프에 대해 말하기를 마치 그가 끝나 버린 이야기 속의 인물인 것처럼 하네."

"예, 그랬죠." 피핀이 침통하게 말했다. "이야기는 계속되는 것 같지만 유감스럽게도 간달프는 거기서 떨어져 나갔어요."

"후, 저런!" 나무수염이 말했다. "훔, 흠, 아, 이것 참." 그는 말을 잠깐 멈추고 오래도록 호빗들을 쳐다보았다. "훔, 아, 이것 참 무슨 말을 해야 할지 모르겠군. 저런!"

"더 듣고 싶으시다면," 메리가 말했다. "말씀드리죠. 그렇지만 시간이 좀 걸릴 거예요. 우릴 좀 내려 주시지 않겠어요? 햇살이 비칠 동안 여기 양지바른 데 함께 앉으면 안 될까요? 우릴 이렇게 들고 계시면 지치실 텐데요."

"흠, 지친다고? 아냐, 나는 지치지 않아. 나는 쉽게 지치지 않아. 그리고 나는 앉지 않아. 나는 그리, 흠, 쉽게 몸을 구부릴 수 없거든. 저기 해가 구름에 가려지고 있어. 여길 떠나자고. 너희는 이런 곳을 뭐라고 부른다고 했지?"

"언덕이요?"

하고 피핀이 제시했다.

"바위 턱이요? 계단이요?"

메리도 제시했다. 나무수염은 생각에 잠겨 그 낱말들을 따라 했다.

"언덕. 그래, 바로 그거였어. 그렇지만 그건 세상의 이 부분이 형성된 이후로 늘 여기 서 있었던 것에 대해서는 좀 성급한 낱말이야. 신경 쓸 건 없고. 여길 떠나자고."

"어디로 가죠?"

하고 메리가 물었다.

"내 집으로, 또는 내 집들 중의 하나로."

나무수염이 대답했다.

"먼가요?"

"모르겠어. 글쎄, 너희는 멀다고 할 수도 있겠네. 하지만 그게 무슨 문제가 되나?"

"음, 보다시피 우린 소지품을 전부 잃어버렸거든요. 약간의 음식만 남았어요."

"오! 흠! 그런 건 걱정할 필요 없어." 나무수염이 말했다. "너희를 오래, 오래도록 기운 넘치게 하고 자라게 할 음료를 줄 수 있어. 그리고 만약 우리가 헤어지기로 결정하면 너희가 선택하는 내 나라 바깥의 어느 지점에든 너희를 내려놓을 수 있어. 가자고!"

호빗들을 하나씩 양팔의 굽은 곳에 부드럽지만 단단히 붙들고, 나무수염은 먼저 한쪽의 커다란 발을, 다음엔 다른 발을 치켜들어 그들을 바위 턱의 가장자리까지 운반했다. 나무뿌리 같은 발가락들이 바위들을 움켜쥐었다. 그다음 그는 조심스럽고 엄숙하게 한 계단 한 계단을 성큼성큼 내려가 숲의 지면에 다다랐다.

곧이어 그는 신중하게 고려된 긴 보폭으로 출발해 나무들을 헤치고 점점 깊이 숲으로 들어갔다. 산맥의 비탈들을 향해 꾸준히 오르면서도 개울에서 멀어지는 법이 없었다. 많은 나무들이 잠들어 있는 것 같았다. 혹은 그냥 지나치는 어떤 다른 생물처럼 그에게도 무심한 것인지도 몰랐다. 그러나 어떤 것은 몸을 떨었고, 또 어떤 것은 그가 다가오자 그의 머리 위로 가지들을 들어 올렸다. 그는 걸어가는 동안 줄곧 길게 흐르는 개울의 음악적 선율 속에서 혼자 중얼거리곤 했다.

호빗들은 한동안 말이 없었다. 참 이상하게도 그들은 안전하고 편안하다고 느꼈고 또 생각하고 궁리할 것이 아주 많았다. 마침내 피핀이 과감하게 다시 말했다.

"저, 나무수염 님, 뭘 좀 물어봐도 될까요? 왜 켈레보른은 우리에게 당신의 숲을 조심하라고 한 거죠? 그가 우리에게 이르길, 그것에 얽혀 드는 위험을 피하라고 했거든요."

"흐음, 글쎄, 그가 그랬다고?"

나무수염이 부르릉거렸다.

"만일 너희가 이 길이 아닌 다른 길로 가고 있었더라면 나도 똑같은 소리를 했을 수 있어. 라우렐린도레난의 숲에 얽히는 위험을 감수하지 말라고! 그건 요정들이 옛적에 부르던 이름이고, 지금은 이름을 줄여 로슬로리엔이라 부르지. 아마도 그편이 옳을 거야. 어쩌면 그것은 자라지 않고 바래져 가고 있으니까. 옛날 옛적엔 노래하는 황금계곡의 땅이었지. 이젠 꿈속의 꽃이고. 아! 그러나 그곳은 기묘한 장소라 아무나 함부로 들어갈 수 없었어. 너희가 거기를 빠져나왔다니 놀랍지만, 훨씬 더 놀라운 건 너희가 거기에 들어갔다는 거야. 오랜 세월 동안 이방인들에게 그런 일은 없었거든. 거긴 기묘한 땅이야.

그리고 이 땅도 그래. 여기서 사람들이 재앙을 당했지. 그럼, 재앙을 당하고말고. 라우렐린도레난 린델로렌도르 말리노르넬리온 오르네말린."

그가 혼잣말로 흥얼거렸다.

"거기서 사는 이들은 꽤나 세상에 뒤처지고 있을 게야. 이 고장도 황금숲 밖의 다른 어떤 것도 켈레보른이 젊었을 적의 모습이 아니야. 그럼에도, 타우렐릴로메아-툼발레모르나 툼발레타우레아 로메아노르(해설 F의 '엔트' 참조)라고 그들은 말하곤 하지. 세상은 변했지만 여전히 참된 곳들이 있다는 거야."

"무슨 뜻이죠? 무엇이 참되다는 거죠?"

피핀이 묻자 그가 대답했다.

"나무들과 엔트들이지. 나 자신도 진행되는 모든 것을 이해하진 못하고 그래서 너희에게 설명할 수는 없어. 우리 중 일부는 여전히 참된 엔트이고 우리 나름대로는 매우 팔팔해. 그러나 많은 것들이 졸음에 취해 가고, 너희가 보기엔 나무스럽해지고 있어. 물론 대부분의 나무는 그냥 나무야. 그러나 많은 나무는 반쯤 깨어 있어. 일부는 완전히 깨어 있고 몇몇은 이런, 아, 이런, 엔트스럽해지고 있어. 그런 현상이 내내 진행되고 있어.

나무에 그런 일이 일어나면 어떤 것들은 속이 썩어. 목질과는 아무 상관이 없어. 그걸 말하려는 게 아니야. 글쎄, 나는 엔트강변의 착하고 오래된 버드나무 몇몇과 가까이 지냈는데 아, 애석하게도 오래전에 죽어 버렸어. 그것들은 아주 속이 텅 비고 정말이지 산산이 부서지고 있었어. 그런데도 어린잎처럼 고요하고 숨결이 감미롭더군. 그 후 산맥 아래 계곡의 몇몇 나무가 겉보기엔 매우 건강한데 속은 속속들이 썩었더라고. 이런 현상이 점점 번지는 것 같아. 한때 이 고장엔 아주 위험한 곳이 몇 군데 있기도 했어. 아직도 매우 흉측한 곳들이 여럿 남아 있지."

"저 멀리 북쪽의 묵은숲처럼 말이에요?"

메리가 물었다.

"그래, 그래, 그와 비슷하지만 훨씬 더 심해. 분명 먼 북쪽 거기엔 거대한 암흑의 어떤 그림자가 드리워져 있고, 그래서 나쁜 기억들이

후세에 전해져. 그러나 이 땅에는 어둠이 한 번도 걷힌 적 없는 우묵한 골짜기들이 있고, 그 나무들은 나보다도 나이가 많아. 그럼에도, 우리는 우리가 할 수 있는 걸 해. 우리는 이방인들과 무모한 자들을 들이지 않아. 또 우리는 나무들을 단련시키고, 가르치고, 걸어 다니며 잡초를 솎아 내지.

우리 오래된 엔트들은 나무목자들이야. 지금은 얼마 남지 않았지만 말이야. 양은 양치기를 닮고 양치기는 양을 닮는다잖아. 그렇지만 그런 일은 느리게 진행되고 둘 중 어느 쪽도 세상에 오래 있진 못해. 그 이치가 나무들과 엔트들에게는 더 빠르고 더 여실하고 그렇게 그들은 함께 기나긴 세월을 거쳐 가. 엔트들은 인간들보다는 요정들을 더 닮았어. 인간들보다 자신에 대한 관심이 적고 다른 것들의 속으로 들어가는 데 더 능하지. 그렇지만 너희도 짐작하다시피 다른 한편으로 엔트들은 인간들을 더 닮았지. 요정들보다 더 쉽게 변하고 더 빨리 외부의 색깔을 취하잖아. 혹은 둘 모두보다 낫기도 해. 그들은 보다 착실하고 사물들에 마음을 더 오래 쓰니까 말이야.

현재 우리 종족의 일부는 나무들과 똑같은 모습이라 그들을 일깨우려면 어떤 큰일이 필요해. 그들은 서로 귓속말로만 말하거든. 그러나 내 나무들 중 일부는 사지가 나긋나긋해서 내게 말을 하는 이들도 많아. 물론 나무들을 깨워 말하는 걸 가르치고 나무들의 이야기를 배우고 하는 건 요정들이 시작했지. 그들은 언제나 모든 것에게 말을 건네고 싶어 했으니까, 옛 요정들은 말이야. 그러던 중에 암흑이 닥쳤고, 그들은 바다 너머로 사라지거나 먼 계곡들로 달아나 몸을 숨기고 다시는 오지 않을 시절에 대한 노래들을 만들었어. 다시는 오지 않을. 그래, 그래, 옛날 옛적엔 여기부터 룬 산맥까지가 통째로 하나의 숲이었고, 이곳은 그 동쪽 끝에 불과했어.

광활한 시절이었지! 온종일 거닐며 노래를 불러도 우묵한 구릉지에선 내 목소리의 메아리만 들렸어. 그 숲은 보다 울창하고 튼튼하고 젊었을 뿐 로슬로리엔의 숲과 흡사했지. 또 그 공기의 내음이라니! 나는 그냥 공기만 들이마시며 일주일을 보내곤 했어."

나무수염이 말이 없어졌다. 그가 성큼성큼 걷는데도 그 커다란 발에선 아무 소리도 나지 않는 듯했다. 이윽고 그가 다시 흥얼거리기 시작했고 그 소리는 곧 웅얼거리는 노래로 변해 갔다. 차츰 호빗들은 그가 자신들에게 노래를 불러 주고 있다는 걸 깨달았다.

> 봄에 나는 타사리난의 버드나무 우거진 풀밭을 거닐었네.
> 아! 난타사리온의 봄 정경과 향기여!
> 그래, 나는 참 좋다고 말했지.
> 여름에 나는 옷시리안드의 느릅나무숲을 떠돌았네.
> 아! 옷시르의 일곱 강가에서의 여름날의 빛과 음악이여!
> 그래, 나는 최고라고 말했지.
> 가을에 나는 넬도레스의 너도밤나무숲에 갔었네.
> 아! 타우르—나—넬도르의 노랗고 빨갛게 물들어 한숨짓던 가을의 잎들이여!
> 더 바랄 게 없었지.
> 겨울에 나는 도르소니온고원의 소나무숲을 올랐네.
> 아! 겨울날 오로드—나—손의 바람과 흰 눈과 검은 가지들이여!
> 내 목소리는 솟구쳐 창공에 울려 퍼졌지.
> 하나 이제 저 모든 땅들은 파도 아래 잠기고,
> 나는 암바로나, 타우레모르나, 알달로메,
> 내 땅, 팡고른의 나라를 걷네.
> 거기엔 땅속 줄기들 길고
> 타우레모르날로메의 낙엽보다 두텁게
> 세월이 쌓여 있네.

그는 노래를 마치고 말없이 계속 성큼성큼 걸었고, 귀가 미치는 데까지 온 숲엔 아무 소리도 없었다.

날이 이울고 나무줄기들에 어스름이 감겼다. 드디어 호빗들은 앞에 희미하게 떠오르는 가파르고 어두운 땅을 보았다. 산맥의 기슭과 우뚝한 메세드라스의 초록 밑자락에 다다른 것이었다. 언덕 아래로 저 위쪽 수원에서 뛰쳐나온 젊은 엔트강이 한 걸음 한 걸음 요란하게 내달아 그들을 맞이했다. 개울 오른쪽에는 풀이 덮인 긴 비탈이 있었는데, 지금은 황혼 속에 잿빛을 띠었다. 거기엔 나무가 자라지 않아 하늘이 탁 트여 있었다. 호수 같은 양털 구름 사이로 벌써 별들이 빛나고 있었다.

나무수염은 좀처럼 속도를 늦추지 않고 비탈을 성큼성큼 올랐다. 갑자기 호빗들의 눈앞에 넓은 빈터가 펼쳐졌다. 거기엔 거대한 나무 두 그루가 살아 있는 문기둥처럼 양편에 하나씩 서 있었다. 그러나 대문이랄 게 따로 있는 건 아니고 두 나무가 서로 가로질러 얽히고 설킨 가지들이 대문인 셈이었다. 오래된 엔트가 접근하자 그 나무들이 가지를 치켜들었고 모든 잎들이 바르르 떨며 살랑거렸다. 그 상록수들의 어둡고 윤나는 잎들이 박명 속에 어렴풋이 빛났다. 그 너머엔 마치 언덕 사면에 큰 공회당의 바닥을 깎아 놓은 듯 넓고 평평한 구역이 있었다. 위쪽으로 경사져 올라간 양쪽 벽이 15미터 남짓의 높이였고, 각각의 벽을 따라 주랑처럼 나무들이 늘어섰는데 안으로 들어갈수록 그 키가 점점 더 커졌다.

먼 쪽 끝의 암벽은 가팔랐지만 그 밑자락은 움푹 파여 아치형 천장을 인 얕은 평지의 모습을 되찾았다. 안쪽 끝에서 가운데의 널찍하게 트인 길만 남겨 놓고 바닥에 온통 그늘을 드리운 나뭇가지들을 빼곤 공회당의 천장은 그뿐이었다. 위쪽 수원에서 벗어난 작은 물줄기가 본류를 떠나 벽의 가파른 표면을 타고 딸랑대며 떨어졌다. 은빛 방울로 쏟아지는 그 모습은 활 모양의 평지 앞에 드리운 고운 커튼 같았다. 그 물은 나무들 사이 바닥의 돌 대야로 모아졌다가 거기서 트인 길옆으로 넘쳐흘러, 숲을 가로지르는 엔트강에 다시 합쳐졌다.

"흠! 다 왔어!" 나무수염이 오랜 침묵을 깨고 말했다. "나는 너희를 엔트의 보폭으로 7만 걸음가량 데려왔어. 너희 땅의 셈으론 그게 얼마만한 거리인지는 모르겠지만. 어쨌든 우리는 마지막 산기슭 근처에 와 있어. 이곳 이름의 일부를 너희 언어로 옮기면 샘터집 정도일 거야. 난 이곳이 좋아. 우린 오늘 밤 여기서 머물 거야."

그는 호빗들을 주랑처럼 늘어선 나무들 사이의 풀밭에 내려놓았다. 그들은 그를 따라 거대한 아치를 향해 나아갔다. 나무수염은 걸을 때 거의 무릎을 구부리지 않지만 두 다리는 크나큰 보폭으로 펴진다는 걸 호빗들은 지금에야 알아챘다. 그는 발의 어떤 다른 부분에 앞서 큰 발가락들(정말로 크고 아주 넓었다)을 먼저 땅에 디뎠다.

나무수염은 잠시 비처럼 떨어지는 샘 아래 서서 한 차례 심호흡을 하더니 한바탕 웃고 안으로 들어갔다. 거기엔 거대한 돌 탁자가 하나 있었지만 의자는 없었다. 평지의 뒤쪽은 벌써 꽤 어두웠다. 나무수염은 거대한 용기 둘을 들어 탁자 위에 세웠다. 물이 가득 차 있는 것 같았다. 그런데 그가 그 위로 손을 들자 그것들이 즉시 빛을 발하기 시작했다. 하나는 황금 빛으로, 다른 하나는 윤택한 초록 빛으로 빛났고, 두 빛이 뒤섞이며 평지를 환히 밝혔는데 마치 여름 해가 어린잎으로 엮인 지붕을 통해 빛나고 있는 것 같았다. 호빗들은 뒤를 돌아보고 뜰의 나무들 또한 빛을 발하기 시작했다는 걸 알았다. 처음엔 흐릿했지만 계속 강해지면서 이윽고 모든 나뭇잎이 테두리에 빛을 둘렀다. 잎들은 초록빛, 황금빛, 그리고 구리처럼 빨간빛을 띠었고 반면 나무줄기들은 발광석으로 주조된 돌기둥들 같았다.

"자, 자, 이제 다시 이야기를 할 수 있어. 너희는 목이 마를 거야. 아마 피곤하기도 할 테고. 이걸 마셔 보라고!"

나무수염이 이렇게 말하곤 평지 뒤쪽으로 갔다. 거기에는 무거운 뚜껑이 달린 높직한 돌 항아리 여러 개가 놓여 있었다. 그는 뚜껑 하나를 열고 큼직한 국자를 담가 사발 셋을 채웠다. 하나는 아주 큰 사발이고 둘은 훨씬 작았다.

"엔트 집이란 게 이래. 안됐지만 의자는 없어. 그렇지만 너희는 탁자 위에 앉아도 돼."

그가 호빗들을 들어 올려 2미터가량 높이의 거대한 돌판에 놓았다. 그들은 거기 앉아 다리를 흔들거리고 음료를 홀짝였다.

음료는 물 같았다. 실은 그들이 숲 경계 근처 엔트강에서 마셨던 것과 맛이 흡사했다. 그렇지만 그 속에는 뭐라 형용할 수 없는 어떤 향내나 풍미가 있었다. 그것은 희미하나마 저 멀리서 밤의 서늘한 미풍에 실려 온 숲의 냄새를 떠올리게 했다. 음료의 효과는 발가락에서 시작해 위로 솟으면서 상쾌한 기분과 원기를 가져오고 사지를 거쳐 꾸준히 올라가 바로 머리털 끝까지 뻗쳤다. 정말이지 호빗들은 실제로 머리카락이 곤두서 물결치고 굽이치며 자라는 느낌이 들었다. 나무수염은 먼저 아치 너머의 대야에서 발을 씻고는 자신의 사발을 한 번에 들이켰다. 한데, 그 한 번이란 게 아주 길고도 느린 한 번인지라 호빗들에겐 그의 들이켬이 결코 끝나지 않을 것만 같았다.

드디어 그가 사발을 다시 내려놓았다. "아—아." 하고 그가 한숨을 내쉬었다.

"흠, 흠, 이제 우리는 보다 편하게 이야기할 수 있어. 너희는 바닥에 앉으면 될 테고, 나는 누울 거야. 그래야 이 음료가 머리로 올라와서 내가 잠들어 버리는 일이 없을 테니까."

평지 오른쪽에 60센티미터를 넘지 않는 낮은 다리의 거대한 침대가 마른풀과 고사리로 덮여 있었다. 나무수염은 여기에다 천천히 몸을 내리더니 (몸의 중간 부분을 살짝 굽히는 시늉만 하고서) 이윽고 키 대로 쭉 뻗고 드러누웠다. 머리 뒤로 팔베개를 하고, 잎들이 햇빛을 받아 어른거리는 것처럼 여러 빛이 너울거리는 천장을 쳐다보았다. 메리와 피핀은 그 옆의 풀베개들 위에 앉았다. 나무수염이 말했다.

"이제 너희 이야기를 해 봐. 서두르진 말고!"

호빗들은 호빗골을 떠난 이후의 모험 이야기를 말하기 시작했다. 그들은 어떤 명확한 순서를 따라 말하지 않았는데, 그도 그럴 것이 그들은 계속 서로의 말에 끼어들었고 또 왕왕 나무수염이 말하는 이를 멈추게 하고선 이야기의 어떤 앞선 대목에로 돌아가거나 앞으로 훌쩍 뛰어 이후의 사건들에 대해 묻곤 했던 것이다. 그들은 반지에 대해서는 일절 말하지 않았고, 또 그에게 원정을 시작한 이유나 목적지도 말하지 않았다. 무슨 까닭에서인지 그도 이유를 묻지 않았다.

나무수염은 모든 것에 대단한 관심을 보였다. 암흑의 기사들, 엘론드, 깊은골, 묵은숲, 톰 봄바딜, 모리아광산, 로슬로리엔 및 갈라드리엘 등등. 그는 그들로 하여금 샤이어와 그 고장에 대해 몇 번이나 반복해서 설명하게 했다.

그는 이 대목에서 한 가지 이상야릇한 말을 했다.

"너희는 그 근방에서 어떤, 흠, 어떤 엔트를 보지 않았나? 음, 제대로 말하자면 엔트가 아니라 엔트부인을 봤냐는 거지."

"엔트부인이요? 그들이 당신처럼 생겼나요?"

피핀이 다시 물었다.

"그래, 흠, 음, 아니야. 이젠 나도 정말 모르겠어."

나무수염이 상념에 잠겨 말했다.

"그렇지만 그들은 너희 고장을 좋아할 것 같고, 그래서 그냥 물어본 거야."

그런데 나무수염은 간달프에 관한 모든 것에 특별한 관심을 보였고 또 사루만의 소행에 으뜸가는 관심을 나타냈다. 호빗들은 자신들이 그것들에 대해 아는 바가 너무나 적다는 것이 무척이나 아쉬웠다. 그 회의에서 간달프가 말한 내용을 샘을 통해 다소 막연하게 전해 들은 게 전부였던 것이다. 그러나 어쨌든 우글룩과 그 부대가 아이센가드에서 왔으며 사루만을 군주로 칭했다는 점만은 분명하게 이야기했다.

그들의 이야기가 이리저리로 돌다가 마침내 오르크들과 로한의 기사들 사이에 벌어진 전투에까지 이르자 나무수염이 "흠, 훔!" 하며 말을 꺼냈다.

"이거, 원! 확실히 대단한 소식이군. 그런데 너희는 내게 모든 걸 말하지 않았어. 아니고말고, 전혀 아니라고. 그렇지만 나는 너희가 간달프가 원하는 정도만 말하고 있다고 믿어. 무언가 아주 큰 일이 벌어지고 있다는 건 알겠어. 그게 무슨 일인지는 때가 되면 알게 되겠지. 혹 때가 어긋날지도 모르지만 말이야. 모조리 알게 될 테지. 그런데 참 이상한 일이야. 옛 계보에도 없는 작은 종족이 툭 튀어나오질 않나, 또 보라고! 잊힌 암흑의 아홉 기사가 다시 나타나 이들을 추격하고, 간달프는 이들을 위대한 원정에 대동하고, 갈라드리엘은 이들을 카라스 갈라돈에 숨겨 주고, 또 오르크들은 황야의 그 먼 길을 마다치 않고 이들을 쫓으니 말이야. 실로 너희들은 엄청난 폭풍에 휘말린 것 같아. 나는 너희들이 폭풍을 잘 헤쳐 나가길 바랄 뿐이야!"

"당신 입장은 어떤 것이죠?"

메리가 물었다.

"훔, 흠, 나는 대전쟁에 대해 고민한 적이 없어. 대체로 그건 요정들과 인간들의 일이니까. 또 마법사들의 일이기도 하고. 마법사들은 언제나 미래에 대해 고민하잖아. 난 미래에 대해 걱정하는 걸 좋아하지 않아. 오해가 없었으면 하는데, 결단코 나는 어느 누구의 편도 아니야. 왜냐면 결단코 그 누구도 내 편이 아니거든. 나만큼 숲을 아끼는 자는 아무도 없어. 오늘날에는 요정들마저도 그래. 그럼에도 나는 다른 종족들보다는 요정들에게 더 마음이 가. 오래전에 말 못 하는 우리를 치유해 준 게 바로 요정들이었어. 그리고 그건 잊을 수 없는 대단한 선물이었지. 비록 그 후로 서로의 갈 길이 달라지긴 했지만. 물론 내가 전혀 편들지 않는 어떤 것들이 있어. 나는 그놈들에겐 전적으로 반대야. 이—부라룸(그가 다시 낮고 굵은 역겨운 소리를 질렀다)—이 오르크들과 그놈들의 지배자들 말이야.

나는 어둠숲에 그 그림자가 드리웠을 때 걱정하곤 했지만 그것이 모르도르로 옮아가고 나선 한동안 고민하지 않았지. 모르도르는 멀리 떨어져 있으니까 말이야. 그러나 바람이 동쪽으로 불고 있는 것 같고, 어쩌면 모든 숲이 시드는 사태가 다가오고 있어. 그 폭풍을 저지하기 위해 늙은 엔트가 할 수 있는 일은 없어. 헤치고 나아가든가 아니면 파멸할 수밖에.

그러나 지금은 사루만이 문제야! 사루만은 이웃이어서 내가 묵과할 수는 없어. 뭔가를 해야 한다고 생각해. 최근에 나는 종종 사루만을 어떻게 해야 할지 궁리했어."

"사루만이 누구죠? 그의 내력을 좀 아세요?"

피핀이 물었다.

"사루만은 마법사야. 그 이상은 말할 수 없어. 나는 마법사들의 내력을 모르거든. 그들은 크나큰 배들이 바다를 넘어왔을 때 처음 나타났지. 그렇지만 나로선 그들이 그 배들과 함께 왔는지는 전혀 알 수 없어. 내가 믿기로는, 사루만은 그들 가운데서도 위대한 인물로 꼽혔어. 얼마 전—너희는 아주 오래전이라고 할 테지만 그는 여기저기 떠돌며 인간과 요정의 일에 참견하는 걸 그만두고 앙그레노스트에, 혹은 로한인이 아이센가드라고 부르는 곳에 자리를 잡았어. 처음엔 매우 조용했는데 그 명성이 커지기 시작했어. 그가 백색회의 의장으로 선출되었다고 하더군. 하지만 그게 그리 바람직한 선택이 아니었다는 게 판명되었지. 지금에야 드는 생각이지만, 그때 사루만은 이미 사악한 길로 접어들지 않았나 싶어. 하지만 어쨌든 그는 이웃들에게 해를 끼치거나 하진 않았어. 나도 그에게 이러저런 말을 건네곤 했지. 그가 내 숲 주변을 거닐던 시기가 있었거든. 그 시절에 그는 정중했어. 언제나 내 허락을 구하고 (적어도 나를 마주쳤을 때는) 또 언제나 내 말에 열심히 귀를 기울였어. 나는 그에게 그가 결코 혼자서는 알아낼 수 없었을 많은 일들을 말해 주었지. 그러나 그가 같은 방식으로 내게 보답한 적은 결코 없었어. 그가 언제고 내게 무언가 말해 준 게 있는지 기억나지 않는단 말이야. 그는 점점 더 그렇게 되어 갔어. 내가 기억하기로, 그의 얼굴은—안 본 지 꽤 되었지만 말이야—돌벽 속의 창문들처럼 되어 버렸어. 안에 덧문이 달린 창문들 말이야.

이제 그의 꿍꿍이속을 이해할 것 같아. 그는 권력자가 되길 꾀하고 있어. 금속과 바퀴의 마음을 지닌 그는 당장 자신에게 득이 되지 않는 한 자라나는 것들을 돌보지 않아. 그가 사악한 배신자라는 건 이제 분명해. 그는 타락한 족속인 오르크들과 결탁했어. 브름, 훔! 더욱 고약한 건, 그가 오르크들에게 무슨 짓을, 위험한 무슨 짓을 해 오고 있었다는 거야. 이 아이센가드 놈들은 사악한 인간들을 닮았어. 해를 흔쾌히 마주할 수 없다는 것이야말로 거대한 암흑기에 닥치는 사악한 것들의 표증이지. 그런데 사루만의 오르크들은 태양을 혐오하면서도 견딜 수 있게 된 거야. 대체 그가 무슨 수를 쓴 걸까? 그놈들은 그가 타락시킨 인간들인가, 아니면 오르크와 인간의 두 종족을 뒤섞어 버린 건가? 정녕 무도한 악행이야!"

나무수염은 마치 깊고 은밀한 엔트식 저주를 내리는 것처럼 한동안 부르릉거리며 말했다.

"얼마 전부터 나는 오르크들이 어떻게 감히 내 숲을 그리 무람없이 헤치고 다니는지 의아했지. 최근에서야 나는 그게 사루만 탓이고 또 그가 오래전부터 모든 길들을 염탐하며 내 비밀을 캐 왔다는 걸 짐작했어. 이제 그와 그의 더러운 족속은 대대적인 파괴를 자행하고 있어. 저 아래 경계에선 그놈들이 나무들을—좋은 나무들을 베어 넘어뜨리고 있어. 일부 나무들은 그냥 잘라 버리고 썩도록 내버려 둬—그런 게 오르크식 해악이야. 그러나 대부분은 토막을 내서 오르상크의 불을 위한 땔감으로 운반해 가는 거야. 그래서 요즘 아이센가드에서는 항상 연기가 피어오르고 있지.

에누리 없이 저주받을 놈! 그 나무들 중 많은 이가 싹 틔우고 열매 맺을 때부터 알고 지내온 내 친구였고, 이젠 영영 사라져 버리고 말았지만 그들은 자신의 목소리를 갖고 있었어. 또 한때 노래하는 작은 숲들이 있던 곳은 그루터기와 가시덤불만 무성한 황무지가 되었어. 나도 무심했지. 사태를 흘러가는 대로 내버려 뒀어. 이런 일은 멈춰야만 해!"

나무수염이 갑자기 침대에서 몸을 일으키더니 우뚝 서서 손으로 탁자를 쿵 하고 내리쳤다. 빛의 용기(容器)들이 진동하며 두 개의 불꽃을 뿜어냈다. 그의 두 눈이 초록불처럼 깜박이고, 그 수염이 크나큰 금작화처럼 뻣뻣하게 곤두섰다.

"내가 막을 거야!" 그가 우렁차게 말했다. "그리고 너희가 나와 함께해야 해. 너희가 나를 도울 수 있어. 그렇게 하는 게 또 너희 친구들을 돕는 게 될 거야. 사루만을 저지하지 않으면 로한과 곤도르는 앞은 물론이고 뒤에도 적을 갖게 될 거야. 우리의 길들은 나란히 나아가— 아이센가드로!"

"함께 가겠어요. 우리는 할 수 있는 일은 뭐든 하겠어요."
메리가 말했다.

"그래요!" 피핀도 말했다. "흰손이 무너지는 걸 보고 싶어요. 큰 도움이 안 된다 하더라도 나도 거기 가고 싶어요. 난 우글룩과 로한 횡단을 결코 잊을 수가 없어요.”

“좋아, 좋아!” 나무수염이 말했다. “하지만 내가 성급하게 말했어. 우리는 성급해선 안 돼. 내가 너무 열을 냈어. 나는 냉정해져서 생각해야 해. ‘멈춰.’라고 외치기는 쉬워도 그렇게 되도록 하는 건 어렵거든.”

그는 아치길로 성큼성큼 걸어가 얼마 동안 비처럼 떨어지는 샘 아래 서 있었다. 이윽고 그가 웃으며 몸을 흔들자 그의 몸에서 바닥으로 반짝이며 떨어진 물방울이 곳곳에서 초록과 빨강의 불꽃처럼 빛났다. 그는 돌아와 다시 침대에 누웠고 아무 말이 없었다.

얼마 후 호빗들은 그가 다시 중얼거리는 걸 들었다. 그는 손가락을 꼽으며 셈을 하고 있는 것 같았다.

“팡고른, 핑글라스, 플라드리브, 그래, 그래.”

그가 한숨을 짓더니 호빗들을 향해 몸을 돌리며 말했다.

“남은 우리 종족의 수가 너무 적다는 게 문제야. 암흑 이전에 숲을 거닐던 최초의 엔트들 중에서 셋만 남아 있어. 요정식 이름으로 알려 주면 나, 팡고른과 핑글라스, 플라드리브뿐이라고. 너희 말로는 나머지 둘을 잎새머리타래, 나무껍질거죽이라고 불러도 좋아. 그쪽이 더 마음에 든다면 말이야. 하여튼 우리 셋 중에 잎새머리타래와 나무껍질거죽은 이 일에 별 도움이 안 돼. 잎새머리타래는 졸음에 취해 너희가 보기엔 거의 나무스럽해졌어. 그는 여름 내내 자기 무릎 주위 초원의 무성한 풀과 더불어 반쯤 잠든 채 홀로 서 있는 게 일이야. 그는 잎사귀 모양의 머리칼로 덮여 있어. 겨울엔 깨어나곤 하지만, 그럴 때조차도 최근엔 너무 졸려 멀리 걷질 못해. 나무껍질거죽은 아이센가드 서쪽의 산비탈에 살았어. 분쟁이 가장 심했던 곳이지. 그 자신도 오르크들에게 상처를 입었을 뿐 아니라 많은 동족과 나무목자들이 살해되고 파괴되었어. 이후 그는 제일 사랑하는 자작나무들이 있는 높직한 곳으로 올라가고는 내려오려 하질 않아. 그럼에도, 나는 아마도 상당한 무리의 우리 젊은이들을 규합할 수 있다고 생각해—그들에게 그 절박한 필요성을 이해시키고 그들을 분기시킬 수 있다면 말이야. 우린 성급한 종족이 아니거든. 남은 이들이 얼마 안 된다는 게 너무 아쉬워!"

피핀이 말했다.

"당신들은 이 고장에서 오래 살았으면서 왜 수가 그리 적은 거죠? 그렇게 많은 이들이 죽었나요?"

"오, 아니야! 너희의 표현대로 내부로부터 죽은 이는 아무도 없었어. 물론 일부는 긴 세월의 불운에 쓰러졌지만, 더 많은 이들은 나무스럼해졌어. 원래 우리의 수가 많지 않았던 데다 그 수가 증가하지도 않았어. 엔팅들—너희 식으로 말하자면 아이들이 없었어. 지독히 긴 세월 동안 말이야. 너희도 알다시피 우리는 엔트부인들을 잃어버렸어."

"정말 비통한 일이에요! 어쩌다 다 죽은 건가요?"

피핀이 물었다.

"그들은 죽지 않았어! 나는 죽었다고 말하진 않았어. 잃어버렸다고 했지. 우리는 그들을 잃고서 찾지 못하는 것뿐이야."

그가 한숨을 내쉬고 말을 이었다.

"나는 대부분이 그걸 안다고 생각했는데. 어둠숲에서 곤도르까지 엔트들이 엔트부인들을 찾아 헤매는 노래들이 요정들과 인간들 사이에서 널리 퍼졌으니까. 그 노래들이 죄다 잊힐 리는 없지."

"음, 그 노래들이 산맥을 넘어 서쪽의 샤이어까지 전해지진 않았나 봐요. 우리에게 더 이야기해 주거나 노래들 중 하나를 불러 주지 않으시겠어요?"

메리가 말하자, 나무수염이 그 요청을 받아 기쁜 듯 말했다.

"그래, 기꺼이 그러지. 그러나 제대로 할 순 없고 줄여서 이야기해 주지. 그다음엔 우리의 대화를 마쳐야 해. 내일 우리는 소집할 회의가 있고 해야 할 일이 있으며 혹시 여정을 시작할 수도 있어."

"이건 좀 이상하고도 슬픈 이야기야."

그가 잠시 멈추었다가 말을 이어 갔다.

"세상이 젊고 숲들이 드넓은 야생 상태였을 적에 엔트들과 엔트부인들―그땐 엔트아가씨들이었지. 아! 우리 젊었던 시절, 핌브레실 즉 사뿐한 발걸음의 가녀린 자작나무의 사랑스러움이란!―그들은 함께 거닐고 함께 살았지. 그러나 우리의 마음은 같은 방식으로 계속 자라지 못했어. 엔트들은 세상에서 만나는 것들에게 사랑을 주었고, 엔트부인들은 다른 것들에게 생각을 줬어. 엔트들은 거대한 나무, 야생 숲, 높은 구릉지의 비탈을 사랑하고, 석간수를 마시며 지나는 길에 나무들이 떨어뜨려 준 과일만 먹었지. 그리고 그들은 요정들에 대해 배우고 거대한 나무들과 이야기했어. 하지만 엔트부인들은 보다 작은 나무들과 숲 기슭 너머 양지바른 초원들에 마음을 주었어. 그리고 그들은 수풀 속의 자두, 야생 사과와 봄에 활짝 피는 버찌, 여름철 물가에 자라는 초록 약초, 그리고 가을 들판의 씨를 퍼뜨리는 풀들을 본 거야. 그들은 이들과 말을 나누길 원치 않고 이들이 자신의 말을 듣고 따르기를 바랐지. 엔트부인들은 이들이 자신의 바람대로 자라고, 자신의 취향대로 잎과 열매를 맺으라고 명령했어. 엔트부인들은 질서, 풍요, 그리고 평화를 원했거든(그 뜻인즉슨, 사물들은 자신들이 정한 곳에 그대로 있어야 한다는 거야). 그렇게 해서 엔트부인들은 자신이 살 정원들을 꾸몄어. 그러나 우리 엔트들은 계속 떠돌아다니느라 이따금씩만 그 정원에 들렀어. 그러다가 북쪽에 암흑이 닥쳤을 때 엔트부인들은 대하를 건너 새로운 정원들을 꾸미고 새로운 들판을 경작했고 그 때문에 우리가 그들을 볼

124

일은 더 뜸해졌어. 암흑이 무너진 후 엔트부인들의 땅은 풍요롭게 번성했고 들판엔 곡식이 가득했어. 많은 인간들이 엔트부인들의 솜씨를 배우고 그들을 크게 떠받들었어. 반면에 인간들에게 우리는 하나의 전설, 숲속 깊은 곳에 숨은 하나의 비밀일 따름이었어. 그러나 지금 우리는 아직도 여기 있지만 엔트부인들의 그 모든 정원은 황폐해졌어. 지금 인간들은 그곳을 갈색평원이라고 부르지.

핌브레실을 보고 싶은 욕망이 내게 닥친 건 오래전—사우론과 바다인간들 사이에 전쟁이 벌어졌을 때—이었던 걸로 기억해. 마지막으로 보았을 땐 예전 아가씨 적 모습은 찾기 어려웠지만 여전히 내 눈엔 매우 아름다웠지. 엔트부인들은 노동에 허리가 굽고 피부도 갈색으로 변했고, 또 머리카락은 태양에 그을려 여문 곡식의 색이었고 볼은 빨간 사과 같았어. 그렇지만 그 눈은 여전히 우리 종족의 눈이더군. 우리는 안두인대하를 건너 그들의 땅으로 갔는데, 우리가 본 건 사막이었어. 전쟁이 휩쓸고 지나가 모든 게 불타고 뿌리 뽑혔더라고. 엔트부인들은 거기에 없었어. 우리는 오래도록 그들을 부르고 오래도록 그들을 찾았고, 우리가 만난 모든 이들에게 엔트부인들이 어느 길로 갔는지 물었어. 일부는 그들을 본 적이 없노라고 했고, 또 일부는 그들이 서쪽으로 가는 걸 봤다고 했어. 또 동쪽이라고 하는 이들도, 남쪽이라는 이들도 있었어. 그러나 그 어디를 가 봐도 그들을 찾을 수가 없더라고. 우리의 비애는 아주 컸어. 그렇지만 야생의 숲이 불러 우리는 돌아갔어. 우리는 숱한 해에 걸쳐 틈나는 대로 출타해 두루 걸었고, 그들의 아름다운 이름을 부르며 엔트부인들을 찾았어. 그러나 시간이 지날수록 그 횟수도 줄고 거리도 짧아졌지. 해서 이제 우리에게 엔트부인들은 하나의 기억일 뿐이고, 우리의 수염은 길어지고 잿빛이 되었어. 엔트부인들을 애타게 찾는 우리의 사연을 두고 요정들이 많은 노래를 지었고, 그 노래들의 일부는 인간들의 말로도 옮겨졌어. 하지만 우리는 그에 관한 노래를 짓지 않았어. 엔트부인들이 생각날 때면 그들의 아름다운 이름을 부르는 걸로 족했던 거지. 우리는 우리가 언젠가 다시 만나리라 믿어. 어쩌면 어딘가 함께 살며 모두 흡족해할 만한 땅을 발견할 수 있을 거야. 그러나 그런 일은 양쪽 모두가 지금 가진 모든 것을 잃은 후에나 가능할 거라는 불길한 예감이 들기도 해. 그리고 드디어 그 시기가 가까워지고 있다고 할 수도 있을 거야. 왜냐하면 지난날의 사우론이 정원을 파괴했다면 오늘의 대적은 모든 숲을 시들게 할 것 같으니까.

이런 내력을 읊은 요정의 노래 하나가 있지. 적어도 나는 그렇게 이해해. 그것은 대하의 상류와 하류에서 불려지곤 했어. 결코 엔트의 노래가 아니란 걸 유념하라고. 엔트식이라면 아주 긴 노래가 되었을 테니까. 그렇지만 우리는 그 노래를 외우고 때때로 흥얼거려. 너희 말로 옮기면 이런 내용이야.

엔트   봄이 너도밤나무 잎을 펼치고 가지에 수액이 찰 때면,
        야생 숲의 개울에 빛이 들고 산마루에 바람이 불 때면,
        보폭 길고 숨 깊고 산 공기 에일 때면,
        내게 돌아오라! 내게 돌아와
       내 땅 어여쁘다고 말해 다오!

엔트부인   안뜰과 들판에 봄이 와
        잎에 낱알 돋을 때면,
       과수원에 꽃이 빛나는 눈처럼 깔릴 때면,
        대지에 내리는 소나기와 해가
       대기를 향그러움으로 가득 채울 때면,
         난 여기 머물고 가지 않으리,
       내 땅 어여쁘니.

엔트   세상에 여름 와서 황금빛 정오
　　　　잠든 잎들의 지붕 아래 나무의 꿈 펼쳐질 때면,
　　　　삼림의 공회당이 초록으로 서늘하고 서풍 불 때면,
　　　　내게 돌아오라! 내게 돌아와
　　　내 땅 제일이라고 말해 다오!

엔트부인 여름 햇살에 매달린 과실 익고 장과(漿果) 누렇게 그을릴
　　　때면,
　　　　황금빛 밀짚, 하얀 이삭 수확되어 읍내로 들어올 때면,
　　　　서풍 불지만 꿀 넘치고 사과 부풀 때면,
　　　　난 여기 태양 아래 머무르리,
　　　내 땅 제일이기에!

엔트   겨울 올 때면, 숲과 언덕 마구 휩쓸 거친 겨울 올 때면,
　　　　나무들 쓰러지고 별 없는 밤 해 없는 낮을 삼킬 때면,
　　　　지독한 동풍에 세찬 비 겹칠 때면
　　　　나 그대를 찾고 그대를 부르리,
　　　다시 그대에게 가리라!

엔트부인 겨울 와 노래 끝날 때면, 마침내 어둠 깔릴 때면,
　　　메마른 가지 부러지고 빛과 노동 마감될 때면,
　　　　나 그대를 찾고 그대를 기다릴 테요,
　　　우리 다시 만날 때까지.
　　　　세찬 빗발 아래 우리 함께 길 떠나리!

함께   우리 함께 서녘에 이르는 길 떠나리,
　　　　그리고 저 멀리 우리 모두의 마음 쉴 땅 찾으리."

나무수염이 노래를 마쳤다.

"이런 내용이야. 물론 요정의 노래라 경쾌하고 말이 빠르고 또 금방 끝나지. 아마도 매우 아리따운 노래라고 생각해. 그렇지만 시간이 있다면 엔트들이 자기네 입장에서 덧붙일 수도 있어! 그러나 이제 나는 일어서서 잠을 좀 잘 거야. 너희는 어디에 서서 잘 건가?"

"우린 보통 누워서 자요. 지금 여기도 괜찮을 거예요."

메리가 말했다.

"누워서 잔다고! 글쎄, 너희는 물론 그렇지! 흠, 훔, 잊고 있었는데, 노래를 부르다 보니 옛 시절이 생각나 내가 젊은 엔팅들에게 말하고 있다는 생각이 든 모양이야. 정말 그랬어. 자, 너희는 침대 위에 누우면 되겠지. 나는 빗물 속에 설 거야. 잘 자!"

메리와 피핀은 침대 위에 기어올라 부드러운 풀과 고사리 속에 몸을 둥글게 오그렸다. 새로 깐 것이라 감미로운 내음이 풍겼고 따스했다. 빛이 꺼지고 나무들의 광채도 흐려졌다. 그러나 그들은 바깥의 아치 아래 늙은 나무수염이 머리 위로 두 팔을 올린 채 미동도 없이 서 있는 모습을 볼 수 있었다. 하늘에 밝은 별들이 돋아나 그의 손가락과 머리를 넘쳐 수백의 은빛 방울로 발에 똑똑 떨어져 내리는 물을 환히 비추었다. 호빗들은 그 물방울 떨어지는 소리를 들으며 잠이 들었다.

그들이 깨어나 보니 서늘한 해가 큼직한 뜰 속으로 그리고 평지의 바닥 위로 빛나고 있었다. 머리 위로는 높은 구름 조각들이 강한 동풍을 타고 내달리고 있었다. 나무수염은 보이지 않았다. 그러나 메리와 피핀이 아치 곁의 돌 대야에서 목욕하고 있는 동안 그가 나무들 사이로 난 길을 걸어오며 흥얼흥얼 노래하는 소리가 들렸다.

"후, 호! 안녕, 메리와 피핀!"

그가 그들을 보고 우렁차게 말했다.

"오래 자더군. 나는 오늘 벌써 백 걸음이나 걸었어. 이제 우리는 음료를 한 사발씩 마시고 엔트못에 갈 거야."

그는 그들에게 어제와는 다른 돌 항아리에서 음료를 두 사발 가득 따라 주었다. 지난밤과는 맛도 달랐다. 말하자면, 흙내가 더하고 더 그윽하며 더 원기를 북돋우고 음식다웠다. 호빗들이 침대 끝에 앉아 요정 과자의 작은 조각들을 갉으며 (배가 고파서라기보단 씹어 먹는 걸 아침 식사의 필수 부분으로 여겼기에) 음료를 마실 동안, 나무수염은 엔트어나 요정어 또는 어떤 낯선 말로 흥얼대며 하늘을 올려다보고 서 있었다.

"엔트못이 어디죠?"

피핀이 용기를 내어 물었다.

"후, 에? 엔트못?"

나무수염이 돌아서며 말했다.

"그건 어떤 장소가 아니라 엔트들의 모임이야—요즘엔 자주 열리지 않지만. 그래도 나는 상당한 수가 오겠다고 약속하도록 했어. 우리는 늘 모였던 곳에서 모일 거야. 인간들은 그곳을 외따른숲골이라 부르지. 여기서 남쪽으로 좀 떨어진 곳인데, 우리는 정오 전에 거기 도착해야 해."

이내 그들은 출발했다. 나무수염은 어제처럼 호빗들을 양팔에 안고 갔다. 그는 뜰 입구에서 오른쪽으로 돌아 개울을 건너고 나무가 별로 없는 울퉁불퉁한 비탈의 기슭을 따라 남쪽으로 성큼성큼 걸어갔다. 비탈 위로 자작나무와 마가목의 덤불이, 또 그 너머로 하늘을 향해 쭉 뻗친 어두운 솔숲이 보였다. 곧 나무수염은 구릉지를 좀 벗어나 깊은 숲으로 들어갔다. 그곳의 나무들은 호빗들이 여태껏 본 그 어떤 것보다도 크고 높고 우거졌다. 잠시 그들은 처음 팡고른 숲에 과감히 들어섰을 때 감지했던 숨 막히는 기분을 희미하게 느꼈지만 그 기분은 이내 사라졌다. 나무수염은 그들에게 아무 말도 하지 않았다. 그가 생각에 잠긴 채 굵고 낮은 음성으로 흥얼대며 혼 잣말을 했지만, 메리와 피핀은 한마디도 제대로 알아듣지 못했다. "붐, 붐, 룸붐, 부라르, 붐 붐, 다흐라르 붐 붐, 다흐라르 붐." 등등의 소 리가 끊임없이 음색과 리듬을 바꾸며 이어졌다. 간혹 그들은 대지에 서 또는 머리 위의 가지에서 혹은 나무줄기에서 나는 듯한 흥얼대거 나 바르르 떨리는 소리를 그 말에 대한 대답이려니 생각했다. 그러나 나무수염은 멈추거나 어느 쪽으로도 머리를 돌리는 법이 없었다.

한참을 걸었을 때—피핀은 '엔트걸음'의 수를 헤아리려고 했으나 3천 번쯤에서 놓치곤 그만두었다—나무수염이 속도를 늦추기 시작 했다. 그가 갑자기 멈추어 호빗들을 내려놓더니, 두 손을 둥글게 오 므려 속이 빈 통 모양을 만들어 입에 갖다 댔다. "훔, 훔." 하는 우렁 찬 소리가 뿔나팔의 깊숙한 저음처럼 숲속에 울려 퍼졌고, 나무들 이 그에 따라 메아리치는 것 같았다. 저 멀리 여러 방향에서 "훔, 훔, 훔." 하는 소리가 들려왔다. 그건 메아리가 아니라 화답이었다.

그러자 나무수염은 메리와 피핀을 어깨 위에 얹히고 다시 성큼성 큼 계속 걸으며 때때로 뿔나팔 같은 신호음을 보냈고 그때마다 화 답하는 소리들이 점점 크고 가깝게 들렸다. 이런 식으로 그들은 드 디어 어둑한 상록수들이 뚫고 들어갈 수 없는 벽처럼 둘러싼 곳에 도착했다. 그 나무들은 호빗들이 전혀 보지 못한 종류의 것으로 바 로 뿌리에서부터 가지가 뻗고 가시만 없는 호랑가시나무처럼 어둡 고 반질반질한 잎들이 무성하게 덮인 데다 크고 빛나는 올리브색 봉오리들과 빳빳이 곧추선 이삭 모양의 꽃차례들이 맺혀 있었다.

나무수염은 왼쪽으로 틀어 이 방대한 울타리를 몇 걸음 돌아 좁 은 입구에 이르렀다. 입구 속으로 발길에 닳은 길 하나가 펼쳐지다 가 갑자기 길고 가파른 비탈 아래로 곤두박질쳤다. 호빗들은 자신 들이 거대한 협곡으로 내려가고 있다는 걸 알았다. 거의 사발처럼 둥글고, 아주 넓고 깊으며, 테두리엔 높고 어둑한 상록의 울타리가 솟은 협곡이었다. 안쪽은 풀로 덮여 반반하고, 사발 모양의 밑바닥에 키가 아주 크고 아름다운 자작나무 세 그루가 서 있는 것 외에는 나무라곤 없었다. 서쪽과 동쪽으로부터 다른 두 길이 협곡 속으로 이어져 내렸다.

이미 엔트 여럿이 도착해 있었다. 더 많은 엔트들이 다른 길로 내려오고 있었고, 이제 몇몇이 나무수염을 뒤따르고 있었다. 그들이 가까이 다가옴에 따라 호빗들은 그들을 물끄러미 바라보았다. 호빗이 서로 닮아 보이듯(어쨌든 이방인의 눈에는), 엔트들도 나무수염과 흡사한 이들이 많겠거니 했는데 실상은 전혀 그렇지 않아 호빗들은 매우 놀랐다. 나무들이 서로 다르듯 엔트들도 서로 달랐다. 이름이 같은 나무들이라도 기원과 역사가 판이한 것처럼 다른 이들이 있는가 하면, 자작나무와 너도밤나무, 떡갈나무와 전나무처럼 수종이 다른 것처럼 다른 이들도 있었다. 그중에는 보다 오래된 엔트가 몇 있었는데(나무수염만큼 아득히 오래돼 보이는 이는 없지만), 이들은 정정하지만 아득히 오래된 나무처럼 무성한 수염에 옹이투성이였다. 그리고 한창때의 숲나무처럼 사지가 미끈하고 피부가 매끄러운, 키 크고 건장한 엔트들도 있었지만 젊은 엔트, 즉 어린 나무는 없었다. 모두 합쳐 스물넷 정도가 풀이 무성한 넓은 계곡 바닥에 서 있었고, 같은 수가 행진해 들어오고 있었다.

처음에 메리와 피핀은 그 다종다양함에 압도되었다. 형태와 색깔이 갖가지인 데다 허리 둘레와 키, 팔다리의 길이, 손가락과 발가락의 수(셋에서 아홉에 이르는)까지도 각기 달랐다. 일부는 나무수염과 다소간 비슷한 듯 너도밤나무나 떡갈나무를 연상시켰다. 그러나 종류가 아주 다른 이들도 있었다. 바깥으로 벌어진 커다란 손에 짧고 굵은 다리를 가진 갈색 피부의 엔트들이 밤나무를 연상케 했는가 하면 많은 손가락이 달린 손과 긴 다리에 큰 키로 곧게 솟은 회색의 엔트들은 물푸레나무를 연상시켰다. 어떤 이들(키가 가장 큰 엔트들)은 전나무를, 또 어떤 이들은 자작나무, 마가목, 참피나무를 생각나게 했다. 그러나 그 모든 엔트들이 나무수염 주위로 모여들어 머리를 약간 숙이고 느릿느릿한 가락의 목소리로 웅얼거리며 이방인들을 빤히 오래도록 쳐다보았을 때 그제야 호빗들은 그들 모두가 같은 종족이고 똑같은 눈을 가졌다는 걸 알았다. 그 눈들은 나무수염의 것처럼 그리 오래되거나 깊진 않았지만, 느리고 차분하며 생각에 잠긴 표정과 초록의 깜박임을 똑같이 띠고 있었다.

일행 전체가 나무수염을 중심으로 넓은 원을 둘러 모여들자 알아들을 수 없는 별난 대화가 시작되었다. 엔트들이 느릿느릿하게 중얼거리기 시작했다. 먼저 한 엔트가 가담하고 이어서 다른 엔트가 합세하자 얼마 안 가 모두가 함께 오르고 내리는 긴 리듬으로 읊조리고 있었다. 둘러선 원의 한쪽에서 소리가 커지는가 싶다가 이내 잦아들면 반대쪽 소리가 커지며 요란한 굉음으로 치닫는 식이었다. 피핀은 그 어떤 낱말도 포착하거나 이해하지 못했지만—그로서는 그 언어가 엔트어일 거라고 생각했다—처음에 그는 그 소리가 듣기에 매우 즐거웠다. 그렇지만 점차 그의 주의가 산만해졌다. 오랜 시간이 흐른 뒤(그렇지만 읊조림은 느슨해질 기미가 보이지 않았다) 그는 엔트어가 대단히 '서두르지 않는' 언어이기에, 그들이 '좋은 아침'이란 인사말은 넘어선 건지 그리고 만약 나무수염이 출석을 점검하기라도 한다면 모든 이들의 이름을 읊조리는 데 며칠이나 걸릴지 의아할 지경이었다. '예'나 '아니요'에 해당하는 엔트어는 뭘까 하고 피핀은 생각하며 하품을 했다.

나무수염이 즉시 그의 기분을 알아챘다. "흠, 하, 헤이, 피핀 군!" 하고 부르자 다른 엔트들이 모두 읊조림을 멈췄다.

"너희가 성급한 종족이라는 것을 잊고 있었어. 게다가 어쨌든 이해하지도 못하는 이야기에 귀를 기울인다는 것은 지루하지. 이제 너희는 내려와도 좋아. 내가 엔트뭇에 너희 이름을 말해 주었고, 그들은 너희를 보고서 너희는 오르크가 아니란 것과 옛 계보에 새로운 한 줄이 삽입되어야 한다는 것에 동의했어. 우리는 아직 그 단계를 넘어서지 못했지만 그 정도면 엔트뭇으로서는 빠른 진행이지. 너와 메리는 협곡 여기저기를 거닐어도 좋아. 원한다면 말이야. 기분 쇄신이 필요하다면 저 건너 북쪽 강둑에 물 좋은 샘이 있어. 모임이 본격적으로 시작되기 전에 아직 해야 할 말이 좀 있어. 내가 짬을 내 너희를 찾아가 어떻게 일이 돌아가는지 알려 주겠어."

그는 호빗들을 바닥에 내려 주었다. 호빗들은 떠나기 전에 깊숙이 절을 했다. 중얼거림의 어조와 눈의 깜박임으로 판단컨대 그 진기한 행위에 엔트들이 무척 재미있어하는 것 같았다. 그렇지만 곧 엔트들은 다시 자신들의 용무로 돌아갔다. 메리와 피핀은 서쪽에서 내려온 길을 올라가 크나큰 울타리의 개구멍을 통해 내다보았다. 협곡의 가장자리에서부터 나무로 덮인 긴 비탈들이 솟구쳤고 그 너머 멀리 가장 먼 능선의 전나무들 위로 높은 산의 봉우리가 하얗고 날카롭게 솟아 있었다. 왼편인 남쪽으로 그 숲이 잿빛의 머나먼 거리 속으로 사라지는 게 보였다. 그쪽 먼 곳에 희미한 초록빛이 가물거렸는데, 메리는 로한평원이 얼핏 보이는 거려니 여겼다.

"아이센가드는 어디 있는 거야?"
피핀의 물음에 메리가 말했다.
"난 우리가 지금 있는 위치를 도무지 모르겠어. 하지만 저 봉우리는 메세드라스일 것 같아. 내가 기억하는 한 원형 요새의 아이센가드는 산맥 끝의 분기점이나 깊은 틈새에 놓여 있어. 아마도 이 거대한 능선 뒤편일 거야. 저 건너 봉우리 왼쪽에 연기나 안개가 이는 것 같지 않아?"
"아이센가드는 어떤 곳이지? 난 엔트들이 그곳에 대해 뭘 할 수 있을지 궁금해."

메리가 다시 대답했다.

"나도 그래. 아이센가드는 암반이나 산 같은 것에 빙 둘러싸인 그런 곳으로, 안쪽에 편평한 공간이 있고 중앙에는 오르상크라 불리는 섬 또는 바위 기둥이 있어. 그 위에 사루만의 탑이 있고. 빙 둘러싼 성벽에는 문이 하나, 아마도 하나 이상의 문이 있을 거야. 그 속으로 개울이 흐르는데, 산맥에서 나와 로한관문을 가로질러 흘러가. 아이센가드라는 곳은 엔트들이 달려들 수 있는 만만한 곳이 아닌 것 같아. 하지만 난 이 엔트들에 대해 뭔가 이상야릇한 느낌이 들어. 어쨌든 그들은 겉보기처럼 아주 무해하고 꽤 재미난 건 아니라고 생각돼. 느리고 색다르고 참을성 있고 슬퍼 보이지만, 난 그들이 분기될 수 있다고 믿어. 만약 그런 일이 벌어진다면 난 그들의 반대편에 서지 않을 거야."

"맞아!" 피핀이 말했다. "무슨 뜻인지 알아. 앉아서 생각에 잠긴 채 되새김질하는 늙은 암소와 돌진하는 황소는 전연 다를 수 있지. 그리고 그 변화는 갑작스레 올 수도 있고. 나무수염이 그들을 어떻게 분기시킬 수 있을지 궁금해. 그에게 그렇게 할 뜻이 있다는 것도 확실해. 그러나 그들은 분기되는 걸 좋아하지 않아. 나무수염 자신도 지난밤에 분기되었지만 이윽고 화를 다시 억눌렀어."

호빗들은 발길을 돌렸다. 비밀회의장에선 엔트들의 목소리가 여전히 오르내리고 있었다. 이제 해는 높은 울타리를 굽어볼 만큼 높이 솟았다. 햇빛이 자작나무의 우듬지 위에 빛났고 협곡의 북사면을 서늘한 노란 빛으로 밝혔다. 거기서 그들은 반짝이는 작은 분수 하나를 보았다. 그들은 상록수 기슭에 자리한 거대한 사발 모양의 분지 가장자리를 따라 걷다가—발가락에 감기는 서늘한 풀을 다시 느끼고 또 서두르지 않아도 된다는 게 상큼했다—얼마 후 용솟음치는 물가로 내려갔다. 그들은 깨끗하고 차갑고 맛이 얼얼한 물을 조금 마시곤 이끼 낀 돌 위에 앉아, 풀밭 위에 햇빛 비친 자리들과 협곡 바닥에 비친 구름장들의 가볍게 떠가는 그림자를 유심히 바라보았다. 엔트들의 중얼거림은 계속되었다. 그곳은 아주 낯설고 외딴 장소로 그들의 세계 바깥에 있고, 또 그들에게 일어났던 모든 일과도 동떨어진 것 같았다. 그들의 마음에는 동지들, 특히 프로도와 샘 그리고 성큼걸이의 얼굴과 목소리에 대한 그리움이 강렬하게 솟구쳤다.

드디어 엔트들의 목소리가 잠시 멈추었다. 올려다보니 나무수염이 곁에 다른 엔트 하나를 데리고 그들을 향해 오는 게 보였다.

"흠, 훔, 여기 다시 왔어." 나무수염이 말했다. "지겹다거나 좀이 쑤시진 않아, 흠, 에? 자, 아직은 좀이 쑤시고 그래선 안 돼. 우리는 이제 첫 단계를 마쳤어. 이제부터 나는 아이센가드에서 멀리 떨어져 사는 이들과 앞선 회의에 방문할 수 없었던 이들에게 지금의 사태를 다시 설명해야 하고, 그 후에 우리가 할 일을 결정해야 할 거야. 그러나 할 일을 결정하는 것은 마음을 정하기 위해 모든 사실과 사건을 검토하는 일만큼 오래 걸리지는 않아. 그럼에도 우리가 여기에 꽤 오래 있을 것이란 것은 부인할 수 없어. 아마 이틀 정도 될 거야. 그래서 내가 너희에게 친구 하나를 데리고 왔어. 근처에 그의 엔트 집이 있어. 요정식 이름은 브레갈라드라고 해. 그는 이미 마음을 정했으니 회의에 남아 있을 필요가 없다는 거야. 흠, 흠, 그는 우리 가운데서 성급한 엔트에 가장 가깝지. 사이좋게 지내야 해. 안녕!"

나무수염이 몸을 돌려 그들을 떠났다.

브레갈라드는 호빗들을 진중하게 살펴보며 얼마 동안 서 있었고, 그들도 언제 '성급함'이 드러날까 궁금해하며 그를 쳐다보았다. 그는 키가 컸고 젊은 엔트 축에 드는 것 같았다. 팔과 다리의 피부가 반들반들하게 빛나고 입술은 불그스름하며 머리카락은 회록색이었다. 그는 바람 받는 가녀린 나무처럼 몸을 굽히고 흔들 수 있었다.

마침내 그가 입을 열었는데, 그 목소리는 울리긴 했어도 나무수염 보다는 높고 맑았다.

"하, 흠, 친구들이여, 산책하자고! 난 브레갈라드야. 너희 언어로 는 날쌘돌이지. 그렇지만 물론 그건 별명일 뿐이야. 어느 연로한 엔 트께서 하신 질문이 미처 끝나기도 전에 '예'라고 말한 이후로 그렇 게 불리게 됐어. 난 마시는 것도 빨라서 다른 이들이 수염을 적시고 있는 동안 다 마시고 밖으로 나가지. 함께 가!"

그는 잘생긴 두 팔을 내리뻗어 손가락이 긴 손 하나씩을 호빗들 에게 각각 내밀었다. 그날 호빗들은 온종일 그와 더불어 숲속을 여 기저기 거닐며 노래하고 웃었다. 날쌘돌이도 종종 웃음을 터뜨렸다. 그는 구름 뒤에서 해가 나타나도 웃었고, 개울이나 샘을 마주쳐도 웃었다. 개울을 만났을 때 그는 허리를 굽혀 발과 머리에 물을 끼얹 었고, 나무들에서 나는 어떤 소리나 속삭임에도 가끔씩 웃었다. 마 가목을 볼 때마다 그는 잠시 멈추어 양팔을 쭉 뻗고 노래했고, 또 노 래하면서 몸을 이리저리 흔들었다.

해 질 녘에 그는 그들을 자신의 엔트집으로 데리고 갔다. 집이라 고 해 봤자 초록색 둑 아래 잔디 위에 세운 이끼 낀 돌 하나에 불과 했다. 주위에 마가목이 빙 둘러 자랐고 둑에서 거품을 내며 흘러나 오는 샘이 있었다(엔트집이 다 그렇듯). 그들이 이야기하는 동안 숲에 어둠이 깔렸다. 멀지 않은 곳에서 아직도 계속되는 엔트못의 목소리 들이 들렸다. 그러나 이제 그 목소리들은 더 굵고 덜 느긋한 것 같았 다. 간간이 하나의 웅장한 목소리가 높고 활기를 띠는 음조로 솟구 치곤 하면 다른 목소리들이 잦아들었다. 그러나 그들 곁의 브레갈 라드는 자기네 말로 조용히 속삭이다시피 말했고, 그들은 그가 나 무껍질거죽 무리의 일원이고 그 일족이 살던 고장은 유린되었다는 걸 알았다. 그런 사정을 들으니 호빗들에겐 적어도 오르크에 관한 한 그의 '성급함'이 족히 이해될 것 같았다.

"내 고향엔 마가목들이 있었어." 브레갈라드가 조용히 그리고 슬프게 말했다. "내가 어린 엔트였을 때니까 아주 아주 오래전 세상이 고요했을 때 뿌리 내린 마가목들이지. 가장 오래된 것은 엔트들이 엔트부인들을 기쁘게 해 주려고 심었지. 하지만 엔트부인들은 그것들을 보고 미소 짓고는 더 하얀 꽃과 더 탐스러운 열매가 자라는 곳을 안다고 말했어. 그렇지만 내겐 저 이름난 장미의 무리도 그처럼 아름답지는 않았어. 이 나무들이 자라고 자라나자 마침내 하나하나의 그림자가 초록의 터 같았고, 가을에 빨간 열매가 가지가 휠 정도로 매달린 모습은 대단한 아름다움이자 경이였지. 새들이 떼 지어 몰려들곤 했어. 난 새들을 좋아해. 떠들썩하게 지저귈 때조차도. 마가목엔 남아돌 만큼 열매가 많이 열렸어. 그런데 새들이 박정해지고 탐욕스러워져 그 나무들을 쥐어뜯고 열매를 떨어뜨리고는 먹지도 않았어. 그런 중에 오르크들이 도끼를 들고 와서 내 나무들을 잘라 버렸어. 내가 다가가 그 나무들의 긴 이름들을 불렀지만 그들은 몸을 떨지도 듣지도 대답하지도 않았어. 죽어 버린 거야.

오, 오로파르네, 랏세미스타, 카르니미리에여!
오, 아리따운 마가목이여, 네 머리칼 위의 순백의 꽃이여!
오, 내 마가목이여, 어느 여름날 난 환히 빛나는 널 보았네.
네 피부 눈부시게 맑고 잎은 깃털처럼 가볍고
네 목소린 참 서늘하고 부드러웠지.
머리 위에 높직이 쓴 그 왕관 찬란한 황금빛이었어라!
아, 죽은 마가목이여, 네 머리칼 메말라 잿빛이로다.
네 왕관 엎질러지고 네 목소린 영영 잠잠하구나.
오, 오로파르네, 랏세미스타, 카르니미리에여!"

여러 언어로 사랑했던 나무들의 몰락을 애곡하는 것 같은 브레갈라드의 나직한 노랫소리를 들으며 호빗들은 잠이 들었다.

　다음 날도 그들은 그와 어울려 지냈지만, 그의 '집'에서 멀리 나가 진 않았다. 대부분의 시간 동안 그들은 피난처로 삼은 둑 아래에 말없이 앉아 있었다. 바람이 더 차가워지고 구름장들은 더 빽빽해지고 잿빛으로 변했다. 햇빛이 거의 비치지 않았고, 멀리선 회의 중인 엔트들의 목소리가 여전히 오르내렸다. 때론 크고 힘차게, 때론 낮고 침울하게, 때론 빨라지다가 때론 만가처럼 느릿느릿하고 엄숙했다. 둘째 밤이 왔지만 여전히 엔트들은 서둘러 지나가는 구름과 나타났다간 사라지곤 하는 별들 아래서 비밀회의를 열었다.

　셋째 날이 밝았으나 바람이 세고 을씨년스러운 날씨였다. 해 뜰 무렵 엔트들의 목소리가 떠들썩하게 높아지더니 이내 다시 가라앉았다. 아침 시간이 지나면서 바람은 약해지고 대기가 모종의 예감으로 묵직했다. 좁은 골짜기 같은 엔트집에 자리한 호빗들에겐 모임의 소리가 희미했음에도 불구하고 그들은 브레갈라드가 열중해서 귀를 기울이고 있다는 걸 알 수 있었다.

　오후가 되자 해가 산맥을 향해 서쪽으로 가면서 구름장들의 째지고 열린 틈새들 사이로 길고 노란 광선들을 내보냈다. 갑자기 그들은 모든 게 매우 조용해졌다는 걸 깨달았다. 숲 전체가 경청하는 침묵 속에 서 있었다. 물론 엔트들의 목소리는 멈추었다. 어찌 된 영문일까? 브레갈라드는 바짝 긴장한 채 꼿꼿이 서서 외따른숲골을 향해 북쪽을 돌아보고 있었다.

　그때 굉음과 함께 "라―홈―라아!" 하고 외치는 우렁찬 소리가 울려 퍼졌다. 마치 돌풍이 들이친 것처럼 나무들이 몸을 떨고 굽혔다. 또다시 소리가 끊기더니 이윽고 엄숙한 북소리처럼 행진곡이 시작되었다. 둥둥 울리는 장단과 우렁찬 울림을 뚫고 높고 힘차게 노래하는 목소리들이 샘솟았다.

　　우리가 간다, 둥둥 북 울리며 우리가 간다.
　　타—룬다 룬다 룬다 룸!

　엔트들이 오고 있었다. 그들의 노래가 점점 가까워지면서 소리도 더 크게 솟구쳤다.

　　우리가 간다, 뿔나팔 불고 북 울리며 우리가 간다.
　　타—루나 루나 루나 룸!

　브레갈라드가 호빗들을 들어 올리고는 성큼성큼 걸어 나갔다.

　이윽고 행진하는 대오가 보였다. 엔트들이 비탈을 내려 그들을 향해 큰 보폭으로 몸을 흔들며 걸어오고 있었다. 나무수염이 선두에 서고 쉰이 넘는 추종자들이 2열 종대로 발로 보조를 맞추고 옆구리에 얹은 손으로 박자를 맞추며 뒤따랐다. 가까이 다가옴에 따라 그들의 번득이고 깜박이는 눈이 보였다.

　나무수염은 브레갈라드와 호빗들을 보고 외쳤다.

　"훔, 홈! 우렁찬 소리 울리며 우리가 여기 왔어. 드디어 우리가 왔노라! 자, 이 모임에 합세해! 우린 떠난다. 아이센가드로 간다고!"

　그러자 엔트들이 일제히 외쳤다.

　"아이센가드로! 아이센가드로!"

　　아이센가드로! 아이센가드가 돌문들로 에워싸여 막혀 있대도,

　　아이센가드가 굳세고 단단하며 돌처럼 차갑고 뼈처럼 황량하대도,

　　우리는 간다, 우리는 간다, 우리는 싸우러 간다, 돌을 베고 문

을 부수리!

이제 줄기와 가지 불타고 화덕 노호하노니—우리는 싸우러 간다!

운명의 쿵쿵대는 걸음으로 둥둥 북 울리며 어둠의 땅으로 우리가 간다, 우리가 간다!

아이센가드로 운명과 함께 우리가 가노라!

운명과 함께 우리 가노라, 운명과 함께 우리 가노라!

그들은 남쪽으로 행진하며 그렇게 노래했다.

눈이 환하게 밝아진 브레갈라드가 대오에 휙 끼어들어 나무수염 옆에서 행진했다. 이제 그 오래된 엔트는 호빗들을 돌려받아 다시 어깨 위에 올려놓았다. 그들은 노래하는 부대의 선봉에서 두근대는 가슴을 안고 머리를 높이 치켜든 채 자랑스럽게 나아갔다. 결국 무슨 일이 벌어지리라 예상은 했지만, 막상 엔트들에게 닥친 변화에는 깜짝 놀랐다. 지금 그것은 오래도록 둑에 막혔던 큰물이 일거에 터지는 것처럼 갑작스러워 보였다.

"요컨대 엔트들로서는 꽤 빠르게 결정한 셈이죠, 안 그래요?"

잠시 노래가 멎고 손과 발로 장단 맞추는 소리만 들릴 때 피핀이 용기를 내 말했다.

"빠르다고? 흠! 그래, 그래, 정말 그렇군. 내가 기대한 것보다 빨랐어. 실로 나는 오랜 세월 동안 그들이 이처럼 분기되는 걸 본 적이 없어. 우리 엔트들은 분기되는 것을 좋아하지 않아. 게다가 우리의 나무들과 우리의 생명이 큰 위험에 처했다는 것이 분명하지 않으면 우리는 결코 움직이지 않는다고. 사우론과 바다의 인간들 사이의 전쟁 이후로는 그런 위험도 없었고. 우리를 이토록 분개하게 만든 것은—라룸—땔감이 필요하다는 식의 어설픈 변명조차도 없이 나무를 마구잡이로 베어 버린 오르크들의 작태라고. 그리고 마땅히 우리를 도왔어야 할 이웃의 배신도 한몫을 했지. 마법사들은 사리를 잘 아는 족속이야. 그럼, 그렇고말고. 그런 배반에 합당한 지독한 저주는 요정어, 엔트어 또는 인간들의 언어에도 없어. 사루만을 타도하라!"

그러자 이번에는 메리가 물었다.

"정말 아이센가드의 성문을 부술 건가요?"

"호, 흠, 음, 너희도 알다시피 우리는 할 수 있다고! 아마 너희는 우리가 얼마나 강한지 모를 거야. 혹시 트롤에 대해 들어 본 적이 있나? 대단히 강한 자들이지. 하지만 트롤은 거대한 암흑 속의 대적(大敵)이 엔트를 모방해 만든 위작일 뿐이야. 오르크가 요정의 위작이듯이 말이야. 우리는 트롤보다 강해. 우리의 몸은 대지의 뼈로 만들어졌어. 우리는 돌을 나무뿌리처럼 쪼갤 수 있어. 우리의 정신이 분기되면 더 빠르게, 훨씬 빠르게 쪼개 버려! 만약 우리가 사술(邪術)의 불이나 타격에 베어 넘겨지거나 파괴되지 않는다면 우리는 아이센가드를 산산조각 내고 그 성벽을 깨뜨려 돌무더기로 만들 수 있어."

"그러나 사루만이 당신을 저지하려 들걸요. 안 그래요?"

"흠, 아, 맞아, 그건 그렇지. 그 점을 잊지는 않았어. 실로 나는 그것에 대해 오랫동안 생각해 왔어. 그러나 보다시피 많은 엔트들이 나보다 젊어. 숱한 수령(樹齡)만큼이나. 지금 그들 모두가 분기되어 있고 그들의 마음은 온통 한 가지 일, 즉 아이센가드를 부수는 일에만 쏠려 있어. 하지만 머지않아 그들은 다시 생각하기 시작할 거야. 저녁 음료를 들 때면 그들도 좀 냉정해질 거야. 아마 한잔 생각이 간절해질 거라고! 그러나 지금은 행진하고 노래하게 놔둬! 우리는 갈 길이 멀고, 또 생각할 시간은 앞으로도 있으니까. 시작했다는 것이 대단한 거야."

한동안 나무수염은 다른 이들과 함께 노래하며 계속 행진했다. 그러나 얼마 후 그의 목소리가 중얼거림으로 가라앉더니 다시 침묵에 잠겼다. 피핀은 그의 오래된 이마가 주름지고 찌푸려지는 걸 볼 수 있었다. 마침내 그가 얼굴을 치켜들었고, 피핀은 그의 눈에 깃든 슬픈 표정을 볼 수 있었다. 슬프지만 불행하지는 않은 표정이었다. 마치 초록 불길이 생각의 어두운 샘 속으로 더욱 깊숙이 가라앉은 것처럼 그의 두 눈엔 빛이 있었다. 그가 천천히 말했다.

"물론 그럴 가능성도 있지, 내 친구들이여. 우리가 망할 수도 있고, 그렇다면 이것이 엔트들의 마지막 행진일 테지. 그러나 우리가 집에 틀어박혀 아무것도 하지 않는다 하더라도 하여튼 파멸은 조만간 우리를 찾아낼 거야. 그런 생각이 오랫동안 우리의 가슴에 자라오고 있었고, 그래서 지금 우리가 행진하고 있는 거야. 성급한 결단이 아니야. 이제 엔트들의 마지막 행진은 적어도 노래 한 곡으로 기릴 만한 가치는 있을 거야. 그럼."

그가 한숨을 내쉬며 말을 이었다.

"우리는 사라지기 전에 다른 종족들을 도울 수 있어. 그럼에도 나는 엔트부인들에 대한 노래들이 실현되는 것을 봤으면 좋겠어. 나는 핌브레실을 다시 봤으면 무척이나 좋겠어. 하나 내 친구들이여, 노래도 나무처럼 때가 되어야만, 그리고 제 나름의 방식대로만 열매를 맺어. 종종 노래는 때 아니게 시들기도 하지."

엔트들은 엄청난 속도로 계속 나아갔다. 그들은 남쪽으로 푹 꺼진 길고 우묵한 땅으로 내려갔다가 이번엔 위쪽으로 오르기 시작해 서쪽의 높은 능선까지 계속 올라갔다. 숲은 끊어졌고, 그들은 여기저기 흩어진 자작나무의 무리들을 지나, 그다음엔 수척한 소나무 몇 그루만 자라는 벌거벗은 비탈들에 이르렀다. 해는 앞의 어둑한 언덕 뒤편으로 떨어졌다. 잿빛 땅거미가 깔렸다.

피핀이 뒤를 돌아보았다. 엔트들의 수가 불어났다—아니면 무슨 일이 일어나고 있단 말인가? 그에게는 그들이 가로지른 어스레한 벌거벗은 능선들이 있어야 할 곳이 작은 숲들로 가득 차 있다는 생각이 들었다. 한데 그것들이 움직이고 있지 않은가! 팡고른의 나무들이 깨어나고 그 숲이 일어나 구릉지를 넘으며 행진하여 전장으로 간다는 게 가당키나 한 일인가? 그는 혹시 졸음과 그림자 때문에 잘못 본 게 아닌가 싶어 두 눈을 비볐다. 그러나 그 거대한 잿빛의 형상들은 꾸준히 앞으로 움직였다. 숱한 가지들을 스치는 바람 같은 소음이 일었다. 엔트들은 이제 능선 꼭대기에 가까워지고 있었고 모든 노랫소리가 멎었다. 밤이 내리고 정적이 깔렸다. 엔트들의 발길 아래 대지가 희미하게 떨리는 소리와 바람에 날려 떠도는 숱한 잎들이 속삭이는 듯 살랑거리는 소리 외엔 어떤 것도 들리지 않았다. 드디어 그들은 정상에 서서 어두운 분지를 내려다보았다. 그곳은 산맥 끝자락의 거대한 틈새로, 그 이름은 난 쿠루니르, 바로 사루만의 계곡이었다.

"아이센가드에 밤이 드는군."

나무수염이 말했다.

Chapter 5
백색의 기사

"뼛속까지 으스스 떨려."

김리가 두 팔을 아래위로 움직이고 발을 구르며 말했다. 마침내 날이 밝았던 것이다. 동틀 때 일행은 형편이 되는 대로 아침을 지어 먹었다. 이제 점차 자라나는 빛 속에서 그들은 다시 호빗들의 자취를 수색할 준비를 갖추고 있었다.

"그 노인을 잊지 말라고! 신발 자국이라도 찾을 수 있으면 기분이 좀 낫겠어."

김리의 말에 레골라스가 물었다.

"그런다고 해서 어떻게 기분이 나아진다는 거야?"

"자국을 남기는 발의 소유자라면 겉보기처럼 평범한 노인일 수 있으니까."

김리가 대답했다.

"그럴 수도." 요정이 말했다. "그러나 여기선 무거운 신발도 아무 자국 남기지 않을 수 있어. 풀이 길고 탄력이 있거든."

김리가 다시 대답했다.

"순찰자에겐 그런 것도 별 문제가 안 될 거야. 아라고른은 구부러진 잎 하나로도 능히 흔적을 짚어 낸다고. 그렇지만 난 그가 어떤 흔적을 찾아낼 걸로 기대하지 않아. 어젯밤 우리가 본 것은 사루만의 사악한 환영이었으니까. 아침 햇살 아래서 본다 하더라도 난 그렇다고 확신해. 어쩌면 지금도 그의 두 눈은 팡고른숲에서 우리를 내려다보고 있을지 몰라."

아라고른이 대답했다.

"그럴 법한 일이지만 난 그렇게 확신하진 않아. 난 말들을 생각하고 있어. 김리, 지난밤에 자네가 말하길, 그들이 겁에 질려 달아났다고 했어. 하지만 난 그렇게 생각하지 않았네. 레골라스, 자넨 그들의 소리를 들었나? 자네에겐 그들의 울음소리가 공포에 질린 짐승들처럼 들리던가?"

레골라스가 말했다.

"아니요, 난 그들의 소리를 똑똑히 들었소. 어둠과 우리 자신의 두려움만 아니었더라면, 난 그들을 어떤 갑작스러운 반가움에 날뛰는 짐승들로 짐작했을 거요. 말들이 오래도록 보고 싶어 했던 친구를 만날 때 내는 그런 소리였소."

"나도 그렇게 생각했어. 하지만 그들이 돌아오지 않으면 나도 그 수수께끼를 풀 순 없네. 자! 빛이 빠르게 커 가고 있어. 먼저 살피고 추리는 나중에 하자고! 우린 여기, 우리의 야영지 부근에서 주위의 모든 걸 꼼꼼히 살피기 시작해 숲을 향해 비탈을 올라갈 거야. 우리가 간밤의 방문자에 대해 뭐라고 생각하든 우리의 용무는 호빗들을 찾는 거야. 만일 그들이 요행히 도망쳤다면 그렇다면 나무들 속으로 숨어들었을 게 틀림없어. 그러지 않았다면 눈에 띄었을 테니까. 만약 우리가 여기와 숲의 경계 사이에서 아무것도 못 찾으면 그땐 마지막으로 전장과 잿더미를 수색할 거야. 그러나 그쪽엔 별 희망이 없어. 로한의 기병들이 해야 할 일을 너무 잘 해냈으니까."

한동안 동지들은 땅바닥을 기며 더듬었다. 그들 머리 위로 마른 잎들이 휘주근히 매달려 냉랭한 동풍에 덜걱거리는 나무 하나가 음산하게 서 있었다. 아라고른은 천천히 움직이며 동료들에게서 떨어져 갔다. 그는 강둑 근처의 횃불 잿더미에 다다라, 전투가 벌어졌던 야산을 향해 바닥을 되짚어 가기 시작했다. 갑자기 그는 몸을 구부리고 낮게 숙여 풀밭에 얼굴을 묻다시피 했다. 이윽고 그가 나머지 둘을 불렀다. 그들은 급히 달려왔다.

"마침내 여기서 우리는 소식을 찾은 거야!"

아라고른이 말했다. 그는 그들이 볼 수 있도록 부서진 잎 하나를 치켜들었다. 황금색을 띤 크고 창백한 잎으로 이제 시들어 갈색으로 변하고 있었다.

"로리엔의 말로른 잎이야. 이 위에 작은 빵 부스러기들이 있고 풀밭에도 몇 개 더 있어. 그리고 보라고! 끊어진 끈 조각들이 가까이에 놓여 있어!"

"그리고 여기엔 끈을 자른 칼도 있네!"

김리가 말했다. 그가 몸을 구부려 빽빽한 풀더미 속에서 작고 깔쭉깔쭉한 칼날 하나를 끄집어냈다. 육중한 발길에 짓밟혀 그 풀더미 속으로 떠밀린 것이었다. 떨어져 나간 칼자루도 옆에 있었다.

"이건 오르크들의 무기야."

김리가 그것을 조심스럽게 들고 조각된 손잡이를 역겹게 바라보며 말했다. 가늘게 뜬 눈과 음흉한 추파를 던지는 입이 달린 무시무시한 머리통 같은 게 조각되어 있었다.

레골라스가 외쳤다.

"이것 참, 이제껏 마주친 것들 중에 가장 야릇한 수수께끼로군. 결박된 포로가 오르크들과 둘러싼 기병들 모두를 빠져나가다니. 다음으로 그는 여전히 탁 트인 곳에 있는 동안에도 발길을 멈추고 오르크의 칼로 결박을 잘라 내. 하지만 어떻게? 그리고 왜? 두 다리가 묶여 있었을 텐데 어떻게 걸은 거야? 그리고 양팔이 묶여 있었을 텐데 어떻게 칼을 쓴 거야? 만일 어느 쪽도 묶여 있지 않았다면 끈을 자를 건 뭐냔 말이야? 그러고 나서 자신의 수완에 만족한 듯 주저앉아 호젓하게 약간의 여행식을 먹었다니! 말로른 잎이 아니더라도 이 점만으로도 이들이 호빗이었다는 걸 능히 알 수 있어. 내가 추정컨대, 그 후 그는 두 팔을 날개로 바꿔 노래를 부르며 나무들 속으로 날아가 버렸어. 그를 찾는 건 쉬울 거야. 즉, 우리에게도 날개만 있으면 된다고!"

그러자 김리가 말했다.

"하여튼 여기엔 요상한 일들이 넘칠 지경이야. 그 노인이 하고 있던 짓이 마술이 아니고 뭐겠어? 아라고른, 레골라스의 풀이를 어떻게 생각하오? 더 나은 풀이를 할 수 있겠소?"

"어쩌면, 할 수도 있을 거야." 아라고른이 빙그레 미소를 지으며 말했다. "자네들이 고려하지 않은 다른 자취들이 가까이에 있어. 그 포로가 호빗이고 여기 오기 전에 분명 다리와 팔 중 하나가 자유로웠다는 것에 나도 동의해. 내 추정으로는 자유로운 건 팔이었을 것 같아. 그럴 경우 수수께끼를 풀기가 더 쉬워지지. 이 표식들을 보면 그는 어떤 오르크에 의해 이 지점까지 운반되었으니까. 저기 몇 발짝 떨어진 곳에 피가 흘러 있어. 오르크의 피야. 이 현장 주변에는 깊이 파인 말발굽 자국이 수두룩하고 어떤 무거운 것이 질질 끌려간 형적도 있어. 그 오르크는 기병들에 의해 살해되었고, 그 시체는 나중에 횃불 있는 데까지 끌려갔어. 그러나 그 호빗이 발각되지 않은 걸 보면 그는 '사방이 탁 트인 곳'에 있지 않았어. 게다가 밤이었고, 그는 여전히 요정의 망토를 걸치고 있었으니까. 기진맥진하고 배가 고팠으니 그가 쓰러진 적의 칼로 결박을 끊은 다음 사라지기 전에 쉬면서 뭘 좀 먹었다는 건 의아해할 일이 아니지. 그렇지만 아무런 무구나 꾸러미도 없이 달아나긴 했어도 호주머니에 약간의 렘바스를 갖고 있었다는 걸 알게 되니 마음이 좀 놓여. 어쩌면 그게 호빗다운 점이지. 내가 그라고 말하는 걸 유념하게. 메리와 피핀이 여기 함께 있었을 걸로 희망하고 추측하지만 그걸 확실하게 보여 주는 건 아무것도 없다고."

"그런데 당신은 어떻게 그 친구들 중 하나의 손이 자유로워졌다고 보는 거요?"

김리의 물음에 아라고른이 대답했다.

"그건 나도 알 수 없지. 왜 오르크 하나가 그들을 빼돌리고 있었던 건지도 모르고. 그들이 탈출하는 걸 도우려는 게 아니었던 건 분명하겠지. 아니, 이제야 처음부터 날 쩔쩔매게 만들었던 문제가 이해되기 시작하는 것 같아. 보로미르가 쓰러졌을 때 왜 오르크들이 메리와 피핀의 생포로 만족했을까? 놈들은 나머지 우리를 찾으려 애쓰지도 않았고 우리 야영지를 공격하지도 않았어. 오히려 놈들은 최대한의 속도로 아이센가드를 향해 갔어. 놈들이 반지의 사자와 그의 충직한 동무를 붙잡았다고 생각한 걸까? 난 그렇다고 생각하지 않아. 설령 스스로 그만큼은 알고 있었다 하더라도 감히 주군들이 그렇게 명백한 명령을 오르크들에게 내리진 않을 거야. 즉, 그들이 놈들에게 반지에 대해 까놓고 말하진 않을 거라고. 놈들은 믿을 만한 수하가 아니잖아. 하지만 오르크들이 무슨 대가를 치르더라도 호빗들을 산 채로 잡아 오라는 명령은 받았다고 생각해. 그런데 전투가 벌어지기 전에 그 귀한 포로들을 데리고 몰래 달아나려는 시도가 있었어. 아마 배반 같은 걸 텐데 그런 족속에겐 있을 법한 일이지. 어떤 덩치 크고 대담한 오르크가 자신만의 목적으로 홀로 그 전리품을 갖고 도망치려 했었을 거야. 자, 이게 내가 추리해 본 사연이야. 사연을 달리 꾸며 볼 수도 있을 거야. 그러나 어떤 경우든 우린 이 점은 믿을 수 있어. 즉, 우리 친구들 중 적어도 하나가 도망쳤다는 거야. 로한으로 돌아가기 전에 그를 찾아 돕는 게 우리의 과업이네. 그가 필요에 쫓겨 저 어두운 곳으로 들어갔으니 우리도 팡고른숲에 기가 꺾여선 안 돼."

"난 어느 쪽이 더 꺼려지는지 모르겠어. 팡고른숲인지, 아니면 걸어서 로한을 헤쳐 가야 할 그 기나긴 길에 대한 아득함인지."

김리가 말했다.

"그렇다면 숲으로 들어가세."

아라고른이 말했다.

머잖아 아라고른은 새로운 자취를 찾았다. 엔트강둑 근처의 한 지점에서 발자국들을 마주쳤던 것이다. 호빗의 발자국들이지만 너무 옅어서 그리 도움이 되는 것은 아니었다. 그랬다가 다시 숲의 가장자리에 선 거대한 나무의 줄기 아래에서 더 많은 발자국들이 발견되었다. 대지가 맨살로 드러나고 메마른 상태여서 많은 걸 내비쳐 주진 않았다.

"적어도 호빗 하나가 한동안 여기 서서 뒤를 돌아봤고, 그다음에 그는 방향을 돌려 숲으로 들어갔어."

아라고른의 말에 김리가 대답했다.

"그럼 우리도 들어가야지. 하지만 난 이 팡고른숲의 생김새가 마음에 들지 않아. 게다가 우린 조심하라는 말도 들었어. 우리의 추적이 어디라도 좋으니 다른 데로 이어졌으면 좋겠어!"

"꾸며 낸 이야기들이 뭐라 말하든 난 이 숲이 불길한 느낌을 준다고 생각진 않아."

레골라스가 말했다.

"그래, 불길하지 않아. 혹 불길한 게 있다 해도 저 멀리 있어. 속이 시커먼 나무들이 있는 어두운 곳들의 희미한 메아리만이 포착돼. 우리 근처엔 아무 악의도 없어. 그러나 경계와 노여움의 기운은 있네."

그는 마치 귀를 기울이고 눈을 크게 뜬 채 어둠 속을 응시하듯 앞으로 몸을 수그린 채 숲의 처마 아래 섰다.

"숲이 우리한테 노여워할 까닭이 없어." 김리가 말했다. "난 아무런 해도 끼치지 않았다고."

"그렇다면 됐잖아." 레골라스가 말했다. "하지만 그럼에도 불구하고 슾은 해를 입었어. 내부에서 무슨 일이 일어나고 있거나 혹은 일어날 거야. 팽팽한 긴장이 느껴지지 않아? 숨이 막힐 정도야."

난쟁이가 말했다.

"공기가 숨 막힐 듯 갑갑해. 이 숲은 어둠숲보단 적지만 곰팡내가 나고 추레해."

요정이 말했다.

"오래된 거지, 아주 오래. 너무 오래돼서 내가 다시 젊어진 듯한 기분마저 드는걸. 자네들 같은 어린애들과 원정에 나선 이래로 느껴 보지 못했던 기분이야. 이 숲은 오래되었고 기억들로 가득 차 있어. 평화로운 시절에 여길 왔더라면 행복할 수 있었을 텐데."

"어련하시겠수." 김리가 씩씩거리며 대꾸했다. "요정들은 어떤 종류든 다 이상하지만, 어쨌든 자넨 숲요정이니 말이야. 그렇지만 자네가 있어 마음이 놓이긴 해. 자네가 가는 곳이면 나도 갈 거야. 그러나 자네의 활을 언제든 쓸 수 있게 준비해 둬. 난 혁대에 맨 도끼를 느슨하게 해 둘 테니. 물론 나무에다 쓸 건 아니고."

그가 머리 위의 나무를 올려다보며 서둘러 덧붙였다.

"단지 난 준비된 대거리도 없이 불시에 그 노인을 다시 만나고 싶지 않을 따름이야. 자, 가자고!"

그 말과 함께 3인의 추격자는 팡고른숲으로 뛰어들었다. 레골라스와 김리는 자취 추적을 아라고른에게 맡겼다. 그로서도 눈여겨볼 만한 것은 거의 없었다. 숲 바닥은 메마르고 바람에 쌓인 잎들로 덮여 있었다. 그러나 그는 도망자들이 물가에 머물 거라 추정했기에 종종 개울의 둑들로 돌아갔다. 그러던 중 그는 메리와 피핀이 물을 마시고 발을 씻은 장소를 찾아냈다. 거기엔 누가 보아도 분명하게 두 호빗의 발자국들이, 하나가 다른 쪽보다 좀 더 작은 발자국들이 찍혀 있었다. 아라고른이 말했다.

"이건 희소식인걸. 그런데 이 흔적은 이틀 된 거야. 그러니 호빗들은 이곳을 이미 떠난 거야."

그러자 김리가 말했다.

"그렇다면 이제 우린 어쩌지? 팡고른의 성채 전부를 헤치며 그들을 추적할 순 없어. 우린 식량도 변변히 갖추지 못하고 왔어. 만약 그들을 곧 찾지 못하면, 아무 도움이 되지 못할 거라고. 그들 곁에 주저앉아 함께 굶주림으로써 우리의 우정을 보여 주는 것 말고는."

아라고른이 말했다.

"정녕 우리가 할 수 있는 일이 그뿐이라면 그렇게라도 해야지. 계속 가자고."

그들은 마침내 나무수염의 언덕의 가파르고 험준한 끝자락에 이르러 울퉁불퉁한 계단으로 높직한 바위 턱까지 이어진 암벽을 올려다보았다. 빠르게 몰려다니는 구름장들 사이로 희미한 햇빛이 비치고 있어 이젠 숲의 잿빛과 황량함은 덜했다.

레골라스가 말했다.

"올라가 주위를 살펴보자고! 난 아직 숨이 가쁜 느낌이야. 잠시라도 더 자유로운 공기를 맛보고 싶어."

동지들이 위로 기어올랐다. 천천히 움직이는 아라고른은 맨 뒤에서 계단과 바위 턱 들을 세심하게 훑고 있었다.

"난 호빗들이 여기로 올라갔다고 확신해. 그런데 이해가 안 되는 다른 표식들, 아주 이상한 표식들이 있어. 그들이 다음에 어느 길로 갔는지 추정하는 데 도움이 될 어떤 것을 이 바위 턱에서 볼 수 있을지 궁금하군."

그는 일어서서 주위를 돌아봤지만 쓸 만한 것을 보진 못했다. 바위 턱은 남쪽과 동쪽을 향했지만, 시야가 트인 건 동쪽뿐이었다. 거기서 그는 그들이 지나온 평원을 향해 줄줄이 내려선 나무들의 상단들을 볼 수 있었다.

레골라스가 말했다.

"우리가 길을 멀리 돌아서 왔군. 만약 둘째 날이나 셋째 날에 대하를 떠나 서쪽으로 길을 잡았더라면 우리 모두가 함께 안전하게 여기 올 수 있었을 텐데. 하지만 끝에 다다르기 전에 자신이 택한 길이 어디로 이를지 예견할 수 있는 이는 거의 없지."

"그러나 우린 팡고른숲으로 오길 바라진 않았어."

김리가 투덜거리자 레골라스가 말했다.

"그렇지만 우린 여기 와 있어. 그물에 딱 걸려들었고, 봐!"

"뭘 보란 거야?"

"나무들 사이의 저기 말이야."

"어디? 난 요정의 눈을 갖고 있지 않아."

"쉬! 목소리를 더 낮춰, 봐!"

레골라스가 손가락으로 숲속을 가리키며 말했다.

"저 아래 숲, 방금 우리가 지나온 저 뒤쪽 길에. 그자야. 그가 이 나무 저 나무를 지나가는 게 안 보여?"

"보여! 이제 보여!" 김리가 쉿쉿거렸다. "그것 봐요, 아라고른! 내가 경고하지 않았소? 저기 그 노인이 있소. 온통 더러운 회색 누더기를 걸치고. 저 꼴이니 내가 처음에 그를 볼 수 없었지."

아라고른이 눈을 돌려 허리가 굽은 형체 하나가 천천히 움직이는 것을 보았다. 그것은 멀지 않은 곳에 있었다. 아무렇게나 만든 지팡이에 몸을 기대고 지친 듯 걷고 있는 늙은 거지 같아 보였다. 그는 머리를 숙인 채 그들 쪽을 보지 않았다. 다른 땅에서였다면 그들은 친절한 말을 건네며 노인을 맞이했을 것이었다. 하지만 지금 그들은 각기 숨겨진 힘—혹은 위협을 쥔 무언가가 다가오고 있다는 야릇한 예감에 사로잡혀 말없이 서 있었다.

노인의 형체가 한 걸음 한 걸음 가까이 다가오는 모습을 김리는 한동안 두 눈을 크게 뜨고 응시했다. 그러다가 더는 견딜 수 없는 듯 갑자기 큰 소리로 외쳤다.

"레골라스, 자네 활! 활을 당겨! 준비해! 사루만이야. 그가 말을 하거나 우리에게 마법을 걸도록 내버려 둬선 안 돼! 먼저 쏴!"

레골라스가 천천히, 그리고 마치 어떤 다른 의지의 저항을 받는 것처럼 활을 들어 당겼다. 그는 손에 화살 하나를 느슨하게 쥐었지만 그걸 시위에 매기진 않았다. 아라고른은 말없이 서 있었고, 그의 얼굴은 경계와 주시에 여념이 없었다.

"왜 기다리는 거야? 뭐가 잘못됐어?"

김리가 나직이 쉭쉭대며 말했다.

"레골라스가 옳아. 아무리 두려움이나 의심이 든다고 한들 아무 눈치도 채지 못하고 싸우자는 통고도 받지 못한 저런 노인을 쏘는 건 삼가야지. 지켜보며 기다리자고!"

그 순간 노인은 걸음을 빨리하더니 놀라운 속도로 암벽의 기슭까지 왔다. 그다음 갑자기 그가 위를 쳐다보았고, 그들은 내려다보며 꼼짝도 않고 서 있었다. 아무런 소리도 없었다.

그들은 노인의 얼굴을 볼 수 없었다. 두건을 쓴 데다 두건 위로 챙이 넓은 모자를 쓰고 있어 코끝과 회색 수염을 빼곤 모든 이목구비가 그늘져 있었다. 그러나 아라고른은 두건에 덮인 이마의 그림자 속으로부터 예리하고 형형한 눈빛을 포착한 듯한 느낌이 들었다.

마침내 노인이 침묵을 깨뜨렸다.

"만나서 정말 반갑네, 내 친구들이여. 자네들에게 말을 하고 싶군. 자네들이 내려올 텐가, 아니면 내가 올라갈까?"

대답을 기다리지 않고 그가 오르기 시작했다. 김리가 소리쳤다.

"지금이야! 그를 멈추게 해, 레골라스!"

그러자 노인이 말했다.

"내가 자네들에게 말을 하고 싶다고 하지 않았나? 그 활 치우게,

요정 선생!"

레골라스의 두 손에서 활과 화살이 떨어졌고, 두 팔이 옆구리에 헐겁게 매달렸다.

"그리고 자네, 난쟁이 선생, 내가 오를 때까지 부디 그 도낏자루에서 손을 떼라고! 그런 대거리는 필요 없을 테니까."

노인이 염소처럼 날렵하게 울퉁불퉁한 계단을 껑충껑충 오를 동안 김리는 움찔하더니 이내 돌처럼 가만히 서서 빤히 쳐다볼 뿐이었다. 모든 피로가 그에게서 떠나 버린 것 같았다. 그가 바위 턱에 올라섰을 때 그의 회색 누더기에 가렸던 어떤 의복이 일순 드러난 것처럼 스치는 듯 너무나 짧은 섬광이, 백색의 광채가 번득였다. 침묵 속에 김리가 들이쉬는 숨소리가 요란한 쉭쉭거림처럼 들릴 지경이었다.

"다시 말하네만, 반갑네!"

노인이 그들 쪽으로 다가오며 말했다. 그는 몇 미터 떨어진 곳에 서서 머리를 앞으로 내민 채 지팡이 위로 몸을 구부리고, 두건 밑에서부터 그들을 빤히 쳐다보았다.

"대체 이런 곳에서 뭘 하고 있는 겐가? 요정 하나, 인간 하나, 난쟁이 하나가 죄다 요정들의 차림새를 하고서 말이야. 분명 그 모든 것 뒤엔 들어 볼 만한 곡절이 있을 테지. 그런 일은 여기서 흔히 보는 게 아니니까."

아라고른이 물었다.

"당신은 팡고른을 잘 아는 사람처럼 말씀하시는군. 그렇소?"

"잘 알진 못하지." 노인이 말했다. "제대로 알려면 몇 번의 삶으로도 충분치 않을 걸세. 하지만 난 가끔씩 여길 오지."

"당신의 이름과, 당신이 우리에게 말하고 싶은 게 뭔지 들을 수 있겠소? 아침도 거의 지났고 우리에겐 시간을 다투는 용무가 있소."

"내가 하고 싶은 말은 이미 다 했네. 자네들이 뭘 하고 있냐는 것, 또 자네들이 겪은 어떤 사연을 말해 줄 수 있냐는 거지. 내 이름으로 말할 것 같으면!"

그가 길고 나직하게 웃으며 말을 끊었다. 그 소리에 아라고른은 전율이, 야릇한 차가운 전율이 온몸을 훑고 지나는 것을 느꼈다. 그렇지만 그 느낌은 두려움이나 공포는 아니었다. 오히려 그건 느닷없이 피부로 파고들어 살을 에는 대기나, 어수선한 잠에 빠진 이의 뺨을 때려 깨우는 차가운 빗줄기 같은 것이었다.

"내 이름이라!" 노인이 다시 말했다. "이미 짐작하지 않았나? 자네들이 이전에 그걸 들어 본 적이 있을 거라 생각해. 그래, 자네들은 전에 들은 적이 있지. 그건 그렇고, 자네들의 사연은 뭔가?"

3인의 동지는 말없이 서서 아무 대답도 하지 않았다.

"용무를 말해도 되는 건지 의구심이 들기 시작하는 이들이 있군. 다행히도 난 그것에 대해 웬만큼 알아. 내가 믿기로, 자네들은 두 젊은 호빗의 발자국을 추적하고 있어. 그래, 호빗들 말이야. 마치 그런 이상한 이름은 결코 들어 보지 못한 것처럼 멀뚱멀뚱 쳐다보지 말라고. 자네들도 나도 모두 들어 봤으니 말이야. 자, 그들은 이틀 전 여기에 올랐다가 예상치 못한 누군가를 만났어. 이 말을 들으니 마음이 좀 놓이나? 그리고 자네들은 그들이 어디로 간 건지 알고 싶어하는 거잖아? 자, 자, 그것에 대해선 내가 소식을 좀 알려 줄 수도 있을 거야. 그런데 우리가 왜 이렇게 서 있는 게야? 알다시피 자네들의 용무는 자네들이 생각하는 만큼 급박하지 않아. 앉아서 마음을 편히 갖자고."

노인이 몸을 돌려 뒤편 벼랑 기슭의 낙석과 바위 더미 쪽으로 걸어갔다. 즉시, 마치 마법이 풀린 것처럼 다른 이들이 긴장을 풀고 몸을 움직였다. 김리의 손이 곧장 도끼자루로 뻗쳤다. 아라고른은 칼을 뽑았고 레골라스는 활을 집어 들었다.

노인은 신경 쓰지 않고 그냥 몸을 구부려 낮고 평평한 돌 위에 앉았다. 그때 그의 회색 망토가 벌어졌고, 그들은 속이 온통 흰색 차림인 걸 분명히 보았다.

"사루만이야!" 김리가 손에 도끼를 든 채 그를 향해 벌떡 내달리며 외쳤다. "말해! 우리 친구들을 어디에 숨겼는지 말하라고! 그들을 어떻게 한 거야? 말해! 그러지 않으면 네 모자에다 아무리 마법사라 해도 어떻게 해 보기 난감할 도끼 자국을 새겨 줄 테다!"

김리가 상대하기에 노인은 너무 빨랐다. 그는 벌떡 일어서더니 커다란 바위 꼭대기로 몸을 날렸다. 별안간 키가 커지고 그들 위로 우뚝 솟은 채 그가 거기 서 있었다. 그의 두건과 회색 누더기가 내팽개쳐졌다. 하얀 의복이 빛났다. 그가 지팡이를 치켜들자 김리의 손아귀에서 도끼가 공중으로 튀어 올라 쨍 하고 울리며 바닥에 떨어졌다. 까딱도 하지 않는 손에 뻣뻣하게 쥐어진 아라고른의 검이 느닷없는 불길로 타올랐다. 레골라스가 큰 소리로 외치며 화살을 쏘았지만 그것은 불길의 섬광 속에 사라졌다.

레골라스가 외쳤다.

"미스란디르! 미스란디르!"

"자네에게 다시 말하지만 반갑네, 레골라스!"

노인이 말했다. 모두가 그를 응시했다. 그의 머리칼은 햇빛에 반짝이는 눈처럼 하얗고, 옷은 하얗게 번쩍이고 짙은 눈썹 아래의 두 눈은 태양 광선처럼 형형하며 손에는 권능이 있었다. 그들은 경이, 환희, 두려움 사이를 오가며 할 말을 잃고 서 있었다.

마침내 아라고른이 몸을 꿈틀거리며 말했다.

"간달프! 모든 희망을 접고 있었는데 당신은 정말로 곤궁할 때 우리에게 돌아오셨군요! 내 눈에 뭐가 씌었던 건가요? 간달프!"

김리는 아무 말도 하지 않고 무릎 꿇고 주저앉으며 손을 들어 두 눈에 그늘을 만들었다.

"간달프," 노인은 마치 오랜 기억으로부터 오래도록 쓰이지 않은 낱말을 다시 불러내듯 되풀이했다. "그래, 그 이름이야. 나는 간달프였어."

그는 바위에서 걸어 내려와 회색 망토를 집어 들고 몸에 둘렀다. 마치 쭉 빛나고 있던 태양이 방금 구름에 다시 가려진 것 같았다.

"그래, 자네들은 여전히 날 간달프라고 불러도 좋네."

그 목소리는 그들의 오랜 친구이자 길잡이의 목소리였다.

"일어서게, 훌륭한 친구 김리여! 자네가 잘못한 건 없고 또 내가 해를 입은 것도 없어. 친구들이여, 실로 자네들 중 누구도 날 해칠 수 있는 무기를 갖고 있진 않아. 기분 풀게! 우린 다시 만났잖아. 중대한 기로에서 말이야. 거대한 폭풍이 오고 있어. 그러나 물때는 이미 바뀌었어."

그가 김리의 머리 위에 손을 얹자 난쟁이가 올려다보며 갑자기 웃음을 터뜨렸다.

"간달프! 그런데 당신은 온통 하얗군요!"

"그래, 난 이제 하얗다네. 실로 내가 사루만이라고 말할 만도 해, 본모습대로의 사루만 말이야. 그건 그렇고, 자, 자네들의 사정을 말해 줘! 우리가 헤어진 이후로 난 불과 깊은 물을 거쳤어. 난 내가 안다고 생각한 많은 걸 잊어버렸고 또 내가 잊었던 많은 걸 다시 배웠네. 난 멀리 떨어진 많은 것들을 볼 수 있지만 바로 가까이 있는 많은 것들은 볼 수 없어. 자네들이 겪은 일들을 말해 달라고!"

"뭘 알고 싶은가요?" 아라고른이 말했다. "우리가 다리 위에서 헤어진 후로 있었던 모든 걸 말하자면 긴 이야기가 될 겁니다. 먼저 우리에게 호빗들에 관한 소식을 알려 주지 않겠어요? 당신은 그들을 찾았나요? 그리고 그들은 무사한가요?"

"아니, 난 그들을 찾지 못했어. 에뮌 무일의 계곡 위로 어둠이 깔려 있어 독수리들이 알려 줄 때까지 난 그들이 포로 신세가 된 걸 몰랐지."

그러자 레골라스가 외쳤다.

"독수리요! 난 독수리 한 마리가 높이, 멀리 떠 있는 걸 봤어요. 마지막으로 본 게 사흘 전 에뮌 무일 상공이었지요."

"맞아, 그게 바로 오르상크에서 나를 구출해 준 바람의 영주 과이히르야. 난 그를 앞서 보내 대하를 주시하고 소식을 수집하게 했어. 그의 시력은 예리하지. 그렇지만 그도 언덕과 나무 아래로 지나는 모든 걸 볼 순 없어. 어떤 것들은 그가 보았고 또 어떤 것들은 내가 직접 보았지. 반지는 나의 도움 또는 깊은골에서 출발한 원정대 누구의 도움도 벗어나 버렸어. 그것은 하마터면 대적에게 드러날 뻔했다가 간신히 위험을 피했어. 내가 그 일에서 역할을 좀 했지. 내가 높은 곳에 앉아 암흑의 탑과 겨뤘더니 어둠이 지나가더군. 그다음에 난 피곤했어. 몹시도 피곤했지. 그래서 음울한 생각에 잠겨 오랫동안 걸었어."

"그럼 당신은 프로도에 대해 알겠군요. 그의 사정은 어떤가요?"

김리의 물음에 간달프가 조용히 대답했다.

"난 알지 못해. 하나의 크나큰 위험을 벗어나긴 했지만 아직도 많은 위험이 그의 앞에 놓여 있어. 그는 홀로 모르도르로 가기로 결심했고 또 출발했어. 그게 내가 말할 수 있는 전부라네."

"홀로가 아니지요. 우린 샘이 그와 동행한다고 생각해요."

레골라스가 말했다. 그 말에 간달프의 눈이 번득이고 얼굴엔 미소가 떠올랐다.

"샘이 같이 갔다고? 정말 같이 갔어? 이거 새로운 소식인걸. 하지만 놀랍진 않아. 잘 됐어! 아주 잘 된 일이야! 자네들이 내 마음을 가볍게 해 주는군. 자네들의 이야기를 더 많이 들려주게. 자, 내 곁에 앉아서 자네들 사연을 말해 주게."

동지들은 간달프의 발치께 바닥에 앉았고, 아라고른이 사연을 설명했다. 한참 동안 간달프는 아무 말도 하지 않았고 또 어떤 질문도 던지지 않았다. 그는 두 손을 무릎 위에 펴 놓고 눈을 감고 있었다. 마침내 아라고른이 보로미르의 죽음과 대하에서의 그의 마지막 여정에 대해 말하자 노인이 한숨을 지었다.

"내 친구 아라고른이여, 자네는 자신이 알거나 추정하는 모든 걸 말하진 않았어. 가엾은 보로미르! 그에게 무슨 일이 있었는지 난 알 수가 없었네. 전사이자 인간들의 영주인 그런 사람에게 그건 격심한 시련이었소. 그가 위험에 처했다고 갈라드리엘이 내게 말해 주었어. 그렇지만 종국에는 그가 헤어났어. 난 그게 기뻤다네. 젊은 호빗들이 우리와 함께 온 것이 단지 보로미르를 위한 것이라 해도 헛된 일은 아니었어. 그러나 그들이 해야 할 역할은 그뿐이 아니야. 그들은 팡고른에 오게 되었지만 그들이 온 것은 작은 돌들이 떨어져 산사태를 일으키는 것과도 같아. 우리가 여기서 말하고 있는 바로 이참에도 난 우르르 무너져 내리는 첫 소리를 듣네. 그 둑이 터질 때 사루만은 집을 벗어나 있다 휩쓸리지 않는 게 좋을 거야!"

"소중한 친구여, 한 가지만은 변하지 않았군요." 아라고른이 말했다. "여전히 수수께끼 같은 말을 하시오."

"뭐라? 수수께끼 같다고?" 간달프가 말했다. "아니! 혼잣말을 좀 크게 하고 있었던 거라네. 노인들의 습관이지. 좌중의 가장 현명한 사람을 골라 말하는 것 말이지. 젊은이들이 요구하는 긴 설명을 한다는 건 지치는 일이거든."

간달프는 웃었지만 지금 그 소리는 반짝이는 햇살처럼 따스하고 다정해 보였다. 그러자 아라고른도 말했다.

"옛 가문들의 셈 방식으로도 나는 더 이상 젊지 않습니다. 내게 보다 명료하게 마음을 열어 주지 않으시겠습니까?"

"그렇다면 날더러 무슨 말을 하라는 건가?"

간달프가 이렇게 말하곤 잠시 멈추어 생각에 잠겼다.

"내 마음을 속 시원하게 알고 싶다면, 요컨대 사태를 바라보는 현시점의 내 시각은 이렇네. 물론 대적은 반지가 돌아다닌다는 것과 호빗 하나가 그걸 운반한다는 걸 오래전부터 알고 있었지. 이미 그는 깊은골에서 출발한 우리 원정대의 수, 그리고 우리 각자의 종족도 알고 있지. 그러나 그는 아직 우리의 목적을 명확하게 인지하진 못해. 그는 우리 모두가 미나스 티리스로 가고 있다고 생각할 테지. 그 자신이 우리의 입장이라면 그렇게 했을 테니까. 그리고 그의 지혜를 기준으로 하면 그건 자신의 권력에 대한 중대한 타격이라고 생각했을 거야. 실로 그는 어떤 강대한 자가 갑자기 나타나 반지를 휘두르며 전쟁으로 그를 공격해 자신을 끌어내리고 그 자리를 차지하지나 않나 싶어 크나큰 불안에 싸여 있어. 우리가 그를 끌어내리기를 원하지만 그의 자리를 차지하길 원하는 이가 아무도 없다는 건 그로선 떠올릴 수 없는 생각이지. 우리가 반지 자체를 파괴하려 한다는 게 그로선 꿈에도 생각할 수 없는 일이라고. 분명 자네는 그 점에서 우리의 운수와 우리의 희망을 볼 테지. 그는 전쟁이 벌어질 걸로 예기하고서 허비할 시간이 없다고 믿고 스스로가 전쟁을 벌였어. 먼저 치는 자가 모질게 치기만 하면 더 이상 칠 필요가 없을 거라는 거지. 그래서 그는 오랫동안 준비해 온 병력을 지금 가동시키고 있어. 뜻했던 것보다 일찍 말이야. 현명한 바보지. 만일 그가 누구도 들어갈 수 없도록 모르도르를 지키는 데 온 힘을 쓰고 또 반지 추격에 모든 지략을 쏟았다면, 그랬다면 실로 우리의 희망은 사그라들고 말았을 테니까. 반지도 그 사자도 그를 오래도록 피할 순 없었을 거라고. 그러나 지금 그의 눈은 본거지 가까이보다는 사방팔방을 응시하고 또 주로 미나스 티리스 쪽을 바라봐. 이제 곧 그의 군사가 폭풍처럼 그곳을 덮칠 거야.

원정대를 요격하려고 보낸 심부름꾼들이 또 실패했다는 걸 그는 아니까. 그들은 반지를 찾지 못했어. 또 그들은 어떤 호빗도 인질로 끌고 가지 못했지. 만일 그들이 그만큼이라도 해냈다면 그건 우리에게 중대한 타격이었을 테고 치명적일 수 있었을 거야. 그러나 암흑의 탑에서 그들의 유순한 충성심이 심판받는 일을 상상함으로써 우리 마음을 어둡게 하진 말자고. 대적은 실패했으니까—지금까지는 말이야. 사루만 덕택에."

"그러면 사루만은 배신자가 아닌가요?"

김리가 물었다.

"물론 배신자지. 이중의 배신자. 그런데 그게 이상하지 않나? 최근 우리가 겪은 어떤 고난도 아이센가드의 배신만큼 쓰라렸던 것 같진 않아. 영주이자 지휘관으로 평가하더라도 사루만은 아주 강대해졌어. 주된 타격이 동쪽에서 다가오고 있는 바로 그 참에도 그는 로한인들을 위협해 그들의 지원이 미나스 티리스에 닿지 못하게 해. 하나 위험한 무기는 그걸 다루는 자에게도 늘 위험한 법이지. 사루만 또한 반지를 자신이 차지하거나 아니면 적어도 사악한 목적을 위해 호빗 몇을 수중에 넣으려는 속셈을 가졌어. 그래서 우리의 적들은 서로 경쟁하여 엄청난 속도로 메리와 피핀을 데려오게 되었고, 때마침 팡고른숲에 이르렀던 거야. 그러지 않았더라면 결단코 그들이 여기에 올 일은 없었을 거야!

또한 그들은 자신의 계획을 어지럽히는 새로운 의혹을 잔뜩 품었어. 로한의 기병들 덕분에 그 전투 소식이 모르도르엔 닿지 않을 거야. 그렇지만 암흑군주는 에뮌 무일에서 나포된 호빗 둘이 자기 부하들의 의사에 반해 아이센가드 쪽으로 운반된 걸 알아. 그로서는 미나스 티리스뿐만 아니라 아이센가드도 경계하게 된 거지. 만일 미나스 티리스가 무너진다면 사루만에겐 낭패일 거야."

"우리 친구들이 그 사이에 끼어 있다는 게 안타깝군요. 아이센가드와 모르도르가 지리적으로 인접해 있다면 우린 그들이 싸우는 걸 지켜보고 기다리기만 하면 될 텐데."

김리의 말에 간달프가 대답했다.

"승자는 이전의 어느 쪽보다 훨씬 강자로 부상하고 또 의혹에서도 벗어날 거야. 그러나 사루만이 먼저 반지를 획득하지 못한다면 아이센가드는 모르도르와 싸울 수 없어. 지금으로선 그는 결코 그렇게 하지 않을 거야. 그는 아직 자신이 처한 위험을 몰라. 그가 모르는 게 많아. 전리품을 손에 넣는 데 갈급한 나머지 본거지에서 기다리지 못하고 심부름꾼들을 만나 알아보려고 친히 나섰어. 그러나 이번만은 때가 늦었던 게, 그가 이 일대에 도착하기 전에 전투는 끝났고 그가 어떻게 해 볼 도리가 없는 상태였어. 그는 여기 오래 머물지도 않았어. 난 그의 마음을 들여다보기에 그 심중의 의혹을 아네. 그에겐 숲에 대한 지식이 없어. 그는 기병들이 전장의 모든 오르크를 죽여 태워 버렸다고 믿고 있어. 그러나 그 오르크들이 포로들을 데려가고 있었는지 아닌지는 알지 못해. 그리고 자기 부하들과 모르도르의 오르크들 사이에 벌어진 싸움도 모르고, 또 날개 달린 사자에 대해서도 몰라."

"날개 달린 사자!" 레골라스가 외쳤다. "내가 산 게비르여울의 상류에서 갈라드리엘의 활로 그를 쏘아 하늘에서 떨어뜨렸어요. 그를 보고 우리 모두가 두려움에 사로잡혔죠. 이게 무슨 새로운 공포의 씨앗인가요?"

간달프가 대답했다.

"그건 자네가 화살을 쏘아 죽일 수 있는 그런 존재가 아니야. 자넨 단지 그의 군마를 죽였을 뿐이지. 물론 훌륭한 공적이야. 그러나 그 기사는 곧 다른 군마를 탔어. 그가 바로 날개 달린 군마를 타고 다니는 아홉 나즈굴 중 하나이니까. 곧 그 가공할 것들이 태양을 차단하며 우리 편의 마지막 대군을 짓누를 거야. 하지만 그들은 아직 대하를 건너도 좋다는 허락을 받지 못했고, 사루만은 반지악령들이 취한 이 새로운 형상에 대해 알지 못해. 그의 생각은 늘 반지에만 꽂혀 있어. '그것이 전장에 있었나?' '그것이 발견되었나?' '혹시라도 마크의 군주 세오덴이 그것을 입수하여 그 권능을 알게 되면 어쩌지?' 이런 것이 그가 염려하는 위험이네. 그는 로한에 대한 공격을 두 배 세 배로 강화하고자 아이센가드로 급히 돌아갔어. 한데, 화급한 생각에 열중하느라 그가 보지 못한 또 다른 위험이 내내 임박해 있었네. 바로 나무수염을 잊었던 거지."

아라고른이 빙긋 웃으며 말했다.

"또다시 혼잣말을 하시는군요. 난 나무수염은 알지 못해요. 사루만의 이중 배신은 어느 정도 짐작했어요. 그런데 두 호빗이 팡고른 숲에 온 것이 우리에게 길고 무익한 추격을 안긴 것 외에 무슨 쓸모가 있다는 건지 모르겠군요."

"잠깐!" 김리가 소리쳤다. "먼저 알고 싶은 게 또 하나 있어요. 우리가 지난밤에 본 게 간달프 당신이었나요, 아니면 사루만이었나요?"

"분명히 자넨 날 본 게 아니야." 간달프가 대답했다. "따라서 자네가 사루만을 본 것으로 짐작할 수밖에. 분명히 우리는 너무 흡사해 보이니까 자네가 내 모자에 구제할 수 없는 도끼 자국을 내려 한 것도 용서해야겠지."

"됐어요, 됐어! 당신이 아니었다니 다행이에요."

김리의 말에 간달프가 다시 웃었다.

"좋아, 훌륭한 난쟁이여. 매번 오인받지는 않았다니 마음이 놓이는군. 나야말로 그 점을 너무나 잘 알지 않겠나! 그래서 당연히 난 자네들이 날 맞이한 태도를 탓하지 않은 거야. 대적을 상대할 땐 자신의 손마저도 의심하라고 친구들에게 누누이 일렀던 내가 어찌 그럴 수 있냐 말이야. 글로인의 아들 김리여, 참 잘했소! 언젠가 자네가 우리 모두를 함께 보고 분간할 수 있는 날이 올 수도 있을 거네."

"그런데 호빗들은," 하고 레골라스가 끼어들었다. "우린 그들을 찾아 멀리 왔는데 당신은 그들이 어디 있는지 아는 것 같아요. 그들은 지금 어디 있죠?"

"나무수염과 엔트들과 함께."

"엔트들이요!"

간달프의 말에 아라고른이 탄성을 질렀다.

"그렇다면 깊은 숲의 거주자들과 거인 나무목자들에 대한 오랜 전설이 참이란 겁니까? 세상에 아직도 엔트들이 있나요? 사실 그들이 로한의 전설에 나오는 가공의 인물은 아니더라도 그냥 태곳적의 기억일 뿐이라고 나는 생각했어요."

그러자 레골라스도 외쳤다.

"로한의 전설이라니 천만에! 야생지대의 모든 요정이 오래된 오노드림과 그들의 비애에 대한 노래들을 불렀다고. 그렇지만 우리 요정들에게조차 그들은 기억에 불과해요. 만일 아직도 이 세상을 걸어 다니는 엔트를 만난다면 난 다시 젊어지는 기분일 거야! 그런데 나무수염, 그건 팡고른숲을 공용어로 옮긴 것일 뿐인데, 당신은 어느 한 사람을 두고 말하는 것 같아요. 이 나무수염은 누구죠?"

그러자 간달프가 말했다.

"아! 자넨 많은 걸 묻고 있어. 그의 길고 느린 사연에 대해 내가 아는 조금만을 말한대도 우리의 시간 여유로는 어림도 없어. 나무수염은 숲의 수호자, 팡고른으로 엔트들 가운데 최연장자에다 이 가운데땅에서 아직도 태양 아래 걷는 가장 오래된 생명체라네. 레골라스, 자네가 머잖아 그를 만날 수 있기를 진정으로 바라네. 운 좋게도 메리와 피핀은 여기, 우리가 앉은 바로 이곳에서 그를 만났어. 그가 이틀 전에 여기 와서 그들을 저 멀리 산맥 밑자락의 자기 처소로 데려갔거든. 그는 여기에 가끔 와. 특히 마음이 편치 않고 바깥세상의 풍문으로 마음이 어지러울 때 오지. 나는 나흘 전에 그가 나무들 사이를 큰 걸음으로 거니는 걸 봤어. 그도 나를 봤다고 생각해. 그가 걸음을 잠시 멈췄으니까. 그렇지만 난 아무 말도 안 했어. 생각하느라 머리가 무거웠고 또 모르도르의 눈과 분투를 벌인 후라 지쳐 있었거든. 그도 역시 아무 말 하지 않았고 또 날 부르지도 않았지."

그러자 김리가 말했다.

"아마 그 또한 당신을 사루만이라고 생각했을 수도 있죠. 그런데 당신은 마치 그가 친구인 것처럼 말하는군요. 난 팡고른이 위험하다고 생각했는데."

"위험하다고!" 간달프가 외쳤다. "그렇다면 나도 그래. 매우 위험하지. 자네가 암흑군주의 본거지 앞에 산 채로 끌려가지 않는다면, 난 자네가 언제고 만날 그 어떤 것보다도 더 위험해. 그리고 아라고른도 위험하고, 레골라스도 위험해. 글로인의 아들 김리여, 자넨 위험들로 에워싸여 있어. 자네 자신도 제 나름으로 위험하니까. 분명 팡고른의 숲은 위험해. 특히 도끼를 쓸 만반의 채비를 갖춘 자에겐 말이야. 팡고른 자신, 그도 위험해. 그럼에도 불구하고 그는 현명하고 인정이 있어. 이제 그의 길고 느린 분노가 넘치고 있고 모든 숲이 분노로 충만해 있어. 호빗들이 온 것과 그들이 가져온 소식 때문에 분노가 터져 버렸고 곧 홍수처럼 번질 거야. 그러나 그 물결은 사루만과 아이센가드의 도끼들을 겨누고 있어. 상고대 이후로는 일어나지 않았던 어떤 일이 일어날 참이지. 즉, 엔트들이 깨어나 자신의 강대함을 알게 될 거라고."

"그들이 무슨 일을 할까요?"

레골라스가 깜짝 놀라 물었다.

"난 알지 못해. 난 그들 스스로도 안다고 생각하지 않아. 나도 궁금해."

간달프는 생각에 잠겨 머리를 숙인 채 침묵에 빠졌다.

나머지 셋이 그를 쳐다보았다. 휙휙 지나는 구름 사이로 내비친 햇빛이 그의 두 손 위에 떨어졌다. 손바닥을 위로 한 채 무릎 위에 놓인 그 손들은 물이 가득 찬 컵처럼 빛으로 가득 채워진 것 같았다. 마침내 그가 고개를 들어 해를 똑바로 응시했다.

"아침이 다 가고 있어. 우린 곧 가야 하네."

간달프가 말했다.

"우리의 친구들을 찾아 나무수염을 만나러 갑니까?"

아라고른이 물었다.

"아니, 그건 자네들이 가야 할 길이 아니네. 내가 희망의 말을 했지만 그건 어디까지나 희망일 뿐이야. 희망이 승리는 아니지. 우리와 우리의 모든 친구들에게 전쟁이 닥쳐와 있어. 반지의 사용만이 승리를 보장할 수 있는 전쟁이지. 그것을 생각하면 내 가슴은 크나큰 비애와 두려움으로 가득 차네. 많은 것들이 파괴될 것이고 모든 것이 상실될 수도 있으니까. 나는 간달프, 백색의 간달프지만 흑색이 훨씬 강대하네."

그가 일어나 동쪽을 물끄러미 내다보았다. 그들 중 누구도 보지 못하는 저 먼 곳의 사태를 보는 것처럼 손으로 햇빛을 가리고 응시했다. 그러고 나서 그가 머리를 가로저었다.

"아니야, 그것은 우리의 능력치를 벗어났어. 적어도 그 점만은 다행으로 생각하세. 우리가 반지를 쓰려는 유혹을 더는 느끼지 않을 테니까. 우린 이제 내려가 절망에 가까운 위험에 맞서야 해. 그렇지만 치명적인 위험은 제거된 거라고."

그는 몸을 돌리고 외쳤다.

"자, 아라소른의 아들 아라고른이여! 에뮌 무일계곡에서에서의 자네 선택을 후회하지 말고, 또 그것을 헛된 추적이라 부르지 마시오. 자네는 의혹들 가운데서 옳게 보이는 길을 택했고, 그 선택은 정당했고 또 보답을 얻었소. 그랬기에 우리가 제때 만난 것이오. 그러지 않았다면 만났더라도 이미 때가 너무 늦었을 거요. 그러나 자네 동지들을 찾는 일은 끝났소. 자네가 한 약속이 다음 여정을 일러 주고 있소. 자네는 에도라스로 가서 세오덴을 찾아야 하오. 자네를 필요로 하니까. 이제 안두릴의 검광(劍光)은 그토록 오래 기다려 온 전투에서 빛을 발해야 하오. 로한에는 전쟁이 벌어지고 있고, 설상가상으로 그 전쟁은 세오덴에게 고약하게 돌아가고 있소."

"그럼 우린 그 유쾌한 젊은 호빗들을 다시 볼 수 없나요?"

레골라스가 묻자, 간달프가 대답했다.

"난 그렇게 말하진 않았네. 누가 알겠나? 인내심을 갖게. 자네가 가야 할 곳으로 가고 희망을 가지라고. 에도라스로! 나 또한 거기로 가네."

"젊든 늙었든 그곳은 사람이 걷기엔 먼 길입니다. 내가 거기에 닿기 한참 전에 전투가 끝나지 않을까 걱정됩니다."

아라고른이 말하자 간달프가 대답했다.

"곧 알게 되겠지. 곧 알게 될 거요. 지금 나와 함께 가겠소?"

"예, 우리는 함께 출발할 겁니다. 그러나 난 당신이 마음만 먹는다면 나보다 앞서 거기 도착할 것을 믿어 의심치 않소."

아라고른이 대답했다. 그는 일어나 오래도록 간달프를 쳐다보았다. 그들이 서로 마주 보며 거기 서 있는 동안 나머지 둘은 침묵 속에서 그들을 응시했다. 회색 자태의 인간, 아라소른의 아들 아라고른은 키 크고 돌처럼 굳세었으며 그 손은 칼자루를 쥐고 있었다. 마치 바다 안개를 헤치고 군소(群小) 인간들의 땅에 발을 디딘 어떤 왕처럼 보였다. 그의 앞엔 늙은 형체가 구부정하게 서 있었다. 하얗고, 어떤 빛으로 속이 환히 밝혀진 듯 빛나며, 세월의 무게로 허리가 굽었지만 왕의 힘을 능가하는 권능을 지니고 있었다.

마침내 아라고른이 말했다.

"간달프, 내 말이 맞지 않나요? 당신은 그 어디든 당신이 원하는 곳에 나보다 빨리 갈 수 있다는 것 말입니다. 그리고 당신은 우리의 대장이며 깃발이라는 것도 말해 둡니다. 암흑군주는 아홉을 가졌지요. 그러나 우리는 그들보다 강대한 하나, 즉 백색의 기사를 가졌습니다. 그가 불과 심연을 헤치고 나왔으니 그들이 그를 두려워할 겁니다. 우리는 그가 이끄는 곳으로 가렵니다."

레골라스도 말했다.

"그래요, 우리는 함께 당신을 따르겠어요. 그렇지만 먼저, 간달프, 모리아에서 당신에게 어떤 일이 있었는지 들으면 제 마음이 편해질 거예요. 우리에게 말해 주지 않겠어요? 당신이 어떻게 구출되었는지 친구들에게 말해 줄 여유도 없단 말인가요?"

"난 이미 너무 오래 지체했네. 시간이 급해. 그리고 1년이란 시간이 주어진다 해도 난 자네들에게 모든 걸 말하진 않을 거야."

간달프의 대답에 김리가 다시 말했다.

"그렇다면 당신이 말하고 싶은 걸 말해 줘요, 시간이 허락되는 대로! 자, 간달프, 발로그는 어떻게 된 건지 말해 줘요!"

"그의 이름은 말하지 말아!"

간달프가 말했다. 잠시 그의 얼굴 위로 고통의 구름장이 지나가는 것 같았고, 그는 죽음처럼 늙은 모습으로 말없이 앉아 있었다. 마침내 그가 천천히, 아주 어렵게 기억을 되살려 내듯 말을 시작했다.

"나는 오랜 시간을 떨어졌어. 그도 나와 함께 떨어졌고 그의 불길이 나를 에워쌌어. 난 화상을 입었지. 다음에 우리는 깊은 물속으로 떨어졌고 모든 것이 어두웠어. 그 물은 죽음의 조류처럼 차가웠네. 내 심장이 얼어붙을 만큼."

"두린의 다리가 걸쳐진 그 심연은 깊고, 누구도 그 깊이를 재지 못했지요."

김리가 말했다.

"빛과 지식이 가닿을 수는 없어도 결국 바닥은 있더군. 마침내 난 거기, 맨 밑바닥의 돌에 닿았어. 여전히 그가 나와 함께 있었어. 그의 불은 꺼졌지만 이번엔 그가 끈적끈적한 것이 되어 질식시키는 뱀보다 더 세게 내 몸을 옥죄었어.

우리는 시간이 헤아려지지 않는, 살아 있는 대지의 저 밑에서 싸웠지. 그가 늘 나를 꽉 붙잡고 나는 늘 그를 베고 하던 중 마침내 그가 어둑한 굴속으로 달아났어. 글로인의 아들 김리여, 그 굴은 두린 일족이 만든 건 아니네. 난쟁이들이 판 가장 깊은 동굴 밑 아주 먼 곳에서 세상은 이름 없는 것들에 의해 갉히고 있어. 사우론조차도 그것들을 알지 못해. 그것들은 그보다 더 오래되었거든. 그러고 나서 난 거길 걸어 다녔네만 지금의 태양 빛조차 어둡게 만들 이야기는 하지 않겠어. 저 절망 속에서는 내 적이 나의 유일한 희망이었기에 난 그의 발뒤꿈치를 꽉 붙들고 그를 좇아갔지. 그렇게 해서 그가 나를 크하잣둠의 비밀 통로로 다시 데려간 거야. 그는 그 모든 통로를 너무도 잘 알고 있더군. 그때부터 우린 내내 위로 올라가 마침내 끝없는 계단에 다다랐다네."

김리가 말했다.

"그 계단은 오래전에 사라졌어요. 많은 이들이 그것은 전설 속에만 나올 뿐 만들어진 적이 없다고 했고 또 어떤 이들은 그것이 파괴되었다고 해요."

"그것은 만들어졌고, 파괴되지 않았어."

간달프가 말했다.

"수천의 계단이 끊임없는 나선형으로 상승해 맨 아래의 지하 감옥에서 가장 높은 봉우리까지 뻗다가 마침내 은빛 첨봉의 정상, 지락지길의 살아 있는 바위 속에 조각된 두린의 탑으로 나오더군.

거기 켈레브딜 위엔 눈 속에 외톨의 창이 나 있고, 그 앞에는 좁은 터, 즉 세상의 안개를 굽어보는, 현기증이 날 만큼 높은 성이 펼쳐졌어. 거기엔 햇빛이 맹렬하게 빛났지만 아래는 모조리 구름에 휩싸였지. 그가 밖으로 뛰쳐나가기에 내가 뒤를 쫓았는데 그의 몸이 새로운 불길로 치솟았어. 지켜보는 자는 아무도 없었어. 그러지 않았다면 아마 훗날에도 그 산정 전투에 관한 노래들이 여전히 불릴 거야."

갑자기 간달프가 웃었다.

"그런데 사람들은 노래 속에서 무어라 말할까? 저 멀리서 위를 올려다본 이들은 산꼭대기가 폭풍우에 휩싸였다고 생각할 테지. 천둥소리를 들었고 번개가 켈레브딜을 치곤 부서져 일약 널름대는 불길로 되돌아갔다고 말할 거라고. 그 정도면 충분하지 않나? 우리 주변에 거대한 연기가 솟아올랐지. 수증기와 김도 함께. 얼음이 비처럼 쏟아졌고. 나는 내 적을 내던졌고 그는 그 높은 곳에서 떨어져 산사면을 부수고 그 자신도 박살 나고 말았어. 그다음 어둠이 나를 덮쳤고, 난 생각과 시간을 벗어나 말하고 싶지 않은 길들을 멀리 떠돌았어.

나는 벌거벗은 상태로 돌아가 있었어—짧은 시간 동안, 내 과업을 수행하기 전까지. 난 그렇게 벌거벗은 채 산꼭대기 위에 누워 있었네. 뒤쪽의 탑은 무너져 먼지가 되었고 유리창은 온데간데없었고, 폐허가 된 계단은 불타고 부서진 돌로 막혔지. 난 세상의 그 단단한 뿔 위에서 탈출구도 없이 잊힌 채 혼자였어. 거기 누워 물끄러미 위쪽을 쳐다보고 있는데, 별들이 선회했고 하루하루가 지상에서의 일생만큼이나 길었네. 모든 땅들의 갖가지 풍문들이 희미하게 귓가에 들려오더군. 돋아나는 것들과 죽어 가는 것들, 노래와 울음, 그리고 과중한 짐을 진 돌의 느릿하고 끝없는 신음 소리가 들렸지. 그러던 중에 결국 바람의 영주 과이히르가 다시 나를 발견해 집어 들고 데려왔어.

'난 언제고 자네에게 짐이 될 운명인 모양이야. 어려울 때의 친구여.' 하고 나는 말했어. 그가 이렇게 대답하더군. '당신은 쭉 짐이었지요. 하지만 지금은 그렇지 않아요. 내 발톱에 잡힌 당신은 백조 깃털만큼이나 가벼운걸요. 태양이 당신 몸을 관통해서 빛나요. 실로 난 당신에게 내가 더는 필요하다고 생각지 않아요. 설사 내가 당신을 떨어뜨린대도 당신은 바람을 타고 떠다닐 거예요.'

'날 떨어뜨리지 말아! 로슬로리엔으로 데려다줘!' 하고 난 헐떡이며 말했지. 몸속에서 생명력을 다시 느꼈거든. 그러자 '나를 보내 당신을 찾도록 하신 갈라드리엘 귀부인의 명령이 바로 그거죠.' 하고 그가 대답했지.

이렇게 해서 내가 카라스 갈라돈에 당도해 보니 자네들은 방금 떠났더군. 난 거기서 머물렀네. 세월이 쇠잔이 아니라 치유를 가져다주는 저 땅의 영원한 시간 속에서 말이야. 나는 치유된 다음 흰색의 옷을 입었어. 난 귀부인과 의견을 교환하며 조언을 드리기도 하고 조언을 받기도 했네. 나는 거기서 낯선 길들을 거쳐 여기 왔으며 또 자네들 중 몇에게 주는 전언을 갖고 왔어. 아라고른에게는 이렇게 전하라시더군.

> 두네다인은 지금 어디 있느뇨, 엘렛사르여, 엘렛사르여?
> 왜 그대 친족 저 멀리 떠도는가?
> 사라진 이들 나타날 시간 가깝고
> 회색부대 북에서 말 달리노라.
> 하나 그대에게 정해진 길 어둡고
> 죽은 이들 바다로 이르는 길 지켜보노라.

레골라스에겐 이런 전갈을 보내셨어.

초록잎 레골라스여, 그대 오래도록 나무 아래서
즐거이 살았네. 바다를 조심하라!
그대 해변에서 갈매기 아우성 들으면
그대 가슴 숲에서 더는 안식하지 못하리."

간달프는 말을 끊고 두 눈을 감았다.

"그분께서 내게 보내신 전갈은 없었나요?"

김리가 이렇게 말하고 머리를 숙이자 레골라스가 말했다.

"그분의 말씀은 뜻을 헤아리기 어려워. 그래서 말씀을 받는 이들도 그 뜻을 잘 몰라."

김리가 다시 말했다.

"그런 말로 위안이 되진 않아."

"그럼 어쩌라고? 그분께서 자네에게 자네 죽음에 대해 공공연히 말씀이라도 하시는 게 좋겠나?"

"그래, 달리 하실 말씀이 없다면 말이야."

김리와 레골라스가 말하는 사이 간달프가 눈을 치켜떴다.

"그게 무슨 뜻이지? 그래. 귀부인의 말씀이 무슨 뜻일지 짐작할 수 있을 것 같아. 미안하네, 김리! 나는 그 전언들을 한 번 더 곰곰이 생각하는 중이었어. 한데 과연 귀부인께서 자네에게 보내신 말씀이 있었네. 그 말씀은 뜻을 헤아리기 어렵지도 않고 또 슬프지도 않아.

'글로인의 아들 김리에게 귀부인의 인사말 전하라. 머리타래를 진 이여, 그대 가는 곳 어디든 내 생각이 그대와 함께 가겠노라. 하지만 그대의 도끼를 알맞은 나무에 대도록 조심하라!'"

"정말 당신은 딱 제때 우리에게 돌아오셨소, 간달프! 자, 자!"

김리가 낯선 난쟁이 말로 떠들썩하게 노래하고 껑충껑충 뛰어다니다, 도끼를 휘두르며 소리쳤다.

"이제 간달프의 머리는 신성하니까, 쪼개어 마땅한 걸 하나 찾아

보자고!"

간달프가 자리에서 일어나며 말했다.

"멀리서 찾을 것 없을 거야. 자! 우린 헤어진 친구들의 만남에 허용된 모든 시간을 다 썼어. 이젠 서둘러야 하네."

그는 낡고 해진 망토를 다시 몸에 두르고 길을 이끌었다. 그를 따라서 일행은 높은 바위 턱에서 빠르게 내려와 숲을 되짚어 헤치고 엔트강둑으로 내려갔다. 그들은 말없이 걸어 이윽고 팡고른숲 경계 너머의 풀밭에 다시 섰다. 그들이 타던 말들의 흔적은 보이지 않았다.

레골라스가 말했다.

"말들은 돌아오지 않았어. 또 지겨운 걷기가 되겠군!"

"난 걷지 않겠네. 시간이 촉박해."

간달프는 이렇게 말하고는 머리를 치켜들고 휘파람을 길게 불었다. 그 음색이 너무나 맑고 날카로운지라 다른 이들은 저 수염 덮인 늙은 입술에서 나온 소리를 듣고 깜짝 놀라 그 자리에 서고 말았다. 그는 세 번 휘파람을 불었다. 그러자 평원으로부터 동풍을 타고 실려 온 말 울음소리가 멀리서 희미하게 들리는 것 같았다. 그들은 긴가민가하며 기다렸다. 얼마 지나지 않아 말발굽 소리가 들려왔다. 처음엔 풀밭에 누운 아라고른에게만 감지될 정도의, 대지의 미동에 불과했지만 이윽고 점점 크고 또렷해지며 빠른 장단으로 변했다.

아라고른이 말했다.

"한 필 이상의 말이 오고 있어!"

"그럼." 간달프가 말했다. "한 필이 지기엔 우린 너무 큰 짐이지."

"세 필이군요." 레골라스가 평원 위를 내다보며 말했다. "저 달리는 모습 봐! 저기가 하주펠이고 그 옆에 내 친구 아로드가 있어! 그런데 앞서서 성큼성큼 달리는 또 하나가 있어. 아주 거대한 말이야.

난 저런 말은 본 적이 없어."

간달프가 말했다.

"앞으로도 못 볼 걸세. 저건 샤두팍스야. 그는 메아르종 가운데 으뜸이고 말의 제왕이며 로한의 왕 세오덴조차도 더 나은 말은 보지 못했네. 은처럼 빛나고 물살 빠른 개울처럼 거침없이 달리지 않아? 날 태우러 온 거야. 백색기사의 말이지. 우린 함께 싸우러 가는 거야."

늙은 마법사가 말하는 그때 그 위대한 말이 비탈을 성큼성큼 뛰어올라 그들을 향해 왔다. 가죽은 반짝반짝 빛나고 갈기는 그 속도가 일으킨 바람에 휘날렸다. 다른 두 필도 멀리 뒤에서 따라왔다. 샤두팍스는 간달프를 보자마자 속도를 제어하고 우렁차게 히잉 소리를 질렀다. 그러고는 총총걸음으로 유순하게 다가와 의기 높은 머리를 숙이고 노인의 목에 그 커다란 콧잔등을 비볐다.

간달프가 그를 어루만지며 말했다.

"깊은골에서 여기까지는 먼 길이지, 내 친구여. 그렇지만 너는 현명하고 신속하게도 어려울 때 와 주는구나. 이제 함께 멀리 달리고 다시는 이 세상에서 헤어지지 말자꾸나!"

곧 다른 말들도 다가와 마치 명령을 기다리는 듯 조용히 옆에 섰다.

"우린 곧장 너희 주인 세오덴의 처소 메두셀드로 간다."

간달프가 엄숙하게 말했다. 그들이 머리를 숙였다.

"내 친구들이여, 시간이 다급하니 미안하지만 우리가 타겠다. 우리는 너희가 최대 속력을 내 주기를 청한다. 하주펠은 아라고른을, 아로드는 레골라스를 태운다. 나는 김리를 앞에 앉힐 테니 미안하지만 샤두팍스는 우리 둘 모두를 태운다. 이제 우린 물을 좀 마신 다음 출발할 것이다."

레골라스가 아로드의 등에 가볍게 올라타며 말했다.

"이제야 지난밤 수수께끼의 일부가 이해되는군요. 처음에 겁먹고 도망갔든 아니든 간에 우리의 말들은 자신들의 대장 샤두팍스를 만나 기쁘게 그를 맞이한 거예요. 그가 가까이 있다는 걸 아셨나요, 간달프?"

"그럼, 알고 있었지. 난 그에게 온 마음을 기울여 그에게 서두르라고 일렀지. 어제만 하더라도 그는 이 땅의 남쪽 저 멀리 있었거든. 그가 빠르게 나를 다시 거기로 데려다줄 거야!"

간달프가 샤두팍스에게 뭐라고 말하자 말은 꽤나 빠른 속도로 출발했다. 그렇지만 다른 말들이 못 따라갈 정도는 아니었다. 얼마 후 샤두팍스는 방향을 틀어 강둑이 보다 낮은 곳을 택해 강을 건넌 다음, 그들을 정남쪽의 나무가 없는 넓은 평지로 이끌었다. 바람이 회색 파도처럼 끝없이 펼쳐진 풀밭을 헤쳐 갔다. 길이나 발길 닿은 자국이 보이지 않았지만 샤두팍스는 지체하거나 머뭇거리지 않았다.

간달프가 말했다.

"샤두팍스는 지금 백색산맥 비탈들 아래 세오덴의 처소로 가는 지름길을 잡아 나가고 있어. 그쪽이 더 빠를 거니까. 강 건너 북쪽으로 큰 길이 뻗은 이스템넷의 지면이 더 단단하지만, 샤두팍스는 모든 늪지와 분지를 빠져나가는 길을 알지."

오랜 시간 동안 그들은 초원과 강변의 땅 들을 헤치며 계속 달렸다. 때때로 기사들의 무릎 위에 닿을 만큼 풀들이 높아 군마들은 회록색 바다를 헤엄치고 있는 듯했다. 그들은 숨겨진 웅덩이들, 그리고 질퍽대는 위태로운 습지 위로 나부끼는 드넓게 펼쳐진 사초 무리를 수없이 마주쳤지만 샤두팍스는 길을 찾았고 다른 말들은 그가 낸 길을 뒤따랐다. 서서히 해가 하늘에서 떨어져 서쪽으로 기울었다. 대평원 위를 내다보다 일행은 한순간 저 멀리 풀밭으로 가라앉는 빨간 불덩이 같은 그것을 보았다. 시야 끄트머리의 낮은 곳에 산맥의 마루들이 양편으로 붉게 번득였다. 한 줄기 연기가 떠올라 태양 표면을 핏빛이 되도록 거뭇하게 만드는 듯했다. 마치 태양이 대지의 테두리 아래로 내려앉으며 풀밭에 불을 지른 것 같았다.

간달프가 다시 외쳤다.

"저기 로한관문이 있어. 이곳에서 보면 거의 정서쪽이지. 아이센가드는 저쪽에 있다네."

레골라스가 물었다.

"거대한 연기가 보여요. 저게 뭘까요?"

"전투와 전쟁이야! 계속 달려!"

간달프가 외쳤다.

Chapter 6
황금 궁전의 왕

그들은 해넘이, 서서히 깔리는 땅거미, 그리고 짙어 가는 밤을 뚫고 계속해서 달렸다. 마침내 그들이 멈추어 말에서 내렸을 때는 아라고른조차 몸이 뻣뻣하고 피로했다. 간달프는 몇 시간의 휴식만을 허락했다. 레골라스와 김리는 잠이 들었고, 아라고른은 등을 대고 몸을 쭉 뻗은 채 납작 드러누웠다. 그러나 간달프는 몸을 지팡이에 기대고 어둠 속을 동서로 응시하며 서 있었다. 모든 것이 고요했고 생명체의 흔적이나 소리라곤 없었다. 그들이 다시 일어났을 때 밤하늘에는 쌀쌀한 바람을 타고 휙휙 지나는 긴 구름장들이 줄을 그어 놓은 듯 뻗쳐 있었다. 그들은 차가운 달 아래서 햇살처럼 빠르게 또다시 나아갔다.

몇 시간이 지났지만 그들은 계속 달렸다. 만약 간달프가 붙잡아 흔들어 깨우지 않았다면 김리는 꾸벅꾸벅 졸다가 말에서 떨어졌을 것이었다. 하주펠과 아로드는 지쳤지만, 의기 높게 앞서 달리는, 거의 보이지 않는 회색 그림자, 자신들의 지칠 줄 모르는 선도자를 따랐다. 이렇게 다시 수 킬로미터를 질주했다. 채워져 가는 달이 구름 낀 서쪽 하늘로 가라앉았다.

살을 에는 듯한 냉기가 대기에 스며들었다. 동편에서 서서히 어둠이 차가운 회색으로 엷어져 갔다. 왼편 저 멀리 에뮌 무일의 캄캄한 암벽 위로 붉은 빛줄기들이 튀어 올랐다. 청명한 새벽이 왔다. 한 줄기 바람이 굽어진 풀밭을 헤치고 질주하여 그들의 길을 가로질러 휩쓸었다. 갑자기 샤두팍스가 가만히 서서 히잉 하고 울었다. 간달 프가 앞쪽을 가리키며 소리쳤다.

"보라고!"

그가 외치자 일행은 지친 눈을 치켜들었다. 그들 눈앞에 꼭대기 가 흰 눈에 덮이고 검은 줄이 죽죽 그어진 남부산맥이 서 있었다. 산 맥 기슭에 밀집한 구릉들에 기대어 초원이 굽이쳐 뻗고, 새벽빛이 닿지 않아 아직 칙칙하고 어두운 많은 계곡들로 흘러들었다. 그리 고 그 계곡들은 거대한 산맥의 중심 속을 누비듯 파고들었다. 계곡 들 중 가장 넓은 것이 산속의 길게 갈라진 깊은 구멍처럼 여행자들 바로 앞에 펼쳐졌다. 안쪽 깊숙한 곳에 우뚝한 봉우리 하나를 인 험 준한 산더미가 흘끗 보였고, 계곡 어귀엔 외딴 고지가 초병처럼 서 있었다. 그 발치 주위로 계곡에서 흘러나온 개울이 한 가닥 은빛 실 처럼 흘렀고, 그들은 그 마루 위에서 아직 멀리 떨어지긴 했지만 떠 오르는 태양의 황금빛 햇살을 포착했다.

간달프가 외쳤다.

"말해 보게, 레골라스! 저 앞에 보이는 게 뭔지 말해 달라고!"

레골라스가 방금 떠오른 태양의 수평 빛줄기를 손으로 가리며 앞쪽을 빤히 바라보았다.

"쌓인 눈에서 흘러내리는 하얀 개울 하나가 보여요. 개울이 발원 하는 계곡 그늘에는 동쪽으로 초록 언덕이 하나 솟았고, 도랑과 거 대한 벽과 가시 울타리가 그걸 에워싸고 있어요. 그 안에 집 지붕들 이 있고, 한가운데 놓인 초록 대지 위에 인간의 거창한 저택 하나가 높이 서 있군요. 내 눈에는 황금으로 지붕을 인 것 같아요. 그 빛이 그 땅 멀리까지 빛나요. 문기둥들도 황금빛이에요. 거기 빛나는 사 슬갑옷을 입은 병사들이 서 있지만, 궁성 안의 다른 모든 건 아직 잠 들어 있네요."

간달프가 말했다.

"그 궁성이 에도라스라고 불리는 곳이지. 그리고 저 황금빛 궁전이 바로 메두셀드고. 셍겔의 아들이자 로한 마크의 왕인 세오덴이 저곳에 있네. 우리는 날이 밝아 오면서 여기 당도했네. 이제 우리 앞에 길이 또렷이 보이도록 펼쳐져 있네. 그러나 더욱 주의해서 달려야 해. 전쟁이 번지고 있고, 말의 영주 로한인들은 잠들지 않아. 멀리선 그렇게 보일 수 있어도. 모두에게 일러두네만, 세오덴의 처소 앞에 이를 때까진 무기를 빼 들거나 무엄한 언사를 입에 올리지 말게."

여행자들이 개울에 다다랐을 때 아침은 화창했고, 새들이 노래하고 있었다. 빠르게 평원으로 흘러내린 개울은 구릉지 기슭 너머에선 그들의 길을 가로질러 넓게 휘어져 돌아 동쪽으로 흘러, 멀리 바닥에 갈대가 무성한 엔트강에 합류했다. 그 땅은 초록빛 일색이었다. 축축한 초원들에 그리고 개울의 풀 우거진 경계를 따라 버드나무가 많이 자랐다. 이 남쪽 땅에선 버드나무들이 벌써 다가오는 봄을 느끼고 수줍은 듯 가지 끝이 빨갛게 물들고 있었다. 개울 위쪽으로 말발굽에 숱하게 짓밟힌 낮은 제방들 사이로 얕은 여울목이 하나 있었다. 여행자들은 거기로 개울을 건너 고지대로 이어지는 바퀴자국 난 널찍한 길 위로 올라섰다.

벽처럼 두른 언덕 기슭에서 길은 높고 푸른 흙무덤의 그림자 아래로 뻗어 있었다. 흙무덤 서쪽으로는 바람에 날려 쌓인 눈으로 덮인 듯 풀들이 하얗게 보였다. 풀섶 여기저기에 작은 꽃들이 수없이 많은 별처럼 피어났다.

간달프가 말했다.

"보게! 풀밭 속의 반짝이는 눈들이 얼마나 아름다운가! 영념화(永念花)라네. 인간들의 이 땅에선 심벨뮈네라고 하지. 사철 내내 피고 죽은 자들이 안식하는 곳에서 자라기 때문이야. 보라고! 우린 세오덴의 선조들이 잠든 거대한 능에 와 있어."

그러자 아라고른이 말했다.

"왼편에 일곱, 오른편에 아홉이군요. 저 황금궁전이 세워진 이후로 꽤 오랜 세월이 흘렀군요."

레골라스도 말했다.

"그 후로 내 고장 어둠숲에선 붉은 잎들이 5백 번이나 떨어졌다네. 그렇지만 우리에게 그것은 잠깐인 듯하오."

"그러나 마크의 기사들에겐 까마득한 옛날 같아서 이 궁전의 축조도 노래의 기억에 불과하고 그 이전의 세월은 시간의 안개 속에 사라진 거야. 이제 그들은 이 땅을 자기 고향, 자신의 땅이라 부르고 그들의 말도 북방의 친족과는 갈라졌지."

아라고른은 말을 마치자 요정과 난쟁이가 들어 본 적 없는 말로 나직하게 읊조리기 시작했다. 거기에는 힘찬 가락이 실려 있었기에 그들도 귀를 기울였다.

레골라스가 말했다.

"저건 로한인의 언어인가 봐. 이 땅 자체를 닮아 풍요롭게 오르내리기도 하고 한편으로는 산맥처럼 단단하고 준엄해. 하지만 필멸의 인간의 비애가 실렸다는 것 외에는 그 뜻을 짐작할 수 없어."

"공용어로는 이런 내용이지." 아라고른이 말했다. "최대한 근사하게 옮긴다면 말이야.

이제 그 말과 그 기사 어디 있느뇨? 부웅 울리던 그 뿔나팔 어디 있느뇨?

투구와 사슬갑옷, 그리고 바람에 나부끼던 빛나는 머릿결 어디 있느뇨?

하프 뜯던 손길과 달아오르던 빨간 화톳불 어디 있느뇨?

그 샘과 그 수확, 그리고 쑥쑥 자라던 키 큰 곡식 어디 있느뇨?

산에 내리는 비처럼, 초원 스치는 바람처럼 그것들 가 버렸네.

그 시절 언덕 뒤 서편에 기울어 그림자 속에 사라졌네.
불타는 죽은 숲의 연기 뉘 거둘 테며
바다에서 돌아오는 흐르는 세월 뉘 볼 텐가?

로한에서 어느 잊힌 시인은 청년왕 에오를이 얼마나 키 크고 아
름다웠던가를 회상하며 이렇게 읊었다네. 에오를은 북방에서 말을
달려 내려왔고, 그의 군마 펠라로프는 말들의 선조로 다리에 날개
가 달렸다고 했어. 아직도 밤이면 사람들이 그렇게 노래하지."

이런 말을 나누며 여행자들은 말 없는 흙무덤들을 지났다. 그들
은 구릉지의 초록 마루들 위로 뻗은 꼬불꼬불한 길을 따라서 마침
내 바람에 휩쓸린 넓은 성벽과 에도라스의 성문들에 이르렀다.

빛나는 사슬갑옷을 입은 많은 병사들이 거기 앉았다가 곧장 후
다닥 일어나 창으로 길을 막았다.

"멈춰라, 정체를 알 수 없는 이방인들이여!"

그들이 이방인들의 이름과 용무를 대라며 리더마크의 언어로 외
쳤다. 그 눈길에 의아함이 감돌았지만 우호적인 기색은 거의 볼 수
없었다. 그들이 험악하게 간달프를 쳐다보았다. 그러자 간달프가 그
들과 똑같은 언어로 말했다.

"난 자네들의 말을 잘 이해하네. 그렇지만 그런 이방인은 얼마 없
지. 그러니 자네들이 대답을 듣길 원한다면 서부의 관습대로 공용
어로 말하는 게 좋지 않겠나?"

"우리의 말을 알고 우리의 친구가 아니면 누구도 성문에 들지 못
하게 하라는 것이 세오덴 왕의 분부요."

위병(衛兵)들 중의 하나가 대꾸했다.

"전시에는 우리 종족과 곤도르땅의 성널오름에서 온 이들이 아
니면 누구도 여기서 환영받지 못하오. 우리 것과 흡사한 말을 타고
이렇게 요상한 행색으로 평원을 무턱대고 달려온 당신들은 누구

요? 우리는 여기서 아까부터 파수를 보며 멀리서부터 당신들을 주
시했소. 당신네처럼 수상한 기사들도, 또 당신을 태운 이 말보다 위
풍당당한 말도 우린 결코 본 적이 없소. 내 눈이 어떤 마법에 현혹된
게 아니라면 저 말은 메아르종의 하나요. 혹시 당신은 마법사나 사
루만이 보낸 밀정 혹은 그가 술책을 부려 만든 환영이 아니오? 당장
속히 대답하시오!"

아라고른이 대답했다.

"우리는 환영이 아니오. 또한 자네들의 눈이 현혹된 것도 아니오.
자네가 묻기 전에 잘 알고 있었듯이, 지금 우리가 탄 이 말들은 자네
들의 말이 맞을 게요. 그러나 도둑은 훔친 말을 타고 애초의 마구간
으로 돌아가지 않는 법이지. 여기 있는 하주펠과 아로드는 리더마
크의 제3원수 에오메르가 이틀 전에 직접 우리에게 빌려준 것이오.
이제 우린 약속한 그대로 이들을 다시 데려왔소. 그때 에오메르가
돌아와 우리가 올 거라는 기별을 주지 않았소?"

그 위병의 눈에 난감한 표정이 떠올랐다.

"에오메르에 대해선 말할 게 없소. 만약 당신들의 말이 참이라면
틀림없이 세오덴 왕께서 그런 말을 들으셨을 거요. 아마 당신들의
방문도 완전히 의외의 일은 아닐 것이오. 하지만 뱀혓바닥이 우리에
게 와서 어떤 이방인도 이 성문을 들어서게 하지 말라는 왕명을 전
한 게 바로 이틀 전이오."

"뱀혓바닥이라?" 간달프가 그 위병을 날카롭게 쳐다보며 말했
다. "이제 아무 말 말라! 내 용무는 뱀혓바닥이 아니라 마크의 군주
자신에 관계된 것이네. 나는 다급하다네. 자네가 가거나 사람을 보
내 우리가 왔다고 전해 주지 않겠나?"

그 병사를 뚫어지게 쳐다보는 간달프의 두 눈이 짙은 눈썹 밑에
서 번득였다. 위병이 천천히 대답했다.

"좋습니다. 제가 가겠습니다. 그런데 성함들을 뭐라고 말씀드릴까

요? 그리고 당신의 용무를 뭐라고 아뢸까요? 당신은 지금 늙고 지쳐 보이지만 속은 사납고 엄격한 분인 듯하오."

"잘 보고 말하는군. 나는 간달프니까. 내가 돌아왔소. 그리고 보시오! 난 말 한 필도 데려왔소. 여기 다른 어떤 손길도 길들일 수 없는 위대한 샤두팍스가 있소. 그리고 여기 내 곁엔 왕들의 후계자, 아라소른의 아들 아라고른이 계시고, 그가 가시는 곳은 성널오름이오. 또한 우리의 동료들인 요정 레골라스와 난쟁이 김리도 있소. 이제 가서 자네 주군께 우리가 성문에 있으며 우리가 그의 궁전에 들어가는 것을 허락하신다면 그와 이야기를 나누고 싶다고 전하시오."

"당신이 일러 주는 이름들은 실로 이상하군요! 그렇지만 이르신 대로 아뢰고 주군의 뜻을 알아 오겠소. 여기서 잠시 기다리시면 그분께서 옳다고 여기실 답변을 가져오겠소. 너무 큰 기대는 마시오! 음산한 시절이니까요."

그는 동료들에게 이방인들에 대한 엄중한 감시를 맡기고 신속하게 떠났다.

얼마 후 그가 돌아와 말했다.

"나를 따라오시오! 세오덴 왕께서 입장을 허락하셨소. 그러나 당신들이 지닌 무기는 어떤 것이라도, 지팡이에 불과하다 할지라도, 문지방에 두어야만 하오. 문지기들이 간수할 것이오."

암흑의 성문이 휙 열렸다. 여행자들은 길잡이 뒤로 일렬로 걸어 들어갔다. 깎은 돌로 포장된 널찍한 길 하나가 위로 꼬불꼬불하게 뻗치다가 또 반듯한 계단들로 이뤄진 짧은 층계참들을 오르기도 했다. 그들은 나무로 지은 많은 집과 많은 어두운 문을 지났다. 길옆 돌로 된 수로에는 맑은 물의 개울이 거품을 일으키며 졸졸 흘렀다. 종내 그들은 언덕 꼭대기에 이르렀다. 거기엔 초록빛 대지 위에 높은

단(壇)이 하나 서 있고, 그 발치께 말 머리 모양으로 조각된 돌에서
맑은 샘물이 용솟음쳤다. 그 아래에 넓은 수반(水盤)이 있는데, 물
은 거기서 넘쳐흘러 개울로 합류했다. 초록 대지 위로 높고 넓은 돌
계단이 이어졌고 꼭대기 계단의 양편에 깎은 돌의 좌석들이 있었다.
거기엔 다른 위병들이 빼 든 칼을 무릎 위에 두고 앉아 있었다. 그들
은 황금빛 머리카락을 땋아 어깨 위로 드리웠다. 초록색 방패에는
태양 문장이 새겨졌고 긴 허리갑옷은 광택으로 빛났다. 그럴싸해서
그런지 일어났을 때의 모습을 보니 그들은 필멸의 인간들보다 훨씬
커 보였다.

"앞에 문이 있습니다." 길잡이가 말했다. "저는 이제 성문에서의
임무로 돌아가야 합니다. 잘 가십시오! 마크의 군주께서 당신들께
인자하시길 빕니다!"

그는 몸을 돌려 재빨리 길을 도로 내려갔다. 나머지는 키 큰 근위
병(近衛兵)들의 주시 아래 긴 계단을 올라갔다. 간달프가 계단 상단
에 이를 때까지 그들은 조용히 위쪽에 서서 아무 말도 하지 않았다.
다 올라가자 갑자기 그들이 맑은 목소리로 자기네 언어로 예의 바른
인사말을 했다.

"어서 오십시오, 멀리서 오신 분들이여!"

그들은 화친의 표시로 자신의 칼자루를 일행들 쪽으로 돌렸다.
초록빛 보석들이 햇빛에 번쩍였다. 그다음에 근위병들 중 하나가 앞
으로 나서 공용어로 말했다.

"저는 세오덴 왕의 수문장(守門將)이옵니다. 제 이름은 하마입니
다. 저는 당신들께 들어가시기 전에 여기에 무기를 놓아두셔야 한다
는 것을 일러 드립니다."

그러자 레골라스가 손잡이가 은으로 된 칼, 화살통 및 활을 건네
며 말했다.

"잘 간수하시오. 이것들은 황금숲에서 온 것이고, 로슬로리엔의 귀부인께서 내게 주신 것이오."

수문장의 눈에 놀라운 기색이 떠올랐고, 마치 다루기도 두렵다는 듯 그는 서둘러 그 무기들을 벽 옆에 놓았다.

"누구도 손대지 않을 것임을 약속드리오."

아라고른은 잠시 머뭇거리며 서 있었다.

"안두릴 검을 치우거나 다른 이의 손에 넘기는 것은 내 뜻이 아니오."

"세오덴 왕의 뜻입니다."

하마의 말에 아라고른이 다시 말했다.

"비록 마크의 군주라 할지라도 셍겔의 아들 세오덴의 뜻이 아라소른의 아들이자 곤도르를 이어받을 엘렌딜 후계자의 뜻을 누를 수 있는지 의아하다는 말이오."

"비록 귀하께서 데네소르의 왕좌에 앉으실 곤도르의 왕이라 할지라도 이곳은 아라고른이 아니라 세오덴 왕의 궁전이오."

하마가 이렇게 말하며 날쌔게 문 앞으로 나서 길을 막았다. 그의 손엔 칼이 들렸고 칼끝은 이방인들을 향했다.

간달프가 말했다.

"이런 이야기는 부질없는 것이오. 세오덴 왕의 요구가 쓸데없는 것이지만 그것을 거절하는 것도 쓸데없는 짓이오. 어리석든 현명하든 왕은 자기 궁에서는 자기 뜻대로 하는 법이지."

"지당한 말씀이오." 아라고른이 말했다. "만일 내가 안두릴이 아닌 다른 검을 지녔다면 비록 이곳이 나무꾼의 오두막이라 할지라도 집주인이 이르는 대로 할 것이오."

"그 이름이 무엇이든," 하마가 말했다. "당신 혼자 에도라스의 모든 병사들을 상대로 싸우지 않으려면 그것을 여기에 두셔야 하오."

"그는 혼자가 아니오!" 김리가 손가락으로 도끼날을 만지작거리며, 수문장을 마치 자신이 베어 넘기기로 마음먹은 어린 나무인 듯 험악하게 치켜보며 말했다. "혼자가 아니라니까!"

"자, 자!" 간달프가 말했다. "여기 있는 우리는 모두가 친구들이 야. 혹은 친구가 되어야 해. 만일 우리가 싸운다면 우리에게 돌아올 건 모르도르의 웃음뿐일 테니까. 내 용무는 급박하다고. 적어도 내 칼은 여기 있소. 하마 선생, 잘 간수하시오. 오래전에 요정들이 만든 것으로 글람드링이라 불리오. 이제 난 통과시키시오. 자, 아라고른!"

아라고른이 천천히 칼집을 풀어 손수 검을 벽에 똑바로 기대 놓았다.

"여기다 뒀소. 그렇지만 당신은 그것을 만져서도 또 어떤 다른 이가 그것에 손을 대서도 안 되오. 이 요정의 칼집 속에는 부러졌다가 다시 벼려진 검이 들었소. 아득한 시절에 텔카르가 처음 그것을 공들여 벼렸소. 엘렌딜의 후계자 외에 엘렌딜의 검을 뽑는 자에게는 죽음이 닥칠 것이오."

수문장이 뒷걸음질 치며 놀라 휘둥그레진 눈으로 아라고른을 바라보았다.

"귀하께선 잊힌 시절로부터 노래의 날개를 타고 오신 것 같습니다. 이르신 대로 될 것입니다. 귀공자시여."

"음, 안두릴과 동석하는 거라면 내 도끼도 여기 자리해 부끄럽지 않겠군."

김리가 자신의 도끼를 바닥에 놓았다.

"그럼 이제 모든 게 당신이 바라는 대로 되었으니 우리는 가서 당신의 주군과 이야기를 나누겠소."

간달프의 말에 수문장은 여전히 머뭇거리다 말했다.

"그 지팡이를, 용서하십시오, 그렇지만 그것도 문간에 두셔야 합니다."

"이리도 어리석다니!" 간달프가 말했다. "분별과 무례는 전혀 별

개요. 난 늙은이요. 만약 내가 지팡이를 짚고 걸어갈 수 없다면, 그렇다면 난 여기 밖에 앉아 있겠소. 세오덴 왕이 나와 이야기를 나누고자 친히 절뚝거리며 나올 때까지."

아라고른이 웃었다.

"누구에게나 남에게 내맡기고 싶지 않을 만큼 소중한 것이 있는 법이오. 그래도 당신은 노인장에게서 그 의지하는 물건을 떼어 놓으시려오? 자, 우릴 들어가게 해 주지 않겠소?"

하마가 말했다.

"마법사의 손에 쥐어진 지팡이는 노인의 의지물 그 이상의 것일 수 있습니다."

간달프가 몸을 기댄 물푸레나무 지팡이를 그가 뚫어지게 바라보았다.

"그렇지만 건실한 이는 의심스러울 때 자신의 지혜를 믿는 법이죠. 나는 당신들이 친구이고 존경받을 만한 분들로 음흉한 목적을 품고 있지 않다고 믿습니다. 들어가셔도 좋습니다."

이제 근위병들이 대문의 육중한 빗장을 들어 올려 천천히 문을 안쪽으로 돌리자 거대한 돌쩌귀에서 우르르 울리는 소리가 났다. 여행자들이 입장했다. 언덕 위의 맑은 공기를 접한 뒤라 안은 어둑하고 더운 것 같았다. 궁전은 길고 넓었으며 어둠과 어스름에 싸여 있었다. 거대한 기둥들이 높다란 지붕을 떠받쳤다. 그러나 깊은 처마 아래 높직한 동편 창들로부터 밝은 햇살이 가물거리며 여기저기 떨어졌다. 지붕창을 통해 피어오르는 연기의 가녀린 가닥들 위로 연푸른 하늘이 보였다. 어둠에 눈이 익어 가면서 여행자들은 발밑에 갖가지 색의 돌들이 깔리고 가지를 친 룬 문자들과 야릇한 도안들이 서로 얽혀 있다는 걸 인지했다. 그제야 그들은 기둥들에도 무늬가 풍성하게 새겨져 황금색과 반쯤 바랜 색들로 무지근히 가물거린다는 걸 알았다. 벽 위에는 직조된 천이 많이 걸렸는데, 그 널찍한 면 위로 옛 전설의 인물들이 어떤 것은 세월에 따라 흐릿하게, 또 어떤 것은 그늘 속에 어두워지며 행진했다. 그중 하나의 형체에 햇빛이 떨어져 밝게 드러났다. 백마 탄 젊은이였다. 그는 커다란 뿔나팔을 불고 있었고, 그의 노란 머리칼은 바람에 나부끼고 있었다. 말이 머리를 치켜든 채 먼 곳의 전투를 냄새 맡고 히힝 하고 우는 그 콧구멍이 넓고도 붉었다. 거품 이는 물살이 희고 푸르게 쇄도하여 그 무릎 주위로 소용돌이쳤다.

아라고른이 말했다.

"청년왕 에오를을 보게! 그는 저런 모습으로 북방에서 말을 달려 켈레브란트들판의 전투로 갔던 거야."

이제 4인의 동지들은 왕궁 한가운데 긴 화로 위에서 타는 선명한 화톳불을 지나 앞으로 갔다. 이윽고 그들은 발길을 멈췄다. 왕궁의 먼 쪽 끝에, 화로 너머의 문에서 북향으로 세 개의 층계가 달린 단(壇)이 있고 그 단의 가운데에 금빛으로 장식된 거대한 의자가 있었다. 그 위에 노령으로 몸이 너무 굽은 나머지 거의 난쟁이 같은 사람이 앉아 있었다. 그러나 그의 하얀 머리칼은 길고 숱이 많으며 땋은 머리 가닥들이 이마에 걸친 가느다란 황금관 밑으로 풍성하게 떨어졌다. 이마 중앙에는 하얀 금강석이 빛났다. 수염이 눈처럼 무릎 위에 펼쳐졌다. 그렇지만 이방인들을 응시하는 눈길이 반짝이는 데서 보이듯 그의 두 눈은 아직도 환한 빛으로 타올랐다. 의자 뒤로 흰색으로 차려입은 여인 하나가 서 있었다. 그의 발치께 층계 위에는 핼쑥하지만 현명한 얼굴에 눈꺼풀이 무겁게 처진 야윈 모습의 사내가 앉아 있었다.

잠시 침묵이 흘렀다. 노인은 의자에서 움직이지 않았다. 마침내 간달프가 말문을 열었다.

"반갑소이다, 셍겔의 아들 세오덴 왕이시여! 내가 돌아왔소. 보시오! 폭풍이 오는 만큼 제각기 따로 궤멸되지 않으려면 모든 친구들이 한데 뭉쳐야 하오."

백골의 손잡이가 달린 짧고 검은 지팡이에 몸을 무겁게 기대고서 노왕이 천천히 몸을 일으켰다. 그제야 이방인들은 몸이 굽긴 했어도 그가 아직도 키가 크며 젊은 시절엔 실로 늠름하고 기세가 높았음에 틀림없다는 걸 알았다.

세오덴이 말했다.

"어서 오시오. 아마도 당신은 환영을 바랄 테지요. 그러나 사실을 말하자면 이 땅에서 당신을 환영한다는 건 미심쩍은 일이오, 간달프. 당신은 늘 재앙의 사자(使者)였으니까. 분란이 까마귀 떼처럼 당신을 뒤따랐고, 잦아질수록 분란은 더 고약해졌소. 까놓고 말해, 샤두팍스가 기사 없이 돌아왔다고 들었을 때 난 말이 돌아온 것에 기쁘기도 했지만 기사가 없다는 것에 한층 더 기뻤소. 그리고 당신이 마침내 죽었다는 기별을 에오메르가 가져왔을 때 난 별로 애통해하지 않았소. 그러나 먼 데서 오는 소식은 참인 게 드물군. 여기 당신이 다시 나타났으니! 게다가 능히 예기할 수 있듯이 당신과 함께 이전보다 더 고약한 해악들이 닥쳐오겠지. 왜 내가 당신을 환영해야 한단 말이오, 폭풍까마귀 간달프여? 어디 한번 말해 보시오."

그가 다시 천천히 의자에 앉았다.

"지당하신 말씀입니다. 전하." 단의 층계에 앉아 있던 핼쑥한 사내가 말했다. "전하의 아드님 세오드레드께서 서부변경에서 쓰러지셨다는 비통한 소식이 전해진 지 아직 닷새도 되지 않았습니다. 전하의 오른팔이자 마크의 제2원수이신 분께서 말입니다. 에오메르는 신임할 수 없는 자입니다. 만일 그가 통치하도록 허락하신다면 전하의 성벽을 지킬 병사는 거의 남아 있지 않을 것입니다. 그리고 지금도 우리는 암흑군주가 동쪽에서 꿈틀대고 있다는 소식을 곤도르로부터 듣습니다. 이 방랑자는 바로 이런 시각을 골라서 돌아온 것입니다. 실로 왜 우리가 당신을 환영해야 한단 말이오, 폭풍까마귀 선생? 나는 당신을 라스스펠, 즉 '불길한 소식'이라 부르오. 그리고 불길한 소식은 곧 불길한 손님이라 하지요."

그가 잠시 무거운 눈꺼풀을 치켜들고 음산한 눈길로 이방인들을 쳐다보며 징그럽게 웃었다.

간달프가 나직한 목소리로 말했다.

"내 친구 뱀혓바닥이여, 그대는 현명한 자로 여겨지고 분명 그대 주군에게 든든한 기둥이네. 그렇지만 흉보를 가져오는 사람에도 두 부류가 있을 게야. 스스로가 행악자(行惡者)이거나 또는 그냥 내버려 두다가 어려울 때 도움을 주려고만 오는 사람이지."

그러자 뱀혓바닥이 응수했다.

"말인즉슨 옳소. 하지만 세 번째 부류도 있소. 분란을 일으키는 자, 남의 불행에 쓸데없이 끼어드는 자, 전쟁 덕에 살찌는 썩은 고기 먹는 새 말이오. 언제고 당신이 무슨 도움을 가져다주셨소, 폭풍까마귀 선생? 그리고 지금은 무슨 도움을 가져오신 거요? 지난번 여기에 왔을 때 당신이 구한 건 우리의 도움이었소. 그때 전하께서 어떤 것이든 마음에 드는 말을 타고 가라고 이르셨는데, 당신은 무엄하게도 샤두팍스를 택했소. 전하께선 몹시도 상심하셨소. 그렇지만 당신을 이 땅에서 서둘러 내보내는 걸 생각하면 그리 대단한 대가는 아니라고 여기는 이들도 있었소. 똑같은 일이 한 번 더 벌어질 것 같소이다. 즉, 당신은 도움을 주기보다는 청할 것이란 말이오. 당신이 군사를 데려왔소? 말, 칼, 창 들을 가져왔소? 그렇다면 난 그걸 도움이라 부르겠소. 우리가 지금 필요로 하는 것이니까. 그나저나, 당신 꽁무니를 따라온 이자들은 누구요? 회색 누더기를 걸친 방랑자 셋에다 당신 자신은 넷 중 제일 거지꼴이니!"

"근자에 당신 궁전의 예법이 다소 흐트러졌소이다, 셍겔의 아들 세오덴이여."

간달프가 말했다.

"성문에서 온 전령이 내 동지들의 이름을 아뢰지 않던가요? 로한의 그 어떤 군주도 이 같은 손님 세 분을 맞아들인 적은 없었을 것이오. 그들이 문간에 둔 무기들은 가장 강대한 이를 꼽더라도 많은 전사에 맞먹는 가치라오. 그들의 의복이 회색인 건 요정들이 입혀 준 것이기 때문이고, 그 덕분에 그들은 막대한 위험의 그림자를 통과해 당신의 궁전에 이르렀소."

뱀혓바닥이 다시 말했다.

"그럼 에오메르의 보고대로 당신들은 황금숲의 여자 마술사와 한패란 게 사실이오? 드위모르데네에선 늘상 책략의 거미줄을 짠다는 말이 놀랄 일도 아니로군."

김리가 성큼 한 걸음 앞으로 나섰다가 별안간 그의 어깨를 붙드는 간달프의 손길을 느끼고 돌처럼 뻣뻣이 멈추었다. 간달프가 나직이 노래를 부르기 시작했다.

> 드위모르데네에, 로슬로리엔에
> 인간의 발길 스쳐 간 적 드무네.
> 늘상 거기 있으며 길고 찬란한 빛을 본
> 죽을 운명의 눈 좀체 없네.
> 갈라드리엘이여! 갈라드리엘이여!
> 그대의 샘물 맑고,
> 그대 흰 손 안의 별 희며
> 드위모르데네의, 로슬로리엔의
> 잎과 땅은 훼손과 더러움 없어
> 죽을 인간의 생각보다 더욱 곱네!

노래를 마친 간달프는 갑자기 태도를 바꾸었다. 그는 누더기 망토를 내던지고 똑바로 서서 더는 지팡이에 기대지 않았다. 그러고는 맑고 차가운 목소리로 말했다.

"현자는 오직 자신이 아는 바에 대해서만 말하는 법이지, 갈모드의 아들 그리마여! 너는 한 마리 분별없는 벌레가 되었도다. 그러니 조용히 네 갈라진 혀는 이빨 뒤에 감추라! 나는 번개가 떨어질 때까지 알랑쇠 같은 너와 비뚤어진 언사를 주고받고자 불과 죽음을 뚫고 나온 게 아니야!"

그가 지팡이를 들어 올렸다. 우르릉대는 천둥소리가 났다. 동편 창문으로 들던 햇빛이 차단되고 별안간 왕궁 전체가 밤처럼 어두워졌다. 화롯불이 음침한 깜부기불로 흐려졌다. 어두워진 화로 앞에 희고 우뚝하니 선 간달프만이 보일 뿐이었다.

어둠 속에서 그들은 쉿쉿대는 뱀혓바닥의 목소리를 들었다.

"전하, 소신이 그의 지팡이를 금하시라고 간언하지 않았사옵니까? 저 바보 같은 하마가 우리를 배반했나이다!"

번개가 지붕을 쪼개 버린 것처럼 섬광이 일었다. 그리고 나자 모든 게 잠잠했다. 뱀혓바닥이 얼굴을 바닥에 대고 쭉 뻗었다.

"자, 셍겔의 아들 세오덴이여, 내 말을 경청하시겠소? 당신은 도움을 원하시오?"

간달프가 지팡이를 치켜들고 높직한 창 하나를 가리켰다. 그러자 어둠이 걷히는 것 같았고, 그 열린 구멍을 통해 높고 멀리 빛나는 하늘 한 자락이 보였다.

"모든 게 어둡진 않소. 용기를 가지시오, 마크의 군주여. 그보다 좋은 도움은 없을 테니. 절망하는 이들에게 내가 줄 수 있는 조언은 없소. 그렇지만 난 조언을 드릴 수 있고 또 당신에게 드릴 말이 있소. 들으시겠소? 아무에게나 들려줄 말이 아니오. 왕께서 문 앞으로 나가 널리 둘러볼 것을 권하오. 당신은 너무나 오랫동안 어둠 속에 앉아 뒤틀린 이야기와 비뚤어진 선동에 의지하셨소."

세오덴이 천천히 의자에서 일어섰다. 궁전엔 다시 희미한 빛이 커져 갔다. 그 여인이 서둘러 왕 곁으로 가 팔을 붙잡자 노인은 비슬거리는 걸음으로 단에서 내려와 궁전 여기저기를 가만히 걸었다. 뱀혓바닥은 여전히 바닥에 드러누워 있었다. 그들이 문에 이르자 간달프가 문을 두드리며 외쳤다.

"문 열어라! 마크의 군주께서 납시노라!"

문이 밀려나자 살을 에는 공기가 들이쳤다. 언덕 위에 바람이 불고 있었다. 간달프가 말했다.

"근위병들을 계단 밑까지 내려보내시오. 그리고 왕녀시여, 왕을 잠시 내게 맡기시오. 내가 돌볼 것이오."

늙은 왕이 말했다.

"가거라, 내 누이의 딸 에오윈이여! 두려움의 때는 지났노라."

그 여인이 방향을 틀어 천천히 궁전 안으로 들어갔다. 문을 지나면서 그녀는 몸을 돌려 뒤돌아봤다. 차분한 연민이 어린 눈으로 왕을 바라보는 그녀의 눈매가 진지하고 사려 깊었다. 그녀의 얼굴은 매우 아름다웠고, 긴 머리칼은 황금빛 강물 같았다. 은빛 허리띠가 둘린 흰옷을 입은 그녀는 큰 키에 가냘픈 몸매였지만, 왕족답게 강인하고 무쇠처럼 근엄해 보였다. 이렇게 아라고른은 한낮의 찬연한 햇빛 아래 처음으로 로한의 왕녀 에오윈을 보았고, 그녀가 아직 여인에 이르지 못한 창백한 봄의 아침처럼 아름답다고, 아름답고도 차갑다고 생각했다. 그리고 이제 그녀도 아라고른의 존재를 의식했다. 왕들의 훤칠한 후계자로 숱한 겨울을 거친 지혜를 갖추고 회색망토 속에 크나큰 힘을 가리고 있음을 그녀는 감지했다. 잠시 그녀는 돌처럼 가만히 섰다가 이윽고 빠르게 몸을 돌려 사라졌다.

"자, 군주여! 당신의 땅을 바라보시오! 자유로운 공기를 다시 들이

켜 보오!"

간달프가 외쳤다. 높은 대지 꼭대기의 현관에서 그들은 개울 너머로 로한의 초록 들판이 먼 곳의 회색빛으로 아련히 잠기는 걸 볼 수 있었다. 바람에 날린 비의 장막이 비스듬히 떨어지고 있었다. 위쪽과 서편 하늘이 천둥으로 아직 어두웠고 저 멀리 보이지 않는 구릉지 정상에는 번개가 명멸했다. 그렇지만 바람은 북풍으로 바뀌었고, 동쪽에서 몰려온 폭풍우는 벌써 남쪽으로 바다를 향해 밀려나며 잠잠해져 갔다. 갑자기 뒤편 구름이 갈라진 틈새로 한 줄기 햇빛이 찌르듯 내리꽂혔다. 쏟아지는 소나기가 은처럼 번득였고, 저 멀리 강이 어렴풋이 반짝이는 유리처럼 깜박였다.

"여기는 그리 어둡지 않구려."

세오덴이 말했다.

"그렇지요. 또 어떤 자들이 당신의 생각을 유도하려 한 대로 당신 어깨 위에 세월의 무게가 그리 무겁게 얹힌 것도 아니오. 당신이 의지하는 그 물건을 내던지시오!"

간달프의 말이 끝나자 검은 지팡이가 왕의 손에서 돌바닥 위로 덜거덕대며 떨어졌다. 어떤 지루하고 힘든 일을 하느라 오래 굽혔던 허리를 뻣뻣이 펴는 사람처럼, 그가 천천히 몸을 곧추세웠다. 이제 그는 큰 키대로 똑바로 섰고, 열리는 하늘을 들여다보는 두 눈이 푸르렀다.

"근자에 내가 꾼 꿈들은 어두웠지만 이젠 새롭게 깨어난 사람 같은 기분이오. 당신이 진작 왔더라면 하는 생각까지 드오, 간달프. 당신이 너무 늦게 와서 내 왕궁의 최후의 날들을 볼 뿐이 아닌가 싶으니까. 에오를의 아들 브레고께서 세우신 저 높은 궁성도 이젠 오래도록 서 있지는 못할 것이오. 불길이 저 왕궁을 집어삼킬 게요. 뭘 할 수 있겠소?"

간달프가 대답했다.

"할 일은 많소. 그러나 먼저 에오메르를 부르시오. 당신 말고는 모두가 뱀혓바닥이라고 부르는 그리마의 간언에 혹해 당신이 그를 옥에 가두었을 거란 내 짐작이 맞지 않소?"

"사실이오. 그는 내 명령에 반기를 들고 내 궁전에서 그리마를 죽이겠다고 위협했소."

"당신을 사랑하더라도 뱀혓바닥이나 그의 간언은 사랑하지 않을 수 있소."

"그럴 수 있지요. 당신이 부탁하는 대로 하겠소. 하마를 내게 불러 주시오. 수문장으로 미덥지 못했던 만큼 이제 그를 전령으로 쓰려오. 죄 있는 자가 죄 있는 자를 심판할 것이오."

세오덴의 목소리는 준엄했다. 그렇지만 그는 간달프를 쳐다보고 씽긋 웃었고, 그 순간 수많은 근심의 주름살이 펴져 사라지고 다시 돌아오지 않았다.

하마가 소환되어 분부를 받고 떠나자 간달프가 세오덴을 돌의자로 이끌고는 왕 앞의 가장 높은 계단에 앉았다. 아라고른과 그의 동지들이 곁에 섰다.

간달프가 말했다.

"왕께서 들어야 할 모든 걸 이야기할 시간은 없소. 그렇지만 내 희망이 그릇된 게 아니라면 머잖아 보다 상세하게 말할 때가 올 것이오. 보시오! 당신은 뱀혓바닥의 간계가 당신 꿈에 엮어 넣을 수 있는 것보다 훨씬 더 큰 위험에 처했소. 하지만 보시오! 당신은 더는 꿈꾸지 않소. 당신은 살아 있소. 곤도르와 로한은 고립되어 있지 않소. 적은 우리가 어림하는 것보다 강대하지만 우리에겐 그가 헤아리지 못한 희망이 있소."

이제 간달프는 빠르게 말했다. 그의 목소리가 낮고 은밀해서 왕외에 누구도 그의 말을 듣지 못했다. 그렇지만 그가 말할 동안에도 세오덴의 눈길은 더 환하게 빛났다. 마침내 그가 의자에서 일어나 키대로 서고 간달프가 그 옆에 섰다. 그들은 그 높은 곳에서 함께 동쪽을 내다보았다.

간달프가 큰 소리로 날카롭고 또렷하게 말했다.

"진정, 우리의 가장 큰 두려움이 자리한 저 길에 우리의 희망도 있소. 운명은 여전히 한 가닥 실에 매달려 있소. 그렇지만 만약 우리가 한동안 정복되지 않고 버틸 수만 있다면 아직 희망은 있는 것이오."

다른 이들도 눈길을 동쪽으로 돌렸다. 그들은 사이에 가로놓인 멀고 먼 거리를 더듬어 저 멀리 시야가 미치는 곳까지 응시했고, 그들의 생각은 희망과 두려움에 실려 어둑한 산맥 너머 암흑의 땅까지 나아갔다. 반지의 사자는 지금 어디 있단 말인가? 운명이 매달린 실 가닥은 그 얼마나 가냘픈! 멀리 보는 눈을 바짝 죄어 살피던 레골라스는 하얗게 반짝이는 것을 포착한 것 같은 느낌이 들었다. 저 멀리 감시탑 꼭대기에 햇빛이 반사된 것일 수도 있었다. 그리고 더 멀리에는 널름대는 아주 작은 불꽃이 있었는데, 까마득히 멀긴 해도 임박한 위협이었다.

간달프의 의지에 반해 아직도 나른한 피로감이 자신을 지배하려고 드는 것처럼 세오덴은 다시 앉았다. 그가 몸을 돌려 왕궁을 쳐다보며 말했다.

"아! 이 사악한 시절이 내 몫이고 또 늘그막에 애써 얻은 저 평화를 밀어내고 오다니! 아, 용자 보로미르여! 젊은이는 사라지고 늙은이는 시들어 가며 구차한 목숨을 부지하다니."

그가 주름진 양손으로 무릎을 움켜잡았다.

"당신의 손가락이 예전의 힘을 더 잘 기억하려면 칼자루를 쥐는 게 좋을 거요."

간달프가 말했다. 세오덴이 일어나 손을 옆구리에 갖다 댔지만 허리띠엔 칼이 매여 있지 않았다.

"그리마가 어디다 치운 거지?"

그가 숨죽여 중얼거렸다. 그러자 맑은 목소리가 울렸다.

"이것을 받으십시오, 전하! 이 칼은 언제고 전하의 부름을 기다리고 있었나이다."

두 사람이 조용히 층계를 올라 꼭대기에서 몇 계단 떨어진 곳에 서 있었다. 에오메르가 거기 있었다. 머리에 투구를 쓰지 않고 가슴에 갑옷을 착용하지도 않았지만 손에는 칼을 뽑아 들고 있었다. 그가 무릎을 꿇으며 칼자루를 왕에게 내밀었다.

"이게 어찌 된 일인가?"

세오덴이 준엄하게 말했다. 그가 에오메르 쪽으로 몸을 돌리자 두 사람은 위풍당당하고 곧추선 그를 경탄의 눈길로 바라보았다. 의자에 웅크리고 앉거나 지팡이에 몸을 의지했던 그 노인은 어디로 갔단 말인가?

"소신이 행한 일이옵니다. 전하!" 하마가 몸을 떨며 말했다. "소신은 에오메르 공이 석방되는 것으로 이해했습니다. 가슴에 기쁨이 넘친 나머지 혹시 소신이 과오를 범했을 수도 있나이다. 하오나, 다시 자유로운 몸이 되고 또 마크의 원수인 만큼 공이 명하는 대로 그의 칼을 가져다주었습니다."

에오메르가 말했다.

"전하의 발치에 두기 위한 것이었습니다."

잠시 침묵이 흐를 동안 세오덴은 앞에 아직도 무릎을 꿇은 에오메르를 내려다보며 서 있었다. 어느 쪽도 움직이지 않았다.

마침내 간달프가 말했다.

"검을 받지 않으시려오?"

세오덴이 천천히 손을 뻗쳤다. 그 손가락들이 칼자루를 잡는 순간 지켜보는 이들에겐 그 가는 팔에 결기와 힘이 되살아난 것 같았다. 갑자기 그가 검을 치켜들고 공중에 휘둘렀다. 어렴풋한 빛이 일고 휙휙 허공을 가르는 소리가 났다. 다음에는 그가 큰 함성을 질렀다. 로한의 언어로 전투 준비를 명하는 그의 목소리가 청아하게 울렸다.

이제 일어나라, 일어나라, 세오덴의 기사들이여!
용맹스러운 공훈을 일깨우라, 동녘이 어둡도다!
말에 고삐를 채우고 뿔나팔을 울리라!
전진하라, 에오를의 군사여!

근위병들이 자신들을 부른다고 생각하고 층계를 뛰어 올라왔다. 그들은 깜짝 놀라 주군을 바라보더니 이윽고 일제히 칼을 빼 그의 발치에 놓으며 외쳤다.

"저희를 지휘하소서!"

그러자 에오메르가 외쳤다.

"웨스투 세오덴 할(만수무강하옵소서, 세오덴 왕이시여)! 전하께서 본래 모습으로 돌아오신 것을 보니 기쁘기 그지없습니다. 간달프여, 그대가 오직 비탄만 가져온다는 말은 다시는 없을 것이오!"

세오덴이 말했다.

"내 누이의 아들 에오메르여, 그대의 칼을 돌려받으라! 그리고 하마여, 내 검을 찾으라! 그리마가 보관해 두었을 것이다. 또한 그를 내게 데려오라. 자, 간달프여, 그대는 내가 듣고자 한다면 들려줄 조언이 있다고 했소. 그 조언이 무엇이오?"

"이미 당신께서는 친히 조언을 받으셨소. 비뚤어진 심성의 소유자가 아니라 에오메르를 신뢰할 것, 후회와 두려움을 떨쳐 버릴 것, 당면한 행동을 실행할 것이오. 에오메르가 권고한 대로 말을 탈 수 있는 모든 병사를 곧장 서쪽으로 보내야 하오. 시간이 있을 동안 우리는 먼저 사루만의 위협을 격파해야 하오. 만약 실패하면 우리는 멸

망이오. 만약 성공하면—그때는 다음 과업을 맞이할 것이오. 그동 안에 남아 있는 당신의 백성들, 곧 여자와 어린이와 노인은 마련해 둔 산중 피난처로 급히 가야 하오. 그곳은 바로 이 같은 환난의 날에 대비가 되어 있잖소? 양식을 가져가게 하되 지체하지 않도록 하고, 또 크든 작든 귀중품을 과중하게 짊어져선 안 되오. 위태로운 건 그 들의 목숨이니까."

"합당한 조언 같소이다." 세오덴이 말했다. "모든 백성으로 하여 금 준비토록 하라! 한데, 내 손님인 그대들은—간달프여, 내 궁전의 예법이 흐트러졌다는 그대의 말씀은 지당하오. 그대들은 밤새워 말 을 달렸고 이제 아침도 지나가오. 그대들은 잠도 식사도 취하지 못 하셨소. 객사가 준비될 것이니 거기서 식사를 하신 후 좀 주무시오."

그러자 아라고른이 말했다.

"아닙니다, 전하. 아직은 지친 자들이 휴식을 취할 수 없습니다. 로 한의 군사는 오늘 출격해야 하고 우리도 도끼, 활, 칼을 들고 그들과 함께 갈 것이오. 우리는 궁성 벽에 세워 놓고자 그것들을 가져온 게 아니니까요, 마크의 군주여. 게다가 나는 에오메르 공에게 내 검과 그의 것을 함께 뽑을 것을 약속했소."

"실로 이제야 승리의 희망이 보이오!"

에오메르가 말했다.

"희망이라, 그렇고말고. 그러나 아이센가드는 강하오. 그리고 다 른 위험들도 계속 더 가까이 다가오오. 우리가 떠난 뒤 지체하지 마 시오. 세오덴이여! 신속히 백성들을 산속의 검산오름 요새로 이끄 시오!"

"아니요, 간달프!" 왕이 말했다. "그대는 자신이 베푼 치유 효과를 모르시는군. 그럴 수는 없소. 내가 친히 싸우러 가 전선에서 쓰러지 겠소, 피할 수 없는 일이라면 말이오. 그래야만 보다 편히 잠들 것이 오."

아라고른이 말했다.

"그렇다면 로한의 패배조차 노래 속에선 영광스러울 것이오."

"마크의 왕께서 말을 달리노라! 전진하라, 에오를의 후손이여!"

근처에 선 무장한 병사들이 외치며 서로의 무기를 부딪쳤다.

"그러나 당신의 백성이 무장도 하지 않은 데다 지도자까지 없어선 안 될 일이오. 왕께서 가신다면 누가 그들을 이끌겠소?"

세오덴이 대답했다.

"떠나기 전에 그 일을 생각하겠소. 음, 내 고문이 저기 오는군."

그 순간 하마가 궁전에서 다시 나왔다. 그 뒤로 뱀혓바닥 그리마가 다른 두 병사 사이에서 몸을 움츠린 채 따라왔다. 그 얼굴이 백지장처럼 창백했다. 햇빛 속에 두 눈이 깜박거렸다. 하마가 무릎을 꿇고 세오덴 왕에게 황금 손잡이에 초록빛 보석이 박힌 장검을 바쳤다.

"전하, 전래의 보도(寶刀) 헤루그림이 여기 있나이다. 그리마의 궤 속에서 찾았습니다. 그가 한사코 열쇠를 내놓지 않으려 했습니다. 그간에 없어진 많은 것들이 거기에 있더이다."

"거짓말이야!" 뱀혓바닥이 말했다. "이 검은 네 주군께서 친히 내게 맡기신 거야."

"그러니 당사자가 그대에게 그것을 다시 달라는 게야. 뭐 못마땅한 거라도 있나?"

세오덴 왕이 말했다.

"그럴 리가 있나이까, 전하!" 뱀혓바닥이 말했다. "소신은 전하와 전하의 소유물을 성심을 다해 받들 뿐입니다. 하오나 옥체를 피로하게 하시거나 기운을 과하게 쓰지 마옵소서. 이 성가신 손님들은 다른 이들에게 맡기십시오. 전하의 수라상이 차려질 참입니다. 가시겠나이까?"

"그러지." 세오덴 왕이 말했다. "그리고 내 손님들을 위한 음식도 내 곁에 차리라. 오늘 그 주인도 말을 달린다. 전령들을 내보내라! 그들로 하여금 가까이 거하는 모든 이들을 소환케 하라! 모든 장정과 무기를 들 수 있는 건장한 소년, 말을 가진 모든 이들로 하여금 오후 2시까지 말을 타고 성문에 모이게 하라!"

"아이고, 전하!" 뱀혓바닥이 소리쳤다. "소신이 우려한 바이올시다. 이 마법사가 전하를 홀린 것입니다. 선왕들의 황금궁전과 그 모든 재보를 지킬 이가 아무도 남지 않는 것인가요? 마크의 군주를 호위할 자들도 없단 말입니까?"

"이것이 마법에 홀린 것이라 해도 그대가 내 귀에 속삭인 말보다는 더 유익한 것 같구나. 그대의 의술(醫術)은 머잖아 나를 짐승처럼 네 발로 기게 만들었을 게야. 아니야, 한 명도 남아선 안 돼, 그리마 그대까지도. 그리마도 말을 달린다. 가거라! 그대에겐 아직 그대의 칼에 슨 녹을 벗겨 낼 시간이 있어."

뱀혓바닥이 바닥을 기며 애처로운 소리로 울었다.

"온정을 베푸소서, 전하. 전하를 섬기느라 기력이 쇠진된 소신을 가엾이 여기소서! 소신을 전하 곁에서 떠나보내지 마소서! 다른 모든 이들이 떠났다 해도 적어도 소신만은 전하 곁을 지키겠나이다. 전하의 충직한 그리마를 내치지 마소서!"

세오덴이 말했다.

"나는 그대를 가엾게 여긴다. 그대를 내 곁에서 내치지 않아. 나는 친히 내 군사와 함께 싸우러 가는 게다. 그러니 나와 함께 감으로써 그대의 충성을 입증하라."

뱀혓바닥이 이 얼굴 저 얼굴을 번갈아 바라보았다. 빙 둘러싼 적들 사이로 어떤 틈새를 찾는, 쫓기는 짐승의 표정이 그의 눈에 감돌았다. 그가 길고 창백한 혀로 입술을 핥았다.

"비록 연로하시지만 에오를 왕가의 군주에게서 능히 기대될 만한 결단이옵니다. 하오나 전하를 진정으로 사랑하는 이들이라면 전하의 쇠잔해 가는 노령을 염려할 것입니다. 그렇지만 소신이 너무 늦게 온 것 같나이다. 아마도 전하의 별세를 덜 슬퍼할 다른 자들이 이미 전하의 마음을 단단히 붙잡은 것 같나이다. 소신이 그들의 소행을 돌이킬 수 없다면 적어도 이 점에 대해선 소신의 말씀을 들어 주십시오, 전하! 전하의 심중을 잘 알고 전하의 명령을 잘 받드는 이가 에도라스에 남아야 합니다. 충직한 섭정을 임명하십시오. 전하의 고문 그리마로 하여금 전하의 귀환 시까지 모든 것들을 간수하게 하옵소서—그리고 현명한 사람이라면 기대하지 않겠지만, 소신은 전하의 귀환을 볼 수 있기를 축원하나이다."

에오메르가 웃으며 말했다.

"고매한 뱀혓바닥이여! 한데 만약 그런 간청으로도 전쟁을 모면할 수 없다면, 덜 영예로운 것으로 어떤 직책을 받을 텐가? 식량 자루를 산중으로 운반할 텐가—만일 어떤 이가 그대에게 그런 일을 맡긴다면 말이야?"

"아니요, 에오메르, 그대는 뱀혓바닥 선생의 심중을 온전히 이해하지 못하고 있구려."

간달프가 꿰뚫는 듯한 시선을 그에게 돌렸다.

"그는 뱃심 좋고 교활한 자요. 지금도 그는 목숨을 걸고 수작을 부리고 운명의 주사위 노름을 주도하오. 이미 그는 소중한 내 시간을 허비했소. 쓰러져라, 뱀아!"

갑자기 간달프가 섬뜩한 목소리로 말했다.

"배를 깔고 쓰러져라! 사루만이 네놈을 매수한 지 얼마나 되었지? 약속받은 대가가 뭐였나? 모든 남자가 죽고 나면 네놈이 제 몫의 보물을 골라잡고 탐하던 그 여인을 취한다는 겐가? 네놈은 너무도 오랫동안 그녀를 눈꺼풀 아래로 주시하고 그녀의 발길을 뒤쫓아 다녔어."

에오메르가 칼을 움켜쥐며 일갈했다.

"그건 나도 이미 알고 있었소. 그 때문에 나는 궁정의 법도도 잊고 그를 베어 버리려 했소. 하지만 다른 이유들도 있었소."

그가 앞으로 나섰지만 간달프가 그를 손으로 제지했다.

"에오윈은 이제 안전하오. 하지만 네놈 뱀혓바닥, 네놈은 네 진짜 주군을 위해 할 수 있는 일을 다 했어. 적어도 웬만큼의 보상도 받았고. 그렇지만 사루만은 자신의 거래를 잘 잊는 자야. 충고하는데, 그가 네 충직한 봉사를 잊지 않게끔 어서 달려가 상기시켜 주라고."

"거짓말이야!"

뱀혓바닥이 소리 지르자 간달프가 말했다.

"네놈 입술에선 그 낱말이 너무 자주 쉽게 나오는군. 나는 거짓말을 하지 않아. 보시오, 세오덴이여. 여기 뱀 한 마리가 있소! 그대는 안심하고 저것을 데려갈 수도 없고 또 뒤에 남겨 둘 수도 없소. 저것은 베어 버려야 마땅하오. 그렇지만 저것도 지금처럼 늘 저렇진 않았소. 한때는 저것도 사람이었고 또 제 나름으로 당신을 섬겼소. 말한 필을 그에게 내주어 자신이 택하는 어디든지 곧장 가게 하시오. 당신은 그의 선택에 따라 그를 판단할 것이오."

세오덴이 말했다.

"네놈이 이 말을 들었으렷다, 뱀혓바닥이여? 네놈이 선택할 건 바로 이것이야. 나와 함께 말을 달려 싸우러 가 전투에서 네 충성을 보여 주든지, 아니면 지금 어디로든 네놈이 원하는 곳으로 가는 것이야. 그러나 후자의 경우, 만일 우리가 언제고 다시 만난다면 나는 자비를 베풀지 않을 것이다."

뱀혓바닥이 천천히 일어났다. 그는 반쯤 감긴 눈으로 그들을 쳐다보았다. 그가 마지막으로 세오덴의 얼굴을 찬찬히 살피곤 말을 하려는 듯 입을 벌렸다. 별안간 그가 몸을 꼿꼿이 세웠다. 양손이 실룩거리고 두 눈이 반짝거렸다. 그 눈에 지독한 악의가 담긴지라 사람

들이 그에게서 물러섰다. 그가 이를 드러냈고, 이윽고 숨을 쉭쉭거
리며 왕의 발치에 침을 뱉고는 한쪽으로 쏜살같이 달려 층계 아래
로 달아났다.

"저놈을 쫓아라! 저놈이 아무에게도 해를 끼치지 못하게 하되 놈
을 해치거나 놈의 길을 막지는 말라. 놈이 원한다면 말 한 필을 내주
어라."

세오덴이 말했다.

"놈을 태우려는 말이 있다면 말이지."

에오메르가 덧붙였다.

근위병 한 명이 층계를 달려 내려갔다. 다른 근위병 하나는 대지
아래의 샘으로 가서 투구에다 물을 떠 왔다. 그는 그것으로 뱀혓바
닥이 더럽힌 돌들을 깨끗이 씻었다.

세오덴이 말했다.

"자, 손님들이여, 갑시다! 가서 급한 대로 식사를 좀 하십시오."

그들은 궁전 안으로 다시 들어갔다. 아래 도성에서는 전령들이 소
리치고 전쟁을 알리는 뿔나팔 소리가 들렸다. 도성의 장정들과 인근
에 거주하는 자들이 무장하고 집결하는 대로 왕이 출정할 것이기
때문이었다.

왕의 식탁에는 에오메르와 네 손님이 앉았고, 거기엔 또한 왕녀
에오윈이 나와 왕의 시중을 들고 있었다. 그들은 빠르게 먹고 마셨
다. 세오덴이 사루만에 대해 간달프에게 묻는동안, 다른 이들은 말
이 없었다.

"사루만의 배반이 얼마나 오래전으로 거슬러 올라가는지 누가
짐작이나 하겠소? 그가 늘 사악했던 건 아니오. 한때는 그가 로한
의 친구였다는 걸 난 의심치 않소. 그리고 그의 가슴이 한층 차가워
졌을 때조차도 그는 여전히 당신을 유용한 존재로 여겼소. 그러나

때가 올 때까지 그가 우정의 가면을 쓰고 당신의 파멸을 궁리한 건 오래된 일이오. 그 시기에 뱀혓바닥의 임무 수행은 수월했던지라 당신이 행한 모든 일이 신속하게 아이센가드에 알려졌소. 당신의 땅은 탁 트여 있어 이방인들이 오가고 했으니까. 더하여 항상 뱀혓바닥이 당신의 귀에 간언을 속살거려 당신 생각에 해독을 끼치고 가슴을 차갑게 만들고 사지를 쇠약하게 했소. 그동안 다른 이들은 지켜보기만 할 뿐 어찌할 수가 없었던 게, 그가 당신의 의지를 좌지우지했기 때문이었소.

그랬다가 내가 탈출해서 당신에게 경고했을 때 그제야 그 가면이 벗겨졌소. 보고자 하는 뜻이 있는 자들에겐 말이오. 그 후 뱀혓바닥은 위험한 수작을 부려 늘 당신을 지체시키고 당신의 전 병력이 규합되는 걸 막았소. 그는 간교한 자라 때에 맞게 사람들의 경계심을 무디게 하거나 그들의 공포심을 이용했소. 임박한 위험은 서쪽인데도 북쪽으로의 헛된 추적에 모든 병력을 투입해야 한다고 그가 기를 쓰고 주장하던 것을 기억하지 못하오? 그는 당신을 구워삶아 에오메르가 침략한 오르크들을 쫓지 못하게 했소. 만일 에오메르가 당신의 입을 빌린 뱀혓바닥의 목소리에 반항하지 않았더라면, 그 오르크들은 지금쯤 크나큰 전리품을 안고 아이센가드에 당도했을 것이오. 실로 그것이 사루만이 무엇보다 갈망하는 그 전리품은 아니었어도 좌우간 내 원정대의 두 대원이고, 왕이시여, 아직은 내가 심지어 당신에게도 터놓고 말할 수 없는 비밀스러운 희망의 공유자들이오. 그들이 지금 어떤 고통을 겪고 있을지 또는 사루만이 우리를 파멸시킬 그 무엇을 알아냈을지 감히 생각할 수 있겠소?"

"내가 에오메르에게 빚진 게 많소. 충직한 가슴은 거침없는 혀와 짝을 이루는 법인데 말이오."

세오덴이 말했다.

"이 말씀도 하셔야지요. 비뚤어진 눈에는 진리가 뒤틀려 보일 수 있다고 말이오."

간달프의 말에 세오덴이 응수했다.

"실로 내 두 눈이 멀었던 것과 매한가지였소. 무엇보다도 내 손님 인 당신께 빚을 졌소. 당신은 다시 한번 때맞춰 오셨소. 우리가 떠나 기 전에 당신이 택하는 선물을 드리겠소. 무엇이든 말씀만 하시오. 이제 내겐 오직 이 검만 있으면 되오!"

"내가 때맞춰 온 건지 아닌지는 두고 볼 일이오."

간달프가 말했다.

"한데 군주여, 당신이 주겠다는 선물로 난 빠르고 확실해야 하는 내 용무에 맞는 걸 택하겠소. 샤두팍스를 주시오! 이전엔 단지 빌리 기만 했소, 그걸 빌린 거라고 부를 수 있다면 말이오. 이제 나는 그 를 타고 암흑에 맞서, 은빛을 휘날리며 크나큰 위험 속으로 뛰어들 것인 만큼 나 자신의 것이 아닌 것을 위태롭게 하진 않겠소. 덧붙여 벌써 우리 사이에는 애정의 결속이 있소."

"잘 고르셨소." 세오덴이 말했다. "기꺼이 드리리다. 그렇지만 그 것은 참으로 대단한 선물이오. 샤두팍스에 비길 것은 아무것도 없 소. 옛적의 강대한 군마들이 그에게서 재현된 것이오. 다시는 그와 같은 말이 재현되지 않을 거요. 그리고 다른 손님들께도 내 병기고 에서 찾을 수 있는 그런 것들을 드리겠소. 칼은 필요치 않겠지만 정 교한 작업으로 만든 투구와 사슬갑옷들이 있소. 곤도르에서 내 선 조들께 보낸 선물들이오. 우리가 출발하기 전에 고르시오. 그리고 그것들이 당신들에게 꽤 쓸모가 있기를 바라오!"

병사들이 왕의 보고(寶庫)에서 무구를 날라 와서 아라고른과 레 골라스에게 빛나는 사슬갑옷을 차려입혔다. 그들은 투구와 둥근 방패도 골랐다. 방패의 양각(陽刻)에는 황금이 입히고 푸르고 붉고 흰 보석들이 박혀 있었다. 간달프는 아무런 무구도 취하지 않았고,

김리는 혹 자기 신장에 맞는 것이 있었다 하더라도 사슬로 엮은 갑옷을 필요로 하지 않았다. 에도라스의 보고엔 북방의 산 밑에서 벼려진 자신의 짧은 허리갑옷보다 잘 만든 사슬갑옷이 없었던 것이다. 하지만 그는 자신의 둥근 머리에 잘 맞는, 쇠와 가죽으로 만든 투구를 골랐고 작은 방패도 집어 들었다. 그 방패에는 초록 바탕에 흰 색으로 달리는 백마가 새겨져 있었는데 에오를 왕가의 문장(紋章)이었다.

"그 방패가 당신을 잘 지켜 주기를!" 세오덴이 말했다. "그것은 나의 부왕 셍겔의 시대에, 내가 아직 소년일 적에 나를 위해 만들어진 것이오."

김리가 절을 했다.

"마크의 군주시여! 당신의 문장을 지니게 되어 자랑스럽습니다. 정말이지 나는 말에 실리기보다는 차라리 말을 떠메겠나이다. 나는 제 발을 더 사랑하니까요. 그렇더라도 내가 서서 싸울 곳에 가는 데는 별 문제가 없을 것입니다."

"그럴 테지요."

왕이 일어났다. 그러자 곧장 에오윈이 술을 들고 앞으로 나섰다.

"페르수 세오덴 할(안전한 여정이 되시길, 세오덴 왕이시여)! 이제 이 잔을 받으시고 기쁘게 드십시오. 전하의 들고나심에 건강이 함께하기를 비나이다!"

세오덴이 잔을 비우자 그녀는 손님들에게 그 잔을 권했다. 아라고른 앞에 서자 그녀가 갑자기 멈추고 그를 바라보았는데 두 눈이 빛나고 있었다. 아라고른 또한 그녀의 아름다운 얼굴을 내려다보고 미소를 지었다. 그런데 잔을 잡는 순간 그의 손이 그녀의 손에 닿자, 아라고른은 그 접촉에 그녀의 몸이 떨렸다는 걸 알았다. 에오윈이 입을 열었다.

"반갑습니다, 아라소른의 아들 아라고른이시여!"

"반갑소이다, 로한의 왕녀여!"

그러나 화답할 때 그의 얼굴엔 근심이 어렸고 그는 미소도 짓지 않았다.

모두가 마시고 나자 왕은 궁전을 내려가 성문에 이르렀다. 근위병들이 거기서 그를 기다렸고, 전령들이 서 있었다. 그리고 에도라스에 남아 있거나 인근에 거주하는 모든 영주들과 족장들이 모여 있었다.

세오덴이 외쳤다.

"보라! 내가 출정하며 이것은 내 마지막 출정이 될 것 같도다. 내게는 후사(後嗣)가 없소. 내 아들 세오드레드는 전사했소. 나는 내 누이의 아들 에오메르를 후계자로 지명하오. 만약 우리 둘 중에 누구도 돌아오지 못한다면 그때는 그대들의 뜻대로 새로운 군주를 선택하시오. 그러나 지금 나는 뒤에 남기는 내 백성을 누군가에게 위탁하여 나 대신 그들을 다스리게 해야 하오. 그대들 가운데 누가 남겠소?"

누구도 대답하지 않았다.

"거명하고 싶은 이가 없소? 내 백성의 신망을 받는 이가 누구요?"

"에오를 왕가입니다."

하마가 대답했다.

"그러나 에오메르를 남겨 둘 수는 없네. 또 그도 남으려 하지 않을 거야. 게다가 그는 에오를 가문의 마지막 후손이오."

왕의 말에 이어 하마가 다시 대답했다.

"소신은 에오메르 공을 말하지 않았습니다. 그리고 그가 마지막 후손도 아닙니다. 에오문드의 따님으로 그의 누이인 에오윈이 있사옵니다. 그녀는 두려움을 모르고 기개가 높습니다. 모든 백성들이 그녀를 사랑합니다. 우리가 떠난 동안 그녀를 로한의 군주로 삼으소서."

세오덴이 말했다.

"그리할 것이다. 전령들은 백성들에게 에오윈 왕녀가 그들을 이끌 것임을 공포하라!"

그다음 왕이 성문 앞의 좌석에 좌정했고, 에오윈이 그 앞에 무릎을 꿇고 그로부터 검과 아리따운 허리갑옷을 받았다.

"잘 있거라, 내 누이의 딸이여! 때가 어둡긴 하지만 어쩌면 우리가 황금궁전에 돌아올 수도 있을 것이다. 그러나 백성들은 검산오름에서 오랫동안 스스로를 지킬 수 있을 것이고, 그리고 만일 전투가 여의치 않게 돌아간다면 피신한 모든 이들이 거기로 갈 것이다."

"그런 말씀은 거두어 주십시오! 저는 전하의 귀환 시까지 하루하루를 1년처럼 견딜 것이옵니다."

이렇게 말하면서도 에오윈의 눈길은 곁에 선 아라고른을 향했다.

"왕께선 다시 오실 것이오. 걱정하지 마시오! 우리를 기다리는 운명은 서쪽이 아니라 동쪽이니 말이오."

아라고른이 말했다.

이제 왕은 간달프와 나란히 계단을 내려갔다. 다른 이들이 그 뒤를 따랐다. 그들이 성문 쪽으로 지나갈 때 아라고른이 뒤돌아보았다. 계단 꼭대기의 궁전 문 앞에 에오윈이 홀로 서 있었다. 그녀는 앞에 검을 곧추세우고 두 손으로 칼자루를 잡고 있었다. 갑옷을 착용한 그녀가 햇살 속에 은처럼 빛났다.

김리는 어깨에 도끼를 메고 레골라스와 함께 걸었다.

"음, 드디어 출발이야! 인간들은 행동하기 전에 많은 말이 필요하다니까. 내 손의 도끼는 좀이 쑤시는 모양인데. 물론 일이 닥치면 이 로한인들이 용맹스럽다는 걸 알지만 말이야. 그럼에도 불구하고 이것은 내 마음에 맞는 싸움은 아니야. 이런 식으로 어떻게 전장까지 간담? 난 간달프의 안장 앞가지에 짐꾸러미처럼 실려 덜컹덜컹 흔들리는 대신 걸어가고 싶어."

레골라스가 대답했다.

"거기가 다른 어디보다 안전한 자리일 성싶어. 그렇지만 전투가 시작되면 분명 간달프는 기꺼이 자넬 발 디디고 서게 해 줄 거야. 아니면 샤두팍스 스스로 그렇게 하든. 도끼는 기사에게 합당한 무기가 아니니까."

"그럼, 난쟁이는 기병이 아니지. 난 오르크들의 목을 베고 싶은 거지 인간들의 머리 가죽을 깎아 주려는 게 아니라고."

김리가 도낏자루를 툭툭 치며 말했다.

성문에서 그들은 노인 젊은이 할 것 없이 수많은 사람들이 모두 벌써 말을 타고 있는 걸 보았다. 천 명 이상이 소집되어 있었다. 그들의 창은 낭창낭창한 목재로 만들어진 것 같았다. 세오덴이 앞으로 나서자 그들이 우렁찬 환호를 외쳤다. 왕의 말 스나우마나가 대기하고 있었고, 아라고른과 레골라스의 말들도 준비되어 있었다. 김리가 얼굴을 찌푸린 채 언짢은 기분으로 서 있는데, 에오메르가 자신의 말을 이끌고 그에게 다가갔다.

"반갑소, 글로인의 아들 김리여! 당신이 약속한 대로 당신의 편달 아래 점잖은 말씨를 배울 시간을 갖지 못했소. 그렇지만 우리의 다툼은 접어 두는 게 좋지 않겠소?"

"한동안은 내 분노를 잊겠소, 에오문드의 아들 에오메르여."

김리가 말했다.

"그러나 언젠가 당신이 자신의 눈으로 갈라드리엘을 본다면, 그때 그녀가 가장 아름다운 귀부인이라는 것을 당신도 인정할 것이오. 그러지 않으면 우리의 우의는 끝장일 것이오."

"좋소!" 에오메르가 말했다. "그러나 그때까지는 날 용서하고 용서의 표시로 나와 함께 말을 탈 것을 간청하오. 간달프는 마크의 군주와 함께 선두에 설 것이오. 어쨌든 내 말 날랜발은 당신만 좋다면 기꺼이 우리 둘을 태울 거요."

김리는 대단히 흡족해하며 대답했다.

"참으로 감사하오. 만약 내 동지 레골라스가 우리 곁에서 달려도 좋다면 기꺼이 당신과 함께 가겠소."

"좋고말고요." 에오메르가 말했다. "좌측에는 레골라스, 우측엔 아라고른이 있으니 누구도 감히 우리 앞에 서지 못할 거요!"

"샤두팍스는 어디 있지?"

간달프가 말하자 그들이 대답했다.

"초원 위를 사납게 달리고 있어요. 아무도 자신에게 손을 대지 못하게 해요. 저 아래 여울 옆을 버드나무숲 속의 그림자처럼 가요."

간달프가 휘파람을 불고 말의 이름을 크게 소리쳐 부르자 멀리서 샤두팍스가 갑자기 머리를 쳐들고 히힝 하고 울더니 몸을 돌려 화살처럼 주인을 향해 질주해 왔다. 그 위대한 말이 달려와 마법사 앞에 서는 걸 보고 에오메르가 이렇게 말했다.

"서풍의 숨결이 눈에 보이는 육체를 취한다면 바로 저 모습일 거야."

"선물은 벌써 주어진 듯하오." 세오덴이 말했다. "하지만 모두 들으라! 나는 지금 여기서 가장 지혜로운 고문이자 가장 환영받는 방랑자인 회색망토의 간달프를 우리 동족이 지속할 동안 마크의 영주이자 에오를 후손의 지휘관으로 지명하고, 또 그에게 말들의 왕자 샤두팍스를 수여하노라."

"감사하오, 세오덴 왕이시여!"

간달프가 말했다. 그다음 그는 갑자기 회색 망토를 젖히고 모자를 옆으로 젖히며 말 등에 올라탔다. 그는 투구도 갑옷도 착용하지 않았다. 눈처럼 흰 머리칼이 바람에 자유분방하게 날리고 흰옷이 햇빛 속에 눈부시게 빛났다.

"백색의 기사를 보라!"

아라고른이 외치자 모든 이가 그 말을 복창했다.

"우리의 왕과 백색의 기사여!"

"전진하라, 에오를의 후손이여!"

모두가 환호의 함성을 질렀다. 나팔 소리가 울려 퍼졌다. 말들이 뒷발로 버티고 서서 히이힝 하고 울었다. 창이 방패에 부딪혀 쨍그랑대는 소리가 났다. 이윽고 왕이 손을 들었고, 로한의 마지막 군대는 느닷없이 닥치는 강풍처럼 우레 같은 소리를 내며 일거에 서쪽으로 달렸다.

에오윈이 고적한 궁정의 문 앞에 홀로 가만히 서서 멀리 평원 위로 번쩍이는 창들을 지켜보았다.

Chapter 7

헬름협곡

그들이 에도라스에서 출격했을 때 해는 이미 서쪽으로 기울고 있었다. 그 잔광이 로한의 굽이치는 들판을 황금빛으로 물들였다. 백색산맥 기슭의 작은 언덕들을 따라 북서쪽으로 밟아 다져진 길이 있었는데 그들은 이것을 따라 초지를 오르내리고 많은 여울들을 통해 물살 빠른 작은 개울들을 건넜다. 멀리 앞쪽에 그리고 오른편에 안개산맥이 모습을 드러냈고, 거리를 좁혀 다가갈수록 그것은 점차 어둡고 커져 갔다. 그들 앞에서 해가 뉘엿뉘엿 떨어졌다. 저녁이 뒤따랐다.

군대는 계속 말을 달렸다. 그들은 조급한 마음에 발길을 재촉했다. 너무 늦게 도착하지 않을까 싶은 조바심에 그들은 낼 수 있는 전속력으로 달리며 좀처럼 발길을 멈추지 않았다. 로한의 군마들은 빠르고 지구력이 강했지만 갈 길이 멀었다. 에도라스에서 아이센강의 여울까지는 180킬로미터가 넘는 거리였는데, 그들은 거기서 사루만 군대를 저지하는 왕의 군대를 만나길 기대했다.

주위로 밤이 몰려들었다. 마침내 그들은 멈추고 천막을 쳤다. 그들은 대략 다섯 시간 이상을 달려 서쪽 평원 멀리까지 진출했지만 아직도 여정의 절반 이상이 앞에 남아 있었다. 이제 그들은 별 총총한 하늘과 차오르는 달 아래 거대한 원형을 이루어 야영에 들어갔다. 무슨 일이 벌어질지 몰라 불을 피우지 않았으나 주위에 말 탄 경비병을 빙 둘러 배치했고, 척후병들이 땅바닥이 우묵한 곳들을 그림자처럼 지나며 멀리 앞으로 달려 나갔다. 기별이나 경보도 없이 밤이 느리게 지나갔다. 새벽녘에 뿔나팔이 울렸고, 그들은 한 시간 내에 다시 출발했다.

아직 머리 위에 구름은 없었지만 대기엔 음산한 기운이 감돌았고 그맘때의 계절치곤 날이 뜨거웠다. 떠오르는 해는 흐릿했고, 그 뒤로 동쪽에서 닥치는 거대한 폭풍 때문인 듯 커져 가는 어둠이 해를 따라 천천히 하늘로 솟았다. 그리고 북서쪽 멀리 안개산맥 기슭 주변에 또 하나의 어둠이 덮이는 것 같았다. 마법사의 계곡에서 느릿느릿 기어 내린 그림자였다.

간달프가 일부러 뒤처져 에오메르 곁에서 말을 달리던 레골라스에게로 다가왔다.

"자네는 요정의 날카로운 눈을 가졌네, 레골라스. 그 눈은 5킬로미터 떨어진 곳에서도 참새와 피리새를 구별할 수 있지. 저 너머 아이센가드 쪽으로 무엇이 보이는지 말해 주겠나?"

레골라스가 손으로 햇빛을 가리고 그쪽을 응시하며 말했다.

"상당한 거린데요. 어둠이 보여요. 그 속에서 움직이는 형체들이 있는데, 저 멀리 강둑 위의 거대한 형체들이에요. 하지만 그것들이 뭔지는 모르겠어요. 내 시야를 가로막는 게 안개나 구름은 아니에요. 모종의 힘이 그 땅 위에 가림막처럼 그림자를 덮어 놓았고, 그것이 개울을 따라 서서히 행진해요. 마치 끝없이 늘어선 나무들 밑의 어스름이 구릉지에서 아래쪽으로 흐르고 있는 것 같아요."

"그리고 우리 뒤로는 바로 모르도르의 폭풍이 다가오네. 캄캄한 밤이 되겠어."

간달프가 말했다.

출정 이틀째가 다가오면서 대기 속의 음산한 기운이 점점 더 커졌다. 오후가 되자 어두운 구름이 그들을 따라잡기 시작했다. 그 어두침침한 덮개의 굽이치는 크나큰 테두리엔 눈부신 햇살이 점점이 박혀 있었다. 태양이 연기처럼 뿌연 안개 속에 핏빛으로 가라앉았다. 마지막 광선들이 스리휘르네 봉우리들의 가파른 표면을 환히 비추면서 기사들의 창끝도 불길에 휩싸였다. 그들은 일몰을 빤히 바라보는 세 개의 깔쭉깔쭉한 봉우리, 즉 백색산맥의 최북단 지맥에 아주 가까이 있었다. 붉게 타오르는 마지막 빛 속에서 선두의 병사들이 검은 반점 하나를 보았다. 말을 달려 그들 쪽으로 돌아오는 기병이었다. 그들은 그를 기다리며 멈춰 섰다.

돌아온 그는 움푹 파인 투구와 쪼개진 방패 차림의 지친 행색이었다. 그는 천천히 말에서 내려 한동안 숨을 헐떡이며 거기 서 있었다. 마침내 그가 말했다.

"여기 에오메르 공이 계십니까? 드디어 오셨군요. 그러나 너무 늦게 또 너무 적은 병력을 이끌고 오셨습니다. 세오드레드 왕자께서 쓰러지신 후로 형세가 크게 악화되었습니다. 어제 우리는 큰 손실을 입고 아이센강 너머로 되밀렸습니다. 강을 건너면서도 많은 병사가 죽었습니다. 그 와중에 밤에는 적의 새로운 병력이 강을 건너 우리 야영지로 들이닥쳤습니다. 아이센가드 전체가 텅 비었음이 틀림없습니다. 게다가 사루만은 강 건너 던랜드의 사나운 고지인들과 유목민들을 무장시켜 우리를 공격하도록 풀어 놓았습니다. 우린 완전히 압도당했고 방패의 벽도 허물어졌습니다. 웨스트폴드의 에르켄브란드 공은 그러모을 수 있는 병사들을 헬름협곡 속의 요새로 퇴각시켰습니다. 나머지는 뿔뿔이 흩어졌습니다. 에오메르 공은 어디 계십니까? 앞쪽엔 아무 희망도 없다는 사실을 알려 주세요. 공께서는 아이센가드의 늑대들이 닥쳐들기 전에 에도라스로 돌아가셔야 합니다."

세오덴은 경비병들 뒤에서 그 전사의 눈에 띄지 않은 채 말없이 앉아 있었다. 이윽고 그가 말을 재촉하여 앞으로 나왔다.

"자, 내 앞에 와 서라, 체오를이여! 내가 왔다. 에오를 후손의 마지막 군대가 출정했노라. 그 군대는 싸우지 않고는 돌아가지 않을 것이다."

전사의 얼굴이 기쁨과 놀라움으로 밝아졌다. 그가 몸을 꼿꼿이세웠다. 다음에 그는 무릎을 꿇고서 새김눈이 있는 검을 왕에게 바치며 외쳤다.

"명하소서, 전하! 그리고 용서하소서! 소신이 생각하기론……."

"그대는 내가 겨울눈을 뒤집어쓴 한 그루 늙은 나무처럼 구부정한 몸으로 메두셀드에 머물고 있을 것으로 생각했겠지. 그대가 전쟁에 나설 때는 그랬으니까. 그렇지만 서풍이 나뭇가지들을 뒤흔들었다네."

세오덴은 전령에게 말하고 나서 몸을 돌려 경비병에게 명령했다.

"이 전사에게 새 말을 주어라! 에르켄브란드를 도우러 가자!"

세오덴이 말하고 있을 동안 간달프는 앞으로 짧은 거리를 달려 나와 혼자 앉아서, 북쪽으로는 아이센가드를, 그리고 서쪽으로는 지는 해를 응시했다. 그는 다시 돌아와서 말했다.

"말을 달리시오, 세오덴이여! 헬름협곡으로 말을 달리시오! 아이센강의 여울로 가지 말고 평원에서 지체하지도 마시오! 나는 잠시당신을 떠나야 하오. 급한 용무가 있으니 이제 샤두팍스가 나를 태우고 달려야 하오."

간달프가 아라고른과 에오메르, 그리고 왕의 근위대에게 몸을 돌리며 외쳤다.

"내가 돌아올 때까지 마크의 군주를 잘 지키시오! 협곡 어귀에서 날 기다리시오! 무운(武運)을 비오!"

그가 샤두팍스에게 한마디 하자 그 위대한 말은 시위를 떠난 화살처럼 내달렸다. 그들이 지켜보는 바로 그 찰나에 그가 사라졌으니 실로 일몰 속의 은빛 섬광, 풀밭을 스치는 바람, 순식간에 내빼 시야에서 벗어나는 그림자였다. 스나우마나가 그를 따라가고 싶은 열망에 콧김을 내뿜고 뒷다리로 일어섰다. 그러나 오직 날개 달린 빠른 새만이 그를 따라잡을 수 있었으리라.

"대체 무슨 일입니까?"
근위병 하나가 하마에게 물었다.
"회색망토의 간달프에게 화급한 일이 생긴 거야. 언제나 그는 느닷없이 오간다네."
"뱀혓바닥이 여기 있었다면 어렵지 않게 설명해 주었을 텐데."
"그렇고말고. 그렇지만 나는 그를 다시 볼 때까지 기다리겠어."
"어쩌면 오래 기다릴걸요."
근위병이 말했다.

이제 군대는 아이센여울로 가는 길을 벗어나 진로를 남쪽으로 돌렸다. 밤이 내렸지만 그들은 계속 달렸다. 산지가 가까워졌으나 스리휘르네의 우뚝 솟은 봉우리들은 어두워지는 하늘을 배경으로 벌써 어슴푸레했다. 아직 수 킬로미터 떨어진 웨스트폴드 계곡의 먼쪽 사면에 초록의 넓은 저지대, 즉 삼면이 산으로 둘러싸인 평지가 자리하고 있었고, 거기서부터 산지 속으로 골짜기 하나가 열려 있었다. 그 땅의 사람들은 그곳을 헬름협곡이라 불렀는데, 그곳을 피난처로 삼았던 옛 전쟁 영웅의 이름을 딴 것이었다. 스리휘르네의 산그림자에 덮인 북쪽에서부터 안쪽으로 쭈욱 더 가파르고 좁게 굽이쳐 뻗은 그 협곡을 따라가다 보면 마침내 양쪽에 까마귀만 찾아드는 벼랑이 빛을 차단하며 강대한 탑처럼 솟아 있었다.

협곡 어귀 앞의 헬름관문에는 암반이 발꿈치 모양으로 북쪽 단애까지 돌출되어 있었다. 그 돌출부 위에는 태고의 돌로 쌓은 높은 성벽이 둘러섰고 그 속에 탑이 하나 우뚝 솟아 있었다. 인간들의 말에 따르면, 곤도르가 영화를 누리던 아득히 먼 시절에 바다의 왕들이 거인들을 동원하여 여기에 이 요새를 축조했다고 한다. 그 요새는 나팔산성이라 불렸는데, 탑 위에서 울려 퍼진 나팔 소리가 뒤편의 협곡에 메아리치는 모양이 마치 오래도록 잊힌 대군의 용사들이 산 밑의 동굴들에서 전장으로 출격하는 듯했던 것이다. 또 옛사람들은 골짜기로의 진입을 차단하기 위해 나팔산성에서 남쪽 벼랑까지 성벽을 쌓았는데, 그 밑의 넓은 배수로를 통해 협류(峽流)가 흘러나갔다. 그 협류는 나팔바위 기슭을 누비고는 초록빛의 넓은 부채꼴 땅을 가로지른 도랑을 따라 흐르며 헬름관문에서 헬름방죽까지 완만하게 경사져 흘렀다. 거기서 그것은 협곡의 분지(盆地)로, 이어서 바깥쪽의 웨스트폴드 계곡으로 떨어졌다. 거기 헬름관문의 나팔산성에 지금 마크의 변경에 위치한 웨스트폴드의 영주 에르켄브란드가 기거했다. 전쟁 위협으로 시절이 어두워지자 그가 영민하게도 성벽을 보수해 요새를 튼튼히 했던 것이다.

기사들이 아직 분지 어귀 앞의 얕은 골짜기에 있을 때 앞서간 척후병들로부터 고함과 거센 나팔 소리가 들렸다. 어둠 속에서 화살들이 쌩쌩 날아왔다. 척후병 하나가 재빨리 달려 돌아와 보고하기를, 늑대 기병들이 계곡에 쫙 깔렸고 또 오르크와 야만인의 무리가 아이센여울에서 남쪽으로 부리나케 오고 있으며 헬름협곡 쪽으로 가는 것 같다고 했다.

"우리 병사들이 그리로 도망가다 베어져 누워 있는 것을 수없이 보았습니다. 지휘자도 없이 뿔뿔이 흩어져 헤매는 사람들도 많았습니다. 에르켄브란드 공이 어떻게 되었는지 아는 이는 없는 것 같습니다. 이미 전사한 게 아니라면 헬름관문에 이르기 전에 적에게 따라잡힐 듯합니다."

"간달프의 모습은 보았는가?"

세오덴이 물었다.

"예, 전하. 흰옷의 한 노인이 말을 타고 풀밭을 스치는 바람처럼 평원을 이리저리 지나는 걸 많은 이들이 보았습니다. 일부는 그를 사루만이라고 생각했습니다. 그가 해 지기 전에 아이센가드 쪽으로 가 버렸다는 말도 있습니다. 그보다 앞서 뱀혓바닥이 한 떼의 오르크들과 함께 북쪽으로 가는 게 보였다고 말하는 이들도 있습니다."

척후병의 보고를 들은 세오덴이 말했다.

"만약 간달프와 맞닥뜨린다면 뱀혓바닥은 큰 낭패를 당할 것이야. 어쨌든 지금 내 곁에는 신구의 고문 둘 다 없구나. 그러나 간달프가 말한 대로 이처럼 급할 때는 헬름관문으로 계속 나아가는 것이 최선의 선택이야. 에르켄브란드가 거기 있든 없든 간에. 북방에서 온 군세가 얼마나 큰지 알아보았는가?"

"아주 큽니다. 도주할 때는 적의 수를 두 배로 셈하는 법이라지만, 제가 어기찬 병사들에게서 확인한 바에 의하면 분명 적의 주력은 여기 우리 전 병력의 몇 배는 됩니다."

그러자 에오메르가 말했다.

"그렇다면 신속하게 움직입시다. 우리와 요새 사이를 가로막고 있는 적들을 돌파합시다. 헬름협곡 안쪽에는 수백 명이 몸을 숨기고 누울 수 있는 동굴들이 있으며, 거기서부터 비밀 통로들이 위로 산지까지 쭉 이어집니다."

"비밀 통로들에 의지해선 안 돼. 사루만은 오랫동안 이 땅을 샅샅이 살폈거든. 그럼에도 그곳에서 우리의 방어는 오래 지속될 수 있어. 가자고!"

세오덴 왕이 말했다.

이제 아라고른과 레골라스가 에오메르와 함께 선두에 섰다. 그들은 어두운 밤을 헤치고 계속 말을 달렸다. 어둠이 깊어지고 길이 남쪽으로 올라감에 따라 속도는 점점 더 느려졌지만 산맥 기슭 주변의 어스레한 습곡 속으로 더더욱 높이 올라갔다. 앞쪽에서는 적을 거의 보지 못했다. 여기저기 헤매고 다니는 오르크 떼를 마주쳤지만 기사들이 붙잡거나 베기 전에 그들은 달아났다.

에오메르가 말했다.

"머지않아 왕의 군대가 왔다는 소식이 적의 지휘자에게 알려질 것이오. 사루만이든 혹은 그가 내보낸 그 어떤 대장에게든 말이오."

전쟁의 풍문이 그들 뒤에서 커져 갔다. 이제 그들은 어둠 위로 실려 오는, 귀에 거슬리는 노랫소리를 들을 수 있었다. 협곡의 분지 속으로 깊숙이 올라섰을 때 그들은 뒤를 돌아보았다. 뒤쪽 캄캄한 들판 위로 횃불들, 수없이 많은 점의 불빛들이 붉은 꽃처럼 흩어지거나 명멸하는 긴 선들로 저지대로부터 누벼 오르는 게 보였다. 여기저기에서 더 큰 불길이 솟구치기도 했다.

아라고른이 말했다.

"거대한 무리야. 우릴 바짝 뒤쫓아."

세오덴이 말했다.

"그들은 불을 가져와 건초 더미, 오두막, 나무를 닥치는 대로 태우고 있소. 이곳은 비옥한 골짜기로 농가가 많소. 아, 불쌍한 내 백성들이여!"

"지금이 대낮이어서 우리가 산맥에서 폭풍처럼 달려 나가 그들을 덮칠 수만 있다면! 그들 앞에서 달아난다는 게 마음이 쓰리오."

그러자 에오메르가 아라고른의 말을 받았다.

"아주 멀리까지 달아날 필요는 없소. 앞쪽 멀지 않은 곳에 헬름방죽이 있소. 헬름관문 400미터 아래 분지를 가로질러 새겨진 고래의 참호 겸 누벽이오. 거기서 우린 몸을 돌려 싸울 수 있소."

"아니야. 우린 방죽을 방어하기에도 수가 너무 적어." 세오덴이 나섰다. "그것은 길이가 1.5킬로미터가 넘고 또 그 파열구(破裂口)가 넓다고."

"만약 우리가 공격을 받는다면 후위가 파열구를 지켜야만 합니다."

에오메르가 말했다.

기사들이 방죽의 파열구에 다다랐을 땐 별도 달도 없었다. 위에서 흘러내린 개울이 거기로 빠져나갔고, 개울 옆의 도로는 나팔산성에서부터 이어져 내린 것이었다. 불현듯 그들 앞에 누벽이 어두운 구덩이 너머 높직한 그림자로 모습을 드러냈다. 그들이 말을 타고 오르자 보초 하나가 수하를 했다.

"마크의 군주께서 헬름관문으로 납신 것이다." 에오메르가 대답했다. "나는 에오문드의 아들 에오메르다."

"기대 밖의 희소식입니다." 보초가 말했다. "서두르십시오! 적이 바짝 뒤따르고 있습니다."

군대는 파열구를 통과하여 위쪽의 비탈진 초지에서 걸음을 멈췄다. 곧바로 그들은 기쁘게도, 에르켄브란드가 헬름관문을 지키도록 많은 군사를 남겨 둔 데다 그 후로도 더 많은 병사들이 거기로 도망쳐 왔다는 것을 알았다.

"제대로 싸울 수 있는 병력은 천 명쯤 될 것입니다."

방죽을 지키는 군사를 지휘하는 늙은 감링이 말했다.

"그러나 병사 대부분은 저처럼 너무 늙었거나 여기 있는 제 손자처럼 너무 어립니다. 에르켄브란드 공에 대한 소식을 들으신 게 있습니까? 어제 공께서 웨스트폴드의 정예 기사들 중 살아남은 이들과 함께 이리로 퇴각하고 있다는 전갈이 왔습니다. 하지만 공께선 오지 않았습니다."

에오메르가 말했다.

"지금은 올 수 없는 형편이 아닌가 싶소. 우리 척후병들은 그에 대한 어떤 소식도 얻지 못했고, 적은 우리 뒤편의 계곡 전체를 가득 메우고 있소."

"그가 탈출했으면 좋으련만." 세오덴이 말했다. "그는 강대한 전사였소. 무쇠주먹 헬름 왕의 무공이 그에게서 되살아난 것 같았으니. 그러나 우린 여기서 그를 기다릴 수는 없소. 당장 전 병력을 성벽 뒤에 배치해야 해. 식량은 넉넉한가? 우린 포위공격이 아니라 대대적인 전투에 나선 것이라 군량을 제대로 챙기지 못했어."

그러자 감링이 대답했다.

"뒤편 협곡의 동굴들에 세 부류의 웨스트폴드 사람들, 즉 젊고 늙은 남자, 아이 및 부녀자 들이 있습니다. 그렇지만 거기엔 또한 상당한 분량의 식량, 많은 짐승들, 그것들에게 먹일 꼴이 비축되어 있습니다."

"잘됐군." 에오메르가 말했다. "저들은 골짜기에 남은 모든 걸 불태우거나 약탈하고 있소."

감링이 말했다.

"만약 저들이 헬름관문에 와서 우리의 물자를 탐하려 들면 호된 대가를 치를 것입니다."

왕과 그의 기사들은 계속 나아갔다. 개울을 가로지르는 둑길 앞에 다다라 그들은 말에서 내렸다. 그리고 기다란 열을 지어 말을 끌고 경사로를 올라 나팔산성의 성문 안으로 들어섰다. 거기서 그들은 다시 환성과 되살아나는 희망이 버무려진 환영을 받았다. 이제 성시(城市)와 방벽 모두에 배치하기에 충분한 수의 병력이 생긴 것이었다.

에오메르는 재빨리 자신의 병사들에게 임전 태세를 갖추게 했다. 왕과 그의 근위대는 나팔산성에 있었고, 거기엔 웨스트폴드 사람도 많았다. 하지만 에오메르는 협곡 성벽과 그 탑 위, 그리고 성벽 뒤에 자신의 병력 대부분을 포진시켰다. 적이 본격적이고 대대적인 공격을 감행한다면 그쪽의 방어가 가장 염려되기 때문이었다. 그들은 손쓸 수 있는 최대의 호위 속에 말들을 협곡 저 위까지 이끌었다.

협곡 성벽은 6미터 높이에 병사 넷이 꼭대기를 따라 나란히 걸을 수 있을 만큼 매우 두터운 데다 키 큰 병사만이 그 너머를 볼 수 있는 흉벽(胸壁)으로 방비되어 있었다. 흉벽 여기저기에 병사들이 활을 쏠 수 있는 총안(銃眼)이 나 있었다. 총안이 딸린 이 흉벽은 나팔산성 바깥뜰의 문에서 내리뻗은 층계를 통해 오를 수 있었다. 뒤편 협곡에서도 세 줄의 계단이 성벽으로 뻗쳐 올라갔다. 그러나 흉벽의 앞면은 반반했고, 그것을 이룬 큰 돌들이 대단히 정교한 솜씨로 쌓여 있어 그 이음새들에 발 디딜 틈이 없었으며, 꼭대기에는 돌들이 바닷물에 움푹 파인 절벽처럼 바깥으로 돌출되어 있었다.

김리는 성벽 위 흉벽에 몸을 기대고 섰다. 레골라스는 활을 만지작거리고 어둠 속을 물끄러미 바라보며 흉벽 위에 앉았다.

"난 이곳이 훨씬 마음에 들어." 난쟁이가 돌 위에서 발을 쾅쾅 구르며 말했다. "산맥에 가까워질수록 점점 가슴이 뛰거든. 여긴 바위가 참 좋아. 이 고장은 뼈대가 단단하다고. 방죽에서 올라오면서 나는 내 발로 그 뼈대를 느꼈어. 내게 1년의 시간과 내 동족 백 명만 준다면, 난 여기를 대군이 들이친다 해도 파도처럼 산산이 부서지고 말 곳으로 만들 수 있다고."

"나도 자네 말을 믿어 의심치 않아." 레골라스가 말했다. "하지만 자넨 난쟁이고 난쟁이들은 이상한 종족이란 말씀이야. 난 이곳을 좋아하지 않고 또 날 밝을 때 본대도 좋아질 것 같지 않아. 그러나 자네가 있어 마음이 놓여, 김리. 자네가 그 단단한 도끼를 들고 억센 다리로 옆에 굳게 서 있다는 게 마음 든든해. 우리들 속에 자네 동족이 더 많았으면 좋겠어. 하긴 어둠숲의 명궁수 백 명이 있다면 더욱 좋겠지만 말이야. 우리에겐 그들이 필요할 거야. 로한인들 중에도 나름대로 훌륭한 궁수들이 있지만 여기엔 그런 궁수가 너무 적어, 너무 적다고."

"활을 쏘기엔 날이 어두워." 김리가 말했다. "정말이지 이젠 잠잘 때야. 자자고! 난 어떤 난쟁이도 느껴 보지 못했을 만큼 엄청 졸려. 말 타는 건 고역이라고. 그렇지만 내 손안의 도끼는 좀이 쑤시는 모양이야. 내게 일렬로 죽 늘어선 오르크의 목과 도끼 휘두를 공간만 준다면 피로가 싹 가실 텐데!"

시간이 느리게 지나갔다. 저 아래 골짜기에선 여기저기 흩어진 불길들이 여전히 타올랐다. 아이센가드의 무리들이 침묵 속에 전진하고 있었다. 많은 줄을 이루어 분지를 굽이쳐 오르는 횃불들이 보였다.

별안간 방죽에서 병사들의 고함과 비명 그리고 격렬한 전투 함성이 터져 나왔다. 타오르는 횃불들이 벼랑 가장자리 너머로 나타나 파열구로 빽빽이 몰려들었다. 그랬다가 그들은 이내 흩어지고 사라졌다. 병사들이 들판을 질주해 돌아와 경사로를 올라 나팔산성 성문으로 왔다. 웨스트폴드 사람들의 후진이 성문 안으로 뛰어 들어오며 외쳤다.

"적이 가까이 왔소! 우린 화살을 있는 대로 쏘아 방죽에 오르크들을 가득 채워 놓았소. 그렇지만 그걸로 놈들을 오래 묶어 둘 순 없을 거요. 이미 놈들은 진군하는 개미 떼처럼 많은 지점들에서 새카맣게 방죽을 기어오르고 있소. 그렇지만 본때를 보여 줬으니 횃불을 들지는 못할 거요."

자정이 지났다. 하늘은 완전히 어두웠고 무거운 대기의 정적은 폭풍우를 예고했다. 갑자기 구름장들이 눈부신 섬광에 그을렸다. 나뭇가지처럼 갈라진 번개가 동편 산을 내리쳤다. 깜짝 놀라 어안이 벙벙해진 잠깐 사이에 성벽 위의 수비병들은 자신들과 방죽 사이의 모든 공간이 흰 빛으로 밝혀지는 것을 보았다. 거기엔 높다란 투구를 쓰고 검은 방패를 든 시커먼 형체들이 마구 득실거리고 있었다. 어떤 것들은 땅딸막하고 상체가 떡 벌어지고 또 어떤 것들은 큰 키에 표정이 험악했다. 수백이 넘는 무리가 방죽을 넘어 파열구를 통해 쏟아져 들어오고 있었다. 그 어두운 물결이 계곡의 양 절벽 사이를 가득 메우며 성벽으로 밀어닥쳤다. 골짜기에 천둥이 우르르 울렸다. 세찬 비가 내리 퍼부었다.

흉벽 너머로 빗발처럼 빽빽한 화살들이 씽씽 날아들어 돌에 부딪혀 쨍강대고 튀어 나갔다. 명중된 화살도 더러 있었다. 헬름협곡에 대한 공격이 시작된 것이었지만, 안에서는 어떤 소리나 응전의 함성도 들리지 않았고 또 응사하는 화살도 없었다.

공격하는 무리들이 나팔바위와 성벽의 위협적인 침묵에 눌려 흠칫 멈춰 섰다. 이따금 번개가 어둠을 찢어발겼다. 이윽고 오르크들이 날카로운 비명을 지르며 창과 칼을 마구 휘두르고, 흉벽 위에 드러난 것이면 무엇이든 화살을 자욱하게 쏘아 댔다. 마크의 병사들이 깜짝 놀라 내다보았다. 화살 세례는 전쟁의 폭풍에 휩쓸려 요동치는 광대한 어두운 밀밭에서 이삭 하나하나가 가시 돋친 빛을 받아 번쩍이는 듯했다.

놋쇠 나팔 소리가 울려 퍼졌다. 적이 앞으로 쇄도했다. 일부는 협곡 분지를 목표로, 다른 일부는 나팔산성의 성문으로 이어지는 둑길과 비탈길을 향해 밀어닥쳤다. 거기에 덩치가 가장 큰 오르크들과 던랜드 고원지대의 야만인들이 몰려 있었다. 그들은 한순간 멈칫했다가 이내 계속 달려들었다. 번개가 번쩍이자 모든 투구와 방패 위에 장식된 아이센가드의 소름 끼치는 손이 보였다. 그들은 나팔바위의 꼭대기에 닿자 이윽고 성문을 향해 돌진했다.

드디어 응전이 시작되었다. 폭풍 같은 화살과 우박 같은 돌들이 적들을 맞이했다. 동요한 적들은 흩어지고 뒤로 달아났다가 다시 돌격했고, 다시 흩어졌다가 돌진했다. 그럴 때마다 밀려드는 바다처럼 그들은 보다 높은 지점에서 멈추었다. 다시 나팔 소리가 울리자 한 떼의 병사들이 마구 고함을 지르며 앞으로 뛰쳐나왔다. 그들은 지붕처럼 머리 위에 큰 방패를 치켜들고 다른 한편으론 두 개의 거대한 나무 기둥을 운반했다. 그 뒤로 오르크의 궁수들이 밀집해 성벽 위의 궁사들을 향해 우박처럼 화살을 퍼부었다. 그들은 성문에 다다랐다. 강건한 팔들이 크게 휘두른 나무 기둥들이 쿵 하고 찢어발기는 굉음을 내며 성문을 강타했다. 위에서 내던진 돌에 뭉개져 하나가 고꾸라지면 다른 둘이 벌떡 달려와 그 자리를 메꾸었다. 거대한 충차(衝車)들이 계속 반복해서 크게 흔들렸다가 충돌했다.

에오메르와 아라고른은 헬름성벽 위에 함께 서 있었다. 그들은 포효하는 목소리들과 충차들이 쾅 하고 부딪치는 굉음을 들었다. 그 와중에 불현듯 섬광이 번쩍였을 때 그들은 성문이 부서질 위기에 처한 것을 보았다. 아라고른이 외쳤다.

"자! 지금이 우리가 함께 검을 뽑을 시간이오!"

그들은 화급하게 성벽을 따라 계단 위로 쏜살같이 내달려 나팔바위 위의 바깥뜰로 들어섰다. 그리고 달려가면서 소수의 강인한 검사(劍士)를 모았다. 거기엔 서쪽 성벽으로 이어지는 작은 뒷문이 있었고, 그 성벽에서 팔을 쭉 뻗치면 닿을 곳에 벼랑이 자리했다. 그쪽에는 좁은 길 하나가 성벽과 나팔바위의 깎아지른 가장자리 사이를 빙 돌아 성문으로 이어졌다. 에오메르와 아라고른은 함께 그 문을 통해 뛰쳐나갔고 검사들이 그 뒤를 바싹 따랐다. 칼집에서 빼든 두 개의 검이 하나처럼 번쩍였다.

"구스위네여! 마크를 위한 구스위네 검이여!"

에오메르가 외쳤다.

"안두릴이여! 두네다인을 위한 안두릴 검이여!"

아라고른도 외쳤다. 그들은 측면에서 돌진해 야만인들을 덮쳤다. 안두릴 검이 하얀 불길로 번득이며 솟았다 떨어졌다. 성벽과 탑에서 환성이 솟구쳤다.

"안두릴이야! 안두릴 검이 출전했어. 부러졌던 검이 다시 빛나!"

충차꾼들이 당황해서 나무 기둥을 떨어뜨리고는 몸을 돌려 싸웠다. 그러나 그들이 이어 세운 방패들의 벽은 낙뢰를 맞은 것처럼 부서졌고, 휩쓸리고 베여 쓰러지거나 나팔바위를 넘어 저 아래 돌바닥의 개울로 내던져졌다. 오르크의 궁수들이 정신없이 화살을 쏘아 대고는 이내 도주했다.

에오메르와 아라고른은 잠시 성문 앞에 멈추었다. 멀리서 천둥이 우르릉거리고 있었다. 저 멀리 남쪽 산맥에선 아직도 번개가 명멸했다. 다시 북쪽에서 살을 에는 듯한 바람이 불고 있었다. 구름장들은 찢겨 떠돌고 그 사이로 별들이 빼꼼히 드러났다. 서쪽으로 기우는 달이 폭풍의 여진 속에 노랗게 가물거리며 분지 쪽의 산지 위로 달렸다.

"우리가 좀 늦게 왔나 보오."

아라고른이 성문을 바라보며 말했다. 성문의 거대한 돌쩌귀와 쇠빗장들이 비틀리고 휘어졌고, 많은 가로장들이 쪼개져 있었다. 그러자 에오메르가 말했다.

"그러나 우리는 성벽 밖 여기선 그들을 막을 수 없소. 보시오!"

그가 둑길을 가리켰다. 벌써 오르크와 인간의 거대한 무리가 개울 너머에서 다시 몰려들고 있었다. 화살들이 윙 하고 날아와 그들 주위의 돌들 위로 튀면서 스쳐 갔다.

"자, 이제 돌아가 안에서 어떻게 성문을 가로지르며 돌과 들보를 쌓을지 궁리해야 하오. 갑시다!"

그들은 몸을 돌려 달렸다. 그 순간 쓰러진 자들 가운데 꼼짝 않고 누워 있던 여남은 명의 오르크들이 벌떡 일어나 발소리를 죽이며 빠르게 뒤따라왔다. 곧 두 명이 에오메르의 뒤꿈치를 겨냥해 몸을 날려 그를 넘어뜨리곤 순식간에 올라탔다. 그런데 누구도 관측하지 못했던 작고 어두운 형체 하나가 어둠 속에서 뛰쳐나와 쉰 목소리로 외쳤다.

"바룩 크하자드! 크하자드 아이메누!"

도끼가 한 차례 휘몰아치며 다른 오르크들의 접근을 막았다. 두 오르크가 머리 없이 고꾸라졌다. 나머지는 달아났다.

아라고른이 도우려고 도로 달려오는 그 참에 에오메르가 허우적대며 일어섰다.

뒷문이 다시 닫히고, 철문에는 빗장이 걸리고, 안쪽으로 돌들이 쌓여 받쳐졌다. 내부가 모두 든든히 정비되자 에오메르가 몸을 돌렸다.

"고맙소, 글로인의 아들 김리여! 출격 시에는 당신이 우리와 함께 있다는 걸 몰랐소. 그러나 때로 불청객이 최고의 손님이 되기도 하오. 어떻게 거기 왔더랬소?"

"잠을 쫓으려고 당신들을 뒤따랐소." 김리가 말했다. "그런데 고지인들을 보니 내겐 덩치가 너무 큰 것 같아 당신들의 검술이나 구경하려고 돌 옆에 앉았댔소."

"이 은공을 갚기가 쉽지 않을 것 같소."

에오메르의 말에 난쟁이는 웃으며 대답했다.

"이 밤이 다하기 전에 기회는 많을 거요. 어쨌든 흡족하오. 모리아를 떠난 후 지금까지 난 나무 외엔 아무것도 베지 못했으니."

"둘이야!"

김리가 도끼를 툭툭 치며 말했다. 그는 성벽 위의 자기 자리로 돌아가 있었다. 그러자 레골라스가 말했다.

"둘이라고? 그럼 내 실적이 훨씬 낫군. 비록 지금은 쏘아 버린 화살들을 더듬어 찾아야 할 형편이긴 하지만 말이야. 모든 화살이 동났거든. 그렇지만 줄잡아도 총계가 스물은 된다고. 하지만 그건 숲속의 나뭇잎 몇에 불과하지."

이제 하늘은 빠르게 걷히고 있었고, 지는 달도 환하게 빛나고 있었다. 그러나 그 빛도 마크의 기사들에게 별 희망을 가져다주진 못했다. 그들 앞의 적은 줄어들기는커녕 더 불어난 것 같았고, 훨씬 많은 병력이 계곡에서부터 파열구를 헤치며 밀어닥치고 있었다. 나팔바위에서의 출격은 단지 짧은 유예를 얻었을 뿐이었다. 성문 공격이 배가되었다. 아이센가드의 무리들이 협곡 성벽을 향해 노호하는 파도처럼 밀려들었다. 오르크들과 고지인들이 성벽 하단을 이쪽 끝에서 저쪽 끝까지 빽빽이 둘러쌌다. 위쪽의 병사들이 끊거나 되던져 버리는 것보다 빠르게 갈고랑쇠 달린 밧줄이 흉벽 위로 던져졌다. 수백 개의 긴 사다리가 치켜들렸다. 아래로 내팽개쳐져 박살 난 것도 많았지만 더 많은 사다리가 그 자리를 채웠고, 오르크들은 남부 어두운 숲속의 원숭이처럼 사다리를 껑충껑충 기어올랐다. 성벽 하단 앞에는 사상자들이 폭풍 속의 조약돌처럼 쌓여 있었다. 그 끔찍한 무덤들이 점점 높게 솟았지만 그럼에도 적은 계속 다가왔다.

로한의 병사들은 지쳐 갔다. 화살은 모두 바닥났고 더는 던질 창도 없었다. 칼날은 이가 빠지고 방패는 갈라졌다. 세 번이나 아라고른과 에오메르는 병사들을 재편성했고, 안두릴 검도 적을 성벽에서 물리치는 필사의 돌격에서 세 차례나 불타올랐다.

그러던 중에 뒤편 협곡에서 소란이 일었다. 개울이 흘러 나가는 배수로를 통해 오르크들이 쥐새끼처럼 기어들었던 것이다. 성벽 상단에 대한 공격이 가장 치열해져 방어 병력 거의 전부가 성벽 꼭대기로 몰려들 때까지 그들은 벼랑의 그림자 속에 모여 있다가, 때가 되자 뛰쳐나온 것이었다. 이미 일부는 협곡의 좁은 입구로 들어가 말들과 뒤섞인 채 수비병들과 싸우고 있었다.

김리가 벼랑에 메아리치는 맹렬한 고함을 지르며 성벽에서 펄쩍 뛰어내렸다. "크하자드! 크하자드!" 그는 곧 상당한 전과를 올렸다.

"아이오이!" 김리가 외쳐 댔다. "오르크들이 성벽 뒤에 있어! 아이오이! 자, 레골라스여! 우리 둘이 처치하기에 충분한 숫자야. 크하자드 아이메누!"

늙은 감링은 나팔산성에서 아래를 내려다보다, 모든 소음을 제압하는 난쟁이의 우렁찬 목소리를 들었다.

"오르크들이 협곡에 들이닥쳤어! 헬름! 헬름! 헬름의 후예여, 전진하라!"

그는 많은 웨스트폴드 병사를 거느리고 층계를 급히 뛰어내리며 이렇게 고함쳤다.

공세가 격렬하고 급작스러운 것인지라 오르크들이 물러났다. 이윽고 그들은 골짜기의 협로(峽路)에 갇혀 모두가 살해되거나, 비명을 지르며 협곡의 갈라진 틈새로 쫓겨 들어갔다가 숨겨진 동굴의 수호자들 손에 쓰러졌다.

"스물하나!" 김리가 외쳤다. 그는 양손 타격으로 도낏자루를 잡고 휘둘러 마지막 오르크를 발밑에 쓰러뜨렸다. "이제 나의 총계가 레골라스 선생을 다시 앞섰어."

"우린 이 쥐구멍을 막아야 하오. 난쟁이들은 돌 다루는 솜씨가 뛰어나다던데, 선생, 우리를 도와주시오!"

감링의 말에 김리가 대답했다.

"우린 전투용 도끼로 돌을 다듬지 않고, 또 손톱으로도 그러지 않소. 그러나 할 수 있는 대로 도와드리겠소."

그들은 근처에서 구할 수 있는 작은 둥근 돌과 깨진 돌을 모았고, 웨스트폴드의 병사들이 김리의 지시 아래 배수로의 안쪽 끝을 봉쇄하자 좁은 출구 하나만이 남았다. 그러자 비에 불어난 협류가 막혀 버린 길에서 거품과 물결을 일으키며 흘러 양쪽 벼랑 사이의 차가운 웅덩이들로 천천히 퍼져 나갔다.

김리가 말했다.

"상류는 더 가물어지겠군. 자, 감링이여, 성벽 위에선 일이 어떻게 돼 가는지 알아봅시다."

김리가 위로 올라갔더니 레골라스는 아라고른과 에오메르 곁에 있었다. 요정은 자신의 긴 칼을 갈고 있었다. 배수로를 통해 난입하려는 시도가 격퇴되었기에 한동안 적의 공격이 잠잠했다.

"스물하나야!"

하고 김리가 말하자, 레골라스가 말을 받았다.

"훌륭해! 하지만 이제 내 총계는 스물넷이라고. 이 위에서 칼부림이 좀 있었지."

에오메르와 아라고른은 지쳐서 칼에 몸을 기대었다. 왼쪽 멀리에서 나팔바위 전투의 굉음과 아우성이 다시 요란하게 솟았다. 그러나 나팔산성은 바다 속의 섬처럼 여전히 굳건했다. 성문들이 망가지긴 했지만 안에서 들보와 돌로 쌓은 방책 위로는 아직 어떤 적도 지나가지 못했다.

아라고른은 창백한 별들과, 이제 계곡을 에워싼 서편 산맥 뒤로 기울어 가는 달을 바라보았다. 그가 말했다.

"몇 년은 되는 것 같은 긴 밤이로군. 날이 새려면 얼마나 더 걸릴까?"

그의 곁으로 막 올라온 감링이 말했다.

"새벽이 멀지 않습니다. 그러나 새벽이 우리에게 도움이 될 것 같지는 않은데요."

"그렇지만 새벽은 언제나 인간들의 희망이오."

하고 아라고른이 말했다. 그러자 감링이 다시 대답했다.

"하지만 아이센가드의 이 족속들, 사루만이 음험한 술책으로 번식시킨 이 반(半)오르크들과 고블린 인간들은 태양에도 움츠러들지 않습니다. 구릉지의 야만인들도 그렇고요. 그놈들의 목소리가 들리지 않습니까?"

"들리오." 에오메르가 말했다. "하지만 내 귀엔 단지 새들의 비명과 짐승들의 울부짖음 같을 뿐이오."

"그렇지만 던랜드의 언어로 외치는 소리도 많습니다. 저는 저 언어를 알지요. 그것은 오래된 언어로, 한때는 마크의 많은 서편 계곡들에서 쓰였지요. 귀 기울여 보십시오! 저놈들은 우리를 증오하고 또 즐거워하죠. 저놈들에겐 우리의 종말이 확실해 보이거든요. '왕, 왕을!' 하고 놈들은 외쳐요. '우린 저놈들의 왕을 포획할 테다. 포르고일에게 죽음을! 밀짚대가리들에게 죽음을! 북부의 도적놈들에게 죽음을!' 저놈들이 우리에게 붙인 이름들이지요. 놈들은 곤도르의 영주들이 마크 땅을 청년왕 에오를에게 주고 그와 동맹을 맺었다는 원한을 5백 년이 지난 지금도 잊지 않았어요. 그 해묵은 증오심에 사루만이 불을 붙였어요. 놈들은 분기되면 흉포한 족속이죠. 이제 그들은 세오덴 왕을 포획하거나 아니면 자신들이 죽을 때까지 절대로 물러나지 않을 겁니다."

감링의 말이 끝나자 아라고른이 말했다.

"그럼에도 불구하고 날 밝음은 내게 희망을 가져다줄 거요. 병사들이 지키는 한 어떤 적도 나팔산성을 함락시킨 적이 없다고 하지 않소?"

"음유시인들이 그렇게 노래하지요."
하고 에오메르가 말했다.
"그럼 나팔산성을 지킵시다. 그리고 희망을 가집시다!"
아라고른이 말했다.

그들이 이런 이야기를 하고 있을 참에 나팔 소리가 요란하게 울렸다. 이윽고 충돌의 굉음과 함께 불길이 번쩍이고 연기가 피어올랐다. 협류의 물줄기가 쉭쉭거리고 거품을 일으키며 쏟아져 내렸다. 둑에 난 큰 구멍이 터지면서 물줄기들을 더는 막아 두지 못한 것이었다. 한 떼의 어두운 형체들이 몰려들었다. 아라고른이 외쳤다.
"사루만의 사술이야! 우리가 이야기하는 동안 놈들이 다시 배수로로 기어들어 우리 발밑에서 오르상크의 불을 당겼어. 엘렌딜! 엘렌딜이여!"
아라고른은 성벽의 터진 곳으로 벌떡 뛰어내렸다. 바로 그 참에 백 개의 사다리가 흉벽에 걸쳐졌다. 성벽 위아래로 최후의 공격이 모래언덕을 덮치는 어두운 파도처럼 거침없이 밀려들었다. 방어선이 휩쓸려 버렸다. 일부 기사들은 한 걸음 한 걸음 동굴 쪽으로 물러나며 쓰러지거나 맞붙어 싸우면서 협곡 속으로 점점 쫓겨 들어갔다. 다른 이들은 성채를 향해 퇴각했다.
널찍한 계단 하나가 협곡에서 나팔바위와 나팔산성 후문까지 뻗쳐올랐다. 아라고른은 그 맨 밑바닥 부근에 서 있었다. 여전히 그의 손에서는 안두릴이 빛을 발했고, 계단에 도달할 수 있었던 모든 이가 하나씩 성문 쪽으로 올라갈 동안 적은 그 검이 두려워 달려들지 못했다. 뒤로는 레골라스가 계단 상단에 무릎을 꿇었다. 그는 활시위를 당기고 있었지만 남은 화살은 주워 든 하나가 다였다. 감히 계단에 접근하는 첫 번째 오르크를 겨누어 쏠 채비를 하고, 그는 아래를 뚫어지게 주시했다.

"올 수 있는 이들은 모두 안으로 무사히 들었소. 아라고른이여, 어서 돌아오시오!"

레골라스가 외치자 아라고른이 몸을 돌려 쏜살같이 계단을 뛰어올랐다. 그러나 그는 지친 나머지 달리다가 곱드러지고 말았다. 곧바로 적들이 앞으로 껑충 뛰어나왔다. 오르크들이 그를 붙잡으려고 긴 팔을 쭉 내뻗고 괴성을 지르며 올라왔다. 맨 앞의 오르크가 목에 레골라스의 화살을 맞고 쓰러졌으나 나머지는 그를 타넘고 도약했다. 그때 위쪽 외벽에서 내던진 커다란 둥근 돌 하나가 계단 아래로 우당탕탕 굴러떨어져 그들을 도로 협곡 속으로 내몰았다. 아라고른이 당도하자 문은 그를 들이곤 뎅그렁 하고 재빨리 닫혔다.

"사태가 고약하게 돌아가는군, 친구들이여."

아라고른이 이마의 땀을 훔치며 말했다.

"꽤나 고약해요. 그렇지만 우리에게 당신이 있는 한 아직 희망은 있어요. 김리는 어디 있지요?"

레골라스가 말하자 아라고른이 대답했다.

"모르겠네. 그가 성벽 뒤 땅바닥에서 싸우는 걸 마지막으로 봤는데, 적 때문에 우린 갈라지고 말았어."

"아! 불길한 소식이네요."

레골라스의 탄식에 아라고른이 다시 말했다.

"그는 억세고 강인하다네. 그가 몸을 빼내 동굴로 되돌아갔기를 바라자고. 거기라면 한동안 안전할 거야. 우리보다 안전하게 말이야. 난쟁이에겐 그런 피난처가 마음에 들 테지."

"그렇게 바랄 수밖에요. 하지만 난 그가 이쪽으로 왔으면 싶어요. 김리 선생에게 내 총계가 이제 서른아홉이란 걸 말해 주고 싶거든요."

아라고른이 웃으며 말했다.

"만약 동굴로 되돌아간다면 그가 다시 자네 총계를 앞지를 걸세.

그렇게 무섭게 휘둘러 대는 도끼는 결코 보지 못했으니 말이야.”

레골라스가 다시 말했다.

“난 가서 화살을 좀 찾아야겠어요. 어서 이 밤이 지나야 화살 쏘기가 수월해질 텐데.”

이제 아라고른은 성채로 들어갔다. 거기서 그는 당혹스럽게도 에오메르가 나팔산성에 당도하지 않았다는 걸 알았다.

“글쎄, 그는 나팔바위로 돌아오지 않았습니다. 그가 자기 주위에 병사들을 모아 협곡 어귀에서 싸우는 걸 본 게 마지막이었지요. 감링이 그와 함께 있었고 또 난쟁이도요. 그렇지만 난 그들에게로 갈 수 없었습니다.”

한 웨스트폴드 사람이 말했다.

아라고른은 큰 걸음으로 안뜰을 지나 탑 속의 높은 방으로 올라갔다. 거기엔 왕이 좁은 창문을 등져 어둑한 모습으로 골짜기를 내다보며 서 있었다.

왕이 말했다.

“무슨 소식이오, 아라고른이여?”

“전하, 협곡 성벽이 함락되고 전 방어선이 휩쓸려 버렸습니다. 그러나 많은 병사들이 여기 나팔바위로 탈출했습니다.”

“에오메르도 여기 있소?”

“아닙니다, 전하. 하지만 당신의 많은 병사들은 협곡 속으로 후퇴했는데, 몇몇 사람이 말하기를 그중에 에오메르도 있었다고 합니다. 그들은 협로에서 적을 제지하고 동굴 안으로 들어갔을 겁니다. 그다음에 그들이 어떤 희망을 가질 수 있을지는 모릅니다만.”

“우리보다는 희망이 있을 거요. 거긴 식량이 충분하다잖소. 그리고 먼 위쪽 바위에 갈라진 틈새들이 있어 공기도 좋소. 누구라도 결사항전 태세의 전사들을 무턱대고 들이칠 수는 없소. 그들은 오래

버틸 수 있을 거요."

"그런데 오르크들이 오르상크에서 사술의 무기를 가져왔습니다."

아라고른이 말했다.

"놈들은 폭파하는 불을 가지고 그것으로 성벽을 함락시켰습니다. 동굴로 들어가지는 못한다 해도 안에 있는 이들을 봉할 수는 있을 겁니다. 그건 그렇고 우리는 지금 우리 자신의 방어에 온 신경을 기울여야 합니다."

세오덴 왕이 말했다.

"나는 이 감옥 같은 곳에서 안달이 날 지경이오. 내가 병사들의 선봉에 서서 전장을 달리며 적의 창병 하나라도 잠재울 수 있다면, 아마 전투의 환희를 다시 맛볼 수 있을 테고 또 그렇게 죽어도 여한이 없을 것이오. 그렇지만 여기선 내가 별 쓸모가 없소."

아라고른이 대답했다.

"적어도 여기에서 전하께선, 마크의 가장 튼튼한 요새의 호위를 받고 계십니다. 에도라스나 심지어 산맥 속의 검산오름보다도 나팔산성에서 전하를 지키기가 더 유리합니다."

"나팔산성이 결코 적의 공격에 떨어진 적이 없다지만 지금은 의심스럽소. 세상이 변해 한때 강고했던 모든 것들이 이제 신뢰할 수 없는 것으로 드러나오. 그 어떤 탑이 저 많은 병력과 저 막무가내의 적개심을 견뎌 내겠소? 만약 아이센가드의 군세가 저토록 강대해졌다는 걸 알았더라면, 아마도 난 간달프의 그 모든 술책에도 불구하고 그렇게 경솔하게 출정해 그에 맞서진 않았을 거요. 이제 그의 간언은 아침 햇살 아래서 그랬던 것만큼 훌륭한 것 같지가 않소."

"모든 게 끝날 때까지는 간달프의 간언을 섣불리 판단하지 마십시오, 전하."

아라고른이 말했다.

"끝이 머지않을 거요. 하지만 난 덫에 걸린 늙은 오소리처럼 갇힌
채 여기서 끝나진 않겠소. 스나우마나와 하주펠 그리고 내 근위대
의 말들이 안뜰에 있소. 새벽이 오면 나는 병사들에게 헬름의 뿔나
팔을 울리라 명하고 출격하겠소. 그때 나와 함께 말을 달리겠소, 아
라소른의 아들이여? 아마 우리는 길을 트거나 아니면 노래에 값할
만한 그런 최후를 맞을 거요—만일 이후에 우리에 대해 노래할 어
떤 이가 남는다면 말이오."

"나는 왕과 함께 출전할 것입니다."

말을 마치고 아라고른은 물러나 성벽으로 돌아갔다. 그는 성벽을
한 바퀴 순회하며 병사들의 사기를 북돋고 공세가 치열한 곳이면
어디든 힘을 보탰다. 레골라스가 그와 함께했다. 폭발하는 불꽃이
연거푸 솟구쳐 성벽의 돌들을 뒤흔들었다. 갈고랑쇠들이 내던져지
고 사다리가 걸쳐졌다. 몇 번이고 오르크들은 방죽 꼭대기로 기어
올랐고 그때마다 방어자들은 그들을 아래로 떨쳐 냈다.

마침내 아라고른이 적이 날리는 창들에 개의치 않고 성문 위에
섰다. 앞을 내다보니 동편 하늘이 점차 어슴푸레해지는 것이 보였
다. 이윽고 그는 화평 교섭의 표시로 손바닥을 밖으로 하고 빈손을
들어 올렸다.

오르크들이 고함을 지르며 야유했다.

"내려와! 내려오라고! 우리한테 이야기하고 싶으면 내려오라고!
너희 왕을 데려와! 우린 투사 우루크하이다. 그가 내려오지 않으면
우리가 그를 굴에서 끌어낼 테다. 비겁하게 숨은 네놈들의 왕을 데
려와!"

"왕께선 스스로의 뜻에 따라 머물거나 나오신다."
하고 아라고른이 말했다.

"그럼 넌 여기서 뭘 하는 거냐? 왜 내다보는 거야? 우리 군대의 막

강함을 보고 싶은 거야? 우린 투사 우루크하이라고!"

"나는 새벽을 보려고 나온 것이다."

아라고른의 말을 들은 우루크하이들이 조롱했다.

"새벽이 어쨌다는 거야? 우린 우루크하이고 밤이고 낮이고 날씨가 좋든 폭풍이 몰아치든 싸움을 멈추지 않는다고. 해가 뜨든 달이 뜨든 우린 죽이러 왔어. 새벽이 어쨌단 말이냐?"

"새날이 무엇을 가져다줄지는 아무도 모르지. 꺼져라, 새날이 네놈들에게 재앙이 되기 전에."

"내려와! 안 그러면 우리가 네놈을 쏘아 성벽에서 떨어뜨릴 테다! 이건 화평 교섭이 아니야. 네놈은 할 말이 없는 게야."

오르크들이 씩씩거렸다.

"아직 할 말이 남았다." 아라고른이 말했다. "아직껏 그 어떤 적도 나팔산성을 함락시키지 못했다. 떠나라, 그러지 않으면 단 한 놈도 목숨을 부지하지 못할 것이다. 북쪽으로 소식을 갖고 돌아갈 놈 하나도 살아남지 못할 것이다. 네놈들은 자신이 처한 위험을 아직 모르는 게야."

무너진 성문 위에 홀로 서서 적의 무리에 맞선 아라고른에게서 엄청난 힘과 위엄이 드러난지라, 야만인들은 머뭇거리며 어깨 너머로 계곡 쪽을 돌아보았고 일부는 미심쩍은 듯 하늘을 올려다보았다. 그러나 오르크들은 이내 와자지껄한 목소리로 웃어 댔다. 그리고 아라고른이 껑충 뛰어내리는 순간 성벽 위로 창과 화살이 우박처럼 쌩쌩 날아들었다.

한 차례 포효와 함께 불의 폭발이 일었다. 방금 전 아라고른이 섰던 성문의 아치길이 연기와 먼지 속에 허물어져 내려앉았다. 방책은 마치 벼락 맞은 것처럼 산산이 흩어졌다. 아라고른은 왕의 탑으로 달려갔다.

그러나 성문이 무너지고 주위의 오르크들이 돌격 준비를 하며 고

래고래 소리를 지르는 순간, 그들 뒤에서 먼 곳의 바람처럼 술렁임
이 일었고, 그 소리는 점차 커져 새벽녘에 이상한 소식을 외치는 숱
한 목소리들의 아우성이 되었다. 나팔바위 위의 오르크들이 그 낙
심천만의 소식을 듣고는 갈팡질팡하며 뒤를 돌아봤다. 이윽고 위쪽
탑에서 헬름의 거대한 뿔나팔 소리가 갑작스럽고 무시무시하게 울
려 퍼졌다.

그 소리를 들은 자는 누구나 몸을 떨었다. 많은 오르크들이 얼굴
을 땅에 처박고 갈고리 같은 손으로 귀를 막았다. 마치 모든 벼랑과
언덕 위에 목청 큰 전령이 서 있는 것처럼 협곡 뒤편에서 메아리가
잇따라 울려왔다. 그러나 성벽 위에선 병사들이 경탄한 채 귀를 기
울이며 위를 올려다보았다. 메아리가 잦아들지 않았던 것이다. 뿔
나팔 소리는 산지 속에서 변함없이 계속 굽이쳤다. 맹렬하고 거침없
이 울리는 그 소리들은 이제 점점 가깝고 요란하게 서로 맥놀이를
이루었다.

"헬름 왕! 헬름 왕이시다!" 기사들이 고함쳤다. "헬름 왕이 되살
아나 전장에 돌아오신 게야. 세오덴 왕을 위해 헬름 왕께서!"

그 함성과 함께 왕이 나타났다. 그의 말은 눈처럼 희고 방패는 황
금색이었으며 창은 길었다. 오른편에는 엘렌딜의 후계자 아라고른
이 자리했고, 뒤쪽엔 청년왕 에오를 왕가의 영주들이 말을 달렸다.
하늘에 빛이 튀어 올랐다. 밤이 물러갔다.

"에오를의 후손이여, 전진하라!"

함성과 크나큰 소음과 함께 그들은 돌진했다. 그들은 성문에서
내려가며 포효했고, 둑길을 휩쓸고는 초원을 스치는 바람처럼 아이
센가드의 무리들을 헤집고 나아갔다. 뒤편의 협곡으로부터 동굴에
서 출격하는 병사들이 준엄한 고함을 지르며 적을 내몰았다. 나팔
바위에 남아 있던 전 병력이 쏟아져 나왔다. 그리고 산지에서는 우

렁찬 뿔나팔 소리가 내내 메아리쳤다.

세오덴 왕과 그의 동지들은 쉴새없이 말을 달렸다. 그들 앞에서 적의 대장들과 투사들이 쓰러지거나 도주했다. 오르크도 인간도 그들을 배겨 내지 못했다. 적들은 기사들의 칼과 창에 등을 돌리고 얼굴은 계곡을 향했다. 날이 밝으며 닥친 공포와 엄청난 놀라움에 그들은 소리를 지르며 울부짖었다.

그렇게 세오덴 왕은 헬름관문에서 말을 달려 거대한 방죽까지 길을 텄다. 거기서 왕의 부대는 멈추었다. 주위에 빛이 점점 환해졌다. 태양 광선들이 동편 능선 위로 확 타올라 그들의 창에 번득였다. 그러나 그들은 말없이 말 위에 앉아 아래쪽의 협곡 분지를 홀린 듯 바라보았다.

그 땅이 변했던 것이다. 이전에 풀이 무성한 비탈들이 계속 솟구치는 산지를 핥던 초록 골짜기가 놓였던 곳에, 이제 숲이 우뚝 드러났다. 벌거벗은 거대한 나무들이 가지가 뒤엉키고 머리칼은 백발인 채 줄줄이 서 있었고, 그 뒤틀린 뿌리들은 긴 초록 풀밭에 묻혀 있었다. 그 밑에 어둠이 있었다. 방죽과 그 이름 없는 숲의 처마 사이에는 400미터가량의 탁 트인 거리만이 가로놓였다. 거기엔 지금 사루만의 오만한 무리들이 왕에 대한 두려움과 숲의 나무들에 대한 공포에 떨며 몸을 움츠렸다. 그들은 헬름관문에서 줄줄이 내려온지라 방죽 위로는 한 명도 남아 있지 않았지만 방죽 아래에는 파리 떼처럼 밀집해 있었다. 그들은 공연히 탈출하고자 분지의 벽 여기저기를 벌벌 기고 또 기어오르려고 버둥거렸다. 동쪽으로는 골짜기의 비탈이 너무 가파르고 돌처럼 단단했다. 그들의 왼편인 서쪽으로부터 종국적인 운명이 다가왔다.

별안간 능선 위로 하얗게 차려입은 기사 하나가 떠오르는 태양

속에 환하게 나타났다. 얇은 산지 위로는 뿔나팔 소리가 울려 퍼지고 있었다. 그의 뒤로는 긴 비탈들을 서둘러 내려오는 천 명의 보병이 있었다. 그들은 손에 칼을 들고 있었다. 키가 크고 강대한 전사 하나가 그들 가운데서 큰 걸음으로 걸었다. 그의 방패는 붉었다. 골짜기의 가장자리에 이르자 그는 거대한 검은 뿔나팔을 입술에 갖다 대고 힘차게 불었다.

"에르켄브란드! 에르켄브란드 영주다!"
기사들이 외쳤다.
"저 백색의 기사를 봐!" 아라고른이 외쳤다. "간달프가 다시 왔어!"
"미스란디르! 미스란디르여!" 레골라스가 말했다. "실로 이야말로 마법이군! 난 그 주문이 풀리기 전에 이 숲을 잘 봐 둘 테야."
아이센가드의 무리들은 이리저리 허둥대고 아우성쳤다. 어디로 향하든 두려움에서 벗어날 수 없었다. 탑에서 다시 뿔나팔 소리가 울렸다. 방죽의 파열구를 통해 왕의 부대가 돌진해 내려갔다. 웨스트폴드의 영주 에르켄브란드는 산지에서 훌쩍 뛰어내렸다. 산중을 거침없이 내달리는 사슴처럼 샤두팍스가 뛰어내렸다. 백색의 기사가 그들을 덮쳤고, 그가 다가오는 걸 보고 적들은 공포심으로 미쳐 버린 듯했다. 그의 앞에서 야만인들은 얼굴을 땅에 깔고 엎드렸다. 오르크들은 휘청거리고 비명을 지르며 칼과 창 모두를 내던졌다. 점점 거세지는 바람에 휘몰리는 검은 연기처럼 그들은 달아났다. 그들은 울부짖으며, 그들을 기다리고 있는 나무들의 그림자 밑으로 들어섰다. 그리고 그 그림자에서 다시 나온 자는 아무도 없었다.

Chapter 8
아이센가드로 가는 길

그리하여 세오덴 왕과 백색의 기사 간달프는 맑게 갠 아침 햇살 속에 협류 옆의 초록 풀밭에서 다시 만났다. 거기에는 아라소른의 아들 아라고른, 요정 레골라스, 웨스트폴드의 에르켄브란드, 그리고 황금궁전의 영주들도 있었다. 그 주위로 로한인들, 즉 마크의 기사들이 몰려들었다. 승리의 환희를 압도하는 경이감 속에 그들의 눈길이 숲을 향했다.

갑자기 크나큰 함성이 울리고, 협곡 속으로 쫓겨 들어갔던 이들이 방죽에서 내려왔다. 늙은 감링과 에오문드의 아들 에오메르가 왔고 그 곁에서 난쟁이 김리가 걸었다. 김리는 투구를 쓰지 않았고 머리에는 핏자국이 밴 붕대가 감겨 있었다. 그렇지만 그의 목소리는 크고 우렁찼다.

"마흔둘이야, 레골라스 선생!" 그가 외쳤다. "아아! 도끼날이 상했어. 마흔두 번째 놈이 목에 쇠깃을 찼더라고. 자네 실적은 어때?"

"자네가 나보다 하나 앞섰네." 레골라스가 말했다. "그러나 자네에게 승리를 내준 게 언짢진 않아. 멀쩡하게 두 다리로 선 자네를 다시 봐서 정말 기쁘다네."

"반갑도다, 내 누이의 아들 에오메르여!" 세오덴이 말했다. "이렇게 그대가 무사한 걸 보니 기쁘기 짝이 없도다."

"어서 오십시오, 마크의 군주시여!" 에오메르가 말했다. "어두운 밤은 지나가고 낮이 다시 왔습니다. 그런데 날이 밝으면서 이상한 일이 생겼습니다."

그는 몸을 돌려 경이의 눈으로 먼저 숲을, 그다음에는 간달프를 물끄러미 바라보며 말했다.

"또 한 번 당신은 위급한 순간에 예기치 않게 와 주셨군요."

"예기치 않았다고?" 간달프가 말했다. "난 돌아와 그대들을 여기서 만날 거라고 말했소."

"그렇지만 당신은 그 시각을 말하지 않았고, 또 어떻게 올 건지도 미리 알려 주지 않았지요. 당신은 이상한 도움을 가져왔어요. 당신의 마법은 굉장하군요, 백색의 기사 간달프여!"

"그럴 수도 있겠지. 하지만 그렇다 해도 난 아직 내 마법을 보여 주지 않았소. 난 다만 위태로울 때 쓸 만한 조언을 해 주었고 샤두팍스의 속력을 이용했을 뿐이오. 그대 자신의 용맹과 밤을 새워 행군한 웨스트폴드 사람들의 억센 다리가 더 많은 일을 해냈소."

그러자 모두들 한층 더 놀란 눈으로 간달프를 응시했다. 그중에는 숲 쪽을 은밀하게 힐끗 쳐다보고는 자신의 눈에 보이는 게 그가 보는 것과 다른가 하고 미심쩍어하는 것처럼 손으로 이마를 만져 보는 이들도 있었다. 간달프가 길고 유쾌하게 웃었다.

"저 나무들 말이오? 아니요, 그대들처럼 내 눈에도 저 숲이 똑똑히 보이오. 그러나 그건 내가 한 일이 아니오. 그것은 현자의 조언을 벗어난 일이오. 내 계획보다 멋지게, 심지어 내 희망보다도 멋들어지게 이루어졌소."

그러자 세오덴이 말했다.

"그럼, 당신의 마법이 아니라면 대체 누구의 마법이란 말이오? 사루만의 마법이 아니란 것, 그건 분명하오. 우리가 아직 알지 못하는 어떤 대단한 현자가 있단 말이오?"

간달프가 대답했다.

"그것은 마법이 아니라 그보다 훨씬 오래된 하나의 힘이오. 요정이 노래하고 망치 소리가 울리기 전 대지를 거닐었던 힘이지요.

쇠가 발견되거나 나무가 베이기 전에,
달 아래 산이 젊었을 적에,
반지가 만들어지거나 비애가 벼려지기 전에,
오래전에 그것은 숲을 거닐었네."

"그럼 당신의 수수께끼에 대한 답은 무엇이오?"

"그것을 알고 싶다면 당신은 나와 함께 아이센가드로 가야 하오."

세오덴의 물음에 간달프가 대답했다.

"아이센가드로?"

모두가 외치자, 간달프가 다시 말했다.

"그렇소. 난 아이센가드로 돌아갈 것이고, 뜻이 있는 이들은 나와 함께 가도 좋소. 거기서 우리는 이상한 일들을 볼 수 있을 것이오."

"그렇지만 마크에는 사루만의 요새를 공격하기에 충분한 군사가 없소. 병사들이 모두 한데 모이고, 또 부상과 피로가 치유되지 않는다면 말이오."

"그럼에도 불구하고 나는 아이센가드로 가오. 거기서 오래 머물진 않을 것이오. 이제 내가 갈 길은 동쪽이오. 달이 이울기 전에 에도라스에서 날 찾으시오."

간달프가 주장하자 세오덴이 말했다.

"아니요! 새벽이 오기 전 어두운 시간에는 내가 미심쩍게 여겼지만 이제 우리는 헤어지지 않을 것이오. 당신의 조언이 그런 것이라면 나는 당신과 함께 가겠소."

간달프가 말했다.

"난 이제 가능한 대로 빨리 사루만과 이야기를 나누고자 하오. 게다가 그가 당신에게 막심한 피해를 입혔으니 당신이 그 자리에 함께하는 것이 합당할 것이오. 그런데 당신은 얼마나 일찍, 그리고 얼마나 빨리 달릴 것이오?"

"내 병사들은 전투에 지쳤소." 왕이 말했다. "그리고 나 또한 몹시 지친 몸이오. 멀리 말을 달린 데다 잠을 거의 자지 못했으니. 아아! 나의 노쇠는 가장된 게 아니고 또 뱀혓바닥의 속살거림 탓만도 아니오. 그것은 어떤 의원(醫員)도 온전히 치유할 수 없는 병이오. 간달프조차도 어찌할 수 없는."

"그렇다면 나와 함께 말을 달릴 모든 이들로 하여금 당장 쉬게 하시오. 우린 밤의 그림자 아래서 여행할 것이오. 그렇게 하는 게 좋을 거요. 앞으로 우리의 모든 움직임은 가능한 한 은밀해야 한다는 조언을 드리오. 하지만 많은 병사들에게 함께 갈 것을 명하진 마시오, 세오덴이여. 우린 싸우러 가는 게 아니라 화평의 담판을 벌이러 가는 것이니."

그러자 왕은 부상당하지 않고 빠른 말을 가진 병사들을 뽑아 마크의 모든 계곡에 승리의 소식을 알리도록 내보냈다. 또한 그들은 노소를 불문하고 모든 장정들은 서둘러 에도라스로 올 것을 명하는 소환장도 몸에 지녔다. 거기서 마크의 군주는 보름달이 뜬 지 이틀째 되는 날 무기를 들 수 있는 모든 이들의 회합을 가질 작정이었다. 왕은 자신과 함께 아이센가드로 달려갈 병력으로 에오메르와 왕실 근위대 스무 명을 선발했다. 아라고른, 레골라스, 김리 역시 간달프와 함께 갈 것이었다. 부상에도 불구하고 난쟁이는 뒤에 남으려 하지 않았다.

"미미한 타격에 불과한 데다 투구에 튕겨 나갔다니까요. 오르크에게 긁힌 생채기 정도로 날 뒤로 물러나 있게 할 순 없어요."

"자네가 쉴 동안 내가 상처를 돌봐 주겠네."

아라고른이 말했다.

이제 왕은 나팔산성으로 돌아가 여러 해 동안 맛보지 못했던 평온한 잠에 빠져들었다. 선발된 왕의 부대의 나머지도 휴식을 취했다. 반면에 다치거나 부상을 입지 않은 나머지 모든 병사들은 큰 역사(役事)를 시작했다. 숱한 이들이 전투에서 쓰러져 들판이나 협곡에 누워 있었던 것이다.

오르크들은 단 한 명도 살아남지 못했다. 그들의 시체는 무수히 많았다. 그러나 아주 많은 고지인들이 투항했다. 그들은 겁을 먹고 살려 줄 것을 애원했다.

마크의 병사들은 그들로부터 무기를 압수하고 노역을 시켰다. 에르켄브란드가 말했다.

"이제 너희가 한몫 거들었던 해악을 치유하는 데 협조하라! 그리고 이후로는 결코 다시는 무장하고 아이센여울을 건너지 않을 것과 인간의 적들과 함께 진군하지 않을 것을 맹세해야 한다. 그렇게 한다면 너희는 자유로운 몸으로 너희 땅으로 돌아갈 수 있다. 너희는 사루만에게 기만당했으니까. 너희 가운데 많은 수가 그를 신뢰한 대가로 죽음을 맞았다. 설사 너희가 승리했다 하더라도 그 보상은 별반 다르지 않았을 게다."

던랜드인들은 몹시 놀랐다. 사루만이 말하기를, 로한인들은 잔혹해서 포로들을 산 채로 태워 죽인다고 했기 때문이었다.

나팔산성 앞의 들판 중앙에 두 개의 흙무덤이 세워지고 그 밑에 방어전에서 쓰러진 모든 로한의 기사가 묻혔다. 동쪽 골짜기의 기사들이 한쪽에, 웨스트폴드의 기사들이 다른 쪽에 묻혔다. 나팔산성의 그림자 아래 쌓아 올린 외딴 무덤 속에는 왕의 근위대장 하마가 누웠다. 그는 성문 앞에서 전사했다.

인간의 흙무덤들에서 조금 떨어지고 숲의 처마에서 멀지 않은 곳에 오르크들의 시체가 산더미처럼 쌓였다. 그 썩은 고기 더미는 파묻거나 태우기에는 너무나 막대했기에 일꾼들은 난감해했다. 화장을 위한 나무가 거의 없었던 데다 감히 누구도 숲의 이상한 나무들에 도끼를 들이댈 엄두가 나지 않았던 것이다. 설령 간달프가 나무

껍질이나 나뭇가지를 해치면 크게 경을 치를 것이라고 경고하지 않
았다 하더라도.

"오르크들은 널브러진 채 그냥 놔두지. 아침이 묘안을 가져다줄
수도 있을 테니."

간달프가 말했다.

오후에 왕의 일행은 떠날 준비를 했다. 그렇지만 장례식이 이제
막 시작된 참이라 세오덴은 근위대장 하마를 잃은 걸 애통해하며
무덤 위에 첫 흙을 뿌렸다.

"실로 사루만은 나와 이 모든 땅에 막대한 피해를 입혔도다. 우리
가 만날 때 나는 그 사실을 결코 잊지 않을 것이다."

마침내 세오덴과 간달프 그리고 그 동지들이 방죽에서 달려 내려
갈 때, 태양은 이미 분지 서편의 산지에 다가들고 있었다. 그들의 뒤
에는 아주 큰 무리가 모여 있었다. 로한의 기사들과 함께 동굴에서
나왔던 웨스트폴드 사람들이 남녀노소 할 것 없이 모여든 것이었
다. 그들은 맑은 목소리로 승리의 노래를 불렀다. 그다음에 그들은
무슨 일이 일어나려나 싶어 의아해하는 듯 입을 다물었다. 그들의
눈길이 그 나무들에 가닿자 두려움이 엄습했던 것이다.

기사들이 숲으로 가더니 발길을 멈추었다. 말과 사람 모두가 안
으로 들어가길 꺼렸다. 나무들은 회색으로 위협적인 기운을 띠었고
주위에는 그림자나 안개가 퍼져 있었다. 길게 쭉 뻗은 가지 끝은 뭔
가를 찾는 손가락들처럼 밑으로 처졌고, 뿌리는 생소한 괴물의 사
지처럼 바닥에서 일어서고 그 밑으로 어두운 동굴들이 입을 벌리고
있었다. 하지만 간달프는 일행을 이끌고 앞으로 나아갔다. 나팔산성
에서 뻗은 길이 그 나무들과 만나는 곳에서, 그들은 강고한 나뭇가
지들 아래로 아치형의 문처럼 생긴 틈새를 보았고, 간달프가 그것
을 앞장서 통과하자 뒤를 따랐다. 그 길이 계속 이어지고 그 곁으로

헬름협류가 흐른다는 걸 알고 그들은 깜짝 놀랐다. 머리 위로는 하늘이 훤히 트이고 황금빛이 풍성했다. 그러나 양편으로 길게 늘어선 숲은 벌써 어스름에 잠겨 꿰뚫을 수 없는 어둠 속으로 뻗쳐 들었다. 거기서 그들은 가지들이 삐걱거리고 신음하는 소리, 먼 데서 들려오는 고함 소리 그리고 말 없는 목소리들의 풍설(風說)이 격분해 웅얼거리는 것을 들었다. 오르크나 다른 생명체는 보이지 않았다.

이제 레골라스와 김리는 하나의 말에 함께 타 가고 있었다. 김리가 그 숲을 무서워했기 때문에 그들은 간달프 옆에 바싹 달라붙었다. 레골라스가 간달프에게 말했다.

"여기 안은 뜨거운데요. 주위에 거대한 분노가 느껴져요. 귀에 대기의 진동이 느껴지지 않아요?"

"느껴지네."

"그 비참한 오르크들은 어떻게 되었나요?"

"내 생각으론, 그건 누구도 알 수 없을 거야."

그들은 한동안 아무 말 없이 달렸다. 그러나 레골라스는 내내 이쪽 저쪽을 흘낏거리고 있었고, 김리가 허락했다면 가끔 멈추어 그 숲의 소리에 귀를 기울였을 터였다.

레골라스가 말했다.

"이들은 내가 이제껏 본 것 가운데 가장 이상한 나무들이야. 난 많은 떡갈나무가 도토리에서부터 영락의 노령에 이르기까지 자라는 걸 봐 왔다. 지금 저 나무들 사이를 거닐 여유가 있으면 좋겠어. 저들은 목소리를 갖고 있으니 시간이 지나면 내가 저들의 생각을 이해하게 될 수도 있을 거야."

"아니야, 안 돼!" 김리가 말했다. "저들은 그냥 내버려 두자고! 난 이미 저들의 생각을 짐작해. 두 다리로 걷는 모든 것에 대한 증오야. 그리고 저들이 하는 말은 짓밟고 질식시키는 것에 관한 거라고."

"두 다리로 걷는 모든 것을 증오하는 건 아니야." 레골라스가 말했다. "그 점에서 난 자네가 틀렸다고 생각해. 저들이 증오하는 건 바로 오르크들이야. 여기가 자기네 땅이 아니라서 저들은 요정과 인간에 대해 아는 게 거의 없어. 저들이 생겨난 계곡들은 저 먼 데라고. 짐작건대 저들은 팡고른숲의 깊은 골짜기들로부터, 김리여, 거기서 왔을 거야."

김리가 대답했다.

"그렇다면 그곳은 가운데땅에서 가장 위험한 숲이잖아. 저들이 한 역할에 대해서는 감사해야겠지만 난 저들을 사랑하진 않아. 자넨 저들을 경이롭다고 생각할 수 있겠지만, 난 이 땅에서 훨씬 큰 경이를 보았네. 이제껏 세상에 나온 어떤 작은 숲이나 숲속의 빈터보다 아름다운 것으로 아직도 내 마음은 그 모습으로 가득 차 있어.

인간들의 사고방식은 정말 이상하다네, 레골라스여! 여기 북방계의 불가사의들 중 하나를 갖고도 인간들은 그것에 대해 뭐라고 말하는가? 동굴들이라고 하네! 그냥 동굴들이라니! 전시에 피신하고 양식을 저장해 두는 구멍들이라니! 친애하는 레골라스여, 자네는 헬름협곡의 동굴들이 얼마나 방대하고 아름다운지 아나? 만일 그런 것들이 있다는 게 알려진다면 난쟁이들은 그냥 황홀하게 바라만 보기 위해서라도 성지 순례객처럼 끝없이 찾아들 거야. 아무렴, 그렇고말고! 아무렴, 그렇고말고, 잠시 동안의 일별을 위해서도 순금을 내놓을걸!"

"난 동굴을 보지 않아도 된다면 황금을 내놓겠어. 그리고 만일 내가 안에서 길을 잃었을 경우 날 밖으로 나가게 해 준다면 두 배를 내놓을 걸세!"

레골라스의 말에 김리가 대답했다.

"자네가 직접 동굴을 보지는 못했으니 그 농담을 용서하겠네. 하지만 자넨 바보 같은 소릴 하는 거야. 자네 왕께서 계신 어둠숲 속 언덕 아래 궁전, 오래전에 난쟁이들이 축조를 도왔던 그 궁전을 자네는 아름답다고 생각하겠지? 그 궁전도 내가 여기서 본 동굴에 비하면 오두막에 불과하다네. 웅덩이들 속으로 딸랑대며 떨어지는 물방울들의 영원한 음악으로 가득한 그 광대무변의 동굴들은 별빛 속의 크헬레드자람만큼이나 아름답네.

그리고 말이야, 레골라스, 사람들이 횃불을 들고 메아리치는 둥근 천장 아래로 모래 바닥 위를 걸어갈 때면, 아! 그땐 말이야, 레골라스여, 갖가지 보석과 수정 그리고 귀금속 광맥이 반질반질한 벽에 반짝이고, 그 빛이 타오르는 대리암은 조개처럼 겹겹이 포개지고, 갈라드리엘 여왕의 생동하는 손처럼 투명하다네. 하양, 샛노랑과 새벽 장미빛의 기둥들이 홈이 파이고 비틀려 꿈 같은 형상들을 빚고, 레골라스여, 그것들은 다채로운 색깔의 바닥에서 솟구쳐 지붕에서 늘어뜨린 반짝이는 것들을 만나. 날개, 밧줄, 얼어붙은 구름장처럼 고운 커튼과 허공에 뜬 궁궐의 창(槍), 깃발, 뾰족탑이지. 고요한 호수가 그것들을 거울처럼 비추고, 맑은 유리로 덮인 어두운 웅덩이에서 깜박깜박 빛나는 하나의 세계가 올려다보고, 두린의 마음이 꿈속에서도 가히 상상할 수 없었을 그런 도시들이 가로들과 기둥으로 둘러싸인 뜰들을 거쳐 어떤 빛도 닿을 수 없는 어둑한 구석들까지 주욱 펼쳐지네. 그 와중에 찌르릉 하고 은빛 물방울 하나가 떨어지면 유리 같은 수면의 둥근 주름들이 모든 탑들을 바다 동굴 속의 해초와 산호처럼 굽어지고 흔들리게 하지. 이윽고 저녁이 오면 그것들은 바래지고 반짝이며 사라지고, 횃불들은 또 다른 방과 또 다른 꿈으로 계속 넘어가는 거야. 방들이 잇달아 펼쳐지는 바, 레골라스여, 궁전에서 궁전이 열리고 둥근 천장들이 잇따르고 층계 너머로 층계가 있지만 그럼에도 꼬불꼬불하게 나아가는 길들은 산맥의 심장부 속으로 계속 이어지네. 동굴들이여! 헬름협곡의 동굴들이여! 나를 거기로 이끈 기회야말로 대단한 행운이었네! 그 동굴들을 떠나자니 눈물이 날 지경이었어."

"그렇다면 김리여, 자네의 낙을 위해," 요정이 말했다. "자네가 전쟁을 몸 성히 이겨 내고 돌아가 그것들을 다시 볼 수 있기를 바라겠네. 그러나 자네 동족 모두에게 알리진 말라고! 자네 이야기로 판단컨대 그들에겐 할 일이 별로 남아 있는 것 같지 않으니 말이야. 아마 이 땅의 사람들도 말수를 줄이는 게 현명할 걸세. 망치와 끌을 쥔 일단의 부산한 난쟁이들이 자신들이 만든 것보다 더 많은 걸 망가뜨릴 테니까."

"아냐, 자넨 이해를 못 하는군. 어떤 난쟁이도 그런 절경에 무감할 수는 없어. 두린의 종족 그 누구도 돌이나 광석을 얻겠다고 그 동굴들을 채굴하진 않을 거라고. 거기서 금강석과 금을 얻을 수 있는 게 아니라면 말이야. 자네 같으면 땔감을 얻고자 봄철에 만개하는 나무들을 잘라 내나? 우리는 이 꽃피는 돌들의 숲 터를 채굴하는 게 아니라 돌볼 거야. 우린 조심스러운 손길로 톡톡 두드리며—아마 온종일 노심초사하며 일한댔자 암석의 작은 조각 하나를 떼어 낼 만큼—작업할 수 있을 테고, 세월이 지나면서 새로운 길들을 터서 암석의 균열들 저 너머로 공허로만 일별되었던 아직 어두운 먼 방들을 드러낼 거야. 그리고 빛도, 레골라스여! 우린 한때 크하잣둠에서 빛났던 등불과 같은 빛을 만들 거야. 또 우린 원할 때면 산맥이 생성된 이래로 거기 깔려 있던 밤을 몰아낼 것이고, 우리가 휴식을 원할 때는 밤이 돌아오게 해 줄 거야."

김리의 말에 레골라스가 대답했다.

"자네에게 감동했네, 김리! 자네가 이렇게 말하는 걸 이전엔 결코 들어 본 적이 없어. 자네 말을 들으니 이 동굴들을 보지 못한 게 못내 아쉬워지네. 자! 우리 이런 약속을 하세—만약 우리 모두가 우리를 기다리는 위험들을 헤치고 무사귀환한다면 한동안 함께 여행을 하는 거야. 자넨 나와 함께 팡고른숲을 방문하고, 그다음엔 내가 자네와 함께 헬름협곡을 보러 가는 거지."

김리가 대답했다.

"그건 내가 선택할 만한 귀환길은 아닌 듯하네. 하지만 자네가 나와 함께 그 동굴로 돌아가 그 경이를 공유하겠다고 약속한다면, 나도 팡고른숲을 견뎌 보겠네."

"약속하지. 그러나 아아! 이제 우리는 한동안 동굴과 숲 모두를 뒤로해야 해. 봐! 우린 나무들의 끝에 이르고 있어. 아이센가드까지는 얼마나 되죠, 간달프?"

레골라스의 물음에 간달프가 대답했다.

"사루만의 까마귀들이 나는 걸로 보아 75 킬로미터쯤이네. 헬름계곡 어귀에서 아이센여울까지가 25 킬로미터에, 거기서 아이센가드 성문까지가 50 킬로미터지. 그러나 오늘 밤에 그 모든 거리를 주파하진 않을 걸세."

"거기 도착하면 우린 뭘 볼까요?" 김리가 물었다. "당신은 알 테지만 난 짐작도 안 돼요."

마법사가 대답했다.

"나 자신도 확실히는 몰라. 내가 어제 해 질 녘에 거기에 있었네만 그 후에 많은 일이 벌어졌을 수도 있어. 그렇지만 이 여행이 헛되었다고 자네가 말하진 않으리라 생각해—설사 아글라론드의 찬란한 동굴을 뒤로하고 떠난대도 말이야."

드디어 일행은 나무들을 통과해 협곡 분지의 밑바닥에 도착했는데, 거기서 헬름협곡에서 나온 길은 두 갈래로 나뉘어 하나는 동쪽의 에도라스로, 다른 것은 북쪽의 아이센여울로 향했다. 그들이 숲의 처마 아래로 말을 달리던 중 레골라스가 아쉬운 마음에 멈춰 뒤를 돌아보았다. 다음 순간 그가 느닷없이 소리쳤다.

"눈들이 있어! 나뭇가지들의 어둠으로부터 내다보는 눈들이 있다고! 난 저런 눈들은 난생 처음 봐."

그의 외침에 놀라 다른 이들도 멈춰 고개를 돌렸지만, 레골라스는 뒤로 달리기 시작했다. 그러자 김리가 외쳤다.

"안 돼, 안 된다고! 자넨 넋이 나간 채 마음대로 해도 좋네만 먼저 나는 이 말에서 내려 달라고! 난 어떤 눈도 보고 싶지 않다고!"

그러자 간달프도 외쳤다.

"가만히 있게, 푸른잎 레골라스여! 숲으로 들어가지 말라고, 아직은! 지금은 때가 아니야!"

바로 그때 나무들 속으로부터 이상한 형체 셋이 앞으로 나왔다. 그들은 4미터 남짓으로 트롤만큼이나 키가 컸다. 젊은 나무처럼 단단한 그들의 강건한 몸은 회갈색의 꽉 끼는 의상 혹은 가죽을 입은 것 같았다. 그들의 사지는 길고 손에는 손가락이 많이 달리고 머리칼은 뻣뻣하며 수염은 이끼처럼 회록색이었다. 그들은 엄숙한 눈으로 빤히 내다봤지만 기사들을 보고 있지는 않았다. 그들의 눈길은 북쪽으로 쏠려 있었다. 갑자기 그들이 긴 손을 입가로 들어 올리고 부르는 소리를 내보냈다. 그 소리는 뿔나팔의 가락처럼 맑게 울리면서도 보다 감미롭고 다채로웠다. 그 부름에 화답하는 소리가 들려 기사들이 다시 몸을 돌리자, 같은 종류의 다른 이들이 성큼성큼 풀밭을 헤치며 다가오는 게 보였다. 그들은 북쪽에서 빠르게 왔다. 걸음걸이는 물을 건너는 왜가리를 닮았으나 속도는 비할 바가 아닌 게, 긴 보폭으로 내닫는 그들의 다리가 왜가리의 날개보다 빠르게 움직였던 것이다. 기사들은 경탄하여 큰 소리를 질렀고 일부는 칼자루에 손을 갖다 댔다.

간달프가 말했다.

"무기는 필요 없어. 이들은 목부(牧夫)일 뿐이야. 그들은 적이 아니고 실로 우리에겐 전혀 관심이 없다네."

그런 것 같았다. 그가 말하는 동안 그 거한들은 기사들을 힐끗 쳐다보지도 않고 숲속으로 성큼성큼 들어가 사라져 버렸던 것이다.

"목부들이라!" 세오덴이 말했다. "그럼 그들이 돌보는 무리는 어디 있소? 그들은 어떤 자들이오, 간달프? 어쨌든 당신에겐 그들이 낯설지 않은 게 분명하니."

간달프가 대답했다.

"나무목자들이지요. 화롯가에서 옛이야기 들은 지가 그토록 오래되었소? 당신 땅에도 비비 꼬아진 이야기의 가닥들로부터 당신의 물음에 대한 답을 추려 낼 수 있는 아이들이 있다오. 방금 당신은 엔트들을 본 것이오. 오, 왕이여, 당신네 말로 엔트숲이라 부르는 팡고른숲에서 온 엔트들이오. 당신은 그 이름이 단지 한가한 공상 속에나 나오는 거라고 생각하오? 아니요, 세오덴, 그렇지가 않소. 그들에게 당신은 스쳐 가는 이야기에 지나지 않소. 청년왕 에오를에서 노왕 세오덴에 이르기까지의 그 모든 세월도 그들에겐 하찮은 것이고 또 당신 가문의 그 모든 행적도 사소한 일일 뿐이오."

왕은 잠시 침묵에 잠겼다가 마침내 입을 열었다.

"엔트들이라! 내가 전설의 어둠을 벗어나 그 나무들의 경이를 조금 이해하기 시작하나 보오. 살다 보니 이상한 시절도 다 보는구려. 오랫동안 우리는 짐승과 논밭을 돌보고 집을 짓고 연장을 만들거나 말을 달려 미나스 티리스의 전쟁을 지원했더랬소. 그리고 우린 그것을 인간의 삶, 세상의 이치라고 일렀소. 우린 우리 땅 경계 너머의 일들엔 거의 신경 쓰지 않았소. 우리에게도 이런 일들을 말해 주는 노래들이 있지만 우린 그것들을 태평한 풍습으로 여겨 아이들에게나 가르칠 뿐 잊고 있었소. 한데 그 노래들이 이상한 곳들로부터 우리 속으로 내려와 태양 아래 눈앞에서 걷다니."

"기뻐해 마땅한 일이오, 세오덴 왕이여." 간달프가 말했다. "인간들의 짧은 목숨뿐 아니라 당신이 전설로 여겨 왔던 그런 것들의 목숨도 위험에 처했소. 설령 당신이 그들을 알지 못한다 해도 당신에겐 동맹자가 없는 게 아니오."

세오덴이 대답했다.

"그렇지만 나는 또한 슬퍼해 마땅하오. 전쟁의 운세가 어떻게 돌아가든 결국 전쟁이 끝남과 더불어 아름답고 경이로운 많은 것이 가운데땅에서 영영 사라지지 않겠소?"

"그럴 수도 있지요. 사우론의 해악은 온전히 치유될 수 없고 또 없던 것처럼 될 수도 없소. 그러나 우리는 그러한 시절을 피할 수 없는 운명이오. 이제 우리가 시작한 이 여정을 계속합시다."

간달프가 말했다.

일행은 협곡 분지와 숲을 벗어나 여울을 향한 길을 잡아 나갔다. 레골라스는 마지못해 뒤따랐다. 해는 져서 이미 세상의 테 밖으로 가라앉았다. 그러나 그들이 산지의 그림자에서 달려 나와 서쪽으로 로한관문 쪽을 바라봤을 때, 하늘은 아직도 붉었고 떠도는 구름 아래엔 불타는 빛이 어려 있었다. 그런 하늘을 등져 어둑한 모습으로 검은 날개를 가진 많은 새들이 선회하며 날았다. 일부는 음산하게 우짖으며 머리 위를 지나 바위들 속의 둥지로 돌아갔다.

"썩은 고기 먹는 새들이 전장 주변에서 분주했군."

에오메르가 말했다.

이제 그들은 느긋한 속도로 달렸고, 주위의 평원에는 어둠이 내렸다. 만월이 되어 가는 달이 천천히 점점 높이 올라갔고, 그 차가운 은빛 속에서 융기하는 초원이 드넓은 잿빛 바다처럼 넘실댔다. 십자로로부터 네 시간쯤 달려 그들은 아이센여울 가까이에 이르렀다. 풀이 무성한 높은 단지(段地)들 사이로 강이 돌바닥의 여울목 속으로 퍼졌고 거기로 긴 비탈들이 빠르게 뻗어 내렸다. 바람에 실려 온 늑대들의 울부짖음이 들렸다. 이곳에서 쓰러졌던 많은 병사들이 떠올라 그들의 마음은 무거웠다.

길은 잔디 깔린 둑들 사이로 푹 꺼졌다가 단지들을 통해 강의 가장자리까지 누비고 나아가 다시 저편으로 올라갔다. 개울을 가로질러 세 줄의 납작한 징검돌이 있고, 그 사이로 말들이 지나갈 여울목들이 양쪽 물가에서 강 한복판의 황량한 작은 섬까지 이어졌다. 그 건널목을 내려다보며 기사들은 뭔가 이상한 느낌이 들었다. 그 여울은 내내 돌멩이들 위로 물이 거세게 콸콸 흐르던 곳인데 지금은 고요했던 것이다. 강바닥이 거의 말라붙고 조약돌과 회색 모래의 벌거벗은 황무지 꼴이었다.

에오메르가 입을 열었다.

"여기가 황량한 곳이 되어 버렸군. 대체 이 강에 무슨 병이 닥쳤던가? 사루만은 고운 것들을 숱하게 파괴하고도 모자라 아이센강의 수원지들마저 삼켜 버렸단 말인가?"

"그렇게 보일 법도 하오."

하고 간달프가 말했다.

"아아!" 세오덴이 말했다. "썩은 고기 먹는 짐승들이 그리 많은 마크의 기사를 삼켜 버린 이 길을 우리가 꼭 건너야 하오?"

간달프가 대답했다.

"이것이 우리의 길이오. 당신 병사들의 죽음은 애통할 일이오만 적어도 산중의 늑대들이 그들을 삼키진 않았다는 걸 당신은 알게 될 거요. 늑대들이 잔치를 벌인 건 그들의 친구인 오르크들과 함께한 짓이오. 그런 것이 실로 그런 부류의 우의란 게요. 자!"

그들은 강으로 달려 내려갔고, 그들이 다가가자 늑대들이 울부짖음을 멈추고 슬금슬금 달아났다. 달빛 속에서 간달프와 은처럼 빛나는 그의 말 샤두팍스를 보고 겁을 먹은 듯했다. 기사들은 강 가운데의 작은 섬으로 건너갔고, 강둑의 어둠 속으로부터 반짝이는 눈들이 음침하게 그들을 지켜보았다.

"보시오!" 간달프가 말했다.

"친구들이 여기서 악전고투를 벌였소."

작은 섬 한가운데 흙무덤 하나가 쌓아 올려져 있었다. 그 주위로 돌들이 둘리어 있고 여기저기 많은 창들이 널려 있었다.

"이곳 근처에서 쓰러진 모든 마크의 기사들이 여기 누워 있소."

간달프가 말하자, 에오메르도 덧붙였다.

"여기 고이 잠들기를! 그리고 창들이 썩고 녹슬지라도 그들의 흙무덤은 오래도록 서서 아이센강의 여울을 지켜 주기를!"

세오덴이 말했다.

"이 또한 당신이 하신 일이오, 내 친구 간달프여? 하룻저녁과 밤에 많은 일을 하셨소이다!"

"샤두팍스의 도움이 있었고 그 밖에도 도와준 이들이 있었소. 난 빠르게 그리고 멀리까지 말을 달렸소. 그러나 여기 흙무덤 옆에서 당신에게 위안이 될 이 말을 해 드리지요. 여울목 전투에서 많은 이들이 쓰러졌지만 소문으로 듣는 것보다는 그 수가 적었소. 죽은 자들보다 뿔뿔이 흩어진 자들이 더 많았고, 나는 찾을 수 있는 모든 이들을 한데 규합했소. 일부는 에르켄브란드와 합세하게끔 웨스트폴드의 그림볼드와 함께 보냈고, 또 일부에게는 이 매장 작업을 맡겼소. 이제 그들은 당신의 원수 엘프헬름을 따라갔소. 난 그를 많은 기사들과 함께 에도라스로 보냈소. 내가 알기로 사루만은 당신을 대적하고자 전 병력을 급파했고, 그의 수하들은 다른 모든 용무를 제쳐 놓고 헬름협곡으로 갔소. 그 땅에는 적들이 텅 빈 것 같았지만, 그럼에도 불구하고 난 늑대 기사들과 약탈자들이 무방비 상태의 메두셀드로 달려가지나 않을까 걱정했소. 그러나 이젠 당신이 걱정할 필요가 없다고 생각하오. 당신 궁전이 당신의 귀환을 환영하리란 걸 알게 될 테니까."

간달프의 말에 세오덴이 대답했다.

"궁전을 다시 본다면 기쁠 것이오. 비록 이제 내가 거기 머물 시간은 짧을 것이란 걸 믿어 의심치 않지만."

그 말과 함께 부대는 섬과 흙무덤에 작별을 고하고 강을 건너 건너편 둑으로 올라갔다. 그러고 나서 그들은 비탄의 여울을 떠났다는 것에 가벼워진 마음으로 계속 달렸다. 그들이 가면서 늑대들의 울부짖음이 새로 터져 나왔다.

아이센가드에서 건널목까지는 아주 오래된 큰길이 하나 내리뻗어 있었다. 그 길은 얼마 동안 강을 따라 동쪽으로, 그다음엔 북쪽으로 굽으며 강 옆으로 이어지다가, 마지막에는 강을 벗어나 아이센가드의 성문 쪽으로 곧게 나아갔다. 그 성문들은 계곡 서편의 산허리 아래에 자리했고 계곡의 어귀로부터는 25킬로미터 남짓 떨어져 있었다. 그들은 이 길을 따라갔으나 그 위로 말을 달리지는 않았다. 길옆의 땅바닥이 수 킬로미터 주변에 걸쳐 짧고 탄력 있는 잔디로 덮여 단단하고 평평했던 것이다. 이제 그들은 더 빨리 달렸던지라 자정 무렵에 그 여울은 거의 25킬로미터나 뒤쪽에 있었다. 그제야 그들은 밤 여정을 끝내고 멈추었다. 왕이 지쳤던 것이다. 그들은 안개산맥의 기슭에 이르렀고, 난 쿠루니르의 기다란 지맥들이 쭉 뻗어 내려 그들을 맞았다. 달이 서녘으로 들어간 터라 그 빛이 산능선에 가려졌기에 계곡은 그들 앞에 어둡게 놓여 있었다. 그렇지만 계곡의 짙은 그림자로부터 방대한 원뿔 모양의 연기와 증기가 솟았다. 그것은 치솟으면서 가라앉는 달빛을 받아 별 총총한 하늘 위로 가물가물한 은회색의 물결로 굽이치며 퍼져 갔다.

아라고른이 입을 열었다.

"저것을 어떻게 생각하시오, 간달프? 마법사의 계곡이 온통 불타고 있다고 할 만한데요."

그러자 에오메르가 말했다.

"요즘 저 계곡 위로는 언제나 연기가 자욱합니다. 그러나 이전엔 결코 이런 광경을 본 적이 없소. 이건 연기라기보다는 증기라고 해야죠. 사루만이 우릴 맞이하기 위해 무슨 간교한 술책을 쓰는 모양이오. 아마 그가 아이센강의 물을 모조리 끓이고 있고 그래서 강물이 말라붙었나 봅니다."

"그럴 수도 있소." 간달프가 말했다. "내일이면 그가 무슨 수작을 부리는지 알게 될 거요. 괜찮다면 이제 한동안 쉽시다."

그들은 아이센강의 바닥 옆에서 야영을 했다. 그곳은 여전히 조용하고 텅 비어 있었다. 그들 중 일부는 잠을 좀 잤다. 그러나 밤늦게 경비병들이 큰 소리를 질러 모두가 깨어났다. 달은 사라졌다. 머리 위엔 별들이 빛나고 있었지만 땅바닥 위로는 밤보다 시커먼 어둠이 휘감겨 있었다. 강의 양편에서 어둠이 북쪽으로 가며 그들 쪽으로 굽이쳐 왔다. 간달프가 외쳤다.

"자기 자리에 가만히 있어! 무기를 뽑지 마! 기다려! 그러면 그냥 지나갈 거야!"

그들 주위로 옅은 안개가 몰려들었다. 머리 위엔 몇 개의 별이 아직 희미하게 반짝였다. 그러나 양쪽에서 칠흑 같은 어둠의 벽이 솟았다. 그들은 움직이는 그림자 탑들 사이의 비좁은 통로에 있는 형국이었다. 그들은 목소리들, 속삭이는 소리들, 신음 소리들 그리고 끝없이 와삭거리는 한숨 소리들을 들었고, 발아래의 대지도 흔들렸다. 조마조마한 마음으로 앉아 있는 시간이 긴 것 같았다. 하지만 마침내 어둠과 술렁임은 지나갔고 산맥의 지맥들 사이로 사라졌다.

남쪽 멀리의 나팔산성에서도 병사들은 한밤중에 계곡을 휩쓰는 바람과 같은 거대한 소음을 들었고 또 땅바닥이 진동했다. 모두가 겁에 질렸고 감히 누구도 밖으로 나가지 못했다. 하지만 그들은 아침에 나가 보고는 깜짝 놀랐다. 오르크들의 시체가 온데간데없었고 그 나무들도 마찬가지였다. 마치 거기서 거인 목부들이 엄청난 규모의 소 떼들을 방목시켰던 것처럼 아래의 헬름협곡 깊숙한 곳까지 풀밭이 갈색으로 으깨지고 짓밟혀 있었다. 한편 방죽 1.5킬로미터 아래에선 대지에 거대한 구덩이 하나가 파였고, 그 위로 돌이 켜켜이 쌓여 언덕을 이루었다. 병사들은 거기에 자신들이 살해한 오르크들이 묻힌 거라고 믿었다. 그러나 그 숲으로 도망쳤던 자들도 그 시체들과 함께 있는지는 누구도 알 수 없었다. 그 언덕에 발을 들여놓은 이는 아무도 없었던 것이다. 그것은 후에 죽음의 언덕이라 불렸고, 거기엔 풀이 자라지 않을 것이었다. 그러나 그 이상한 나무들은 협곡 분지에서 다시는 보이지 않았다. 그들은 밤에 발길을 돌려 저 멀리 팡고른의 어두운 계곡들로 갔다. 이렇게 그들은 오르크들에게 복수를 했다.

왕과 그의 일행은 그날 밤 더는 잠을 자지 못했다. 그렇지만 그들은 한 가지를 빼곤 다른 이상한 일은 보거나 듣지 못했다. 곁에 있던 강의 목소리가 갑자기 깨어난 것이었다. 거센 강물이 돌들 사이로 황급히 내달렸고 급류가 지나고 나자 늘 그랬던 대로 아이센강은 거품을 내며 다시 흘렀다.

새벽에 그들은 계속 나아갈 채비를 했다. 빛이 어두컴컴하고 흐릿해서 그들은 일출을 보지 못했다. 위쪽 대기는 안개로 자욱했고, 주변 땅에는 증기가 깔려 있었다. 이제 그들은 큰길을 달려 천천히 전진했다. 길은 넓고 단단하며 잘 관리되어 있었다. 왼편에서 산맥의 긴 지맥이 솟아오르는 게 안개 사이로 어렴풋이 식별되었다. 그들이 난 쿠루니르, 즉 마법사의 계곡으로 들어선 것이었다. 그것은 바깥 위험으로부터 보호된 계곡으로 남쪽으로만 열려 있었다. 한때는 아름답고 푸르렀던 그 계곡을 통해 아이센강이 흘렀다. 비에 씻긴 산속의 많은 샘과 작은 개울이 흘러들어 강은 평원에 닿기도 전에 벌써 깊고 세차게 흘렀다. 그 주변에는 온통 쾌적하고 비옥한 땅이 널려 있었다.

지금은 그렇지가 않았다. 아이센가드의 성벽 밑에는 아직도 사루만의 노예들이 경작하는 넓은 땅이 있었지만 계곡 대부분은 잡초와 가시덤불로 덮인 황무지가 되어 버렸다. 가시 있는 관목들이 바닥 위로 뻗거나 수풀과 둑 위로 기어올라 덤불투성이의 동굴들을 만들었고 거기에 작은 짐승들이 깃들여 살았다. 거기엔 나무가 자라지 않았지만 우거진 풀숲 속에는 불에 타고 도끼에 잘려 나간 오래된 수풀의 그루터기들이 아직도 보였다. 그곳은 서글픈 지역으로 지금은 급류의 무정한 소음 외엔 고적하기만 했다. 연기와 증기가 음산한 구름장을 이루어 떠다녔고 움푹 꺼진 곳들 속에 잠복하기도 했다. 기사들은 말이 없었다. 그들의 여정이 어떤 음울한 종국에 이를지를 생각하며 많은 이들의 마음이 미심쩍었던 것이다.

몇 킬로미터를 달리고 나자 큰길이 크고 납작한 돌로 포장된 널찍한 가로로 바뀌었다. 네모반듯한 돌들이 능숙한 솜씨로 깔린지라 어떤 이음새에도 풀잎은 보이지 않았다. 졸졸 흐르는물로 채워진 깊은 도랑들이 양쪽으로 흘러내렸다. 갑자기 그들 앞에 높직한 기둥 하나가 불쑥 모습을 드러냈다. 검은색의 기둥 위에는 기다란 흰 손의 형상으로 조각되고 채색된 거대한 돌이 하나 놓여 있었다. 그 손가락은 북쪽을 가리켰다. 이제 아이센가드의 성문이 멀지 않은 곳에 있다는 걸 분명히 알게 되자 그들의 마음이 무거워졌다. 그러나 그들의 눈은 앞의 안개를 꿰뚫을 수 없었다.

마법사의 계곡 속에 있는 산 지맥 밑에는 인간들이 아이센가드라고 부르는 그 고래의 장소가 헤아릴 수 없는 세월에 걸쳐 자리해 왔다. 부분적으로는 산맥이 생길 때 형성되었지만, 옛적에 서쪽나라 사람들이 거기에 크나큰 역사(役事)를 벌였던 데다, 또 사루만이 거기에 오래도록 기거하면서 손을 놀리고 있었던 것도 아니었다.

많은 이들로부터 마법사의 우두머리로 꼽혔던 사루만이 전성기를 구가할 때 그곳의 생김새는 이러했다. 원형의 거대한 석벽이 높이 솟은 벼랑들처럼 방벽 같은 산허리로부터 돌출되어 있고, 그것은 산허리를 벗어나 뻗어 나가다 다시 휘돌아갔다. 석벽에는 하나의 입구만이 만들어져 있었으니 남쪽 벽에 파 놓은 거대한 아치가 그것이었다. 여기서 시커먼 바위를 관통하여 긴 터널이 하나 뚫렸고, 양쪽 끝이 육중한 철문으로 막혀 있었다. 정교하게 만들어진 철문들이 거대한 돌쩌귀들—살아 있는 돌 속에 박힌 쇠기둥들—위에 섬세하게 얹혀 있어 빗장을 지르지 않았을 땐 팔로 가볍게 밀기만 해도 소음 없이 여닫힐 수 있었다. 안으로 들어가 마침내 메아리가 울리는 터널 밖으로 나온 사람은 거대한 원형 평원을 마주하는데, 방대한 얕은 사발처럼 다소 우묵하게 파인 그 평원의 폭은 1.5킬로미터에 달했다. 한때 그것은 푸르렀고 가로수길과 유실수들의 작은 숲들로 채워졌으며 산맥에서 호수로 흘러드는 개울들로부터 물을 공급받았다. 그러나 사루만이 지배하는 근래엔 그 어떤 초록의 것도 자라나지 않았다. 도로엔 어둡고 단단한 판석들이 깔렸고, 그 가장자리로는 나무들 대신 대리석, 구리 및 쇠로 된 기둥들이 육중한 사슬로 이어진 채 행진하듯 길게 줄줄이 늘어서 있었다.

거기엔 많은 집, 방, 홀 및 통로 들이 있었는데, 모두 안쪽 벽 속에 깎아 만들고 또 터널로 이어 놓은 것이었다. 그래서 수많은 창과 어두운 문 들을 통해 탁 트인 원형 평원 전체를 굽어볼 수 있었다. 거기선 일꾼, 하인, 노예 및 많은 무기를 비축한 전사 들 수천 명이 기거할 수 있었고, 아래의 깊은 굴들에선 늑대들이 사육되었다. 평원은 또한 곳곳에 구멍이 뚫리거나 깊게 파여 있었다. 땅 깊숙이 굴대들이 박히고 그 위쪽 끝들이 낮은 흙무덤과 둥근 돌무더기로덮여 있어 달빛 속에서 아이센가드의 원형 요새는 안식 없는 사자(死者)들의 묘지 같았다. 땅바닥이 진동하고 있었던 것이다. 굴대들은 많은 비탈과 나선형의 계단을 거쳐 저 멀리 아래의 동굴까지 내리뻗었다. 사루만은 거기에 보고(寶庫), 창고, 병기고, 대장간 및 거대한 화덕들을 두고 있었다. 거기선 끊임없이 쇠바퀴들이 돌고 망치들이 쿵쾅거렸다. 밤이면 통기구들로부터 버섯구름 모양의 증기가 분출되었는데, 그 모습이 밑에서 올라오는 붉거나 푸르거나 유독한 초록의 빛을 통해 환하게 드러났다.

모든 도로는 서로 연결되어 중앙으로 통했다. 거기에 괴이한 형상의 탑 하나가 서 있었다. 아이센가드의 원형 벽을 매끄럽게 다듬은 옛 장인들이 그 탑을 만들었지만, 그것은 인간의 솜씨로 만들어진 게 아니라 까마득히 먼 옛날 산이 격통을 겪을 때 대지의 뼈대에서 찢겨 나온 것 같았다. 돌로 된 뾰족한 봉우리이자 섬이라 할 그것은 검고 견고하게 번득였다. 네 개의 위압적인 다각형 암석 기둥이 하나로 뭉친 모양이었으나, 정상에 이르러서 그것은 각기 뾰족한 뿔을 이루고 있었고, 그 뾰족한 끄트머리들은 창끝처럼 날카롭고 칼처럼 날이 예리했다. 뿔들 사이에 좁은 터가 있는데, 사람이 거기 이상한 기호들이 새겨진 윤나는 돌바닥 위에 서면 평원 위로 150미터 이상의 높이였다. 이것이 사루만의 성채 오르상크로, 그 이름에는 (계획적이든 우연이든 간에) 두 겹의 의미가 있었다. 요정어로 오르상크는 독아산(毒牙山)을, 옛 마크의 언어로는 간교한 정신을 뜻한다.

아이센가드는 굳세고 경이로운 곳으로 오래도록 아름다웠었다. 거기엔 위대한 영주들, 서쪽 곤도르의 섭정들, 그리고 별을 관측하는 현자들이 머물렀다. 그러나 사루만은 그것을 자신의 변덕스러운 목적에 맞게 서서히 변형시켰고 자신의 생각으로는 더 좋게 만들었다고 자부했다. 그러나 그 생각은 미망이었다. 예전의 지혜를 저버리며 취했고, 어리석게도 온전히 자신의 것이라고 여겼던 그 모든 술책과 간계는 오로지 모르도르에서 온 것이었기 때문이다. 해서 그가 만든 것은 아무것도 없었고 모든 것이 저 방대한 요새, 병기고,

감옥, 위대한 힘의 용광로인 암흑의 탑 바랏두르의 하찮은 복사, 아이의 모방 또는 노예의 아첨에 불과했다. 반면에 암흑의 탑은 스스로의 자부심과 한량없는 힘을 굳게 믿고 때를 기다리며 어떤 경쟁자도 용납하지 않고 아첨을 비웃었다.

이런 것이 사루만의 성채에 대한 세인들의 평판이었다. 왜냐하면 살아 있는 사람들이 기억하는 한, 그 성문을 통과한 로한인은 없었던 것이다. 비밀리에 들어갔고 자신이 본 바를 누구에게도 말하지 않은 뱀혓바닥 같은 소수를 제외한다면.

이제 간달프는 손 모양의 거대한 기둥으로 달려가 그것을 지나쳤다. 그가 그렇게 할 때 그 손이 더 이상 희게 보이지 않는 걸 보고 기사들이 크게 놀랐다. 그것은 말라붙은 피 같은 것으로 얼룩져 있었다. 그들은 보다 꼼꼼히 살피고서야 그 손톱들이 빨갛다는 것을 인지했다. 간달프가 개의치 않고 안개 속으로 계속 달려가자 그들도 마지못해 뒤따랐다. 마치 난데없이 홍수라도 났던 것처럼 이제 그들 주변이 온통 물바다였다. 길옆에 물이 홍건히 차오르고 움푹 파인 곳들이 물로 그득 차며 돌멩이들 사이로 실개천들이 줄줄 흘렀다.

마침내 간달프가 멈추어 그들에게 손짓을 했다. 그들이 가서 그의 어깨 너머로 보니 안개는 걷혔고 희미한 햇빛이 빛났다. 정오가 지났다. 그들이 아이센가드의 성문에 다다른 것이었다.

그러나 성문은 뒤틀린 채 땅바닥에 내팽개쳐져 있었다. 그리고 사방에는 수없이 많은 깔쭉깔쭉한 파편들로 깨지고 쪼개진 돌들이 널리 흩어지거나 무더기 진 잔해로 쌓여 있었다. 거대한 아치는 아직 서 있었지만 지붕 없이 갈라진 틈새 쪽으로 열려 있었다. 터널이 뚫리고 양편의 벼랑 같은 벽의 도처에 커다란 균열과 터진 곳들이 벌어졌으며 그 위의 탑들은 산산이 부서져 잿더미가 되었다. 설사 격노한 대양이 솟구쳐 폭풍우를 몰고 구릉지를 덮쳤다 해도 이보다

264

막대한 파멸을 초래하진 못했을 것이었다.

건너편의 원형 평원은 김이 나는 물로 그득했다. 그것은 속에 들보와 원재(圓材), 상자, 통 및 부서진 톱니바퀴의 잔해가 오르내리고 떠다니는, 부글부글 끓는 하나의 큰 솥과도 같았다. 비틀어지고 기울어진 기둥들이 산산조각 난 몸통들을 큰물 위로 들어 올렸지만 모든 도로는 물에 잠겼다. 저 멀리에선 굽이치는 구름에 반쯤 가려진 채 암반의 섬이 불쑥 모습을 드러낸 것 같았다. 오르상크의 탑은 폭풍에도 부서지지 않고 여전히 어둡고 우뚝한 모습으로 서 있었다. 그 밑바닥 주변에는 가냘픈 물결이 철썩거렸다.

왕과 그의 모든 일행은 사루만의 힘이 전복된 것을 인지한 놀라움에 말없이 말 위에 앉아 있었지만 어떻게 그렇게 된 건지는 그들로선 짐작도 할 수 없었다. 이제 그들은 아치길과 폐허가 된 성문 쪽으로 눈길을 돌렸다. 그들은 그것들 바로 곁의 거대한 잡석 무더기를 보다가 문득 그 위에 작은 형체 둘이 느긋이 앉아 있다는 걸 알아차렸다. 그들은 회색 옷차림이라 돌무더기 속에서 좀체 분간되지 않았다. 방금 한바탕 잘 먹고 이제 그 노역을 그치고 쉬는 것처럼 그들 곁에는 술병과 사발과 접시 들이 널려 있었다. 하나는 잠든 것 같았고, 다른 하나는 다리를 꼬고 머리 뒤에 양팔을 받친 채 부서진 바위 위에 등을 기대고선 입에서 가늘고 푸른 연기를 긴 다발과 작은 고리 모양으로 내보냈다.

잠시 세오덴과 에오메르 그리고 그의 모든 병사들이 휘둥그레진 눈으로 그들을 빤히 바라보았다. 그들에게는 아이센가드의 그 모든 잔해 가운데서도 이야말로 가장 낯선 광경인 듯했다. 그러나 왕이 입을 열기도 전에, 연기를 내뿜던 작은 형체가 거기 안개의 끝머리에 말없이 앉아 있는 그들을 불현듯 의식하고 벌떡 일어났다. 비록 키가 인간의 절반을 크게 넘진 못했어도 그는 젊은이, 혹은 젊은

이 같아 보였다. 곱슬곱슬한 갈색 머리칼로 덮인 머리에는 아무것
도 쓰지 않았지만, 그가 걸친, 여행으로 꾀죄죄해진 옷은 간달프의
동지들이 에도라스로 말을 달릴 때 입었던 것과 색깔과 형태가 똑
같았다. 그는 가슴에 손을 얹고 깊숙이 머리 숙여 절했다. 그다음 그
는 마법사와 그의 친구들을 보지 못한 듯 에오메르와 왕에게로 몸
을 돌렸다.

"아이센가드에 오신 것을 환영하나이다, 예하(隸下)들이시여! 저
희는 문지기들이올시다. 제 이름은 사라독의 아들 메리아독이고 가
엾게도 피로에 몸을 가누지 못한 제 동료는……."

그는 발로 잠들어 있던 제 짝을 쿡 찔렀다.

"팔라딘의 아들로 툭 집안의 페레그린이옵니다. 저희 고향은 저
멀리 북부에 있습니다. 사루만 영주께선 안에 계십니다만 마침 지
금은 뱀혓바닥이란 이와 밀담 중이십니다. 그렇지만 않다면 틀림없
이 그분께선 이리 납셔서 이 귀하신 손님들을 환영할 것이옵니다."

"틀림없이 그럴 테지!" 간달프가 웃었다. "그럼 식사와 술을 즐기
고 나서 다른 일에 신경 쓸 여유가 있을 때는 손상된 문을 지키고 앉
아 손님들의 도착을 살피라는 명을 너희에게 내린 이가 사루만이었
던가?"

메리가 엄숙하게 대답했다.

"천만에요, 그분은 이런 일을 챙기실 여유가 없지요. 그분은 많은
일에 골몰해 계시니까요. 저희가 받은 명은 아이센가드의 경영을 넘
겨받은 나무수염께서 내린 것이옵니다. 그분은 로한의 군주를 합당
한 언사로 환영하라고 명하셨사옵니다. 저는 그 명에 따라 최선을
다한 것이옵니다."

"그럼 네 동료들은 뭐야? 레골라스와 나는 뭐냐고?"

김리가 더는 참을 수가 없어 소리질렀다.

"이 악당 같은 놈들, 북슬털 발에 고수머리의 놈팡이들아! 우리가

네놈들을 죽어라 찾도록 만들어 놓고선! 네놈들을 구하려고 늪과 숲, 전투와 죽음을 가리지 않고 900킬로미터를 헤매고 달렸어! 그랬는데 네놈들은 여기서 성찬을 즐기고 빈둥거리고—게다가 연초까지 피우고 있다니! 연초를 피워! 대체 그 연초는 어디서 구했어, 이 악당들아! 엇갈리는 격정들이 마구 요동쳐! 내 가슴이 격노와 환희로 맹렬하게 찢기는데도 터지지 않는 게 신기할 지경이야!"

"내가 할 말을 대신해 주었어, 김리." 레골라스가 웃었다. "난 그들이 어떻게 술을 구했는지가 더 궁금하지만 말이야."

"당신들이 우릴 그렇게 찾으면서도 깨닫지 못한 게 한 가지 있는데, 그건 우리의 판단력이 당신들보다 명석하다는 거예요."

피핀이 한쪽 눈을 뜨며 말했다.

"당신들은 우리가 대군의 약탈이 벌어진 승리의 전장에 앉아 있는 걸 보고도, 우리가 몇 가지 당연한 위안물을 어떻게 구했는지 의아해하잖아요!"

"당연하다고? 믿을 수 없어!"

기사들이 웃음을 터뜨렸다. 세오덴이 말했다.

"우리가 소중한 친구들의 재회를 목도하고 있는 게 틀림없는 것 같소. 그러니까 이들이 당신의 원정대에서 실종된 자들인 모양이오, 간달프? 요즘엔 웬 놀라운 일이 이리 많은지. 궁전을 떠난 이후로 나는 벌써 그런 일을 많이 봤는데, 지금 여기 내 눈앞에 또 다른 전설의 종족이 서 있구려. 이들이 우리 중 일부가 '홀뷔틀라'라고 부르는 반인족 아니오?"

"실례지만, 호빗입니다, 전하."

하고 피핀이 말했다.

"호빗이라고? 자네들 말이 이상하게 변했군. 하지만 그 이름도 그런대로 그럴싸하게 들리네. 호빗이라! 내가 들은 어떤 보고도 실상을 제대로 전하지 못한 것 같군."

메리가 머리를 숙였고, 피핀도 일어나 깊숙이 머리를 숙였다.

"참으로 인자하십니다, 전하. 혹은 저는 전하의 말씀을 그렇게 이해하고 싶습니다. 한데 놀라운 일이 또 하나 있사옵니다! 제가 고향을 떠난 후 많은 땅을 떠돌았지만 지금껏 호빗에 관한 어떤 사연을 아는 종족을 보지 못했습니다."

세오덴이 대답했다.

"내 종족은 오래전에 북방에서 왔지. 그러나 난 자네들을 기만하진 않겠네. 우리도 호빗에 대해선 아는 게 없어. 우리끼리 하는 이야기라곤 저 멀리 많은 언덕과 강을 넘은 곳에 인간의 절반쯤 되는 종족이 모래언덕 속 굴집에 산다는 게 다야. 그러나 그들의 행적에 관한 전설은 없고, 그들은 하는 일이 별로 없고 인간들의 눈에 띄는 걸 피해 눈 깜빡할 사이에 사라질 수 있으며 또 목소리를 변조해 새 울음소리처럼 들리게 할 수 있다고만 듣고 있네. 그렇지만 더 많은 사연을 들을 수도 있을 것 같군."

"정녕 그렇습니다, 전하."

메리가 말했다.

"그중 한 가지로," 세오덴이 말했다. "나는 그들이 입에서 연기를 내뿜는다는 걸 들은 적이 없다네."

"그건 놀라운 일이 아닙니다. 그건 우리가 행한 지 서너 세대밖에 안 되는 기예니까요. 우리식 역법으로 1070년경에 자기 정원에다 진짜 연초를 처음 재배한 이가 바로 남둘레 지른골의 나팔수 집안 토볼드입죠. 토비 영감이 그 식물을 어떻게 입수했냐 하면⋯⋯.."

"당신은 자신이 처한 위험을 알지 못하시오, 세오덴이여."

간달프가 끼어들었다.

"만일 당신이 과도한 인내심으로 그들을 부추긴다면 이 호빗들은 폐허의 가장자리에 앉아 식탁의 즐거움이나 자신들의 아버지, 할아버지, 증조할아버지는 물론 구촌까지 이르는 먼 친척의 자질구레한 행실을 논할 게요. 끽연의 역사를 들으려면 다음에 따로 시간을 마련하는 게 보다 합당할 것이오. 나무수염은 어디 있지, 메리?"

"멀리 북쪽에 있을 거예요. 그는 무얼 좀 마시러 갔거든요— 맑은 물 말이예요. 다른 엔트들도 대부분 그와 같이 있는데 아직도 작업에 분주해요— 저 너머에서 말이예요."

메리가 증기가 피어오르는 호수 쪽으로 손을 흔들어 가리켰고, 그들은 그쪽을 바라보다 마치 산허리에서 산사태가 일어나고 있는 것처럼 우르릉거리고 덜컹대는 굉음을 희미하게 들었다. 저 멀리서 승리의 나팔 소리 같은 "훔, 홈." 하는 소리가 다가왔다.

"그럼 오르상크는 무방비 상태인 건가?"

간달프가 물었다.

"저 물바다를 보세요. 날쌘돌이와 몇 명의 다른 엔트들이 감시하고 있다고요. 평원의 모든 말뚝과 기둥을 죄다 사루만이 박은 건 아니에요. 날쌘돌이가 계단 밑바닥 부근 바위 곁에 있을 거예요."

메리의 말에 레골라스가 덧붙였다.

"그렇군, 키 큰 회색의 엔트 하나가 저기 있네. 그런데 양팔을 옆구리에 대고서 문 앞의 나무처럼 조용히 서 있어."

"정오가 지났어." 간달프가 말했다. "그리고 하여튼 우린 이른 아침 이후로 아무것도 먹질 못했네. 그렇지만 난 가능한 대로 빨리 나무수염을 만나고 싶어. 그가 나에게 아무 전갈도 남기지 않았나, 아니면 접시와 술병에 정신이 팔려 잊어버린 겐가?"

메리가 대답했다.

"전갈을 남겼어요. 막 말하려던 참이었는데 다른 질문들이 많아서 못 했네요. 마크의 군주와 간달프께서 북쪽 성벽으로 오시면 거기서 나무수염을 찾을 수 있을 것이고 또 그가 반갑게 맞을 것이라 전하라고 했어요. 제가 덧붙여 말씀드려도 좋다면, 또한 두 분은 거기서 최고의 음식을 보실 것입니다. 그 음식은 미천한 소인들이 발견해 선별한 것이랍니다.”

그는 말을 마친 후 머리를 숙였다. 간달프가 웃었다.

“더욱 좋은 일이군! 자, 세오덴이여, 나무수염을 찾으러 나와 함께 말을 달리지 않겠소? 여기저기로 돌아다녀야 하지만 멀진 않소. 당신이 나무수염을 만나면 많은 걸 배울 거요. 나무수염은 팡고른이자 엔트들 가운데 가장 연장자이고 우두머리니까 말이오. 게다가 그와 이야기를 나누면 당신은 모든 생명체 가운데 가장 오래된 이의 말을 듣게 될 것이오.”

“당신과 함께 가겠소.” 세오덴이 말했다. “안녕, 귀여운 호빗들이여! 내 궁전에서 다시 만날 수 있기를! 거기서 너희는 내 곁에 앉아 하고 싶은 이야기를 마음껏 할 수 있을 것이네. 기억할 수 있는 데까지 너희 조상들의 행적을 풀어 놓을 수 있어. 우리는 또한 토볼드 영감과 그의 초본(草本) 식견에 대해서도 이야기할 수 있겠지. 안녕!”

호빗들은 깊숙이 머리를 숙였다. 피핀이 작은 소리로 말했다.

“그러니까 저분이 로한의 왕이시군! 곱게 늙으신 양반이야. 아주 점잖고.”

Chapter 9
수공의 표류물

간달프와 왕의 부대는 동쪽으로 방향을 틀어 폐허가 된 아이센가드의 성벽을 일주하며 달려갔다. 그러나 아라고른과 김리, 레골라스는 뒤에 남았다. 그들은 아로드와 하주펠이 풀밭을 찾아 어슬렁거리게 놔두고 가서 호빗들 곁에 앉았다.

아라고른이 말했다.

"자, 자! 추적은 끝나고 드디어 우리는 다시 만난 거야. 우리 중 누구도 오리라고 생각지 못한 곳에서 말이야."

레골라스가 말했다.

"대단한 분들이 중대한 문제를 논의하러 갔으니 아마도 추적자들은 자신이 품었던 작은 수수께끼들에 대한 답을 배울 수 있을 것 같아. 우린 자네들의 흔적을 좇아 그 숲까지 갔었지만, 아직도 진상을 알고 싶은 것들이 많아."

"우리도 당신들에 대해 알고 싶은 게 아주 많다고요. 그 늙은 엔트 나무수염을 통해 몇 가지는 알게 됐지만 그걸로 성이 차진 않아요."

메리도 말했다. 그러자 레골라스가 대답했다.

"모든 일엔 순서가 있는 법이지. 우리가 추적자였으니 먼저 자네들이 우리에게 자네들 이야기를 해 줘야지."

김리도 한마디 거들었다.

"아니면 그건 두 번째로 돌리든가. 그 이야긴 식사 후가 더 좋을 걸세. 난 머리가 욱신거리고, 때도 한낮을 지났어. 너희 말썽꾼들이 우리에게 아까 말한 약탈물을 좀 찾아 준다면 과오가 벌충될 수도

있을 거네. 음식과 술을 내놓는다면 자네들에 대한 내 원한을 어느
정도 풀 수 있을 거라고.”

“그렇다면 음식을 내어 드리지요. 여기서 들겠어요, 아니면 부서
지긴 했지만 사루만의 위병소에서—저 건너 아치 아래죠—더 편하
게 들겠어요? 우린 길을 감시하기 위해 여기 바깥에서 식사를 해야
했지요.”

메리가 말하자 김리가 대꾸했다.

“그렇게 한 걸 감시라고! 그나저나 난 오르크의 집이라면 어떤 곳
도 들어가지 않겠어. 또 오르크들의 고기나 놈들이 때려잡은 어떤
것에도 손대지 않을 거야.”

메리가 다시 말했다.

“그렇게 하라고 권하지도 않을 거예요. 우리 자신이 오르크들을
평생 갈 만큼 신물 나게 겪었다고요. 그렇지만 아이센가드에는 다른
종족들도 많았어요. 사루만은 자신이 부리는 오르크들을 신뢰하지
않을 만큼의 지혜는 간직했어요. 그는 성문 경비는 인간들에게 맡
겼으니 그들을 자신의 가장 충직한 수하로 여긴 것 같아요. 어쨌든
그들은 총애를 받아 식량도 꽤 많이 받았어요.”

“연초도?”

김리의 물음에 메리가 웃으며 대답했다.

“아뇨, 그건 못 받았을걸요. 그렇지만 그건 또 다른 이야기로 점심
식사 후에 하는 게 좋겠죠?”

메리가 웃으며 말했다.

“자, 그럼 가서 점심을 들자고!”

난쟁이가 말했다.

호빗들이 길을 이끄는 가운데 그들은 아치 아래를 지나 계단 꼭
대기의 좌측 넓은 문에 이르렀다. 그 문은 바로 큼직한 방으로 통했

다. 먼 쪽 끝에 보다 작은 다른 문들이 있고 한쪽엔 난로와 굴뚝이 있었다. 그 방은 돌을 깎아 만든 것이었다. 창문들이 터널 속으로만 나 있는 걸로 보아 한때는 어두웠을 것이 분명했다. 그러나 지금은 부서진 지붕을 통해 햇빛이 들었다. 난로엔 땔나무가 타고 있었다.

"내가 불을 좀 피워 놓았죠." 피핀이 말했다. "안개 속에서도 불을 보니 기운이 나더라고요. 주위에 장작이 거의 없어 우리가 구할 수 있었던 건 대부분 젖은 것이었어요. 그렇지만 굴뚝은 환기가 아주 잘 돼요. 바위를 관통해 위로 구불구불하게 통하는 것 같은데 다행히 막히지는 않았어요. 불은 쓸모가 많죠. 토스트를 좀 만들어 줄게요. 빵이 사나흘 묵은 거라 염려되긴 하지만."

아라고른과 그의 동료들은 기다란 식탁의 한쪽 끝에 앉았고, 호빗들은 내실 문들 가운데 하나를 통해 사라졌다. 잠시 후 그들은 접시, 사발, 컵, 칼 그리고 다양한 종류의 음식을 들고 돌아왔다. 피핀이 말했다.

"저장실이 저 안에 있는데 운 좋게도 홍수를 피했어요."

메리도 말했다.

"음식물을 보고 코를 싸쥘 필요는 없어요, 김리 선생. 이건 오르크의 먹이가 아니고 나무수염이 부르듯 인간의 음식이라고요. 포도주나 맥주를 들겠어요? 저기 안쪽에 술통이 하나 있는데 꽤 괜찮아요. 그리고 이건 소금에 절인 돼지고긴데 최상품이에요. 당신들이 원하면 베이컨 몇 조각을 썰어 구워 줄 수도 있고요. 야채가 없는 게 유감이에요. 지난 며칠 사이 식량 조달이 끊기다시피 했거든요! 빵에 바를 게 버터와 꿀밖에 없어요. 이 정도로 되겠어요?"

김리가 말했다.

"그럼, 되고말고! 원한이 많이 삭감되었어."

곧 그 셋은 식사하느라 분주했고, 두 호빗이 태연하게 두 번째 식사에 달려들었다.

"손님들의 식사에 동무를 해 드려야죠."

그들의 말에 레골라스가 웃으며 대답했다.

"웬일로 오늘 아침엔 예절이 깍듯하군. 하지만 우리가 도착하지 않았더라도 아마 자네들은 이미 서로를 동무 삼아 다시 먹고 있었을걸."

"그럴 수도 있고, 또 그래서 안 될 것도 없잖아요? 우린 오르크들과 지낼 동안 험한 식사만 했고 그 전 며칠간은 거의 제대로 먹질 못했다고요. 원 없이 먹어 본 지가 꽤 오래된 것 같아요."

피핀의 말에 아라고른이 덧붙였다.

"그렇다고 해서 자네들 몸이 축난 것 같진 않은데. 실로 건강미가 넘쳐 보여."

"그래, 정녕 그래 보여."

컵 상단 위로 눈을 들어 그들을 아래위로 훑어보던 김리가 말했다.

"저런, 우리가 헤어졌을 때보다 자네들 머리칼이 갑절이나 빽빽하게 곱슬거려. 그리고 단언컨대, 자네들 모두가 얼마쯤 자랐어. 자네들 나이의 호빗에게 그게 가능하다면 말이야. 어쨌든 이 나무수염이란 자가 자네들을 굶기진 않았군."

"그러진 않았죠." 메리가 말했다. "그러나 엔트들은 마시기만 하는데, 마시는 걸로는 포만감을 느끼기 어려워요. 나무수염의 음료가 자양분이 많긴 하겠지만 뭔가 실한 게 당긴다니까요. 그리고 심지어 렘바스도 기분 전환엔 별 도움이 안 되더라고요."

"자네들이 엔트들의 광천수를 마셔 봤다는 거지, 응? 아, 그렇다면 김리의 눈이 잘못 본 게 아닐 거라고 생각돼. 팡고른의 음료에 대해서는 이상한 노래들이 불려 왔거든."

레골라스가 말했다.

"그 땅에 대해선 많은 이상한 이야기가 들려왔지. 하지만 난 거기

에 들어가 본 적이 없어. 자, 그곳에 대해, 그리고 엔트들에 대해 더
이야기를 해 보게."

아라고른의 말에 피핀이 대답했다.

"엔트들은…… 음, 엔트들은 우선 모두가 각양각색이에요. 그러
나 지금 그들의 눈은, 그들의 눈은 아주 기묘해요."

그가 몇 마디 더듬거리며 말해 봤지만 그 소리는 점점 작아지며
스러졌다. 잠시 후 그가 다시 이야기를 계속했다.

"당신들은 멀리서 몇몇 엔트를 봤어요, 이미—어쨌든 그들은 당
신들을 보고서 당신들이 오고 있다고 알려 줬거든요—그리고 당신
들은 여길 떠나기 전에 다른 많은 엔트들을 보게 될 거예요. 그러니
당신들 스스로가 마음에 그려 보고 생각해야 해요."

"자, 자!" 김리가 말했다. "우린 이야기를 중간에서 시작하고 있어.
난 우리 원정대가 깨진 저 이상한 날부터 시작해 제대로 순서를 밟
아 이야기를 했으면 좋겠어."

"시간이 있다면 그렇게 하죠." 메리가 말했다. "그렇지만 먼저—
식사를 다 마치셨다면—담뱃대를 채우고 불을 붙이세요. 그러면 잠
시나마 우리 모두가 다시 브리 또는 깊은골에 무사히 돌아온 것 같
은 기분이 들 거예요."

그는 연초가 가득 채워진 작은 가죽 쌈지를 내놓았다.

"이런 게 무더기들로 있어요. 그러니 우리가 떠날 때 당신들 모두
가 원하는 만큼 챙겨 갈 수 있어요. 우리는 오늘 아침 화물 구조 작
업을 좀 했거든요. 피핀과 내가 말이죠. 이리저리 떠다니는 게 아주
많더라고요. 어떤 지하실이나 창고에서 밀려 올라온 작은 통 두 개
를 발견한 건 피핀이었죠. 열어 보니 이걸로 가득 차 있더라고요. 더
는 바랄 수 없을 만큼의 고급품인 데다 전혀 손상되지도 않았어요."

김리가 연초를 조금 집어 손바닥에다 비비곤 냄새를 맡았다.

"감촉도 좋고 냄새도 좋은걸."

"좋고말고요!" 메리가 말했다. "친애하는 김리여, 그건 지른골의 연초 잎이라고요! 통에 명명백백하게 나팔수 집안의 인장이 찍혀 있어요. 어떻게 그게 이리로 오게 된 건지는 짐작도 안 되지만요. 사루만이 혼자서 쓰려고 한 게 아닌가 싶어요. 난 그게 그렇게 멀리까지 나도는 줄은 전혀 몰랐어요. 그러나 그게 지금은 꽤 요긴하네요!"

"그럴 테지. 그것과 짝이 될 담뱃대가 있다면 말이야. 애석하게도 난 내 담뱃대를 모리아에서, 혹은 그 전에 잃어버렸어. 자네들이 취득한 전리품 중에 담뱃대는 없나?"

김리의 말에 메리가 대답했다.

"아뇨, 없는 것 같은데요. 그 어떤 담뱃대도 못 봤어요, 여기 위병소에서조차도. 사루만은 이 진미(珍味)를 혼자서만 숨겨 둔 것 같아요. 그러니 오르상크의 문들을 두들겨 그에게 담뱃대 하나만 달라고 간청한들 아무 소용 없을 거라고요! 좋은 친구들이라면 위급 시에 그래야 하듯, 우린 담뱃대를 함께 써야 할 거예요."

"잠깐만!"

피핀이 갑자기 저고리 안쪽으로 손을 넣어 줄에 매달린 작고 부드러운 지갑 하나를 꺼냈다.

"난 비장품 한두 개를 몸 가까이 간직하지요. 내겐 반지들만큼이나 소중한 것들이죠. 그런 게 여기 하나 있어요. 내가 오랫동안 써 온 목제 담뱃대죠. 그리고 여기 또 하나가 있는데, 쓰지 않은 담뱃대예요. 왜 그랬는지는 모르겠으나 난 그걸 긴 여행 중에도 갖고 다녔어요. 내가 가진 연초가 다 떨어졌을 때 정말이지 여행 중에 어떤 연초를 구할 수 있으리란 기대는 전혀 못 했어요. 그런데 지금에야 이게 결국 쓰임새가 생기네요."

그가 넓고 반반한 대통이 달린 작은 담뱃대를 들어 김리에게 건넸다.

"자, 이걸로 우리 사이의 묵은 원한이 풀릴까요?"

"풀리고말고!" 김리가 소리쳤다. "참으로 고결한 호빗이여, 이걸로 내가 되레 자네에게 큰 빚을 졌네."

레골라스가 말했다.

"자, 나는 야외로 돌아가 바람과 하늘의 조화가 어떤지 살펴야겠네."

"우리도 함께 가지."

아라고른이 말했다.

그들은 밖으로 나가 성문 앞에 쌓인 돌더미 위에 앉았다. 이제 그들은 계곡 저 아래까지 볼 수 있었다. 안개가 걷히며 미풍에 떠내려가고 있었다. 아라고른이 말했다.

"이제 여기서 잠시 느긋한 여유를 갖자고! 간달프의 말대로, 그가 다른 데서 분주할 동안 우리는 이 폐허의 끄트머리에 앉아서 이야기를 할 거야. 전에는 좀체 느끼지 못했던 피로가 느껴지는군."

그는 회색 망토를 둘러 갑옷 상의를 감추고는 긴 다리를 쭉 뻗었다. 그런 다음 그는 뒤로 누워 입술로부터 한 줄기의 가느다란 연기를 내보냈다. 피핀이 말했다.

"봐요! 순찰자 성큼걸이가 돌아왔어요!"

아라고른이 대답했다.

"그는 결코 떠난 적이 없어. 나는 성큼걸이이자 두나단이고 또 곤도르와 북방, 둘 모두에 속하네."

그들은 한동안 말없이 연초를 피웠고, 햇빛이 그들 위에 빛났다. 해는 서쪽에 높이 걸린 흰 구름장들로부터 계곡 속으로 비껴 들고 있었다. 레골라스는 뚫어지게 하늘과 해를 올려다보고 혼잣소리로 나지막이 노래하며 가만히 누워 있었다. 마침내 그가 일어나 앉았다. "자, 이제!" 레골라스가 말했다. "시간이 가고 있고, 안개도 바람에 날려 가고 있어. 혹은 자네들 이상한 종족들이 담배 연기에만 파묻혀 있느라 안개는 흩날려 버릴 걸세. 자네들 사연은 어찌 된 건가?"*

그러자 피핀이 말문을 열었다.

"내 사연은 어둠 속에서 깨어나 보니 몸이 꽁꽁 묶인 채 어느 오르크 야영지에 있다는 사실을 알게 된 데서 시작해요. 어디 보자, 오늘이 며칠이죠?"

"샤이어력으로 3월 5일이지."

아라고른이 말했다. 피핀이 손가락을 꼽으며 셈을 좀 하고 다시 말했다.

"고작 아흐레 전이군! (샤이어의 달력에서 모든 달은 30일이다) 우리가 붙잡힌 지 1년은 된 것 같은데. 음, 그중 절반은 악몽 같았지만, 그후에도 아주 끔찍한 사흘이 뒤따랐다고 생각해요. 내가 중요한 대목을 까먹으면 메리가 정정해 줄 거예요. 채찍과 오물과 악취 따위를 세세하게 말하진 않겠어요. 그런 건 기억하고 싶지도 않고요."

이렇게 운을 뗀 후 그는 보로미르의 마지막 싸움과 에뮌 무일에서 그 숲까지 이르는 오르크의 행군에 대한 이야기에 돌입했다. 여러 사항들이 자신들의 추측과 들어맞으면서 듣는 이들이 고개를 끄덕였다.

"여기 자네들이 떨어뜨린 소중한 물건들이 좀 있네. 그것들을 다시 갖게 되어 기쁠 거야."

아라고른이 망토 아래 혁대를 풀고 거기서 칼집에 든 칼 두 자루를 꺼냈다. 칼을 본 메리가 외쳤다.

"음! 이것들을 다시 보리라곤 생각도 못 했어요! 난 내 칼로 오르크 몇 놈을 베기도 했는데, 우글룩이 우리에게서 칼들을 앗아 갔어요. 그가 얼마나 험악하게 노려보던지! 처음엔 그가 우리를 찌를 거라고 생각했는데 마치 불에 덴 것처럼 그것들을 내던지더라고요."

"그리고 여기 또 자네의 브로치가 있어, 피핀. 아주 귀한 것이라 내가 안전하게 챙겨 두었지."

아라고른이 말했다.

"알아요. 그걸 버린다는 게 쓰라린 고통이었죠. 그렇지만 내가 달리 무엇을 할 수 있었겠어요?"

"달리 없지. 위급할 때 비장품을 내던지지 못하는 이는 족쇄를 차게 되지. 자넨 옳게 행동한 거야."

아라고른이 피핀을 추켜세우자 김리도 말했다.

"손목 결박을 끊은 것, 그건 약삭빠른 처치였어! 그 점에서 자네들은 운이 좋았어. 그렇지만 자네들은 그 기회를 야무지게 붙들었다고 할 수 있지."

"그리고 우리에겐 골치 아픈 수수께끼를 던져 주었지. 난 자네들에게 날개가 생겼나 싶었어!"

레골라스가 이렇게 말하자, 피핀이 대답했다.

"불행히도 그렇진 않았지요. 하지만 당신들은 그리슈나크란 자를 몰랐어요."

피핀은 몸서리를 치며 더는 말하지 않고, 발톱처럼 파고들던 손, 뜨거운 숨결, 털투성이 양팔의 괴력과 같은 마지막 끔찍한 순간들에 대한 이야기는 메리에게 미뤘다.

이야기를 들은 아라고른이 말했다.

"바랏두르—놈들이 루그부르즈라고 부르는—의 오르크들에 대한 이야기를 들으니 마음이 꺼림칙하군. 암흑군주는 이미 너무 많은 걸 알고 있고 그 졸개들 또한 그래. 게다가 분명 그리슈나크는 그 말싸움 후에 대하 너머로 모종의 전언을 보냈어. 붉은 눈이 아이센가드 쪽을 바라보고 있을 게야. 하여튼 사루만은 자승자박의 궁지에 빠졌어."

"맞아요, 어느 쪽이 이기든 그의 앞길은 처량해요. 그가 부리는 오르크들이 로한에 발을 들인 그 순간부터 사태가 온통 어긋나기 시작했어요."

메리도 맞장구를 쳤다. 그러자 김리가 말했다.

"우린 그 늙은 악당을 언뜻 한 번 봤어. 혹은 그랬을 거라고 간달프가 암시하더군. 그 숲의 가장자리에서 말이야."

"그게 언제였죠?"

"다섯 밤 전이지."

아라고른이 대답했다.

"어디 보자. 다섯 밤 전이라—이제 우린 당신들이 전혀 모르는 부분의 이야기에 다다랐네요. 우리는 그 전투가 벌어졌던 다음 날 아침에 나무수염을 만났고 그 밤에는 그의 엔트집들 중 하나인 샘터집에 있었어요. 다음 날 아침 우린 엔트뭇, 즉 엔트들의 집회에 갔어요. 내가 평생 본 것 가운데 가장 희한한 집회였죠. 그것은 그날 온종일, 그리고 다음 날까지 지속되었기에 우리는 날쌘돌이라고 불리는 엔트와 이틀 밤을 지냈어요. 그러던 중 그 모임의 사흘째 날 오후 늦게 엔트들이 별안간 격노했어요. 정말 굉장했어요. 마치 안에서 뇌우(雷雨)가 일어나려고 하는 것처럼 그 숲이 팽팽하게 느껴지다가 삽시간에 폭발했어요. 그들이 행진하면서 불렀던 노래를 당신들이 들을 수 있었다면 좋았을 텐데."

그러자 피핀도 맞장구를 쳤다.

"만약 사루만이 그걸 들었다면 자신의 두 다리로 뛰어야만 했었대도 지금쯤 160킬로미터는 줄행랑쳐 있을걸요.

> *아이센가드가 강대하고 단단하며, 돌처럼 차갑고 뼈처럼 벌거벗었대도*
> *우린 간다, 우린 간다, 우린 싸우러 간다, 돌 쪼개고 문 부수러!*

노래는 이보다 훨씬 더 길어요. 노래의 많은 부분이 가사가 없이 뿔나팔과 드럼의 음악 같았죠. 아주 활기찼어요. 그러나 난 그게 단지 행진곡일 뿐 그 이상의 의미는 없고, 그냥 노래일 뿐이라고 생각했어요—여기 도착할 때까진 말이에요. 이제 난 그렇지 않다는 것을 알아요."

메리가 이야기를 이어 말했다.

"밤이 깔린 후에 우리는 마지막 능선을 넘어 난 쿠루니르로 내려왔어요. 그 숲 자체가 우리 뒤에서 움직이고 있다는 느낌이 처음 든 게 바로 그때였어요. 난 내가 엔트식의 꿈을 꾸고 있나 보다고 생각했는데, 피핀도 그 점을 알아챘더라고요. 우린 둘 다 기겁했어요. 그렇지만 우린 나중에서야 영문을 좀 알게 되었지요.

그건 후오른들이었어요. 혹은 엔트들이 '줄임말'로 그들을 그렇게 불러요. 나무수염은 그들에 대해 많이 말하려고 하지 않았지만, 내 생각에 아마도 그들은 거의 나무처럼 되어 버린 엔트들이에요, 적어도 겉보기에는. 그들은 말없이 나무들을 끝없이 지켜보며 숲에, 또는 그 처마 아래 여기저기 서 있어요. 그렇지만 가장 어두운 계곡들의 깊숙한 곳엔 그들이 수백은 있을 거라 난 믿어요.

그들에겐 대단한 능력이 있어 자신의 몸을 그림자로 감쌀 수 있는 것 같아요. 그래서 그들이 움직이는 걸 보기가 어려워요. 하지만 분명히 움직여요. 화가 나면 아주 빠르게 움직일 수 있어요. 아마도 당신들이 가만히 서서 날씨를 살피거나 살랑대는 바람에 귀를 기울이다가 불현듯 자기가 숲 가운데 있으며 더듬어 가는 거대한 나무들이 자기 주위를 온통 에워싸고 있다는 걸 알게 되는 것과 흡사하죠. 그들은 아직 목소리를 갖고 있어 엔트들과 말을 할 수 있어요—나무수염의 말로는, 그게 바로 그들이 후오른이라고 불리는 이유래요—그러나 그들은 괴상해지고 거칠어졌어요. 위험해진 거죠. 만일 주위에 그들을 감독할 참된 엔트들이 없다면 그들을 만난다는 것은 정말 무서울 거예요.

자, 우린 이른 밤에 긴 산골짜기를 기어 내려가 마법사의 계곡 상단으로 들어갔어요. 엔트들이 바스락대는 모든 후오른들을 뒤에 거느린 채. 물론 우린 그들을 볼 수 없었지만, 대기 전체가 삐걱거리는 소리로 그득했어요. 아주 어둡고 구름 낀 밤이었어요. 그들은 산지를 떠나자마자 대단한 속도로 움직이며 질풍 같은 소음을 냈어요. 구름 사이로 달도 나타나지 않았는데, 자정을 넘긴 지 얼마 되지 않아 키 큰 숲이 아이센가드의 북쪽을 온통 둘러쌌어요. 적들이나 어떤 수하(誰何)의 낌새도 없었죠. 탑 속의 높직한 창 하나에서 한 가닥 빛이 어렴풋이 빛나는 게 전부였어요.

나무수염과 몇 명의 엔트들이 주변을 빙 돌아 계속 기어 거대한 성문이 보이는 곳까지 갔어요. 피핀과 나는 그와 함께 있었죠. 우리는 나무수염의 양어깨에 앉아 있었고, 나는 그의 몸이 긴장해서 떨리는 걸 느낄 수 있었어요. 그러나 엔트들은 분기되었을 때조차도 조심성과 참을성이 대단해요. 그들은 숨 쉬고 귀를 기울이며 깎아 놓은 돌들처럼 꼼짝 않고 서 있었어요.

그러던 중 대번에 엄청난 소란이 일었어요. 나팔들이 요란하게 울리고 아이센가드의 성벽에 메아리쳤어요. 우린 우리가 발각되어 전투가 시작되는 거려니 생각했어요. 그러나 전혀 그런 게 아니었어요. 사루만의 전 병력이 행진해 떠나고 있었어요. 난 이 전쟁이나 로한의 기병들에 대해 많이 알진 못하지만, 사루만은 최후의 일격으로 로한의 왕과 그 병사들을 파멸시킬 작정이었던 것 같아요. 그가 아이센가드를 텅 비웠으니까요. 적이 나가는 광경을 보니 행진하는 오르크들의 행렬이 끝이 없었고, 여러 무리들은 거대한 늑대에 올라탔어요. 인간들도 무척 많았어요. 대부분이 횃불을 들고 있어 난 그들의 얼굴을 볼 수 있었죠. 대부분이 보통의 인간으로 키가 큰 편에 머리칼은 검고 험상궂은 얼굴이지만 특별히 사악해 보이진 않았어요. 하지만 보기에도 끔찍한 다른 자들도 일부 있었어요. 키는 인간과 비슷하지만 고블린 같은 얼굴에 누르스름한 피부를 하고 짓궂게 노려보는 사팔뜨기 눈이더라고요. 그들을 보고 있자니 덥석 브리마을의 저 남쪽에서 왔다던 사람이 떠오르더라니까요. 다만 그는 이들처럼 그토록 빠르게 오르크를 빼닮지 않았을 뿐이지요."

"나도 그가 생각나더군." 아라고른이 말했다. "우린 헬름협곡에서 이 반(半)오르크들과 숱하게 대적했어. 저 남부인이 사루만의 밀정이었다는 게 이제 분명한 것 같아. 그러나 그가 암흑의 기사들과 한통속으로 움직이는 건지 아니면 오로지 사루만을 위해서만 움직이는 건지는 나도 몰라. 이 사악한 족속이 언제 서로 결탁하고 또 언제 서로를 기만하고 있는지를 안다는 건 어려운 일이지."

메리가 다시 말을 이었다.

"글쎄, 분명 모든 부류들을 통틀어 줄잡아 만 명은 되었어요. 그들이 성문을 빠져나가는 데만 한 시간이 걸렸어요. 일부는 큰길을 따라 그 여울로 갔고, 일부는 방향을 틀어 동쪽으로 갔어요. 저 아래 1.5 킬로미터쯤 떨어진 곳에 다리 하나가 세워져 있는데, 강이 거기선 매우 깊은 수로 속을 흐르죠. 일어서면 지금도 그게 보여요. 그들은 모두 귀에 거슬리는 목소리로 노래를 부르고 있었고 또 마구 웃어 대며 끔찍한 소란을 피우고 있었어요. 사태가 로한에게는 아주 암담해 보인다고 난 생각했어요. 하지만 나무수염은 움직이지 않았어요. 그가 말하길, '오늘 밤 내 용건은 바위와 돌로 아이센가드를 치는 거야.'라고 했어요.

비록 어둠 속에서 무슨 일이 벌어지고 있는지 알 수 없었지만, 그래도 난 성문이 다시 닫히자마자 후오른들이 남쪽으로 움직이기 시작했다고 믿어요. 그들이 맡은 상대는 오르크들인 것 같았어요. 아침에 보니 그들이 계곡 저 아래에 있었죠. 혹은 하여튼 누구도 꿰뚫어 볼 수 없는 그림자가 거기에 있었어요.

사루만이 전군을 내보내자마자 우리 차례가 왔어요. 나무수염이 우리를 내려놓고 성문으로 다가가더니 망치로 두들기듯 문을 쾅쾅 두드리고 사루만을 부르기 시작했어요. 성벽에서 날아온 화살과 돌외엔 아무 응답이 없었어요. 그러나 엔트들에게 화살은 무용지물이었죠. 물론 화살이 그들에게 상처를 입히긴 했지만 따끔따끔 쏘는 파리들처럼 그들을 격노하게 만들 뿐이었어요. 엔트의 몸은 바늘 꽂이 같아 오르크의 화살이 빽빽하게 꽂혀도 큰 상해를 입지 않죠. 한 가지 이유로 그들에겐 독이 통하지 않거든요. 게다가 그들의 피부는 아주 두꺼워 나무껍질보다 더 단단한 것 같아요. 그들에게 중상을 입히려면 매우 육중한 도끼 타격이 필요하죠. 그들은 도끼를 좋아하지 않아요. 그렇지만 엔트 하나를 해치우려면 아주 많은 도끼잡이가 있어야 할 거예요. 한번 엔트를 내리친 자는 결코 두 번째 타격 기회를 갖지 못하거든요. 엔트의 주먹 한 방이면 쇠붙이도 얇은 주석처럼 찌부러지고 말죠.

몸에 몇 개의 화살이 박히자 나무수염이 흥분하기 시작했어요. 그의 말로는 단연 '성급해지기' 시작한 거죠. 그가 '흠, 흠.' 하고 우렁찬 소리를 지르자 엔트 열둘이 성큼성큼 다가갔어요. 화난 엔트는 오싹하리만큼 무서워요. 그들의 손가락과 발가락이 바위에 착 달라붙기 무섭게 바위가 빵 껍질처럼 산산이 부서져요. 그건 거대한 나무뿌리가 백 년에 걸쳐 하는 일이 단 몇 초 속에 압축되는 걸 지켜보는 것 같죠.

그들은 밀고 당기고 찢고 흔들고 두들겼어요. 쨍그랑 꽝, 우지끈 뚝딱 하는 소리가 요란하더니 5분 만에 이 거대한 성문들을 폐허로 짓이겨 버렸고, 벌써 일부는 모래 구덩이 속의 토끼들처럼 성벽을 부수어 들어가기 시작하고 있었어요. 무슨 일이 벌어지고 있다고 사루만이 생각했는지 모르겠지만, 하여튼 그는 어찌해야 할지 몰랐어요. 물론 요즘 들어 그의 마법이 쭉 쇠퇴해 왔을 수도 있겠지요. 그렇지만 하여튼 그는 많은 노예와 기계와 물자도 없이 홀로 궁지에 빠진 상태에선 배포도 당찬 용기도 갖지 못한 것 같아요. 내 말이 무슨 뜻인지 아실 거예요. 연로한 간달프와는 아주 다르죠. 난 사루만의 명성이란 게 내내 아이센가드에 자리 잡을 때의 영민함에서 주로 말미암은 게 아닌가 싶어요."

아라고른이 다시 끼어들었다.

"아니야. 한때 그는 그 명성만큼이나 위대했지. 지식이 깊고 생각은 섬세하며 손재주는 경탄할 정도였어. 게다가 그는 남들의 마음을 지배하는 권능을 가졌지. 현명한 이들은 설득하고 속 좁은 족속은 을러댈 수 있었다고. 분명 그는 그 권능을 아직도 갖고 있어. 그가 패배를 겪은 지금에도 그와 단둘이서 이야기할 경우 무사할 거라고 말할 만한 이가 가운데땅에 많질 않아. 그의 사악함이 백일하에 드러난 지금에도 아마 간달프, 엘론드 그리고 갈라드리엘이 있을 뿐 그 외엔 없다시피 할 거야."

그러자 피핀이 말했다.

"엔트들은 무사한걸요. 그가 한 번은 그들을 속인 모양이지만 다시는 어림없어요. 그리고 어쨌든 그는 그들을 이해하지 못했고, 또 그들을 계산에서 빠뜨리는 엄청난 실수를 범했어요. 그는 그들에 대한 계획이 없었고 일단 그들이 일을 벌이고 나서는 어떤 계획도 세울 시간이 없었지요. 우리의 공격이 시작되자마자 아이센가드에 남아 있던 쥐새끼 같은 놈 몇이 엔트들이 만든 구멍을 통해 도망치기 시작했어요. 엔트들은 인간들은 신문한 다음에 풀어 주었어요. 이쪽 아래로는 20~30명밖에 안 됐어요. 몸집 크기에 관계없이 오르크 족속은 거의 달아나지 못했다고 생각돼요. 후오른들로부터 말이죠. 그때쯤엔 계곡 아래로 내려갔던 이들을 포함해 그들로 가득 찬 숲이 아이센가드를 완전히 에워쌌으니까요.

엔트들이 남쪽 성벽 대부분을 쓰레기 더미로 만들고, 또 남아 있던 종자(從者)들이 자기를 저버리고 도망치자 돌연 사루만은 공포에

사로잡혀 내뺐어요. 우리가 도착했을 때 그는 성문에 있었던 것 같
아요. 자기 군대가 장쾌하게 행진해 나가는 광경을 보려고 나왔을
거예요. 엔트들이 돌진해 들어가자 그는 황급히 떠났어요. 그들은
처음엔 그를 알아보지 못했어요. 그렇지만 밤이 쫙 펼쳐진 데다 별
빛이 아주 밝았기에 엔트들이 넉넉히 사물을 식별할 수 있었는데,
갑자기 날쌘돌이가 '나무 도살자, 나무 도살자야!' 하고 외쳤어요.
날쌘돌이는 점잖은 성품이지만 그 때문에 사루만을 더욱더 격렬하
게 증오해요. 자기네 일족이 오르크의 도끼에 잔혹한 수난을 당했
거든요. 그가 안쪽 성문에서부터 길을 따라 휙 내달렸죠. 그는 분기
되면 바람처럼 움직일 수 있어요. 어렴풋한 형체 하나가 기둥들의
그림자를 안팎으로 누비며 다급히 멀어지다가 탑의 문이 있는 계단
에 거의 다다랐어요. 정말 아슬아슬했어요. 날쌘돌이가 사루만을
어찌나 맹렬히 쫓았던지 한두 걸음이면 붙잡혀 목이 졸릴 바로 그
순간에 그가 문안으로 쑥 미끄러져 들어갔어요.

　오르상크에 무사히 돌아온 지 얼마 되지 않아 곧 사루만은 소중
한 기계의 일부를 가동시켰어요. 그 무렵 아이센가드에는 많은 엔
트들이 들어와 있었어요. 일부는 날쌘돌이를 따라 들어왔고, 다른
이들은 북쪽과 동쪽으로부터 난입했지요. 그들은 여기저기 돌아다
니며 닥치는 대로 마구 부수고 있었죠. 갑자기 불길과 고약한 연기
가 확 떠올랐어요. 평원 곳곳에 널린 통풍구와 환기갱 들에서 분출
되고 내뿜어지기 시작한 거죠. 여러 엔트들이 불에 그을려 물집이
생겼어요. 그중에 너도밤나무뼈라고 불린 걸로 생각되는 키가 훤칠
하고 잘생긴 엔트 하나가 모종의 액화(腋火)에 휩싸여 횃불처럼 타
버렸어요. 끔찍한 광경이었지요.

　그 광경에 엔트들이 꼭지가 돌아 버렸어요. 난 앞서도 그들이 진
짜 분기한 것이라고 생각했는데 그게 아니었어요. 난 드디어 그 실
상을 보았어요. 혼비백산할 정도였지요. 그들이 포효하고 우렁찬

굉음을 내지르고 나팔 같은 소리를 내뿜자 그 소음만으로도 돌들이 갈라져 떨어지기 시작했어요. 메리와 나는 땅바닥에 엎드려 망토로 귀를 틀어막았지요. 엔트들이 윙윙거리는 질풍처럼 오르상크의 암반 주위로 겹겹이 성큼성큼 쇄도해 기둥을 부수고 환기갱 아래로 눈사태가 난 듯 둥근 돌을 집어던지고 거대한 석판들을 잎사귀처럼 공중으로 던져 올렸어요. 탑은 급회전하는 선풍의 한가운데에 놓인 것 같았어요. 쇠말뚝과 건축용 석재들이 수백 미터 높이로 치솟았다가 오르상크의 창들에 부딪치는 걸 봤어요. 그러나 나무수염은 냉정을 유지했어요. 다행히 그는 화상을 전혀 입지 않았죠. 그는 자기 일족이 격분한 나머지 다치는 걸 원치 않았지만 또 혼란의 와중에 사루만이 어떤 구멍으로 빠져나가는 것도 원치 않았죠. 많은 엔트들이 몸을 던져 오르상크의 암반에 덤벼들었지만 소용이 없었어요. 그것은 아주 반반하면서도 단단하거든요. 아마도 그 속에는 사루만의 것보다 오래되고 강력한 어떤 마법이 깃든 모양이에요. 하여튼 그들은 그것을 움켜쥐거나 거기에 균열을 내지도 못하고 그것에 부딪치느라 몸에 멍이 들거나 상처가 날 뿐이었어요.

나무수염이 빙 둘러선 엔트들 속으로 나아가 큰 소리로 외쳤어요. 그의 엄청난 목소리는 모든 소음을 제압했죠. 별안간 쥐 죽은 듯 고요해졌어요. 그 정적 속에서 우린 탑 속의 높은 창문에서 나오는 째지는 듯한 웃음소리를 들었어요. 그것이 엔트들에게 기묘한 효과를 끼쳤어요. 끓어넘칠 듯했던 그들이 이젠 차가워지고, 얼음처럼 냉혹해지고 조용해졌어요. 그들은 평원을 떠나 나무수염 주위에 몰려들어 아주 조용히 서 있었어요. 잠시 그가 그들에게 자기들의 언어로 말했어요. 내 생각에, 그는 그들에게 오래전 머릿속에 세워 두었던 계획을 설명하고 있었어요. 이윽고 그들은 회색빛 속에 조용히 사라졌어요. 그 무렵에 동이 트고 있었어요.

나는 그들이 성채를 감시하고 있었다고 믿어요. 그렇지만 파수꾼들이 어둠 속에 감쪽같이 몸을 숨긴 데다 너무도 조용했기에 내 눈에 그들은 보이지 않았죠. 나머지는 북쪽으로 가 버렸어요. 그날 온종일 그들은 눈에 띄지 않는 곳에서 분주했어요. 그 대부분의 시간 동안 우린 홀로 남겨졌어요. 따분한 하루였기에 우린 여기저기 좀 떠돌아다녔죠. 그렇지만 되도록 오르상크의 창문들이 보이는 거리는 벗어났어요. 창문들이 아주 위협적으로 우리를 쏘아보았거든요. 우린 그 시간의 상당 부분을 먹을 것을 찾으며 보냈죠. 또한 우린 남쪽 멀리 로한에서는 무슨 일이 벌어지고 있고 또 우리 원정대의 다른 모든 이들은 어떻게 되었을까를 궁금해하며 앉아서 이야기도 했죠. 이따금 멀리서 돌이 구르고 떨어지는 소리와 산지에 메아리치는 쿵쿵대는 소리가 들렸어요.

　오후에 우리는 원형 평원 주위를 걸으며 무슨 일이 일어나고 있는지 알아보려고 했어요. 계곡 상부에 후오른들이 그늘진 거대한 숲을 이루었고, 북쪽 성벽 주위에도 또 하나의 숲이 있더군요. 우린 감히 거기로 들어가진 못했어요. 그렇지만 내부에선 부수고 찢어발기는 작업의 소음이 계속되고 있었어요. 엔트들과 후오른들이 거대한 구덩이와 참호 들을 파고 있었고, 아이센강과 그들이 찾을 수 있는 다른 모든 샘과 개울의 물 전부를 끌어모아 방대한 웅덩이와 댐 들을 만들고 있었어요. 우린 그냥 지켜만 봤죠.

　어스름 녘에 나무수염이 성문으로 돌아왔어요. 그는 혼잣말로 흥얼거리고 큰 소리를 지르곤 했는데 흡족한 기분인 듯 했어요. 그는 서서 거대한 팔과 다리를 쭉 뻗고 심호흡을 했어요. 내가 그에게 피곤하시냐고 물었죠.

　그가 말했어요. '피곤하냐고? 피곤하냐고 했어? 음, 아니야, 피곤한 게 아니라 몸이 뻣뻣할 뿐이야. 엔트강의 물을 한 입 쭉 들이켰으면 좋겠어. 우리는 열심히 일했거든. 오늘 우리는 지난 오랜 세월에 걸쳐 해 온 것보다 더 많이 돌을 깨고 땅을 팠어. 그러나 이젠 거의 끝났어. 밤이 내리면 이 성문 근처나 낡은 터널에서 얼쩡대지 마! 물이 쏟아져 나올 거야. 게다가 사루만의 모든 오물이 씻겨 갈 때까지는 한동안 구정물일 거야. 그다음에는 아이센강이 다시 깨끗이 흐를 수 있어.' 그는 그냥 지루함을 달래고자 느긋하게 성벽을 조금 더 허물어뜨리기 시작했어요.

우린 그 놀라운 일이 벌어질 때 누워서 잠을 좀 자기에 어디가 안전할지를 궁리하고 있었을 뿐이었죠. 길 위로 기사 하나가 신속하게 달려오는 소리가 들렸어요. 메리와 난 가만히 누워 있었고, 나무수염은 아치 아래 어둠 속에 몸을 숨겼어요. 갑자기 거대한 말 한 마리가 은빛 섬광처럼 성큼성큼 다가왔어요. 벌써 날은 어두웠지만 난 그 기사의 얼굴을 선명하게 볼 수 있었어요. 그 얼굴이 빛나는 것 같았고, 옷차림은 온통 하얗게 보였어요. 난 그냥 일어나 앉아 입을 벌린 채 빤히 쳐다보았죠. 큰 소리로 부르려고 했지만 되질 않았어요.

그럴 필요가 없었어요. 그가 바로 우리 곁에 멈춰서서 우릴 내려다봤거든요. '간달프!' 하고 마침내 내가 말했지만 내 목소린 속삭임에 불과했죠. 그가 말하길, '안녕, 피핀! 이건 뜻밖의 유쾌한 만남이야!'라고 했던가? 아냐, 그럴 리가 없죠. 그는 이렇게 말했어요. '일어나, 이 툭 집안의 멍텅구리야! 도대체 이 난리통 속에 나무수염은 어디 있어? 난 그에게 용무가 있어. 꾸물대지 말고 빨리!'

나무수염이 그의 목소리를 듣고 즉시 어둠 속에서 나왔고, 해서 이상한 만남이 벌어졌어요. 둘 중 어느 쪽도 전혀 놀라는 것 같지 않아서 내가 놀랐어요. 분명 간달프는 여기서 나무수염을 찾을 수 있을 걸로 기대했고, 또 나무수염은 간달프를 만날 작정으로 성문 근처를 배회하고 있었던 것 같았거든요. 한데 우린 그 오래된 엔트에게 모리아에 관한 모든 것을 이야기했었어요. 그가 그 당시 우리에게 보인 묘한 표정을 난 기억해요. 나로선 그가 간달프를 만났었거나 그에 대한 모종의 소식을 듣고도 아무것도 성급하게 말하려 하

지 않는 거라고 짐작할 뿐이었죠. '서두르지 말라!'가 그의 좌우명이
니까요. 하지만 누구도, 심지어 요정들까지도, 간달프가 자리하고
있지 않을 땐 그의 동정에 대해 이러쿵저러쿵 말하지 않는 법이죠.

'흠! 간달프!' 하고 나무수염이 말했어요. '오셔서 기쁘오. 숲과 물,
그루터기와 돌은 내가 마음대로 움직일 수 있소. 그런데 여기엔 처
리해야 할 마법사가 하나 있소.'

'나무수염이여!' 하고 간달프가 말했어요. '당신의 도움이 필요하
오. 당신은 많은 일을 했지만 해야 할 일이 더 있소. 오르크 약 만 명
을 처치해야 하오.'

그러고 나서 그 둘은 어느 구석으로 가 함께 협의를 했어요. 틀림
없이 나무수염에겐 너무 서두르는 것처럼 보였을 거예요. 왜냐하면
간달프가 엄청 다급한 나머지 그들의 말소리가 들리지 않는 곳으로
가기도 전에 벌써 대단한 속도로 말하고 있었으니까요. 그들이 떨어
져 있었던 건 몇 분밖에 안 됐어요. 아마 15분쯤 되려나. 이윽고 간달
프가 우리에게 돌아왔는데 한시름 던 듯 즐거워 보이기까지 했어요.
그제야 그는 우릴 만나 반갑다고 말하더군요.

그래서 나도 이렇게 물어봤지요. '그런데 간달프, 여태 어디 계셨
어요? 그리고 다른 동지들은 만나셨나요?'

'어디 있었든 간에 이렇게 돌아왔잖아.' 하고 그가 참으로 간달프
다운 방식으로 대답했어요. '그래, 다른 이들 중 몇은 만났어. 하지
만 그 소식을 들으려면 기다려야 해. 지금은 위험한 밤이고, 난 빨리
달려가야 해. 그렇지만 다가올 새벽은 더 밝을 거야. 만약 그렇다면
우린 다시 만날 거고. 몸조심하고 오르상크 곁에는 절대 가지 마! 안
녕!'

간달프가 떠난 뒤 나무수염은 깊은 생각에 잠겼어요. 분명 그는
짧은 시간에 많은 걸 배웠고 그걸 소화시키고 있었어요. 그가 우리
를 쳐다보고 이렇게 말했어요. '흠, 자, 너희는 내가 생각했던 그런

성급한 족속은 아니군. 너희는 할 수도 있을 것보다 훨씬 적게 말했고 해야 할 말만 했으니까. 흠, 참으로 많은 소식을 알았어! 자, 이젠 나무수염이 다시 바빠질 게 틀림없어.'

그가 가기 전에 우린 그에게서 얼마간의 소식을 전해 들었지만 그랬다고 해서 기운이 나는 건 전혀 없었어요. 그렇지만 우린 당장은 프로도와 샘, 또는 가여운 보로미르보다는 당신들 셋에 대해 더 많이 생각했어요. 우리가 헤아려 보건대 대단한 전투가 벌어지고 있거나 곧 벌어질 것이고, 또 당신들은 그 속에 있고 결코 거기서 빠져나오지 못할 수도 있다고 추측했거든요.

나무수염은 '후오른들이 도와줄 거야.' 하고 말했어요. 그 뒤 그는 가 버렸고 우린 오늘 아침에야 그를 다시 보았어요.

깊은 밤이었어요. 우린 돌무더기 상단에 누워 있었고 그 너머로는 아무것도 볼 수 없었어요. 안개 또는 어둠이 크나큰 담요처럼 우리 주위의 모든 걸 가려 버렸죠. 대기는 후텁지근하고 께느른한 것 같고 바스락대는 소리, 삐걱거리는 소리 그리고 지나치는 목소리들 같은 중얼거리는 소리로 가득 찼어요. 내 생각엔 전투를 돕기 위해 추가로 수백의 후오른들이 지나가고 있었던 게 틀림없었어요. 얼마 후 멀리 남쪽에서 천둥이 우르릉대는 굉장한 소리가 일었고, 저 멀리 로한을 가로질러 번갯불이 번뜩거렸어요. 가끔씩 수십 킬로미터 떨어진 산봉우리들이 흑백으로 찌르듯 치솟았다가 이내 사라지는 게 보였어요. 그리고 우리 뒤편으로는 산속에서 천둥 같은 소음이 들렸는데 실은 천둥소리는 아니었어요. 때때로 계곡 전체가 메아리쳤어요.

엔트들이 댐을 부수고 모아 둔 모든 물을 북쪽 성벽의 틈새를 통해 아래쪽 아이센가드로 쏟아부은 건 자정쯤이었던 게 틀림없어요. 후오른의 어둠이 지나갔고 천둥소리가 우르릉거리며 멀어져 갔어요. 달이 서쪽 산맥 뒤로 가라앉고 있었지요.

아이센가드는 슬며시 기어드는 시커먼 개울들과 웅덩이들로 그득 채워지기 시작했어요. 그것들은 평원 위로 퍼지며 마지막 달빛 속에 번득였어요. 이따금 그 물결은 통풍구나 환기갱 속으로 흘러들었어요. 거대한 흰 증기가 쉭쉭대며 솟고 연기가 소용돌이처럼 떠올랐죠. 여기저기서 폭발이 일고 불길이 확 타올랐어요. 거대한 증기의 소용돌이 하나가 오르상크를 겹겹이 휘감고 선회하며 솟았는데, 아래는 불타고 위는 달빛으로 환한 우뚝한 구름 봉우리 같았어요. 그러고도 훨씬 더 많은 물이 쏟아져 들어오니 마침내 아이센가드가 온통 김을 내뿜고 부글부글 끓어오르는 하나의 거대하고 납작한 냄비처럼 보였어요."

"어젯밤 쿠루니르 어귀에 당도했을 때 우리는 남쪽에서 치솟는 구름 같은 연기와 증기를 봤어." 아라고른이 말했다. "우린 사루만이 우리를 상대로 어떤 새로운 술책을 꾸미고 있는 게 아닌가 싶었네."

"그가 아니었어요!" 피핀이 말했다. "아마도 그는 숨이 막혀 캑캑대며 더는 웃지 못했을 거예요. 아침이 되자, 어제 아침이죠, 물은 모든 구멍들 속으로 스며들고 짙은 안개가 끼었죠. 우린 저 건너 위병소에 피신했는데 그러고도 다소 무서웠어요. 호수가 넘쳐 낡은 터널을 통해 쏟아져 나오기 시작했고 물은 계단 위로 빠르게 차오르고 있었거든요. 우리도 구멍 속의 오르크들처럼 꼼짝없이 갇히는 게 아닌가 싶었는데, 저장실 뒤쪽에서 나선형 계단을 찾아 아치 꼭대기로 빠져나왔어요. 통로들이 금 간 데다 꼭대기 근처는 떨어진 돌로 반쯤 막혀 있어 빠져나온다는 게 고역이었어요. 거기서 우리는 큰물 위로 높직한 데 앉아 아이센가드의 수몰을 지켜보았지요. 엔트들이 더 많은 물을 계속 쏟아부어 마침내 모든 불길이 꺼지고 모든 동굴이 차 버렸어요. 안개가 천천히 한데 모이더니 증발해 올라 거대한 우산 같은 구름이 되었어요. 그 높이가 1.5킬로미터는 되었을 거예요. 저녁에 커다란 무지개가 동쪽 능선 위에 걸쳤고, 뒤이어 산허리에 내리는 굵은 이슬비에 저녁놀이 가려 버렸죠. 이 모든 일이 아주고요하게 진행되었어요. 저 멀리서 몇 마리 늑대가 음산하게 울부짖었어요. 밤이 되자 엔트들은 물의 유입을 그쳐 아이센강이 원래대로 흐르게 했죠. 그리고 그것으로 모든 게 끝났어요.

그 이후로 물이 다시 빠지고 있었어요. 틀림없이 밑의 동굴들에서이어지는 어딘가에 배수구들이 있나 봐요. 만일 사루만이 창문으로 슬쩍 내다보았다면 틀림없이 지저분하고 황량한 난장판으로 보였을 거예요. 우린 몹시 외로웠어요. 그 모든 폐허 속에 말을 건넬 엔트 하나 보이지 않고 또 아무 소식도 없었으니까요. 우린 거기 아치꼭대기에서 그 밤을 꼴딱 보냈는데 날이 춥고 습해서 잠을 이루지못했어요. 언제라도 무슨 일이 벌어질 것만 같은 느낌이었지요. 사루만은 여전히 자신의 탑 속에 있었어요. 밤에 계곡 위로 오르는 바람 소리 같은 소음이 들렸어요. 난 멀리 떨어져 있었던 엔트들과 후오른들이 그제야 돌아온 거라고 생각했죠. 하지만 지금 그들 모두가 어디로 갔는지는 몰라요. 우리가 계단을 내려와 다시 주위를 둘러본 건 안개 끼고 습기 찬 아침이었는데, 주변엔 아무도 없었어요. 이상이 우리가 들려줄 사연의 전부인 셈이에요. 그 모든 혼란이 지나간 지금 세상은 평화로워 보일 지경이에요. 그리고 간달프가 돌아왔으니 어쨌든 더 안전해 보이고요. 이제 난 잠들 수 있을 거예요!"

그들 모두가 잠시 침묵에 잠겼다. 이윽고 김리가 담뱃대를 다시채우고 부싯돌과 깃으로 불을 댕기며 말했다.

"한 가지 궁금한 게 있어. 뱀혓바닥 말이야. 자네들은 세오덴에게말하기를 그가 사루만과 함께 있다고 했어. 뱀혓바닥이 어떻게 거기

간 거야?"

"오, 그러네요, 그를 깜박했네요."

피핀이 이야기를 다시 시작했다.

"그는 오늘 아침에야 여기로 왔어요. 우리가 막 불을 피우고 아침 식사를 할 때 나무수염이 다시 나타났어요. 그가 밖에서 '훔, 훔.' 하는 소리를 내며 우리 이름을 부르는 걸 들었지요.

'어이, 친구들, 너희가 어떻게 지내는지 보려고 훌쩍 와 봤네. 소식도 좀 전해 줄 겸해서 말이야. 후오른들은 돌아왔네. 모든 게 잘됐어. 그럼 잘되고말고!'라고 말하며 그가 웃고 자기 허벅지를 찰싹찰싹 쳤어요. '아이센가드에는 이제 오르크들이 없고 도끼도 더는 없어! 그리고 날이 저물기 전에 남쪽에서 사람들이 올 게야. 너희가 보면 반가워할 몇 사람이 말이야.'

그가 그 말을 마치자마자 길 위에서 말발굽 소리가 들렸어요. 우린 성문 앞으로 부리나케 뛰쳐나갔고, 난 성큼걸이와 간달프가 군대의 선두에서 말을 타고 다가오는 걸 볼 수 있으려나 싶어 서서 빤히 바라보았죠. 그런데 안개를 헤치고 달려온 건 늙고 지친 말에 탄 한 사람이었고, 인물 자체가 야릇하고 배배 꼬인 것 같았어요. 다른 이는 없었어요. 안개를 헤치고 와 갑자기 앞에 펼쳐진 그 모든 폐허와 파괴의 광경을 보더니 그는 앉은 채 입을 딱 벌렸고 얼굴엔 핏기가 가셨어요. 그는 너무나 당혹했던 나머지 처음엔 우리를 알아보지도 못하는 것 같았어요. 우릴 알아보았을 땐 비명을 지르고 말을 돌려 달아나려고 했어요. 그러나 나무수염이 큰 걸음 세 발짝을 내딛고 긴 팔을 내밀어 그를 안장에서 들어 올렸지요. 말은 공포에 질려 도망치고, 그는 땅바닥에 넙죽 엎드렸죠. 그가 말하길, 자신은 왕의 친구이자 고문인 그리마로 세오덴이 사루만에게 보내는 중요한 전언을 지니고 온 몸이라고 했어요. 그리고 이렇게 말하더군요.

'다른 어느 누구도 감히 더러운 오르크들로 가득한 그 광활한 땅을 관통해 말을 달리려 하지 않았소. 그래서 내가 파견된 것이오. 그리고 나는 그 위험한 여행을 한지라 시장하고 지친 상태요. 늑대들에게 쫓겨 원래 길을 벗어나 멀리 북쪽으로 달아났더란 말이오.'

난 그가 나무수염을 곁눈질하는 것을 포착하곤 혼잣말로 '거짓말쟁이!'라고 중얼거렸어요. 나무수염이 자신의 길고 느린 방식대로 몇 분간이나 그를 쳐다보자, 마침내 그 비열한 자가 바닥에서 벌레처럼 허우적대더군요. 그러자 드디어 나무수염이 이렇게 말했어요. '하, 흠, 난 당신이 오리라 생각했소, 뱀혓바닥 선생.' 그 이름을 듣자 그자가 움찔했어요. '간달프가 먼저 여길 왔더랬지. 해서 나는 당신에 대해 필요한 만큼 알고 있고 또 당신을 어떻게 해야 할지도 알아. 하나의 덫에 모든 쥐새끼들을 잡아넣으라고 간달프가 말했고 또 나도 그렇게 할 거야. 이제는 내가 아이센가드의 지배자이고 사루만은 탑에 갇혀 있어. 그러니 당신은 거기로 가서 당신이 생각해 낼 수 있는 모든 전언들을 전할 수 있어.'

그러자 뱀혓바닥이 말했어요.

'날 보내 주오, 나를 보내 주시오! 난 그 길을 알고 있소.'

'물론 그 길을 잘 알 테지. 하지만 여기는 사정이 좀 변했어. 직접 가서 보라고!'

나무수염이 이렇게 말하고 뱀혓바닥을 놓아주었어요. 그는 우리가 바짝 뒤따르는 가운데 절뚝거리며 아치를 통과해 마침내 원형 평원 안으로 들어가 자신과 오르상크 사이에 가로놓인 사방팔방의 큰 물을 볼 수 있었어요. 그리고 나자 그가 우리에게로 몸을 돌렸어요. '날 떠나게 해 주오!' 그가 애처로운 소리로 말했어요. '나를 떠나게 해 주시오! 이제 내 전언은 소용이 없소.'

'실로 그렇지.' 나무수염이 말했어요. '그러나 당신에겐 두 가지 선택밖에 없네. 간달프와 당신 주군이 도착할 때까지 나와 함께 있든가 아니면 저 물을 건너는 것이지. 어느 쪽을 택할 텐가?'

그는 자기 주군이란 말에 몸을 떨더니 한 발을 물에 담갔다가 도로 물러나며 '난 헤엄을 못 치오.' 하고 말했어요.

그러자 나무수염이 대꾸했어요. '물이 깊지 않은데, 더럽긴 하지만 당신에게 해롭진 않을 텐데, 뱀혓바닥 선생. 이제 들어가!'

그 말과 함께 그 비열한 자는 허우적거리며 큰물 속으로 들어갔어요. 그가 너무 멀리 가서 내가 그를 볼 수 없게 되기 전에 물이 거의 그의 목까지 차올랐어요. 내가 마지막으로 본 그의 모습은 어떤 낡은 술통인가 나뭇조각인가에 그가 매달린 꼴이었어요. 그러나 나무수염은 그를 따라 걸어 들어가 그의 진로를 지켜보았죠.

그는 돌아와서 말했어요. '자, 그는 들어갔네. 나는 그가 질질 끌린 쥐새끼처럼 계단을 기어오르는 것을 보았어. 탑 속에는 아직도 누군가가 있어. 손 하나가 밖으로 나와 그를 안으로 끌어들였거든. 그가 거기로 갔으니 그가 마음에 드는 환영을 받기를 바랄 뿐이야. 이제 나는 몸에 달라붙은 진흙을 깨끗이 씻어야 해. 혹시 나를 찾는 이가 있거든 멀리 북쪽에 있을 거라고 전해. 이 아래쪽에는 엔트가 마시거나 목욕하기에 맞춤한 맑은 물이 없거든. 그래서 너희 두 친구에게 부탁하는데, 성문에서 다가오는 사람들을 잘 살펴봐 줘. 로한들판의 군주가 올 테니 유념하라고! 너희가 아는 만큼의 요령으로 그를 환영해야 해. 그의 병사들이 오르크들과 위대한 전투를 치렀으니까. 아마 엔트들보다는 너희가 그런 군주에게 합당한 인간들의 언사를 잘 알 거야. 내가 태어나서 지금까지 초록 들판에는 많은 영주들이 있었지만 나는 결코 그들의 말이나 이름 들을 배우지 못했어. 그들은 인간의 음식을 원할 텐데 그런 것에 대해서는 너희가 죄다 알 것 아니야? 그러니 할 수 있다면 너희가 생각하기에 왕이 드시기 알맞은 음식을 찾아봐.' 이것으로 이야기는 끝이에요. 이 뱀혓바닥이란 자가 누구인지 알고 싶긴 하지만 말이에요. 정말로 그가 왕의 고문이었어요?"

"그랬다네." 아라고른이 말했다. "그리고 또한 로한에 잠입한 사루만의 밀정이자 종복이었지. 운명은 그가 받아 마땅한 것 이상의 호의를 베풀진 않았어. 그가 그토록 굳세고 장대하다고 생각했던 그 모든 것이 폐허가 된 광경은 틀림없이 충분한 벌이었을 테니까. 그러나 난 더 지독한 게 그를 기다리고 있지 않나 싶어."

"그래요. 난 나무수염이 호의로 그를 오르상크로 보내 줬다고 보진 않아요." 메리가 말했다. "그는 그 일을 다소 냉혹하게 즐기는 것 같았고 목욕하고 물 마시러 갈 때는 혼자 웃고 있었어요. 그 후에 우린 표류물을 수색하고 뒤적거려 찾느라 바쁜 시간을 보냈어요. 우린 인근의 여러 곳에서 큰물의 고수위 위에 있는 저장실 두세 개를 찾았어요. 그러나 나무수염이 엔트 몇을 내려보냈고, 그들이 물자 대부분을 옮겨 갔어요.

'우리는 인간의 음식이 25인분 필요해.'라고 그 엔트들이 말한 걸로 보아 누군가가 당신들이 도착하기 전에 그 인원수를 꼼꼼히 계산했다는 걸 알 수 있어요. 분명 당신들 셋은 지체 높은 분들과 함께하는 걸로 간주되었을 테고요. 그렇다고 해서 당신들이 더 좋은 음식을 먹진 못했을 거예요. 장담컨대, 우리는 보낸 것만큼이나 좋은 것을 챙겨 두었으니까요. 더 좋을 거예요. 우리가 음료는 보내지 않았으니까.

'음료는 어떻게 해요?' 하고 내가 그 엔트들에게 물었죠. 그들이 말했어요. '아이센강의 물이 있잖아. 그리고 엔트들과 인간들에게는 그것으로 충분해.'

그러나 난 그 엔트들이 짬을 내서 산속의 샘물로 자신의 음료를 좀 빚기를 바라요. 그랬다면 간달프가 돌아올 때 그의 수염이 말려 올라가는 걸 볼 수 있을 거예요. 그 엔트들이 가고 난 후 우린 피곤하고 배도 고팠어요. 그러나 우린 투덜대지 않았죠. 수고의 대가를 듬뿍 얻었거든요. 피핀이 모든 표류물 가운데 제일 귀한 저 나팔수 집안의 연초통들을 발견한 것도 바로 인간의 음식을 수색하던 중이었어요. '연초는 음식 다음으로 좋은 거야.' 하고 피핀은 말했지요. 이것이 현 상황에 이른 경위랍니다."

"이제 우린 모든 걸 완벽하게 이해해."

김리가 말하자 아라고른도 덧붙였다.

"한 가지만 빼고. 남둘레의 연초가 아이센가드에 있는 것 말일세. 생각할수록 야릇한 일이라고. 난 아이센가드에 머문 적은 없지만 이 땅을 여행한 적은 있기에 로한과 샤이어 사이에 놓인 텅 빈 지역들을 잘 알아. 오랜 세월 동안 물자도 사람도 그 길로는 지나가지 않았어. 공공연히 지나가진 않았다고. 내가 추정하기론, 사루만이 샤이어의 누군가와 내통한 거야. 뱀혓바닥과 같은 자들은 세오덴 왕의 궁전 말고도 다른 곳에서도 발견될 수 있어. 혹시 그 통들에 날짜가 찍혀 있던가?"

"그래요. 1417년의 소출, 그러니까 작년 거죠. 아니지, 이젠 재작년이지. 작황이 좋은 해였죠."

피핀의 대답을 듣고 아라고른이 다시 말했다.

"아, 자, 어떤 재앙이 벌어졌든 이젠 그쳤으면 좋겠는데. 그렇지 않다면 현재로선 우리 손길이 거기엔 미칠 수 없단 말이야. 그렇지만 난 간달프에게 그 일을 언급할 생각이야. 큰일에 열중한 그에겐 사소한 일로 보일 수도 있지만."

메리도 말했다.

"그가 뭘 하고 있는지 궁금해요. 오후도 지나가고 있어요. 가서 둘러봐요! 원한다면, 성큼걸이여, 하여튼 당신은 이제 아이센가드에 들어갈 수 있어요. 그러나 썩 유쾌한 광경은 아니에요."

Chapter 10
사루만의 목소리

그들은 폐허가 된 터널을 통과해 돌무더기 위에 서서 오르상크의 어두운 암벽과 거기 달린 많은 창문을 빤히 쳐다봤는데, 그 광경은 주위에 온통 널린 황량한 분위기 속에서도 여전히 위협적이었다. 이제 큰물은 거의 다 가라앉았다. 떠 있는 찌꺼기와 표착물로 덮인 음울한 웅덩이가 여기저기 남아 있었다. 그러나 널찍한 원형 평원은 대부분 다시 맨몸을 드러냈다. 진흙과 굴러떨어진 바위로 뒤덮인 광대한 황야에는 시커먼 구멍들이 파이고 술 취한 듯 이리저리 기운 말뚝과 기둥 들이 점점이 박혀 있었다. 엉망이 된 우묵땅의 가장자리엔 방대한 흙무덤과 비탈 들이 모진 폭풍우에 마구 내던져진 조약돌들처럼 깔려 있었다. 그 너머에는 뒤죽박죽이 된 초록 계곡이 산맥의 어둑한 지맥들 사이의 긴 골짜기 속으로 뻗쳐올랐다. 그들은 그 황무지 건너편에서 기사들이 발 디딜 데를 찾아 조심스럽게 다가오는 걸 보았다. 그들은 북쪽에서 오는 길로 벌써 오르상크에 가까워지고 있었다. 레골라스가 말했다.

"간달프와 세오덴, 그리고 그의 병사들이야! 가서 맞이하자고!"

메리도 한마디 했다.

"신중하게 걸어요! 조심하지 않으면 느슨해진 석판들이 불쑥 기울어 구덩이에 처박힐 수 있다고요."

그들은 어수선한 길을 따라 성문에서 오르상크까지 천천히 걸어갔다. 판석들이 금 가고 진흙투성이였던 것이다. 그 기사들은 그들이 다가오는 것을 보자 암벽의 그늘 아래서 발길을 멈추고 기다렸다. 간달프가 그들을 맞으러 앞으로 달려 나왔다.

"자, 나무수염과 나는 흥미로운 토론을 갖고 몇 가지 계획을 세웠네. 그리고 우리 모두가 간절했던 휴식도 좀 취했어. 이제 우린 다시 나아가야 하네. 동지들 자네도 모두 쉬면서 원기를 회복했으리라 싶은데 어떤가?"

"예, 그랬어요." 메리가 말했다. "그러나 우리의 토론은 연초 연기 속에서 시작하고 끝났죠. 그럼에도 이전보다는 사루만에 대한 악감정이 덜해진 걸 느껴요."

"정말로? 음, 난 그렇지 않은데. 이제 내겐 떠나기 전에 수행해야 할 마지막 과업이 있어. 사루만에게 고별 방문을 해야 한다고. 위험하지, 아마 소용없는 일일 수도 있고. 하지만 해야만 해. 자네들 중에 원하는 이들은 나와 함께 갈 수 있어. 그러나 조심해야 하네! 그리고 농담을 해선 안 되고! 그럴 때가 아니니까."

김리가 먼저 말했다.

"난 가겠소. 그를 보고 싶기도 하고, 그가 진짜 당신을 닮았는지 알고 싶어요."

그러자 간달프가 말했다.

"그런데 어떻게 자네가 그걸 알 수 있겠나, 난쟁이 선생? 사루만은 자네를 상대하는 목적에 부합하다면 자네 눈에는 능히 나처럼 보일 수 있어. 자네가 벌써 그의 모든 위장을 간파할 만큼 현명한가? 음, 두고 볼 일일 테지, 아마도. 그는 한꺼번에 많은 이의 눈길 앞에 자신을 내보이길 꺼릴 수도 있어. 그렇지만 내가 모든 엔트들에게 눈에 띄지 않는 곳으로 이동하라고 했으니 아마 우리는 그를 설득해 밖으로 나오게 할 수도 있을 거야."

그러자 피핀이 물었다.

"그 위험이란 게 뭐죠? 그가 우리에게 화살을 쏘고 창문 밖으로

불길을 쏟아붓기라도 할까요? 아니면 멀리서 우리에게 마법을 걸
수 있나요?"

"마지막 것이 가능성이 제일 크지. 만일 자네가 태평한 마음으로
그의 문으로 달려간다면 말이야. 그러나 그가 무엇을 할 수 있을지,
무엇을 하려고 들지는 알 도리가 없어. 궁지에 몰린 야수에게 접근
하는 일엔 안전이 담보되지 않아. 게다가 사루만은 자네가 짐작하지
못하는 권능들을 갖고 있어. 그의 목소리를 조심하게!"

이제 그들은 오르상크의 밑부분에 다다랐다. 그것은 검었고, 암
벽은 비에 젖은 것처럼 번득였다. 그 돌의 많은 면들은 새롭게 끌로
깎은 듯 날카롭게 날이 서 있었다. 기부(基部) 근처의 몇 군데 긁힌
자국과 박편 같은 작은 지저깨비들이 엔트들의 격분이 남긴 흔적의
전부였다.

동쪽으로 두 교각의 귀퉁이에 지면 위로 높이 거대한 문 하나가
있었다. 그 위로는 덧창 하나가 쇠창살로 둘러쳐진 발코니로 통했
다. 문지방까지는 스물일곱 개의 널찍한 층계들이 일렬의 계단으로
뻗어 올랐는데, 암벽과 마찬가지로 검은 돌을 진기한 기술로 깎은
것이었다. 이것이 탑으로 들어가는 유일한 입구였지만, 기어오르는
벽에는 깊고 비스듬한 구멍들과 더불어 높은 창들이 많이 파여 있
었다. 첨봉의 깎아지른 면들 속의 작은 눈들처럼 그 창들은 저 멀리
위쪽을 응시했다.

계단 아래서 간달프와 왕이 말에서 내렸다.

"내가 올라가겠소. 난 오르상크에 와 본 적이 있어 내게 닥칠 수
있는 위험을 아오."

간달프의 말에 세오덴이 대답했다.

"나도 올라가겠소. 난 늙은 몸이라 더 이상 위험이 두렵지 않소.
난 내게 참으로 많은 해악을 끼친 적과 이야기하고 싶소. 에오메르

가 나와 함께 가서 내 노쇠한 발이 비틀거리지 않게 돌봐 줄 거요."

"뜻대로 하시오. 아라고른이 나와 함께 갈 것이오. 나머지는 계단 아래서 기다리시오. 뭔가 보거나 들을 만한 일이 있다면 여기서도 충분히 보고 들을 수 있을 테니까."

간달프의 말에 김리가 외쳤다.

"안 될 말이오! 레골라스와 나는 보다 가까이에서 보고 싶소. 여기서 우리는 각자가 우리 동족들을 대표하오. 우리도 뒤따르겠소."

"그렇다면 가자고."

간달프가 계단을 올랐고, 세오덴이 옆에서 함께 갔다.

로한의 기사들은 계단 양쪽에서 꺼림칙한 마음으로 말 위에 앉아 자신들의 주군에게 무슨 일이 생기지나 않을까 염려하며 거대한 탑을 음울하게 올려다봤다. 메리와 피핀은 자신들이 대수롭지 않고 또 안전하지도 않다고 느끼며 맨 아랫단에 앉아 있었다. 피핀이 투덜댔다.

"여기서 성문까진 800미터에 불과해! 난 눈에 띄지 않게 슬쩍 떠나 위병소로 돌아가고 싶어! 우린 왜 온 거야? 우린 여기 있을 필요가 없어."

간달프가 오르상크의 문 앞에 서서 지팡이로 문을 두들겼다. 문에서 공허한 소리가 울려 퍼졌다. 그가 위풍당당하게 큰 목소리로 외쳤다.

"사루만, 사루만! 사루만이여, 앞으로 나서라!"

얼마 동안 아무런 응답이 없었다. 마침내 문 위의 창문 빗장이 빠졌지만 그 어두운 틈에선 어떤 형체도 보이지 않았다.

"누구요?" 하나의 목소리가 말했다. "뭘 원하오?"

세오덴이 흠칫 놀라며 중얼거렸다.

"난 저 목소리를 알아. 그리고 난 저 목소리에 처음 귀 기울였던 그날을 저주해."

간달프가 다시 외쳤다.

"가서 사루만을 데려오라. 넌 그의 종복이 되었으니, 그리마 뱀혓바닥이여! 그리고 우리 시간을 허비하게 하지 말라!"

창문이 닫혔다. 그들은 기다렸다. 갑자기 또 다른 목소리가 들렸다. 저음에 선율이 아름다운 목소리로 그 소리 자체가 혼을 뺏는 것이었다. 방심한 채 그 목소리에 귀를 기울인 이들은 좀체 자신이 들은 말을 전하지 못했다. 또 설사 전한다 하더라도 스스로 긴가민가 했는데, 그들에겐 힘이 거의 남아 있지 않았던 것이다. 대개는 그 목소리가 말하는 걸 듣는 게 즐거웠다는 것만 기억했다. 그것이 말하는 모든 것이 현명하고 온당해 보였고 재빨리 거기에 동의함으로써 자신도 현명해 보이고 싶은 욕망이 불현듯 솟구쳤다. 다른 이들이 하는 말은 그에 대비되어 귀에 거슬리고 투박한 것 같았다. 만일 그 다른 이들이 그 목소리를 부정하기라도 하면 매료된 자들의 가슴엔 분노의 불길이 타올랐다. 어떤 사람들에게 그 마력은 그 목소리가 자신에게 말할 동안만 지속되었다. 그래서 그것이 다른 사람에게 말할 땐 그들은 빙긋이 웃었는데, 마치 남들은 마술사의 곡예를 입을 딱 벌리고 멍하니 바라보지만 꿰뚫어 본 이들은 빙긋 웃는 것과 같았다. 많은 이들의 경우 그들을 매혹시키는 데는 그 목소리 하나만으로 족했다. 그렇지만 그 목소리에 정복된 이들에겐 그것에서 멀리 떨어져 있을 때도 그 마력은 지속되었고, 내내 그 부드러운 목소리가 자신에게 속삭이고 재촉하고 있다고 들었다. 그 목소리에 무감한 이는 없었다. 그 지배자가 그것을 통제하는 한 정신과 의지의 노력 없이는 누구도 그것의 간청과 명령을 물리치지 못했다.

이제 그것이 부드러운 물음을 담아 말했다.

"글쎄, 왜 당신은 내 휴식을 방해해야만 하지? 당신은 밤낮을 가리지 않고 내게 아예 평화를 주지 않을 텐가?"

그 어조는 이해심 많은 이가 부당한 피해를 입고 기분이 상했을 때 취할 만한 것이었다.

그가 오는 어떤 소리도 듣지 못했기에 그들은 깜짝 놀라 올려다보았다. 하나의 형체가 난간에 서서 그들을 내려다보는 게 보였다. 커다란 망토에 몸을 감싼 노인이었다. 망토의 색깔은 분별하기 쉽지 않았던 것이, 그들이 눈을 움직이거나 그가 몸을 꿈틀거리면 변했던 것이다. 높은 이마를 지닌 그의 얼굴은 길었고, 깊고 어두운 두 눈은 그 깊이를 가늠하기 어려웠다. 지금 그 눈에 어린 표정은 엄숙하고 자비로우며 약간 지쳐 보이긴 했지만. 머리칼과 수염은 희었지만 입술과 귀 주위로는 검은 가닥들이 아직도 보였다.

"닮았으면서도 또 안 닮았단 말이야."

김리가 중얼거렸다.

"자, 자,"

그 부드러운 목소리가 말했다.

"나는 당신들 중 적어도 두 사람의 이름은 알고 있지. 간달프는 너무나 잘 알기에 그가 여기서 도움이나 조언을 구할 거란 기대는 하지 않아. 그렇지만 그대, 로한땅 마크의 군주 세오덴은 고상한 문장(紋章)과 에오를 가문의 아름다운 용모로 대번에 알아보겠소. 오, 명망 높은 셍겔의 훌륭한 아들이여! 왜 그대는 진작, 그리고 친구로서 오지 않았소? 나는 서부의 가장 강대한 왕인 그대를 무척이나 만나고 싶었고, 특히 요 근년에 들어선 그대를 에워싼 우매하고 간악한 간언들로부터 그대를 구해 주고 싶었다오! 이미 너무 늦은 것이오? 내게 가해진 위해들에도 불구하고—애석하게도 로한의 군사가 거기에 한몫 톡톡히 했지만—그럼에도 나는 그대를 구해 줄 것이고 또 만약 그대가 자신이 택한 이 길을 달린다면 불가피하게 다가들 파멸에서 그대를 건져 주겠소. 실로 나 혼자만이 지금 그대를 도울 수 있소."

세오덴이 말을 할 것처럼 입을 벌렸지만 아무 말도 하지 않았다.

그는 어둡고 근엄한 눈으로 자신을 굽어보는 사루만의 얼굴을 올려다보았고 그다음에는 곁에 선 간달프를 쳐다보았다. 그는 망설이는 것 같았다. 간달프는 어떤 내색도 하지 않고 아직 오지 않은 어떤 부름을 참을성 있게 기다리는 이처럼 돌처럼 묵묵히 서 있었다. 로한의 기사들은 처음엔 사루만의 말에 찬동하여 수런거리며 몸을 꿈틀댔지만 이윽고 그들 또한 홀린 사람들처럼 말이 없었다. 그들에게는 간달프가 자신들의 군주에게 그렇게 그럴듯하고 어울리게 말한 적이 결코 없었던 것 같았다. 세오덴을 상대로 한 간달프의 모든 언동이 이제는 거칠고 교만해 보였다. 그에 더하여 그들의 가슴엔 하나의 그림자가, 즉 크나큰 위험에 대한 두려움이 스며들었다. 간달프가 그들을 어둠 속에서의 마크의 종말로 몰아가고 있는 반면, 사루만은 탈출구 옆에 선 채 그 문을 반쯤 열어 두어 거기로 한 줄기 빛이 들어오는 것 같았다. 무거운 침묵이 흘렀다.

"이 마법사의 말은 물구나무 선 거야."

느닷없이 그 침묵을 깬 것은 난쟁이 김리였다. 그가 도낏자루를 움켜쥐며 으르렁거렸다.

"오르상크의 언어로는 도움은 파멸을 뜻하고 구조는 살해를 뜻해. 명명백백한 사실이지. 더구나 우리는 여기 구걸하러 온 게 아니야."

"닥쳐라!"

사루만이 외쳤다. 눈 깜짝할 순간 동안 그의 목소리는 덜 상냥했고 그의 눈에는 빛이 깜박이다가 사라졌다.

"나는 아직 자네에게 말하지 않았어, 글로인의 아들 김리여. 자네 고향은 저 멀리 있고, 이 땅의 분란은 자네가 상관할 바가 아니야. 그러나 자네가 그것에 휩쓸린 게 자네 자신의 뜻이 아니었던 만큼 나는 자네가 했던 역할을 탓하진 않겠어—그건 어느 모로 보나 용맹한 것이었어. 어쨌든 부탁하네만 내가 먼저 내 이웃이자 한때는 내 친구였던 로한의 왕과 이야기할 수 있게 해 주게.

세오덴 왕이여, 어떻게 하시겠소? 나와 화평을 맺고 오랜 세월에 걸쳐 쌓은 내 지식이 가져다줄 수 있는 모든 원조를 받으시겠소? 우리가 이 사악한 시절에 대처할 방안을 함께 의논하고 우리가 입은 손해를 상호 후의로 회복하여 우리 둘 모두의 영토를 이전 그 어느 때보다 아름답게 꽃피우지 않으시겠소?"

그럼에도 세오덴은 대답하지 않았다. 그가 안간힘을 다해 싸우는 것이 분노인지 의구심인지는 누구도 알 수 없었다.

에오메르가 말했다.

"전하! 제 말을 들어 주소서! 지금 우리는 조심하라는 주의를 받은 그 위험에 직면해 있습니다. 승리를 위해 나선 우리의 출정 길이 결국 갈라진 혀에 꿀을 바른 늙은 거짓말쟁이의 말에 망연자실해서야 되겠습니까? 할 수만 있다면, 덫에 걸린 늑대도 사냥개들에게 저렇게 말할 것입니다. 참으로 그가 전하에게 무슨 원조를 줄 수 있습니까? 그가 바라는 것이라곤 자신이 처한 곤경에서 벗어나는 것뿐입니다. 그러함에도 전하께선 배신과 살해를 업으로 하는 이자와 화평을 교섭하시렵니까? 아이센의 여울에 묻힌 세오드레드 왕자, 그리고 헬름협곡에 있는 하마의 무덤을 기억하십시오!"

"독 묻은 혀에 대해 말하자면 네 혀는 어떠냐, 젊은 독사여?"

사루만이 말했는데, 이제 그의 분노가 확 타오른 것이 역력했다. 이윽고 그가 다시 부드러운 목소리로 말을 이었다.

"하나, 자, 에오문드의 아들 에오메르여! 모든 이에겐 자신의 직분이 있는 법이지. 무용(武勇)이 자네의 직분이고 또 자네는 그것으로 고귀한 명예를 얻는 것이네. 자네 주군께서 적으로 지명하는 자들을 죽이는 걸로 만족하시게. 자네가 이해하지 못하는 정략에는 끼어들지 마시오. 그러나 만약 자네가 왕이 된다면 아마 자네도 친구들을 신중하게 선택해야 한다는 걸 알게 될 것이오. 사루만의 우의

306

와 오르상크의 힘은 가벼이 내칠 수 있는 게 아니오. 근거가 있든 없든, 이런저런 불만거리가 이면에 깔려 있다 할지라도 말이오. 자네가 승리를 거둔 건 하나의 전투이지 전쟁이 아니라네—그것도 다시는 기대할 수 없는 도움을 받은 것이지. 다음엔 그 숲의 그림자가 자네 문간에 닥친 걸 보게 될 것이야. 그것은 변덕스럽고 분별없으며 인간을 아끼는 마음이라곤 없네.

그건 그렇고, 로한의 군주여, 용자(勇者)들이 전투에서 쓰러졌다고 해서 내가 살인자로 불려야겠소? 만약 당신이 전쟁에 나선다면—쓸데없이 말이오, 나는 전쟁을 원치 않았으니까—병사들은 죽게 마련이오. 그러나 만일 그 때문에 내가 살인자라면, 그렇다면 에오를 가문 전체가 살인의 피로 얼룩졌소. 그들은 많은 전쟁을 치렀고 대항하는 자들을 숱하게 쳐부쉈으니까. 그렇지만 그들은 후에 어떤 세력들과는 화평을 맺었으니 그런 명민함이 해로울 게 무엇이겠소. 자, 세오덴 왕이여, 우리 화평과 우의를 맺지 않으시려오, 당신과 내가 말이오? 명령은 우리가 내리는 것이오."

"우리는 평화를 원하오."

마침내 세오덴이 탁한 목소리로 힘겹게 말했다. 여러 기사들이 환성을 외쳤다. 세오덴이 손을 들어 올렸다. 그리고 왕은 이번에는 더욱 또렷한 목소리로 말을 이었다.

"그렇소, 우리는 평화를 원하오. 당신과 당신의 모든 소행이—그리고 당신이 우리를 넘겨 버리려는 당신의 음험한 지배자의 소행이—사라졌을 때, 우리는 평화를 누릴 것이오. 사루만, 당신은 거짓말쟁이고, 사람의 마음을 타락시키는 자요. 당신이 내게 손을 내밀지만 나는 오로지 모르도르의 마수의 발톱 하나를 볼 뿐이오. 잔인하고 냉혹한! 설령 나를 상대로 한 당신의 전쟁이 정당하다 하더라도—실은 그렇지 않았던 게, 당신이 지금보다 열 배나 현명하다 하더라도 자신의 이득을 위해 자기 마음대로 나와 내 백성을 지배할 권리는 없을 테니까—설사 그럴지라도 웨스트폴드에서의 횃불들과 거기에 죽어 드러누운 아이들에 대해선 뭐라 말하려오? 게다가 그 놈들은 나팔산성 성문 앞에서 이미 죽은 하마의 시신을 난도질했소. 당신이 아끼는 까마귀들이 한 바탕 잔치를 벌이게끔 당신의 목이 창가의 교수대에 걸릴 때, 나는 당신과 오르상크와 화평을 맺겠소. 이상이 에오를 왕가의 결단이오. 위대하신 선조들의 불민한 자손이오만 내가 당신의 손가락을 핥을 이유는 없소. 다른 데 알아보시구려. 한데, 당신의 목소리는 마력을 잃은 듯하오."

기사들은 꿈에서 깜짝 놀라 깨어난 이들처럼 세오덴을 물끄러미 쳐다보았다. 사루만의 음악을 들은 뒤끝인지라 그들의 귀에 주군의 목소리는 늙은 까마귀의 것처럼 껄끄럽게 들렸다. 그러나 사루만은 한동안 격분에 사로잡혀 제정신이 아니었다. 그는 마치 지팡이로 왕을 칠 것처럼 난간 위로 몸을 굽혔다. 문득 일부 기사들에게는 뱀이 공격하려고 똬리를 트는 모습이 보이는 것 같았다.

"교수대와 까마귀들이라고!"

그는 쉭쉭거렸고, 기사들은 그 끔찍한 변화에 몸을 떨었다.

"노망든 늙은이 같으니! 에오를 왕가란 게 고작 도적놈들이 악취 속에 술을 퍼마시고 그 새끼들은 땅바닥에서 개들과 함께 뒹구는 초가 헛간 아니더냐? 그놈들 자신이야말로 너무나 오랫동안 교수대를 면했지. 하지만 올가미는 서서히 당겨지다 종국엔 팽팽하고 단단하게 조이는 법. 하겠다면 목 매달아 보라고!"

이제 그가 천천히 자제력을 발휘하면서 그의 목소리가 변했다.

"왜 내가 인내심을 갖고 당신에게 말한 건지 모르겠군. 내겐 당신도 또 진격만큼이나 줄행랑에도 날랜 당신의 하찮은 마병 무리가 필요치도 않은데 말이지, 말 군주 세오덴이여. 오래전에 나는 당신의 가치와 지력엔 과분한 지위를 당신에게 부여했더랬어. 이제 내가 다시 그것을 부여한 건 당신으로 인해 오도되는 이들이 어느 길을 택할지 분명히 깨닫도록 하려는 것이었어. 당신은 내게 허세와 욕설을 늘어놓았어. 그렇다면 좋아! 궁상맞은 당신의 오두막에나 돌아가라고!

그나저나 그대, 간달프여! 어떻든 나는 그대가 안타깝고 그대의 수치에 마음 아프오. 어찌 이런 무리와 어울리는 걸 감내할 수가 있소? 간달프, 그대는 자존심이 센 인물이오—고귀한 정신과 깊고 멀리 보는 눈을 지녔으니 그럴 만도 하오. 지금에라도 내 조언을 경청하지 않으시려오?"

간달프가 몸을 꿈적이고는 위를 쳐다보며 말했다.

"우리의 마지막 만남에서 못다 한 말이 있소? 아니면 혹시 이미 한 말 중에 철회할 게 있는 거요?"

사루만이 잠시 멈추었다. 그는 난감한 듯 생각에 잠겼다.

"철회라? 철회라고? 나는 그대 자신을 위해 그대에게 조언하고자 애썼네만 그대는 좀체 귀 기울이려 하지 않았네. 그대는 자존심이 강해 조언을 좋아하지 않지. 실로 자신의 지혜가 풍부하니 그럴 만도 하고. 하지만 이번 경우엔 그대가 내 의도를 일부러 곡해하여 판단을 그르쳤다고 생각하네. 그대를 설득하려는 일념 때문에 내가 인내심을 잃었던 모양이오. 진심으로 그 일을 후회하오. 비록 폭력적이고 무지한 자들을 대동하고 내게 돌아왔지만 난 그대에게 아무런 악의가 없었고 지금도 없으니까. 내가 어떻게 그러겠소? 우린 둘 다 고상하고 유서 깊은 마법사단의 구성원들이잖소, 가운데땅에서 가장 특출한 단체의? 우리의 우정은 둘 모두에게 똑같이 이로울 게요. 우리는 세상의 소요를 치유하기 위해 아직도 함께 많은 걸 이루어 낼 수 있소. 서로를 이해하고 이 잡스러운 족속은 생각에서 떨쳐 버리자고! 그들로 하여금 우리의 결정을 받게 하자고! 난 공익을 위해 기꺼이 과거를 시정하고 당신을 받아들이겠소. 나와 협의하지 않으려오? 이리로 올라오지 않겠소?"

사루만이 이 마지막 노력에 기울인 힘이 참으로 대단했기에 그의 말이 들리는 곳에 서 있던 자들 모두가 마음이 흔들렸다. 그러나 이제 그 마력은 종전과는 완전히 달랐다. 어느 인자한 왕이 과오를 범했지만 총애해 마지않는 대신을 점잖게 타이르는 것으로 들렸다. 하지만 자신에게 하는 게 아닌 말을 문간에서 경청하는 것처럼 그들은 차단되어 있었다. 버릇없는 아이들이나 어리석은 하인들이 윗사람들의 종잡기 어려운 담화를 엿듣고는 그로 인해 자신의 처지가 어떻게 바뀌는지 의아해하는 것과도 같았다. 이 둘은 보다 고결한 틀에서 만들어진 존귀하고 지혜로운 인물들이었다. 그런 그들이 동맹한다는 건 당연했다. 간달프는 탑 속으로 올라가 오르상크의 고대광실에서 그들의 이해력을 넘어서는 심원한 일들을 논의할 것이었다. 문이 닫힐 것이고, 그들은 밖에 남겨져 물러난 채 할당될 작업이나 벌을 기다릴 것이었다. 심지어 세오덴의 마음속에도 의혹의 그림자처럼 그런 생각이 자리했다.

'그는 우리를 배반할 것이다. 그는 들어갈 테고—우리는 길 잃은 신세가 될 것이다.'

그때 간달프가 웃음을 터뜨렸다. 그 환상은 한 모금의 연초 연기처럼 사라졌다.

"사루만, 사루만이여!"

간달프가 계속 웃으며 말했다.

"사루만, 당신은 삶의 길을 잘못 골랐네. 당신은 왕의 어릿광대가 되어 그의 고문들을 흉내 냄으로써 빵이나 매를 벌었어야 했어. 아, 나를!"

그가 유쾌한 재미를 누르느라 잠시 말을 멈췄다.

"서로를 이해한다고? 당신은 나를 전혀 이해하지 못하는 듯하오. 그러나 나는 이제 당신, 사루만을 너무나 잘 이해하오. 난 당신의 주장과 행적을 당신이 짐작하는 것보다 더 또렷이 기억하지. 내가 지난번 당신을 방문했을 때 당신은 모르도르의 옥리(獄吏)였고 난 거기로 보내질 참이었지. 어림도 없는 일이오. 글쎄, 지붕을 통해 탈출했던 손님은 도로 문을 통해 들어오기 전에 곰곰 생각하는 법이지. 글쎄, 난 내가 올라갈 거라고 생각하지 않소. 그렇지만 사루만, 마지막으로 들어 보시오! 당신이 내려오지 않겠소? 아이센가드는 당신이 희망하고 공상한 것보다는 튼튼하지 않다는 게 판명되었소. 당신이 아직도 신뢰하는 다른 것들도 그렇게 될 수 있어. 잠시 그곳을 떠나는 게 좋지 않겠소? 어쩌면 새로운 일에 착수할 수도 있을 테고. 잘 생각하오, 사루만! 내려오지 않으려오?"

사루만의 얼굴 위로 그림자가 지나갔고 이내 그 얼굴은 죽은 듯 창백해졌다. 그가 그것을 감추기 전에 그들은 그 가면을 꿰뚫어, 머무르는 것도 질색이지만 은신처를 떠나는 것도 두려워하는, 의혹에 휩싸인 한 정신의 고뇌를 보았다. 잠깐 동안 그가 머뭇거렸고, 누구도 숨을 쉬지 않았다. 이윽고 그가 말했을 때, 그의 목소리는 새되고 차가웠다. 오만과 증오가 그를 정복하고 있었다.

그는 조롱하듯 말했다.

"내가 내려갈 듯싶은가? 어떤 이가 비무장 상태로 내려가 문밖에서 도둑놈들과 얘기를 할까? 여기서도 당신 말은 꽤 잘 들려. 난 바보가 아니고 당신을 믿지도 않네, 간달프. 내 계단 위에 몸을 드러내진 않았지만 그 숲의 귀신들이 당신 명령을 기다리며 숨어 있다는 걸 알아."

"배반자들은 언제고 남을 불신하지."

간달프가 진력난 듯 대답했다.

"그러나 당신은 목숨을 염려할 필요는 없네. 정말로 날 이해한다면 당신도 알 테지만, 난 당신을 죽이거나 해치고 싶지 않아. 그리고 내겐 당신을 보호할 힘이 있어. 당신에게 마지막 기회를 주고 있는 거요. 당신은 자유롭게 오르상크를 떠날 수 있소. 선택만 한다면."

사루만이 비웃었다.

"그럴싸한데. 그야말로 회색의 간달프다운 수법이야. 참으로 정중하고 참으로 친절하네. 오르상크가 널찍하고 편해 보이니까 내가 떠나 줬으면 좋겠다는 거 아닌가. 하지만 왜 내가 떠나고 싶어 해야 하는가? 그리고 '자유롭게'라는 말은 무슨 뜻인지? 거기엔 필시 조건이 달려 있을 성싶은데?"

간달프가 대답했다.

"떠나야 할 이유는 당신이 창문에서 볼 수 있잖소. 다른 이유들도 생각날 것이오. 당신의 졸개들은 궤멸되어 산산이 흩어졌고, 당신의 이웃들은 당신이 적으로 만들었으며, 그리고 당신은 당신의 새로운 주인을 기만했거나 그러려고 했소. 그의 눈이 여기로 향할 때 그것은 분노의 시뻘건 눈일 거요. 그건 그렇고 내가 말하는 '자유롭게'의 뜻은 그냥 '자유롭게'일 뿐이네. 사슬이나 명령의 속박에서 자유로운 몸으로 당신이 가고 싶은 데로 갈 수 있어. 당신이 원한다면, 사루만이여, 심지어, 심지어는 모르도르로 갈 수도 있네. 그렇지만 먼저 당신은 오르상크의 열쇠와 당신의 지팡이를 나한테 건네야 할 걸세. 그것들은 당신 처신의 담보물이 될 것이고, 만약 당신이 그것들을 가질 만하다면 나중에 반환될 것이야."

사루만의 얼굴이 격노로 일그러지며 흙빛으로 변했고, 두 눈에 시뻘건 불길이 타올랐다. 그가 난폭하게 웃어 젖혔다. 그의 목소리는 절규로 치닫고 있었다.

"나중이라고! 나중이라! 그래, 네가 바랏두르의 열쇠마저 차지할 때가 되겠군. 그에 더해 일곱 왕들의 왕관과 다섯 마법사들의 지팡이를 수중에 넣고, 지금 네가 신은 것보다 훨씬 큰 구두를 획득했을 때겠군. 소박한 계획이야. 내 도움이 거의 필요치 않은 계획이고! 내게는 달리 할 일이 있어. 바보처럼 굴지 마. 나와 흥정하고 싶으면 기회 있을 때 사라져 정신이 말짱할 때 돌아와! 그리고 네 뒤꽁무니에 매달린 이 흉한들과 자질구레한 오합지졸은 떼고 오라고! 잘 가게!"

그가 몸을 돌려 발코니를 떠났다.

"돌아와, 사루만!"

간달프가 위풍당당한 목소리로 외쳤다. 지켜보던 이들에겐 매우 놀랍게도 사루만이 다시 몸을 돌렸고, 마치 자신의 의지에 반해 질질 끌리듯 천천히 철제 난간으로 돌아와 몸을 기대고 거친 숨을 내쉬었다. 그의 얼굴은 주름이 잡히고 시든 모습이었다. 그의 손이 집게발처럼 무거운 검은 지팡이를 그러쥐었다.

간달프가 준엄하게 말했다.

"나는 네게 가도 좋다고 허락하지 않았어. 내가 말을 마친 게 아니라고. 사루만, 자넨 바보가 되었군. 게다가 신세도 가련해졌어. 아직도 자네는 우행과 악에서 벗어나 대의에 공헌할 수도 있었을 텐데. 하지만 자넨 틀어박혀 낡은 책략들의 끄트머리나 갉작거리길 택하는군. 그렇다면 틀어박혀! 그러나 경고하는데, 자넨 다시는 쉽게 나올 수 없을 거야. 동쪽의 어두운 손이 쭉 뻗쳐 자네를 붙들어 주지 않으면 나올 수 없다고, 사루만!"

간달프의 목소리에는 힘과 권위가 넘쳤다.

"보라고, 나는 자네가 배신한 회색의 간달프가 아니야! 나는 죽음으로부터 돌아온 백색의 간달프야. 이제 자네에겐 어떤 색깔도 없으니 내가 자네를 마법사단과 백색회의에서 추방하노라."

그는 손을 들어 또렷하고 차가운 목소리로 천천히 말했다.

"사루만, 네 지팡이는 부러졌다."

딱 하는 소리와 함께 사루만의 손에서 지팡이가 두 동강으로 쪼개지고 그 상단부가 간달프의 발치에 떨어졌다.

"가라!"

간달프가 말했다. 사루만은 비명과 함께 벌렁 자빠지더니 기어서 떠났다. 그 순간 위에서부터 둔중하고 빛나는 물체 하나가 맹렬하게 떨어져 내렸다. 그것은 사루만이 막 떠나던 철제 난간에 맞고 튀어 간달프의 머리 옆을 아슬아슬하게 지나 그가 서 있던 계단을 강타했다. 난간이 울리고 뚝 부러졌다. 우지끈 하는 소리와 더불어 계단이 불꽃을 튀기며 산산조각이 났다. 그러나 그 공은 온전했다. 계단 아래로 계속 굴러 내려간 그 수정의 구체(球體)는 검었지만 심장 모양의 불길로 타오르고 있었다. 그것이 튕겨서 웅덩이 쪽으로 내려가자 피핀이 쫓아가 그것을 주워 들었다.

"지독한 악당 놈이군!"

에오메르가 소리쳤다. 그러나 간달프는 태연했다.

"아니야, 저건 사루만이 던진 게 아닐세. 또 심지어 그가 시킨 짓도 아닐 거야. 그건 먼 위쪽의 창에서 떨어졌어. 조준이 잘못되긴 했지만, 뱀혓바닥 선생이 보낸 이별의 일격인 듯해."

"조준이 엉성했다면 그건 그가 당신과 사루만 중에 어느 쪽을 더 증오하는지 마음을 정하지 못한 때문일 수도 있죠."

아라고른의 말에 간달프가 대답했다.

"그럴 수도 있을 걸세. 저 둘은 함께 어울려 봤자 별 낙이 없을 거요. 그들의 말은 서로를 갉아 댈 테니. 그러나 그 벌은 정당하다네. 만일 언제고 뱀혓바닥이 살아서 오르상크를 나온다면 그가 받을 벌은 지은 죄보다 훨씬 무거울 것이오. 어이, 친구, 그건 내가 맡을 거야! 난 자네에게 그걸 처리하라고 부탁하지 않았어."

간달프는 이렇게 말하고 나서, 날쌔게 몸을 돌려 마치 아주 무거운 물건을 지고 오는 것처럼 느릿느릿 계단을 올라오는 피핀을 보고 외쳤다. 그는 그를 맞으러 내려가 그 호빗에게서 어두운 구체를 다급히 빼앗아 망토 자락으로 감쌌다.

"이건 내가 간수하지. 사루만이라면 내던진다는 건 생각도 못 했을 물건일 거야."

"그러나 그에겐 던질 만한 다른 것들이 또 있을걸요. 그것으로 토론이 끝난 거라면 돌이 닿을 거리를 벗어나자고요, 어쨌든!"

김리의 말에 간달프가 대답했다.

"이야기는 끝났네. 가자고."

그들은 오르상크의 문에 등을 돌리고는 내려갔다. 기사들이 환호로 왕을 맞이하고 간달프에게 깍듯이 인사했다. 사루만의 마력이 깨진 것이었다. 그들은 간달프가 부르면 오고 내치면 기어 사라지는 걸 보았던 것이다. 간달프가 말했다.

"자, 그 일은 끝났어. 이제 나는 나무수염을 찾아 자초지종을 알려 줘야 해."

그러자 메리가 말했다.

"아마 그는 벌써 짐작했을 텐데요, 확실히? 그 일이 달리 끝날 수도 있었나요?"

"그렇진 않았지." 간달프가 대답했다. "비록 아슬아슬한 때가 있긴 했지만. 하지만 내겐 시도해 볼 만한 이유들이 있었네. 일부는 자비를 베푸는 것이었고 또 일부는 자비와는 별 관계가 없는 것이었지. 먼저 사루만의 목소리의 권능이 이울고 있다는 게 드러났어. 그는 폭군과 상담자를 겸할 수가 없어. 음모가 무르익으면 더는 비밀이 될 수 없기도 하고. 그런데도 그는 그 함정에 빠져 다른 이들이 듣는데도 자신의 희생양들을 하나씩 처치하려고 했어. 나머지가 엿듣는 가운데 말이지. 그때 내가 그에게 마지막이자 온당한 선택의 기회를 주었지. 모르도르와 자신의 사적인 획책 둘 모두를 포기하고 어려움에 처한 우리를 도움으로써 과오를 보상할 기회를 준 거야. 그는 우리의 다급함을 누구보다도 잘 알아. 그는 크나큰 공헌을 할 수 있었어. 그러나 그는 도움을 주지 않고 오르상크의 힘을 간직하는 쪽을 택했어. 그는 지배하려고만 들 뿐 봉사할 생각은 없는 거야. 이제 그는 모르도르의 그림자에 대한 공포 속에 살면서 아직도 폭풍을 다스릴 수 있다는 몽상에 빠져 있어. 불행한 바보지! 만약 동쪽의 힘이 그 팔을 아이센가드로 뻗친다면 그는 삼켜지고 말 거야. 우리가 바깥에서부터 오르상크를 파괴시킬 순 없어. 그러나 사우론은—그가 무슨 일을 할 수 있을지 누가 알겠나?"

"한데, 사우론도 정복하지 못하면요? 당신은 그를 어떻게 할 계획인가요?"

피핀이 묻자 간달프가 대답했다.

"내가? 할 것이 아무것도 없어! 난 그에게 어떤 짓도 하지 않을 거야. 난 지배권을 원치 않아. 그가 어떻게 될 거냐고? 난 몰라. 다만 그 많은 훌륭한 자질들이 지금 탑 속에서 곪고 있다는 게 마음 아플 뿐이지. 그럼에도 사태가 우리에게 고약하게 돌아가진 않았어. 운명의 부침이란 참 야릇하지! 종종 증오는 스스로를 해치네! 짐작건대, 설령 우리가 안으로 들어갔다 하더라도 우린 뱀혓바닥이 우리에게 내던진 것보다 귀한 보물은 거의 찾지 못했을 거야."

새된 비명 소리가—갑자기 끊겨 버렸지만—먼 위쪽의 열린 창에서 들려왔다. 그러자 간달프가 말했다.

"사루만도 그렇게 생각하는 것 같군. 내버려 두자고!"

이제 그들은 폐허가 된 성문으로 돌아왔다. 그들이 아치 밑으로 빠져나오자마자 그들이 서 있었던 돌무더기의 어둠 속에서 나무수염과 다른 엔트들 열둘이 성큼성큼 올라왔다. 아라고른, 김리 및 레골라스가 경탄의 눈길로 그들을 물끄러미 쳐다보았다. 간달프가 말했다.

"여기 내 동지 셋이 있소, 나무수염이여. 내가 그들에 대해 이야기했지만 당신은 아직 그들을 본 적이 없지요."

그는 그들의 이름을 하나씩 일러 주었다.

그 오래된 엔트는 그들을 오래도록 샅샅이 살피고 나서 차례대로 그들에게 말을 걸었다. 마지막으로 그가 레골라스를 대면했다.

"그러니까 자네는 어둠숲에서부터 그 먼 길을 온 것인가, 요정 친구여? 아주 거대한 숲이었는데!"

"아직도 그렇지요. 그러나 그곳에 사는 우리가 새로운 나무들을 보는 게 물릴 만큼 거대하진 않지요. 나는 팡고른의 숲을 여행하고 싶은 마음이 굴뚝같아요. 숲의 처마 너머로는 제대로 발을 들여놓진 못했지만 그냥 발길을 돌리고 싶진 않았어요."

나무수염의 두 눈이 기쁨으로 빛났다. 그가 말했다.

"구릉지가 나이를 더 먹기 전에 자네 소망이 이뤄지길 바라네."

"운이 닿는다면 가겠습니다. 내 친구와 약속하길, 만일 모든 일이 잘 풀리면 함께 팡고른을 방문하기로 했지요—당신의 허락을 얻어서요."

"자네와 함께 올 요정은 누구든 환영이오."

하고 나무수염이 말했다.

"내가 말하는 친구는 요정이 아닌데요."

레골라스가 말했다.

"여기 있는 글로인의 아들 김리를 말하는 겁니다."

김리가 고개를 깊숙이 숙였는데 혁대에서 도끼가 쑥 빠져 덜컥거리며 땅바닥에 떨어졌다.

"훔, 흠! 아, 자!" 나무수염이 험악한 눈으로 그를 보며 말했다. "난쟁이에다 도끼쟁이라! 훔! 나는 요정들에 대해 호의를 갖고 있네만 자네가 요청한 건 과한 일일세. 이건 이상한 우정이군!"

레골라스가 대답했다.

"이상해 보일 수도 있겠지요. 하지만 김리가 살아 있는 한 저 혼자 팡고른에 가진 않겠습니다. 오, 팡고른숲의 주인이신 팡고른이여, 그의 도끼는 나무들이 아니라 오르크의 목을 베기 위한 것입니다. 그는 전투에서 오르크 마흔둘을 베었지요."

"후! 자, 자! 그건 한결 듣기 좋은 이야기군! 자, 자, 일이란 이치대로 진행되는 만큼 서둘러서 맞이할 필요는 없네. 그나저나 이제 우리는 한동안 헤어져야 하네. 낮이 끝나 가고 있고, 또 간달프가 말하길 당신들은 해 지기 전에 가야 한다고 했고, 마크의 군주는 어서 자신의 궁전으로 돌아가고 싶어 하오."

그러자 간달프가 말했다.

"그렇소, 우린 가야 하오, 지금. 내가 당신에게서 당신의 문지기들을 데려가야 할 것 같소. 하지만 당신은 그들이 없어도 아주 잘 지내실 거요."

"아마 그럴 테지요. 그러나 난 그들이 보고 싶을 거요. 우리가 참으로 짧은 참에 친구가 된지라 내가 성급해지고 있는 게 틀림없는 것 같소─어쩌면 나이를 거꾸로 먹어 젊어지는 것 같기도 하고. 아닌 게 아니라, 그들은 내가 숱한 세월에 걸쳐 본 것 중에 해나 달 아래의 첫 새로운 것이라오. 난 그들을 잊지 못할 거요. 난 그들의 이름을 기나긴 족보 속에 끼워 넣었소. 엔트들은 그것을 기억하리다.

땅에서 태어나 산맥만큼 오래된 엔트들,
물 마시며 두루두루 걷네.
그리고 사냥꾼처럼 몹시 시장한 호빗 아이들
잘 웃고 작고 귀여운 종족이라네.

잎들이 새로 돋아나는 한 그들은 친구로 남을 것이오. 잘 가시게! 그건 그렇고 혹 저 위쪽 너희의 즐거운 땅 샤이어에서 소식을 듣거든 내게 기별해 줘! 내 말 무슨 뜻인지 알잖아. 엔트부인들에 대해 듣거나 보거든. 할 수만 있다면 너희가 직접 와!"

"그럴게요!"

메리와 피핀은 함께 말하곤 서둘러 얼굴을 돌렸다. 나무수염은 그들을 쳐다보았고 상념에 잠겨 머리를 흔들며 한동안 말이 없었다. 이윽고 그가 간달프에게로 돌아섰다.

"그래서 사루만은 떠나지 않을 거란 게요? 그가 그럴 거라고는 나도 생각지 않았소. 그의 가슴은 검은 후오른의 것처럼 썩었소. 만일 내가 패해 내 모든 나무들이 파괴된다 한들, 내게 숨어들 어두운 구멍 하나가 남아 있는 한 나라도 나오지 않을 것이오."

"그럴 테지요. 그러나 당신은 온 세상을 자신의 나무들로 뒤덮어 다른 모든 생물을 질식시키고자 획책하지 않았소. 그렇지만 어김없이 사루만은 거기 남아 증오를 키우고 능력껏 음모의 그물을 다시 짤 거요. 그는 오르상크의 열쇠를 갖고 있소. 하지만 그의 탈출은 용납될 수 없소."

"정녕 안 될 일이지! 그건 엔트들이 맡아 처리할 거요. 사루만은 나의 허락 없이는 그 암벽 너머로 발을 붙일 수 없을 것이오. 엔트들이 그를 감시할 거외다."

"좋소! 정녕 내가 바라는 바요. 이제 나는 시름 하나를 덜고 가서 다른 일들에 착수할 수 있겠소. 그러나 경계해야 하오. 큰물이 다 빠졌소. 탑 주위로 보초들을 세우는 걸로는 충분치 않을 거요. 오르상크 밑에 깊숙한 길들이 파여 있어 머잖아 사루만이 표시 나지 않게 드나들려고 할 게 분명하오. 수고를 떠맡겠다면 큰물을 다시 쏟아부어 줄 것을 청하오. 아이센가드가 늘 물이 고인 웅덩이가 되거나 당신이 출구들을 발견할 때까지 들이부어 주시오. 지하의 모든 장소들이 물에 잠기고 출구들이 봉쇄되면 사루만은 높은 곳에 머물러 창밖을 내다볼 수밖에 없을 거요."

간달프의 말이 끝나자 나무수염이 대답했다.

"그 일은 엔트들에게 맡겨 두오! 우리가 계곡을 밑바닥에서 꼭대기까지 샅샅이 수색하고 하나하나의 자갈 밑까지도 들여다볼 거요. 나무들이 돌아와 여기에 살고 있소. 오래된 나무들, 야생 나무들이 말이오. 우리는 그것을 감시의 숲이라 부를 거요. 내가 알지 못하고 선 다람쥐 한 마리도 여길 지나갈 수는 없을 테요. 그건 엔트들에게 맡기시오! 그가 우리를 괴롭힌 세월의 일곱 배가 지날 때까지 우리 는 지치지 않고 그를 감시할 것이오."

Chapter 11
팔란티르

간달프와 그의 동지들 그리고 왕과 그의 기사들이 아이센가드로부터 다시 출발했을 때 해는 산맥의 긴 서쪽 지맥 뒤로 가라앉고 있었다. 간달프는 뒤에 메리를 태우고 아라고른은 피핀을 태웠다. 왕의 근위대 둘이 잽싸게 말을 타고 앞으로 나아가더니 곧 계곡 속으로 내려가며 시야에서 사라졌다. 나머지는 느긋한 속도로 뒤를 따랐다.

성문에는 엔트들이 긴 팔을 쳐든 채 조상(彫像)들처럼 장엄하게 일렬로 서 있었지만 소리를 내진 않았다. 메리와 피핀은 구불구불한 길을 따라 웬만큼 내려온 후 뒤를 돌아보았다. 하늘엔 여전히 햇빛이 비치고 있었으나 아이센가드 위로는 긴 음영이 퍼져 있었다. 잿빛 폐허가 어둠 속에 빠져들고 있었다. 거기에 지금 나무수염이 홀로 고목의 옛 그루터기처럼 서 있었다. 호빗들은 저 멀리 팡고른 경계의 양지바른 바위 턱에서 그들이 처음 만난 때를 생각했다.

그들은 흰손 형상의 기둥에 이르렀다. 기둥은 그대로 서 있었지만 조각된 손은 내팽개쳐져 산산조각이 되어 있었다. 길 한가운데에 긴 검지가 어스름 속에 하얗게 놓여 있었고 그 빨간 손톱은 검게 변색되는 중이었다.

"엔트들은 사소한 것 하나하나에도 신경 쓰는군!"

간달프가 말했다. 그들은 계속 말을 달렸고, 계곡엔 저녁이 짙어갔다.

잠시 후 메리가 간달프에게 물었다.

"우리는 오늘 밤 멀리까지 달릴 건가요, 간달프? 뒤꽁무니에 자질 구레한 오합지졸을 매단 기분이 어떤지 모르겠지만 그 오합지졸도 피곤해서 뒤꽁무니 쫓기를 그치고 드러누웠으면 좋겠어요."

"그래, 그 말을 들었던가? 그 말을 가슴에 사무치게 담아 두지 말 게! 자네들을 겨냥해 더 긴 소리를 하지 않은 걸 다행으로 여기라고. 그는 자네들을 눈여겨보았어. 자네들의 자존심에 위안이 된다면 이 말을 해 줘야겠군. 지금 그의 머릿속에는 나머지 우리 모두보다는 자네와 피핀이 들어 있어. 자네들이 누구고, 어떻게 거기에 왔고 또 왜 왔는지, 자네들이 무얼 알며 왜 포로로 잡혔던지 그리고 만일 그 렇다면 오르크들이 죄다 죽었을 때 어떻게 탈출했는지—사루만의 대단한 정신이 골머리를 앓는 건 바로 그런 작은 수수께끼들 때문이 야. 메리아독, 그로부터 받은 조롱은 실은 칭찬이지. 만약 자네가 그 의 관심을 영광으로 여긴다면 말이야."

간달프의 말이 끝나자 메리가 말했다.

"고마워요! 그러나 당신의 뒤꽁무니를 쫓는 게 더 큰 영광이에요, 간달프. 한 가지 이유는, 그 처지라면 같은 질문을 두 번 할 수 있거 든요. 오늘 밤 우린 멀리까지 달릴 건가요?"

간달프가 웃었다.

"정말 못 말리는 호빗이로군! 모든 마법사들은 호빗 한둘은 데리 고 있어야만 해—그들에게 영광이란 낱말의 의미를 가르치고 그들 의 잘못을 바로잡게 말이야. 미안하네. 하지만 심지어 난 이런 대단 찮은 일들에도 신경 썼다네. 우린 계곡 끝에 이를 때까지 서너 시간 동안 천천히 달릴 거야. 내일은 더 빠르게 달려야 하고.

우리가 떠났을 땐 아이센가드에서 곧장 평원을 가로질러 에도라 스의 왕궁으로 갈 생각이었어. 며칠의 여정길이지. 그러나 곰곰 생 각해 계획을 바꿨지. 왕이 내일 돌아올 거란 사실을 알리러 전령들 이 헬름협곡으로 앞서갔다네. 그는 거기서 많은 군사와 함께 구릉지 속의 길을 통해 검산오름으로 달릴 거야. 이제부턴 피할 수만 있다면 밤이든 낮이든 둘이나 셋 이상이 함께 내놓고 움직여서는 안되네."

"그에 따라 국물도 없냐, 두 그릇을 먹느냐가 갈린다는 거군요! 난 오늘 밤 잠자리 이상은 내다보지 못하나 봐요. 헬름협곡과 그 나머지 모든 것은 어디 있으며 어떤 곳이죠? 난 이 고장에 대해선 아는 게 없어요."

"그렇다면 좀 배워야지. 무슨 일이 벌어지는지 이해하고 싶다면. 그렇지만 지금 당장은 아니고 또 나로부터는 아닐세. 내겐 생각해야 할 다급한 일들이 너무 많아."

"좋아요. 모닥불 곁의 성큼걸이에게 매달려 보죠. 당신보단 그가 덜 까칠하니까요. 그런데 왜 이렇게 온통 비밀스러운 거죠? 난 우리가 전투에서 이겼다고 생각하는데."

"그래, 우리가 이겼어. 그러나 그것은 첫 승리일 뿐 그 자체로는 우리의 위험을 가중시켜. 아이센가드와 모르도르 사이엔 내가 아직껏 헤아리지 못한 모종의 제휴가 있네. 나는 그들이 어떻게 소식을 교환하는지 확실히 알진 못하지만 분명 그들은 그렇게 했어. 내 생각으로는 바랏두르의 눈이 초조하게 마법사의 계곡 쪽을, 그리고 로한 쪽을 향하고 있을 거야. 그 눈이 적게 알수록 좋은 거지."

길은 계곡을 따라 굽이치며 천천히 지나갔다. 아이센강이 그 돌투성이 바닥 위로 때론 멀리서 때론 가까이서 흘렀다. 산맥에서 밤이 내려왔다. 안개는 죄다 사라졌다. 으슬으슬한 바람이 불었다. 둥글게 차오르는 달이 동편 하늘을 어슴푸레하고 차가운 광채로 가득 채웠다. 오른편 산의 아래쪽 마루들이 벌거벗은 구릉지로 비탈져 내렸다. 그들 앞에 넓은 평원이 잿빛으로 펼쳐졌다.

마침내 그들은 멈추어 섰다. 곧 그들은 옆으로 돌아 큰길을 버리

고 다시 상큼한 고지대의 잔디로 들어섰다. 그들은 서쪽으로 1.5킬
로미터가량 나아가 넓은 골짜기에 닿았다. 그것은 둥근 돌 바란의
비탈 속으로 도로 휘어들며 남쪽으로 트여 있었다. 안개산맥 북쪽
에 늘어선 언덕들 가운데 마지막으로 기슭에는 풀이, 꼭대기엔 헤
더가 우거진 돌 바란 말이다. 그 골짜기의 양면에는 지난해의 고사
리들이 텁수룩했는데, 그 속에서 둥글게 말린 봄의 엽상체들이 향
긋한 흙을 헤치고 막 모습을 내밀고 있었다. 가시나무가 얕은 기슭
들에 무성하게 자라 있어 그들은 한밤이 되기 두 시간 전쯤에 그 아
래서 야영을 했다. 그들은 가지를 펼친 산사나무 뿌리께의 우묵한
곳에 불을 피웠다. 수령이 오래되어 여기저기 비틀리긴 했지만 키가
크고 모든 가지가 정정했으며 작은 가지의 끄트머리마다 꽃봉오리
가 부풀고 있었다.

　한 차례에 둘씩 불침번이 정해졌다. 나머지는 식사를 마친 후 외
투와 담요로 몸을 감싸고 잠을 잤다. 호빗들은 따로 한쪽 구석에서
오래된 고사리 더미 위에 누웠다. 메리는 졸렸지만 피핀은 야릇하게
도 들떠 있는 것 같았다. 그가 몸을 뒤척일 때면 고사리에서 우두둑
거리고 바스락대는 소리가 났다.

　"왜 그래? 개미굴 위에라도 누운 게야?"

　메리가 물었다.

　"아냐, 왠지 마음이 편치 않아. 침대에서 잔 지 얼마나 되었을까?"

　피핀의 대답에 메리가 하품을 했다.

　"손가락으로 꼽아 봐! 먼저 로리엔을 떠난 지 얼마나 되었는지부
터 알아야 해."

　"오, 그것 말이군! 난 침실의 진짜 침대를 말하는 거야."

　"음, 그렇다면 깊은골부터지. 그렇지만 난 오늘 밤은 어디서라도
잘 수 있어."

　"넌 운이 좋았던 거야, 메리."

피핀이 오래 말을 끊었다가 나직하게 말했다.

"넌 간달프와 함께 말을 타고 있었잖아."

"음, 그게 어쨌단 거지?"

"그에게서 어떤 소식이나 정보를 들은 게 있어?"

"그럼, 아주 많이. 평소보다 많이. 하지만 너도 그 전부나 대부분을 들었어. 네가 바로 곁에 있었고 또 우리가 비밀을 이야기하고 있지도 않았으니 말이야. 그렇지만 만일 네가 그에게서 더 많은 걸 얻을 수 있다고 생각한다면, 그리고 그가 널 선택한다면 내일은 네가 그와 함께 갈 수 있어."

"내가 그렇게 할 수 있다고? 좋아! 하지만 그는 입이 무거워, 안 그래? 전혀 변한 게 없다고."

"오, 아니야, 그는 변했어!"

메리가 잠기에서 좀 깨기도 하고 또 자기 동무를 근심케 만드는 게 무언지 궁금해하며 말했다.

"그가 어딘지 성장한 것 같아. 내 생각에, 그는 예전보다 더 친절하면서도 더 놀라게 하고, 더 유쾌하면서도 더 엄숙해졌어. 그는 변했어. 다만 얼마나 변했는지 알 수 있는 기회가 아직 없었을 뿐이지. 어쨌든 그가 사루만을 상대로 벌인 저 수작의 마지막 대목을 생각해 보라고! 한때는 사루만이 간달프보다 위였다는 걸 기억하라고. 그게 정확히 뭐든 간에 사루만은 백색회의의 의장이었어. 백색의 사루만이었지. 이젠 간달프가 백색이지만. 사루만은 오라니까 왔다가 지팡이를 빼앗겼고, 그다음엔 가라니까 갔다고!"

"자, 일단 간달프가 변했다면, 전보다 입이 더 무거워진 게 다야."

피핀이 주장했다.

"근데, 저…… 유리공 말이야. 그가 그걸 몹시 반기는 것 같더라고. 그는 그것에 대해 뭔가를 알거나 짐작하는 게 있어. 하지만 그가 우리에게 말해 준 게 있어? 아니지, 일언반구도 없었잖아. 그렇지만 내가 그걸 주웠고, 그게 웅덩이 속으로 굴러드는 걸 막은 것도 나야. 어이, 친구, 그건 내가 맡을 거야—그뿐이었어. 그게 무얼까? 매우 무섭다는 느낌이 들었어."

마치 혼잣말을 하는 것처럼 피핀의 목소리가 매우 낮아졌다.

"어이구! 그러니까 네가 끙끙대는 게 그거야? 자, 내 친구 피핀이 여, 길도르의 언명을 잊지 말라고. 샘이 곧잘 인용하던 그 언명 말이 야.—마법사들의 일에 끼어들지 말라. 그들은 예민해 쉬이 화를 내 니까."

메리의 말에 피핀이 다시 대답했다.

"하지만 지난 수개월 동안 우리의 삶 전부가 마법사들의 일에 쭉 끼어든 것이었어. 위험도 있겠지만 정보를 좀 얻고 싶어. 난 그 공 을 한번 보고 싶다고."

"잠이나 자라고! 넌 조만간 충분한 정보를 얻을 테니까. 친애하는 피핀, 툭 집안의 그 누구도 호기심 때문에 강노루 집안사람을 들들 볶은 적이 없네. 그런데 지금 네가 그러고 있는 것 아닐까?"

"그렇담, 까놓고 말해 보자고! 내가 하고 싶은 걸 네게 말하는 게 뭐가 잘못이야? 그 돌을 한번 보고 싶다는 것뿐인데? 내가 그걸 가 질 수 없다는 걸 나도 알아. 암탉이 알을 품듯 늙은 간달프가 그걸 꼭 품고 있잖아. 그렇지만 네게서, 넌 그걸 가질 수 없으니 잠이나 자 라는 말밖엔 들을 수 없다는 게 섭섭해."

"음, 그럼 내가 달리 무슨 말을 할 수 있겠어? 미안해, 피핀. 하지 만 넌 정말 아침까진 기다려야 해. 아침 식사 후엔 나도 네 마음에 들 만큼 알고 싶어질 테고, 또 할 수 있는 어떤 방식으로든 마법사 후리 기를 도울게. 그러나 지금은 난 더는 눈 뜨고 있을 수가 없어. 만일 내가 또 하품을 한다면 두 귀가 찢어지고 말 거야. 잘 자!"

피핀은 더는 말하지 않았다. 이제 그는 가만히 누워 있었지만, 잠은 여전히 저 멀리 있었다. 잘 자라고 말한 지 몇 분 만에 잠든 메리의 부드러운 숨소리도 잠을 청하는 데는 아무 도움이 되지 않았다. 모든 게 고요해짐에 따라 그 검은 구체(球體)에 대한 생각이 점점 더 강렬해지는 것 같았다. 피핀은 그것을 두 손에 들었을 때의 무게감을 다시 느꼈고 또 한순간 들여다보았던 그 신비로운 붉은 심연을 다시 보았다. 그는 몸을 뒤채며 다른 일을 생각하려고 애썼다.

마침내 더는 견딜 수가 없었다. 피핀은 일어나 주위를 둘러보았다. 날씨가 쌀쌀해서 그는 망토로 몸을 감쌌다. 달은 골짜기 저 아래로 차갑고 희게 빛나고 있었고, 수풀들의 어둠은 칠흑이었다. 주위에는 온통 잠든 형상들이 깔려 있었다. 두 명의 불침번은 보이지 않았다. 아마도 그들은 언덕 위에 있거나 아니면 고사리 속에 몸을 숨기고 있을 것이었다. 자신도 이해하지 못하는 어떤 충동에 이끌려 피핀은 간달프가 누워 있는 곳으로 조용히 걸어갔다. 그가 간달프를 내려다봤다. 마법사는 잠든 것 같았으나 눈꺼풀은 완전히 감기지 않았다. 그 긴 눈썹 아래로 두 눈이 반짝였다. 피핀은 황급히 뒷걸음질 쳤다. 그러나 간달프에게선 아무런 기척도 없어 그 호빗은 반쯤은 본의 아니게 또 한 번 앞으로 끌려 마법사의 머리 뒤에서부터 다시 기어 다가갔다. 그는 담요에 몸을 둘둘 말고 그 위에 망토를 덮고 있었다. 그의 바로 곁에, 그의 오른쪽 옆구리와 굽혀진 팔 사이에 작은 언덕 같은 것이, 어두운 천에 감싸인 둥근 물체가 있었다. 이제 막 그의 손이 그것에서 슬며시 미끄러져 바닥에 떨어진 것 같았다.

피핀은 거의 숨도 쉬지 않고 한 걸음씩 가까이 기어갔다. 마침내 그는 무릎을 꿇고 앉았다. 다음으로 그는 살금살금 두 손을 내밀어 그 덩어리를 천천히 들어 올렸다. 그것은 예상했던 만큼 그리 무거운 것 같진 않았다.

'결국은 어떤 잡동사니 꾸러미에 불과할 수도 있을 거야.'

이렇게 생각하며 그는 이상한 안도감을 느꼈다. 그러나 그는 그

꾸러미를 다시 내려놓지는 않았다. 그는 그것을 그러쥐고 잠시 서 있었다. 그때 그에게 한 가지 생각이 떠올랐다. 그는 발끝으로 걸어 나가 큰 돌멩이 하나를 찾아서 돌아왔다.

이제 그는 재빨리 천을 벗겨 거기에 그 돌멩이를 싸고는 무릎을 꿇고서 그것을 마법사의 손 옆에 도로 놓았다. 그리고 드디어 천을 벗겨 낸 그 물체를 바라보았다. 반드러운 수정 구체 하나가 지금 어둡고 죽은 듯이 그의 무릎 앞에 알몸으로 놓여 있었다. 피핀은 그것을 들어 올려 황급히 자신의 망토에 감추고는 자기 잠자리로 돌아가려고 몸을 반쯤 돌렸다. 바로 그 순간 간달프가 잠 속에서 몸을 꿈적이곤 무슨 말인가를 중얼거렸다. 낯선 언어로 하는 말인 것 같았다. 그의 손이 뭔가를 더듬어 찾다가 그 천에 싸인 돌을 움켜쥐었고, 그다음 한숨을 내쉬곤 다시 움직이지 않았다.

'이 천치 같은 바보야! 넌 자진해서 소름 끼치는 분란에 휘말려들고 있는 거야. 빨리 그걸 도로 갖다 놔!'

피핀이 속으로 중얼거렸다. 그러나 이제 그는 무릎이 떨려 감히 그 꾸러미에 손이 닿을 만큼 마법사에게 가까이 가질 못했다.

"이젠 그를 깨우지 않고는 결코 그걸 다시 갖다놓을 수가 없어. 내 마음이 좀 더 차분해질 때까진 안 된다고. 그러니 먼저 한번 봐도 괜찮겠지. 그렇지만 바로 여기선 안 되지!"

그는 그 자리를 슬금슬금 벗어나 자기 잠자리에서 멀지 않은 초록의 작은 언덕 위에 주저앉았다. 달이 계곡 가장자리 위로 엿보았다.

피핀은 양 무릎을 세워 그 사이에 공을 끼우고 앉았다. 그는 그 위로 몸을 낮게 숙였는데, 그 모습이 다른 아이들에게서 떨어져 한쪽 구석에서 음식 사발 위로 몸을 수그리는 욕심 많은 아이 같았다. 그는 망토를 옆으로 젖히고 공을 빤히 쳐다보았다. 주위의 대기는 고요하면서도 팽팽한 것 같았다. 처음에 그 구체는 표면에 달빛이 번득이는 가운데 어둡고 칠흑 같았다. 이윽고 그 깊은 속에서 어렴풋한 붉은 빛과 꿈틀거림이 일었고 그것이 그의 두 눈을 사로잡은 나머지 이제 그는 그것에서 시선을 돌릴 수가 없었다. 이내 그 내부가 온통 불타는 것 같더니 공이 뱅뱅 돌고 있거나 내부의 빛들이 선회하고 있었다. 갑자기 그 빛들이 사라졌다. 그가 숨을 헐떡이며 버둥거렸지만, 양손으로 공을 거머쥐고 여전히 몸을 구부린 채였다. 그의 몸이 점점 더 가까이 굽혀지다가 종내 뻣뻣해졌다. 그의 입술이 잠깐 동안 움직였지만 소리는 나지 않았다. 다음 순간 그가 목이 졸린 듯한 비명과 함께 벌렁 자빠지고는 잠잠히 누웠다.

그 비명은 귀청을 찢을 듯했다. 불침번들이 기슭에서부터 벌떡 뛰어내렸다. 곧 숙영지 전체가 떠들썩했다.

"그러니까 이자가 도둑이군!"

간달프가 말했다. 그는 구체가 놓인 곳 위에 다급히 자신의 망토를 덮었다.

"아니, 넌 피핀이잖아! 이것 참 탄식할 노릇이군!"

그가 피핀의 몸 곁에 무릎을 꿇었다. 그 호빗은 보지 못하는 눈으로 하늘을 빤히 치켜보며 뻣뻣이 등을 대고 누워 있었다.

"해괴한 일이로고! 대체 무슨 행짜를 부린 거야—자기 자신에게 그리고 우리 모두에게도?"

마법사의 얼굴이 일그러지고 초췌해졌다. 그는 숨소리를 들으려고 피핀의 손을 잡고 그 얼굴 위로 몸을 숙였고, 그다음엔 그의 이마에 두 손을 갖다 댔다. 그 호빗이 몸을 벌벌 떨었다. 두 눈은 감겨 있었다. 그가 외마디 소리를 지르곤 벌떡 일어나 앉더니 달빛 속에 창백하게 드러난 주위의 모든 얼굴을 어리둥절한 눈으로 물끄러미 쳐다보았다.

"그것은 네 것이 아니야, 사루만! 내가 곧장 그걸 가지러 사람을 보낼 테다. 알겠나? 알았다고 말만 하라고!"

피핀은 간달프로부터 몸을 움츠리면서 억양이 없는 새된 목소리로 외쳤다. 그러고는 일어나 도망치려고 발버둥쳤으나 간달프가 부드럽고도 단단히 그를 붙잡았다.

"툭 집안의 페레그린이여! 정신 차려!"

몸이 누그러지면서 그 호빗은 마법사의 손을 꼭 쥔 채 뒷걸음질 치며 소리쳤다.

"간달프! 간달프! 제발 용서해 주세요!"

"용서해 달라고? 먼저 자네가 무슨 짓을 했는지 말해!"

간달프의 말에 피핀이 더듬거리며 말했다.

"난, 나는 그 공을 꺼내 그걸 봤어요. 그리고 난 기겁할 것들을 봤어요. 그래서 도망치려고 했는데 그럴 수가 없었어요. 그런 중에 그가 와서 나를 신문했어요. 또 그가 날 쳐다봤고, 그리고, 그러고는, 내가 기억하는 건 그게 다예요."

"그걸로는 안 돼. 자네가 무얼 봤지? 그리고 자넨 뭐라고 말했어?"

간달프가 준엄하게 말했다.

피핀은 두 눈을 감고 와들와들 떨면서도 아무 말도 하지 않았다. 고개를 돌려 버린 메리를 빼곤 그들 모두가 침묵 속에서 그를 주시했다. 그러나 간달프의 얼굴은 여전히 엄했다.

"말해!"

피핀이 낮고 머뭇거리는 목소리로 다시 시작했고, 그가 하는 말은 서서히 보다 명료하고 힘있어졌다.

"어두운 하늘과 높은 흉벽들을 보았어요. 또 아주 작은 별들도 보았고요. 아주 멀리 떨어진 곳이고 오래전 같지만 그럼에도 단단하고 선명했어요. 이윽고 별들이 들락거리다가—그것들이 날개 달린 것들에 의해 차단되었어요. 정말로 아주 컸다고 생각되지만, 그 유리

속에서는 탑 주위를 선회하는 박쥐들 같아 보였어요. 그런 것이 아홉이었다고 생각돼요. 그중 하나가 일직선으로 나를 향해 날기 시작하더니 점점 더 커졌어요. 그것은 끔찍한—아니, 아니에요! 말 못하겠어요.

그것이 밖으로 날아올 것 같은 생각에 난 피신하려고 했어요. 그런데 그것이 구체를 온통 뒤덮었을 때 그것은 사라졌어요. 그다음에 그가 왔어요. 그는 내가 들을 수 있게 말을 하지 않았어요. 그는 그냥 쳐다봤고, 나는 이해했어요.

'그래, 돌아온 건가? 왜 너는 그렇게 오랫동안 보고하지 않았지?'

난 대답하지 않았어요. '넌 누구냐?' 하고 그가 말했지만 난 여전히 대답하지 않았어요. 그렇지만 대답을 하지 않는다는 게 끔찍이도 고통스러웠고 또 그가 날 몰아붙였기에 '나는 호빗이에요.'라고 말했죠.

그러자 갑자기 그가 날 알아보는 것 같았고 날 비웃었어요. 잔인한 웃음이었죠. 칼에 찔리는 것 같았어요. 난 발버둥을 쳤어요. 하지만 그는 이렇게 말했어요. '잠깐만 기다려! 우리는 곧 다시 만날 테니. 이 깜찍한 것은 그의 것이 아니라고 사루만에게 전해. 곧장 그걸 가지러 사람을 보낼 거라고. 알겠나? 알았다고 말만 하라고!'

그러고는 그가 나를 흡족한 듯 바라봤어요. 내 몸이 산산조각 나는 기분이었죠. 아니, 아니에요! 더는 말 못 하겠어요. 더는 아무것도 기억이 안 나요."

"나를 봐!"

하고 간달프가 말했다. 피핀이 그의 두 눈을 똑바로 쳐다보았다. 마법사는 침묵 속에서 잠시 그의 시선을 붙들어 두었다. 이윽고 그의 얼굴이 보다 부드러워지고 미소의 기미가 떠올랐다. 그가 피핀의 머리 위에 부드럽게 손을 얹었다.

"됐어! 더는 말하지 마! 자네가 상해를 입진 않았어. 내가 우려한 대로 자네의 눈엔 거짓이 없어. 그나저나 그가 자네와 길게 이야기를 하지 않았거든. 자넨 여전히 바보, 정직한 바보군, 툭 집안 페레그린이여. 보다 똑똑한 자들이었으면 그런 위기에서 더 고약하게 처신했을 수도 있어. 그러나 이건 명심해 둬! 자네가, 그리고 자네 친구들모두가 이를테면 주로 운이 좋아서 위기를 벗어난 것이란 걸. 그런행운을 두 번 기대할 수는 없어. 만일 그때 그 자리에서 그가 자네를신문했더라면 자넨 십중팔구 자네가 아는 모든 걸 다 말했을 거야. 우리 모두에게 파멸이 닥치게끔. 하지만 그는 너무 간절했어. 그는단지 정보만 원했던 게 아니야. 그는 너를 원했어, 다급하게. 암흑의탑에서 너를 상대하려고 말이지, 느긋하게. 몸서리칠 건 없어! 마법사들의 일에 끼어들려면 그런 일쯤은 염두에 둬야 해. 그렇지만 난자네를 용서해. 안심하게! 사태가 우려한 만큼 고약하게 돌아가진않았으니."

그는 피핀을 온화하게 들어 올려 그의 잠자리로 데리고 갔다. 메리가 따라가 그의 곁에 앉았다.

"할 수 있다면 거기 누워 쉬게, 피핀. 날 믿게. 다시 손바닥이 가렵거들랑 나한테 말해! 그런 것들은 치유될 수 있으니까. 그러나 어쨌든, 친애하는 호빗이여, 다신 내 팔꿈치 아래에 바위덩이를 놓진 말아! 자, 한동안 자네 둘이 함께 있게 해 주지."

그 말과 함께 간달프는 나머지에게로 돌아섰다. 그들은 어지러운생각에 잠겨 여태 오르상크의 돌 곁에 서 있었다. 간달프가 말했다.

"위험이란 건 전혀 예기치 못한 밤에 오는 법이오. 우린 아슬아슬한 위기를 넘겼소!"

"그 호빗은 어때요? 피핀 말입니다."

아라고른의 물음에 간달프가 대답했다.

"이젠 모든 게 괜찮을 거라 생각하오. 그는 오랫동안 사로잡히진 않았고, 또 호빗들은 놀라운 회복력을 갖고 있소. 아마 그것에 대한 기억이나 공포는 빠르게 희미해질 거요. 어쩌면 너무 빨리. 그대가 오르상크의 돌을 간수하겠소, 아라고른? 그건 위험한 짐이오."

"정녕 그렇지요. 하지만 모든 이에게 그렇진 않소. 그것을 정당하게 제 것이라고 주장할 이가 있소. 분명코 이것은 엘렌딜의 보고(寶庫)에서 나온 오르상크의 팔란티르로 곤도르의 왕들이 여기에 둔 것이오. 나의 때가 다가오는 것이오. 내가 그것을 간직하겠소."

간달프가 아라고른을 바라보았고, 다음 순간 다른 이들에게는 아주 놀랍게도 그가 망토에 덮인 그 돌을 들어 올리고 그것을 바치며 머리를 숙였다.

"이것을 받으소서, 왕이시여! 장차 그대에게 되돌려질 다른 것들의 담보로서 말입니다. 그러나 그대의 것을 사용함에 있어 제가 조언을 드릴 수 있다면 그것을 사용하지는 마십시오—아직은! 신중하셔야 하오."

"그토록 오랜 세월 동안 기다리고 준비했던 내가 성급하거나 부주의한 적이 있었소?"

아라고른이 말했다.

"아직까지는 결코 없었습니다. 하오니 길의 막바지에서 넘어지지 마소서."

간달프가 대답했다.

"그건 그렇고 좌우간 이 물건은 비밀로 해야 하오. 그대 그리고 여기 있는 다른 모든 이들이! 누구보다도 그 호빗, 페레그린은 그것이 누구의 손에 주어졌는지를 알아서는 안 되오. 사악한 발작이 다시 그를 덮칠 수도 있소. 결코 그런 일이 있어선 안 되는 것이었지만, 애석하게도 그는 그것을 손으로 다루고 그 속을 들여다보았기 때문이오. 그는 아이센가드에서 결코 그것을 건드리지 말았어야 했고 또 그 점에 관해선 내가 보다 신속한 조치를 취했어야만 했소. 그러나 내 정신이 사루만에게 쏠려 있던지라 내가 즉각 그 돌의 속성을 헤아리지 못했소. 그때 나는 지친 상태라 누워서 그것을 곰곰 생각하던 차에 잠이 나를 덮쳤던 게요. 그랬다가 이제야 안 것이오."

"그렇소, 어김없는 말씀이오. 드디어 우리는 아이센가드와 모르도르 사이의 연계와 그것이 어떻게 작동했는지를 안 것이오. 많은 것이 해명되는군요."

아라고른이 말하자, 세오덴도 덧붙였다.

"우리의 적들은 기묘한 권능들과 더불어 기묘한 약점들도 지녔구려! 때때로 사악한 의지가 악을 망친다는 옛말이 있잖소."

간달프가 말했다.

"그런 일을 숱하게 보지요. 하지만 이번에는 우리가 이상하게도 운이 좋았소. 어쩌면 내가 이 호빗 덕분에 하나의 중대한 실수를 면했는지도 모르오. 나는 그 쓰임새를 알아내고자 스스로 이 돌을 시험해 볼 건지 말 건지 궁리했더랬소. 만일 내가 그렇게 했더라면 나 자신이 그에게 드러났을 것이오. 정녕 언젠가는 그렇게 될 테지만 아직은 그런 시련을 감당할 준비가 되어 있지 않은 처지에서 말이오. 그나저나 설령 거기서 빠져나올 힘이 있다 하더라도 그가 날 봤다는 게 화근이 되었을 거요. 아직은—비밀 유지가 더는 소용없는 시간이 올 때까지는."

"이젠 그 시간이 왔다는 게 내 생각이오."

아라고른이 말했다.

"아직은 아니오. 잠시 동안이지만 의혹의 시간이 남아 있고 우리는 그것을 이용해야만 하오. 분명코 대적은 그 돌이 오르상크에 있다고 생각했소—왜 그러지 않겠소? 따라서 그 호빗이 거기서 포로가 된 몸으로 사루만이 가하는 고문에 못 이겨 그 유리를 들여다보게 된 거라고 그는 또 생각했소. 지금쯤 그 어두운 정신은 그 호빗의 목소리와 얼굴로, 그리고 기대감으로 가득 차 있을 거요. 그가 자신의 실수를 알아차리기까지는 시간이 좀 걸릴 수 있소. 우리는 그 시간을 낚아채야 하오. 지금까지 우리는 너무 느긋했더랬소. 빨리 움직여야 하오. 이제 아이센가드 부근은 더는 얼쩡거릴 곳이 못 되오. 나는 곧장 툭 집안 페레그린과 함께 앞서 달릴 거요. 남들이 잠잘 동안 어둠 속에 누워 있으니 그것이 그에게 나을 게요."

그러자 세오덴이 말했다.

"나는 에오메르와 열 명의 기사를 곁에 두겠소. 날이 밝는 대로 그들은 나와 함께 달릴 것이오. 나머지는 아라고른과 함께 가다가 마음이 내키면 즉시 내달릴 수 있을 거요."

간달프도 찬성했다.

"뜻대로 하시오. 그러나 엄폐물이 될 구릉지까지는 최대의 속력을 내시오, 헬름협곡까진!"

바로 그 순간 그들 위로 그림자 하나가 떨어져 내렸다. 환한 달빛이 갑자기 차단된 것 같았다. 여러 기사들이 큰 소리를 지르곤 마치 머리 위로부터의 타격을 막으려는 것처럼 양팔을 머리 위로 들며 몸을 웅크렸다. 맹목적인 두려움과 지독한 냉기가 그들을 엄습했던 것이다. 그들은 몸을 움츠리고 올려다봤다. 날개 달린 광대한 형체 하나가 검은 구름장처럼 달 위로 지나갔다. 그것은 선회하여 가운데 땅의 어떤 바람보다도 대단한 속력으로 날아 북쪽으로 갔다. 그 앞에선 별들도 기운을 잃었다. 그것이 사라졌다.

그들은 돌처럼 굳은 채 일어섰다. 간달프는 두 팔을 밖과 아래로 향한 채 뻣뻣한 몸으로 두 손을 꽉 쥐고 위를 응시하고 있었다.

"나즈굴이야! 모르도르의 사자지. 폭풍우가 오고 있어. 나즈굴이 대하를 건넜어! 달려, 달리라고! 새벽을 기다려선 안 돼! 빠른 것이 느린 것을 기다리게끔 내버려 둬선 안 돼! 달려!"

그가 용수철처럼 튀어 나갔고 달리면서 샤두팍스를 불렀다. 아라고른이 그의 뒤를 따랐다. 간달프는 피핀에게로 가서 그를 품에 안았다.

"이번에 자넨 나와 함께 가네. 샤두팍스가 자네에게 자신의 속력을 보여 줄 거야."

다음에 그는 자신이 잤던 곳으로 달려갔다. 샤두팍스가 벌써 거기에 서 있었다. 모든 짐이 든 작은 가방을 어깨에 둘러멘 마법사는 말의 잔등에 뛰어올랐다. 아라고른이 망토와 담요에 싸인 피핀을 들어 올려 간달프의 품에 안겨 주었다.

"잘 있으시오! 빠르게 뒤따르시오! 가자, 샤두팍스!"

간달프가 외치자 그 위대한 말이 머리를 쳐들었다. 늘어진 꼬리가 달빛 속에서 휙휙 움직였다. 이윽고 그가 대지를 박차고 앞으로 내닫더니 산맥에서 불어온 북풍처럼 사라졌다.

메리가 아라고른에게 말했다.

"아름답고 평온한 밤이군요! 어떤 이들은 억세게도 운이 좋아요. 그는 잠자기를 원치 않았고 간달프와 함께 달리길 원했어요—그러고는 저렇게 가잖아요! 본보기로 그 자신이 돌로 변해 여기에 영원히 서 있는 대신에."

아라고른이 대답했다.

"만일 오르상크의 돌을 처음 들어 올린 이가 그가 아니라 자네였더라면 지금 상황은 어떨까? 자넨 더 고약하게 처신했을 수도 있어. 누가 알겠나? 하지만 지금 자네의 운은 나와 함께 가는 거야. 당장 말이네. 가서 채비를 하고 피핀이 남겨 둔 게 있으면 무엇이든 갖고 와. 서둘러!"

재촉하거나 길을 일러 주지 않아도 샤두팍스는 평원 위를 나는 듯이 달리고 있었다. 한 시간이 채 지나지 않아 그들은 아이센의 여올에 도달해 그것을 건넜다. 기사들의 흙무덤과 거기 꽂힌 차가운 창들이 그들 뒤에 잿빛으로 놓여 있었다.

피핀은 회복되는 중이었다. 몸에 열이 있었지만 얼굴에 와 닿는 바람은 매섭고도 상쾌했다. 그는 간달프와 함께 있었다. 그 돌, 그리고 달 위로 어렸던 그 끔찍한 그림자에 대한 공포는 산맥의 안개 속이나 한때의 꿈속에 남겨진 일들처럼 바래지고 있었다. 그가 숨을 깊게 들이쉬더니 말했다.

"난 당신이 안장 없이 말 타는 줄은 몰랐어요, 간달프. 안장이나 고삐가 없잖아요!"

간달프가 말했다.

"난 샤두팍스를 탈 때만 요정의 방식으로 타네. 샤두팍스는 마구를 걸치지 않아. 그건 그렇고 자네가 샤두팍스를 타는 게 아니야. 그가 기꺼이 자네를 싣고 갈 건가, 말 건가 하는 것이지. 만약 그가 기꺼이 그런다면 고마운 거고. 그럴 경우 공중으로 뛰쳐나가지만 않는다면 자네가 자신의 등에 남아 있도록 하는 게 그의 소임이지."

피핀이 물었다.

"지금 그는 얼마나 빨리 가고 있나요? 되도록 바람을 거슬러 빠르게 가는데도 아주 유연해요. 그리고 그 발걸음은 얼마나 가벼운지!"

"그는 지금 가장 빠른 말이 질주하는 만큼 빠르게 달리고 있어. 그렇지만 그에겐 그게 빠른 게 아니야. 여기는 땅이 좀 오르막이고 또 강 건너편보다 울퉁불퉁해. 하지만 별빛 아래로 백색산맥이 가까워지고 있는 걸 보라고! 저편에 스리휘르네산의 봉우리들이 시커먼 창들처럼 서 있잖아. 조만간 우리는 갈림길에 다다르고 이틀 전에 전투가 치러졌던 헬름계곡에 도착할 거야."

피핀은 한동안 다시 말이 없었다. 그들 밑으로 수 킬로미터의 거리가 주파될 동안 그는 간달프가 짤막한 시구들을 여러 언어로 웅얼대며 혼자서 나직하게 노래 부르는 것을 들었다. 마침내 마법사가 그 호빗이 가사를 알아듣는 노래로 넘어갔다. 그 가운데 몇 행이 세찬 바람을 뚫고 그의 귀에 또렷이 다가들었다.

> 키 높은 배들과 의기 높은 왕들
> 모두 해서 아홉 척의 배에 탔네
> 무슨 연유로 그들은 무너진 땅에서
> 넘실대는 바다 너머 왔던가?
> 일곱 별들과 일곱 돌들
> 그리고 흰 나무 하나.

"무슨 뜻이죠, 간달프?"

마법사가 대답했다.

"그냥 전승의 가락들 가운데 일부를 마음속으로 읊조려 보는 거야. 아마 호빗들은 언젠가 들어 봤던 가락이라 해도 잊어버렸을 걸세."

"아뇨. 전혀 그렇지 않아요."

피핀이 말했다.

"당신에겐 흥미가 없을지 몰라도 우린 우리 나름의 가락을 많이 갖고 있거든요. 하지만 이런 건 들어 보지 못했어요. 무엇에 관한 거죠? 일곱 별들과 일곱 돌들이라뇨?"

"옛 왕들의 팔란티르들에 관한 거지."

"그게 뭔데요?"

"그 이름은 저 멀리 보는 것을 뜻했지. 오르상크의 돌이 그중 하나라네."

"그렇다면 그건 대적이 만든 게 아니…… 아니잖아요?"

피핀이 주저하며 말했다.

"아니지."

간달프가 말했다.

"사루만이 만든 것도 아니고. 그건 그의 재주로도, 그리고 사우론의 재주로도 어림없지. 팔란티르들은 서쪽나라 너머에서, 즉 엘다마르에서 왔어. 놀도르 요정들이 그것들을 만들었지. 아마 페아노르가 손수 그것들을 공들여 만들었을 거야. 햇수로는 측량될 수 없을 만큼 아득한 옛 시절에 말이야.

하지만 사우론이 사악한 용도로 돌릴 수 없는 건 없다네. 애석한지고, 사루만이여! 이제야 난 인지하게 되었네만 그것이 그의 몰락의 원인이었어. 우리 스스로가 지닌 것보다 더 심오한 기예로 고안된 것들은 우리 모두에게 위험하다네. 그렇지만 그는 그 책임을 져야만 해. 바보 같으니! 일신의 이득을 위해 그것을 비밀로 하다니. 그는 그것에 대해 백색회의의 그 누구에게도 단 한마디도 하지 않았어. 아직껏 우리는 그 파멸적인 전쟁의 와중에 곤도르 팔란티르들의 운명에 대해선 생각하지 못했네. 인간들은 그것들을 잊어버리다시피 했어. 곤도르에서조차도 그것들은 단지 소수만 아는 비밀이었네. 아르노르에서도 그것들은 오로지 두네다인족의 전승 가락 속에서만 기억되었네."

"그렇다면 옛 인간들은 그것들을 무엇에 썼나요?"

피핀이 물었다. 그는 그렇게 많은 질문들에 대한 대답을 들으니 기쁘고 놀랍기도 했지만 이런 일이 얼마나 오래도록 지속될까 싶기도 했다. 간달프가 대답했다.

"멀리 보는 일에, 그리고 정신적인 교류에 썼지. 그런 방식으로 그들은 오랫동안 곤도르 왕국을 방비하고 통일시켰어. 그들은 그 돌들을 미나스 아노르와 미나스 이실 그리고 원형 요새 아이센가드 속의 오르상크에 세워 두었지. 이들 가운데 으뜸 돌은 오스길리아스가 폐허가 되기 이전 그곳의 별 지붕 아래 있었어. 나머지 셋은 저 멀리 북방에 있었고. 엘론드가에서 전해지는 말로는, 그것들은 안누미나스와 아몬 술에 있었고, 엘렌딜의 돌은 회색 배들이 정박하는 룬만(灣)의 미슬론드를 마주 보는 탑구릉에 있었다고 해.

각각의 팔란티르는 서로서로 화답했고, 곤도르에 있던 모든 것들은 오스길리아스의 시야에 내내 열려 있었어. 오르상크의 암반이 시간의 폭풍우를 견뎌 낸 것처럼 그 탑의 팔란티르도 남아 있었다는 것이 이제 드러나고. 그러나 그것은 혼자서는 멀리 떨어진 것들과 먼 시절의 작은 영상들만 볼 수 있을 따름이야. 그것이 사루만에게 아주 유용했다는 건 의심의 여지가 없지만 그럼에도 그는 그걸로 만족하진 못했던 것 같아. 그는 사방팔방으로 점점 더 멀리까지 주시하다가 마침내 바랏두르를 응시했어. 그러고 나서 걸려들고 말았지!

없어진 아르노르와 곤도르의 돌들이 지금 어디에 있는지, 땅속에 파묻혔는지 물속 깊이 가라앉았는지 누가 알겠어? 그러나 사우론은 적어도 하나를 수중에 넣고 자신의 목적에 맞게 길들였던 게 틀림없어. 내 추측으론, 그것은 이실의 돌이었어. 그는 오래전에 미나스 이실을 점령해서 그것을 사악한 곳으로 바꾸었거든. 해서 그곳은 미나스 모르굴이 되었지.

사루만의 두리번거리던 눈이 얼마나 빠르게 덫에 걸려 사로잡혔고, 또 그 이후로 내내 어떻게 그가 멀리서부터 설득되었고 설득이 먹히지 않을 땐 으름장에 시달렸는지를 헤아리는 건 이젠 쉬운 일이지. 물려다가 물린 꼴이고, 독수리의 발톱에 채인 매, 쇠 그물에 걸린 거미 신세지! 얼마나 오랫동안 그가 검열과 지시를 받기 위해 종종 그 유리에 다가가야만 했을지 궁금해. 그리고 철석같은 의지를 갖지 못한 어떤 이가 그 속을 들여다볼 경우 바랏두르 쪽으로 심히 경도된 오르상크의 돌이 그의 마음과 시선을 재빨리 거기로 이끌지 않을까? 게다가 그것이 사람을 자신에게로 끌어당기는 힘이란! 내가 그 힘을 느껴 보지 않았겠어? 지금도 나는 그것에 대한 내 의지를 시험해 보고 싶어. 그에게서 그것을 확 떼어 내 내가 원하는 곳으로 돌려—물과 시간의 드넓은 대양 너머 아름다운 티리온 탑을 바라보고 백색 나무와 황금빛 나무가 함께 꽃 피우던 시절 작업에 열중한 페아노르의 상상할 길 없는 손과 정신을 감득할 수 있게 말이야."

그는 한숨을 내쉬고 침묵에 잠겼다.

"이 모든 걸 진작 알았더라면 싶어요. 난 내가 무엇을 하고 있는지 전혀 몰랐어요."

피핀이 말했다.

"오, 아니지, 자넨 알고 있었어. 자넨 자신이 그릇되고 어리석게 행동하고 있다는 걸 알았어. 그리고 자넨 스스로에게도 그렇게 말했어. 다만 자네가 귀를 기울이지 않았을 뿐. 내가 이 모든 걸 자네에게 사전에 말해 주지 않았던 건, 나도 벌어진 모든 일을 곰곰 생각해 보고서야 드디어 이해했기 때문이야. 우리가 함께 말을 달리는 이참에 말이네. 설령 내가 미리 말했다 하더라도 그로 인해 자네의 욕망이 줄어들거나 더 쉽게 저항하진 못했을 거야. 오히려 정반대일 걸세! 그럼, 불에 손을 데어 봐야 확실히 깨닫는 법이지. 직접 겪어 본 후에야 불에 대한 충고가 가슴에 깊이 새겨진다고."

"정말 그래요. 만일 지금 내 앞에 일곱 돌들 모두가 펼쳐져 있다 해도 난 두 눈 질끈 감고 두 손을 호주머니에 넣어 버릴 거예요."

"좋아! 그게 내가 바라는 바야."

"한데 알고 싶은 게 있는데……."

피핀이 운을 띄웠다.

"어이쿠!" 간달프가 소리쳤다. "만약 자네 호기심을 만족시키고자 꼬박꼬박 알려 줘야 한다면 난 자네에게 대답하느라 여생을 다 보내고 말 걸세. 뭘 더 알고 싶은가?"

피핀이 웃으며 말했다.

"모든 별들과 모든 생물의 이름들, 그리고 가운데땅, 천상계 및 세상을 가르는 바다들의 모든 역사요. 당연하죠! 거기서 무엇을 감하겠어요? 난 오늘 밤 바쁠 일이 없거든요. 당장 궁금한 건 그 검은 그림자에 관한 거예요. 당신이 '모르도르의 사자야!' 하고 소리치는 걸 들었는데, 그게 뭐죠? 그것이 아이센가드에서 무슨 일을 할 수 있나요?"

"그것은 날아다니는 암흑의 기사, 나즈굴이지. 그것이 자네를 암흑의 탑으로 납치해 갈 수도 있었네."

"하지만 그것이 날 잡으러 온 건 아니잖아요, 안 그래요? 내 말은, 그게 내, 내가 한……."

피핀이 더듬거리며 말했다.

"물론 몰랐지. 바랏두르에서 오르상크까지는 직선 비행 거리로 1000킬로미터 남짓이니, 나즈굴조차도 그 거리를 나는 데는 몇 시간이 걸릴 거야. 그러나 분명 사루만은 오르크의 습격 이후에 그 돌을 들여다봤고, 그래서 그의 은밀한 생각은 그가 의도한 이상으로 간파된 게 틀림없어. 해서 그가 무슨 일을 하고 있는지를 파악하고자 사자가 파견된 거지. 게다가 오늘 밤 그런 일이 있었으니 또 다른 사자가 올 거라고 난 생각해. 그것도 신속하게. 하여 사루만은 자신이 손을 집어넣은 죔쇠가 죄어드는 최후의 고통을 맛보게 될 거야. 그에게는 보내 줄 포로가 없으니까. 그는 수중에 멀리 보는 돌도 없는지라 소환에 응할 수도 없어. 사우론으로서는 사루만이 그 포로를 붙들고서 그 돌도 사용하기를 거부하고 있다고 믿을 수밖에 없을 거야. 사루만이 사자에게 이실직고를 하더라도 도움이 되진 않을 거야. 아이센가드는 폐허가 되었을지라도 사루만은 오르상크 속에서 여전히 안전하거든. 그러니 원하든 원하지 않든 그는 반역자로 보일 거야. 바로 그런 난감함을 피하고자 우리를 물리쳤는데도 말이야. 그런 곤경에서 그가 무슨 일을 할지 나로선 짐작이 가질 않아. 내 생각에, 오르상크에 있는 한 그에게는 아직 아홉 기사들에게 저항할 힘이 있고 또 그렇게 할 거야. 그는 나즈굴을 함정에 빠뜨리거나 아니면 적어도 나즈굴이 타고 다니는 날개 달린 짐승을 죽이려 할 수 있어. 그럴 경우 로한은 자신의 말들을 단속해야겠지.

그러나 그 결과가 우리에게 좋을지 나쁠지는 알 수가 없어. 대적의 책략이 혼선을 빚거나 사루만에 대한 분노 때문에 장애에 부딪칠 수도 있어. 내가 거기 있었고, 오르상크의 계단 위에 서 있었다는 걸—뒤꽁무니에 호빗들을 달고서—그가 알 수도 있을 거고. 혹은 엘렌딜의 후계자가 살아 있어 내 곁에 서 있었다는 것도. 만약 뱀혓바닥이 로한의 갑옷에 현혹되지 않았다면 그는 아라고른과 그가 공언한 직함을 기억할 거야. 그게 바로 내가 염려하는 바야. 그러면 우린 위험에서 벗어나는 게 아니라 오히려 더 큰 위험으로 뛰어드는 것이니까. 샤두팍스의 한 걸음 한 걸음이 자네를 암흑의 땅으로 점점 가까이 데려가는 거야, 툭 집안 페레그린이여."

피핀은 아무 대답도 하지 않고 다만 갑작스레 몸에 냉기가 닥치는 듯 망토를 꽉 움켜쥐었다. 회색 땅이 그들 아래로 지나쳤다.

간달프가 말했다.

"자, 보라고! 앞에 웨스트폴드 계곡들이 펼쳐지고 있어. 이제 우린 동쪽 길에 돌아온 거야. 저편의 어두운 그림자가 헬름계곡의 어귀네. 아글라론드와 찬란한 동굴들이 그쪽에 있지. 그것들에 대해선 묻지 마. 나중에 다시 만나면 김리에게 물어보라고. 그러면 자네는 처음으로 자신이 바라는 것보다 더 긴 대답을 듣게 될 테니. 자넨 그 동굴들을 구경하진 못할 게야. 이번 여정에선 말이야. 곧 우린 그것들을 멀찌감치 뒤로할 테니까."

"난 당신이 헬름협곡에서 묵을 걸로 생각했어요! 그럼 당신은 어디로 가는 거예요?"

"미나스 티리스로, 그곳이 전쟁의 파도에 휩쓸리기 전에!"

"오! 거기는 얼마나 멀어요?"

"멀고도 멀지. 세오덴 왕의 처소보다 세 배는 더 멀어. 모르도르의 사자들이 날아다니는 와중에 여기서 그곳까지는 동쪽으로 150킬로미터가 좀 넘지. 샤두팍스는 더 먼 거리를 달려야 해. 어느 쪽이 더 빠른 걸로 판명될까?

이제 우린 동틀 때까지 달릴 텐데, 그때까진 몇 시간이 남았네. 그때는 샤두팍스라도 구릉지의 어느 저지(低地)에서 쉬어야 해. 에도라스에서라면 더 좋겠지만. 할 수 있다면, 잠을 자! 깨어나면 에오를가의 황금 지붕 위에 비치는 새벽의 첫 미광을 볼 수 있을 거야. 그리고 그때부터 이틀 안에 자넨 민돌루인산의 보랏빛 그림자와 아침에 하얗게 드러나는 데네소르 탑의 성벽을 보게 될 걸세.

자, 가자, 샤두팍스여! 달려라, 명마여, 이제껏 결코 달려 본 적 없는 속도로! 지금 우린 네가 태어났고 네가 하나하나의 돌멩이까지 다 아는 땅에 왔어. 자, 달려라! 희망은 속도에 있노라!"

전장으로 부르는 나팔 소리를 들은 것처럼 샤두팍스가 머리를 쳐들고 큰 소리로 울부짖었다. 그러고는 앞으로 내달았다. 그의 발에서 불꽃이 날았고, 밤이 질주하듯 그의 머리 위를 스쳐 지났다.

서서히 잠에 빠져들면서 피핀은 이상한 느낌이 들었다. 발밑으로는 세상이 거센 바람의 굉음과 함께 우르르 굴러가는데 그와 간달프는 달리는 말의 조상(彫像) 위에 앉아 돌처럼 조용했다.

두 개의 탑

BOOK FOUR

Chapter 1

스메아골 길들이기

"음, 우리는 궁지에 빠진 게 틀림없어요."

감지네 샘이 말했다. 그는 낙심하여 양어깨를 구부린 채 프로도 곁에 서서 찌푸린 두 눈으로 어둠 속을 빤히 내다보았다.

그들이 셈하기로는, 원정대로부터 도망친 지 사흘째 저녁이었다. 그들은 에뮌 무일의 황량한 비탈과 돌 들 속을 기어오르며 버둥거리느라 시간의 흐름을 거의 놓쳐 버렸다. 그들은 때로는 나아갈 길을 찾지 못해 왔던 길을 되짚어가기도 했고, 때로는 빙빙 돌며 헤매다 몇 시간 전에 있었던 곳으로 다시 돌아온 걸 깨닫기도 했다. 그렇지만 전체적으로 그들은 길을 찾을 수 있는 한 이 이상하게 뒤엉켜붙은 언덕들의 바깥 가장자리를 따라가며 꾸준히 동쪽으로 나아갔다. 그러나 항상 그들은 아래의 평원 위로 험하게 솟구친 그 바깥 면들은 가파르고 높아 지나갈 수 없다는 걸 알았다. 그 뒤범벅된 가장자리 너머로는 납빛으로 썩어 가는 늪지가 있었는데, 거기에선 아무것도 움직이지 않았고 심지어 새 한 마리도 보이지 않았다.

이제 호빗들은 벌거벗고 척박하며 기슭이 안개에 싸인 우뚝한 벼랑가에 서 있었다. 뒤로는 울퉁불퉁한 고지(高地)가 떠도는 구름을 머리에 이고 솟아 있었다. 동쪽에서 냉랭한 바람이 불어왔다. 앞에는 형체 없는 땅 위로 밤이 몰려들고 있었고, 그 땅의 핼쑥한 초록은 음산한 갈색으로 바래지고 있었다. 저 멀리 오른쪽엔 낮에 햇살이 구름을 뚫고 비칠 때마다 단속적으로 희미하게 빛나던 안두인강이 이젠 어둠에 가려 보이지 않았다. 그러나 그들의 시선은 강을 넘어 곤도르로, 그들의 친구들에게로, 인간들의 땅으로 다시 돌아가진 않았다. 남쪽과 서쪽으로, 그들은 다가오는 밤의 가장자리에 먼 산맥 형상의 정지한 연기처럼 어둑한 선 하나가 걸린 곳을 물끄러미 내다보았다. 간간이 저 멀리서 아주 작은 붉은 섬광이 지평선 위로 명멸했다.

"진퇴양난이에요!"

샘이 말했다.

"저것은 일찍이 들어 본 모든 땅들 가운데 우리가 조금이나마 더 가까이서 보고 싶지 않은 곳이자 또한 우리가 가닿고자 애쓰는 곳이에요! 게다가 저것은 우리가 결코 다다를 수 없는 곳일 뿐이죠. 우리가 완전히 길을 잘못 든 모양이에요. 우린 내려갈 수가 없고, 장담컨대 설령 내려간들 저 모든 초록의 땅이 역한 늪지란 걸 알게 될 거예요. 어휴! 냄새가 나요?"

그가 킁킁대며 바람 냄새를 맡았다.

"그래, 냄새가 나."

프로도가 말했다. 그러나 그는 움직이지 않았고, 두 눈은 그 어둑한 선과 깜빡이는 불꽃 쪽을 빤히 내다보며 고착되어 있었다. 그가 숨죽여 중얼거렸다.

"모르도르야! 내가 저길 가야 한다면, 빨리 가서 끝장을 봤으면 좋겠어!"

그가 몸서리를 쳤다. 바람은 쌀쌀하면서도 차가운 부패의 냄새로 가득 찼다.

"자."

마침내 눈길을 거둬들이며 그가 말했다.

"진퇴양난이든 아니든 우린 밤새 여기 머물 순 없어. 여기보다는 쉽게 비바람을 피할 수 있는 곳을 찾아 또 한 번 야영을 해야 해. 아마도 새로운 날이 우리에게 길을 보여 줄 거야."

"아니면 또 새롭고 또 새롭고 또 새로운 날이 오고, 어쩌면 그 어떤 날도 보여 주지 못할지도. 우린 엉뚱한 길로 왔어요."

샘이 투덜거렸다.

"글쎄, 난 건너편의 저 암흑으로 가는 게 내 운명이라고 생각해. 그러니 길은 찾아질 거야. 한데, 내게 그 길을 보여 줄 것이 선일까 악일까? 우리가 가진 모든 희망은 속도에 있어. 지체는 대적에게 유리할 뿐이야—그런데도 난 여기서 지체하고 있어. 우리를 조종하는 건 바로 암흑의 탑의 의지인가? 내 모든 선택들은 그릇된 것으로 판명됐어. 나는 훨씬 전에 원정대를 떠나 대하와 에뮌 무일의 동쪽인 북쪽에서 내려와서 전투평원의 굳은 땅을 넘어 모르도르의 고개로 향했어야 했어. 그렇지만 지금 너와 나 단둘이서 돌아가는 길을 찾는 건 가능하지 않고, 또 오르크들이 동쪽 제방 위에서 어슬렁대고 있어. 하루가 지날 때마다 소중한 날이 허비되는 거야. 난 지쳤어, 샘. 어떻게 해야 할지 모르겠어. 식량은 얼마나 남았지?"

"뭐라더라, 아, 저 렘바스란 것만요, 프로도 씨. 양은 꽤 돼요. 질리도록 먹었지만 없는 것보단 낫죠. 처음 맛보았을 땐 언제고 다른 음식을 원하리라곤 생각지도 못했지만 말이죠. 하지만 지금은 다른 걸 먹고 싶어요. 수수한 빵 한 조각과 한 조끼—아니, 반 조끼라도 좋은데—의 맥주면 술술 넘어갈 거예요. 마지막 야영지에서부터 이 멀리까지 조리 기구를 낑낑대며 끌고 왔지만 무슨 소용이 있었죠? 우선 땔감이 없고 요리할 것도 전혀 없으니, 심지어 풀조차도 없단 말이에요!"

그들은 방향을 돌려 돌투성이의 움푹한 곳으로 내려갔다. 서쪽으로 기우는 해가 구름 속으로 갇혀 밤이 빨리 왔다. 풍화된 암반의 거대하고 깔쭉깔쭉한 봉우리들 속 한구석에서 그들은 추위에 몸을 뒤척이면서도 그런대로 잘 잤다. 적어도 동풍은 피할 수 있었다.

"그것을 또 보셨나요, 프로도 씨?"

샘이 물었다. 그들은 이른 아침의 차가운 잿빛 속에서 얇은 렘바스를 으적으적 씹으며 추위에 얼어 뻣뻣하게 앉아 있었다.

"아니, 지금까지 이틀 밤 동안 듣고 본 게 전혀 없어."

"저도 그래요. 그르르르! 그 눈을 보고 기겁했다니까요! 그건 그렇고 우리가 드디어 그놈을, 그 지긋지긋한 살금이를 떨쳐 버렸나 봐요. 골룸! 내 손으로 놈의 목을 붙잡기만 하면 그 목구멍에다 골룸이란 소리를 처넣어 버릴 거예요."

"그럴 필요가 없길 바라네. 어떻게 그놈이 우릴 따라왔는지 모르겠어. 그렇지만 자네 말대로 그가 다시 우릴 놓쳐 버렸을 수도 있어. 이 메마르고 황량한 땅에선 우리가 많은 발자국도 많은 냄새도 남길 수가 없으니 아무리 냄새를 잘 맡는 코라도 별수 없을 거야."

"정말 그랬으면 좋겠어요. 놈을 없애 버리고 싶다니까요, 영영!"

"나도 그래."

하고 프로도가 말했다.

"그러나 그놈이 나의 으뜸가는 골칫거리는 아니야. 난 우리가 이 산지에서 벗어났으면 좋겠어. 지긋지긋해. 건너편의 그림자와 나 사이에 죽은 듯한 평지밖에 없이 이렇게 노출되어 있으니 동쪽으로는 온통 벌거벗은 기분이야. 저 그림자 속에는 눈이 하나 있지. 자! 오늘은 어떻게든 내려가야만 해."

그러나 그날도 점점 시간이 지나, 오후가 빛이 바래 저녁이 되어갈 때도 그들은 여전히 능선을 따라 기어오르고 있을 뿐 어떤 탈출구도 찾지 못했다.

가끔 저 불모의 땅의 침묵 속에서 뒤쪽으로 희미한 소리가 들리는 것 같았다. 돌멩이가 떨어지거나 암반 위를 퍼덕이며 걷는 듯한 가상의 발소리 같은 것이었다. 그러나 걸음을 멈추고 가만히 서서 귀를 기울이면 더는 아무 소리도 들리지 않았고, 돌 언저리 위를 스치는 한숨 같은 바람 소리 뿐이었다. 그러나 그 소리만 들어도 날카로운 이빨 사이로 나직하게 쉭쉭 소리를 내는 숨결이 생각났다.

그들은 점차 북쪽으로 굽어지는 에뮌 무일의 바깥 능선을 따라 온종일 힘겹게 나아갔다. 이제 그 가장자리를 따라 긁히고 풍화된 바위가 어지러이 널린 드넓은 평지가 쭉 뻗어 있었다. 거기엔 벼랑 표면 속의 깊은 새김눈들에까지 가파르게 비탈져 내리는 참호 같은 골짜기들이 파여 있었다. 점점 깊어지고 빈번해지는 이 갈라진 틈들 속에서 길을 찾느라, 프로도와 샘은 가장자리를 꽤 벗어나 왼쪽으로 밀려갔다. 그래서 그들은 자신들이 수 킬로미터 동안이나 느리지만 꾸준히 비탈을 내려가고 있었다는 걸 알아채지 못했다. 벼랑 꼭대기가 저지대를 향해 낮아지고 있었던 것이다.

마침내 그들은 멈춰 섰다. 능선은 북쪽으로 더 급하게 굽었고 보다 깊은 계곡에 의해 깊이 베어 있었다. 능선은 저편에서 한달음에 몇 길씩이나 다시 우뚝 솟았다. 마치 칼질에 의해 수직으로 깎인 것처럼 거대한 회색 벼랑이 그들 앞에 우뚝 섰다. 그들은 더는 앞으로 나아갈 수 없어 이제 동쪽이나 서쪽으로 방향을 돌려야만 했다. 그러나 서쪽으로 간다면 다시 산지의 한가운데로 이르는 것이라 더 힘들고 더 지체하게 될 것이고, 동쪽을 택한다면 바깥 절벽으로 이르게 될 것이었다.

"이 골짜기를 기어 내려갈 수밖에 없어, 샘. 이 길이 어디로 통하는지 살펴보자고!"

프로도가 말했다.

"살 떨리는 낙하뿐이죠, 뭐."

갈라진 틈은 보기보다 길고 깊은 것 같았다. 그들은 조금 내려가다가 옹이투성이에 말라비틀어진 나무 몇 그루를 보았다. 며칠 만에 처음 보는 나무들로, 대부분이 뒤틀린 자작나무였고 간간이 전

나무도 있었다. 많은 것들이 동풍에 의해 깊은 속까지 결딴난 채 죽어 쿙한 몰골이었다. 좀 더 온화한 시절에는 이 계곡에도 아름다운 수풀이 있었음이 틀림없지만 지금은 45미터쯤 지나고 나자 나무가 더는 없었다. 다만 부러진 늙은 그루터기들이 거의 벼랑 가장자리까지 어지럽게 널려 있을 뿐이었다. 암반의 단층 모서리를 따라 뻗은 골짜기의 밑바닥은 부서진 돌들로 울퉁불퉁했고 아래로 가파르게 경사져 있었다. 마침내 그 끝에 왔을 때 프로도가 몸을 굽혀 상체를 밖으로 내밀며 말했다.

"봐! 우리는 꽤 많이 내려온 게 틀림없어. 아니면 벼랑이 내려앉았거나. 여기선 벼랑이 이전보다 훨씬 낮고 또 더 수월해 보여."

샘이 그의 곁에 무릎을 꿇고 마지못한 듯 가장자리 너머를 내다보았다. 그러고는 멀리 왼편에 솟아오른 거대한 벼랑을 힐끗 올려다보며 투덜거렸다.

"더 수월하다고요! 하긴, 올라가는 것보다 내려가는 게 언제나 쉬운 법이죠. 날 수 없는 이들도 뛰어내릴 순 있잖아요!"

"그렇지만 대단한 도약일 텐데. 음, 얼추 보기에도……."

그는 잠시 서서 눈대중으로 거리를 가늠했다

"열여덟 길쯤 될 것 같아. 그 이상은 아니고."

"그만하세요! 으윽! 전 높은 곳에서 내려다보는 건 질색이라고요! 그렇지만 기어 내려가는 것보단 보는 게 낫죠."

"매한가지야. 난 우리가 여기로 기어 내려갈 수 있다고 생각하고 또 시도해야 할 거라고 생각해. 봐, 암석이 몇 킬로미터 이전과는 아주 달라. 미끄러져 내린 데다 여기저기 금이 나 있어."

아닌 게 아니라, 골짜기 끝의 벼랑은 더는 깎아지르지 않고 바깥쪽으로 다소 경사져 있었다. 기반이 이동하는 바람에 옆으로 줄지은 층들이 온통 뒤틀리고 흐트러진 가운데 크나큰 균열과 길게 기울어진 모서리들이 남겨진 거대한 누벽이나 안벽(岸壁) 같아 보였다. 그 균열과 모서리 들은 곳에 따라서는 거의 계단만큼 넓었다.

"우리가 내려가기로 할 거라면 당장 하는 게 좋아. 날이 일찍 어두워지고 있어. 폭풍우가 몰려올 것 같아."

동편 산맥의 흐릿한 연기가 벌써 긴 두 팔을 서쪽으로 쭉 뻗치고 있는 보다 짙은 어둠 속에 잠겼다. 거세지는 바람에 실려 우르릉대는 먼 천둥소리가 들렸다. 프로도는 킁킁거리며 대기의 냄새를 맡아 보곤 의심스러운 듯 하늘을 올려다봤다. 그는 망토 밖으로 허리띠를 매어 단단히 조이고 가벼운 보따리를 등에 걸머지고는 벼랑 가장자리로 걸음을 옮겼다.

"난 해 볼 거야."

프로도가 말하자 샘이 침울하게 말했다.

"그럼, 좋아요! 하지만 제가 먼저 가겠어요."

"자네가? 무엇 때문에 마음이 바뀐 거지?"

"마음이 바뀐 게 아니에요. 그냥 이치가 뻔하잖아요. 미끄러져 내릴 개연성이 큰 것을 맨 밑에 두라잖아요. 전 프로도 씨 머리 위로 떨어져 프로도 씨를 나가떨어지게 하고 싶지 않아요—한 번 추락에 두 명이 죽는다는 건 말이 안 되죠."

프로도가 말리기도 전에 그는 주저앉아 가장자리 위로 두 다리를 흔들고 몸을 비틀어 돌리며 발가락을 휘저어 발 디딜 곳을 찾았다. 일찍이 그보다 용감하거나 어리석은 짓을 태연하게 한 적이 있는지 자못 의심스러웠다.

"아냐, 아니라고! 샘, 이 못 말리는 멍청이 같으니! 어디로 나갈지 한번 둘러보지도 않고 그렇게 무작정 건너려다간 어김없이 죽고 말 거야! 돌아와!"

그는 샘의 겨드랑이에 두 팔을 끼워 다시 끌어 올렸다.

"자, 잠시 기다리며 침착해지라고."

그다음 그는 바닥에 엎드려 몸을 내밀고 아래를 내려다보았다.

아직 해가 지지 않았음에도 빛은 빠르게 바래지고 있는 것 같았다.

"우린 이 일을 해낼 수 있다고 생각해."

이내 그가 말했다.

"어쨌든 난 할 수 있어. 그리고 냉정을 유지하고 신중하게 날 따른다면 너도 할 수 있어."

"어떻게 그렇게 자신할 수 있는지 모르겠군요. 참! 프로도 씨도 빛이 이래서는 바닥까지 볼 수 없어요. 발이나 손을 둘 데가 없는 곳에 다다르면 어쩔 거예요?"

"도로 올라와야지, 뭐."

프로도의 말에 샘이 반박했다.

"말이야 쉽죠. 아침이 되어 빛이 더 많을 때까지 기다리는 게 좋아요."

"아니야! 마냥 기다릴 순 없어."

갑자기 프로도가 이상하리만치 격정적으로 말했다.

"난 매시간, 매분이 아까워. 난 내려가 볼 거야. 내가 돌아오거나 부를 때까진 따라오지 마!"

그는 손가락으로 경사면의 돌처럼 딱딱한 가장자리를 그러쥐고 천천히 몸을 내리다가 두 팔이 거의 최대한 벌어졌을 때 발가락으로 바위 턱을 디뎠다.

"한 걸음 내려왔어! 그리고 이 바위 턱은 오른쪽으로 넓게 퍼져 있어. 여기선 아무것도 붙들지 않고도 설 수가 있어. 난 이제……."

갑자기 그의 말이 뚝 끊겼다.

허둥지둥 다가오던 어둠이 이제 크게 속도를 올려 동쪽으로부터 질주해 와 하늘을 삼켰다. 바로 머리 위에서 우르릉 꽝꽝 하고 찢어질 듯 메마른 천둥소리가 들렸다. 모든 걸 그을릴 듯한 번개가 산지 속으로 떨어졌다. 다음엔 한바탕 사나운 바람이 몰아치고, 거센 바람 소리에 섞여 높고 째질 듯한 비명 소리가 들려왔다. 호빗들은 호빗골에서 도망쳐 올 때 저 먼 구렛들에서 바로 그러한 외침을 들은 적이 있었다. 샤이어의 숲에서도 그 소리에 오싹 소름이 끼쳤었다. 여기 낯선 황무지에서 느끼는 공포감은 훨씬 더 막대했다. 그 소리는 공포와 절망의 차가운 칼날처럼 온몸을 헤집고 꿰뚫어 심장과 숨이 멎을 지경이었다. 샘이 바닥에 넙죽 엎드렸다. 프로도는 무심결에 붙잡고 있던 바위를 스르르 놓고 양손으로 머리와 귀를 감쌌다. 그가 흔들리고 발을 헛디디더니 울부짖는 비명과 함께 아래로 주르르 미끄러졌다.

샘이 그 소리를 듣고 힘겹게 가장자리까지 기어가 소리쳤다.

"프로도 씨! 프로도 씨! ……프로도 씨!"

그는 아무 대답도 듣지 못했다. 그는 자신이 온몸을 부들부들 떨고 있다는 걸 알았지만, 숨을 가다듬고 다시 한번 외쳤다.

"프로도 씨!"

바람이 목소리를 목구멍으로 도로 밀어 넣는 것 같았다. 그런데 바람이 작은 계곡 위로 그리고 저 멀리 능선 너머로 포효하며 지날 때, 응답하는 희미한 외침이 귀에 와 닿았다.

"괜찮아, 괜찮다고! 난 여기 있어. 그런데 아무것도 안 보여."

프로도는 가냘픈 목소리로 부르고 있었다. 실제로 그는 아주 멀리 떨어져 있진 않았다. 미끄러지긴 했지만 추락한 건 아니었고 몇 미터 밑의 보다 넓은 바위 턱에 닿아 덜컹거리곤 일어섰다. 다행히도 이 지점의 바위 표면은 꽤 뒤로 기울었고, 또 바람이 그를 벼랑 쪽으로 몰아붙여서 그의 몸이 쓰러질 듯 앞으로 기운 건 아니었다. 그는 차가운 돌에 얼굴을 대고 가슴이 세차게 뛰는 걸 느끼며 잠시 안정을 취했다. 주위의 모든 것이 깜깜했기에 그는 어둠이 칠흑처럼 깊어진 게 아니라면 자신이 시력을 상실한 거라고 생각했다. 갑자기 눈이 멀어 버린 게 아닌가 싶었다. 그는 깊이 숨을 들이쉬었다.

"돌아오세요! 돌아와요!"

위쪽 어둠 속에서 샘의 목소리가 들려왔다.

"그럴 수가 없어. 보이지가 않아. 붙잡을 곳을 전혀 찾을 수 없어. 아직은 움직일 수 없어."

"제가 무얼 할 수 있나요, 프로도 씨? 무얼 할 수 있냐고요?"

샘이 위험할 만큼 몸을 멀리 내밀고 크게 소리쳤다. 왜 프로도 씨가 볼 수 없다는 거지? 어스레한 건 분명했지만 그토록 어두운 건 아니었다. 그는 아래에 있는 프로도를, 두 다리를 벌리고 벼랑에 기댄 회색의 쓸쓸한 형체를 볼 수 있었다. 그러나 그는 도움의 손길이 닿지 않을 만큼 저 멀리 있었다.

또다시 우르릉 꽝꽝 하고 천둥이 쳤고, 이윽고 비가 내렸다. 우박과 뒤섞여 눈앞을 온통 가릴 만큼 세찬 빗발이 모질도록 차갑게 벼랑에 들이닥쳤다.

"제가 프로도 씨에게로 내려갈게요."

샘이 고함쳤다. 그러나 그런 식으로 어떻게 돕겠다는 건지는 그도 말할 수가 없었다.

"아니야, 안 돼! 기다려!"

프로도가 대꾸했다. 목소리가 한결 힘찼다.

"난 곧 좋아질 거야. 벌써 기분이 나아졌는걸. 기다려! 자넨 밧줄 없인 아무것도 할 수 없어."

"밧줄이라고!"

샘이 흥분과 안도감 속에서 마구 혼잣말을 하며 외쳤다.

"자, 내가 얼간이들에 대한 본보기로 밧줄 끝에 목이 매달릴 만한 인물이 아니기를! 감지네 샘, 넌 에누리 없는 얼간이야. 우리 노친네가 내내 내게 했던 말이고. 맹추도 그가 즐겨 쓴 낱말이었지. 그래, 밧줄이야!"

"시시한 이야기는 그만둬!"

프로도가 외쳤다. 이젠 재미와 짜증을 모두 느낄 만큼 기운을 차린 상태였다.

"자네 아버지의 말은 신경 쓸 것 없어! 혹시 주머니 속에 밧줄을 좀 가진 게 있다는 걸 스스로에게 일러 주고 있는 거야? 그렇다면 어서 꺼내!"

"그래요, 프로도 씨. 놀랍게도 제 꾸러미 속에 있어요. 수백 킬로미터나 끌고 다녔으면서도 까맣게 잊었네요!"

"그럼 서둘러서 한쪽 끝을 내리라고!"

샘은 재빨리 꾸러미를 풀어 속을 뒤졌다. 정말 거기 밑바닥에 로리엔의 요정들이 만든 매끄러운 회색 밧줄 한 사리가 있었다. 그는 한쪽 끝을 주인에게 던졌다. 프로도의 눈에서 어둠이 걷히는 것 같았다. 혹은 그의 시력이 되살아나고 있었다. 흔들리며 내려오는 회색 줄이 보였는데, 프로도는 줄에서 흐릿한 은빛 광택이 난다고 생각했다. 어둠 속에서 시선을 고정시킬 지점이 생기자 어지러움이 덜했다. 그는 몸을 앞으로 내밀어 끝자락을 허리에 단단히 감고 밧줄을 양손으로 꽉 잡았다.

샘은 뒷걸음질 쳐서 벼랑에서 1, 2미터 떨어진 그루터기에 발을 힘껏 딛고 버텼다. 반은 끌리고 반은 기어오르며 프로도는 위로 올라와 바닥에 몸을 내던졌다.

멀리서 천둥이 으르렁대고 우르릉거렸고 비는 여전히 거세게 떨어지고 있었다. 호빗들은 도로 작은 골짜기로 기어갔다. 그러나 거기서 쓸 만한 피신처를 찾진 못했다. 빗물이 실개천을 이루어 흘러내리기 시작하더니 곧 크게 불어나 돌멩이들에 부딪혀 철벅거리고 거품을 내며 거대한 지붕의 홈통 같은 벼랑 너머로 쏟아져 내렸다.

"하마터면 저 아래서 반쯤 익사하거나 깨끗이 쓸려 내려갔을 거야. 자네가 저 밧줄을 갖고 있었다니 대단한 행운이야!"

프로도가 말했다.

"더 일찍 생각해 냈더라면 행운도 더 컸을 텐데. 우리가 떠날 때 그들이 배에 밧줄을 실은 걸 기억하시죠? 요정의 나라에서 말이에요. 전 그게 딱 마음에 들어 꾸러미에 한 사리 쑤셔 넣었죠. 그게 수년 전 같아요. 할디르였던가, 요정들 가운데 하나가 '위급할 때 도움이 될 거요.' 하고 말했는데 꼭 들어맞았어요."

"나도 한 가닥 가져올 생각을 못 한 게 아쉽군. 하기야 그리 황급하고 어수선한 와중에 원정대를 떠났으니. 밧줄이 충분하기만 하다면 내려가는 데 쓸 수 있어. 밧줄 길이가 얼마나 되지?"

샘이 양팔로 길이를 재며 천천히 밧줄을 늦추어 풀어냈다.

"다섯, 열, 스물, 서른 발 안팎이네요."

샘의 대답에 프로도가 탄성을 질렀다.

"누가 이런 일을 생각할 수 있었겠어!"

"아! 그럼요, 누가요? 요정들은 놀라운 종족이에요. 좀 가늘어 보이지만 질기고 또 손에 우유처럼 부드럽게 감기죠. 차곡차곡 빈틈없이 꾸려지고 아주 가볍죠. 정말 놀라운 종족이에요!"

"서른 발이라! 그 정도면 충분할 거라고 믿어. 해 지기 전 폭풍우가 지나가면 난 해 볼 테야."

프로도가 곰곰 생각하며 말했다.

"비는 벌써 거의 그쳤어요. 하지만 다시는 어두컴컴한 데서 위험한 일은 하지 마시라고요, 프로도 씨! 게다가 저는 바람을 타고 들려온 저 비명 소리를 아직 극복하지 못했어요. 당신은 그랬는지 몰라도요. 암흑의 기사 같은 소리였어요. 그들이 날 수 있는지는 모르지만, 공중 높은 곳에서 나는 소리였죠. 밤이 지날 때까지 이 틈새에서 죽치고 있는 게 상책이란 생각이 들어요."

"그렇지만 나는 암흑 나라의 눈이 늪지 너머로 지켜보는 가운데 이 가장자리에 묶인 채 한순간도 더 보낼 생각이 없어. 어쩔 수 없는 게 아니라면 말이야."

프로도가 말했다. 그 말과 함께 그는 일어나 다시 골짜기 밑바닥으로 내려갔다. 그가 주위를 살폈다. 동쪽 하늘이 다시 개고 있었다. 너덜너덜하고 축축한 폭풍우의 자락들이 걷히고 있었고, 그 주력은 그곳을 지나쳐 잠시 사우론의 음험한 생각이 드리웠던 에뮌 무일 위로 거대한 날개를 펼쳤다. 그것은 거기서 방향을 틀어 우박과 번개로 안두인계곡을 강타하고 전쟁의 위협에 싸인 미나스 티리스 위에 그림자를 던졌다. 그다음 그것은 산맥 속으로 내려 거대한 소용돌이들을 모아 곤도르와 로한경계 위로 서서히 굴러갔고, 마침내 저 멀리 평원 위의 기사들이 서쪽으로 말을 달리다가 그 검은 탑들이 태양 뒤로 움직이는 걸 보았다. 그러나 여기, 사막과 악취 풍기는 늪지 위로는 깊고 푸른 저녁 하늘이 또 한 번 열렸고, 얼마 안 되는 창백한 별들이 초승달 위로 창공 속의 작고 하얀 구멍들처럼 나타났다.

"다시 볼 수 있다니 좋군."

프로도가 심호흡을 하며 말했다.

"저기 말이야, 난 내가 시력을 잃은 거라고 잠시 생각했어. 번개나 그보다 고약한 어떤 것 때문에 말이야. 회색 빗줄이 내려올 때까진 아무것도, 전혀 아무것도 볼 수 없었어. 어찌 된 셈인지 빗줄이 희미하게 반짝이는 것 같았어."

"그게 어둠 속에서 다소간 은빛으로 보이더군요. 처음에 쑤셔 넣은 후로 꺼내 본 적이 있는지 기억나진 않지만, 이전엔 그렇다는 걸 전혀 알아채지 못했죠. 그나저나 내려가기로 결심했다면, 프로도 씨, 그것을 어떻게 쓸 건가요? 서른 발이면 열여덟 길쯤인데, 그건 벼랑 꼭대기에서 짐작한 것에 불과해요."

프로도는 잠시 생각했다.

"그걸 저 그루터기에 단단히 매, 샘! 그리고 이번엔 자네가 원한 대로 먼저 내려가는 거야. 내가 자네를 내려 줄 테니 자넨 손과 발을 써서 암벽에서 떨어지기만 하면 돼. 그래도 자네가 어떤 바위 턱에

체중을 실어 나를 쉬게 해 준다면 도움이 될 거야. 자네가 다 내려가면 내가 뒤따를 거야. 이제 다시 기분이 좋아졌어."

"아주 잘 됐어요."

샘이 진지하게 말했다.

"해야만 할 일이라면 당장 해치우자고요!"

그가 밧줄을 집어 가장자리에서 제일 가까운 그루터기 위에 단단히 매고 다른 쪽 끝은 자신의 허리를 둘러 묶었다. 그는 내키지 않는 듯 몸을 돌려 두 번째로 벼랑가를 넘어갈 준비를 했다.

그런데 일은 예상한 만큼의 절반도 어렵지 않았다. 두 발 사이로 내려다보았을 땐 한 번 이상 눈을 질끈 감았지만 밧줄이 그에게 자신감을 주는 것 같았다. 곤란한 지점이 한 군데 있었는데, 거기엔 바위 턱이 없고 암벽이 가파른 데다 심지어 짧은 거리 동안이긴 하나 하부가 잘려 있었다. 거기서 그는 쭉 미끄러져 은빛 줄에 매달린 채 대롱대롱 흔들렸다. 그러나 프로도가 천천히 그리고 안정되게 내려 주어 마침내 밑바닥에 닿았다. 프로도는 샘이 아직 공중에 높이 떠 있을 동안 밧줄이 다하면 어떡하나 하는 게 으뜸가는 걱정거리였는데, 샘이 밑바닥에 닿아 "내려왔어요!" 하고 위를 향해 소리쳤을 때 그의 손엔 아직도 밧줄이 반 정도 남아 있었다. 샘의 목소리는 아래에서 선명하게 들려왔지만 그의 모습은 볼 수 없었다. 샘이 입은 회색의 요정 망토가 어스름 속에 껴묻혔던 것이다.

프로도가 뒤를 따르는 데는 시간이 좀 걸렸다. 그가 허리에 밧줄을 둘렀고, 밧줄은 위쪽에 단단히 결박되어 있었다. 그리고 밑바닥에 닿기 전에 다시 올라갈 수 있게끔 밧줄의 길이를 줄여 놓았다. 그럼에도 그는 추락의 위험을 감수하고 싶지 않았고 또 이 가느다란 회색 줄을 샘만큼 그리 굳게 믿지 않았다. 그래도 전적으로 밧줄에 몸을 맡겨야 할 곳이 두 군데 있었다. 표면이 반들반들한 곳들로 거기선 호빗의 튼튼한 손가락으로도 움켜쥘 만한 데가 없었고 바위턱들은 서로 멀리 떨어져 있었다. 그러나 마침내 그도 내려왔다.

"자! 우린 해냈어! 우리가 에뮌 무일에서 탈출했다고! 이제 다음으로 뭘 한담? 어쩌면 우린 곧 발밑에 닿는 단단한 바위를 그리워할지도 몰라."

프로도가 외쳤다. 그러나 샘은 대답하지 않았다. 그는 내려온 벼랑을 도로 빤히 올려다보고 있었다.

"이런 맹추들 같으니! 얼뜨기들이라니까! 내 아름다운 밧줄! 그것은 저기 그루터기에 매여 있고 우리는 밑바닥에 있잖아요. 그 살금대는 골룸에게 우리는 제일 알맞은 작은 계단을 남겨 줬다고요! 차라리 우리가 어느 길로 갔는지를 알리는 표지판을 세워 놓는 게 나아요. 어쩐지 일이 너무 쉽다 싶었어요."

"만일 우리 둘이 밧줄을 사용하고도 그걸 우리와 함께 밑으로 갖고 올 방법을 생각해 낼 수 있다면, 맹추든 뭐든 자네 아버지가 자네에게 붙인 어떤 이름이라도 내게 떠넘겨도 좋아. 원한다면 기어올라가 밧줄을 풀어 내려오라고!"

샘이 머리를 긁적였다.

"아니에요. 죄송하지만 어떤 방법도 생각해 낼 수가 없어요. 그러나 이걸 남겨 둔 게 찜찜하고, 그건 사실이라고요."

그는 밧줄 끝을 쓰다듬고는 가볍게 흔들었다.

"요정의 고장에서 가져온 그 어떤 것을 내놓는다는 건 쓰라린 일이에요. 어쩌면 갈라드리엘께서 손수 만드신 것일 수도 있는데. 갈라드리엘이시여!"

그가 침통하게 머리를 끄덕이며 중얼거렸다. 그는 위를 쳐다보고는 마치 작별 인사를 하는 것처럼 마지막으로 밧줄을 잡아당겼다.

두 호빗 모두가 소스라치게 놀랄 만큼 그것이 풀렸다. 샘이 나자빠졌고, 회색의 긴 사리가 소리 없이 주르르 미끄러져 그의 머리 위에 떨어졌다. 프로도가 웃었다.

"누가 저 밧줄을 맸지? 그게 그동안을 지탱했다는 게 용한 일이야! 자네가 맨 매듭에 내 체중을 온통 맡긴 걸 생각하면!"

샘은 웃지 않았다. 그가 기분이 상한 어조로 말했다.

"제가 기어오르는 데는 그다지 능숙하지 않을 수 있어요, 프로도 씨. 하지만 밧줄과 매듭에 대해선 웬만큼 알아요. 프로도 씨도 알다시피 그건 우리 가문의 내림이라고요. 그래요, 제 할아버지께서, 그리고 그 뒤를 이어 제 삼촌 앤디, 즉 제 아버지의 손위 형님께서 오랜 세월 동안 밧줄골에서 밧줄을 엮으셨지요. 그리고 저도 샤이어 안팎의 어떤 이에게도 뒤지지 않을 만큼 그루터기에 단단하게 밧줄을 맨다고요."

"그렇다면 밧줄이 끊어진 게 틀림없군. 바위 모서리에 긁히거나 했을 수 있지."

프로도의 말에 샘이 훨씬 더 기분이 상한 목소리로 말했다.

"장담하지만 그렇진 않았어요!"

그는 허리를 숙여 밧줄 끝을 살펴보았다.

"끊어지지도 않았어요. 한 가닥도 끊어지지 않았다고요!"

"그렇다면 매듭에 문제가 있는 게 틀림없는 것 같은데."

하고 프로도가 말했다.

샘은 머리를 흔들 뿐 대답하지 않았다. 그는 생각에 잠겨 손가락들 사이로 밧줄을 통과시키고 있었다. 마침내 그가 말했다.

"마음대로 생각하세요, 프로도 씨. 하지만 저는 밧줄이 저절로 풀린 거라고 생각해요—제가 불렀을 때 말이에요."

그는 밧줄을 둘둘 감아 꾸러미 속에 고이 챙겨 넣었다.

"어쨌거나 그것은 내려왔어. 그게 중요한 거야. 그나저나 이제 우린 다음 행동을 생각해야 해. 곧 밤이 다가올 거야. 별들이 참 아름다워, 달도 그렇고!"

"저것들을 보니 기운이 나죠, 안 그래요?"

샘이 위를 쳐다보며 말했다.

"아무래도 저것들은 요정들의 작품 같아요. 게다가 달이 커지고 있어요. 우린 이 구름 낀 날씨 속에서 하룬가 이틀 밤 동안 달을 못 봤어요. 제법 빛을 내기 시작하는데요."

"그렇군. 그러나 보름달이 되려면 며칠 더 있어야 해. 반달이 비추는 빛으로 저 늪지를 건널 수 있을 것 같진 않아."

밤의 첫 어둠 아래서 그들은 여정의 다음 단계에 돌입했다. 잠시 후 샘은 몸을 돌려 지나온 길을 뒤돌아보았다. 골짜기 어귀는 어슴푸레한 벼랑 속에 검은 브이(V) 자 모양이었다.

샘이 말했다.

"밧줄을 찾아서 기뻐요. 어쨌든 우린 그 노상강도 같은 놈에게 작은 수수께끼를 하나 던져 놓았어요. 그놈도 저 바위 턱에 더럽고 펄럭거리는 발을 한번 갖다 대 보라죠!"

그들은 벼랑가를 벗어나 둥근 돌과 울퉁불퉁한 돌이 깔린 황무지로 걸음을 옮겼다. 돌들은 비에 흠뻑 젖어 미끄러웠다. 땅바닥은 여전히 가파르게 경사져 있었다. 얼마 가지 않아 그들의 발 앞에 갑자기 거대한 균열이 시커멓게 입을 쩍 벌렸다. 넓지는 않았지만 그래도 흐릿한 빛 속에서 건너뛰기엔 너무 넓었다. 그 깊숙한 틈에서 물이 콸콸 흐르는 소리가 들리는 것 같았다. 그 균열은 그들 왼편에서 북쪽으로 휘어져 다시 구릉지 쪽으로 나 있었다. 어쨌든 어둠이 지속되는 한 그 방향으로의 길은 가로막힌 셈이었다.

"제 생각엔 벼랑의 선을 따라 다시 남쪽으로 가는 길을 선택하는 게 좋을 것 같아요. 거기서 어떤 구석진 곳이나 아니면 심지어 동굴 같은 걸 찾을 수도 있을 거예요."

샘의 말에 프로도도 동의했다.

"나도 그렇게 생각해. 난 지쳤어. 오늘 밤엔 더는 돌멩이들 사이를 기어 다닐 수 없을 것 같아—지체되는 건 싫지만 말이야. 우리 앞에 명료한 길이 있었으면 좋겠어. 그렇다면 두 다리가 꺾일 때까지 계속 나아갈 거야."

그들의 행군은 에뮌 무일의 울퉁불퉁한 기슭에서보다 조금도 더 쉬워지지 않았다. 샘도 비바람을 피해 쉴 만한 어떤 구석이나 움푹 꺼진 곳을 찾지 못했다. 오로지 황량한 돌투성이 비탈들만 벼랑 옆에 험준하게 솟아 있었다. 벼랑은 이제 다시 솟아올라 그들이 돌아 갈수록 더 높고 가팔라졌다. 마침내 기진맥진한 그들은 벼랑 기슭에서 멀지 않은 곳에 놓인 둥근 돌들을 바람막이 삼아 바닥에 몸을 던졌다. 그들은 얼어붙도록 추운 밤에 거기서 얼마 동안 처량하게 몸을 움츠리고 앉아 있었다. 잠을 물리치기 위해 별의별 수를 다 써 보았지만 졸음은 계속 밀려들었다. 이제 달은 높고 선명하게 떠 있었다. 가느다란 흰 달빛이 바위 표면을 환하게 비추고 벼랑의 차갑고 가파른 벽을 흠뻑 적셨고, 드넓게 자태를 드러내는 어둠을 시커 면 그림자들로 줄이 죽죽 그어진 으슬으슬하고 창백한 회색으로 바꾸었다.

"자!"

프로도가 일어서서 망토를 몸에 밀착되게 두르며 말했다.

"샘, 내 담요를 받아서 잠 좀 자. 난 보초를 설 겸 잠시 아래위를 거 닐 테니까."

갑자기 그가 뻣뻣해지더니 몸을 굽혀 샘의 팔을 꽉 잡았다.

"저게 뭐지? 저기 벼랑 위를 봐!"

샘이 쳐다보고는 잇새로 날카롭게 숨을 들이쉬었다.

"쉬잇! 바로 그놈이에요! 그 골룸이라고요! 지긋지긋한 놈이야! 우리가 벼랑을 기어 내려온 게 놈에겐 수수께끼일 거라고 생각하다니! 저놈 좀 봐요! 벽 위를 기어 다니는 역겨운 거미 같아요."

어스레한 달빛 속에 가파르고 거의 반들반들해 보이는 벼랑 표면을 따라 작고 시커먼 물체 하나가 가느다란 사지를 밖으로 벌린 채 움직이고 있었다. 그 부드럽고 착 달라붙는 손과 발톱은, 어떤 호빗도 보거나 쓸 수 없었을 갈라진 틈새들과 발붙일 곳을 찾고 있었다. 아니면 먹이를 찾아 헤매는 어떤 커다란 벌레인 양 끈적끈적한 발로 그냥 기어 내려오는 것처럼 보였다. 게다가 그는 냄새로 길을 찾는 것처럼 머리부터 내려오고 있었다. 이따금 천천히 머리를 치켜들어 바싹 여읜 기다란 목 위로 내밀기도 했다. 호빗들은 두 개의 작고 희미하게 번들거리는 불빛을 흘낏 보았는데, 그 두 눈은 한순간 달빛에 깜빡였다간 곧장 눈꺼풀에 덮였다.

샘이 말했다.

"놈이 우릴 볼 수 있다고 생각하세요?"

"모르겠어."

프로도가 조용히 말했다.

"그러나 못 보리라 생각해. 친숙한 눈길이라도 이 요정 망토를 보긴 어려워. 자네가 어둠 속에 몇 걸음만 떨어져 있어도 난 자넬 볼 수가 없는걸. 더구나 저놈은 해나 달을 좋아하지 않는다고 들었어."

"그럼 왜 저놈이 바로 여기로 내려오고 있는 걸까요?"

"조용히, 샘! 어쩌면 그는 우리 냄새를 맡을 수 있을 거야. 그리고 그는 요정만큼 예리하게 들을 수 있다고 믿어. 이제 그가 뭔가를 들었다고 생각해. 아마도 우리 목소리일 거야. 우린 저기 뒤쪽에서 꽤나 소리를 질러 댔잖아. 그리고 1분 전까지만 해도 우린 너무 큰 소리로 말하고 있었어."

"음, 전 놈이 신물이 나요. 놈이 자꾸만 저에게 달라붙는데 할 수만 있다면 한마디 하겠어요. 이젠 어쨌든 놈을 따돌릴 순 없을 것 같아요.”

샘이 회색 두건을 얼굴 위로 쑥 내리고 벼랑을 향해 살금살금 기어갔다. 프로도가 뒤를 따르며 속삭였다.

“조심해! 놈을 놀라게 해선 안 돼! 보기보단 훨씬 위험한 놈이야.”

기어오는 시커먼 형체는 이제 4분의 3 정도 내려와 벼랑 기슭 위로 5미터 조금 못 미치는 곳에 있는 성싶었다. 호빗들은 커다란 둥근 돌의 그림자 속에 돌처럼 조용히 웅크리고 앉아 그를 지켜보았다. 그는 통과하기 어려운 지점에 이르렀거나 어떤 것 때문에 애를 먹는 것 같았다. 그가 냄새를 맡느라 킁킁대는 소리가 들렸다. 간간이 귀에 거슬리는 쉭쉭거리는 숨소리가 들려왔는데, 그 소리가 마치 저주처럼 들렸다. 그가 머리를 치켜들고 침을 뱉는 소리도 들리는 것 같았다. 그러고는 계속 움직였다. 이제 그들은 귀에 거슬리는 새된 목소리를 들을 수 있었다.

“아취, 쓰쓰! 조심해야지, 내 보물! 급할수록 천천히. 우린 목 부러질 위험을 감수해선 안 되지. 안 그래, 보물? 안 되고말고, 보물—골룸!”

그는 다시 머리를 치켜들어 달빛에 눈을 깜빡이곤 재빨리 눈을 감았다. 그리고 쉭쉭거렸다.

“우린 저 달빛이 무지 싫어. 역겹고 메스껍고 오싹한 빛이란 말이야—쓰쓰—저것이 우릴 감시해. 보물—우리 눈도 아프게 해.”

이제 그는 점차 낮게 내려오고 있었고, 쉭쉭대는 소리도 더 날카롭고 또렷해졌다.

“어디 있지? 어디 있어, 내 보물, 내 보물아? 그건 우리 거야, 그럼, 그리고 우린 그걸 원해. 그 도둑놈들, 그 도둑놈들, 그 더럽고 아니꼬운 도둑놈들. 내 보물을 가진 그놈들은 어디 있는 거야? 저주받을 놈들! 우린 그놈들을 증오해.”

샘이 속삭였다.

"우리가 여기 있는 걸 놈이 아는 것 같지가 않아요. 안 그래요? 한데 그의 보물이란 게 뭐죠? 그걸 말하……."

"쉿!"

프로도가 낮게 속삭였다.

"놈이 이제 가까워지고 있어. 속삭임도 들릴 만큼 가까이 말이야."

정말로 골룸은 갑자기 다시 멈춰 섰고 앙상한 목 위의 큰 머리가 마치 무슨 소리에 귀를 기울이는 것처럼 이리저리로 축축 늘어졌다. 창백한 눈은 반쯤 눈꺼풀에 덮인 채였다. 샘은 꾹 참았지만 손가락에 경련이 일어났다. 분노와 역겨움으로 가득한 그의 눈은 여전히 혼잣말로 속삭거리고 쉭쉭대며 다시 움직이기 시작한 그 비참한 생물에게 붙박여 있었다.

드디어 그는 그들의 머리 바로 위, 땅바닥에서 4미터가량밖에 안 되는 곳까지 왔다. 벼랑이 약간 안쪽으로 깎여서 그 지점부터는 가파른 비탈이었다. 골룸조차도 붙잡을 만한 곳을 전혀 찾을 수 없었다. 그는 다리부터 먼저 디디려고 몸을 비틀어 구부리는 것 같더니 갑자기 바람 소리처럼 날카로운 비명을 지르며 떨어졌다. 떨어지면서 그는 몸통 주위로 팔과 다리를 말아 올렸는데, 그건 타고 내려오던 실이 뚝 끊겼을 때 거미가 취하는 행동과 흡사했다.

샘은 대번에 숨어 있던 곳에서 나와 두 번의 도약만으로 자신과 벼랑 기슭 사이의 거리를 가로질렀다. 그는 골룸이 일어서기 전에 위에 올라탔다. 그러나 추락 후 무방비 상태에서 갑자기 그렇게 붙잡혔어도 골룸은 그가 예상한 것보다 훨씬 완강했다. 샘이 어디를 붙잡기도 전에 긴 팔과 다리가 그의 몸에 감겨 두 팔을 꼼짝 못 하게 했다. 부드럽지만 지독히도 강한 손아귀가 착 달라붙어 서서히 죄는 끈처럼 그의 몸을 압착했다. 끈적거리는 손가락들은 그의 목을 더듬어 찾았다. 그다음엔 날카로운 이빨이 그의 어깨를 파고들었다. 샘이 할 수 있는 일이라곤 자신의 단단한 둥근 머리를 옆으로 돌려 그의 얼굴을 힘껏 들이박는 것뿐이었다. 골룸은 쉭쉭 소리를 내며 침을 뱉었지만 붙잡은 걸 놓진 않았다.

만일 샘이 혼자였다면 큰 낭패를 겪었을 터였다. 하지만 프로도가 뛰쳐나와 칼집에서 스팅을 뽑았다. 그가 왼손으로 골룸의 가늘고 긴, 부드러운 머리칼을 붙잡고 머리를 뒤로 젖히자 기다란 목이 쭉 늘어났고, 독기 어린 흐릿한 눈이 하늘을 향했다.

"놔주라고, 골룸! 이건 스팅이야. 옛적 언젠가 본 적 있지. 놓으라고, 그러지 않으면 넌 이번엔 그 맛을 보게 될 거야! 네놈의 목을 자를 테야."

골룸이 무너지더니 젖은 끈처럼 느슨해졌다. 샘이 어깨를 어루만지며 일어났다. 그의 눈은 분노로 이글거렸으나 보복할 수는 없었다. 그의 비참한 적은 훌쩍이며 돌멩이들 위에 넙죽 엎드려 누워 있었다.

"우릴 해치지 마! 저들이 우릴 해치지 않게 해, 보물! 저들이 우릴 해치지 않겠지, 안 그래? 점잖은 작은 호빗들이 말이야! 우린 해칠 생각이 없었는데 저들이 불쌍한 생쥐를 덮치는 고양이처럼 달려들었어. 저들이 그랬다고, 보물. 게다가 우린 무척 외로운데, 골룸. 저들이 우리에게 잘해 주면 우리도 저들에게 잘할 텐데, 아주 잘! 안 그래? 그럼, 그렇고말고."

"자, 저걸 어떻게 하죠?"

샘이 말했다.

"단단히 묶자고요. 더는 우리 뒤를 살금살금 뒤따르지 못하게."

"그러나 그건 우릴 죽일 거야, 죽일 거라고!"

골룸이 훌쩍였다.

"잔인한 작은 호빗들이야. 이 춥고 딱딱한 땅에 우릴 단단히 묶어 내버리다니, 골룸, 골룸!"

골골거리는 목청에서 흐느낌이 샘물처럼 솟아났다. 프로도가 말했다.

"아니야. 만일 우리가 그를 죽인다면 단박에 죽여야 해. 그러나 우린 그렇게 할 수 없어. 현 상황에선 안 돼. 불쌍한 놈이야! 그는 우리에게 아무런 해를 끼치지 않았어."

"아니, 해를 끼치지 않았다고요?"
하고 샘이 어깨를 문지르며 말했다.

"장담하지만, 어쨌든 저놈은 우리를 해치려고 했고 지금도 해치려고 해요. 우리가 잠든 사이에 우리 목을 조르려는 게 놈의 계획이라고요."

"그럴 수도 있겠지. 하지만 실제로 행하는 것과 하고자 하는 건 별개의 문제라고."

프로도는 생각에 잠겨 잠시 말을 멈추었다. 골룸은 가만히 누워 있었지만 훌쩍임은 멈추었다. 샘은 그를 무섭게 노려보며 서 있었다.

그때 프로도는 자신이 과거로부터의 목소리들을 아주 또렷하게, 그러나 아주 멀리서 듣는 것 같았다.

'빌보 아저씨는 기회가 있었을 텐데도 왜 그 나쁜 놈을 죽이지 않고 쓸데없이 동정을 베풀어 살려 준 걸까요?'

'동정이라고? 그래, 빌보의 손을 만류한 것은 동정심이었지. 부득이한 경우가 아니라면 죽이지 않으려는 동정과 자비 말일세.'

'골룸에겐 아무런 동정심도 느낄 수 없어요. 그는 죽어 마땅합니다.'

'마땅하다고? 어쩌면 그럴지도 모르지. 살아 있는 이들 중 많은 자가 죽어 마땅하지. 그러나 죽은 이들 중에도 마땅히 살아나야 할 이들이 있어. 그렇다고 자네가 그들을 되살릴 수 있는가? 그렇지 않다면 죽음의 심판을 그렇게 쉽게 내려서는 안 된다네. 심지어 우리 마법사라 할지라도 만물의 종말을 모두 알 수는 없거든.'

"지당하신 말씀이에요."

하고 프로도가 칼을 내리며 큰 소리로 대답했다.

"전 여전히 불안해요. 그렇지만 당신이 보다시피 나는 저자를 건드리지 않겠어요. 막상 그를 보니 동정심이 들어요."

샘은 그 자리에 없는 누군가에게 말하고 있는 것 같은 주인을 빤히 쳐다보았다. 골룸이 머리를 치켜들고 애처롭게 말했다.

"그래, 우린 비참해, 보물. 비참, 비참이라고! 호빗들은 우릴 죽이지 않을 거야. 훌륭한 호빗들이."

"그래, 우린 그러지 않을 거야. 그러나 널 놓아주지도 않을 거야. 넌 사악한 마음과 고약한 심보로 꽉 차 있어, 골룸. 넌 우리와 함께 가야 할 거야. 그게 다야. 물론 우린 널 감시할 거야. 그렇지만 할 수 있으면 넌 우릴 도와야 해. 친절을 베풀면 그만큼 갚아야 하지."

"그렇지, 정말 그렇지."

골룸이 일어나 앉으며 말했다.

"훌륭한 호빗들이야! 우린 그들과 함께 가겠어. 그들에게 어둠 속에서 안전한 길을 찾아 주겠어, 그럼. 그런데 이 춥고 딱딱한 땅에서 그들은 어디로 가는 거지? 우린 그게 궁금해. 그럼 궁금하지."

그가 호빗들을 올려다보았다. 그 깜박이는 흐릿한 눈 속에서 일순 교활함과 열망의 희미한 빛이 가물거렸다.

샘은 그를 쏘아보며 잇새로 공기를 빨아들이는 소리를 냈다. 그러나 그는 주인의 기분에 뭔가 야릇한 구석이 있고 그 일은 왈가왈부할 것이 아니란 걸 감지한 것 같았다. 그럼에도 불구하고 그는 프로도의 대답에 깜짝 놀랐다.

프로도는 움찔 꼬리를 사리는 골룸의 눈을 똑바로 쳐다보며 조용하고 단호하게 말했다.

"넌 그걸 알아. 넌 능히 짐작하고 있어, 스메아골. 우린 모르도르로 갈 거야, 당연히. 그리고 너는 거기로 가는 길을 안다고 난 믿어."

"아취, 쓰쓰!"

골룸은 마치 그 같은 솔직함과 내놓고 그 이름들을 거론하는 게 고통스러운 듯 양손으로 귀를 막으며 말했다.

"우린 짐작했지. 그럼, 우린 짐작했다고. 그렇지만 우린 그들이 가는 걸 원치 않았어, 안 그래? 아니지, 보물! 훌륭한 호빗들은 아니야. 거기엔 잿더미, 잿더미와 먼지, 그리고 갈증이 있고, 또 구덩이들, 구덩이들, 구덩이들과 오르크들, 수천의 오르크들이 있어. 훌륭한 호빗들은 그런 곳들에—쓰쓰—가선 안 돼."

"그럼 넌 거기 가 본 거로군? 그리고 넌 도로 거기로 끌리고 있어, 안 그래?"

프로도가 몰아세우자 골룸이 새된 소리를 질렀다.

"그래, 그래. 아니야! 한 번, 그건 우연이었어, 안 그래, 보물? 그럼, 우연이었지. 그러나 우린 돌아가지 않을 거야. 아니지, 아니고말고!"

그러고는 갑자기 그의 목소리와 언어가 바뀌더니 목이 메어 흐느끼며 말했다. 그것은 그들에게 하는 말은 아니었다.

"날 내버려 둬, 골룸! 너는 날 아프게 해! 오, 내 가여운 손들이여, 골룸! 난, 우린, 난 돌아가고 싶지 않아. 난 그걸 찾을 수 없어. 난 피곤해. 난, 우린 그걸 찾을 수 없어, 골룸, 골룸, 아니, 그 어디서도. 그들은 언제나 깨어 있어. 난쟁이들, 인간들, 그리고 요정들, 부리부리한 눈의 무시무시한 요정들. 난 그걸 찾을 수 없다고. 아취!"

그가 일어나 긴 손을 살 없이 뼈로 만들어진 매듭처럼 꽉 움켜쥐고 동쪽을 향해 흔들었다.

"우린 안 갈 거야! 널 위해선 안 갈 거야."

그러더니 그는 다시 무너져 내렸다. "골룸, 골룸." 하고 그가 얼굴을 바닥에 대고 훌쩍이며 소리쳤다.

"우릴 쳐다보지 마! 가 버려! 잠이나 자라고!"

그러자 프로도가 말했다.

"그는 네 명령에 따라 가 버리거나 잠들지는 않을 거야, 스메아골. 그러나 네가 진정 그에게서 자유로워지길 원한다면 넌 나를 도와야 해. 그리고 돕는다는 건 그에게로 가는 길을 네가 우리에게 찾아주는 걸 뜻해. 그러나 너는 끝까지 갈 필요는 없어. 그의 땅 성문 너머로는 안 가도 돼."

골룸이 다시 일어나 앉아 눈꺼풀 아래로 그를 쳐다보았다. 그리고 꽥꽥 소리 질렀다.

"그는 저 너머에 있어! 언제나 거기에. 가는 길 내내 오르크들이 너를 포로로 잡으려 할 거야. 대하의 동쪽에서 오르크들을 찾는 건 쉬워. 스메아골에게 부탁하지 마! 불쌍한, 불쌍한 스메아골! 그는 오래전에 가 버렸어. 그들이 그의 보물을 빼앗았고 그는 이제 길을 잃었어."

"네가 우리와 함께 간다면 아마도 우린 그를 다시 찾을 수 있을 거야."

"아냐, 아니야, 절대로! 그는 자기 보물을 잃어버렸어."

"일어나!"

프로도가 명령했다. 골룸이 일어서서 벼랑을 등지고 뒷걸음질 쳤다. 프로도가 다시 말했다.

"자! 밤과 낮 중에서 언제 길을 찾기가 더 쉽지? 우린 지쳤어. 그러나 만일 네가 밤을 택한다면 우린 오늘 밤 출발할 거야."

골룸이 우는소리로 칭얼댔다.

"큰 빛들은 우리 눈을 아프게 해. 그럼, 그렇다고. 하얀 얼굴 아래선 안 돼, 아직은 안 돼. 그것은 곧 언덕 뒤로 갈 거야, 그럼. 먼저 좀 쉬어, 훌륭한 호빗들이여!"

"그럼 앉아. 그리고 움직이지 마!"

프로도가 말했다.

호빗들은 각기 그의 양옆에 앉아 암벽에 기댄 채 다리를 쉬었다. 따로 말로 약속할 필요도 없이, 그들은 잠들면 안 된다는 사실을 잘 알고 있었다. 달이 천천히 지나갔다. 산속에서 어둠이 떨어져 내려 앞의 모든 것이 캄캄해졌다. 하늘에는 많은 별들이 떠올라 밝게 빛났다. 아무도 움직이지 않았다. 골룸은 다리를 끌어모아 무릎 위에 턱을 괴고, 넓적한 손발은 땅바닥에 댄 채 눈을 감고 앉아 있었다. 그러나 마치 무엇을 생각하거나 귀를 기울이고 있는 듯 긴장된 모습이었다.

프로도는 건너편의 샘을 바라보았다. 눈길이 마주쳤고 그들은 서로를 이해했다. 그들은 머리를 뒤로 기댄 채 눈을 감고, 아니 감은 것 같은 상태로 느긋하게 쉬었다. 곧 그들의 고른 숨소리가 들렸다. 골룸의 양손이 약간 실룩거렸다. 거의 감지할 수 없을 정도로 머리가 좌우로 움직였고, 한쪽 눈이, 그리고 또 한쪽 눈이 빠끔히 열렸다. 호빗들은 아무 내색도 하지 않았다.

갑자기 골룸은 놀랄 만큼 민첩한 동작으로 메뚜기나 개구리처럼 튀어 올라 어둠 속으로 뛰어갔다. 그러나 그건 프로도나 샘이 예상한 바였다. 골룸이 채 두 걸음도 뛰어가기 전에 샘이 그를 덮쳤다. 프로도 역시 달려와 골룸의 다리를 잡고 내동댕이쳤다.

"자네 밧줄의 유용함이 다시 입증되는걸, 샘."

프로도가 말하자 샘이 밧줄을 꺼내며 으르렁거리듯 말했다.

"이 춥고 딱딱한 땅에서 어디로 가려던 거였어, 골룸 씨? 우린 궁금해. 그래, 우린 궁금하다고. 장담컨대, 네놈의 오르크 친구들 몇을 찾으려는 거였어. 이 역겹고 믿을 수 없는 놈아. 이 밧줄이 가야 할 곳은 바로 네놈 모가지 둘레야. 단단한 올가미와 함께 말이야."

골룸은 조용히 누워 더는 수작을 부리지 않았다. 그는 샘의 말에 대답하지 않고 다만 독기 어린 재빠른 눈길을 던졌다.

프로도가 말했다.

"우린 그를 붙들어 두기만 하면 돼. 그가 걸어야 하니까 다리를 묶으면 안 돼. 혹은 팔도, 그는 팔도 거의 다리만큼이나 쓰는 것 같거든. 한쪽 끝은 그의 발목에 묶고 다른 쪽 끝은 자네가 꽉 쥐어."

샘이 매듭을 묶는 동안 그는 골룸을 감시했다. 그러나 그 결과는 그들 모두를 깜짝 놀라게 만들었다. 골룸이 비명을 지르기 시작했다. 그 가늘고 째지는 소리는 듣기에도 아주 끔찍했다. 그는 몸부림쳤고 입을 발목에 갖다 대 밧줄을 물려고 했다. 그는 계속 비명을 질러 댔다.

마침내 프로도는 그가 정말로 고통스러워한다고 확신했다. 그러나 매듭 때문일 리는 없었다. 그는 매듭을 살펴보고 지나치게 단단히 조여지지 않았음을 확인했다. 사실 필요한 만큼 단단히 조여졌다고 말하기도 어려울 정도였다. 샘은 자신의 말과는 달리 그렇게 모질지 못했다.

"왜 그래? 네가 도망치려고 할 거면 넌 묶여야 돼. 그러나 우린 너를 아프게 하고 싶진 않아."

"그게 우릴 아프게 해, 아프게 한다고!"

골룸이 쉭쉭거렸다.

"그게 몸을 얼어붙게 하고 살을 파고든다고! 요정들이 꼰 밧줄이야, 우라질 놈들! 모질고 잔인한 호빗들! 그러니까 우리가 탈출하려는 거야! 그럼, 그렇고말고, 보물. 우린 그들이 잔인한 호빗들이란 걸 짐작했어. 그들은 요정들을, 부리부리한 눈의 사나운 요정들을 방문해. 우리에게서 그걸 벗겨 줘! 아프다고!"

"아니, 벗겨 주지 않겠어. 이렇게 하지 않는 한 안 돼."

프로도는 잠시 생각하느라 말을 멈췄다.

"내가 믿을 수 있는 어떤 약속을 네가 하지 않는 한 벗겨 줄 수 없어."

"우린 그가 원하는 걸 하겠다고 맹세하겠어, 그래, 그럴 거야! 으,

아프다니까!"

골룸이 여전히 몸을 비틀고 발목을 움켜잡으며 말했다.

"맹세해?"

프로도가 묻자, 골룸은 눈을 크게 뜨고 이상한 눈빛으로 프로도를 응시하며 갑작스럽고 또렷하게 말했다.

"스메아골, 스메아골이 보물에 걸고 맹세할 거야."

"보물에 걸어? 네가 어떻게 감히?"

프로도가 꼿꼿이 몸을 세우며 소리쳤다. 샘은 또다시 그의 말과 단호한 목소리에 깜짝 놀랐다.

"생각해 봐!

'모든 반지들을 지배하고 암흑 속에서 그것들을 묶을 절대반지.'

네 약속을 그것에 걸겠어, 스메아골? 그것은 널 사로잡을 거야. 아니, 그것은 너보다 더 믿을 수 없는 거야. 그것은 네 말을 왜곡시킬 수도 있어. 조심해!"

골룸이 몸을 움츠리며 다시 되풀이했다.

"보물에 걸고, 보물에 걸고!"

"그런데 뭘 맹세할 거야?"

"아주, 아주 착해지기로."

골룸은 이렇게 말하고 프로도의 발치로 기어와 앞에 넙죽 엎드리곤 쉰 목소리로 속삭였는데, 마치 그 말에 그의 뼈대 자체가 두려움으로 뒤흔들리는 것처럼 몸서리를 쳤다.

"스메아골은 결코, 결코 그가 그것을 갖지 못하게 할 것을 맹세할 거야. 결단코! 스메아골이 그것을 구할 거야. 그러나 그는 보물에 걸고 맹세해야 해."

"아니야! 그것에 걸어선 안 돼."

프로도가 준엄한 연민의 눈길로 그를 내려다보며 말했다.

"그것이 널 미치게 만들 거라는 걸 네가 알면서도, 할 수만 있다면 네가 원하는 건 오직 그것을 보고 그것을 만지려는 것뿐이야. 그것에 걸어선 안 돼. 하려거든 그것을 두고 맹세해. 왜냐하면 넌 그것이 어디 있는지 아니까. 그럼, 넌 알아, 스메아골. 그것은 네 앞에 있어."

잠시 동안 샘에게는 자신의 주인은 커지고 골룸은 오그라든 것처럼 보였다. 키 크고 준엄한 그림자 하나, 즉 잿빛 구름 속에 자신의 찬연함을 감춘 강대한 지배자와 그의 발치 앞에서 낑낑대는 왜소한 개 한 마리처럼. 그렇지만 그 둘은 어떤 면에선 유사하고 이질적이지가 않았다. 그들은 서로의 마음에 가닿을 수 있었다. 골룸이 몸을 일으켜 무릎을 꿇고 해롱거리며 앞발로 프로도를 긁기 시작했다.

"앉아! 앉으라고! 이제 네 약속을 말해!"

"우리는 약속해요! 그럼, 나는 약속해요!"

골룸이 말했다.

"나는 보물의 주인을 섬기겠어요. 착한 주인에 착한 스메아골, 골룸, 골룸!"

갑자기 그가 울더니 다시 자기 발목을 물어뜯기 시작했다.

"밧줄을 풀어 줘, 샘!"

프로도가 말했다. 샘은 마지못해 순종했다. 곧바로 골룸이 일어나 껑충대며 뛰어다니기 시작했는데, 그 모습이 매 맞고 난 뒤 주인의 다독거림을 받은 개와 흡사했다. 그 순간부터 얼마 동안 그의 변화된 모습이 지속되었다. 말할 때 쉬쉬대는 소리와 징징 짜는 소리가 줄었고, 또 소중한 자신에게가 아니라 그의 동료들에게 직접 말했다. 그들이 곁에 다가서거나 어떤 갑작스러운 움직임을 보이면 그는 움츠러들거나 움찔하곤 했고, 또 그들의 요정 망토를 만지려 하지 않았다. 그렇지만 그는 다정하게 굴었고 실로 보기 딱할 만큼 상대방의 기분을 맞추고자 애썼다. 농담을 건네거나 프로도가 상냥하게 말을 건네기라도 하면 캑캑거리며 웃고 깡충깡충 뛰었으며, 프로도가 그를 꾸짖으면 눈물을 흘리곤 했다. 샘은 그에게 어떤 종류든 거의 말을 하지 않았다. 그는 여느 때보다 더 깊이 그를 의심했고, 고를 수만 있다면 이 새로운 골룸, 즉 스메아골보다는 차라리 예전의 골룸이 더 낫다고 여겼다.

"자, 골룸, 아니면 우리가 너를 뭐라고 불러야 하든 간에, 때가 됐어! 달이 사라졌고 밤도 사라지고 있어. 우린 출발하는 게 좋아."

"그래요, 그래."

하고 골룸이 여기저기 뛰어다니며 동의했다.

"떠나요! 북쪽 끝과 남쪽 끝 사이를 가로지르는 길은 딱 하나뿐이에요. 내가 그걸 발견했지요. 내가 했다고요. 오르크들은 그것을 쓰지 않아요. 오르크들은 그것을 몰라요. 오르크들은 저 늪지를 가로지르지 않고 몇 킬로미터가 되건 빙 돌아가요. 당신들이 이 길로 가는 건 아주 운이 좋은 거예요. 당신들이 스메아골을 찾은 것도 아주 운이 좋은 거고요, 그럼요. 스메아골을 따라와요!"

그가 몇 걸음을 떼더니 산책 가자고 재촉하는 한 마리 개처럼 미심쩍은 듯 뒤돌아봤다. 샘이 소리쳤다.

"잠시 기다려, 골룸! 지금은 너무 앞서가지 마! 내가 네 뒤에 바싹 붙을 거고 또 밧줄을 준비해 뒀어."

"안 돼요, 안 돼!"

골룸이 말했다.

"스메아골은 약속했어요."

그들은 밝고 깨끗한 별들 아래 한밤중에 출발했다. 골룸은 한동안 그들이 왔던 길을 따라 그들을 도로 북쪽으로 이끌더니, 이윽고 에뮌 무일의 가파른 언저리를 벗어나 오른쪽으로 구부러져 아래의 방대한 늪지를 향해 울퉁불퉁하고 돌이 많은 비탈들을 내려갔다. 그들은 빠르게 그리고 부드럽게 어둠 속으로 사라졌다. 모르도르 성문 앞의 드넓은 황야 위로 캄캄한 침묵이 드리워져 있었다.

Chapter 2
늪지 횡단

골룸은 머리와 목을 앞으로 내밀고 때론 발뿐 아니라 손까지 써 가며 재빨리 움직였다. 프로도와 샘은 그를 따라가는 데 애를 먹었다. 그러나 그는 더는 도망치려는 생각은 하지 않는 것 같았다. 그들이 뒤처지기라도 하면 그는 몸을 돌리고 그들을 기다리곤 했다. 얼마 후 그들은 골룸의 인도하에 앞서 마주쳤던 좁은 협곡의 가장자리에 닿았다. 그렇지만 이번에 그들은 산에서 더 멀리 떨어져 있었다.

골룸이 소리쳤다.

"이쪽이요! 이 아래 안쪽에 길이 있어요. 그럼 이제 우린 그걸 쭉 따라—밖으로, 밖으로 저 너머로 가는 거예요."

그가 늪지를 향해 남쪽과 동쪽을 가리켰다. 심지어 서늘한 밤공기 속에서도 그들의 콧구멍에 늪지의 냄새가 독하고 역겹게 다가왔다. 골룸이 냄새를 맡으려고 가장자리를 따라 아래위로 돌아다니더니 마침내 그들을 불렀다.

"이쪽이에요! 우린 이리로 내려갈 수 있어요. 스메아골은 이 길로 한 번 갔어요. 오르크들을 피하느라 이리로 갔죠."

그가 길을 인도했고, 호빗들은 그를 따라 어둠 속으로 기어 내려갔다. 이 지점에선 갈라진 틈새가 깊이 5미터, 너비 4미터쯤에 불과해 가기 어려운 길은 아니었다. 밑바닥에는 물이 흘렀는데, 실은 그것은 산지에서 똑똑 떨어져 내려 저 너머의 고인 웅덩이와 수렁 들에 물을 대는 작은 강들 중 하나였다. 골룸은 오른쪽으로 방향을 틀어 남쪽으로 비스듬히 내려가더니 얕고 돌이 많은 개울을 첨벙첨벙

물을 튀기며 걸어갔다. 그는 물을 대하자 매우 즐거운 것 같았다. 혼자서 낄낄 웃기도 하고 심지어 가끔은 깍깍대며 노래 같은 걸 부르기도 했다.

> 차갑고 딱딱한 땅들
> 그것들이 우리 손을 콕콕 물고
> 그것들이 우리 발을 갉작대네.
> 바위와 돌들은
> 살점이라곤 하나 없이
> 닳고 닳은 뼈다귀들 같네.
> 그러나 개울과 웅덩이는
> 축축하고 서늘하네
> 발에 닿는 느낌 참 좋아!
> 해서 이제 우린 바라네—

"하! 하! 우리가 뭘 바라는 거죠?"
하고 그가 곁눈질로 호빗들을 보며 깍깍거렸다.
"우리가 말해 줄게요. 그가 오래전에 그걸 맞혔어요, 골목쟁이 집안의 그가 맞혔죠."
그의 눈에 번득이는 불꽃이 일었고, 샘은 어둠 속에서 그 불꽃을 포착하고는 그것이 전혀 유쾌하지 않다고 생각했다.

> 숨 없이도 살아 있고
> 죽음처럼 차갑고
> 목마르지 않는데도 늘 마시고
> 갑옷 입었으나 쩽그랑 소리 나지 않네.
> 메마른 땅에서 익사하고

섬을 산이라 생각하고
샘을 한 모금 공기로 생각하네.
참 매끄럽고 참 아름다워!
만나니 그 얼마나 기쁜가!
우리 바라는 건 오직
참 달고 즙 많은
물고기 하나 잡는 것!

이런 노랫말은 프로도가 골룸을 길잡이로 채택하려 한다는 걸 알아챘던 그 순간부터 샘이 고심해 왔던 문제 하나를 더욱 절박하게 느끼도록 만들 뿐이었다. 바로 식량 문제였다. 그의 주인도 그것을 고심했을 것이란 생각은 들지 않았다. 그러나 골룸은 그랬을 것이라고 그는 추정했다. 정말 골룸은 그렇게 외로이 떠돌면서 어떻게 먹고살았을까?

샘은 생각했다.

'제대로 먹질 못했을 거야. 놈은 몹시도 굶주려 보여. 장담하지만, 물고기가 없다면 맛에 개의치 않고 호빗을 시식하려고 들 거야―우리의 방심을 틈타서 말이야. 글쎄, 놈이 그렇게는 못 할걸. 적어도 감지네 샘은 말이야.'

그들은 오랜 시간 동안 캄캄하고 구불구불한 골짜기 속을 비틀거리며 걸어갔다. 적어도 프로도와 샘의 지친 발걸음에는 그렇게 느껴졌다. 골짜기는 동쪽으로 굽어져 계속 나아갈수록 넓어지면서 점차 얕아졌다. 드디어 하늘이 아침의 첫 회색빛으로 어렴풋해졌다. 골룸은 전혀 지친 기색이 없었지만 이제 위를 쳐다보고는 걸음을 멈췄다.

"곧 날이 밝을 거예요."

마치 일광이 자신의 말을 엿듣고서 덮치기라도 할 존재인 것처럼 그가 속삭였다.

"스메아골은 여기 머물 거예요. 나는 여기 멈출 거고 그러면 저 노란 얼굴은 날 보지 못할 거예요."

"우린 해를 보면 반가운데. 그러나 우리도 여기 머물겠어. 너무나 지쳐 현재로선 조금도 더 갈 수가 없어."

프로도가 말했다.

"저 노란 얼굴을 반가워하다니 당신들은 현명치 못해요. 그것이 당신들을 똑똑히 보이게 해요. 훌륭하고 현명한 호빗들은 스메아골 과 함께 여기 머물러요. 오르크들과 역겨운 것들이 근처에 있어요. 그들은 멀리 볼 수 있어요. 나와 함께 머물러 숨어요."

그들 셋은 골짜기 암벽 기슭에 자리 잡고 쉬었다. 이제 암벽은 키 큰 사람의 신장보다 그리 높지 않았고 바닥에는 넓고 평평한 바위 가 깔려 있었다. 바위 끝에서는 개울이 흘렀다. 프로도와 샘은 평평 한 바위 위에 등을 기대고 앉아 쉬었다. 골룸은 개울로 들어가 물을 헤치고 휘저었다.

"음식을 좀 먹어야 해. 배고파, 스메아골? 우리에겐 나눌 게 아주 적지만 네게도 줄 수 있는 만큼은 줄게."

배고프냐는 말에 골룸의 창백한 눈에서 푸르스름한 빛이 타올 랐다. 야위고 핼쑥한 얼굴에서 두 눈이 여느 때보다도 더 불거져 나 온 것 같았다. 잠깐 동안 그는 예전의 골룸 방식으로 되돌아갔다.

"우린 굶주렸어. 그래, 굶주렸다고 우린, 보물. 그들이 먹는 건 뭐 지? 그들에게 맛있는 물고기가 있나?"

핏기 없는 입술을 핥으며 날카로운 노란 이빨 사이로 그의 혀가 축 늘어졌다.

"아니, 우리에게 물고기는 없어. 우리가 가진 건 이것뿐이야."

프로도가 이렇게 말하며 얇고 납작한 렘바스 하나를 들어 올렸다.

"그리고 물이 있지. 여기 개울물이 마시기 적당하다면."

"그래, 그래, 좋은 물이지. 마실 수 있는 동안 그걸 마셔, 그걸 마시라고! 그런데 그들이 가진 저게 뭐지, 보물? 깨물어 먹는 건가? 맛있을까?"

프로도는 얇고 납작한 것의 일부를 부숴 잎사귀에 싸인 채로 그에게 건넸다. 골룸이 킁킁대며 잎사귀 냄새를 맡더니 안색이 변했다. 발작적인 역겨움의 반응이 얼굴에 확 끼쳤고, 예전의 적의마저 얼핏 내비쳤다.

"스메아골이 그것의 냄새를 맡아! 요정 나라에서 온 잎사귀들, 카악! 그것들에서 악취가 나. 스메아골이 그 나무들에 올랐고 손에서 그 냄새를 씻어 낼 수가 없어, 내 고운 손에서 말이야!"

그는 잎사귀를 떨어뜨리곤 렘바스의 한구석을 잡고 조금 갉아 먹었다. 그러더니 침을 뱉었다. 한바탕 기침이 그의 몸을 뒤흔들었다. 그는 입에 거품을 튀기며 지껄여 댔다.

"아춰! 아니야! 당신들은 불쌍한 스메아골을 숨막히게 하려는 거야. 먼지와 재, 그는 그런 걸 먹을 수 없어. 그냥 굶을 수밖에. 하지만 스메아골은 개의치 않아. 훌륭한 호빗들! 스메아골은 약속했어. 그는 굶을 거야. 그는 호빗들의 음식을 먹을 수 없어. 그는 굶을 거야. 가엾은 말라깽이 스메아골!"

프로도가 말했다.

"미안해. 하지만 난 널 도울 수가 없을 것 같아. 먹어 본다면 이 음식도 네 몸에 좋을 거라고 생각하지만. 그렇지만 넌 먹어 볼 수조차 없는 것 같아. 어쨌든 아직까진 말이야."

호빗들은 말없이 렘바스를 으적으적 씹었다. 샘은 어쩐지 맛이 예전보다 훨씬 낫다고 생각했다. 골룸의 행태가 그로 하여금 그 풍미를 다시 느끼게 해 주었다. 그러나 그는 마음이 편치 않았다. 식사하는 이의 의자 곁에서 뭔가 먹을 것을 바라는 개처럼 골룸이 손에서 입으로 들어가는 한 조각 한 조각을 지켜보았던 것이다. 그들이 식사를 끝내고 쉬려고 할 때야 비로소 그는 그들이 자기도 먹을 수 있는 맛있는 음식을 감춰 두지 않았음을 확신하는 것 같았다. 그는 그들에게서 몇 걸음 떨어진 곳으로 가 외따로 앉아 조금 훌쩍거렸다.

"저기요!" 샘이 프로도에게 속삭였지만 그리 나직한 소리는 아니었다. 사실 그는 골룸이 듣든 말든 개의치 않았다.

"우린 잠을 좀 자야 해요. 그러나 약속을 했든 안 했든 간에 저 배고픈 악당을 곁에 두고 둘 다 잘 수는 없어요. 장담하지만, 스메아골인지 골룸인지 그놈은 쉽게 자기 습성을 바꾸지 않을 거예요. 프로도 씨께서 먼저 주무세요. 제가 더는 눈꺼풀을 지탱할 수 없을 때면 프로도 씨를 부르겠어요. 저놈이 풀려 있는 동안엔 예전처럼 교대로 자는 거죠."

"아마, 네 말이 옳을 거야, 샘."

프로도가 내놓고 말했다.

"그에게 변화가 있지만 정확히 어떤 종류의 변화이고 얼마나 깊은 것인지는 나도 아직 확신할 수 없어. 그렇지만 진정으로 하는 말인데, 두려워할 필요는 없다고 생각해—현재로선. 그럼에도 네가 원한다면 불침번을 서. 더도 말고 두 시간만 자게 해 주고 그다음에 날 깨워."

프로도는 너무 피곤했기 때문에 말을 마치자마자 머리를 숙이고 잠이 들었다. 골룸은 더는 아무런 두려움도 갖지 않는 것 같았다. 그는 아주 태평하게 몸을 웅크리고는 곧 잠이 들었다. 이내 꽉 다문 이빨 사이로 쉭쉭대는 숨소리가 나지막히 새어 나오고 있었지만 그는 돌처럼 고요히 누워 있었다. 샘은 둘의 숨소리를 듣고 있다간 자신도 잠들어 버릴 것 같아서 잠시 후 일어나 골룸을 가볍게 쿡쿡 찔렀다. 그의 두 손이 펴지고 실룩댔을 뿐 다른 움직임은 보이지 않았다. 샘이 몸을 수그리고 그의 귀에 바싹 대고 "물고기." 하고 말했지만 아무런 반응이 없었다. 한 번이나마 골룸의 숨결이 메이는 일조차 없었다.

샘이 머리를 긁적이며 중얼거렸다.

"정말 잠든 게 틀림없군. 만약 내가 골룸의 처지라면 결단코 그는 다시는 깨어나지 못할 거야."

그는 마음에 벌떡 떠오른 칼과 밧줄에 대한 생각을 억누르곤 주인 곁에 가 앉았다.

깨어나 보니 하늘이 어두침침했다. 그들이 아침 식사를 했을 때보다 밝은 게 아니라 어두웠다. 샘이 벌떡 일어섰다. 특히 몸으로 느껴지는 원기와 허기를 통해 그는 자신이 낮 시간을, 적어도 아홉 시간을 자 버렸다는 걸 불현듯 깨달았다. 프로도는 이제 모로 쭉 뻗고 누운 채 여태 깊은 잠에 빠져 있었다. 골룸은 보이지 않았다. 선대로부터 물려받은 아버지의 풍부한 말광에서 골라져 자신에게 붙여진 다양한 책망의 이름들이 샘에게 떠올랐다. 또한 당분간은 경계할 만한 게 없다던 주인의 말이 옳았다는 생각도 떠올랐다. 어쨌든 그들은 둘 다 무사했으며 목이 졸리지 않았던 것이다.

"불쌍한 놈! 그런데 놈은 어디로 간 거야?"

샘은 반쯤 후회하듯 중얼거렸다.

"멀지 않아, 멀지 않다고!"

하고 말하는 목소리가 위쪽에서 들렸다. 그가 올려다보자 저녁 하늘을 등진 골룸의 큰 머리와 두 귀의 형체가 보였다.

"이봐, 뭘 하고 있는 거야?"

샘이 그 형체를 보자마자 의심이 되살아나 소리쳤다.

"스메아골은 배가 고파. 곧 돌아갈 거야."

"지금 돌아와! 어이! 돌아오라고!"

샘이 고함을 질렀지만 골룸은 사라져 버렸다. 고함 소리에 프로도가 깨어 두 눈을 비비며 일어나 앉았다.

"이봐! 뭐가 잘못됐어? 몇 시야?"

"모르겠어요. 해가 진 것 같아요. 그리고 놈이 가 버렸어요. 배고 프다면서."

그러자 프로도가 말했다.

"걱정 마! 어쩔 수 없는 일이야. 그는 돌아올 거야. 두고 보라고. 아 직 한동안은 그 약속이 유효할 거야. 어쨌든 그가 자신의 보물을 떠 나진 않을 테니."

프로도는 그들이 골룸을, 매우 배고픈 골룸을 풀어 놓은 채 곁에 두고 몇 시간이나 곯아떨어졌다는 걸 알고도 가볍게 여겼다.

"자네 아버지가 붙여 준 그 심한 이름들은 생각하지 마. 자넨 녹 초가 되게 지친 몸이었으니 오히려 잘된 거야. 이제 우리 모두가 쉬 었잖아. 게다가 우리는 어려운 길, 최악의 길을 앞두고 있어."

그러자 샘이 말했다.

"저, 식량 말인데요. 우리가 이 일을 하는 데 시간이 얼마나 걸릴 까요? 그리고 그것이 끝나고 나면 그때 우리는 무얼 하죠? 이 여행 식은 사실 속을 든든하게 채워 주진 못하지만—그걸 만든 분들을 깎아내리려는 건 아니지만 어쨌든 제 느낌엔 그래요—용하게도 다 리 힘은 확실히 떠받쳐 주죠. 어쨌든 매일 얼마씩은 먹어야 하는데 양이 늘어나는 건 아니거든요. 제가 헤아리기엔, 글쎄, 3주 정도는 버틸 수 있을 거예요. 그것도 물론 허리띠를 졸라매고 조금씩만 먹 어야겠지만요. 지금까지 우린 좀 헤펐어요."

"일을 끝, 끝내는 데 얼마나 걸릴지는 나도 몰라. 우린 산지에서 비 참하도록 지체했어. 그렇지만 내 소중한 호빗, 감지네 샘와이즈—실 로 내 가장 소중한 호빗이자 친구 중의 친구인 샘—그 뒤에 어떻게 될 건지는 우리가 생각할 필요가 없다고 난 생각해. 자네 표현대로 우린 그 일을 행하는 것일 뿐이야—우리가 언제고 해낼 거란 희망이 어디 있어? 그리고 설사 우리가 해낸다 해도 그 결과가 어떨지 누가 알겠어? 만일 절대반지가 그 불길 속으로 들어가고 우리가 바로 그 가까이에 있다면? 샘, 자네에게 묻지만, 우리가 언제고 다시 빵을 필요로 하게 될 것 같아? 난 그럴 거라고 생각하지 않아. 만약 우리 사지의 기력을 지탱시켜 운명의 산에 이를 수 있다면 그게 우리가 할 수 있는 전부야. 내가 할 수 있는 것 그 이상일 거란 생각이 들기 시작해."

샘이 말없이 고개를 끄덕였다. 그는 프로도의 손을 잡고 그 위로 몸을 숙였다. 손 위에 눈물이 떨어지긴 했으나 입을 맞추지는 않았다. 그러고는 얼굴을 돌려 코 위로 옷소매를 끌어당기곤, 일어나 애써 휘파람을 불고, 그러는 사이에 "저 지겨운 놈은 어디 있는 거야?" 하고 말하기도 하면서 이리저리 발을 굴렸다.

실제로 골룸은 오래지 않아 돌아왔다. 그러나 너무 조용히 돌아왔기에 그들은 그가 앞에 나타날 때까지 전혀 기척을 듣지 못했다. 그의 손과 얼굴은 온통 검은 진흙으로 얼룩져 있었다. 그는 아직도 무언가를 씹으며 침을 흘렸다. 그들은 그가 씹는 게 뭔지 물어보거나 생각하고 싶지 않았다.

'지렁이나 딱정벌레, 아니면 구멍에서 나온 끈적끈적한 어떤 것이 겠지. 브르르! 역겨운 놈, 불쌍한 놈!'

샘은 이렇게 생각했다. 골룸은 개울에서 한껏 물을 마시고 몸을 씻을 때까지 그들에게 아무 말도 하지 않았다. 이윽고 그가 입술을 핥으며 그들에게 다가왔다.

"이제 한결 나아요. 쉬었나요? 계속 갈 준비가 된 거예요? 훌륭한 호빗들, 예쁘게도 자던걸요. 이제 스메아골을 믿어요? 아주, 아주 좋아요."

여정의 다음 단계는 이전 단계와 똑같았다. 앞으로 나아갈수록 골짜기는 점차 얕아지고 바닥의 경사는 완만해졌다. 바닥엔 돌 대신 흙이 훨씬 많아졌다. 양옆의 비탈은 점점 얕아져 한낱 제방처럼 보였다. 계곡이 구불구불 굽이치며 뻗기 시작했다. 그날 밤도 거의 다 지나갔지만 구름이 달과 별을 가려, 가녀린 회색빛이 서서히 퍼지는 것으로만 날이 밝아 오는 걸 알 수 있었다.

날이 으슬으슬한 시각에 그들은 수로가 끝나는 곳에 이르렀다. 제방은 이끼 덮인 둔덕으로 바뀌었다. 개울은 썩어 가는 바위의 마지막 턱 위로 콸콸 흘러 갈색 늪 속으로 떨어져 사라졌다. 바람결을 느낄 순 없었지만 마른 갈대들이 서로 부딪히는 소리가 쉬쉬 우르르하고 들렸다.

이제 넓은 늪과 수렁 들이 남쪽과 동쪽으로 쭉 뻗어 흐릿한 박명 속에 잠기며 양옆과 앞에 놓여 있었다. 어둡고 구린 웅덩이에서 안개가 소용돌이치는 연기처럼 피어올랐다. 움직이지 않는 대기 속에서 그 냄새는 숨통을 짓눌렀다. 거의 정남쪽으로 머나먼 곳에 성벽처럼 둘러선 모르도르의 산맥이 보였다. 그것은 마치 안개로 에워싸인 위태로운 바다 위에 떠 있는 검고 우툴두툴한 구름처럼 불쑥 모습을 드러냈다.

이제 호빗들은 전적으로 골룸에게 의지할 수밖에 없었다. 그처럼 자욱한 안개 속에서 사실 그들은 자신들이 늪지의 북쪽 경계 바로 안쪽에 와 있고, 또 그 늪지의 대부분이 앞의 남쪽에 펼쳐져 있다는 것을 알 리가 없었다. 만약 그 땅들을 알았더라면 그들은 좀 지체되더라도 온 길을 좀 되잡아 갔을 테고, 그다음엔 동쪽으로 틀어 험한 길을 지나 모르도르 성문 앞 옛 전쟁터 다고를라드의 황량한 평원으로 되돌아갔을 터이다. 물론 그 길을 택한다고 해서 크게 희망이 있는 건 아니었다. 그 돌투성이의 평원 위엔 몸을 가릴 곳이 없었고,

또 거기를 가로질러 오르크들과 대적의 군사가 사용하는 길이 뻗어 있었다. 아무리 로리엔의 망토라 할지라도 거기서 그들을 가려 줄 수는 없었을 것이다.

프로도가 말했다.

"이제 우린 진로를 어떻게 잡는 거지, 스메아골? 역겨운 냄새가 나는 이 늪지를 건너야만 하나?"

"그럴 필요 없어요, 전혀 없어요. 만일 호빗들이 한시바삐 저 어두운 산맥에 닿아 그를 보러 가고 싶은 게 아니라면 말이죠. 뒤로도 좀 가고 또 돌아서도 좀 가면……."

그의 앙상한 팔이 북쪽과 동쪽으로 흔들렸다.

"딱딱하고 차가운 길을 통해 바로 그의 나라 성문에 다다를 수 있어요. 숱한 그의 수하들이 거기서 손님들을 살피고 있다가 얼씨구나 하고 그들을 바로 그에게 데려갈걸요. 그의 눈은 늘상 그쪽을 감시해요. 오래전에 그것이 거기서 스메아골을 포착했죠."

골룸이 진저리를 쳤다.

"그러나 그 후로 스메아골은 눈을 이용했어요. 그럼, 그럼요. 그후로 난 눈과 발 그리고 코를 이용했어요. 난 다른 길들을 알아요. 더 힘들고 그다지 빠르진 않지만 그가 보는 걸 원치 않는다면 더 나아요. 스메아골을 따라와요! 그가 당신들을 데리고 늪지를, 안개를, 아주 짙은 안개를 헤쳐 나갈 수 있어요. 매우 조심스럽게 스메아골을 따라와요. 그러면 그가 당신들을 포착하기 전에 당신들은 먼 길을, 아주 먼 길을 갈 수 있을 거예요. 그럼, 아마도요."

이미 날이 밝아 바람 없고 음산한 아침이었다. 늪지의 악취는 육중한 제방들에 깔려 있었다. 해는 낮고 구름 낀 하늘을 꿰뚫지 못했고, 골룸은 즉각 여정을 계속하고 싶어 안달이 난 것 같았다. 그래서 그들은 잠깐의 휴식 후에 다시 출발했고, 그들이 떠나온 산이나 그들이 찾던 산맥을 포함해 주위 땅들에 대한 모든 시야가 차단된 채 곧 어둑하고 고요한 세계 속으로 사라졌다. 그들은 일렬로 천천히 갔다. 골룸, 샘, 그리고 프로도의 순서로.

셋 중 프로도가 가장 지친 것 같았고, 천천히 갔는데도 그는 종종 뒤처졌다. 곧 호빗들은 하나의 방대한 늪으로 보이던 것이 실은 웅덩이들과 폭신한 진창들, 그리고 굽이쳐 흐르지만 반쯤은 길이 막힌 수로들이 끝없이 이어진 그물망이란 걸 알았다. 노련한 눈과 발만이 이토록 얼키설키 뒤얽힌 속에서 굽이치는 길을 헤치고 나갈 수 있었다. 분명 골룸에게는 그런 노련함이 있었고 또 그것을 모조리 동원해야 할 형편이었다. 킁킁대며 냄새를 맡고 혼잣말로 중얼거릴 동안에도 긴 목 위의 그 머리는 내내 이쪽저쪽으로 돌고 있었다. 때때로 그는 손을 들어 그들을 멈추게 하고는 조금 앞으로 나가 몸을 웅크리고서 손가락이나 발가락으로 바닥을 점검하거나 땅에 한쪽 귀를 바싹 대고 귀를 기울였다.

음울하고 진력나는 날씨였다. 이 버려진 지역에선 차갑고 끈적끈적한 겨울이 여전히 기세를 떨쳤다. 초록의 것이라곤 맑지 못한 물결의 어둡고 미끌미끌한 표면 위에 뜬 납빛 잡초의 찌꺼기들뿐이었다. 죽은 풀들과 썩어 가는 갈대들이 오래전에 잊힌 여름철의 너덜너덜한 그림자처럼 안개 속에 모습을 드러냈다.

시간이 지나면서 빛이 조금 증가했다. 안개가 점점 엷어지고 보다 투명해지면서 걷혔다. 이제 눈부신 거품이 바닥에 쫙 깔린 평온한 고장에서 세상의 부패와 연기들 저 위로 태양이 높이 황금빛으로 떠오르고 있었지만, 아래의 그들로선 침침하고 어슴푸레하며 색채도 온기도 주지 못하는 태양의 지나치는 환영(幻影)만 볼 수 있을 뿐이었다. 그 빛은 지상의 모든 것을 흐릿하고 창백하게 보이게 만들 뿐 아무런 색채나 온기도 전하지 못했다. 하지만 태양의 존재를 상기시키는 이 미약한 징후에도 골룸은 얼굴을 찌푸리며 움찔거렸다.

그가 행군을 중지했기 때문에 그들은 거대한 갈색 갈대밭의 경계에서 쫓기는 작은 동물들처럼 웅크리고 앉아 쉬었다. 깊은 정적이 깔렸다. 속이 빈 씨앗 깃털들의 가냘픈 떨림과 그들은 느낄 수 없는 작은 대기의 움직임 속에서 부러진 풀잎들의 전율만이 그 정적의 표면을 스칠 뿐이었다.

"새 한 마리도 없어!"

샘이 침울하게 말했다.

"없죠, 새들은 없어요. 맛 좋은 새들인데!"

골룸이 대답하며 이빨을 핥았다.

"여기엔 새라곤 없어요. 뱀, 지렁이, 웅덩이에 사는 것 들은 있죠. 먹기 고약한 것들만 잔뜩 있어요. 새들은 없고."

그가 서글픈 듯 말을 맺었다. 샘이 역겨운 눈길로 그를 쳐다보았다.

골룸과의 여정 셋째 날은 이렇게 지나갔다. 보다 행복한 땅에서라면 저녁 그림자가 길게 끌릴 무렵 이전에 그들은 다시 나아갔다. 잠깐씩 멈춘 걸 빼곤 내내 앞으로 나아갔다. 잠깐씩 멈춘 것도 휴식을 위한 것이라기보다는 골룸을 돕기 위한 것이었다. 이젠 그조차도 대단히 신중하게 앞으로 가야만 했던 데다 또 그가 종종 한동안 갈피를 못 잡고 헤맸던 것이다. 그들이 죽음늪 바로 한가운데 이르렀을 땐 날이 어두웠다.

그들은 몸을 숙이고 한 줄로 밀착해서 골룸이 취하는 모든 동작을 주의 깊게 따르며 천천히 걸었다. 늪지는 고여 있는 넓은 연못들로 통하면서 더욱 질척거렸다. 그 속에선 꾸르륵거리는 진흙에 빠지지 않고 발을 디딜 단단한 땅을 찾기가 점점 어려워졌다. 여행자들의 몸이 가벼웠기에 다행이었지 그렇지 않았다면 아마 그들 중 누구도 길을 찾아 나갈 수 없었을 것이다.

이내 날이 완전히 어두워졌다. 대기 자체가 칠흑같이 검고 무거워 숨 쉬기조차 어려울 지경이었다. 갑자기 불빛들이 나타났을 때 샘은 자기 눈을 비볐다. 그는 자기 머리가 이상해지고 있다고 생각했다. 그는 먼저 불빛 하나를 왼쪽 눈으로 곁눈질해 봤는데, 그 파리한 광채는 얼핏 스치곤 스러지고 말았다. 그러나 곧이어 다른 불빛들이 나타났다. 어떤 것들은 흐릿하게 빛나는 연기 같았고, 어떤 것들은 몽롱한 불꽃처럼 눈에 보이지 않는 촛불들 위로 느릿느릿하게 깜박였다. 불빛들은 감추어진 손길에 의해 펼쳐진 섬뜩한 수의(壽衣)처럼 여기저기서 너울거렸다. 그러나 그의 동료들 중 누구도 한마디 말이 없었다. 마침내 샘은 더는 견딜 수가 없어서 귀엣말로 말했다.

"이게 다 뭐지, 골룸? 이 불빛들 말이야. 이제 우리 주위를 온통 에워쌌어. 우리가 함정에 빠진 건가? 저들은 누구지?"

골룸이 위를 쳐다보았다. 그의 앞에는 어두운 물결이 있었고, 그는 길을 미심쩍어하며 이쪽저쪽으로 바닥을 기고 있었다.

"그래요, 불빛들이 온통 우리를 감쌌어요. 홀리는 불빛들이야! 시체에서 나오는 인광(燐光)이야, 그럼, 그럼. 그것들에 신경 쓰지 말아요! 보지 말라고! 그것들을 따라가지도 말고! 주인님은 어디 있지?"

샘은 뒤를 돌아보고 프로도가 다시 뒤처졌다는 걸 알았다. 그는 그를 볼 수가 없었다. 그는 어둠 속으로 몇 걸음 되돌아갔지만, 감히 멀리까지 움직이거나 쉰 목소리로 속삭이는 것 이상으로 부를 수가 없었다. 그는 파리한 불빛들을 쳐다보며 생각에 잠겨 서 있던 프로도와 부딪치고 말았다. 프로도의 두 손은 양 옆구리에 뻣뻣하게 내걸렸고 거기서 물과 진흙이 떨어지고 있었다. 샘이 말했다.

"자, 프로도 씨! 그것들을 쳐다보지 말아요! 골룸이 말하길 그걸 쳐다보면 안 된대요. 그를 따라붙어 가능한 대로 빨리 이 저주받은 곳을 벗어나요—할 수 있다면 말이에요!"

프로도가 꿈에서 되돌아온 듯 대답했다.

"알았어. 난 가고 있어. 계속 가!"

샘은 다시 서둘러 앞으로 가다가 어떤 오래된 뿌리나 덤불에 발이 걸려 곱드러졌다. 그는 떨어지면서 두 손을 바닥에 묵직하게 짚었는데, 두 손이 끈적이는 진흙 속에 깊숙이 빠져들어 얼굴이 어두운 연못의 표면에 닿을 듯 가까워졌다. 쉭쉭대는 희미한 소리가 들리고 불쾌한 냄새가 치솟고, 불빛들이 깜박이고 너울거리고 빙빙 돌았다. 일순간 아래의 물이 때 묻은 유리로 뿌옇게 된 창문처럼 보였고 자신은 그 안을 들여다보는 듯했다. 그는 수렁에서 힘겹게 손을 빼내다가 비명을 지르며 벌떡 뒤로 나자빠졌다.

"물속에 죽은 것들이, 죽은 얼굴들이 있어! 죽은 얼굴들이!"

샘이 기겁해서 말했다. 골룸이 웃었다.

"그러니까 죽음늪이죠. 그럼, 그럼. 그게 바로 이 늪의 이름이에요. 인광들이 비칠 때는 속을 들여다보면 안 돼요."

"저들은 누구죠? 저들은 뭐 하는 자들이죠?"

샘이 덜덜 떨며 이제 자기 뒤에 있는 프로도에게 몸을 돌리며 물었다.

"나는 몰라."

하고 프로도가 꿈결 같은 목소리로 말했다.

"그렇지만 나도 그들을 봤어. 인광들이 비칠 때 웅덩이들에서 말이야. 그들이, 파리한 얼굴들이 모든 웅덩이들에, 어둑한 물 아래 깊고도 깊게 누워 있어. 내가 본 것 중엔 험상궂고 사악한 얼굴들이 있는가 하면 고상하고 슬픈 얼굴들도 있었어. 의기 높고 아름다운 얼굴도 많았는데, 그 은빛 머리카락엔 잡초가 뒤엉켜 있었어. 그러나 모든 것들이 악취를 풍기고 썩어 가고 있고 죽어 있더라고. 그들 속에는 무시무시한 빛이 있고."

프로도가 양손에 두 눈을 묻었다.

"난 그들이 누군지 몰라. 그렇지만 난 거기서 인간들과 요정들 그리고 오르크들을 본 것 같아."

그러자 골룸이 말했다.

"맞아요, 맞아. 모든 게 죽고 썩었어요. 요정들과 인간들과 오르크들이. 그래서 죽음늪이죠. 오래전에 대단한 전투가 있었대요, 그래요, 스메아골이 젊었을 때, 보물이 오기 전 내가 젊었을 때 들은 바로는. 정말 대단한 전투였대요. 긴 칼을 빼 든 키 큰 인간들과 무시무시한 요정들 그리고 새되게 외쳐 대는 오르크들, 그들이 암흑의 성문에서 몇 날 몇 달 동안 싸웠어요. 어이구, 그 이후로 그 늪이 커졌는데 무덤들을 삼켜 버리며 기고 또 기어 내내 뻗는 거예요."

"그러나 그건 아주 오래전이야. 정말로 사자(死者)들이 거기 있을 리가 없어! 암흑의 땅에 무슨 사악한 술수가 꾸며진 것 아니야?"

샘이 물었다. 골룸이 대답했다.

"누가 알겠어요? 스메아골은 몰라요. 당신들은 그들의 마음을 움직일 수 없고, 당신들은 그들을 만질 수 없어. 우리가 한 번 시도했죠, 그렇지, 보물? 나는 한 번 해 봤어요. 하지만 당신들은 그들의 마음을 움직일 수 없어요. 아마도 볼 수만 있을 뿐 만질 순 없는 형체들이겠죠. 안 되고말고, 보물. 모두가 죽었어."

스메아골이 그들을 만지려 했던 이유를 짐작할 만하다고 생각한 샘이 그를 험악하게 노려보고 다시 진저리를 쳤다.

"음, 난 그들을 보고 싶지 않아. 결코 다시는! 계속 가서 여길 벗어날 수 없어?"

그러자 골룸이 대답했다.

"되고말고! 그렇지만 천천히, 아주 천천히. 매우 조심스럽게! 그러지 않으면 호빗들도 저 아래로 가서 사자들과 합세해 작은 촛불들을 밝힐 거야. 스메아골을 뒤따라요! 불빛들은 쳐다보지 말고!"

골룸은 연못을 도는 길을 찾아 오른쪽으로 기어갔다. 그들은 몸을 숙이고 가끔 골룸이 하는 그대로 두 손을 사용하며 바짝 뒤따라갔다.

'만일 이런 길이 계속 이어진다면 우린 일렬로 늘어선 소중하고 작은 골룸 셋이 되겠는걸.'

샘은 생각했다.

드디어 그들은 시커먼 연못의 끄트머리에 이르러 섬들처럼 서로 떨어진 위태로운 덤불들을 이쪽저쪽으로 기거나 건너뛰는 위험을 무릅쓰며 연못을 건넜다. 가끔 그들은 시궁창처럼 악취가 나는 물속에 발을 딛거나 손부터 먼저 빠져 허우적대기도 했다. 그러고 나면 거의 목까지 진흙이 들러붙어 구린내가 났고 서로서로의 콧구멍에서도 고약한 냄새가 났다.

밤이 깊어서야 마침내 그들은 다시 보다 단단한 바닥에 닿았다. 골룸이 혼잣말로 쉭쉭대며 중얼거렸다. 그러나 그는 흡족해 보였다. 그는 어떤 신비한 방법으로, 즉 촉각과 후각 그리고 어둠 속에서도 형체를 파악하는 신비한 기억력이 혼합된 감각으로 자신의 현 위치를 정확히 알고 또 가야 할 앞길을 확신하는 것 같았다.

"이제 우린 계속 가는 거예요! 훌륭한 호빗들! 용감한 호빗들! 물론 몹시, 몹시도 지쳤지요. 우리도 그래, 내 보물, 우리 모두가. 그러나 우린 주인님을 저 사악한 불빛에서 멀리 데리고 가야 해. 그럼, 그럼, 그래야 하고말고."

이 말과 함께 그는 거의 속보로 키 큰 갈대들 사이로 난 긴 샛길 같아 보이는 곳을 따라 다시 출발했다. 그들은 비트적거리면서도 가능한 한 빠르게 뒤를 쫓았다. 그러나 얼마 안 되어 그는 다시 심란해진 것처럼, 또는 역정이 난 것처럼 쉭쉭거리며 갑자기 멈춰, 미심쩍게 킁킁대며 냄새를 맡았다.

"뭐야?"

샘이 그 몸짓을 오해하고서 으르렁댔다.

"왜 킁킁대는 거야? 코를 싸쥐어도 악취 때문에 졸도할 참인데. 너도 악취를 풍기고 주인님도 악취를 풍겨. 이곳 전체가 악취로 가득 차 있어."

"그래, 그래, 샘한테서도 악취가 나고! 불쌍한 스메아골은 그 냄새를 맡지만 착한 스메아골은 그걸 참아. 그래야 훌륭한 주인님을 돕지. 그러나 그건 중요치 않아. 대기가 움직이고 있어. 변화가 다가오고 있어. 스메아골은 이상하게 생각해. 그는 별로 기분이 좋지 않다고."

그는 다시 나아갔다. 그러나 불안한 마음이 커져 그는 이따금 키대로 꼿꼿이 서서 목을 빼고 동쪽과 남쪽을 살폈다. 얼마 동안 호빗들은 그를 심란하게 하고 있는 것을 듣거나 느낄 수 없었다. 그러다가 별안간 셋 모두가 멈춰 뻣뻣이 서서 귀를 기울였다. 프로도와 샘에게는 저 멀리서 길게 울부짖는 비명이 들린 것 같았다. 높고 가늘고 무자비한 소리였다. 그들은 몸을 와들와들 떨었다. 동시에 그들도 인지할 만큼 대기가 꿈틀거렸고, 날씨는 매우 차가워졌다. 그렇게 귀를 종그리고 서 있는데, 멀리서 오는 바람 같은 소음이 들렸다. 몽롱한 불빛들이 흔들리고 희미해지더니 꺼져 버렸다.

골룸은 움직이려 하지 않았다. 그는 바람이 늪지 위를 포효하듯 날아 그들에게 와락 덮칠 때까지도 몸을 떨고 혼자서 뜻 모를 소리를 주절대며 서 있었다. 밤이 덜 어두워졌다. 머리 위로 굽이쳐 지나면서 뒤틀리고 소용돌이치며 무정형으로 표류하는 안개가 보이거나 어렴풋이 보일 만큼 날이 밝아졌다. 위를 쳐다보니 구름장들이 부서지고 갈가리 찢기고 있었다. 그러더니 남쪽 높은 데서 휙휙 날리는 구름의 파편들 속에서 달이 가물거리며 드러났다.

호빗들은 달을 보고 잠시 마음이 밝아졌지만, 골룸은 몸을 움츠리며 그 하얀 얼굴에 욕설을 퍼부었다. 프로도와 샘은 하늘을 응시하며 보다 신선해진 대기를 깊이 들이마시던 중에 그것이 다가오는 걸 보았다. 저주받은 산맥에서 날아오는 작은 구름장, 모르도르에서 풀어 놓은 검은 그림자, 날개가 달리고 불길한 거대한 형체였다. 그것은 달을 휙 가로질러 죽음 같은 외침을 토하고는, 바람을 앞지르는 맹렬한 속도로 서쪽으로 가 버렸다.

그들은 앞으로 푹 쓰러져 앞뒤 가릴 것 없이 차가운 대지 위에 넙죽 엎드렸다. 그러나 공포의 그림자는 다시 선회해 날아와 이번엔 더욱 낮게, 바로 그들 위를 지나치며 그 무시무시한 날개로 늪의 악취를 날려 보냈다. 그러고는 사우론의 분노의 속도로, 도로 모르도르로 날아가 사라졌다. 그 뒤로 바람이 죽음늪을 벌거벗고 황량하게 남겨 둔 채 굉음을 울리며 따라갔다. 그 벌거벗은 황무지는 눈길이 미칠 수 있는 곳까지, 심지어는 저 먼 위협적인 산맥에까지 단속적인 달빛으로 얼룩졌다.

프로도와 샘은 악몽에서 깨어나 친근한 밤이 여전히 세상을 덮고 있음을 확인하는 어린애들처럼 눈을 비비며 일어났다. 그러나 골룸은 기절한 듯 땅바닥에 그대로 엎드려 있었다. 그들이 가까스로 그를 일깨웠지만 그는 한동안 얼굴을 들려 하지 않고 크고 넓적한 양손으로 뒤통수를 잡은 채 양 팔꿈치를 모아 앞으로 엎드려 있었다. 그가 갑자기 울부짖었다.

"악령들이야! 날아다니는 악령들! 그 보물이 그들의 지배자야. 그들은 모든 걸, 모든 것을 봐. 누구도 그들로부터 숨을 수 없어. 저 빌어먹을 하얀 얼굴 때문에! 그리고 그들은 모든 것을 그에게 고해. 그는 보고, 그는 알아. 아취, 골룸, 골룸, 골룸!"

달이 저 멀리 톨 브란디르 너머 서쪽으로 기울어 완전히 지고 난 다음에야 그는 비로소 일어나 움직이려 했다.

그때부터 샘은 골룸에게 생긴 변화를 다시 감지했다고 생각했다.

그는 더욱 알랑거리고 친근한 척했다. 그러나 간간이 샘은 그의 눈에 스치는 어떤 이상한 표정들을 알아챘다. 특히 그 눈길이 프로도를 향할 때 그랬다. 게다가 그의 말투는 점점 더 예전의 것으로 되돌아갔다. 샘에게는 또 하나의 커져 가는 걱정거리가 있었다. 프로도가 지쳐, 탈진할 정도로 지쳐 보였다. 그는 아무 말도 하지 않았고 좀처럼 입도 벌리지 않았다. 그는 아무런 하소연도 하지 않았지만 점점 무게가 늘어나는 짐을 진 사람처럼 힘겹게 걸었다. 그가 점점 더 더디게 발을 질질 끌며 걸었기에 샘은 종종 골룸에게 기다려 달라고 말해야 했다.

사실 모르도르성문을 향해 한 걸음 한 걸음 내디딜 때마다 프로도는 목에 걸린 그 반지가 점점 더 무거운 짐이 된다는 걸 느꼈다. 이제 그는 자신을 대지 쪽으로 끌어당기는 실제적인 무게로 반지를 느끼기 시작하고 있었다. 그러나 그의 마음이 훨씬 더 어지러운 건 그 눈—그는 혼자서 그것을 이렇게 불렀다— 때문이었다. 그가 걸을 때마다 몸을 움츠리고 수그리게 만드는 그것은 단순한 반지의 끌어당김 그 이상의 무엇이었다. 그 눈, 즉 막강한 권능으로 모든 구름의 장막과 대지와 육체를 꿰뚫어 보고, 그 죽음 같은 응시 아래 알몸으로 꼼짝 못 하게 꽂아 두고자 분투하는 적의를 오싹하리만큼 점점 크게 의식했다. 여태껏 그것을 막아 냈던 장막들이 너무나 무르고 얇아졌다. 지금 프로도는 그 의지의 현 거처와 깊은 속이 어디에 있는지 정확히 알았다. 그는 그 의지에 직면하고 있었고, 그것의 권세가 그의 이마에 부딪쳤다.

어쩌면 골룸도 같은 종류의 어떤 것을 느꼈을 것이다. 그러나 그 눈의 압박과 매우 가까워진 반지에 대한 탐욕, 그리고 반쯤은 차가운 쇠에 대한 두려움 때문에 했던 비굴한 약속 사이에서 그의 비열한 가슴에 무슨 생각이 일어나는지 호빗들은 짐작조차 못 했다. 프로도는 그런 것엔 신경도 쓰지 않았다. 샘은 대부분의 정신이 주인에게 쏠린 나머지 자신의 가슴 위에 떨어진 어두운 그림자를 주목할 여유가 없었다. 이제 그는 프로도를 자기 앞에 세우고 그의 모든 움직임을 주의 깊게 살피며 그가 비틀거리기라도 하면 부축하고 서투른 말로나마 그에게 용기를 북돋우려 애썼다.

드디어 날이 밝았을 때 호빗들은 그 불길한 산맥이 벌써 얼마나 더 가까이 다가서는지 알고는 깜짝 놀랐다. 대기는 이제 더 맑고 차가워졌다. 여전히 멀리 떨어져 있긴 했지만 모르도르의 산맥은 더는 시야 한구석에서 가물가물해 보이는 위협이 아니었다. 오히려 냉혹한 검은 탑들처럼 음산한 황야를 가로지르며 그들을 험악하게 굽어보았다. 늪지는 메마른 토탄층과 말라 갈라진 진흙의 드넓은 평지 속으로 사라지며 끝났다. 앞의 땅은 사우론성문 앞의 불모지 쪽으로 길고 얕은 비탈, 불모의 냉혹한 비탈을 이루며 솟아올랐다.

회색의 빛이 지속되는 동안 그들은 날개 달린 공포의 대상이 지나가며 그 냉엄한 눈으로 자신들을 염탐할까 두려워 검은 돌 아래 벌레들처럼 몸을 움츠리고 숨었다. 그 여정의 나머지는 그 속에서 기억이 의지할 그 어떤 것도 찾아낼 수 없는 점점 커져 가는 두려움의 그림자였다. 그들은 이틀 밤을 더, 길 없는 지루한 땅을 헤치며 힘겹게 나아갔다. 대기가 점차 꺼칠꺼칠해지는 것 같았고 숨을 막히게 하고 입을 바싹 마르게 하는 독한 악취로 가득 찼다.

골룸과 함께 길을 나선 지 닷새째 되는 날 아침, 그들은 다시 한번 발길을 멈추었다. 그들 앞에는 새벽 속에 거대한 산맥이 어둑한 모습으로 지붕을 이룬 연기와 구름에까지 뻗쳐 있었다. 산맥 기슭에서 바깥으로는 거대한 버팀벽과 울퉁불퉁한 언덕 들이 어지럽게 흩어져 있었는데, 가장 가까운 것이라야 20킬로미터도 채 떨어져 있지 않았다. 프로도는 겁에 질려 주위를 돌아보았다. 비록 죽음늪

과 무인지대의 메마른 황야가 무시무시하긴 했어도, 지금 구물구
물 움직이는 낮이 그의 오그라드는 눈앞에 느릿느릿하게 드러내는
이 지역은 훨씬 더 끔찍했다. 심지어 죽은 얼굴들의 연못에도 초록
봄의 어떤 초췌한 환영은 다가올 것이지만, 여기엔 봄도 여름도 내
내 오지 않을 것이었다. 여기엔 아무것도 살지 않았다. 심지어 썩은
걸 먹는 불결한 생장물도 살지 않았다. 웅덩이에는 핼쑥한 흰색과
회색의 재와 꼬물거리는 진흙이 숨 막힐 듯 메워져 있었다. 마치 산
맥이 주위의 땅들에 내장의 오물을 토해 놓은 것 같았다. 으깨져 가
루가 된 바위의 높은 둑들과 불에 결딴나고 독에 오염된 원추형의
거대한 흙무덤들이 끝없이 줄지은 추잡한 묘지처럼 서서 마지못한
빛 속에 서서히 드러났다.

그들이 모르도르 앞에 깔린 폐허에 이른 것이었다. 애초의 모든
목적이 수포로 돌아가더라도 끈질기게 남아 노예들의 어리석은 노
역을 거증할 영구적인 기념비요, 백약이 무효일 만큼 더럽혀지고 병
든 땅이었다—대해가 몰려들어 망각으로 씻어 내지 않는 한.

"속이 메스꺼워요."

하고 샘이 말했다. 프로도는 말하지 않았다.

악몽이 숨겨진 잠에 빠져들 것을 알고 잠을 물리치는 사람들처럼,
그들은 그 어둠을 통과해야만 아침을 맞이할 수 있다는 걸 알면서
도 한동안 거기에 서 있었다. 빛이 넓어지고 단단해졌다. 헐떡이는
구덩이들과 유독한 둔덕들이 소름 끼치도록 선명해졌다. 해가 떠올
라 구름과 긴 깃발 모양의 연기 사이로 움직이기 시작했다. 그러나
햇빛조차 더러워져 있었다. 호빗들은 그 빛을 반기지 않았다. 박정
하게도 그것은 암흑군주의 잿더미들 속을 헤매는 찍찍거리는 작은
허깨비들 같은 그들의 무력함을 고스란히 드러내는 것 같았다.

너무 지쳐 더는 갈 수 없게 되자 그들은 쉴 만한 장소를 찾았다.

한동안 그들은 화산암 부스러기의 둔덕 그림자 아래 말없이 앉아 있었다. 그러나 그 둔덕에서 역한 냄새와 증기가 새어 나와 목구멍을 압박해 숨이 막혀 왔다. 골룸이 먼저 일어났다. 그는 주절대며 욕설을 퍼붓더니 호빗들에게는 한마디 말이나 눈짓조차 없이 네 발로 기어 어디론가 가 버렸다. 프로도와 샘은 그를 따라 기어가 이윽고 거의 원형을 이룬 넓은 구덩이에 다다랐다. 서쪽 면이 더 높게 쌓여 있는 그곳은 감각이 마비될 만큼 추웠고, 밑바닥에는 잡다한 색깔의 진흙이 깔린 기름투성이의 웅덩이가 있었다. 그들은 이 음산한 웅덩이에 몸을 웅크리고서 그 그늘 속에서 그 눈의 주시를 피할 수 있기를 바랐다.

낮 시간은 천천히 흘러갔다. 그들은 극도의 갈증에 시달렸지만 물병에서 몇 방울밖에 마시질 못했다. 물병을 마지막으로 채운 게 그 골짜기에서였는데, 이제 되짚어 생각해 보니 그들에게 그곳은 평화와 아름다움의 장소 같았다. 호빗들은 번갈아 불침번을 서기로 했다. 처음엔 피곤한데도 불구하고 둘 다 전혀 잠을 이룰 수 없었다. 그러나 저 먼 곳의 해가 천천히 움직이는 구름 속으로 내려가고 있을 때 샘이 꾸벅거렸다. 프로도가 파수를 볼 차례였다. 그는 구덩이의 비탈에 등을 기대고 누웠지만 그런다고 해서 자신을 짓누르는 압박감이 줄어든 건 아니었다. 연기가 줄무늬처럼 죽죽 그어진 하늘을 올려다보며 그는 이상한 환영들, 말 달리는 어두운 형체들, 그리고 과거에서 불려 나온 얼굴들을 보았다. 그는 비몽사몽간에 시간의 흐름을 잊었고 마침내 망각이 그를 덮쳤다.

샘은 주인이 부르는 소리를 들었다고 생각하고 잠에서 깨어났다. 저녁이었다. 프로도는 잠들어 거의 구덩이 밑바닥까지 미끄러져 내려가 있었으니 그가 불렀을 리는 없었다. 골룸이 그의 곁에 있었다. 순간 샘은 그가 프로도를 깨우려 하고 있었다고 생각했지만 이내 그렇지 않다는 것을 알았다. 골룸은 혼잣말을 하고 있었다. 스메아골은 동일한 목소리를 쓰지만 찍찍거리고 쉭쉭대는 소리를 내는 모종의 다른 생각과 논쟁을 벌이고 있었다. 그가 말할 때 눈에는 파리한 빛과 초록 빛이 번갈아 나타났다.

"스메아골은 약속했어."

첫 번째 생각이 말했다. 대답이 나왔다.

"그래, 그래, 내 보물. 우린 약속했지. 우리의 보물을 구하고 그가 그것을 차지하지 못하게 하기로—절대로. 하지만 그것이 그에게로 가고 있어. 그래, 한 걸음씩 더 가까이. 그 호빗이 그걸 어떻게 하려는 건지 우린 궁금해. 그럼, 우린 궁금하지."

"난 몰라. 난 어쩔 수가 없어. 주인이 그걸 가졌어. 스메아골은 주인을 돕기로 약속했어."

"그래, 그래. 주인을 돕기로, 그 보물의 주인 말이지. 그러나 만일 우리가 주인이라면, 그렇다면 우린 우리 자신들을 도우고, 그렇지, 그러고도 여전히 약속을 지킬 수 있어."

"그러나 스메아골은 아주 아주 착해지겠다고 말했어. 훌륭한 호빗이야! 그가 스메아골의 다리에서 잔혹한 밧줄을 벗겨 줬어. 그는 내게 말도 곱게 해."

"아주 아주 착해져. 잉, 내 보물? 착해지자고. 물고기처럼 착해지자고, 다정한 친구. 하지만 우린 자신들에게, 물론 그 훌륭한 호빗을 해치진 말고. 그건 안 돼, 안 돼."

"그렇지만 보물은 약속을 지켜."

하고 스메아골의 목소리가 반박했다. 상대방이 말했다.

"그렇다면 그걸 지켜. 그리고 우리 자신들이 그걸 지키자고! 그러면 우리가 주인이 되는 거야. 골룸! 다른 호빗, 그 고약하고 의심 많은 호빗은 벌벌 기게 만드는 거야, 그럼, 골룸!"

"그러나 그 훌륭한 호빗은 아니지?"

"오, 아니지. 우리가 내키지 않으면 그러지 않을 거야. 그럼에도 그는 골목쟁이 집안 식구야, 내 보물. 그래, 골목쟁이 집안 식구지. 골목쟁이 집안의 한 놈이 그것을 훔쳤어. 그는 그걸 발견하고도 아무 말, 아무 말도 안 했어. 우린 골목쟁이 집안 식구들을 증오해."

"아냐, 이 골목쟁이는 아니야."

"맞아, 모든 골목쟁이야. 그 보물을 간직한 놈들은 모두. 우리가 그걸 가져야만 해."

"그러나 그가 볼 거야, 그가 알 거야. 그가 그것을 우리에게서 뺏을 거야."

"그는 봐. 그는 알아. 그는 우리가 실없는 약속을 하는 걸 들었어—그의 명령을 어기고, 그럼. 그걸 뺏어야만 해. 악령들이 수색하고 있어. 그걸 뺏어야만 한다고."

"그를 위해서 갖자는 게 아니야!"

"물론이지, 다정한 친구. 보라고, 내 보물, 만일 우리가 그것을 갖는다면 그렇다면 우린 도망칠 수 있어. 심지어 그로부터도, 안 그래? 어쩌면 우리는 아주 강해질 거야. 악령들보다도 더 강하게. 스메아골 군주? 골룸 대왕? 유일무이의 골룸! 매일 물고기를 먹고, 하루에 세 번, 바다에서 갓 잡은 걸로. 가장 귀하신 골룸! 그걸 가져야만 해. 우린 그걸 원해, 우린 그걸 원해, 우린 그걸 원해!"

"하지만 그들은 두 명이야. 그들은 금방 깨어나 우릴 죽일 거야."

스메아골이 마지막 안간힘을 다해 푸념했다.

"지금은 아니야. 아직은 아니라고."

"우린 그걸 원해! 그러나……."

마치 새로운 생각이 떠오른 것처럼 그는 여기서 오래도록 말이 끊겼다.

"아직은 아니라고, 응? 어쩌면 아니겠지. 그녀가 도와줄 수도 있어. 그녀가 그럴 수 있다고, 그럼."

"아냐, 아니야! 그런 식은 안 돼!"

하고 스메아골이 울부짖었다.

"돼! 우린 그걸 원해! 우린 그걸 원하잖아!"

두 번째 생각이 말할 때마다 골룸의 긴 손이 프로도 쪽으로 천천히 더듬어 기어갔다가는 다시 스메아골이 말할 때면 홱 하고 거두어졌다. 결국은 구부러지고 실룩거리는 긴 손가락들이 달린 두 팔이 그의 목 쪽으로 더듬어 갔다.

샘은 그 토론에 정신을 빼앗긴 채 가만히 누워 있었지만 반쯤 감은 눈꺼풀 아래로 골룸이 하는 모든 움직임을 지켜보고 있었다. 그의 단순한 생각에는 골룸의 으뜸가는 위험은 보통의 배고픔, 즉 호빗들을 먹고 싶은 욕구인 것 같았다. 그러나 이제 그는 그렇지 않다는 걸 깨달았다. 골룸은 반지의 끔찍한 부름을 느끼고 있었다. '그'는 물론 암흑군주였다. 그러나 '그녀'는 누구일까 궁금했다. 저 하찮은 놈이 이리저리 헤매 다니던 중에 사귄 추잡한 친구들 중 하나려니 싶었다. 그 와중에 그는 요점을 잊어버렸다. 명백하게 일이 꽤나 진척되어 프로도가 위험해지고 있었던 것이다. 몸이 몹시도 노곤했지만 그는 애써 기운을 내어 일어나 앉았다. 신중해야 하고 자신이 그 토론을 엿들었다는 걸 드러내선 안 된다는 생각이 퍼뜩 들었다. 그는 큰 소리로 한숨을 내쉬고 입이 찢어져라 하품을 했다.

"시간이 얼마나 됐어?"

하고 그가 졸린 목소리로 말했다.

골룸이 이빨 사이로 쉭쉭 소리를 길게 내보냈다. 그는 잠시 긴장하고 위협적인 태도로 일어섰다가 다음 순간 푹 주저앉고는 앞으로 넘어져 네 발로 기어 구덩이의 경사를 올라왔다.

"훌륭한 호빗들! 훌륭한 샘! 머리가 멍하지. 그래, 머리가 멍할 거야! 파수는 착한 스메아골에게 맡겨 둬! 그런데 벌써 저녁이야. 어스름이 기어오고 있어. 가야 할 시간이야."

'딱 좋은 때야! 게다가 우리가 헤어져야 할 때이기도 하고.'

샘은 생각했다. 그런데 실로 이젠 골룸을 풀어 준다는 게 그를 함께 데리고 가는 것만큼이나 위험한 일이 아닐까 하는 의구심이 퍼뜩 들었다.

"저주스러운 놈! 숨이나 콱 막혀 버렸으면!"

이렇게 중얼거리고 나서 그는 비틀거리며 구덩이를 내려가 주인을 깨웠다.

아주 희한하게도 프로도는 몸이 가뿐한 기분이었다. 그는 꿈을 꾸고 있던 중이었다. 어두운 그림자가 지나갔고 선명한 환상이 이 병든 땅의 그를 찾아들었다. 기억에 남은 내용이라곤 아무것도 없었지만 그럼에도 그는 그 때문에 기뻤고 마음도 보다 가벼웠다. 짓누르던 부담이 덜해졌다. 골룸이 개처럼 즐거워하며 그를 반겨 맞았다. 그는 긴 손가락을 꺾어 딱딱 소리를 내고 프로도의 무릎을 앞발로 긁으면서 낄낄 웃고 재잘거렸다. 프로도는 그에게 미소를 지어 보이며 말했다.

"자. 너는 우리를 잘, 그리고 충직하게 안내해 줬어. 이제 마지막 단계야. 우리를 성문까지 데려다줘. 그러면 너에게 더는 같이 가자고 부탁하지 않을게. 우릴 성문까지 데려다주면 넌 원하는 곳으로 가도 좋아—우리의 적들에게 가는 것만 빼고."

"성문까지요, 에?"

골룸은 깜짝 놀라고 겁에 질린 듯 생쥐처럼 찍찍거렸다.

"성문까지라고 주인님이 말하셨어! 그래, 그렇게 말하신 거야. 그리고 착한 스메아골은 부탁하신 대로 하고. 오, 그럼. 그러나 보다 가까워지면 아마 우리는 알게 될 거예요. 그때 우린 알 거라고요. 그건 전혀 좋아 보이지 않을 거예요. 오, 아니에요! 오, 아니라고요!"

그러자 샘이 말했다.

"허튼소리 마! 그 일을 해치우자고!"

어스름이 깔리는 가운데 그들은 구덩이에서 기어 나와 천천히 죽음의 땅을 헤쳐 나갔다. 멀리 가지 않아 그들은 그 날개 달린 형체가 늪지 위를 휙 지나갔을 때 닥쳤던 그 두려움을 다시 한번 느꼈다. 그들은 걸음을 멈추고 역한 냄새가 나는 바닥에 웅크렸다. 그러나 음산한 저녁 하늘에는 아무것도 보이지 않았고, 곧 그 위협적인 존재는 바랏두르가 내린 어떤 급한 사명을 띠었는지 머리 위로 높이 지나갔다. 얼마 후 골룸이 일어나 뭐라 중얼대고는 몸을 떨며 다시 앞으로 기어갔다.

자정 넘어 한 시간이 지났을 때 그 두려움이 세 번째로 그들에게 닥쳤다. 그러나 이번엔 엄청난 속도로 서쪽으로 질주하며 구름 저 위로 지나가고 있는 것처럼 그것은 보다 멀어 보였다. 그러나 골룸은 겁에 질려 어쩔 줄을 몰라 했고, 그들이 쫓기고 있으며 그들의 접근이 발각된 거라고 확신했다.

"세 번째예요! 삼세번은 진짜 위협이라고요. 그들은 우리가 여기 있는 걸 감지해요. 그들은 그 보물도 감지해요. 그 보물이 그들의 주인이거든요. 우린 이 길로는 더는 갈 수 없어요. 안 돼요. 그것은 소용없어, 소용없어요!"

간청도 상냥한 말도 더는 소용이 없었다. 마침내 프로도가 화난 목소리로 명령하고 칼자루에 손을 갖다 대고서야 골룸은 다시 일어나려고 했다. 드디어 그가 으르렁대며 일어서서 매 맞은 개처럼 앞서갔다.

그들은 지루한 밤이 끝날 때까지 내내 비트적대며 나아갔고, 두려움의 또 다른 날이 올 때까지 침묵 속에 머리를 숙이고 걸었다. 아무것도 보이지 않았고, 귓가에 쉭쉭대는 바람 소리 외에는 아무것도 들리지 않았다.

Chapter 3
굳게 닫힌 암흑의 성문

이튿날 날이 새기 전에 모르도르로의 여정은 끝났다. 그들 뒤쪽에는 늪과 불모지가 있었고, 앞쪽엔 핼쑥한 하늘을 배경으로 어두워지는 가운데 거대한 산맥이 위압적인 머리를 쳐들었다.

모르도르의 서쪽으로는 에펠 두아스의 산맥, 즉 어둠산맥이 행진하듯 펼쳐졌고, 북쪽으로는 에레드 리수이의 울퉁불퉁한 봉우리들과 메마른 능선들이 잿빛으로 널려 있었다. 그러나 실은 리슬라드와 고르고로스의 음침한 평원과 그 한가운데의 냉혹한 누르넨내해를 둘러싼 거대한 장벽의 일부인 이들 산맥은 서로 접근하면서 긴 지맥들을 북쪽으로 힘차게 뻗쳤고, 이 지맥들 사이에 일렬종대가 지나갈 정도의 깊은 애로(隘路)가 있었다. 이것이 바로 키리스 고르고르, 즉 유령고개로 대적의 땅으로 들어가는 관문이었다. 양쪽에 높은 벼랑이 험악하게 버티고 섰고, 그 어귀에서부터 검은 뼈대의 헐벗은 두 개의 가파른 언덕이 뻗쳐 있었다. 그 언덕들 위에 견고하고 높은 두 개의 탑, 모르도르의 이빨이 서 있었다. 그것들은 옛적에 의기와 힘이 왕성했던 곤도르인들에 의해 세워진 것으로, 그들은 사우론을 격파해 패주시킨 후 그가 다시는 자신의 옛 왕국으로 돌아올 생각을 품지 못하게 하고자 했다. 그러나 곤도르의 강성함은 쇠하고 사람들은 잠에 빠져 오랜 세월 동안 그 탑들은 텅 빈 채서 있었다. 그때 사우론이 돌아왔다. 이제 쇠미했던 감시탑들은 보수되고 무기로 가득 채워졌으며 수비대가 주둔하여 끊임없이 경계의 눈초리를 번득였다. 돌처럼 무표정한 그 탑들에는 북, 동, 서쪽을 응시하는 어둑한 창구들이 뚫려 있었고, 각각의 창은 잠들지 않는 눈들로 가득찼다.

암흑군주는 그 고개의 어귀를 가로질러 이 벼랑에서 저 벼랑으로 돌로 된 누벽을 쌓아 올렸다. 그 속에는 단 하나의 철문이 있고, 총안이 달린 흉벽 위로 경비병들이 부단히 오갔다. 양편의 언덕 밑 암반에는 백여 개의 동굴과 구멍 들이 뚫려 있었는데, 거기에 다수의 오르크들이 신호만 있으면 싸우러 나가는 검은 개미들처럼 출격 태세를 갖추고 잠복해 있었다. 사우론의 소환을 받거나 암흑의 성문 모란논을 열어 줄 암호를 알지 못하는 한 누구도 그 호된 맛을 보지 않고는 모르도르의 이빨을 통과할 수 없었다.

두 호빗은 절망의 눈길로 그 탑들과 성벽을 물끄러미 바라보았다. 그들은 멀리서도 어슴푸레한 빛 속에 성벽 위 시커먼 경비병들의 움직임과 성문 앞의 순찰대를 볼 수 있었다. 이제 그들은 에펠 두아스의 최북단 버팀벽의 쭉 뻗친 그림자 아래, 암반이 움푹 꺼진 구렁 가장자리 위를 빤히 내다보며 누워 있었다. 무거운 대기를 일직선으로 가르고 나는 까마귀라면, 그들의 은신처에서 보다 가까운 탑의 시커먼 꼭대기까지는 200미터밖에 되지 않을 것 같았다. 아래의 언덕에서 피운 불에서 연기가 나는 것처럼, 희미한 연기가 은신처 위로 피어올랐다.

날이 밝았다. 황갈색 태양이 에레드 리수이의 생기 없는 능선들 위로 눈을 깜박였다. 그때 느닷없이 귀에 거슬리는 나팔 소리가 요란하게 울렸다. 그 소리는 감시탑들에서 울려 퍼졌고 멀리 언덕들 속에 숨겨진 요새와 전초(前哨)들로부터 화답하는 나팔 소리가 나왔다. 그리고 저 너머 우묵한 땅에도 바랏두르의 강력한 뿔나팔 소리와 북소리가 희미하지만 깊고도 불길하게 메아리쳤다. 모르도르에 두려움과 노역의 지긋지긋한 하루가 또다시 시작된 것이었다. 야간 경비병들은 지하 감옥과 깊은 집회장들로 소환되었고, 험악한 눈매의 사나운 주간 경비병들이 근무지로 행진하고 있었다. 흉벽 위로 쇳빛이 어렴풋이 번득였다.

샘이 먼저 입을 열었다.

"자, 드디어 왔네요. 여기 성문이 있지만 제게는 과연 도달할 수 있을까 싶을 만큼 먼 것 같아요. 이거 참, 만일 우리 노친네가 지금 저를 본다면 한두 마디 하실걸요! 발걸음을 조심하지 않으면 비참한 종말을 맞을 거라고 종종 말씀하셨거든요. 그러나 지금은 노친네를 다시 보게 될 거라곤 생각지 않아요. 그는 '내가 그렇게 말했잖니, 샘.' 하고 말할 기회가 없어 섭섭하실 거예요. 그게 더욱 애석한 일이죠. 제가 그의 늙은 얼굴을 다시 볼 수만 있다면 그는 숨이 붙어 있는 한 계속 잔소리를 해 대실걸요. 그나저나 저는 먼저 세수를 해야 할 거예요. 안 그러면 그가 절 알아보지 못할 테니까요.

'이제 우리가 어느 길로 가야 하느냐?'라고 물어볼 필요도 없을 것 같은데요. 우린 더는 갈 수 없어요—오르크들에게 들어 올려 달라고 부탁할 생각이 아니라면 말이에요."

"없지, 없고말고!" 골룸이 말했다. "쓸데없지. 우린 더는 갈 수 없어. 스메아골이 그렇다고 말했어. 성문에 가면 그때 우린 알 거라고 말이야. 그리고 지금 우리가 알고 있고. 오, 그래, 내 보물, 우리는 알고 있다고. 스메아골은 호빗들이 이 길로 갈 수 없다는 걸 알았어. 오, 그럼. 스메아골은 알았지."

"제길, 그럼 뭣 때문에 우릴 이 길로 데려왔어?"

샘이 말했다. 그는 이치나 사리에 맞게 말할 기분이 아니었다.

"주인님이 그렇게 말했어. '우릴 성문까지 데려다줘.' 하고 주인님이 말했어. 그래서 착한 스메아골은 그렇게 한 거야. 주인님이 그렇게 말했어. 똑똑한 주인님이."

"내가 그랬지."

하고 프로도가 말했다. 그의 얼굴은 엄숙하고 굳었으면서도 결연했다. 그는 더럽고 수척하며 피로에 찌들었지만 더는 몸을 웅크리지 않았고 두 눈도 맑았다.

"모르도르에 들어가려고 그렇게 말했어. 그리고 다른 길은 모르기도 하고. 따라서 나는 이 길로 가겠어. 난 누구에게도 같이 가자고 부탁하지 않아."

"아니, 안 돼요, 주인님!"

골룸이 앞발로 그를 긁으며 큰 비탄에 잠긴 듯 울부짖었다.

"저 길은 소용없어요! 소용없다고요! 그 보물을 그에게 갖다주지 말아요! 그가 그걸 손에 쥐면 그는 우리 모두를 먹어 치울 거예요. 온 세상을 먹어 치울 거라고요. 그것을 간직해요. 훌륭한 주인님, 그리고 스메아골에게 다정하게 대해 줘요. 그가 그걸 갖게 하지 말아요. 아니면 여길 떠나 좋은 곳들로 가서 그것을 귀여운 스메아골에게 돌려주세요. 그래요, 그래, 주인님이 그걸 돌려주는 거예요, 네? 스메아골이 그걸 안전하게 간직하고 착한 일을 많이 할 거예요. 특히 훌륭한 호빗들에게요. 호빗들은 고향으로 가고요. 저 성문으로는 가지 마세요!"

프로도가 대답했다.

"나는 모르도르의 땅으로 가라는 명령을 받았고 따라서 난 가겠어. 만약 단 하나의 길만 있다면 그렇다면 난 그 길을 잡아야만 해. 그 후의 일은 될 대로 되겠지."

샘은 아무 말도 하지 않았다. 그에겐 프로도의 표정만으로 족했다. 그는 자신의 말이 아무 소용도 없으리라는 것을 알았다. 그리고 결국 그는 처음부터 그 일에 대해 그 어떤 현실적인 희망도 품지 않았다. 그러나 명랑한 호빗인지라 그는 절망이 늦춰질 수 있는 한 희망을 필요로 하지 않았다. 이제 그들은 비참한 종말에 이른 것이었다. 그러나 그는 그 먼 길 내내 주인에게 충실했고 그것이 그가 여기까지 온 주된 목적이었으며, 그리고 그는 여전히 주인에게 충실할 것이었다. 그의 주인은 홀로 모르도르로 가지 않을 것이었다. 샘이 그와 함께 갈 테니까—그리고 어쨌든 그들은 골룸을 떨쳐 낼 것이었다.

그러나 골룸은 아직 떨려 나갈 생각이 없었다. 그는 두 손을 쥐어짜고 찍찍거리며 프로도의 발치에 무릎을 꿇고 애원했다.

"이 길은 안 돼요, 주인님! 또 다른 길이 있어요. 오, 그래요, 정말로 있어요. 더 어둡고 더 찾기 어렵고 더 은밀한 다른 길이에요. 그렇지만 스메아골은 그것을 알아요. 스메아골이 보여 줄게요!"

"또 다른 길이라고!"

하고 프로도가 샅샅이 살피는 눈길로 골룸을 내려다보며 미심쩍은 듯 말했다.

"그래요! 그래요, 정말! 또 다른 길이 있었어요. 스메아골이 그걸 찾았어요. 그게 아직도 거기 있는지 가 봐요!"

"이전엔 이것에 대해 말하지 않았잖아?"

"안 했죠. 주인님이 묻지 않았으니까요. 주인님은 자신이 뭘 하려고 하는지 말하지 않았어요. 그는 불쌍한 스메아골에게 말해 주지 않아요. 그는 말하기를, '스메아골, 성문까지 데려다줘—그다음엔 잘 가! 스메아골은 달아나 착하게 살 거야.'라고만 했어요. 그러나 지금은 '난 이 길로 모르도르에 들어갈 작정이야.' 라고 말해요. 그래서 스메아골은 겁나요. 훌륭한 주인님을 잃고 싶지 않거든요. 그리고 그는 약속했어요. 주인님이 약속하게 만들기도 했고요. 그 보물을 구하기로. 하지만 만약 이 길로 갈 거라면 주인님은 그걸 그에게, 곧바로 그 암흑의 손에 갖다주게 될 거예요. 스메아골은 둘 모두를 구해야 해서 옛날에 거기 있었던 또 다른 길을 생각해 낸 거예요.

훌륭한 주인님, 스메아골은 아주 착하고 언제나 도울 거예요."

　샘이 얼굴을 찌푸렸다. 만일 눈길로 골룸의 목에 구멍을 낼 수 있었다면 그는 그렇게 했을 것이다. 그의 마음은 의심으로 가득 찼다. 어느 모로 보나 골룸은 진정으로 근심했고 프로도를 돕고 싶어 했다. 그러나 샘은 자신이 엿들은 토론을 기억하고는 오래도록 감춰져 있던 스메아골이 승리했다고 믿기는 어렵다는 걸 깨달았다. 어쨌든 그 토론에서 스메아골이 상대방을 제압하지는 못했던 것이다. 샘의 추측은 이러했다. 스메아골과 골룸이라는 두 개의 반쪽들(혹은 그 자신이 마음속으로 이름 붙인 대로 살금이와 구린 놈)은 휴전과 일시적 동맹을 맺은 것이었다. 어느 쪽도 대적이 반지를 갖는 걸 원치 않고, 양쪽 모두가 가능한 한 오래 프로도를 붙잡지 않게 지키고 자신들의 눈 아래 두고 싶어 했다—어쨌든 구린 놈이 여전히 그의 '보물'을 손에 넣을 기회가 있는 한. 샘에게는 정말 모르도르로 가는 또 다른 길이 있는지도 의심스러웠다.

　샘은 생각했다.

　'프로도 씨가 어떻게 할 작정인지 저 늙은 악당의 어느 반쪽도 알지 못한다는 게 다행이야. 장담하지만, 만일 프로도 씨가 그 보물을 영원히 끝장내려고 한다는 걸 그가 안다면 곧바로 분란이 생길 거야. 어쨌든 늙은 구린 놈은 대적을 너무나 무서워해—그리고 그는 그로부터 모종의 명령을 받거나 받은 처지인데—우릴 돕다가 붙잡히느니, 그리고 어쩌면 그의 보물이 녹아 버리게 놔두느니 우리를 저버릴 거야. 적어도 내 생각은 이렇다고. 주인님도 그것을 신중하게 생각하기를 바라. 그는 누구 못지않게 현명하지만 마음이 여려. 그의 천성이지. 그가 다음으로 뭘 할 건지는 그 어떤 감지도 짐작할 수 없어.'

　프로도는 골룸에게 즉시 대답하진 않았다. 느리지만 빈틈없는 샘의 마음속에 이런 의혹들이 지나가는 동안, 그는 키리스 고르고르의 어두운 벼랑을 물끄러미 바라보며 서 있었다. 그들이 은신한 곳은 낮은 언덕 사면에 파인 구렁으로 그것과 깎아지른 산맥의 바깥 버팀벽 사이에 놓인 긴 참호 같은 계곡보다 좀 높은 곳에 있었다. 계곡 한가운데는 서쪽 감시탑의 검은 토대가 서 있었다. 모르도르성문으로 모이는 어슴푸레하고 탁한 길들이 아침 햇살에 선명하게 보였다. 하나는 도로 북쪽으로 구불구불하게 펼쳐졌고 또 하나는 동쪽으로 뻗어 에레드 리수이 기슭 주위에 걸린 안개 속으로 멀어져 갔으며 세 번째 길이 그가 있는 방향으로 나 있었다. 그 길은 탑 주위로 급히 휘면서 좁은 애로로 들어갔다가 그가 서 있는 구렁에서 멀지 않은 아래쪽으로 지나갔다. 서쪽, 즉 그의 오른쪽에서 그 길은 산맥 자락을 감싸며 남쪽으로 뻗더니 에펠 두아스의 서쪽 사면을 온통 뒤덮은 짙은 어둠 속으로 사라졌다. 그것은 그의 시야를 벗어나 산맥과 대하 사이의 좁은 땅으로 계속 이어졌다.

물끄러미 바라보던 중에 프로도는 평원에서 큰 소란과 움직임이 있다는 것을 알았다. 비록 대부분이 저 너머의 늪지와 황야에서 표류해 온 연기와 증기에 가리긴 했지만 전 병력이 행진 중인 것 같았다. 그러나 여기저기서 창과 투구 들이 번쩍이고 길옆 평지 위로 기병들이 많은 무리를 이루어 달리는 것이 보였다. 그는 저 멀리 아몬 헨 위에서 품었던 환상을 상기했다. 이젠 수년 전인 듯싶지만 실은 며칠 전의 일이었다. 그러자 격정에 휩싸인 가슴에 한순간 꿈틀거렸던 희망이 헛된 것임을 알았다. 나팔 소리는 응전이 아니라 환영을 위해 울린 것이었다. 그것은 오래전에 스러져 간 용사들의 무덤에서 복수의 망령처럼 일어선 곤도르인들이 암흑군주를 공격하는 게 아니었다. 이들은 암흑군주의 부름을 받고 드넓은 동쪽 지역에서 몰려든 다른 종족의 인간들이었다. 밤에 성문 앞에서 야영했다가 이제 그의 불어나는 권세를 더하기 위해 안으로 행진하는 대군이었다. 점점 날이 밝아 오는 가운데 이 거대한 위협에 그처럼 가까이 있는 자신들의 위험한 처지를 불현듯 절감한 프로도는 재빨리 가냘픈 회색 두건을 머리 위로 바싹 끌어당기고 기슭으로 내려섰다. 그다음 그는 골룸에게로 돌아섰다.

"스메아골, 나는 너를 한 번 더 믿겠어. 나는 그렇게 해야만 하고, 또 전혀 예상치 못한 곳에서 네게서 도움을 받는 게 내 운명이고, 사악한 목적을 품고 오랫동안 뒤쫓은 나를 돕는 것이 네 운명인 모양이야, 정녕. 너는 지금까지 내게 참 잘 해 주었고 약속도 충실히 지켰어. 진심이야."

그는 샘을 흘끗 바라보고 이렇게 덧붙였다.

"두 번이나 우리를 마음대로 할 수 있었지만 너는 우리에게 해를 끼치지 않았잖아. 또 너는 네가 한때 추구했던 것을 나한테서 뺏으려고도 하지 않았어. 삼세번째가 최고로 판명되길 바라. 그러나 미리 일러두지만, 스메아골, 넌 위험에 처해 있어."

"그럼, 그럼요, 주인님!" 골룸이 말했다. "무시무시한 위험이죠! 생각만 해도 스메아골의 뼈대가 떨리는걸요. 하지만 그는 달아나지 않아요. 그는 훌륭한 주인님을 도와야 하니까요."

"난 우리 모두가 공유하는 위험을 말한 게 아니야. 너 혼자에게 닥친 위험을 말한 거야. 너는 네가 보물이라고 부르는 것을 두고 약속을 맹세했어. 그것을 기억해! 보물이 너에게 약속을 지키게 할 거야. 그러나 보물은 약속을 비틀어 너를 파멸로 이끌 방법도 강구할 거야. 벌써 넌 비틀리고 있어. 어리석게도 넌 방금 나에게 네 속셈을 누설했어. '그것을 스메아골에게 돌려줘요.'라고 넌 말했어. 다시는 그런 말을 하지 마! 그런 생각이 네 속에 자라나게 해선 안 돼! 넌 결코 그걸 다시 가질 수 없어. 그것에 대한 욕망 때문에 넌 비참한 종말을 맞을 수 있어. 넌 결코 그걸 다시 가질 수 없어. 스메아골, 난 최후의 위급 시에 그 보물을 착용할 거고, 그 보물은 오래전에 널 길들여

놓았어. 만약 내가 그걸 끼고 네게 명령하면 넌 복종할 거야. 설사 그것이 절벽에서 뛰어내리라거나 불 속에 네 몸을 던지는 것이라 할지라도. 내 명령은 그런 것일 거야. 그러니 주의하라고, 스메아골!"

샘은 찬동하면서도 동시에 깜짝 놀라 주인을 쳐다보았다. 그의 얼굴과 목소리에는 그가 예전에 알지 못했던 표정과 어조가 어려 있었다. 경애하는 프로도 씨의 친절은 너무나 대단한 것이어서 어떤 때는 그가 눈이 멀었다고 생각해 왔다. 물론 그는 또한 프로도 씨가 세상에서 가장 현명한 자(아마도 빌보 영감이나 간달프는 제외하고)라는 양립할 수 없는 믿음도 굳게 지니고 있었다. 골룸도 제 나름으로 프로도의 친절과 눈멂을 혼동하여 유사한 실수를 저질렀을 수 있었다. 그러나 그를 안 지 얼마 되지 않은 골룸의 실수는 이해할 여지가 더 많았다. 하여튼 프로도의 이 말을 듣고 그는 부끄러웠고 겁을 먹었다. 그는 바닥에 넙죽 엎드려 "훌륭하신 주인님."이란 말 외에는 어떤 말도 또렷하게 할 수 없었다.

프로도는 한동안 참을성 있게 기다렸다가 이윽고 덜 준엄하게 다시 말했다.

"자, 이제 골룸이든 스메아골이든 네가 원한다면 나에게 다른 길을 말해 주고 또 할 수 있다면 내가 분명한 길을 저버릴 만한 어떤 희망이 그 길에 있는지 보여 줘. 나는 다급해."

그러나 골룸은 가련한 처지에 놓인 데다 프로도의 위협에 완전히 무기력해져 있었다. 그는 중얼거리고 찍찍대며 말하다가도 사이사이에 바닥을 기며 둘 모두에게 '불쌍하고 귀여운 스메아골'에게 상냥하게 대해 달라고 번번이 애원했다. 그 통에 그에게서 어떤 명료한 설명을 듣는다는 건 쉽지 않았다. 얼마 뒤 그가 좀 진정되고 난 후에, 프로도는 에펠 두아스에서 서쪽으로 굽어지는 길을 따라가면 머잖아 둥글게 늘어선 어두운 나무들 속의 교차로에 다다를 것이라는 말을 조금씩 헤아렸다. 오른편 길은 오스길리아스와 안두인

대하의 교각으로 통하고, 가운데 길은 남쪽으로 계속 이어졌다.

골룸이 말했다.

"계속, 계속, 계속이요. 우린 그 길로 가 보지 않았어요. 그러나 그 길을 500킬로미터 따라가면 마침내 결코 잔잔한 법이 없는 큰물이 나온대요. 거기엔 물고기가 아주 많아 큰 새들이 잡아먹어요. 신나는 새들이죠. 그렇지만 우린 거기에 가 본 적이 없어요. 그럴 기회가 없었어요, 애석하게도! 더 멀리 나가면 더 많은 땅들이 있대요. 하지만 그곳은 노란 얼굴이 아주 뜨겁고 구름도 거의 없으며 그곳 사람들은 사납고 얼굴이 가무잡잡해요. 우린 그런 땅은 보고 싶지 않아요."

"그럼!" 프로도가 말했다. "네 길에서 벗어나지만 말라고. 그런데 세 번째 갈림길은 어때?"

"오, 그래요, 오, 그렇죠, 세 번째 길이 있죠. 그건 왼쪽 길이에요. 그것은 곧장 오르기 시작해서 구불구불하게 이어지다가 우뚝하게 높은 그림자로 통해요. 시커먼 바위를 돌면 그게 보일 거예요. 별안간 머리 위로 그것이 보일 테고 그러면 숨고 싶어질 거예요."

"그걸 본다고, 그걸 봐? 뭘 볼 거라는 거야?"

"옛 요새요. 매우 오래된 건데 지금은 아주 무시무시해요. 오래전 스메아골이 젊었을 적에 우린 남쪽에서 전해진 이야기들을 듣곤 했어요. 오, 그래요. 우린 저녁이면 버드나무의 땅에서 대하의 둑에 앉아 많은 이야기를 하곤 했어요. 대하도 더 젊었을 때죠, 골룸, 골룸."

그가 울고 투덜거리기 시작했다. 호빗들은 참을성 있게 기다렸다. 골룸이 다시 말을 이었다.

"남쪽에서 전해진 이야기들은 빛나는 눈의 키 큰 인간들, 돌 언덕 같은 그들의 집, 그리고 그들 왕의 은빛 왕관과 하얀 나무에 관한 것으로 놀라운 이야기들이었지요. 그들은 아주 높은 탑들을 세웠는데, 그중 하나는 은백색으로 그 속엔 달처럼 생긴 돌이 하나 있고 그 주위로 거대한 하얀 성벽이 둘러져 있어요. 오, 그래요, 그 달의 탑에 대한 이야기가 많았어요."

프로도가 말했다.

"그건 엘렌딜의 아들 이실두르가 세운 미나스 이실일 거야. 대적의 손가락을 자른 이가 바로 이실두르였지."

"맞아요, 그의 검은 손엔 손가락이 네 개밖에 없어요. 그러나 그것만으로도 족해요. 그리고 그는 이실두르의 도시를 증오했어요."

골룸이 몸서리치며 말했다.

"그가 증오하지 않는 게 어디 있던가? 그런데 그 달의 탑이 우리와 무슨 관계가 있지?"

"자, 주인님, 그것은 거기 있었고 지금도 거기 있어요. 높은 탑과 하얀 집들 그리고 성벽 말이죠. 그러나 지금은 훌륭하지도 아름답지도 않아요. 그가 오래전에 그것을 정복했어요. 이젠 아주 끔찍한 곳이죠. 여행자들은 그것을 보곤 몸을 덜덜 떨고 보이지 않는 데로 기어가 그것의 그림자를 피해요. 하지만 주인님은 그 길로 가야 할 거예요. 그게 유일한 다른 길이니까요. 거기는 산들도 더 낮고, 옛길이 계속 위로 뻗어 꼭대기의 어두운 고개에 이르고는 다시 내리막으로 계속 뻗어요—고르고로스까지."

목소리가 속삭임으로 잦아들면서 그가 진저리를 쳤다.

"그런데 어떻게 그 길이 우리에게 도움이 될 거란 거지? 분명 대적은 자신의 산들에 대해 속속들이 알 테고 또 그 길도 여기만큼 엄중하게 감시될 텐데. 그 탑이 텅 비어 있진 않겠지, 안 그래?"

샘이 말하자 골룸이 속삭이듯 말했다.

"오, 그럼, 비어 있지 않아! 텅 비어 있는 것처럼 보여도 그렇지 않아, 오, 아니고말고. 아주 무시무시한 것들이 거기 살고 있어. 오르크들이, 그럼, 언제나 오르크들이 살지. 그러나 더 흉악한 것들, 더 흉악한 것들도 거기 살아. 그 길은 성벽의 그림자 바로 아래로 뻗어 성문을 지나가. 그 길 위에서 움직이는 건 모조리 그들에게 파악돼. 속에 있는 것들이 모조리 안다고. 침묵의 감시자들 말이야."

"그러니까 네 조언이란 게, 거기에 도착하더라도, 만일 그럴 수 있다면 말이야, 지금과 같은 곤경이나 아니면 더 나쁜 곤경에 빠질 길로 가자는 거야? 그걸 확인하려고 또 한 번 남쪽으로의 긴 장정에 나서야 한다는 거야?"

샘이 묻자 골룸이 대답했다.

"아냐, 그렇지 않아. 호빗들은 알아야 해, 이해하려고 해야 해. 그는 그쪽으로는 공격이 있을 걸로 생각하지 않아. 그의 눈은 모든 방향을 살피지만 아무래도 주의를 더 기울이는 곳이 있어. 그로서도 대번에 모든 걸 볼 수는 없으니까, 적어도 아직까지는. 너도 알다시피 그는 대하에 이르기까지 어둠산맥 서쪽의 모든 나라를 정복했고, 지금도 대하의 다리들을 지키고 있어. 그러니 다리에서 큰 싸움을 치르거나, 아니면 숨길 수가 없기에 필히 그의 눈에 띌 만큼 많은 배를 갖추지 않고는 누구도 달의 탑에 당도할 수 없다고 그는 생각해."

"넌 그가 뭘 하고 있고 무슨 생각을 하는지에 대해 많이 아는 것 같아." 샘이 말했다. "최근까지 그와 쭉 이야기해 온 거야? 아니면 단지 오르크들과 허물없이 어울리다 보니 알게 된 거야?"

"훌륭한 호빗이 아니야. 분별력도 없고."

골룸이 샘에게 화난 눈길을 던지고는 프로도에게로 돌아서며 말했다.

"그래요, 물론 스메아골은 주인님을 만나기 전에 오르크들과 이야기를 나눴어요. 그리고 많은 종족들과도요. 그는 아주 멀리 돌아다녔으니까요. 지금 그가 말하는 것은 많은 종족들이 말하고 있는 바예요. 그에게, 그리고 우리에게 큰 위험이 닥친 곳은 바로 여기 북쪽이에요. 그는 언젠가는 암흑의 성문에서 나올 거예요. 머잖아 곧 말이에요. 대부대가 나오려면 이 길뿐이에요. 그러나 그는 저 아래 서쪽은 걱정하지 않아요. 거기엔 침묵의 감시자들이 있거든요."

"바로 그거야!" 샘이 물러서지 않고 말했다. "그러니까 우리가 그들의 성문까지 걸어가 그걸 두드리고 우리가 모르도르에 이르는 바른 길을 택한 건지 물어보자는 것 아니야? 아니면 그들은 원체 말이 없으니 대답도 안 할까? 도무지 말이 안 돼. 차라리 여기서 그렇게 하는 게 낫지. 힘들여 먼 길 걸을 필요도 없이."

그러자 골룸이 쉭쉭거리며 말했다.

"농담하지 마! 우스운 게 아니야. 오, 아니고말고! 재미있는 것도 아니고. 모르도르에 들어가겠다는 것부터가 말이 안 되는 일이야. 하지만 주인님이 '난 가야 해.'라거나 '난 갈 거야.'라고 말한다면 어떤 방도를 취해야만 하잖아. 그러나 그가 저 끔찍한 도시로 가선 안 돼. 오, 안 되지. 당연히 안 돼. 대체 무슨 영문으로 이 모든 일을 하려는 건지 누구도 내게 말해 주지 않지만 스메아골이, 착한 스메아골이 도움되는 게 바로 그 대목이야. 스메아골이 다시 돕는다고. 그는 그것을 찾았어. 그는 그것을 알아."

"뭘 찾은 거지?"

프로도가 물었다. 골룸이 웅크려 앉았고 그의 목소리는 다시 속삭임으로 잦아들었다.

"산맥 속으로 다가드는 작은 길이요. 그다음엔 계단, 좁은 계단이 하나 있어요. 오, 그래요, 아주 길고 좁아요. 그리고 더 많은 계단이 있어요. 또 그다음엔……."

그의 목소리가 한층 더 낮아졌다.

"터널이, 어두운 터널이 하나 있고, 그리고 마침내 작은 틈새가 나오고, 그다음에 큰 고개 위로 높이 하나의 길이 있어요. 바로 그 길을 통해 스메아골은 그 암흑에서 빠져나왔어요. 그러나 몇 년 전의 일이었어요. 이젠 그 길이 사라져 버렸을 수도 있어요. 그렇지만 그렇진 않을 거예요. 아마 그렇지 않을 거예요."

"그렇지만 난 도무지 그 말하는 태도가 마음에 안 들어."

하고 샘이 말했다.

"어쨌든 말로는 너무나 쉬운 것처럼 들리거든. 만일 그 길이 아직 거기 있다면 그것은 감시되고 있을 거야. 감시되고 있지 않았어, 골룸?"

샘은 이렇게 말하면서 골룸의 눈에서 초록 빛이 번득이는 걸 포착했거나 포착한 것처럼 느꼈다. 골룸은 뭐라고 중얼거렸지만 대답은 하지 않았다. 프로도가 준엄하게 물었다.

"그것이 감시되고 있지 않아? 그리고 네가 그 암흑에서 탈출했다고, 스메아골? 오히려 넌 무슨 사명을 띠고 떠나는 걸 허락받았던 것 아니야? 적어도 그것이 아라고른이 생각한 바야. 몇 년 전 죽음 늪 곁에서 널 찾아냈던 그가 말이야."

"그건 거짓말이야!"

골룸이 쉭쉭거렸고, 아라고른이란 이름을 듣자 그의 두 눈에 음험한 빛이 떠올랐다.

"그는 나에 대해 거짓말했어요. 그럼, 그랬어요. 나는 미약하지만 나 혼자 힘으로 탈출했다고요. 정말로, 난 그 보물을 찾으라는 명령을 받았고 난 찾고 또 찾았어요. 당연히 그랬죠. 그러나 암흑의 존재를 위한 건 아니었죠. 그 보물은 우리 것이었어요. 당신들에게 말하지만 그건 내 것이었어요. 난 탈출한 거라고요."

프로도는 이 일에서만큼은 골룸의 말이 진실에서 그리 동떨어진 게 아니라는 이상한 확신이 들었다. 그가 어떻게 해서든 모르도르에서 빠져나오는 길을 발견했고 또 적어도 그 자신의 약삭빠른 재주로 그렇게 한 것이라고 믿었다. 한 가지 이유로, 그는 골룸이 '나'라고 말한 것에 주목했는데, 그것이 드물게 나타날 때면 대개 그 순간에는 예전의 진실과 성심의 잔재가 위로 떠올랐다는 걸 일러 주는 표식 같았던 것이다. 그러나 이 점에서 골룸을 신뢰할 수 있다 하더라도 프로도는 대적의 간계를 잊지는 않았다. 그 '탈출'은 허락되거나 준비된 것일 수도 있고 그래서 암흑의 탑이 잘 아는 바일 수도 있었다. 그리고 사정이야 어떻든 골룸이 많은 것을 숨기고 있음도 분명했다. 프로도가 말했다.

"다시 묻는데, 그 비밀의 길이 감시되는 건 아니야?"

그러나 골룸은 아라고른이란 이름 때문에 기분이 뚱해진 상태였다. 그는 이번만큼은 진실을, 혹은 적어도 그 일부분을 말했는데도 의심받는 거짓말쟁이가 띨 법한 몹시도 기분 상한 표정을 띠었다. 그는 대답하지 않았다.

"감시되고 있는 게 아니냐고?"

프로도가 반복했다.

"그래요, 아마도 그럴 거예요. 이 나라에는 안전한 곳이라곤 없으니까요."

골룸이 뿌루퉁하게 말했다.

"안전한 곳은 없어요. 그러나 주인님은 해 보든지 아니면 집으로 가야 해요. 다른 길은 없어요."

그들은 그에게서 더는 아무 말도 들을 수 없었다. 그 위험한 곳과 높은 고갯길의 이름을 그는 말할 수 없거나 말하지 않으려고 했다.

그곳의 이름은 풍문에 떠도는 무시무시한 이름 키리스 웅골이었다. 아마 아라고른이라면 그들에게 그 이름과 거기에 내포된 의미를 말해 줄 수 있었을 것이고, 간달프라면 경계하라고 일렀을 것이었다. 그러나 그들은 홀로였고, 아라고른은 멀리 떨어져 있었으며, 간달프는 배신 때문에 지체된 채 아이센가드의 폐허 한가운데서 사루만을 상대로 분투하고 있었다. 그러나 그가 사루만에게 최후통첩의 말을 던지고 팔란티르가 오르상크의 계단에서 불꽃을 튀기며 와르르 굴러 내렸을 때도 그는 내내 프로도와 샘와이즈를 생각했고 희망과 연민의 마음으로 그 먼 거리를 가로질러 그들을 찾고 있었다.

간달프가 가 버렸다고, 저 멀리 모리아의 어둠 속으로 영영 가 버렸다고 믿었음에도 불구하고, 어쩌면 프로도는 아몬 헨에서 그랬던 것처럼 그것을 어렴풋이 느꼈다. 그는 말없이 고개를 숙이고서 간달프가 그에게 말했던 그 모든 것을 상기하고자 애쓰며 오랫동안 바닥에 앉아 있었다. 하지만 이 선택에 관해서는 그 어떤 조언도 생각해 낼 수 없었다. 실로 암흑의 땅이 아직 아주 멀리 있는 상태에서 간달프의 인도는 그들에게서 너무나 빨리, 정말 너무나 빨리 거두어져 버린 것이었다. 그들이 마지막에 어떻게 거기에 들어가게 될지를 간달프는 말하지 않았다. 어쩌면 그도 말할 수 없었을 것이다. 그는 한 번 감히 북쪽에 있는 대적의 요새, 돌 굴두르 속으로 들어갔었다. 그러나 암흑군주가 다시 권력을 잡고 부상한 이후로 그가 언제고 모르도르 안으로, 불의 산과 바랏두르 속으로 들어가 봤던가? 프로도는 그렇지 않을 거라고 생각했다. 그런데 샤이어 출신의 자그마한 반인족 하나가, 조용한 시골의 그렇고 그런 호빗 하나가, 위대한 이들도 갈 수 없거나 감히 가지 못한 길을 찾을 거라는 기대를 안고 여기 있는 것이었다. 그건 잔혹한 운명이었다. 그러나 그는 스스로 그것을 짊어졌다. 이젠 참으로 아득해서 은빛과 금빛의 나무들이 여전히 꽃을 피웠던 무렵 세상의 청년기에 대한 이야기의 한 장(章) 같은 저 먼 어느 해 봄 자신의 거실에서. 이것은 잔혹한 선택이었다. 그는 어느 길을 선택해야 한단 말인가? 그리고 만일 둘 모두가 공포와 죽음으로 귀결된다면 선택이란 게 무슨 소용이란 말인가?

낮이 되었다. 그들이 숨어 있는 작은 회색 구렁에, 두려움의 땅의 경계에 매우 가까운 곳에 깊은 정적이 깔렸다. 그 정적은 마치 그들을 주위의 모든 세계와 차단하는 두터운 장막인 듯했다. 머리 위에는 둥근 천장 모양의 파리한 하늘에 쏜살같이 지나는 연기로 줄이 죽죽 그어져 있었다. 그러나 그것은 골똘한 생각으로 묵직해진 대기의 거대한 심연이 비쳐 보이는 듯 높고 멀 것 같았다.

해를 등지고 나는 독수리라도 얇은 회색 망토로 몸을 감싼 채 그 운명의 무게 아래 움직이지 않고 묵묵히 앉아 있는 호빗들을 발견하진 못했을 것이다. 혹시 한순간 비상을 멈춘 독수리가 아주 작은 형체의 골룸을 볼 수 있었을지도 모른다. 그러나 아마 웬 인간의 아이가 굶어 죽어 아직도 너덜너덜한 옷가지에 해골과 거의 뼈처럼 하얗게 여윈 팔다리만이 붙은 채 누워 있다고, 그래서 한 입 쪼아 먹을 것도 못 된다고 생각했을 것이다.

프로도는 무릎 위로 머리를 숙였으나 샘은 양손으로 머리를 받치고 두건 너머로 텅 빈 하늘을 응시했다. 적어도 한동안은 하늘이 텅 비어 있었다. 그러나 다음 순간 샘은 새 같은 어두운 형체 하나가 시야 속으로 선회해 들어와 멈춰 떠 있다가 이윽고 다시 멀어져 가는 걸 본 듯했다. 두 개가 더 뒤를 이었고, 얼마 후 네 번째가 나타났다. 보기에는 아주 작았지만 그는 그것들이 쭉 펼친 방대한 날개로 대단히 높이 날고 있는 거대한 새들임을 알 수 있었다. 그는 눈을 가리고 몸을 웅크렸다. 암흑의 기사들을 대했을 때 느낀 것과 똑같은 두려움이 덜컥 일었다. 바람결에 들리는 울부짖음과 달을 가리는 그림자와 함께 닥쳤던, 그 어떻게도 해 볼 수 없던 공포에 비해 이번 것은 그리 압도적이거나 강력하진 않았다. 이 위협은 더 멀었다. 그렇지만 엄연한 위협이었다. 프로도도 그것을 느꼈다. 그의 생각이 중단되었다. 꿈틀거리며 몸을 떨긴 했지만 그는 위를 쳐다보진 않았다. 골룸은 구석에 몰린 거미처럼 몸을 웅크렸다. 날개 달린 형체들은 선회하다가 급강하하더니 쾌속으로 다시 모르도르로 날아갔다.

샘이 숨을 깊게 내쉬더니 쉰 목소리로 나직하게 말했다.

"그 기사들이 다시 나타났어요, 하늘 높이. 전 그들을 봤어요. 그들이 우리를 볼 수 있다고 생각하세요? 그들은 아주 높이 떠 있었어요. 만일 그들이 이전과 똑같은 암흑의 기사들이라면, 그렇다면 대낮의 빛으로는 많은 걸 볼 수 없지 않아요? 안 그래요?"

"그래, 아마 못 볼 거야." 프로도가 말했다. "그렇지만 그들의 군마는 볼 수 있어. 지금 그들이 타고 다니는 이 날개 달린 짐승들은 아마 다른 어떤 생물보다 더 많은 걸 볼 수 있어. 그것들은 썩은 고기를 먹는 거대한 새들과 같아. 그것들은 뭔가를 찾고 있어. 대적이 경계 태세에 들어간 것 같아."

두려움의 순간이 지나자 주위를 감쌌던 정적도 깨졌다. 한동안 그들은 보이지 않는 섬에 있는 것처럼 주위로부터 단절되어 있었다. 이제 그들은 다시 노출되었고 위험이 다가왔다. 그러나 프로도는 여전히 골룸에게 말을 하거나 선택을 하지 않았다. 마치 꿈을 꾸고 있거나 자신의 가슴과 기억 속을 들여다보고 있는 것처럼 그의 두 눈은 감겨 있었다. 마침내 그가 몸을 꿈틀거리며 일어섰고, 말을 하고 결정을 내릴 것처럼 보였다.

그런데 그가 갑자기 외쳤다.

"들어 봐! 저게 뭐지?"

새로운 공포가 그들에게 닥쳤다. 노랫소리와 함께 쉰 목소리로 외치는 함성이 들렸다. 처음엔 멀리서 들렸으나 차차 가까워졌다. 암흑의 날개들이 그들을 탐지하고는 그들을 붙잡으려고 무장한 병사들을 내보낸 것이란 생각이 덜컥 그들 모두의 마음에 떠올랐다. 사우론의 이 무시무시한 종복들에겐 감당할 수 없는 속도란 없는 것 같았다. 그들은 귀를 기울이며 몸을 웅크렸다. 목소리들과 무기와 마구가 쨍그랑거리는 소리가 가까워졌다. 프로도와 샘은 칼집 속에서 작은 칼을 느슨하게 빼어 두었다. 도주는 불가능했다.

골룸이 천천히 일어나 벌레처럼 구렁 가장자리로 기어갔다. 그는 아주 조심스럽게 조금씩 몸을 들어 올려 마침내 돌의 갈라진 두 지점 사이로 그 너머를 응시했다. 한동안 그는 움직이지 않고 소리도 내지 않은 채 거기 머물러 있었다. 이내 목소리들이 다시 멀어지기 시작하더니 서서히 사라져 갔다. 저 멀리 모란논의 누벽 위에서 나팔 소리가 울렸다. 그러자 골룸이 조용히 뒤로 물러나 구렁으로 미끄러져 내려왔다. 그가 낮은 목소리로 말했다.

"더 많은 인간들이 모르도르로 가고 있어요. 가무잡잡한 얼굴들이에요. 우린 이전에 저렇게 생긴 인간들을 본 적이 없어요. 그럼, 스메아골은 보지 못했어요. 그들은 사나워요. 검은 눈에 길고 검은 머리카락, 귀에는 황금 고리를 달았어요. 그래요, 아름다운 황금이 주렁주렁 달렸어요. 그리고 일부는 볼에 빨간 칠을 하고 빨간 망토를 걸치고 깃발과 창끝도 죄다 빨개요. 또 둥근 방패를 들었는데, 커다란 대못이 박혀 있고 노랗고 검어요. 훌륭하지 않아요. 잔인하고 사악한 인간들 같아요. 거의 오르크들만큼이나 나쁜데 덩치는 훨씬 커요. 스메아골은 그들이 대하 끝 저편의 남쪽에서 왔다고 생각해요. 그들은 저 길을 올라왔거든요. 그들은 암흑의 성문으로 계속 나아갔는데, 뒤따라 더 올 거예요. 계속해서 더 많은 자들이 모르도르로 오고 있어요. 언젠가는 전부 저 안에 있을 거예요."

"거기 올리폰트들도 좀 있어?"

낯선 곳의 소식이 궁금한 나머지 두려움도 잊고 샘이 물었다.

"아니, 올리폰트는 없어. 올리폰트가 어떤 족속이야?"

골룸이 물었다. 샘이 일어서서 뒷짐을 진 채 (시를 읊을 때는 늘 그랬듯이) 노래를 시작했다.

> *생쥐 같은 회색에*
> *집채같이 큰 몸집*

뱀 같은 코로
나는 풀밭을 터벅터벅 걸으며
대지를 진동시키지.
내가 지나면 나무들 부러지네.
나는 입에 뿔나팔 물고
큰 귀를 펄럭이며
남쪽 땅을 거닌다네.
헤아릴 수 없는 세월 속을
나는 터벅터벅 유랑할 뿐
땅에 눕는 법 없다네,
죽을 때조차도.
나는 올리폰트,
만물 중에 제일 크고
막대하고 늙고 우뚝하지.
만약 당신이 나를 만난 적 있다면
날 잊지 못하리.
만약 그렇지 않다면
당신은 내가 참되다고 생각지 않으리.
하나, 나는 늙은 올리폰트
거짓말하는 법 없다네.

샘이 낭송을 마치고 말했다.

"그것이 우리가 샤이어에서 읊는 가락이야. 어쩌면 터무니없는 것일 수도 있지만, 그렇지 않을 수도 있어. 그러나 너도 알겠지만, 우리에겐 우리 나름의 옛이야기들이 있고 또 남쪽으로부터의 소식도 들어. 옛날에는 호빗들도 왕왕 여행을 다니곤 했어. 돌아온 이들이 많지 않았던 데다 그들이 말한 걸 다 믿지도 않아. 브리에서 온 소식은 샤이어의 풍설만큼도 확실하지 않다는 속담도 있지. 그러나 난 저 아래 멀리 태양 땅의 큰 종족에 대한 이야기를 들은 적이 있어. 우리네 옛이야기 속에서는 어둑사람들이라고 불리는데, 그들은 싸울 때 올리폰트를 탄다고 해. 그들은 올리폰트들의 등이고 온갖 곳에 집과 탑을 싣고, 또 올리폰트들은 서로에게 바위와 나무 들을 던진대. 그래서 네가 '온통 빨간색과 황금색으로 치레한 남쪽에서 온 인간들'이라고 말했을 때, '거기 올리폰트들도 좀 있어?'라고 말한 거야. 그들이 존재한다면 난 위험 여부와 무관하게 한번 보려고 했거든. 그렇지만 이젠 언제고 올리폰트를 보게 될 거라고는 생각지 않아. 어쩌면 그런 야수는 없나 봐."

그가 한숨지었다. 골룸이 다시 말했다.

"없어, 올리폰트는 없다고. 스메아골은 그들에 대해 들어 본 적 없어. 그들을 보고 싶지도 않고. 또 그들이 존재하기를 원치도 않아. 스메아골은 여길 떠나 어딘가 더 안전한 곳에 숨고 싶어. 스메아골은 주인님이 함께 가길 원해. 훌륭한 주인님, 스메아골과 같이 가지 않겠어요?"

프로도가 일어섰다. 샘이 화롯가에서 읊던 올리폰트에 대한 옛 가락을 자랑 삼아 선보였을 때, 그는 온갖 근심에 짓눌린 와중에서도 웃었고, 그 웃음 덕에 망설임에서 벗어났다.

"하얀 올리폰트를 탄 간달프가 천 마리의 올리폰트들을 이끌고 우리에게 와 줬으면 좋겠어. 그럼 우린 아마 이 사악한 땅으로 들어갈 길을 낼 수 있을 거야. 그러나 우리에게 있는 거라곤 지친 두 다리가 전부야. 자, 스메아골, 삼세번째가 최상일 수도 있을 거야. 너와 함께 가겠어."

"착한 주인님, 현명한 주인님, 훌륭한 주인님!"

골룸이 프로도의 무릎을 톡톡 치며 기뻐 소리쳤다.

"착한 주인님! 그럼 이제 훌륭한 호빗들은 돌들의 그림자 아래서 돌들 아래에 바싹 붙어서 쉬어요! 저 노란 얼굴이 가 버릴 때까지 조용히 누워 쉬어요. 그때가 되면 우린 빨리 갈 수 있어요. 우리는 어둠처럼 부드럽고 빨라야 해요!"

Chapter 4
향초와 토끼 스튜

햇빛이 비치는 몇 시간 동안 그들은 태양의 움직임에 따라 이리저리 그늘을 찾아 움직이며 쉬었다. 드디어 그들이 은신한 분지의 서쪽 테두리 그림자가 길어지더니 어둠이 온 골짜기를 채웠다. 그제야 그들은 약간의 음식을 먹고 물을 아껴 마셨다. 골룸은 아무것도 먹지 않았지만 물은 기꺼이 받아 마셨다.

"곧 더 많은 걸 구할 수 있을 거예요."

하고 골룸이 입술을 핥으며 말했다.

"좋은 물이 여러 줄기로 대하로 흘러내리고, 우리가 가는 땅에 좋은 물이 있어요. 아마 스메아골은 거기서 음식도 구할 거예요. 그는 아주 배고파요. 그럼요, 골룸!"

그가 크고 넓적한 양손을 쪼그라든 배 위에 얹자 두 눈에 흐릿한 초록 빛이 떠올랐다.

그들이 길을 나섰을 때는 땅거미가 짙었다. 그들은 분지의 서쪽 테두리 위로 기어올라 길가의 울퉁불퉁한 지역으로 유령처럼 스며들었다. 이제 만월에서 사흘이 지났지만 달은 자정이나 되어야 산맥 위로 떠오르므로 초저녁인데도 매우 어두웠다. 높이 솟은 모르도르의 이빨의 탑에서는 단 하나의 빨간 불꽃이 타오르고 있었다. 그 외에 모란논의 불침 경계를 나타내는 표시는 아무것도 보이거나 들리지 않았다.

그들이 돌투성이 불모의 땅을 비칠비칠 헤치며 도망칠 동안 그 빨간 눈이 몇 킬로미터에 걸쳐 그들을 주시하는 것 같았다. 그들은 감히 길 위로 올라서진 못하고 길의 오른쪽을 지키며 가능한 한 좀 떨어진 거리에서 따라갔다. 드디어 밤이 이슥해졌고, 단 한 번 짧게 쉰 것 외엔 휴식을 취하지 않은 그들이 어지간히 지쳤을 때, 그 눈은 불꽃같은 작은 점으로 줄어들더니 이내 사라졌다. 그들은 보다 낮은 산맥의 어두운 북쪽 마루를 돌아 남쪽으로 향했다.

이제 그들은 이상할 정도로 가벼워진 마음으로 다시 휴식을 취했다. 그러나 오래 쉬지는 않았다. 골룸은 지금의 속도에 만족하지 못했다. 그의 계산으로는 모란논에서 오스길리아스 위의 십자로까지는 거의 150킬로미터였고, 그는 그 거리를 네 차례의 행정(行程)으로 주파하고 싶어 했다. 그래서 그들은 강행군을 계속했고, 마침내 넓은 회색 황야에 새벽이 다가오기 시작했다. 그때까지 거의 40킬로미터나 걸었던 탓에 호빗들은 아무리 용기를 내더라도 더는 걸을 수 없었다.

점점 밝아 오는 빛에 덜 척박하고 덜 황량한 땅이 그들 앞에 드러났다. 왼편으로는 아직도 산맥이 음산하게 불쑥 솟아 있었지만, 바로 가까이에 구릉지의 시커먼 기슭에서 벗어나 서쪽으로 구부러지는 남쪽 길이 보였다. 길 건너편에 어두운 구름 같은 거무스름한 나무들로 뒤덮인 비탈들이 있었고, 그 주위에는 온통 히스 황야가 펼쳐져 있었다. 거기엔 헤더, 금작화, 산딸나무 그리고 그들이 알지 못하는 관목들도 함께 우거져 있었다. 여기저기에 키 큰 소나무들이 무리 지어 서 있었다. 호빗들은 지쳤는데도 기운이 좀 났다. 신선하고 향기로운 공기가 저 멀리 북둘레의 고지대를 생각나게 했던 것이다. 암흑군주의 지배하에 든 지 몇 년밖에 되지 않아 아직 완전히 황폐해지지 않은 땅을 걷노라니 일시적이나마 우울함이 걷히는 것 같았다. 그러나 그들은 자신들이 처한 위험을 잊지 않았고 또한 어두운 산에 가려져 있긴 해도 암흑의 성문이 아직도 너무 가까이 있다는 것도 잊지 않았다. 그들은 빛이 비치는 동안 사악한 눈길을 피해 은거할 수 있는 장소를 찾아 주위를 두리번거렸다.

불안 속에 낮이 지나갔다. 그들은 헤더 속에 깊숙이 누워 거의 변화가 없어 보이는 느릿느릿한 시간을 헤아렸다. 그들은 여전히 에펠두아스의 그림자 아래 있었고, 해는 가려져 보이지 않았다. 골룸을 신뢰하는 건지 아니면 너무 피곤해서 그에게 신경을 쓸 수 없는 건지, 때때로 프로도는 깊고 평화롭게 잠을 잤다. 그러나 샘은 꾸벅꾸벅 졸면서도 잠을 이룰 수 없었다. 분명 골룸이 은밀한 꿈속에서 몸을 뒤척이고 씰룩대며 깊이 잠에 빠졌는데도. 어쩌면 불신보다는 배고픔 때문에 잠들지 못하는 것 같았다. 그는 수수하고 든든한 식사, '냄비에서 방금 끓여 낸 무언가 뜨거운 것'을 염원하기 시작했던 것이다.

밤이 다가오면서 대지가 무정형의 회색으로 변하자마자 그들은 다시 출발했다. 얼마 가지 않아 골룸은 그들을 남쪽 길로 이끌었다. 이제 위험은 더 커졌지만 그들은 더 빠르게 전진했다. 그들은 앞쪽 길에서 말발굽 소리나 발소리가 들리지 않는지 또는 뒤쪽에서 자신들을 뒤따르는 소리는 없는지 귀를 곤두세웠다. 그러나 밤이 깊도록 아무 소리도 들리지 않았다.

그 길은 까마득히 오래전에 만들어진 것으로 모란논에서 50킬로미터가량은 새로 보수되었으나 남쪽으로는 황야가 길을 침식한 상태였다. 곧고 튼튼한 구간과 평탄한 길에서는 아직도 옛 인간들의 솜씨를 볼 수 있었다. 이따금 길은 언덕 중턱의 비탈을 헤치고 나가거나 개울을 훌쩍 넘어 불후의 석공술로 세워진 넓고 맵시 있는 아치로 이어졌다. 그렇지만 마침내는 길가 숲에 삐죽이 드러난 부서진 기둥이나 잡초와 이끼 속에 내던져진 포석을 빼곤 석조물의 모든 자취가 사라졌다. 헤더와 나무와 고사리가 기어 내려와 강둑 위로 쑥 내밀거나 길 위로도 마구 뻗쳐 나왔다. 갈수록 길은 좁아져 사람이 잘 다니지 않는 시골의 달구지 길처럼 되어 버렸다. 그래도 길은 구부구불하게 휘지 않고 듬직한 진로를 유지하며 가장 빠른 길로 그들을 안내했다.

　이렇게 해서 그들은 인간들이 한때 이실리엔이라 부른 땅의 북쪽 변경으로 들어섰다. 뻗쳐오르는 숲들과 빠른 물살의 개울들이 있는 아름다운 고장이었다. 별과 둥근 달이 떠 있는 밤은 상쾌했다. 호빗들은 앞으로 갈수록 대기의 향기가 짙어짐을 느꼈다. 헉헉거리고 투덜대는 것으로 보아 골룸도 그걸 알아챘지만 음미하는 것 같진 않았다. 날이 새는 기미가 보이자 그들은 다시 걸음을 멈췄다. 그들은 산허리를 깎아 낸 기다란 통로의 끝에 다다랐다. 깊고 몸통의 양쪽 면이 가파른 그 통로를 통해 길은 돌투성이의 능선을 가르고 나아갔다. 이제 그들은 서쪽 제방으로 올라가 사방을 살폈다.
　하늘에 동이 트고 있었고, 이제 산맥은 훨씬 더 멀리 떨어진 상태에서 동쪽으로 긴 만곡을 이루며 물러나다가 아스라이 사라졌다. 서쪽으로 돌자 완만한 비탈이 저 아래 흐릿한 안개 속으로 뻗어 내렸다. 주변엔 소나무, 전나무, 삼나무처럼 진이 많은 나무들과 샤이어에선 볼 수 없는 나무들이 각기 조그만 숲을 이루었고 그 사이사이엔 제법 넓은 공터가 있었다. 도처에 향기로운 풀들과 관목들이 풍성했다. 깊은골에서 시작된 기나긴 여정이 고향에서 남쪽 멀리 떨어진 여기까지 이어졌건만, 호빗들은 바깥세상과 거의 단절된 이 지역에서야 비로소 풍토의 변화를 느꼈다. 여기엔 벌써 봄이 한창이었다. 새싹들이 이끼와 흙을 뚫고 나오고, 낙엽송들은 초록의 손가락들을 달고, 잔디에는 작은 꽃들이 열리고 있으며 새들이 노래하고 있었다. 이젠 황폐해진 곤도르의 정원, 이실리엔이 여태 봉두난발의 숲 정령 같은 사랑스러움을 간직하고 있었다.

이실리엔은 남쪽과 서쪽으로 안두인대하의 따뜻하고 얕은 계곡들에 면해 있었고, 동쪽으로는 에펠 두아스로 감싸였지만 그 산 그림자 안에 들지는 않았으며, 북북으로는 먼바다에서 불어오는 남풍과 촉촉한 바람을 받는 에뮌 무일로 둘러싸여 있었다. 거기엔 오래전에 심어진 많은 큰 나무들이 자라났는데, 마구잡이로 뻗치는 후손들의 기세 속에 의지할 데 없는 노령으로 빠져들고 있었다. 위성류와 톡 쏘는 향이 나는 테레빈나무와 올리브, 월계수가 작은 숲을 이루었다. 또한 노간주나무와 도금양도 있었고, 무성한 수풀을 이루며 자라나거나 휘감겨 붙는 무성한 줄기로 깊은 융단처럼 숨겨진 돌들을 뒤덮은 백리향, 푸르거나 빨갛거나 연초록의 꽃을 내미는 많은 종류의 세이지, 마조람, 새로 싹트는 파슬리 그리고 샘의 원예 지식으로는 알 수 없는 형태와 향기를 띤 숱한 풀들이 있었다. 동굴들과 바위벽들은 벌써 갖은 종류의 바위떡풀과 돌나물로 빈틈없이 장식되어 있었다. 개암나무 덤불 사이엔 앵초와 아네모네가 피어 있고, 풀밭에는 아스포델과 많은 백합 들이 반쯤 벌린 머리를 끄덕였다. 진초록의 풀밭 옆에는 웅덩이가 있어 안두인대하로 흘러가는 개울들이 그 서늘한 곳에서 쉬어 갔다.

그들은 길을 등지고 비탈을 내려갔다. 풀과 덤불을 헤치며 걸어가니 달콤한 향기가 주위로 피어올랐다. 골룸은 기침과 헛구역질을 했지만 호빗들은 깊이 숨을 들이마셨다. 샘이 갑자기 웃음을 터뜨렸다. 너무도 마음이 느긋해졌던 것이다. 그들은 빠르게 흐르는 개울을 따라가 이내 얕은 골짜기 속의 작고 맑은 호수에 다다랐다. 그것은 옛날 돌로 만든 침전지의 잔해에 고인 것으로, 조각이 새겨진 호수 가장자리는 온통 이끼와 장미 덩굴로 뒤덮여 있었다. 호수 주위엔 붓꽃이 줄지어 피어 있었고, 어둡고 부드럽게 찰랑이는 수면 위엔 수련 잎들이 떠돌았다. 호수는 깊고 신선했고 먼 쪽 돌로 된 가장자리 너머로 내내 잔잔하게 물이 넘쳐흘렀다.

그들은 여기 물이 흘러드는 곳에서 몸을 씻고 양껏 물을 마셨다. 그리고 쉴 수 있는 은신처를 찾았다. 이 땅은 여전히 아름다워 보였지만 그럼에도 불구하고 지금은 대적의 영토였다. 그들은 길에서 멀리 벗어나진 않았지만 그 짧은 거리를 오는 동안에도 옛 전쟁의 상흔과 함께 오르크들과 암흑군주를 섬기는 역겨운 졸개들이 만들어 낸 새로운 상처들을 보았다. 그대로 드러난 오물과 쓰레기 구덩이, 함부로 베어져 고사한 나무들, 그리고 그 껍질 위에 거칠게 새겨진 알지 못할 음험한 기호들과 사나운 눈의 표식 등이 그것이었다.

샘은 잠시 모르도르를 잊은 채 호수 어귀 밑으로 기어가 낯선 식물과 나무 냄새를 맡고 만져 보다가 불현듯 그들의 아직도 상존하는 위험을 상기했다. 그는 아직도 불길에 그을린 그대로인 원형의 공터에 이르러, 거기서 까맣게 타고 부서진 뼈와 해골의 무더기를 발견했다. 찔레덤불과 해당화 그리고 길게 뻗치는 참으아리 덩굴 같은, 빨리 자라는 야생의 식물들이 벌써 그 끔찍한 향연과 살육의 장소를 뒤덮고 있었다. 그러나 살육이 벌어진 것은 오래전 일이 아니었다. 그는 황급히 동료들에게 돌아갔으나 아무 말도 하지 않았다. 골룸이 긁어 파헤치지 못하게 그 뼈들을 그대로 가만 놔두는 게 좋을 거라고 생각했기 때문이었다.

"푸근히 누울 곳을 찾아봐요. 더 내려가진 말고요. 저는 더 높은 곳이 좋을 것 같아요."

샘이 말했다.

그들은 호수 위쪽으로 얼마간 되돌아가 양치류의 짙은 갈색 덤불을 발견했다. 그 너머에는 꼭대기에 늙은 삼나무가 얹힌 가파른 제방을 기어오르는 검은 잎의 월계수 덤불이 있었다. 그들은 거기서 쉬기로 결정했다. 그날은 벌써 밝고 따뜻할 조짐을 보이고 있었다. 이실리엔의 작은 숲들과 빈터를 따라 소요하기에 좋은 날이었다. 그러나 오르크들이 한낮의 햇빛을 꺼린다 해도 여기엔 그들이 숨어서 감시할 만한 곳이 너무 많았고, 그 밖에도 음험한 눈들이 두루 깔려 있었다. 사우론은 많은 부하를 거느리고 있었던 것이다. 게다가 골룸은 어떤 경우든 노란 얼굴 아래서는 움직이려 하지 않을 것이었다. 곧 태양이 에펠 두아스의 어두운 능선들 위로 내다볼 텐데 그러면 그는 그 빛과 열 속에서 생기를 잃고 움츠러들 것이었다.

샘은 행군하는 내내 식량 문제를 심각하게 고민해 왔다. 통과할 수 없을 것만 같던 암흑의 성문에 대한 절망이 지나간 만큼 그도 프로도와 마찬가지로 자신들의 사명이 완수된 후의 일에 대해선 신경 쓰고 싶지 않았다. 그러나 어쨌든 앞으로 있을 더 위급한 때를 위해 요정들의 여행식은 아끼는 게 현명할 것 같았다. 3주를 간신히 버틸 양밖에 없다고 셈한 지 엿새 이상의 시간이 흐른 것이었다.

샘은 생각했다.

'만일 그 시간 내에 그 불길에 도착한다면 이 상태로도 괜찮을 거야. 어쩌면 우린 돌아오기를 바랄 수도 있어. 그럴 수도 있다고!'

게다가, 긴 야간 행군의 끝에 이르러 몍 감고 물을 마신 뒤라 그는 여느 때보다 더욱 허기를 느꼈다. 그가 진정 원한 것은 골목아랫길에 면한 정겨운 부엌의 불 곁에서 하는 저녁 또는 아침 식사였다. 그는 문득 한 가지 생각이 떠올라 골룸에게로 돌아섰다. 골룸은 이제 막 그들에게서 살금살금 떨어져 나가 양치류 속을 네 발로 기어가고 있었다.

"어이, 골룸!" 샘이 말했다. "어딜 가는 거야? 사냥하러 가나? 음, 저 말이야, 킁킁이, 넌 우리 음식을 좋아하지 않는 것 같고, 나도 다른 걸 한번 먹었으면 싶어. 너의 새로운 좌우명이 '언제나 도울 준비가 되어 있다'잖아. 배고픈 호빗에게 뭐 괜찮은 걸 구해 줄 수 없을까?"

"할 수 있지. 아마 할 수 있을 거야. 그들이 부탁한다면—상냥하

433

게 부탁한다면 스메아골은 언제나 돕지."

샘이 말했다.

"좋아! 부탁하네! 만일 이걸로 충분히 상냥하지 않다면, 내가 간청하네."

골룸이 사라졌다. 그는 얼마 동안 보이지 않았다. 프로도는 렘바스를 몇 입 먹은 다음 갈색 양치류 속에 자리 잡고 잠에 빠졌다. 샘이 그를 쳐다보았다. 이제 막 이른 햇빛이 나무 밑의 그늘로 기어들었지만 주인의 얼굴이, 그리고 옆의 바닥에 늘어뜨린 두 손이 또렷이 보였다. 문득 치명상을 입은 후 엘론드의 궁전에 잠들어 누워 있던 프로도의 모습이 떠올랐다. 그때 곁에서 지켜보면서 샘은 때때로 어떤 빛이 그의 몸속에서 희미하게 빛나는 것 같다고 생각했다. 한데 지금은 그 빛이 더욱 또렷하고 강했다. 프로도의 얼굴은 평화로웠고 두려움이나 근심의 흔적이 전혀 없었다. 그러나 그 얼굴은 늙어 보였다. 늙고도 아름다워 보였다. 얼굴 자체는 변하지 않았지만 마치 전성기에 조각된 윤곽이 이전에는 숨겨져 있다가 이제야 섬세한 선으로 드러난 듯했다. 감지네 샘이 스스로에게 그런 식으로 표현했다는 것은 아니다. 그는 뭐라 표현할지 몰라 머리를 흔들며 이렇게 중얼거렸을 뿐이다.

"난 그를 사랑해. 그가 저런 모습일 때 어쨌든 가끔 그것이 비쳐나와. 그러나 그렇든 아니든 나는 그를 사랑해."

골룸이 조용히 돌아와 샘의 어깨 너머로 내다보았다. 프로도를 보더니 그는 눈을 감고는 아무 소리도 내지 않고 기어가 버렸다. 샘이 잠시 후 그에게로 갔더니 그는 뭔가를 씹으며 혼잣말로 중얼거리고 있었다. 옆의 바닥에는 작은 토끼 두 마리가 놓여 있었고, 그는 그것들을 탐욕스럽게 노려보고 있었다. 그가 말했다.

"스메아골은 언제나 돕는다고. 그가 토끼들, 맛있는 토끼들을 가져왔지. 그런데 주인님은 잠이 들었고 아마 샘도 자고 싶어 하는 것 같아. 지금은 토끼를 원치 않는 거야? 스메아골은 도우려고 하지만 그도 금세 원하는 모든 걸 붙잡을 순 없어."

샘은 토끼에 전혀 불만이 없었고 또 그렇게 말했다. 적어도 요리된 토끼 고기는 꺼려하지 않았다. 물론 모든 호빗은 요리할 줄 안다. 그들은 글을 깨우치기에 앞서(많은 호빗들이 못 깨우치고 말지만) 요리하는 법을 배우기 시작한다. 그리고 샘은 호빗의 기준으로 따지더라도 훌륭한 요리사였고, 기회가 있을 때마다 야영지에서 숱하게 요리를 해 왔다. 그는 아직도 쓰임새가 있을 거란 생각에서 꾸러미 속에 얼마간의 조리 기구를 갖고 다녔다. 작은 부시통 하나, 큰 것 속에 작은 게 포개지는 두 개의 작고 얕은 냄비, 그리고 냄비들 속엔 나무 숟갈 하나, 두 갈래 진 짧은 포크 하나와 몇 개의 꼬챙이가 채워져 있었다. 그리고 꾸러미 밑바닥의 납작한 나무상자 속엔 점차 줄어들어 가는 귀중품인 소금이 약간 숨겨져 있었다. 그러나 요리를 하려면 불과 그 밖의 다른 것들이 필요했다. 샘은 칼을 꺼내 날을 갈면서 잠시 생각하더니 이내 토끼를 손질하기 시작했다. 그는 몇 분 동안이라 하더라도 프로도를 잠든 채 홀로 두지는 않을 작정이었다.

샘이 말했다.

"자, 골룸, 부탁할 일이 또 하나 있어. 가서 이 냄비들에 물을 채워 도로 갖고 와!"

"스메아골이 물을 가져올 거야, 그럼. 그런데 호빗은 무엇 때문에 저렇게 많은 물이 필요하지? 그는 물을 마셨고 또 몸도 감았는데."

"네가 신경 쓸 일이 아냐. 짐작이 안 되더라도 곧 알게 될 거야. 그러니 물을 빨리 갖고 올수록 빨리 알게 될 거야. 내 냄비들 중 하나라도 망가뜨리지 마, 그렇지 않으면 네 머리를 잘디잘게 썰어 버릴 테니."

골룸이 떠난 사이에 샘은 또 한 번 프로도를 쳐다보았다. 그는 아직도 조용히 자고 있었다. 하지만 이번에 샘은 그의 얼굴과 손이 야윈 것에 마음이 쓰렸다.

"그는 너무 여위고 속이 허해졌어. 호빗으로선 정상이 아니야. 이 토끼들을 요리할 수 있다면 그를 깨울 거야."

샘은 바싹 마른 양치류를 한 더미 긁어모은 다음 한 다발의 잔가지와 부러진 나무를 줍기 위해 제방 위로 기어올랐다. 꼭대기의 쓰러진 삼나무 가지가 충분한 땔감을 제공했다. 그는 양치류 덤불 바로 바깥쪽 제방 기슭에서 잔디를 얼마만큼 걷어 내 얕은 구멍을 만들고 그 속에 땔감을 넣었다. 부싯돌과 깃으로 그는 능숙하게 작은 불꽃을 일구었다. 불에서는 연기가 거의, 아니 전혀 나지 않았고 대신 향기로운 냄새가 풍겼다. 그가 불 위로 몸을 숙여 불길을 가리며 더 큰 장작을 올려놓고 있을 때 골룸이 냄비를 조심스레 들고 혼자 뭐라고 투덜대며 돌아왔다.

그는 냄비를 내려놓은 다음에야 별안간 샘이 뭘 하고 있는지를 알아챘다. 그가 가냘픈 비명을 질렀는데 매우 놀라고 또 화가 난 것 같았다.

"아쉬! 쓰쓰—안 돼! 안 돼! 어리석은 호빗들! 바보 같아! 그래, 바보 같다고! 그러면 안 된다고!"

"뭘 하면 안 된다는 거야?"
하고 샘이 놀라서 물었다.

"저 역겨운 빨간 혓바닥들을 만들지 말라고! 불, 불 말이야! 그건 위험해! 그럼 그렇잖고. 그건 태우고, 그건 죽여. 그리고 적들을 불러들일 거야, 그럼!"

골룸이 쉭쉭거렸다.

"난 그렇게 생각하지 않아. 젖은 나무를 올려 연기를 내지 않는 한, 그렇게 되진 않아. 그리고 만일 그렇게 된대도 별수 없어. 어쨌든 난 지금 그 위험을 감수할 거야. 난 이 토끼들을 삶을 거라고!"

"토끼를 삶는다고!"

하고 골룸이 당혹해서 깩깩거렸다.

"스메아골이, 가엾고 배고픈 스메아골이 당신들을 생각해 남긴 아름다운 고기를 망치려고! 뭣 때문에, 뭣 땜에, 이 얼간이 호빗아! 그건 어리고 연하고 맛나. 그냥 먹어, 그냥 먹으라고!"

그는 벌써 가죽이 벗겨진 채 모닥불 옆에 놓여 있는 토끼를 움켜잡았다. 그러자 샘이 말했다.

"자, 자! 각자 자기 방식대로 하는 거야. 네겐 우리 빵이 안 넘어가지. 내겐 날고기가 그래. 네가 토끼 한 마리를 내게 줬으면, 알겠지만, 그 토끼는 내가 마음 내키면 요리할 수 있는 내 거라고. 알겠어? 그리고 난 그렇게 할 생각이고. 넌 날 지켜볼 필요가 없어. 가서 한 마리 더 잡아 너 좋을 대로 먹으라고. 어디 은밀하고 내 눈에 보이지 않는 곳에 가서 말이야. 그러면 넌 불을 안 볼 거고 난 널 안 볼 테니 양쪽 다 좋잖아. 그래야만 마음이 놓인다면 불에서 연기가 나지 않도록 할 거야."

골룸은 투덜대며 물러서더니 양치류 속으로 기어갔다. 샘은 냄비를 다루느라 분주했다. 그가 혼잣말을 했다.

"호빗에게 토끼 고기에 곁들여야 할 건……. 약간의 향초와 채소, 특히 감자지. 빵은 말할 것도 없고. 향초는 어떻게든 구할 수 있을 것 같은데, 골룸!"

그가 나긋하게 불렀다.

"삼세번이라고 했어. 향초가 좀 필요해."

양치류 속에서 골룸이 머리를 들어 삐죽이 내다보았지만 그 표정은 도와줄 것 같지도 상냥하지도 않았다.

"월계수 잎 몇 장하고 약간의 백리향과 세이지면 돼. 물이 끓기 전에 말이야."

샘의 말에 골룸이 툴툴거렸다.

"안 돼! 스메아골은 기분이 안 좋아. 그리고 스메아골은 냄새나는 잎들도 안 좋아해. 그는 풀이나 풀뿌리를 먹지 않아. 굶어 죽어 가거나 몹시 아프기 전까지는 말이야. 가여운 스메아골은 말이야! 그렇지, 보물?"

"부탁한 대로 하지 않으면 스메아골은 물이 끓으면 그 속에 들어가게 될 거야."

샘이 으르렁거렸다.

"샘이 그의 머리를 끓는 물에 처넣을 거야. 그렇지 않고, 보물. 그리고 난 그로 하여금 만약 제철의 것이라면 순무와 당근 그리고 감자도 찾도록 할 거야. 장담하지만 이 고장엔 온갖 좋은 것들이 무성하게 자라고 있어. 감자 여섯 개를 가져온다면 크게 보답할게."

"스메아골은 안 갈 거야! 오, 안 되지, 보물. 이번엔 안 된다고. 그는 겁나고 아주 피곤하고 또 이 호빗은 상냥하지 않아. 전혀 상냥하지 못하다고. 스메아골은 풀뿌리와 당근 그리고 감자를 파내지 않을 거야. 근데, 감자가 뭐지? 어, 보물, 감자가 뭐야?"

"가, 암, 자!"

샘이 말했다.

"우리 노친네의 낙이었고 공복을 든든하게 하는 데에는 그만한 게 드물지. 그렇지만 넌 찾지 못할 테니 둘러볼 필요도 없어. 그건 그렇고 착한 스메아골이 되어 향초를 갖다줘. 그러면 난 널 더 좋게 생각할 거야. 더군다나 네가 마음을 고쳐먹고 계속 그 마음을 유지한다면 언젠가 가까운 날에 네게 감자 몇 개를 요리해 줄게. 샘와이즈 감지가 대접하는 물고기 튀김과 감자 튀김이라고. 너도 그건 싫다고 하지 못할 테지."

"아니, 아니야! 우린 싫다고 할 수 있어! 맛난 물고기를 망치려고 그걸 그슬리다니. 당장 내게 물고기를 주고 역겨운 감자 튀김은 이제 그만둬!"

"오, 넌 어쩔 수 없는 놈이군. 잠이나 자!"

샘이 말했다.

결국 샘은 혼자 힘으로 원하는 걸 찾아야만 했다. 그러나 그는 멀리까지, 주인이 아직 잠들어 누워 있는 곳이 보이지 않는 데까지 갈 필요가 없었다. 한동안 샘은 생각에 잠긴 채 물이 끓을 때까지 불길을 살피며 앉아 있었다. 햇빛이 더 강해지면서 대기가 따스해졌다. 잔디와 잎에선 이슬이 사라졌다. 이윽고 토막 낸 토끼 고기가 다발로 묶은 향초들과 함께 냄비 속에서 바글바글 끓기 시작했다. 시간이 지나면서 샘은 잠에 빠질 뻔하기도 했다. 그는 간간이 포크로 고기를 찔러 보고 국물 맛을 보기도 하면서 근 한 시간 동안 고기가 익게 놔두었다.

모든 게 준비되었다고 생각했을 때 그는 불에서 냄비를 들어 올리고 프로도에게 발소리를 죽이며 다가갔다. 샘이 그를 굽어보고 섰을 때 프로도가 두 눈을 반쯤 떴고 이윽고 꿈에서 깨어났다. 또 한 번의, 포근하고 돌이킬 수 없는 평화로운 꿈이었다.

"안녕, 샘! 쉬지 않았어? 뭐가 잘못됐어? 시간은 얼마나 되었어?" 하고 그가 말했다.

"동튼 지 두 시간쯤이요. 아마도 샤이어 시간으로는 얼추 8시 반일걸요. 그러나 잘못된 건 아무것도 없어요. 비록 뿌리채소와 양파와 감자가 없어 제대로 된 음식이라고 할 순 없지만요. 제가 당신을 위해 스튜를 좀 만들었어요. 고깃국물도 좀 내고요. 프로도 씨. 몸에 좋을 거예요. 컵에 담아 홀짝이며 조금씩 드시든지 아니면 좀 식혀서 냄비째 드셔도 돼요. 사발을 가져오지 못한 데다 제대로 된 식기라곤 아무것도 없거든요."

프로도가 하품을 하고 기지개를 켰다.

"좀 쉬지 그랬어, 샘. 그리고 이 지역에서 불을 피우는 건 위험해. 그렇지만 시장하긴 해. 흠! 여기서 나는 냄샌가? 대체 뭘 끓였지?"

"스메아골이 가져다준 선물이에요. 어린 토끼 두 마리죠. 아마 지금쯤 골룸은 후회하고 있겠지만요. 그런데 같이 넣을 만한 게 몇 가지 향초밖에 없었어요."

샘과 프로도는 양치류 덤불 바로 안쪽에 앉아 낡은 포크와 숟가락을 같이 쓰며 냄비째로 스튜 요리를 먹었다. 그들은 각기 요정들의 여행식을 반 조각씩 먹었다. 성찬과도 같은 식사였다.

"휘이우! 골룸!"

하고 샘이 부르며 나직하게 휘파람을 불었다.

"이리 와! 아직 네 마음을 고쳐먹을 시간이 있어. 만약 토끼 스튜를 먹어 보고 싶다면 아직 좀 남았어."

아무 대답이 없었다.

"오, 음, 자기가 먹을 걸 찾으러 갔나 봐요. 마저 먹어 치우죠."

"그런 다음 자넨 잠을 좀 자야 해."

프로도가 말했다.

"제가 졸고 있는 동안 잠드시면 안 돼요, 프로도 씨. 전 놈을 굳게 믿지 않아요. 놈 속에는 아직도 구린 놈—못된 골룸 말이에요—이 꽤 많이 남아 있고, 그것은 다시 점점 강해지고 있어요. 놈이 당장 저부터 목 조르려고 할 거란 생각이 들긴 하지만요. 우린 서로 죽이 맞지 않고 또 놈도 샘을 좋아하지 않아요. 오, 아니고말고 보물, 전혀 좋아하지 않는다고요."

식사를 마친 후 샘은 조리 기구를 닦기 위해 개울로 갔다. 돌아가려고 일어서면서 그는 뒤쪽으로 비탈을 바라보았다. 그 순간 그는 내내 동쪽으로 깔려 있던 증기인지 안개인지 아니면 어두운 그림자

인지 또는 뭔지 분간할 수 없던 것으로부터 해가 떠오르는 것을 보았다. 해는 주변 나무들과 빈터에 황금빛 광선을 뿌렸다. 그때 샘은 햇빛을 받아 보기에도 선명한 청회색 연기가 위쪽 수풀에서 가느다랗게 피어오르는 것을 보았다. 그는 아연실색하며 그것이 자신이 끄는 걸 잊어버린 모닥불에서 오르는 연기라는 걸 깨달았다.

"저건 안 될 일이야! 저렇게 보이리라곤 생각도 못 했군!"

샘은 중얼거리고는 서둘러 발걸음을 돌리기 시작했다. 그런데 갑자기 그가 발길을 멈추고 귀를 기울였다. 휘파람 소리를 들었나? 아니면 어떤 이상한 새가 지르는 소리인가? 만일 휘파람 소리였다면 그건 프로도가 있는 방향에서 들려온 게 아니었다. 다른 곳에서 그 소리가 다시 들려왔다. 샘은 가능한 한 빨리 언덕을 뛰어 올라갔다.

타다 남은 장작 하나가 바깥쪽 끝까지 다 타 버려 불가에 있던 양치류에 옮겨붙었고, 그 양치류가 타오르면서 잔디에서 연기가 났다는 걸 알 수 있었다. 그는 황급히 남은 불을 짓밟아 끄고 재를 흩뜨리고, 잔디는 구멍에다 던졌다. 그러고 나서 살금살금 걸어 프로도에게로 돌아가 물었다.

"휘파람 소리와 그 응답 같은 소리를 들으셨어요? 몇 분 전에요. 단순한 새소리였기를 바라지만 그렇게 들리진 않았어요. 제 생각엔 누군가가 새소리를 흉내 내는 것 같았어요. 제가 피운 모닥불에서 연기가 나고 있었어요. 제가 재난을 자초한 거라면 전 절대로 저 자신을 용서하지 않을 거예요. 아마 그럴 기회조차 오지 않을지도 모르지만요!"

"쉿! 목소리를 들은 것 같아."

프로도가 속삭였다.

두 호빗은 작은 꾸러미들을 묶어 곧바로 도망칠 수 있게 메고는 양치류 속으로 더 깊이 기어 들어갔다. 거기서 그들은 쭈그리고 앉아 귀를 기울였다.

틀림없이 목소리들이 들렸다. 낮고 은밀하게 말하고 있었지만 점점 가까이 다가오고 있었다. 그때 청천벽력처럼 바로 가까이에서 누군가 말하는 소리가 또렷이 들렸다.

"여기야! 연기가 피어오른 곳이 바로 여기라고! 그것은 아주 가까운 데 있을 거야. 양치류 속이 틀림없을 거야. 우리는 그것을 덫에 걸린 토끼처럼 잡을 거야. 그제야 그게 대체 뭔지 알 수 있을 거야."

"그래. 게다가 그것이 알고 있는 것도 말이야!"

하고 두 번째 목소리가 말했다.

곧 네 명의 인간이 서로 다른 방향에서 양치류를 헤치고 성큼성큼 다가왔다. 도주나 은신이 더는 불가능했기에 프로도와 샘은 벌떡 일어나 등을 맞대고 작은 칼들을 획 뽑았다.

만약 그들이 눈앞의 광경에 크게 놀랐다면, 그들의 체포자들은 훨씬 더 크게 놀랐다. 키 큰 인간 넷이 거기 서 있었다. 둘은 끝부분이 넓고 환히 빛나는 창을 손에 들었고, 다른 둘은 거의 자기 키만큼이나 되는 거대한 활과 초록 깃 화살이 든 거대한 화살통을 메고 있었다. 모두가 옆구리에 칼을 차고 있었고, 마치 이실리엔숲의 빈터에서 눈에 띄지 않고 걸을 수 있도록 위장한 것처럼 다양한 색조의 초록색과 갈색 옷을 입고 있었다. 초록색 긴 장갑이 양손을 덮고 있었고 아주 매섭게 빛나는 눈을 제외하곤 얼굴 전체를 초록색 두건과 가면으로 가리고 있었다. 프로도는 바로 보로미르를 떠올렸다. 왜냐하면 이 인간들의 거동과 신장 그리고 말투가 그와 매우 흡사했던 것이다.

그들 중 하나가 말했다.

"우리가 찾던 자들이 아닌 것 같아. 그런데 대체 이들은 뭐지?"

"오르크들은 아닌걸."

또 다른 이가 프로도가 손에 쥔 스팅 검이 번득이는 걸 보고 빼

들었던 칼자루를 내려놓으며 말했다. 그러자 셋째 사람이 미심쩍은 듯 말했다.

"요정들인가?"

"아니야! 요정들은 아니라고!"

일행 중 제일 키가 크고 지휘자인 듯한 넷째 사람이 말했다.

"이즈음엔 요정들이 이실리엔을 거닐지는 않아. 그리고 요정들은 보기에도 놀라울 만큼 아름다워. 혹은 그렇다고들 하지."

"우리는 그렇지 않다는 뜻이군요."

샘이 말했다.

"참으로 고맙습니다. 그건 그렇고 우리를 두고 이러쿵저러쿵 이 야기를 마치셨다면, 아마도 당신들은 누구며 왜 두 지친 여행자를 쉽게 내버려 두지 않는지 말해 주실 테죠?"

초록색 차림의 키 큰 이가 험상궂게 웃으며 입을 열었다.

"나는 곤도르의 대장 파라미르다. 하지만 이 땅엔 여행자들이라 곤 없어. 오로지 암흑의 탑 혹은 백색탑의 수하들이 있을 뿐."

"우린 그 어느 쪽도 아니오. 그리고 파라미르 대장께서 뭐라시든 우리는 여행자들이오."

프로도가 말했다.

"그렇다면 서둘러 너희의 신분과 용무를 밝혀라. 우리에겐 해야 할 일이 있고 또 지금 여기는 수수께끼를 풀거나 화평 교섭을 할 시 간이나 장소가 아니야. 자, 너희 패거리의 셋째 놈은 어디 있지?"

"셋째라고요?"

"그래, 저 아래 웅덩이에 코를 박고 있는 살금거리는 놈을 봤어. 고약한 몰골이더군. 오르크들 중 염탐하는 족속이거나 아니면 그 놈들의 앞잡이일 성싶은데. 그런데 그놈이 간교한 술수로 우릴 따돌 렸단 말이야."

프로도가 대답했다.

"난 그가 어디 있는지 모르오. 그는 단지 여행 중에 우연히 만난 길동무일 뿐이니 난 그에 대해 책임이 없소. 만일 당신들이 그와 마주치거든 목숨만은 살려 주시오. 그를 우리에게 데려다주시거나 아니면 보내 주시오. 그는 단지 가엾고 좀 모자라는 자일 뿐이라 우리가 얼마 동안 돌봐 주었소. 그러나 우리로 말할 것 같으면 저 멀리 북과 서쪽으로 많은 강들 저편에 있는 샤이어의 호빗들이오. 나는 드로고의 아들 프로도이고 함께 있는 이는 햄패스트의 아들 샘와이즈로 나를 받드는 훌륭한 호빗이오. 우린 먼 길을 거쳐 왔소—깊은골 혹은 일부 사람들이 임라드리스라고 부르는 곳에서부터."

이 말을 들은 파라미르는 깜짝 놀라 주의를 더 집중했다.

"우리의 동지는 일곱이었소. 그중 한 명은 모리아에서 잃었고, 나머지 동지들과는 라우로스폭포 위의 파르스 갈렌에서 헤어졌소. 우리 일행은 호빗 둘, 난쟁이 하나, 요정 하나, 그리고 두 명의 인간이었소. 그 두 사람 중의 하나는 아라고른이고, 또 한 사람은 남쪽 도시 미나스 티리스에서 왔다고 말했던 보로미르였소."

그러자 네 명의 사나이 모두가 탄성을 질렀다.

"보로미르라고!"

"데네소르 영주의 아들 보로미르 말인가?"

파라미르의 얼굴에 야릇하게 준엄한 표정이 어렸다.

"당신들이 그와 동행했다고? 그게 사실이라면 실로 대단한 소식이군. 작은 이방인들이여, 데네소르의 아들 보로미르는 백색탑의 경비 대장이자 우리의 총지휘관임을 알아 두라고. 우리는 그의 빈자리를 애타게 아쉬워한다네. 그렇다면 당신들은 누구이고 또 그와 무슨 관계가 있는 거지? 빨리 말하라고, 해가 올라가고 있어!"

"당신은 보로미르가 깊은골로 가져온 그 수수께끼 같은 말을 알고 있소?"

부러진 검을 찾으라,
그것은 임라드리스에 거하니라.

프로도의 말에 파라미르가 깜짝 놀라며 말했다.

"물론 알고 있소. 당신도 그것을 알고 있다니 당신이 진실을 말하고 있다는 걸 알 수 있겠소."

"내가 거명했던 아라고른이 그 부러진 검을 갖고 있소. 그리고 우리는 노래에서 언급되는 반인족이오."

"알 만하오." 파라미르가 생각에 잠겨 말했다. "혹은 그럴 수도 있으리라는 걸 알겠소. 그런데 이실두르의 재앙은 뭐요?"

"그건 비밀이오. 틀림없이 때가 되면 밝혀질 것이오."

하고 프로도가 대답했다.

"우리는 이것에 대해 더 많이 알아내야 하오. 그리고 왜 당신들이 저편—그림자 아래 동쪽으로 이리 멀리까지 온 건지도 알아야 하오."

파라미르는 손가락으로 그쪽을 가리키긴 했지만 그 이름을 말하진 않았다.

"하지만 지금 당장은 아니야. 우리에겐 할 일이 있소. 당신들은 위험에 처해 있고, 그리고 오늘은 들판이나 길을 통해 멀리까지 갈 수는 없을 것이오. 한낮이 되기 전에 바로 가까운 데서 치열한 전투가 벌어질 거요. 그러면 죽음 아니면 도로 안두인대하로 날래게 달아나는 것만이 남을 거요. 당신들의 안녕과 나 자신의 안녕을 위해 두 병사를 남겨 당신들을 지키도록 하겠소. 현명한 이라면 이 땅에서 우연히 길에서 마주친 것을 신뢰하지 않지. 만약 내가 돌아오면 당신과 이야기를 더 나눌 것이오."

프로도가 깊이 머리를 숙이며 말했다.

"잘 가시오! 당신이 어떻게 생각하든 나는 유일의 대적에 대항하는 모든 이들의 친구요. 만일 우리 반인족이 아주 강하고 담대해 보이는 당신들을 섬길 수 있다면, 또 내 용무가 허락한다면, 우린 당신과 함께 가겠소. 당신들의 칼 위에 빛이 반짝이기를 비오."

"다른 면은 어떨지 몰라도 반인족은 참 예의 바른 종족이군. 잘 가시오!"

파라미르가 말했다.

호빗들은 다시 앉았지만 자신들의 생각과 의구심에 대해선 서로 아무 말도 하지 않았다. 바로 곁 어두운 월계수나무의 얼룩덜룩한 그림자 밑에 두 병사가 보초를 서고 있었다. 낮의 열기가 더해 감에 따라 그들은 가끔씩 가면을 벗어 열을 식혔다. 프로도는 그들이 창백한 피부와 검은 머리카락, 회색 눈, 그리고 슬픔이 어렸지만 긍지가 가득한 얼굴을 지닌 잘생긴 인간들이란 걸 알았다. 그들은 나직한 목소리로 이야기를 나누었다. 처음에는 예전에 쓰이던 공용어로 말하다가, 이윽고 자기들이 쓰는 또 다른 언어로 넘어갔다. 프로도는 귀를 기울여 듣다가 그들이 쓰는 언어가 요정어라는 것을, 혹은 그 언어와 별반 다르지 않다는 것을 알고 깜짝 놀랐다. 해서 그는 경이의 눈으로 그들을 바라보고는 그제야 그들이 남방의 두네다인, 즉 서쪽나라 영주들의 혈통을 이어받았다는 걸 알았다.

얼마 후 프로도가 그들에게 말을 걸었다. 그러나 그들은 천천히 그리고 신중하게 대답했다. 그들은 자신들을 곤도르의 병사 마블룽과 담로드라고 소개했다. 그들은 이실리엔의 유격대들이었고, 폐허가 되기 전 한때 이실리엔에서 살았던 인간들의 후예였다. 데네소르 영주는 그런 이들 중에서 침투대원들을 선발하여 안두인대하를 은밀히 건너(그들은 어떻게 또는 어디로 건넜는지는 말하려 하지 않았다) 에펠 두아스와 대하 사이를 배회하는 오르크들이나 다른 적들을 공격하게 했다.

"여기서 안두인의 동쪽 기슭까지는 대충 50킬로미터인데, 우리가 이렇게 멀리까지 출격하는 건 드문 일이오. 그러나 우린 이번 여정에서 새로운 임무를 띠었으니 하라드인(人)들을 매복 공격하는 것이오. 저주받을 놈들!"

마블룽이 말하자 담로드가 덧붙였다.

"그럼, 저주받을 남부인 놈들! 옛적 곤도르와 남쪽 끝 하라드의 왕국들 사이에는 비록 우호는 없었더라도 교류는 있었다고 하오. 그 시절 우리의 경계는 안두인 어귀 너머 멀리 남쪽으로 뻗어 있었고, 그 왕국들 중 가장 가까이 있던 움바르도 우리의 지배권을 인정했소. 그러나 그건 오래전 일이오. 양쪽 사이에 왕래가 있은 지 참으로 오래되었소. 그러다가 최근에 우린 그들이 대적의 유혹을 받았다는 것을 들었소. 동쪽에서도 수많은 이들이 그랬듯 그들은 그에게로 넘어갔거나 혹은 그에게로 돌아갔소—그들은 언제라도 그의 의지에 따를 상태였으니까. 나는 곤도르의 시절이 얼마 남지 않았다는 걸 확신하오. 그리고 미나스 티리스의 성벽도 운이 다 되었소. 그의 세력과 적의(敵意)는 참으로 막강하오."

마블룽이 말했다.

"그럼에도 우린 하릴없이 주저앉아 그가 모든 걸 제 뜻대로 하게 내버려 두진 않을 거요. 이 저주받을 남부인들은 옛길들로 행군해 올라와 암흑의 탑의 군세를 불리고 있소. 그럼, 곤도르의 기예로 만들어진 바로 그 길들로 말이오. 그리고 우리가 들어 알기로는, 그들은 자신들의 새로운 지배자의 권세가 아주 막강해서 그의 산맥의 그림자마저도 자신들을 보호해 줄 거라 믿고 점점 더 무분별하게 가는 형편이오. 우린 또 한 번 그들의 버릇을 고쳐 주려고 온 거요. 며칠 전에 우리는 놈들의 거대한 병력이 북쪽으로 행군하고 있다는 정보를 얻었소. 우리의 계산으로는 그중 한 무리가 정오 조금 전에 지나갈 예정이오—협곡길을 넘어 저 위의 길을 지나갈 것이오. 그 길이야 지나갈 테지만 놈들은 그럴 수 없지! 파라미르가 대장인 한 안 될 일이오. 지금 그는 갖가지 위험한 작전을 이끌고 있소. 하지만 그의 생명이 마력으로 지켜지거나 혹은 운명이 어떤 다른 일에 쓰고자 그를 데려가지 않는 거요."

그들의 이야기는 경청하는 침묵으로 잦아들었다. 모든 것이 고요한 가운데 경계하는 것 같았다. 양치류 덤불 가장자리에 웅크리고 앉은 샘이 밖을 빠끔히 내다보았다. 그는 호빗의 날카로운 눈으로 더 많은 인간들이 주위에 있다는 걸 알았다. 그는 그들이 언제나 작은 숲이나 덤불의 그늘을 벗어나지 않으면서 한 명씩 또는 긴 열을 지어 비탈들을 살그머니 오르거나, 갈색과 초록 옷을 입어 거의 눈에 띄지 않는 가운데 풀밭과 덤불을 헤치며 포복하는 모습을 볼 수 있었다. 모두가 두건과 가면을 쓰고 손에는 긴 장갑을 끼고 파라미르와 그의 동료들처럼 무장하고 있었다. 오래지 않아 그들 모두가 지나가 사라졌다. 해가 솟아 남쪽으로 다가갔다. 그림자들이 줄어들었다.

'그 빌어먹을 골룸은 어디 처박혀 있는 거야?'

샘이 보다 짙은 그늘 속으로 도로 기어들며 생각했다.

'놈은 오르크로 오인되어 창에 꿰이거나, 노란 얼굴에 의해 지글지글 구워지기 십상일 거야. 하지만 제 한 몸은 잘 건사할 것 같기도 해.'

그는 프로도 곁에 드러누워 졸기 시작했다.

그가 뿔나팔 소리를 들었다고 생각하며 깨어났다. 그는 벌떡 일어나 앉았다. 이제 한낮이었다. 경비병들은 바짝 정신을 차리고 긴장한 채 나무 그림자 속에 서 있었다. 별안간 뿔나팔 소리가 더 요란하게 울려 퍼졌다. 틀림없이 위로부터, 비탈의 꼭대기 너머로부터 들려오는 소리였다. 샘은 비명 소리와 마구 내지르는 고함 소리도 들었다고 생각했지만 그 소리는 마치 멀리 떨어진 동굴에서 나는 것처럼 희미했다. 그러더니 이내 아주 가까이에서, 그들이 숨은 곳 바로 위에서 전투의 소음이 터져 나왔다. 쇠와 쇠가 부딪쳐 울리는 귀에 거슬리는 소리, 쇠 투구에 칼이 쨍그랑 부딪는 소리, 칼날이 방패를 둔중하게 내리치는 소리가 똑똑히 들렸다. 괴성과 비명이 낭자했고, 그 와중에 "곤도르! 곤도르!" 하고 외치는 소리가 또렷하고 힘차게 들렸다. 샘이 프로도에게 말했다.

"백 명의 대장장이들이 모두 한꺼번에 쇠를 두드리는 것 같아요. 이제 그들은 제가 바라는 만큼 가까이 있어요."

그러나 그 소음은 점점 더 가까워졌다. 담로드가 외쳤다.

"그들이 오고 있어! 봐! 남부인들의 일부가 매복 공격에서 빠져나와 길을 벗어나 줄행랑치고 있어. 저기 가잖아! 우리 용사들이 그들을 쫓고, 대장이 진두지휘해."

샘은 더 많은 걸 보고 싶은 간절한 마음에 앞으로 나가 경비병들과 합세했다. 그는 약간의 거리를 기듯이 나아가 월계수나무들 중 큼직한 것 하나에 올랐다. 잠깐 동안에 그는 빨간 옷차림의 가무잡잡한 사람들이 조금 떨어진 곳의 비탈을 달려 내려가고, 초록 옷차림의 전사들이 그들을 쫓아 껑충껑충 뛰며 달아나는 놈들을 베어 넘기는 모습을 언뜻 보았다. 공중에는 화살이 빽빽했다. 그때 갑자기 그들이 몸을 숨긴 제방의 가장자리 너머로 한 사람이 가느다란 나무들을 헤치고 돌진해 그들 위로 떨어지다시피 했다. 그는 몇 미터 떨어진 양치류 속에서 멈추었는데, 얼굴을 아래로 처박고 황금빛 경식장(頸飾章) 밑의 목에서는 초록의 화살 깃들이 튀어나와 있었다. 진홍색 옷은 갈가리 찢어졌고 놋쇠 판을 겹쳐 만든 허리갑옷은 째지고 갈라졌으며, 금실로 땋은 새까만 머리 가닥들은 피에 흥건히 젖어 있었다. 그의 갈색 손은 아직도 부러진 칼의 손잡이를 움켜쥐고 있었다.

처음 보는 인간 대 인간의 전투였지만 샘은 별로 마음에 들지 않았다. 그는 죽은 자의 얼굴을 볼 수 없는 걸 다행으로 여겼다. 그는 그 사람의 이름이 무엇이고 어디에서 왔는지, 또 그가 정말 사악한 심성을 지녔는지, 아니면 어떤 거짓이나 협박에 넘어가 고향을 떠나 그 긴 행군을 한 것인지, 그리고 실은 그가 오히려 고향에 평화롭게 머무르고 싶진 않았을지 궁금했다—이 모든 생각들이 순식간에 떠올랐다가 그의 마음에서 빠르게 밀쳐졌다. 마블룽이 떨어진 시체 쪽으로 막 걸음을 옮길 참에 새로운 소음이 들렸던 것이다. 엄청난 비명과 고함 소리였다. 그 속에서 샘은 날카로운 포효 소리나 나팔 소리 같은 굉음을 들었다. 그다음 거대한 충차들이 땅바닥을 울리는 것처럼 쿵쿵거리며 마구 부딪치는 엄청난 소리가 들렸다.

"조심해! 조심하라고!"

담로드가 그의 동료에게 외쳤다.

"발라들이시여, 그를 비켜 가게 해 주소서! 무막! 무막이야!"

샘은 거대한 형체 하나가 나무들로부터 돌진해 비탈을 질주해 내려오는 걸 보았는데, 그에겐 참으로 놀랍고 두려우며 오래도록 기쁨으로 남은 사건이었다. 집채만 하게, 아니 집채보다 훨씬 큰 그것은 그에게 회색으로 뒤덮인 움직이는 언덕 같아 보였다. 어쩌면 두려움과 경이감 때문에 호빗의 눈에 그는 실제보다 커 보였을 수도 있다. 그러나 실로 하라드의 무막은 어마어마한 몸집의 야수로 지금 그 같은 거수(巨獸)는 가운데땅을 거닐지 않는다. 훗날에도 여전히 살아남은 그의 동족은 단지 그의 치수와 장엄함을 짐작케 할 정도밖엔 되지 않는다. 그는 똑바로 경비병들을 향해 계속 다가오다가 아슬아슬한 순간에 옆으로 벗어나 불과 몇 미터 떨어진 곳으로 지나치며 그들의 발밑을 뒤흔들었다. 거대한 다리는 나무둥치 같았고, 돛처럼 생긴 방대한 두 귀는 밖으로 쭉 펼쳐졌으며, 긴 코는 막 덮칠 것 같은 거대한 뱀처럼 위로 솟구쳤고, 작고 빨간 눈은 격분에 휩싸였다. 끝이 위로 구부러진 뿔 같은 어금니들에는 황금빛 띠들이 감긴 채 피가 뚝뚝 떨어지고 있었다. 진홍빛과 황금빛의 장식들이 몸 주위에 너덜너덜하게 매달려 마구 펄럭거렸다. 오르내리는 등 위에는 바로 성채 같은 것의 잔해가 숲을 맹렬하게 헤쳐 오느라 박살 난 채 얹혀 있었다. 그리고 목덜미 위 높은 곳에는 아직도 아주 작은 형체 하나가 필사적으로 매달려 있었다―어느 강대한 전사, 어둑사람들 가운데서도 어느 거인의 몸이었다.

그 거수는 맹목적인 분노로 웅덩이와 덤불을 마구잡이로 휩쓸고 큰 소리로 울부짖으며 계속 나아갔다. 옆구리의 세 겹 가죽 여기저기에 화살이 빗발치듯 쏟아졌으나 아무 해도 입히지 못하고 스치거나 동강 나고 말았다. 양쪽 길에 있던 사람들이 필사적으로 달아났지만 그 야수는 많은 이들을 따라잡아 짓뭉개 버렸다. 이내 그는 시야에서 사라졌지만 여전히 울부짖고 쿵쿵 땅을 울리는 소리가 저 멀리서 들렸다. 이후 그가 어떻게 되었는지 샘은 결코 듣지 못했다. 탈출해서 황야를 배회하다가 마침내 고향에서 멀리 떨어진 곳에서 죽었는지, 아니면 어떤 깊은 구덩이에 갇혀 버렸는지, 또는 계속 광란을 부리다가 이윽고 대하에 뛰어들어 삼켜지고 말았는지 알 수 없었다.

샘이 숨을 깊이 들이쉬며 말했다.

"그게 올리폰트였어요! 그러니까 올리폰트들은 실재하는 거고, 난 그중 하나를 본 거예요. 맙소사! 하지만 고향의 누군들 내 말을 믿을 이는 없겠는걸. 자, 저 일이 끝나면 전 잠을 좀 잘 거예요."

마블룽이 말했다.

"잘 수 있을 때 자 두라고. 대장이 다치지 않았다면 돌아올 거야. 그리고 그가 오면 우린 신속히 출발할 거야. 우리의 행적에 대한 소식이 대적에게 닿자마자 우린 추격을 당할 테고 머잖아 그렇게 될 거야."

그러자 샘이 말했다.

"가야만 할 때는 조용히 가세요. 내 잠을 방해할 필요는 없잖아요. 난 밤새 걷고 있었다고요."

마블룽이 웃으며 말했다.

"난 대장께서 자넬 여기 내버려 둘 거라곤 생각하지 않아, 샘와이즈 선생. 어쨌든 곧 알게 될 걸세."

Chapter 5

서녘으로 난 창

샘은 불과 몇 분밖에 졸지 않은 것 같았는데 깨어나 보니 늦은 오후였고, 파라미르는 이미 돌아와 있었다. 그는 많은 병사들을 데리고 왔다. 이제 그 습격에서 살아남은 자들이 전부 부근의 비탈에 모였는데 2백 명 내지 3백 명의 병력이었다. 그들은 넓은 반원을 그리며 앉았는데, 그 양 날개 사이에 파라미르가 바닥에 앉았고 프로도는 그의 앞에 서 있었다. 묘하게도 포로를 신문하는 자리 같았다.

샘이 양치류에서 기어 나왔지만 아무도 그에게 주의를 기울이지 않았기에 그는 줄지어 앉은 병사들의 끝자락에 자리를 잡았다. 거기서 그는 돌아가는 모든 일을 보고 들을 수 있었다. 그는 필요하다면 주인을 돕기 위해 돌진할 채비를 갖춘 채 열중해서 지켜보고 귀를 기울였다. 그는 이제 가면을 벗은 파라미르의 얼굴을 볼 수 있었다. 그것은 근엄하고 위풍당당했으며, 살살이 살피는 눈초리 뒤에는 날카로운 예지가 서려 있었다. 끈질기게 프로도를 응시하는 회색의 눈에는 의심이 깃들어 있었다.

곧 샘은 그 대장이 몇 가지 점에서 프로도의 자기 해명에 만족해하지 않는다는 걸 알아챘다. 즉, 깊은골에서 출발한 원정대에서 그가 맡은 역할이 무엇이고, 왜 그가 보로미르를 떠났으며 그리고 그가 지금 어디로 가고 있는가 하는 것들이었다. 특히 그는 자주 이실두르의 재앙으로 말을 돌렸다. 프로도가 대단히 중요한 어떤 일을 감추고 있다는 걸 그는 분명히 알고 있었다.

"그러나 이실두르의 재앙이 되살아나는 건 바로 반인족이 등장

할 때였어. 혹은 그 말을 그렇게 판단해야 마땅하지."

그가 힘주어 말했다.

"그러면 지목된 반인족이 당신이라면, 틀림없이 당신은 이 물건을, 그게 무엇이든 간에, 당신이 말한 그 회의에 가져갔고 거기서 보로미르는 그것을 봤어. 부인할 텐가?"

프로도는 대답하지 않았다. 파라미르가 말했다.

"그것 봐! 그래서 나는 당신으로부터 그것에 대해 더 알고 싶다고. 왜냐하면 보로미르에 관한 일은 곧 내 일이기도 하니까. 옛이야기들에 따르면 오르크의 화살 하나가 이실두르를 살해했어. 그러나 오르크의 화살들은 수도 없이 많으니 곤도르의 보로미르가 그중 하나를 보고 그걸 운명의 조짐이라고 생각하진 않았을 거야. 당신은 이 물건을 간직하고 있나? 당신은 그것이 비밀이라고 말하는데, 그건 당신이 그것을 감추고자 하기 때문이 아닌가?"

"아니요, 내가 그러려고 해서가 아니오."

하고 프로도가 대답했다.

"그것은 내 것이 아니오. 그것은 위대하든 하찮든 죽을 운명을 타고난 그 어떤 자의 것도 아니오. 굳이 그것의 소유를 주장할 만한 이가 있다면 그는 내가 거명했던 아라소른의 아들 아라고른일 것이오. 모리아에서 라우로스까지 우리 원정대를 이끌었던."

"왜 그렇지? 엘렌딜의 아들들이 세운 도시의 왕자 보로미르는 아니고?"

"아라고른이 이실두르 엘렌딜의 아들 자신으로부터 부계로 이어지는 직계 후손이기 때문이오. 그리고 그가 지닌 검이 바로 엘렌딜의 검이오."

죽 둘러앉은 병사들 사이에 놀라움에 따른 수런거림이 번져 갔다. 몇몇은 큰 소리로 외치기도 했다.

"엘렌딜의 검! 엘렌딜의 검이 미나스 티리스에 오다니! 거창한 소식인걸!"

그러나 파라미르의 얼굴엔 아무런 동요도 없었다.

"그럴 수도 있겠지. 그러나 이 아라고른이란 자가 혹여 미나스 티리스에 온다면 그렇게 대단한 주장은 확증되어야 할 것이고 또 명백한 증거가 필요할 것이야. 내가 엿새 전에 출정했을 때도 그는 물론이고 당신 원정대의 그 누구도 오지 않았어."

"보로미르는 그 주장을 납득했소. 정말이지, 만약 보로미르가 여기에 있다면 그가 당신의 모든 물음에 대답해 줄 것이오. 그가 여러 날 전에 이미 라우로스에 있었고 그때 당신의 도시로 곧장 갈 작정이었으니 만약 당신이 돌아가면 거기서 곧 그 대답들을 들을 수 있을 것이오. 다른 모든 대원들처럼 그도 원정대 속에서의 내 임무를 알고 있소. 그 회의에 참석한 모든 이들 앞에서 임라드리스의 엘론드께서 직접 그것을 내게 맡기셨으니까. 그 사명을 띠고 난 이 나라로 들어왔소만, 나로선 그것을 원정대 밖의 어떤 이에게도 누설할 수 없소. 그렇지만 대적에 대항한다고 주장하는 이들이라면 그 사명을 방해하지 않는 게 옳을 것이오."

프로도의 심경이 어떻든 간에 그의 어조는 당당했고, 샘도 옳다고 여겼다. 하지만 파라미르는 그것으로 성이 차지 않았다. 그가 말했다.

"그러니까! 나 자신의 일에나 신경 써서 본거지로 돌아가고 당신들은 그냥 내버려 두라는 거잖아. 보로미르가 오면 모든 걸 말해 줄 테니 말이야. 한데 당신은 말하길, '그가 돌아오면'이라고 했어! 당신은 보로미르의 친구였나?"

자신을 덮치던 보로미르에 대한 기억이 마음에 생생하게 떠올라 프로도는 잠시 머뭇거렸다. 그를 주시하는 파라미르의 두 눈이 점차 준엄해졌다.

마침내 프로도가 입을 열었다.

"보로미르는 우리 원정대의 용감한 일원이었소. 그렇소, 나는 그의 친구였소. 내 쪽에선 말이오."

파라미르가 냉혹한 미소를 지었다.

"그럼 당신은 보로미르가 죽은 걸 안다면 애통해할 건가?"

"진정 애통해할 것이오."

프로도가 말했다. 다음 순간 그는 파라미르의 눈에 어린 표정을 포착하고는 멈칫했다.

"죽어요? 그가 죽었고 당신은 그걸 안다는 거요? 당신은 날 갖고 놀면서 말장난으로 날 함정에 빠뜨리려고 했던 거요? 아니면 지금 당신은 거짓말로 날 올가미에 꾀려는 거요?"

"난 상대가 오르크라 할지라도 거짓말로 올가미에 꾀진 않을 거야."

파라미르가 말했다.

"그렇다면 그가 어떻게 죽었고, 당신은 그걸 어떻게 아오? 당신이 떠나올 때는 원정대의 그 누구도 그 도시에 도착하지 않았다고 말하지 않았소?"

"그가 어떻게 죽었는지에 대해선 그의 친구이자 동지인 당신이 내게 말해 줄 걸로 기대했는데."

"하지만 우리가 헤어졌을 때 그는 분명 살아 있고 강건했소. 그리고 내가 아는 한 그는 여전히 살아 있소. 분명 세상에는 위험한 일이 많긴 하지만 말이오."

파라미르가 말했다.

"많다마다. 그리고 배신도 적지 않고."

이런 대화를 듣고 샘은 갈수록 안달이 나고 화가 났다. 마지막 말은 더는 참을 수가 없는 것이어서 그는 원형 대열의 한가운데로 뛰쳐나가 주인 곁으로 성큼성큼 다가와 말했다.

"실례합니다, 프로도 씨. 하지만 이 대화는 할 만큼은 한 거예요. 그에겐 당신께 그렇게 말할 권리가 없어요. 다른 누구를 위한 만큼이나 그와 이 모든 대단한 인간들을 위해 당신께서 얼마나 많은 일을 겪으셨는데. 이보시오, 대장!"

샘이 양손을 허리께에 짚고 파라미르 앞에 정면으로 꼿꼿이 섰다. 그는 마치 과수원에 들른 일에 대해 다그침을 받자 '시건방짐'을 내보였던 어린 호빗에게 이르는 듯한 표정을 얼굴에 띠었다. 좌중이 약간 술렁거렸지만 또한 지켜보는 이들의 얼굴에는 싱글거리는 웃음기도 돌았다. 땅바닥에 앉은 그들의 대장이 두 다리를 떡 벌린 채 벌컥 화가 난 젊은 호빗과 눈을 부라리는 광경은 전에 없던 경험이었다.

"이보시오! 당신이 노리는 게 뭡니까? 모르도르의 오르크들이 우릴 덮치기 전에 요점을 말합시다! 만일 내 주인이 보로미르를 살해하고서 도망친 거라고 생각한다면 당신은 제정신이 아니에요. 하지만 까놓고 말하고 끝냅시다! 그다음 당신이 그것에 대해 어떻게 할 작정인지나 압시다. 그러나 대적에 맞서 싸운다고 하는 이들이 다른 이들로 하여금 방해받지 않고 자신의 본분을 다하도록 해 주지 않는다는 건 서글픈 일이에요. 만일 그가 지금 당신을 볼 수 있다면 엄청 기뻐할 겁니다. 새로운 친구를 얻었다고, 그렇게 생각할 테니까요!"

"성급하게 굴지 마!" 파라미르가 말했지만, 화를 낸 건 아니었다.

"자네보다 훨씬 현명한 주인 앞에서 말하지 말아. 그리고 난 우리의 위험을 깨우쳐 줄 이를 필요로 하지도 않아. 그렇다 하더라도 난 어려운 일에서 올바르게 판단하기 위해 짧은 시간이나마 할애하는 거야. 내가 자네처럼 성급했다면 오래전에 자넬 베어 버렸을 수도 있어. 난 곤도르 영주의 허락 없이 이 땅에 어슬렁거리는 이는 죄다 베어 버리라는 명령을 받은 몸이니까. 그러나 난 필요 없이 사람이나 짐승을 베지 않으며 또 필요할 때조차도 기꺼운 마음으로 하진 않아. 나는 또 함부로 말하지도 않아. 그러니 안심하라고. 자네 주인 곁에 앉아 잠자코 있어!"

샘은 벌게진 얼굴로 무겁게 주저앉았다. 파라미르가 다시 프로도 쪽으로 얼굴을 돌렸다.

"데네소르의 아들이 죽은 걸 내가 어떻게 아느냐고 당신은 물었어. 죽음은 어떻게든 알려지는 법이지. 밤은 때때로 가까운 혈족에게 소식을 가져준다고 하지 않나. 보로미르는 내 형님이었어."

비애의 그림자가 그의 얼굴을 스쳤다.

"보로미르가 지녔던 무구(武具) 중에 특별히 기억하는 것이 있나?"

프로도는 또 다른 함정을 염려하고 그리고 이 논쟁이 결국 어떻게 되는지 의아해하며 잠시 생각했다. 그는 보로미르의 교만한 손아귀로부터 어렵사리 반지를 지켜 냈는데 이제 호전적이고 강대한 저렇게 많은 병사들 속에서 자신의 처지가 어떻게 되는지 알 수 없었다. 그렇지만 그는 파라미르가 생김새는 형과 많이 닮았지만 덜 이기적인 사람으로 보다 엄격하고도 현명하다는 것을 직감했다.

"보로미르가 뿔나팔을 가졌던 걸 기억하오."

그가 마침내 말했다.

"잘도 기억하는군. 정말로 그를 본 사람처럼. 그렇다면 아마 당신은 그것을 마음에 그려 볼 수도 있겠군. 은테를 두르고 고대의 문자들이 새겨진, 동방의 들소로 만든 거대한 뿔나팔을. 그 뿔나팔은 우리 가문의 장자가 많은 세대에 걸쳐 지녔던 것이네. 그리고 옛적 곤도르의 경계 안 어디서든 급박할 때 그것을 불면 그 소리가 헛되이 울리는 법이 없다고 하지.

내가 이 위험한 출정에 나서기 닷새 전, 열하루 전의 이맘때 나는 그 뿔나팔의 울림을 들었어. 북쪽에서 울리는 것 같았지만 마치 마음속의 메아리일 뿐인 듯 소리는 희미했어. 우리는 그걸 흉조로 생각했네, 아버님과 나는. 보로미르가 떠난 후 우리는 그에 대한 어떤 소식도 듣지 못했고 또 변경의 어떤 파수병도 그가 지나가는 걸 본 적이 없었으니까. 그리고 그 사흘 뒤 밤에 또 다른 더 이상한 일이 나한테 닥쳐왔네.

나는 밤에 파리한 어린 달 아래 잿빛 어둠 속에서 안두인강변에 앉아 끝없이 흐르는 물줄기를 쳐다보고 있었지. 갈대들이 서글픈 듯 살랑이고 있었어. 이젠 우리의 적들이 부분적으로 점령해 우리 땅을 침략하는 거점이 된 오스길리아스 인근의 강변을 우린 늘 그처럼 감시하지. 그런데 그 밤엔 자정 시간에 온 세상이 잠들었어. 그때 난 보았어. 혹은 본 것 같았어. 잿빛으로 가물거리며 강물 위에 떠도는 한 척의 배를, 뱃머리가 높은 이상한 생김새의 작은 배 한 척을. 노를 젓거나 키를 잡은 이는 없었어.

두려움이 엄습했어. 그 주위로 파리한 빛이 감돌았거든. 그러나 난 일어나 강둑으로 가 강물 속으로 걸어 나가기 시작했어. 내 몸이 그것 쪽으로 이끌렸어. 이윽고 그 배가 나를 향해 돌더니 그 속도를 유지하며 손을 뻗으면 닿을 만한 거리 안으로 흘러들었지만 난 감히 손을 대지 못했어. 그것은 마치 무거운 짐이 실린 것처럼 깊이 잠겼고 내 눈길 아래로 지나갈 때 보니 맑은 물로 거의 가득 차 있는 것처럼 보였고 거기서 빛이 나왔어. 그리고 그 물속에 감싸여 한 전사가 잠들어 누워 있었어.

그의 무릎 위엔 부러진 칼이 놓여 있었어. 몸에는 많은 상처가 있었고. 보로미르, 내 형님이 죽은 거였네. 난 그의 무구, 그의 칼, 그의 사랑스러운 얼굴을 알아봤어. 단 한 가지 보지 못한 건 그의 뿔나팔이었지. 단 한 가지 내가 알아보지 못한 건 그의 허리에 둘러진, 이를테면 황금 이파리들을 이은 아리따운 허리띠였어. '보로미르!' 하고 난 외쳤어. '그대의 뿔나팔은 어디 있소? 그대는 어디로 가오? 오, 보로미르여!' 그러나 그는 사라졌어. 그 배는 물줄기 속으로 몸을 돌려 가물거리며 밤 속으로 나아갔어. 그건 꿈 같으면서도 꿈이 아니었어. 깨어남이 없었으니까. 그리고 난 그가 죽어 대하를 따라 바다로 간 거라고 확신해."

프로도가 말했다.

"애석한 일이오! 실로 내가 아는 보로미르의 모습 그대로요. 그 황금 허리띠는 로슬로리엔에서 갈라드리엘 귀부인께서 주신 것이오. 보다시피, 우리에게 요정의 회색 옷을 입혀 주신 이도 그분이시오. 이 브로치도 똑같은 솜씨에서 나온 거죠."

그는 목 밑으로 망토를 동인 초록과 은빛의 잎사귀를 만졌다. 파라미르는 그것을 유심히 바라보았다. 그가 말했다.

"아름답군. 그래, 똑같은 기예의 소산이군. 그러니까 당신은 로리엔의 땅을 지나온 건가? 옛적엔 라우렐린도레난이라 불렸지만 인간들은 그 이름을 잊은 지가 오래되었지."

파라미르는 새로운 경이의 눈길로 프로도를 바라보며 나직하게 덧붙였다.

"당신에게서 이상했던 많은 것들이 이제야 이해되기 시작하는군. 내게 더 말해 주지 않겠소? 보로미르가 고향 땅이 보이는 데서 죽었다고 생각하니 비통해서 그러오."

프로도가 대답했다.

"이미 말한 것 이상은 말할 수가 없소. 당신의 이야기를 들으니 내 마음에 불길한 예감이 가득하지만 말이오. 당신이 본 것은 환영일 뿐이라고, 즉 이미 있었거나 앞으로 있을 사악한 운명의 어떤 그림자라고 생각하오. 정녕 그것이 대적의 거짓된 술수가 아니라면 말이오. 나도 죽음늪의 웅덩이들 밑에 잠들어 누운 옛 전사들의 아리따운 얼굴들을 봤소. 혹은 그의 사악한 술책 때문에 그렇게 보였을 수도."

"아니, 그건 그렇지 않았어. 그의 수작은 가슴을 역겨움으로 가득 채우는 법이지만 내 가슴은 슬픔과 연민으로 가득 찼어."

"그렇지만 어떻게 그런 일이 정말 일어날 수 있었겠소? 어떤 배도 톨 브란디르에서 돌투성이 언덕을 넘어갈 수는 없고 게다가 보로미르는 엔트강과 로한평원을 가로질러 고향으로 가고자 했소. 그런데도 그 어떤 배가 거대한 폭포의 포말을 타넘고도 격랑의 웅덩이들 속에서 침몰하지 않을 수 있겠소? 비록 물이 잔뜩 실렸다곤 해도 말이오."

"나도 모르지. 그런데 그 배는 어디서 온 건가?"

파라미르가 묻자 프로도가 대답했다.

"로리엔에서 왔소. 우리는 그와 같은 배 세 척에 나눠 타고 안두인 강을 따라 노를 저어 그 폭포까지 갔소. 그것들 또한 요정들의 작품이오."

"당신은 숨겨진 땅을 거쳐 왔군. 그러나 당신은 그 땅의 힘을 거의 이해하지 못하는 것 같아. 만일 인간들이 황금숲에 거하는 마법의 여주인과 거래를 한다면 그들은 이상한 일들이 뒤따를 걸로 생각할 거야. 필멸의 인간이 이 태양의 세계 밖으로 나가는 건 위험한 일이고 또 옛적에도 거기서 변치 않고 돌아온 이는 드물었다고 하니까 말이야.

'보로미르, 오, 보로미르여! 죽지 않는 귀부인께서 그대에게 무슨 말씀을 하셨소? 그녀는 무엇을 보신 거요? 그때 그대의 가슴속엔 무엇이 깨어났소? 대체 왜 그대는 라우렐린도레난으로 갔고, 그대 자신의 길을 따라 로한의 말을 타고 아침에 고향으로 돌아오지 않았소?'"

다음 순간 그는 다시 프로도에게로 얼굴을 돌려 조용한 목소리로 한 번 더 말했다.

"드로고의 아들 프로도여, 나는 당신이 그 물음들에 대해 어떤 대답을 해 줄 수 있을 거라고 짐작하오. 그러나 아마 여기서나 또는 지금은 아닐 거요. 하지만 당신이 내 이야기를 계속 환영으로 여기지 않도록 이 점은 말해 두겠소. 어쨌든 보로미르의 뿔나팔은 헛보기로가 아니라 실제로 돌아왔소. 돌아오긴 했으나 도끼나 칼 같은 것에 의해 두 동강이 나 있었소. 그 동강들은 각기 따로 강변에 다다랐지. 하나는 북쪽으로 엔트강의 합류점 아래 곤도르의 경비병들이 있던 갈대숲에서 발견되었고, 다른 하나는 그 강에 볼일이 있던 한 사람이 밀물 위에 뱅뱅 돌고 있던 걸 발견했어. 야릇한 일이긴 하나, 비밀은 드러나는 법이라고 하지.

이제 그 장자(長子)의 뿔나팔은 소식을 기다리며 높은 의자에 앉으신 데네소르의 무릎 위에 두 동강으로 놓여 있소. 그래, 당신은 뿔나팔이 동강 난 것에 대해 아무것도 말해 줄 수 없소?"

그러자 프로도가 대답했다.

"그렇소, 난 그 일에 대해선 알지 못하오. 그러나 당신이 뿔나팔이 울리는 소리를 들은 날은, 당신의 셈이 맞다면, 우리가 헤어진 날이고 나와 내 하인이 원정대를 떠난 날이었소. 이제 당신의 이야기를 들으니 두려움에 온몸이 떨리오. 만일 그때 보로미르가 위험에 처해 살해되었다면, 내 모든 동료들도 죽은 거라고 두려워하지 않을 수 없으니까요. 그들은 내 동족이고 친구들인데.

나에 대한 의심을 접고 날 놓아주지 않겠소? 나는 지치고 비탄에 잠긴 데다 두렵소. 그러나 내게는 해야 할, 혹은 기도(企圖)해야 할 일이 있소, 나도 살해되기 전에 말이오. 그러니 더더욱 서둘러야 하오, 만일 우리 원정대에서 살아남은 이가 우리 반인족 둘뿐이라면.

'곤도르의 용맹한 대장 파라미르여, 당신은 돌아가서 할 수 있을 동안 당신의 도시를 방어하고 나는 내 운명이 이끄는 곳으로 가게 내버려 두시오.'"

"나로서도 함께 나눈 우리의 이야기에서 아무 위안도 얻지 못했소."

하고 파라미르가 말했다.

"그런데 분명 당신은 그것으로부터 필요 이상의 두려움을 끌어내는군. 만일 로리엔의 요정들 자신이 그에게 오지 않았다면 누가 보로미르를 그렇게 장례식을 치르듯 차려입혔단 말이오? 오르크들이나 감히 그 이름을 거명할 수 없는 자의 졸개들은 아니오. 내 짐작으론, 당신 원정대의 몇몇은 아직 살아 있소.

그러나 그 북부 행군에 무슨 일이 닥쳤든 간에 난 더 이상 당신, 프로도를 의심치 않소. 만일 어려운 시절을 겪으며 내가 웬만큼 인간들의 말과 얼굴을 판단하게 되었다면, 그렇다면 나는 반인족도 미루어 헤아릴 수 있을 게요! 비록……."

파라미르는 여기서 잠시 미소를 지었다.

"당신에겐 이상한 데가 있지만, 프로도여, 아마도 어떤 요정의 분위기 같은 것 말이오. 그러나 내가 처음에 생각한 것보다 더 많은 것이 우리 둘의 대화에 달려 있소. 이제 나는 당신을 미나스 티리스로 데려가 당신이 거기서 데네소르 영주께 대답하게 해야 하오. 만약 내가 지금 내 도시에 해가 되는 침로를 선택한다면 의당 내 목숨을 부지할 수 없을 것이오. 해서 나는 무엇을 해야 할지를 성급하게 결정하진 않겠소. 그렇지만 우린 더는 지체하지 말고 여기를 떠나야 하오."

그가 벌떡 일어나 몇 가지 명령을 내렸다. 그의 주위에 몰려 있던 병사들이 즉시 작은 무리들로 나뉘어 이쪽저쪽으로 가더니 바위와 나무 들의 그림자 속으로 재빨리 사라졌다. 이내 마블룽과 담로드만이 남았다. 파라미르가 말했다.

"자, 당신들 프로도와 샘와이즈는 나와 내 호위병들과 함께 갈 거요. 당신들은 길을 따라 남쪽으로 갈 수 없소. 만약 그럴 생각이었다면, 그곳은 며칠 동안 안전하지 않을 것이고 또 이 작은 전투가 있은 뒤로는 이제껏 그랬던 것보다 항시 더 엄중하게 감시될 것이오. 어쨌든 당신들은 지친 상태라 오늘은 멀리 갈 수 없다고 생각하오. 그리고 우리도 지쳤소. 이제 우린 여기서 대략 15킬로미터도 채 되지 않는 우리의 비밀 장소로 갈 것이오. 오르크들과 대적의 밀정들도 아직 그곳을 발견하진 못했고, 설령 그들이 발견한다 해도 우린 많은 적에 맞서서 그곳을 오래도록 지킬 수 있을 것이오. 거기서 우린 한동안 물러나 쉴 수 있을 것이오. 그리고 당신들도 우리와 함께. 아침이 되면 나에게 그리고 당신들에게도 최선의 방책이 될 것을 결정하겠소."

프로도로서는 이 요청 혹은 명령에 동의하는 것 외에 할 수 있는 것이 없었다. 곤도르인들의 습격 때문에 이실리엔에서의 여행은 여느 때보다 더 위험해졌기에 어쨌든 당분간은 그것이 현명한 방침인 것 같았다.

그들은 곧 출발했다. 마블룽과 담로드가 약간 앞서고 파라미르는 프로도와 샘과 함께 뒤따라갔다. 호빗들이 몀을 감았던 웅덩이의 이쪽 편을 휘돌아 그들은 개울을 건너고 긴 강둑을 오른 다음 줄곧 아래쪽과 서쪽으로 뻗친 초록 그늘의 삼림지로 들어갔다. 그들은 호빗들의 가장 빠른 걸음걸이에 맞춰 걸어갈 동안 소리를 죽여 얕은 목소리로 이야기했다.

"내가 갑작스럽게 우리 이야기를 중단한 건 샘와이즈가 일깨워 준 대로 시간이 급박하기 때문만이 아니라 또한 우리의 이야기가 많은 병사들 앞에서 내놓고 논의하기엔 적합하지 않은 일들에 근접하고 있었기 때문이오. 내가 이실두르의 재앙은 내버려 두고 내 형님의 일로 화제를 돌린 것도 그 때문이었소. 당신은 내게 완전히 솔직하진 않았소. 프로도."

파라미르가 말하자 프로도가 대답했다.

"난 어떤 거짓말도 하지 않았고 진실에 대해선 할 수 있는 데까지 말했소."

"당신을 탓하는 게 아니오. 당신은 어려운 처지에서 능숙하게 그리고 현명하게 말했던 것 같소. 하지만 난 당신의 말이 일러 주는 것보다 더 많은 것을 당신에게서 알아내거나 짐작했소. 당신은 보로미르와 사이가 좋지 않았거나 우호적으로 헤어지지 않았소. 당신, 그리고 샘와이즈도 모종의 불만을 품은 것으로 짐작되오. 난 그를 무척이나 사랑했고 해서 기꺼이 그의 죽음에 대해 복수하고 싶지만 또한 나는 그를 잘 아오. 나는 이실두르의 재앙—내가 감히 추측건대, 이실두르의 재앙이 당신들을 갈라 놓았고 당신 원정대의 불화의 원인이었다고 생각하오. 그것은 분명 어떤 대단한 전래의 가보 (家寶)인데, 그런 것이 있으면 동지들 사이에서도 화평은 보장되지 않소. 옛이야기들도 그런 이치를 가르쳐 주잖소. 내가 근사하게 짚어 내지 않았소?"

"근사하지만," 프로도가 말했다. "적중한 건 아니오. 우리 원정대에는 비록 의구심은 있었지만 불화는 없었소. 에뮌 무일에서 어느 길을 택해야 할 것인가에 대한 의구심이 있었소. 그러나 그것은 어떻든 간에 옛이야기들은 또한 전래의 가보 같은 것들에 관한 경솔한 언사의 위험도 우리에게 가르쳐 주지요."

"아, 그렇다면 내가 생각한 대로군. 당신의 불화는 오로지 보로미르와만 관계된 것이었어. 그는 이 물건을 미나스 티리스로 가져오고 싶었던 거요. 애석하오! 얄궂은 운명이 그를 마지막으로 본 당신의 입을 봉해 내가 정녕 알고 싶은 것을 내게 털어놓지 못하게 하다니. 마지막 시간에 그의 가슴과 생각 속에 무엇이 있었던가를 알고 싶었는데. 그가 과오를 저질렀든 아니든 난 이 점은 확신하오. 그가 어떤 좋은 일을 이루려다가 장하게 죽었다는 걸 말이오. 그의 얼굴은 심지어 생전보다도 더 아름다웠으니까.

그건 그렇고, 프로도, 나는 처음에 이실두르의 재앙을 두고 당신을 심하게 다그쳤소. 용서하시오! 그런 시간과 장소에서 현명치 못한 처사였소. 생각할 시간이 없었기 때문이었소. 우린 격전을 치렀던 데다 내 마음엔 신경 쓸 일이 너무 많았소. 하지만 난 당신과 이야기하면서 점점 진실에 가까이 다가들었고 그랬기에 일부러 더 빗나갔소. 바깥으로 널리 퍼지지 않은 고래(古來) 전승(傳承) 중의 많은 것이 이 도시의 지배자들에게 여태 보존되어 있다는 것을 꼭 알아 두시오. 비록 우리의 몸속에도 누메노르인의 피가 흐르지만 우리 가문은 엘렌딜의 혈통은 아니오. 우리의 혈통은, 왕이 전쟁에 나갔을 때 그를 대신해서 지배한 훌륭한 섭정 마르딜에게로 거슬러 올라가오. 아나리온 가문의 마지막 후예로 후사(後嗣)가 없었던 에아르누르 왕은 결국 돌아오지 못했소. 비록 인간의 세대로 따지면 많은 세대가 지나긴 했지만 그날 이후로 섭정들이 이 도시를 다스려 왔소.

그러고 보니 어렸을 적 보로미르에 대한 일이 기억나오. 우리가 함께 우리 조상들에 대한 이야기와 우리 도시의 역사를 배울 때 언제나 그는 자기 아버지가 왕이 아니라는 것에 못마땅해했소. '만일 왕이 돌아오지 않는다면, 섭정이 왕이 되려면 몇백 년이 지나야 하나요?' 하고 그는 물었소. '왕권이 약한 다른 곳들에서라면 아마 몇 년쯤이겠고, 곤도르에서는 만 년도 충분치 않을 것'이라고 내 부친께서 대답하셨소. 아! 가엾은 보로미르. 이 이야기를 듣고 그에 대해 뭔가 생각나는 것이 없소?"

"있지요. 그렇지만 그는 언제나 아라고른을 예로써 대했소."

"그건 의심치 않소." 파라미르가 말했다. "당신이 말하듯 그가 아라고른의 주장을 납득했다면 그를 대단히 공경했을 것이오. 그러나 그때까진 위기가 닥치지 않았소. 그들은 아직 미나스 티리스에 닿지 않았거나 그것의 전쟁에서 서로 간에 경쟁자가 되지 않았으니까.

한데 내 이야기가 옆길로 새고 말았군. 데네소르 가문의 우리는 오랜 구전(口傳)을 통해 고래의 전승을 많이 알고 있소. 더군다나 우리의 보고(寶庫)에는 많은 것들이 보존되어 있소. 쭈그러든 양피지와 돌, 그리고 은박과 금박 위에 다양한 문자로 쓰인 책들과 서판(書板)들이 있지요. 어떤 것들은 이제 누구도 읽지 못하고, 나머지 것들도 그 비밀을 밝힐 수 있는 이는 거의 없다오. 나는 가르침을 받은 바 있어 그것들을 조금은 읽을 수 있소. 회색의 순례자가 우리를 찾아온 것도 바로 이 기록들 때문이었소. 난 아이였을 때 그를 처음 봤는데 그 후로도 그는 두세 번 왔소."

"회색의 순례자요? 그의 이름이 뭐였소?"

프로도가 묻자 파라미르가 대답했다.

"우리는 요정의 방식대로 그를 미스란디르라고 불렀고 그도 만족해했소. 그는 '내 이름은 나라의 수만큼이나 많지.' 하고 말했소. '요정들 사이에선 미스란디르, 난쟁이들에겐 트하르쿤, 잊힌 서녘에서 젊을 적의 나는 올로린이었고, 남쪽에선 잉카누스, 북쪽에선 간달프라네. 동쪽으로는 가질 않고.'라고도 말했소."

"간달프!" 프로도가 외쳤다. "그일 거라고 생각했소. 가장 소중한 상담자, 회색의 간달프죠. 우리 원정대의 지도자였소. 그는 모리아에서 실종되었소."

"미스란디르가 실종되었다고!" 파라미르가 말했다. "당신의 원정대에는 흉한 운명이 따라붙은 것 같구려. 그렇게 대단한 지혜와 권능을 지닌 이가—그는 우리와 함께 지낼 때 놀라운 일을 많이도 행했으니까— 사라져 그토록 많은 전승이 세상에서 없어지다니. 그게 확실하오? 혹시 그가 단지 당신들을 떠나 자신이 가고픈 데로 간 건 아니오?"

"비통하지만 그렇소. 나는 그가 나락으로 떨어지는 걸 봤소."

"여기에 모종의 무서운 사연이 있다는 걸 알겠소. 아마도 저녁때 당신이 내게 말해 줄 수 있겠지요. 이제야 드는 생각이지만, 이 미스란디르는 전승의 대가(大家)를 넘어 우리 시대에 행해진 업적들의 위대한 원동력이었소. 그가 우리와 함께 있어 우리 꿈의 어려운 낱말들에 대해 자문해 줬더라면, 사자를 보낼 필요도 없이 그가 그것들의 뜻을 선명하게 풀어 줬을 텐데. 그렇지만 어쩌면 그는 그렇게 할 뜻이 없었을 테고 그랬기에 보로미르의 여정은 운명 지워진 것이었소. 미스란디르는 결코 우리에게 앞일에 대해 말하지 않았고 또 자신의 심중을 내비치지도 않았소. 어떻게 했는지 모르오만, 그는 데네소르의 승낙을 얻어 우리 보고의 비장품을 보았고, 나는 그로부터 얼마간 배우기도 했소. 그가 가르칠 생각이 들었을 때(그런 경우가 드물긴 했지만) 말이오. 특별히 그가 늘 찾고 또 우리에게 물었던 건 곤도르의 초기에 다고를라드에서 치러진 대전에 관한 것이었소. 우리가 그 이름을 부르지 않는 '그'가 타도되었던 그 전쟁 말이오. 그리고 그는 이실두르에 관한 이야기들에 열을 올렸는데, 그에 대해선 우리도 알려 줄 게 빈약했소. 우리네가 그의 종말에 관해 확실하게 아는 건 전무했으니까."

이제 파라미르의 목소리는 속삭임으로 잦아들었다.

"그러나 난 이 정도는 배우거나 미루어 헤아렸고 그 후로 쭉 그것을 마음속의 비밀로 쟁여 뒀소. 즉, 이실두르는 곤도르를 떠나 필멸의 인간들 속에서 다시는 보이지 않기 전에 거명되지 않는 자의 손에서 무엇인가를 취했소. 나는 미스란디르의 탐문에 대한 답이 여기에 있다고 생각했소. 하지만 당시에는 그것이 오로지 옛 학식을 추구하는 이들에게만 관계된 일로 보였소. 우리 꿈에 나온 수수께끼 같은 낱말들을 두고 격론을 벌였을 때도 난 이실두르의 재앙이 바로 이것과 동일한 것이라곤 생각하지 못했소. 우리가 아는 유일한 전설에 따르면 이실두르는 매복 중이던 오르크들의 화살에 살해되었고, 미스란디르도 결코 내게 더는 말해 주지 않았으니까.

진실로 이 물건이 무엇인지 나는 아직도 짐작할 수 없지만 그것이 어떤 권능과 위험의 보물인 것은 틀림없소. 어쩌면 암흑군주가 고안

468

해 낸 파괴적인 무기일지도. 만일 그것이 전투에서의 우위를 부여하는 물건이라면, 자존감이 강하고 대담무쌍하며 종종 성급한 데다 늘상 미나스 티리스의 승리를 (그리고 그 속에서의 자신의 영광을) 열망했던 보로미르가 그런 것을 탐하고 그것에 매혹될 수 있다는 것을 난 능히 믿을 수 있소. 그가 그런 사명을 띠고 갔다는 것이 비통할 뿐이오! 부친과 원로들에 의해 내가 선발되어야 마땅했음에도 불구하고 그는 자신이 더 나이가 많고 더 대담하다며 (둘 모두 사실이었소) 주제넘게 나섰고 그 기세를 누구도 만류할 수가 없었소.

하지만 더는 두려워 마시오! 나는 그것이 한길에 놓여 있다고 해도 취하지 않을 것이오. 미나스 티리스가 몰락하고 있고 나 혼자만이 그것을 구할 수 있다 하더라도 나는 그것을 위해 그리고 내 영광을 위해 암흑군주의 무기를 쓰지 않을 것이오. 아니지, 난 그 같은 위업은 바라지 않소, 드로고의 아들 프로도여."

프로도도 확고하게 말했다.

"백색회의도 그러지 않았고 나도 그렇지 않소. 난 그런 일들엔 상관하지 않을 거요."

"나는 백색성수(白色聖樹)가 왕의 안뜰에서 다시 꽃 피고 은빛 왕관이 돌아온 평화로운 미나스 티리스를 보고 싶소. 또 미나스 아노르가 예전처럼 빛으로 충만하고 고상하고 공명정대하며 여왕 중의 여왕으로 아름답기를 바랄 뿐 많은 노예를 거느린 여주인이나 심지어는 자발적인 노예들의 여주인이 되는 건 바라지 않소. 우리가 모든 것을 삼키려는 파괴자에 맞서 우리의 목숨을 지키는 한, 필경 전쟁은 있는 법이오. 하지만 나는 찬란한 칼을 그 날카로움 때문에, 화살을 그 날렵 때문에, 또 전사를 그의 영광 때문에 사랑하진 않소. 난 오직 그것들이 지키는 것, 즉 누메노르인들의 도시를 사랑하오. 또 그 도시가 자체의 기억, 오랜 전통, 아름다움 및 현재의 지혜로 인해 사랑받길 원할 뿐 사람들이 늙은 현자의 위엄을 경외하는 것과는 다르게 경외의 대상이 되길 원치 않소.

그러니 날 두려워 마시오! 난 당신에게 더 말해 달라고 청하지 않소. 나아가 지금은 내가 더 근사하게 짚었는지 말해 달라고 청하지도 않소. 그러나 만약 당신이 날 신뢰하겠다면, 나는 당신의 현 원정 여행에, 그것이 무엇이든 간에 조언해 줄 수 있고—그렇소, 그리고 심지어 당신을 도와줄 수도 있소."

프로도는 아무 대답도 하지 않았다. 하마터면 그는 도움과 조언의 욕망에 굴복해서 하는 말이 참으로 현명하고 공명정대해 보이는 이 엄숙한 젊은이에게 심중의 모든 걸 말해 버릴 뻔했다. 그러나 무언가가 그를 제지했다. 그의 가슴은 두려움과 비애로 무거웠다. 만일 그럴 법해 보이는 대로 정녕 9인의 도보자들 중에서 이제 그와 샘만 남은 것이라면, 그렇다면 그가 그들 사명의 비밀을 홀로 떠맡은 것이었다. 성급한 말을 하느니 부당할지라도 불신하는 게 나았다. 게다가 파라미르를 바라보고 그의 목소리에 귀 기울이고 있노라니 반지의 매혹에 넘어가 무시무시하게 돌변했던 보로미르에 대한 기억이 마음에 생생하게 떠올랐다. 그들은 서로 달랐으면서도 또한 아주 닮았던 것이다.

그들은 늙은 나무들 아래로 회색과 초록의 그림자들처럼 발소리도 내지 않고 한동안 침묵 속에서 계속 걸었다. 그들의 머리 위에선 많은 새들이 노래했고, 이실리엔의 상록림 속에 윤기 어린 지붕을 이룬 거뭇한 잎새들 위로 태양이 반짝였다.

샘은 대화에 끼지 않고 다만 귀 기울여 듣기만 했다. 동시에 그는 호빗의 예민한 귀로 주변 삼림의 모든 나직한 소음에 주의를 기울였다. 한 가지 그가 주목한 것은 그 모든 이야기 속에서 골룸의 이름이 한 번도 떠오르지 않은 것이었다. 다시는 그것을 듣지 않기를 바라는 건 무리라고 느꼈음에도 불구하고 그는 기뻤다. 그들만 따로 걷고 있지만 바로 근처에 많은 병사들이 있다는 것도 그는 곧 인지했다. 담로드와 마블룽이 앞의 그림자들 속을 들락날락할 뿐 아니라 양옆에서도 다른 이들이 모두 어떤 지정된 장소로 빠르고 은밀하게 가고 있었다.

한번은, 피부가 따끔거리는 느낌에 누가 자신을 뒤에서 지켜보는 게 아닌가 싶어 별안간 돌아봤을 때 그는 작고 어두운 형체 하나가 나무둥치 뒤로 후딱 숨는 걸 언뜻 포착했다고 생각했다. 그는 말하려고 입을 벌렸다가 다시 다물어 버렸다.

"확실치도 않은데. 게다가 그들이 그를 잊고자 한다면 왜 내가 그 늙은 악당 놈을 그들에게 상기시킨단 말인가? 나도 잊었으면 싶은 마당에!"

그는 혼잣말로 중얼거렸다.

그렇게 계속 나아가자 마침내 삼림이 점차 성기고 땅이 더 가파르게 내려앉기 시작했다. 그제야 그들은 다시 오른쪽의 옆길로 들어 빠르게 좁은 골짜기 속의 작은 강에 다다랐다. 둥근 웅덩이를 벗어나 저 위로 졸졸 흐르다 이젠 세찬 물살로 불어나, 너도밤나무와 회양목 들이 드리운 가운데 깊이 파인 강바닥 속의 숱한 돌멩이들 위로 쏟아져 내리는 개울이었다. 서쪽으로 아래의 흐린 빛 속에 저지대와 넓은 초원이 보였고, 안두인의 넓은 유역이 저 멀리 기울어 가는 햇살에 반사되었다.

"유감스럽지만 여기서 실례를 좀 해야겠소."

하고 파라미르가 말했다.

"이제까지 당신들을 살해하거나 포박하지 않고 명령보다 예의를 앞세웠던 만큼 용서해 주길 바라오. 그러나 어떤 이방인도, 심지어는 우리와 함께 싸우는 로한인이라 하더라도 지금 우리가 가는 길을 두 눈 뜨고 봐선 안 된다는 게 지엄한 명령이오. 그래서 당신들의 눈을 가려야 하오."

"뜻대로 하시오. 심지어 요정들도 긴급할 때에는 마찬가지였소. 해서 우린 눈을 가린 채 아름다운 로슬로리엔의 경계를 건넜지요. 난쟁이 김리는 그것을 고깝게 여겼지만 호빗들은 감내했소."

프로도가 대답하자 파라미르가 다시 말했다.

"내가 당신들을 인도할 곳은 그리 아름답지 않소. 그나저나, 마지 못해서가 아니고 자발적으로 받아들이겠다니 기쁘오."

그가 나직하게 부르자 마블룽과 담로드가 나무들에서 나와 그에 게로 돌아왔다.

"이 손님들의 눈을 가려라. 단단히 묶되 불편을 느끼진 않도록, 손은 묶지 말라. 보려고 하지 않겠다고 약속할 테니. 난 그들이 자진해서 눈을 감을 것이라 믿을 수 있어. 하지만 발을 헛디디면 눈을 깜박이게 되는 법이야. 비틀거리지 않도록 그들을 인도하라."

이제 두 호위병은 초록 스카프로 호빗들의 눈을 가리고 그들의 두건을 거의 입까지 끌어 내린 다음 재빨리 각자의 손을 잡고 길을 나섰다. 프로도와 샘이 그 길의 이 마지막 1.5킬로미터에 대해 아는 것은 모두 어둠 속에서 짐작으로 안 것이었다. 얼마 후 그들은 자신들이 가파른 내리막길 위에 있다는 걸 알았다. 곧 길이 매우 좁아졌기에 그들은 양쪽 석벽을 스치며 일렬종대로 갔고, 호위병들은 그들의 어깨 위에 단단하게 얹은 손으로 그들을 뒤에서 조종했다. 간간이 울퉁불퉁한 곳에 이를 때면 그들은 한동안 번쩍 들렸다가 다시 땅에 내려졌다. 오른쪽으로 항상 흐르는 물소리가 들렸고, 그것은 점점 가까워지고 요란해졌다. 드디어 그들은 멈춰 섰다. 재빨리 마블룽과 담로드가 그들의 몸을 몇 차례나 돌리는 바람에 그들은 온통 방향감각을 잃었다. 그들이 위쪽으로 조금 올라가니 추운 것 같았고 개울물 소리가 희미해졌다. 그때 그들은 몸이 들어 올려져 운반되는 가운데 많은 계단을 내려가고 모퉁이 하나를 돌았다. 갑자기 다시 물소리가 들렸는데, 세차게 흐르고 물이 튀는 듯 이젠 소리가 요란했다. 사방에서 물소리가 나는 것 같았고, 그들은 손과 뺨에 닿는 가랑비를 느꼈다. 드디어 그들은 다시 땅에 발을 디디게 되었다. 잠시 동안 그들은 눈이 가려져 반쯤 두려운 마음으로 자신들이 어디에 있는지도 모른 채 그렇게 서 있었다. 둘 중 누구도 말하지 않았다. 그때 파라미르의 목소리가 바로 뒤에서 들려왔다.

"그들이 볼 수 있게 해 주어라!"

스카프가 제거되고 두건이 뒤로 젖혀지자 그들은 눈을 깜박이고 숨을 헐떡였다.

그들은 반들반들한 돌이 깔린 축축한 바닥 위에 서 있었다. 그것은 뒤쪽에 어둡게 열린 대충 깎은 바위 문의 현관 계단인 셈이었다. 그러나 앞에는 얇은 휘장 같은 물이 걸려 있었는데, 프로도가 팔만 쭉 뻗치면 가닿을 수 있을 만큼 아주 가까웠다. 그것은 서쪽을 향해 있었다. 뒤편으로 지는 해의 수평 광선들이 그것에 부딪치자 그 붉은 빛이 변화무쌍한 색채를 띠며 명멸하는 숱한 빛살들로 부서졌다. 마치 금과 은, 루비, 사파이어 및 자수정이 한데 꿰어진 커튼이 드리워진 가운데 그 모든 보석들이 소진되지 않는 불길로 환하게 빛나는 어떤 요정 탑의 창가에 서 있는 것만 같았다.

"어쨌든 운 좋게 제시간에 당도해 당신들의 인내에 보답할 수 있게 되었소. 이것이 바로 일몰의 창(窓) 헨네스 안눈으로 샘이 많은 땅 이실리엔에서도 가장 아름다운 폭포요. 일찍이 이방인이 그것을 본 경우는 거의 없다오. 하지만 뒤편에 그것에 어울릴 만한 왕궁은 없소. 이제 들어가 보시오!"

파라미르가 말하는 그 참에 해가 떨어졌고, 흐르는 물속에 비치던 불길이 사그라졌다. 그들은 몸을 돌려, 가까이하기가 꺼려지는 낮은 아치 밑을 지났다. 곧장 그들은 널찍하고 거친 데다 지붕이 들쭉날쭉하게 기울어진 암벽의 방에 들어섰다. 몇 개의 횃불이 밝혀져 반짝이는 벽들에 어슴푸레한 빛을 던졌다. 거기엔 벌써 많은 사람들이 있었다. 한쪽의 어둡고 좁은 문을 통해 다른 사람들이 두세 명씩 계속 들어오고 있었다. 눈이 어둠에 익숙해지면서 호빗들은 그 동굴이 짐작했던 것보다 크고 또 대단한 양의 무기와 식량으로 채워져 있다는 것을 알았다.

파라미르가 말했다.

"자, 여기가 우리의 은신처요. 그리 안락한 곳은 아니지만 여기서 마음 편히 밤을 보낼 수는 있을 거요. 적어도 여기는 축축하지 않고 불은 없어도 음식이 있소. 한때는 물결이 이 동굴을 통해 아치 밖으로 흘러내렸지만 옛 장인들에 의해 수로가 골짜기 저 위로 바뀐 뒤로 물결은 두 배 높이의 저 위쪽 바위들 위로 떨어지오. 그때는 이 석실(石室)에 이르는 길들이 물이나 다른 어떤 것이 들어오지 못하도록 하나만 빼고 죄다 막혔더랬소. 지금은 나가는 길이 둘뿐인데, 당신들이 눈을 가린 채 들어온 저쪽 통로와 창의 휘장을 통해 칼날 같은 돌로 채워진 깊고 우묵한 땅으로 나가는 것이오. 이제 저녁 식사가 준비될 때까지 잠시 쉬시오."

호빗들은 한쪽 구석으로 안내되어 원한다면 누울 수 있게끔 낮은 침대 하나를 제공받았다. 그동안 사람들은 동굴 여기저기로 부산하게 움직였는데 그 움직임은 조용했고 또 신속하면서도 규율이 잡혀 있었다. 벽에서 가벼운 식탁들이 내려져 가대(架臺)들 위에 세워지고 식기가 놓였다. 식기는 대부분 수수하고 장식이 없었지만 모든 것이 아름답게 잘 만들어진 것이었다. 둥근 큰 접시, 유약을 바른 갈색 점토나 둥글게 깎은 회양목으로 만든 사발과 접시 들이 매끄럽고 깨끗했다. 여기저기에 윤나는 청동으로 만들어진 잔이나 물동이가 있었고 맨 안쪽 식탁의 가운데 대장의 좌석 곁에는 수수한 은으로 만든 받침 달린 술잔이 놓여 있었다.

파라미르는 사람들 사이를 여기저기 돌아다니며 들어오는 한 사람 한 사람에게 나직한 목소리로 상황을 물었다. 일부는 남부인들을 추격하다가 돌아왔고, 다른 이들은 길 근처에 척후병으로 뒤처져 있다가 마지막으로 들어왔다. 거대한 무막만 빼고 남부인들은 모조리 섬멸되었다. 그러나 무막이 어떻게 되었는지는 누구도 말하지 못했다. 적의 움직임은 보이지 않았고, 심지어 오르크의 밀정 하나도 얼씬거리지 않았다.

"보고 들은 게 아무것도 없나, 안보른?"

하고 파라미르가 마지막으로 들어온 이에게 물었다.

"음, 없습니다, 대장님. 적어도 오르크는 없습니다. 하지만 좀 이상한 어떤 것을 봤거나 본 것 같습니다. 어스름이 짙어질 때면 눈에는 물체가 실제보다 더 크게 보이는 법이니 어쩌면 다람쥐였을 수도 있을 것입니다."

이 말에 샘이 귀를 곤두세웠다.

"그렇지만, 그렇더라도 그것은 검은 다람쥐였고 꼬리는 보이지 않았습니다. 그것은 땅바닥 위의 그림자 같았는데 제가 가까이 다가가니까 나무둥치 뒤로 휙 숨고는 여느 다람쥐처럼 날래게 높직이 올라갔습니다. 대장께서 이유 없이 야생 짐승을 죽이지 못하게 하시는 데다 그것이 그런 짐승 같아서 저는 화살을 쏘지 않았습니다. 어쨌든 확실하게 겨냥하여 쏘기에는 날이 너무 어두웠고, 그놈은 눈 깜짝할 새에 나뭇잎들의 어둠 속으로 들어가 버렸습니다. 하지만 저는 수상한 느낌이 들어 한동안 거기 머물렀다가 이후 서둘러 돌아왔습니다. 제가 몸을 돌리는데 그 물체가 저 위 높은 데서 저에게 쉬쉬대는 소리를 들은 것 같습니다. 아마 큰 다람쥐일 수도 있을 겁니다. 어쩌면 어둠숲 짐승들 중의 일부가 그 거명되지 않는 자의 그림자를 감지하고 우리의 숲들로 유랑해 오고 있는지도 모릅니다. 거기엔 검은 다람쥐들이 있다고 하니 말입니다."

"그럴 수도 있겠지." 파라미르가 말했다. "그러나 만일 사정이 그 렇다면 그건 불길한 징조일 거야. 어둠숲을 탈출한 것들이 이실리 엔에 오는 건 반갑지 않은 일이니까."

샘은 그가 그렇게 말하면서 호빗들 쪽을 언뜻 쳐다본 듯한 느낌 이 들었다. 하지만 샘은 아무 말도 하지 않았다. 한동안 그와 프로도 는 뒤로 누워 횃불을 쳐다보았고, 병사들은 이리저리 움직이며 숨 죽인 목소리로 말했다. 그런 중에 갑자기 프로도는 잠이 들었다.

샘은 이런저런 방식으로 따져 보며 자신과 씨름했다.

'그는 괜찮은 사람일 수 있어. 그렇지만 아닐 수도 있고. 감언(甘言) 으로 시키면 속을 감출 수도 있으니까.'

그가 하품을 했다.

'일주일 동안도 잘 수 있겠고 그러면 몸이 가뿐해질 거야. 그리고 주위에 이 모든 큰 인간들이 널려 있는데 깨어 있다 한들 내가 뭘 할 수 있겠어, 달랑 혼자서? 아무것도 없어, 감지네 샘. 하지만 그렇더라 도 넌 계속 깨어 있어야만 해.'

그는 용케도 그렇게 했다. 동굴의 문에서 들어오는 빛이 희미해졌 고 떨어지는 물의 회색 휘장은 점차 어렴풋해지다가 몰려드는 그림 자 속에 보이지 않았다. 아침이든 저녁이든 밤이든 물소리는 가락이 바뀌는 법 없이 계속되었다. 그것은 잠을 자라고 수런거리고 속닥였 다. 샘은 두 주먹을 두 눈에 갖다 박았다.

이제 더 많은 횃불이 밝혀지고 있었다. 포도주통 하나에 구멍이 뚫렸다. 저장된 술통들이 열리고 있었다. 사람들이 폭포에서 물을 길어 오고 있었다. 일부는 대야에서 손을 씻고 있었다. 넓은 구리 대 야와 하얀 천이 대령되자 파라미르도 씻었다.

"손님들을 깨워라. 물도 갖다주고. 식사 시간이야."

그의 말에 프로도가 일어나 앉아 하품을 하고 기지개를 켰다. 시중 받는 것에 익숙하지 않은 샘은 자기 앞에 물 대야를 들고 허리를 굽힌 키 큰 사람을 얼마쯤 놀란 눈으로 쳐다보았다.

"그걸 바닥에 내려놓으시오, 선생, 부디! 그러는 게 나와 당신에게 더 편하단 말이오."

그다음에 샘이 찬물 속에 머리를 처박고 목과 귀에 물을 끼얹었는데 그 모습에 병사들이 놀라면서도 재미있어했다. 호빗들을 시중 들던 병사가 물었다.

"저녁 식사 전에 머리를 씻는 게 당신네 땅의 관습이오?"

"아니요, 아침 식사 전에 하지요." 샘이 말했다. "그러나 잠이 모자랄 때는 목에 찬물을 끼얹는 게 시든 상추에 내리는 비와도 같소. 자! 이제 난 좀 먹을 수 있을 만큼 오래도록 깨어 있을 수 있소."

그들은 파라미르의 옆 좌석들로 안내되었다. 그들에게 편하도록 모피가 덮이고 인간들의 긴의자들보다 꽤 높은 술통들이 그들을 위한 좌석이었다. 파라미르와 그의 모든 병사들은 식사 전에 잠시 침묵 속에 몸을 돌려 서쪽을 향했다. 파라미르가 프로도와 샘에게 똑같이 하라는 신호를 했다. 그들이 자리에 앉자 파라미르가 말했다.

"우린 언제나 이렇게 하오. 과거의 누메노르 쪽, 그리고 그 너머 현재까지 존재하는 요정의 고향 쪽과 또 요정의 고향 너머 언제나 있을 것 쪽을 향하오. 당신들에겐 식사 때 그런 관습이 없소?"

"없습니다."

프로도가 말했는데, 이상하게도 자신이 조야하고 무지하다는 기분이 들었다.

"그러나 우리가 손님일 경우엔 집주인에게 인사를 하고 또 식사 후에는 일어나서 감사를 드리지요."

"그건 우리도 그렇게 하오."

파라미르가 말했다.

그토록 긴 여행과 야영 그리고 고적한 황야에서 지낸 날들 이후인지라 호빗들에게는 그 저녁 식사가 진수성찬 같았다. 차갑고 향기로운 연노란빛 포도주를 마시고 깨끗한 손과 깨끗한 나이프와 접시로 버터 바른 빵, 소금 간이 배인 고기와 말린 열매 그리고 훌륭한 붉은 치즈를 먹다니. 프로도와 샘은 제공되는 그 어떤 음식도 사양하지 않았고 나아가 두 번째 아니 정녕 세 번째 그릇도 마다하지 않았다. 포도주가 핏줄과 지친 사지 속을 돌자 그들은 가슴이 흥겹고 느긋해지는 걸 느꼈다. 로리엔의 땅을 떠난 후로 느껴 보지 못한 기분이었다.

식사가 모두 끝나자 파라미르는 그들을 동굴 안쪽의 구석진 곳으로 안내했다. 커튼으로 일부가 가려진 그곳으로 의자 하나와 두 개의 발판이 날라져 왔다. 벽감(壁龕)에는 오지 등불이 타올랐다.

파라미르가 말했다.

"당신들은 곧 자고 싶을 거요. 특히 훌륭한 샘와이즈가 그럴 텐데, 그는 먹기 전엔 눈을 감으려 하질 않았소―숭고한 시장기의 날이 무뎌질까 봐 그런 건지 내가 못 미더워 그런 건지는 모르겠소만. 그러나 식사 후에 너무 빨리 잠자는 건, 그것도 오래도록 굶은 후라면 좋지 않소. 잠시 이야기를 나눕시다. 깊은골에서 시작된 당신들의 여정에는 틀림없이 이야깃거리가 많았을 거요. 그리고 아마 당신들도 우리에 대해 그리고 지금 당신들이 있는 땅에 대해 알고 싶은 게 있을 거요. 내 형님 보로미르와 늙은 미스란디르 그리고 로슬로리엔의 아름다운 종족에 대해 말해 주시오."

프로도는 더는 졸리지 않았기에 기꺼이 말하고자 했다. 그러나 비록 음식과 술로 마음이 느긋해지긴 했어도 조심성을 죄다 잃은 것은 아니었다. 샘은 혼자서 밝게 미소를 짓거나 흥얼대고 있다가도 프로도가 말할 때면 처음엔 기꺼이 경청하며 가끔 과감하게 동의의 찬탄을 표할 뿐이었다.

프로도는 많은 사연을 말했지만 언제나 원정대의 사명과 반지를 비켜나 오히려 황야에서 늑대들을 마주쳤던 때나 카라드라스 밑의 설원 그리고 간달프가 추락한 모리아의 광산 등 그들의 모든 모험에서 보로미르가 수행한 용감한 역할을 장황하게 이야기했다. 파라미르는 다리 위에서 벌어진 전투 이야기에 가장 큰 감명을 받았다.

"오르크들로부터 도망친다는 건, 또는 심지어 당신이 거명한 그 사나운 것, 발로그로부터 도망친다는 것도 보로미르로서는 질색이었을 게 틀림없소—설령 그가 맨 마지막으로 떠났다 하더라도 말이오."

파라미르의 말에 프로도가 대답했다.

"그가 맨 마지막이었소. 그건 그렇고 아라고른이 우리를 이끌어야만 했소. 간달프의 추락 후로는 길을 아는 이가 그뿐이었으니. 하지만 만일 우리같이 돌봐 주어야 할 미약한 족속이 없었더라면, 아라고른이나 보로미르가 도망쳤을 거라곤 생각지 않소."

"어쩌면 거기서 보로미르가 미스란디르와 함께 추락했더라면 좋았을 것이오. 그랬더라면 라우로스폭포 위에서 기다리던 그 운명으로 나아가진 않았을 텐데."

파라미르가 말했다.

"그렇죠, 어쩌면. 그나저나 이젠 당신네 형편을 말해 주시오."

프로도는 다시 한번 그 일을 비켜나며 이렇게 말했다.

"난 미나스 이실과 오스길리아스, 그리고 오래도록 지탱해 온 미나스 티리스에 대해 더 알고 싶으니까요. 당신들은 오랜 전쟁 속에서 그 도시에 대해 어떤 희망을 갖고 있소?"

파라미르가 말했다.

"우리가 어떤 희망을 갖냐고? 어떤 희망이란 걸 가져 본 지가 오래요. 정녕 엘렌딜의 검이 돌아온다면 다시 희망의 불길이 당겨질 수 있겠지만, 그렇더라도 사악한 날의 도래를 지연시킬 뿐이라고 생각하오. 만약 요정들이나 인간들로부터 예기치 못한 다른 도움이 동시에 오지 않는다면. 대적의 세력은 점점 불어나는데 우리는 계속 줄어들고 있으니까. 우리는 쇠해 가는 종족으로 봄이 없는 가을과도 같소.

누메노르인들은 광대한 대지의 해안 지역에 광범위하게 정착했지만 대부분이 악행과 우매한 짓거리에 빠져들었소. 많은 이들이 암흑과 흑마술에 매혹되었소. 일부는 완전히 나태와 안일에 빠졌고 또 다른 일부는 자기네끼리 싸우다가 허약해져 결국 야만인들에게 정복당하고 말았소.

일찍이 곤도르에서 사악한 술수가 행해졌다거나 거명할 수 없는 자가 명예롭게 거명된 적이 없다고 하오. 그리고 서녘으로부터 전해진 오랜 지혜와 아름다움은 가인(佳人) 엘렌딜의 아들들의 영토에 오래도록 남아 있었고 거기서 아직도 명맥이 이어지오. 하지만 그렇다 하더라도, 괴멸된 게 아니라 단지 추방되었을 뿐인 대적을 잠든 것으로 생각하며 점차 노망에 빠져들어 스스로의 쇠잔을 자초한 것이 바로 곤도르였소.

누메노르인들은 자신들의 옛 왕국에서 가졌다가 잃어버린 그것, 즉 변치 않는 끝없는 삶을 여전히 열망했기 때문에 죽음이 상존했소. 왕들은 무덤을 살아 있는 이들의 집보다 호화롭게 만들었고, 족보 속의 옛 이름들을 아들들의 이름보다 귀하게 여겼소. 자손이 없는 영주들은 쇠락한 궁전에 앉아 문장(紋章)에 탐닉했고, 시들어 버린 이들이 밀실에 틀어박혀 불로장생의 영약을 조제하거나 높고 추운 탑에 앉아 별에 대해 질문하곤 했소. 게다가 아나리온 혈통의 마지막 왕에겐 후계자가 없었다오.

그러나 섭정들은 보다 현명하고 운도 좋았소. 보다 현명했다는 건 그들이 해안의 억센 족속과 에레드 님라이스의 강건한 산악인들을 끌어들여 우리의 군세를 보강했기 때문이오. 또 그들은 북방의 오만한 종족들과는 휴전을 맺었는데, 그 용맹한 이들은 때때로 우리를 침공하긴 했지만 야만적인 동방인이나 잔인한 하라드인과는 달리 멀긴 해도 우리의 친족이었소.

그리하여 12대 섭정 키리온(내 부친은 26대 섭정인데)의 시절에는 그들이 원군으로 달려와 드넓은 켈레브란트평원에서 우리의 북부지역을 강점했던 적들을 무찔렀던 것이오. 이들이 바로 우리가 로히림이라 부르는 말(馬)의 명인들이고, 우리는 그들에게 오랫동안 인구가 희박했던 칼레나르돈평원을 일부 나누어 주었는데, 그 지방이 후에 로한이라 불리게 된 거요. 그리고 그들은 우리의 동맹이 되어 위급할 때면 우리를 도와 우리의 북쪽 변경과 로한관문을 방비하며 늘 우리의 충실한 이웃이었소.

그들은 우리의 전승과 관습에서 요긴한 것들을 배웠고, 그들의 영주들은 급할 땐 우리 말을 쓴다오. 그렇지만 그들은 대부분 자기네 선조의 풍습을 굳게 지키고 자기네의 기억을 고수하며, 자기네끼리는 그들만의 북방어를 쓴다오. 우리는 그들을 사랑하오. 키 큰 남자들과 아름다운 여자들이 똑같이 용감한 데다 금발에 눈매가 시원하고 강건하오. 그들을 보노라면 상고대(上古代)의 청년기 인간들이 떠오르오. 실로 우리네 전승의 대가들이 이르듯 옛적부터 그들과 우리 사이에는 이런 친연성이 있소. 시초에 누메노르인들이 그랬듯 그들도 저 동일한 인간의 세 가계(家系)로부터 나왔소. 아마도 요정의 친구인 금발의 하도르는 아니래도 그렇지만 부름을 거부하고 바다 너머 서녘으로 가지 않은 그의 아들들과 종족에게서 나왔을 것이오.

우리의 전승에서는 그렇게 인간을 셈하여 세 부류로 나누오. 즉, 높은 족속 또는 서녘 인간이라 불리는 누메노르인, 중간 족속과 여명의 인간에 속하는 로히림과 아직도 멀리 북방에 거하는 그들의 친족, 그리고 야만인 혹은 암흑의 인간이오.

그렇지만 이제는, 만약 로히림이 기예와 품위가 향상되어 여러 면에서 우리와 더 닮아 버렸다면 우리도 그들과 더 닮아 버린 나머지 더 이상은 좀체 높은 족속이란 칭호를 주장할 수가 없소. 비록 다른 것들에 대한 기억은 지니고 있지만 우리가 여명의 중간 인간이 된 것이오. 로히림이 그런 것처럼 우리도 이젠 전쟁과 무용(武勇)을 그 자체로 좋은 것, 즉 유희이자 목적으로 사랑하오. 전사는 단지 무기를 휘둘러 살해하는 재주 이상의 많은 기예와 지식을 가져야 한다고 아직도 우리는 생각하지만, 그럼에도 불구하고 우리는 전사를 다른 장인(匠人)들보다 높게 평가하오. 우리 시대의 필요가 그런 것이니까. 내 형님 보로미르부터가 그랬소. 뛰어난 무용을 갖춘 그는 그 덕분에 곤도르의 최고 전사로 꼽혔소. 실로 그는 무척이나 용맹했소. 오랜 세월에 걸쳐 미나스 티리스의 어떤 후계자도 그토록 싸움에 모질고 그토록 선뜻 전투에 나서거나 거대한 뿔나팔을 그토록 힘차게 불진 못했소."

파라미르가 한숨을 내쉬고 한동안 침묵에 잠겼다.

"당신은 많은 이야기를 했지만 요정에 대한 이야기는 별로 없네요, 대장님."

샘이 별안간 용기를 내어 말했다. 파라미르가 요정을 공경하는 마음으로 언급하는 것 같다는 걸 알아챈 샘은 그의 정중함과 그가 대접한 음식과 술보다 이것에 훨씬 더 감복했고 그로 인해 의구심도 잦아들었다.

"실로 그랬군, 샘와이즈 군. 그건 내가 요정의 전승에 대해 박식하지 못하기 때문이네. 하지만 자네는 그 지적을 통해 우리가 누메노르에서 가운데땅으로 영락하면서 변해 버린 또 다른 대목을 짚어 주는군. 미스란디르가 자네의 동지였고 또 자네가 엘론드와 담화를 나누었다면 알겠지만, 누메노르인들의 선조 에다인은 최초의 전쟁에서 요정들과 나란히 싸웠고, 그 대가로 요정의 고향이 바라보이는 바다 가운데의 왕국을 선물로 받았지. 그러나 가운데땅에서 인간과 요정은 암흑기에 대적의 간계로 인해 그리고 그 속에서 각자가 서로 갈라진 길을 더욱 멀리 걸어간 시간의 느린 변화로 인해 소원해졌어. 이제 인간들은 요정들을 두려워하고 의심하지만 그들에 관해 아는 건 거의 없네. 그리고 우리 곤도르인들은 점차 다른 인간들, 예컨대 로한인들처럼 되어 가지. 암흑군주의 적인 그들조차도 요정들을 피하고 황금숲을 꺼림칙한 마음으로 이야기한다네.

그렇지만 우리 가운데는 가능한 경우에 요정들과 교제하는 이들이 아직도 좀 있다네. 이따금 어떤 이가 은밀히 로리엔으로 가기도 하고. 하지만 돌아오는 일은 좀체 없어. 내가 그렇게 하는 건 아니고. 나는 필멸의 인간이 일삼아 상고대의 종족을 찾아 나서는 걸 위험하다고 여기니까 말이야. 그렇지만 순백의 귀부인과 담화를 나눈 자네가 부럽군."

"로리엔의 귀부인이여! 갈라드리엘이여!"

샘이 외쳤다.

"당신은 그녀를 보셔야 합니다. 정녕 그러셔야 해요, 대장님. 대장께서 제 말을 이해하실지는 몰라도, 저는 일개 호빗에 불과하고 고향에선 정원을 돌보는 게 직업인지라 시에는 그리 능통치 못해요—시를 짓는 데는 말이에요, 그저 가끔씩 익살스러운 운율을 조금 만들긴 해도 진짜 시는 아니죠—해서 제가 뜻하는 바를 충분히 말씀드릴 수가 없네요. 그건 노래로 불려야 하거든요. 그러자면 성큼걸이, 즉 아라고른이나 늙은 빌보 씨를 만나셔야 할 거예요. 하지만 저도 그녀에 대한 노래 하나를 지을 수 있으면 좋겠어요. 그녀는 아름다워요, 대장님! 사랑스럽고요! 때로는 꽃 피운 거대한 나무 같고 때로는 작고 가녀린 하얀 나팔수선화 같죠. 금강석처럼 단단하면서도 달빛처럼 보드랍죠. 햇빛처럼 따스하고 별들 속의 서리처럼 차갑고요. 설산처럼 꼿꼿하고 멀지만, 제가 일찍이 보았던, 머리에 데이지를 꽂은 봄철의 어떤 아가씨만큼이나 명랑해요. 그러나 이것도 한 무더기의 허튼소리일 뿐 제 뜻과는 얼토당토않죠."

"그렇다면 실로 그녀가 사랑스러운 것이 틀림없군. 위태로울 만큼 아름답고."

"저는 위태로운 것에 대해선 몰라요." 샘이 말했다. "제 생각으로는 사람들이 위태로움을 지니고 로리엔으로 가고서는, 자신들이 가져온 것을 거기서 발견하는 것 같아요. 하지만 어쩌면 당신이 그녀를 위태롭다고 부를 수도 있을 거예요. 왜냐하면 그녀는 그 자체로 아주 강하니까요. 당신이, 당신이 그녀에게 몸을 날려 부딪친다면 암초에 걸린 배처럼 산산조각이 나거나 강물에 빠진 호빗처럼 익사하고 말 거예요. 그렇다고 암초나 강을 탓할 수는 없죠. 그런데 보로……."

그가 급히 말을 멈추었지만 얼굴이 붉그레해졌다. 파라미르가 말했다.

"그래서? 자넨 '그런데 보로미르는.'이라고 말할 참이었지? 무엇을 말하려던 거야? 그가 위태로움을 지니고 갔다는 건가?"

"그래요, 대장님. 실례지만. 그리고 당신의 형님은 훌륭한 인물이었어요. 제가 그렇게 말해도 좋다면. 하지만 당신은 내내 뭔가 단서를 잡고자 열심이었죠. 저는 깊은골을 떠나 먼 길을 오면서 줄곧 보로미르를 지켜보고 그의 말에 귀를 기울였어요—이해하시겠지만 내 주인을 돌보려는 거였지 보로미르에게 해를 끼칠 생각은 없었어요—그리고 로리엔에서 그가 제가 앞서 짐작했던 바, 즉 그가 원하던 것을 처음으로 분명히 알았다는 게 제 소견이에요. 처음 본 순간부터 그는 대적의 반지를 탐했어요!"

"샘!"

프로도가 아연실색해서 외쳤다. 그는 한동안 혼자만의 생각에 깊이 빠졌다가 화들짝 깨어났지만 때는 너무 늦었다.

"어이구머니나!"

샘의 얼굴이 하얘졌다간 이윽고 시뻘게지며 말했다.

"또 일을 저질렀네! '넌 그 큰 입을 열기만 하면 실언이야.' 하고 노친네가 내게 종종 말하곤 했는데 지당한 말씀이었어. 아이고, 아이고 이런!"

"자, 이보세요, 대장님!"

샘이 갖은 용기를 다 짜내 파라미르에 감연히 맞서며 몸을 돌렸다.

"하인이 얼간이라는 걸 빌미로 내 주인을 이용하려 들지는 말아요. 당신은 요정들과 그 밖의 모든 것을 거론하며 내내 아주 능란하게 말해서 저를 방심케 했어요. 하지만 거죽보다는 마음이라고 하죠. 지금이야말로 당신의 진면목을 보일 기회예요."

파라미르가 야릇한 미소를 지으며 느리게 그리고 아주 나직하게 말했다.

"그런 것 같군. 그래, 그게 모든 수수께끼들에 대한 답이군! 세상에서 사라졌다고 생각된 절대반지 말이야. 그래서 보로미르가 그걸 우격다짐으로 뺏으려 했나? 해서 당신들은 도망쳤고? 그러고는 줄곧 달렸는데—내게로 온 거야! 그 결과 나는 여기 황야에서 당신들, 두 반인족과 부르면 곧 달려올 내 병사들 그리고 반지들 중의 반지를 앞에 두고 있고. 참으로 얄궂은 운명이야! 곤도르의 대장 파라미르가 진면목을 보일 기회라! 하!"

아주 키가 크고 준엄한 태도로 우뚝 일어선 그의 회색빛 두 눈이 번득였다.

프로도와 샘은 발판에서 벌떡 일어나 벽에 등을 기댄 채 서로 몸을 나란히 붙이고 칼자루를 더듬어 찾았다. 침묵이 흘렀다. 동굴 속의 모든 병사들이 이야기를 그치고 무슨 영문인가 싶어 그들 쪽을 쳐다보았다. 그러나 파라미르는 다시 의자에 앉아 조용히 웃기 시작하더니 이윽고 갑자기 다시 엄숙해졌다. 그러고는 다시 말했다.

"애석한지고, 보로미르여! 그건 너무나 가혹한 시련이었어! 당신들이 나의 비애를 그 얼마나 가중시켰는지, 인간들의 위험을 지고서 먼 나라에서 온 당신들 두 낯선 유랑자가 말이야! 하지만 반인족에 대한 나의 판단보다 인간들에 대한 당신들의 판단이 서툴군. 우리는 진실을 말하는 이들이오, 우리 곤도르인들은. 우린 떠벌리는 법이 거의 없고 말한 바를 실행하거나 실행 중에 죽지. 대로에서 발견한대도 그것을 줍지 않겠다고 난 이미 말했소. 설령 내가 이 물건을 탐낼 만한 사람이고, 그리고 내가 말할 땐 이 물건이 무엇인지 분명히 알지 못했다 하더라도, 그럼에도 난 그 말을 맹세로 여기고 또 지킬 것이오.

하지만 난 그런 사람이 아니오. 혹은, 나는 사람이 피해야만 하는 어떤 위험들이 있다는 걸 알 만큼은 현명하오. 편히 앉으시오! 그리고 안심하게, 샘와이즈. 만일 자네가 실수를 저지른 것 같다면 그리될 수밖에 없었다고 생각하게. 자네 가슴은 충직할 뿐 아니라 예민하고 자네의 눈보다 더 맑게 봤어. 이상하게 들릴지도 모르네만, 내게 이것을 밝힌 것이 오히려 안전하다네. 심지어는 그것이 자네가 사랑하는 주인을 도울 수도 있네. 내게 그럴 힘이 있다면 그것이 그에게 득이 되도록 하겠어. 그러니 안심하게. 그러나 다시는 이 물건을 떠들썩하게 거명하지 말게. 한 번으로 족하니까."

호빗들은 자기네 자리로 돌아가 아주 조용히 앉았다. 병사들은 대장이 작은 손님들과 이런저런 농담을 했다가 이제 끝난 걸로 이해하고 다시 그들의 술과 이야기로 돌아갔다.

파라미르가 말했다.

"자, 프로도여, 이제 드디어 우린 서로를 이해한 거요. 만약 당신이 다른 이들의 부탁에 마지못해 이 물건을 떠맡았다면, 그렇다면 당신에게 연민과 경의를 표하오. 그리고 그것을 숨겨 두고 사용하지 않는 당신에 경탄하는 바이오. 당신은 내게 하나의 새로운 종족이고 하나의 새로운 세상이오. 당신네 종족의 모든 이들도 마찬가지요? 당신네 땅은 평화와 만족의 나라이고 또 거기선 정원사들이 크게 존경받을 게 틀림없소."

"그곳도 만사가 형통한 건 아니오. 그러나 정원사들이 존경받는 건 분명하지요."

"그나저나 거기서도 사람들은 틀림없이 싫증이 날 게요, 심지어 정원에서도, 이 세상의 태양 아래 만물이 그렇듯. 게다가 당신들은 고향에서 멀리 있고 여행에 지쳐 있소. 오늘 밤은 이만합시다. 두 분 모두 주무시오—할 수 있다면 편히. 두려워 마시오! 혹시라도 위험이 나를 덮치고 그 시험에서 내가 드로고의 아들 프로도보다 못한 인물로 드러날까 싶어 그것을 보거나 만지거나 그것에 대해 지금 아는 것(그걸로 족하다오)보다 더 알고 싶지 않소. 이제 가서 쉬시오—그렇지만 의향이 있다면 당신들이 어디로 가고 싶은지 그리고 무엇을 할 건지만 미리 말해 주시오. 나는 망을 보고 기다리고 또 생각해야 하니까. 시간이 지나가오. 아침이 되면 우리는 각자 우리에게 지정된 길들로 신속히 가야만 하오."

두려움의 첫 충격이 지나가면서 프로도는 자신의 몸이 와들와들 떨리는 걸 느꼈다. 이제 대단한 피로가 구름장처럼 그를 내리 덮쳤다. 그는 더는 시치미를 떼거나 저항할 수 없었다.

"나는 모르도르로 들어가는 길을 찾고 있었소. 고르고로스로 가던 참이었소. 난 불의 산을 찾아 그 물건을 운명의 심연 속에 던져야 합니다. 간달프가 그렇게 말했지요. 내가 언제고 거기에 닿으리라곤 생각하지 않지만."

파라미르가 엄숙한 놀라움의 표정으로 잠시 그를 빤히 쳐다봤다. 다음 순간 갑자기 그는 좌우로 흔들거리는 프로도를 붙잡아 부드럽게 들어 올리고는 침대로 데려가 눕히고 따뜻하게 덮어 주었다. 곧장 그는 깊은 잠에 빠져들었다.

그 곁에는 그의 하인을 위해 또 하나의 침대가 놓여 있었다. 샘은 잠깐 머뭇거리다가 이윽고 머리를 깊이 숙이고 말했다.

"안녕히 주무세요, 대장 각하. 대장님은 기회를 제대로 잡으셨어요."

"내가 그랬던가?"

"예, 대장님, 그리고 진면목을 보이셨어요. 바로 가장 고결한 것을요."

파라미르가 미소를 지었다.

"주제넘은 하인이군, 샘와이즈 군. 하지만 아니네, 칭찬받을 만한 것에 칭찬을 받는 건 그 어떤 보상보다 값지지. 그렇지만 이 일엔 칭찬할 게 없었네. 내겐 내가 해 온 바와 다르게 하고픈 유혹이나 욕망이 없었으니."

"아, 그런데요, 대장님." 샘이 말했다. "당신은 제 주인에게 요정 같은 기품이 있다고 하셨는데, 그건 훌륭하고도 참된 말씀이에요. 하지만 전 이렇게 말할 수 있어요. 당신께도 어떤 기품이 있는데, 대장님, 그게 어떤 거냐 하면—글쎄, 간달프를, 마법사들을 떠올리게 하는 거예요."

파라미르가 말했다.

"어쩌면 자넨 아주 멀리서도 누메노르의 기품을 식별할 수 있겠군. 잘 자게!"

Chapter 6

금단의 웅덩이

프로도가 깨어나 보니 파라미르가 자신의 몸 위로 머리를 숙이고 있었다. 한순간 그는 묵은 두려움에 사로잡혀 벌떡 일어나 뒷걸음질 쳤다.

"두려워할 것 없소."

파라미르가 말했다.

"벌써 아침인가요?"

프로도가 하품을 하며 말했다.

"아직 아니오. 그러나 밤은 끝나 가고 보름달도 지고 있소. 가서 보겠소? 당신의 조언을 듣고 싶은 일도 하나 있소. 잠을 깨워 미안하오만 같이 가시려오?"

"그러지요."

프로도가 따스한 담요와 모피를 떠나며 일어나 약간 떨면서 말했다. 불기가 없는 동굴은 추운 것 같았다. 정적 속에서 물소리가 시끄럽게 들렸다. 그는 망토를 걸치고 파라미르를 따라갔다.

샘은 어떤 경계 본능으로 별안간 깨어나 주인의 빈 침대를 보곤 벌떡 일어섰다. 다음 순간 그는 이제 흐릿한 흰 빛으로 가득 찬 아치 길을 등진 두 개의 어둑한 형체, 프로도와 또 한 사람을 보았다. 그는 벽을 따라 깔린 매트리스들 위에 자고 있는 여러 줄의 병사들을 지나 그들을 황급히 쫓아갔다. 동굴 어귀를 지나며 보니 이제 폭포의 휘장은 비단과 진주와 은실로 짜인 눈부신 베일이 되어 녹아드는 달빛의 고드름들 같았다. 그러나 샘은 발길을 멈추고 그 광경에 경탄할 겨를도 없이 옆으로 방향을 돌려 동굴 벽의 좁은 통로를 따라 주인을 쫓아갔다.

그들은 먼저 캄캄한 통로를 따라가다 이윽고 축축이 젖은 많은 계단을 올라 바위 속을 깎아 만든 작고 평평한 층계참에 다다랐다. 창백한 하늘이 길고 깊은 환기갱(換氣坑)을 통해 저 높은 데서 어스레한 빛을 비췄다. 여기서부터 두 개의 계단이 이어졌는데, 하나는 개울의 높은 제방까지 계속 뻗어 오르는 듯했고 다른 하나는 왼쪽으로 꺾였다. 그들은 왼쪽 계단을 따라갔다. 그것은 작은 탑에 달린 계단처럼 휘돌아 위로 뻗쳤다.

마침내 그들은 동굴 속의 어둠을 벗어나 주위를 살펴보았다. 그들은 난간이나 흉벽도 없는 넓고 판판한 바위 위에 있었다. 오른편인 동쪽으로는 폭포가 있었는데 여울이 많은 단지(段地)들 위로 튀어 흩어지며 떨어졌다. 그다음 그것은 가파른 수로를 따라 쏟아지며 반반하게 깎인 도랑을 거품이 이는 검고 거센 물살로 가득 채우고는 거의 그들의 발치에서 굽이치고 쇄도하여 왼쪽에 입을 딱 벌린 가장자리 위로 수직으로 돌진했다. 한 사람이 가장자리 부근에 말없이 아래쪽을 응시하며 서 있었다.

프로도는 몸을 돌려 빙 둘러 뛰어내리는 물결의 매끄러운 목덜미들을 지켜보았다. 다음으로 그는 두 눈을 치켜들고 저 먼 곳을 응시했다. 새벽이 가까워진 듯 세상은 고요하고 차가웠다. 멀리 서쪽으로 둥글고 하얀 보름달이 떨어지고 있었다. 아래의 거대한 계곡 속에는 흐릿한 안개가 가물댔다. 은빛 연기가 넓은 만(灣)을 이룬 듯한 그 밑에 안두인대하의 저녁 물결이 넘실거렸다. 그 너머로는 새카만 어둠만이 깔렸고, 곤도르 왕국의 백색산맥 에레드 님라이스의 봉우리들이 머리에 만년설을 뒤집어쓴 채 유령의 이빨처럼 차갑고 날카롭게 모습을 드러냈다.

한동안 프로도는 거기 높은 돌 위에 서 있었다. 이 방대한 밤의 대지 속 어디에서 옛 동지들이 걷거나 자는지 혹은 안개에 감싸여 드러누워 죽었는지 곰곰 생각하노라니 온몸에 전율이 일었다. 왜 그는 망각의 잠을 벗어나 여기 와 있단 말인가?

샘도 똑같은 물음에 대한 답을 간절히 원했기에 프로도의 귀에만 들리리라 생각하고 중얼댈 수밖에 없었다.

"전망이 아주 좋은데요, 프로도 씨, 그렇지만 뼈대는 말할 것도 없고 심장까지 으스스한걸요! 뭔 일이 있는 거죠?"

파라미르가 듣고 대답했다.

"곤도르의 달넘이라네. 아름다운 이실이 가운데땅을 떠나며 오랜 민돌루인봉의 흰 머리타래를 흘긋 보는 거야. 몸은 좀 떨리더라도 볼 만한 광경이지. 그러나 내가 당신들을 데려와 보여 주려던 건 이게 아니네―비록 샘와이즈, 자네는 청하지도 않았는데 와서 경계의 벌을 받고 있지만 말이야. 그렇지만 술 한 모금의 보상이 있을 걸세. 자, 이제 보시게."

파라미르가 말없이 서 있던 경비병 곁을 지나쳐 위로 올라가자 프로도도 뒤를 따랐다. 샘은 주춤거렸다. 이 높고 축축한 벼랑바위 위에서 그는 벌써 불안했다. 파라미르와 프로도가 아래를 보았다. 저 아래에서 흰 물결이 거품 이는 우묵한 곳으로 쏟아져 내리고 다음엔 암반 속 타원형의 깊은 웅덩이 주위로 험악하게 소용돌이치고는 마침내 좁은 문을 통해 다시 빠져나가 김을 피워 올리고 졸졸거리며 보다 잔잔하고 평탄한 유역 속으로 흘러갔다. 아직 남은 달빛이 폭포의 발치로 비스듬히 비쳐 들며 웅덩이의 잔물결 위로 번득였다. 이내 프로도는 가까운 제방 위에서 작고 검은 것 하나를 인지했다. 그러나 그가 바라보는 그 참에도 그것은 화살이나 끝부분이 날카로운 돌처럼 솜씨 좋게 검은 물을 가르며 자맥질해 폭포의 격랑과 포말 바로 너머로 사라졌다.

파라미르가 곁에 선 병사에게로 돌아섰다.

"자, 저게 무엇일 것 같은가, 안보른? 다람쥐 아니면 물총새? 어둠 숲의 밤 웅덩이들에 검은 물총새들이 있나?"

안보른이라고 불린 병사가 대답했다.

"뭔지는 잘 몰라도 절대로 새는 아닙니다. 분명히 사지가 있는 데다 사람처럼 자맥질도 하는데, 그 솜씨가 아주 능숙합니다. 뭘 하는 걸까요? 휘장 뒤의 우리 은신처로 오르는 길을 찾을까요? 그렇다면 드디어 우리는 발각된 것 같습니다. 저는 여기 활을 갖고 있고 또 저에 못지않게 훌륭한 다른 궁사들을 양쪽 둑에 배치해 두었습니다. 오로지 당신의 발사 명령만 기다리고 있습니다, 대장님."

"쏠까요?"

파라미르가 재빨리 프로도에게로 돌아서며 말했다. 프로도는 잠깐 동안 대답을 하지 않았다. 이윽고 그가 입을 열었다.

"아니요! 아니요! 부디 쏘지 마시오."

만일 샘이 그럴 용기가 있었다면 그는 보다 빠르고 큰 소리로 "예."라고 말했을 것이었다. 직접 볼 수는 없었지만 그는 그들의 말만 듣고도 그들이 보고 있는 게 무엇인지 능히 짐작했다.

파라미르가 말했다.

"그렇다면 당신은 이 물체가 뭔지 아시오? 자, 이제 보셨으니 왜 그것을 살려 둬야 하는지 말해 주시오. 우리가 함께 나눈 그 모든 대화에서 당신은 한 번도 당신의 떠돌이 동료에 대해 말한 적이 없고 나도 당분간은 그를 내버려 뒀소. 그를 붙잡아 내 앞에 데려오는 것은 천천히 해도 되는 일이라고 생각했소. 나는 휘하의 가장 명민한 사냥꾼들을 보내 그를 수색하게 했지만 그는 그들을 따돌렸고, 그들은 이제까지 그를 보지 못했는데 어제 땅거미가 내릴 때 여기 있는 안보른이 그를 보았소. 이제 그는 단지 고지대에서 토끼잡이를 하는 것보다 더 심각한 침입을 했소. 감히 헨네스 안눈까지 왔으니 그의 목숨은 날아간 것이오. 참으로 놀라운 놈이오. 그토록 은밀하고 그토록 교묘하게 바로 우리 창 앞의 웅덩이에 와서 물장구를 치며 놀다니. 그는 인간들이 밤새 파수도 없이 잠잔다고 생각하는 걸까? 왜 그렇게 생각하는 걸까요?"

프로도가 대답했다.

"두 가지 대답이 있을 거요. 하나는, 그가 비록 교활할지라도 인간들에 대해 아는 바가 거의 없어 아마도 감쪽같이 숨겨진 당신네 은신처에 인간들이 숨어 있다는 걸 알지 못할 겁니다. 또 하나는, 그가 자신의 조심성보다 강력한 압도적인 욕망에 이끌려 여기로 왔다는 게 내 생각이오."

파라미르가 낮은 목소리로 말했다.

"그가 여기로 이끌려 온 거라고 하셨소? 그럼 그가 당신의 짐에 대해 알 수 있거나 안다는 게요?"

"실로 그렇소. 그 자신이 그것을 오랫동안 지니기도 했지요."

"그가 그것을 지녔었다고? 이 일은 갈수록 새로운 수수께끼들 속으로 말려드는군. 그럼, 그가 그것을 쫓고 있는 거요?"

파라미르가 경탄하여 격하게 호흡하며 말했다.

"아마도. 그것은 그에게 보물 같은 것이오. 하지만 지금 그가 찾는 건 그게 아니오."

"그럼, 그는 지금 뭘 찾는 거요?"

파라미르의 물음에 프로도가 대답했다.

"물고기죠, 보시오!"

그들은 어두운 웅덩이를 빤히 내려다보았다. 웅덩이의 저쪽 끝에서 작고 검은 머리 하나가 막 바위들의 그림자 밖으로 나타났다. 잠깐 은빛이 번득이고 잔물결이 일렁였다. 그것은 물가로 헤엄쳐 갔고, 이내 개구리처럼 놀라울 만큼 민첩하게 물 밖으로 나가 제방을

493

기어올랐다. 그것은 곧장 주저앉아 퍼덕거리며 반짝이는 작은 은빛 물체를 갉아 먹기 시작했다. 이제 마지막 달빛이 웅덩이 끝의 석벽 뒤로 떨어지고 있었다.

파라미르가 나직이 웃었다.

"물고기라! 그런 거라면 덜 위험한 허기로군. 그렇지 않을 수도 있고. 헨네스 안눈의 웅덩이에서 잡은 물고기 때문에 그는 자신의 모든 걸 내놓아야 할 수도 있지."

"활은 조준되어 있습니다." 안보른이 말했다. "쏘면 안 되나요, 대장님? 무단으로 이곳에 온 자는 죽이는 게 우리 법입니다."

"기다려, 안보른." 파라미르가 말했다. "이건 보기보다 어려운 일 같아. 이제 무슨 말을 하시겠소, 프로도? 왜 우리가 저자의 목숨을 살려 줘야 하오?"

프로도가 말했다.

"저자는 가엾게도 배가 고픈 겁니다. 또 자신이 처한 위험을 몰라요. 당신네가 미스란디르라고 부르는 간달프라면 당신들에게 그런 이유로, 그리고 다른 이유들로도 그를 죽이지 말라고 일렀을 거요. 그는 요정들에게도 그렇게 하는 것을 금했소. 나는 그 이유를 명확히 알진 못하고, 또 내가 짐작하는 바를 여기 바깥에서 내놓고 말할 순 없소. 그러나 이자는 모종의 방식으로 우리의 사명에 긴히 관여되어 있소. 당신들이 우리를 발견해 붙잡기 전까지 그는 우리의 길잡이였소."

"당신들의 길잡이라!" 파라미르가 말했다. "일이 점점 더 야릇해지는군. 프로도여, 난 여러모로 당신의 편의를 봐드릴 용의가 있지만 이것은 들어줄 수 없소. 이 교활한 떠돌이가 제 마음대로 여기서 자유롭게 가도록 내버려 두었다가, 마음 내키면 나중에 당신들과 합류하거나 아니면 오르크들에게 붙들려 고문의 협박에 알고 있는 걸 죄다 털어놓게 할 수는 없단 말이오. 그를 죽이든가 붙잡아야 하

494

오. 신속히 붙잡을 수 없다면 죽여야 하오. 그런데 화살을 쏘지 않고서 어떻게 갖가지 모습으로 변하는 저 미꾸라지 같은 걸 붙잡을 수 있겠소?"

"내가 그에게 조용히 내려가지요. 당신들은 계속 활을 겨누고 있다가 만일 내가 실패하면 적어도 나를 쏠 수는 있을 거요. 나는 도망치지 않을 테니."

"그럼 빨리 가서 해 보시오! 만일 그가 목숨을 건진다면 그는 불행한 여생을 당신의 충직한 하인으로 보내야 할 거요. 프로도를 제방까지 안내하게, 안보른. 그리고 발소리를 죽이고 가라고. 저것에게도 코와 귀가 있으니까. 자네 활은 이리 줘."

안보른이 투덜대고는 나선형 계단을 내려가 층계참에 이르는 길을 안내했고, 다음엔 다른 계단을 타고 올라 마침내 빽빽한 덤불로 둘러싸인 좁은 빈터에 다다랐다. 말없이 쭉 지나치다가 웅덩이 위쪽 남쪽 제방의 꼭대기에 이르렀다는 걸 알았다. 이제 날은 어두웠고, 폭포는 서쪽 하늘의 좀처럼 사라지지 않는 달빛만을 반사하며 어슴푸레한 잿빛이었다. 그는 골룸을 볼 수 없었다. 그가 조금 앞서 갔고 안보른이 발소리를 죽이며 그 뒤를 따랐다. 안보른은 프로도의 귀에 대고 "계속 가시오!" 하고 속삭이며 말했다.

"오른편을 조심하시오. 만약 웅덩이에 떨어지면 물고기를 잡는 당신의 친구 외엔 아무도 도울 수가 없소. 그리고 당신은 못 보겠지만 가까운 곳에 궁사들이 있다는 것을 잊지 마시오."

프로도는 골룸처럼 양손을 써서 길을 더듬고 몸이 흔들리지 않도록 조심하며 앞으로 기어갔다. 바위들은 대부분 편평하고 매끈했지만 미끄러웠다. 그는 귀를 기울이며 걸음을 멈췄다. 처음에 그는 뒤편에서 끊임없이 떨어지는 세찬 폭포 소리 외엔 아무 소리도 들을 수 없었다. 그러다가 이내 그는 앞쪽 멀지 않은 데서 쉭쉭 하는 중얼거림을 들었다.

"물꼬기, 맛있는 물꼬기. 하얀 얼굴은 사라졌어, 내 보물, 그래, 마침내. 이제 우린 편안하게 물고기를 먹을 수 있어. 아냐, 편안하진 않아, 보물. 보물이 없어졌으니까, 그럼, 없어졌다고. 더러운 호빗들, 야비한 호빗들이야. 우릴 버리고 가 버렸어, 골룸. 그리고 보물도 가 버렸어. 가여운 스메아골만 외톨이로 남았어. 보물은 없어. 야비한 인간들, 그들이 그것을 차지할 거고, 내 보물을 훔쳐 갈 거야. 도둑놈들. 우린 그들을 증오해. 물꼬기, 맛있는 물꼬기. 우릴 강하게 해 줘. 눈을 밝게, 손가락을 단단하게 해 줘, 그럼. 그들의 목을 졸라 버려, 보물. 그래, 만약 우리가 기회를 잡는다면 그들을 모두 목 졸라 버려, 그럼. 맛있는 물꼬기, 맛있는 물꼬기!"

그렇게 그 소리는 폭포처럼 거의 끊어지지 않고 계속되었다. 간간이 군침을 삼키거나 목구멍에서 꼴록꼴록 하는 희미한 소음이 끼어들 뿐이었다. 프로도는 연민과 역겨움을 품고 귀 기울이며 몸서리를 쳤다. 그는 그것이 멈추기를, 그리고 다시는 저 목소리를 들을 필요가 없기를 바랐다. 안보른은 뒤쪽 멀지 않은 곳에 있었다. 그는 도로 기어가 그에게 궁사들의 발사를 청할 수 있었다. 골룸이 걸신들린 듯 먹느라 방심한 사이에 아마도 그들은 꽤 가까이 다가갈 수 있을 것이었다. 제대로 쏜 단 한 방이면 프로도는 그 비참한 목소리에서 영영 벗어날 것이었다. 그러나 그럴 수 없었던 것이, 이제 골룸은 그에게 요구할 권리가 있었다. 하인은 섬김의 대가로 주인에게 요구할 권리를 갖는다. 설령 두려워서 섬기는 것이라 할지라도. 골룸이 아니었다면 그들은 죽음늪 속에서 허우적거렸을 것이다. 아무튼 프로도는 간달프라면 그것을 바라지 않았을 거란 것도 아주 분명히 알고 있었다.

"스메아골!"

그가 나직이 불렀다.

"물꼬기, 맛있는 물꼬기."

하고 중얼거리는 소리가 들렸다.

"스메아골!"

프로도가 좀 더 크게 말했다. 그 목소리가 멈췄다.

"스메아골, 주인이 널 찾아왔어. 주인이 여기 있어. 이리 와, 스메아골!"

들이쉬는 숨소리 같은 쉭쉭하는 나직한 소리 외엔 아무 대답도 없었다.

"이리 와, 스메아골! 우린 위험에 처해 있어. 인간들이 여기서 널 발견하면 죽일 거야. 죽고 싶지 않다면 빨리 와. 주인에게 오라고!"

"아니요! 훌륭한 주인이 아니야. 불쌍한 스메아골을 떠나 새 친구들과 함께 갔어요. 주인님은 기다릴 수 있잖아요. 스메아골은 아직 식사가 끝나지 않았어요."

"시간이 없어!" 프로도가 말했다. "물고기를 갖고 와. 오라고!"

"아니에요! 물고기를 끝내야 해요."

프로도가 필사적으로 말했다.

"스메아골! 보물이 화낼 거야. 내가 보물을 끼고 이렇게 말할 테야. 그가 뼈를 삼키다가 숨이 막히게 하라고. 다시는 물고기 맛을 보지 못하게 하라고. 와! 보물이 기다리고 있어!"

쉭쉭하는 날카로운 소리가 들렸다. 이내 골룸이 잘못을 저지르고 뒤를 졸졸 따르는 개처럼 어둠 속에서 네 발로 기어 나왔다. 반쯤 먹은 물고기가 입에 물려 있었고 또 한 마리가 손에 쥐어 있었다. 그가 거의 코와 코가 맞닿을 만큼 프로도에게 바싹 다가와 킁킁대며 냄새를 맡았다. 그의 흐릿한 두 눈이 빛나고 있었다. 다음에 그는 입에서 물고기를 빼내고 똑바로 일어섰다. 그가 속삭였다.

"훌륭한 주인님! 훌륭한 호빗, 불쌍한 스메아골에게 돌아왔어요. 착한 스메아골이 왔어요. 이제 가요, 빨리 가요, 그럼. 하얗고 노란 얼굴들이 어두울 동안 나무들을 헤치고. 그래요, 자, 가요!"

"그래, 우린 곧 갈 거야. 그러나 곧장은 아니야. 약속한 대로 난 너와 함께 갈 거야. 다시 약속하지. 그러나 지금은 아니야. 넌 아직 안전하지 않아. 내가 널 구해 줄 테니 넌 날 믿어야만 해."

프로도의 말에 골룸이 미심쩍은 듯 말했다.

"우리가 주인님을 믿어야 한다고? 왜요? 왜 곧장 가지 않아요? 다른 이는, 그 신경질적이고 무례한 호빗은 어디 있죠? 그는 어디 있어요?"

프로도가 폭포 쪽을 가리키며 말했다.

"저 위에 있어. 난 그가 없이는 안 가. 우린 그에게 돌아가야 해."

프로도는 맥이 풀렸다. 이것은 속임수나 진배없었다. 그는 파라미르가 골룸이 죽게 내버려 둘 거라고 정말로 걱정하진 않았다. 하지만 파라미르는 아마도 골룸을 포로로 잡아 묶을 것이고, 그러면 이 불쌍한 배신자에게 프로도의 행동은 배신으로 보일 것이었다. 프로도가 할 수 있는 유일한 방법으로 그의 목숨을 구했다는 걸 그에게 이해시키거나 믿게 하기는 아마도 불가능할 것이었다. 그가 달리 무엇을 할 수 있단 말인가?—양쪽 모두에게 최대한 근사하게 신의를 지키는 것 외에.

"이리 와! 안 그러면 보물이 화낼 거야. 이제 우린 개울 위쪽으로 해서 돌아가는 거야. 계속 가, 계속 가. 네가 앞장서서!"

골룸은 코를 킁킁거리고 수상쩍어하며 물가에 바싹 붙어 얼마간을 기어갔다. 이내 그가 멈추고는 머리를 치켜들었다.

"저기 뭐가 있어요! 호빗이 아니에요."

갑자기 그가 몸을 돌렸다. 그의 퉁방울눈에 초록 빛이 가물거리고 있었다. 그가 쉭쉭거렸다.

"주인님, 주인님이! 사악해! 교활해! 거짓이야!"

그가 침을 뱉고는 덤벼들 것처럼 하얀 손가락이 달린 긴 두 팔을 죽 뻗쳤다.

그 순간 그의 뒤에서 커다란 검은 형체의 안보른이 불쑥 나타나 그를 덮쳤다. 크고 굳센 손 하나가 그의 목덜미를 붙들어 꼼짝 못 하게 했다. 순식간에 그가 온통 축축하고 진흙투성이인 몸을 마구 뒤틀며 뱀장어처럼 버둥거리고 고양이처럼 물고 할퀴었다. 그러나 어둠 속으로부터 병사 두 명이 더 다가왔다.

"가만히 있어! 안 그러면 네 몸을 고슴도치처럼 온통 바늘로 꽂아 버릴 거야. 가만있으라고!"

골룸이 축 늘어지더니 흐느껴 울기 시작했다. 그들은 그를 아주 단단히 묶었다. 프로도가 말했다.

"살살, 살살 해요! 그에겐 당신들에게 대적할 만한 힘이 없소. 될 수 있는 대로 아프게 하지 마시오. 그렇게만 하지 않으면 그는 한결 조용해질 거요. 스메아골! 그들은 너를 해치지 않을 거야. 내가 너와 함께 가서 네가 아무 해도 입지 않게 할 거야. 그들이 나도 죽이지 않는 한 그런 일은 없어. 주인을 믿어!"

골룸이 몸을 돌려 그에게 침을 뱉었다. 병사들이 그를 일으켜 세워 두 눈 위로 두건을 씌우고는 데려갔다.

프로도는 매우 비참한 기분으로 그들을 따라갔다. 그들은 덤불 뒤의 빈터를 통과해 계단과 통로 들을 따라 도로 동굴로 들어갔다. 두세 개의 횃불이 켜져 있었다. 병사들은 일어나 움직이고 있었다. 샘도 거기에 있었는데, 그는 그 병사들이 운반해 온 축 늘어진 묶음을 의아한 눈길로 쳐다보았다. 그가 프로도에게 말했다.

"그를 잡았어요?"

"그래. 음, 아니야, 내가 잡은 게 아니야. 그가 애초에 날 믿었기에 내게로 온 거지. 난 그가 이렇게 묶이는 걸 원치 않았어. 일이 잘됐으면 좋겠어. 그러나 난 이 모든 일이 지긋지긋해."

"저도 그래요." 샘이 말했다. "그리고 저 애물단지가 있는 한 뭣 하나 제대로 될 리가 없을 거예요."

한 병사가 와서 호빗들에게 손짓하더니 그들을 동굴 안쪽의 깊은 구석으로 데려갔다. 거기엔 파라미르가 의자에 앉아 있었고, 그의 머리 위 벽감 속엔 등불이 다시 밝혀져 있었다. 그는 그들에게 자기 옆의 등받이 없는 의자들에 앉으라고 신호한 뒤 말했다.

"손님들을 위해 술을 가져와. 그리고 그 포로도 내게 데려와."

술이 날라져 왔고 이어서 안보른이 골룸을 운반해 왔다. 그는 골룸의 머리에서 덮개를 벗기고 그를 제 발로 서게 하고는 뒤에 서서 그를 부축했다. 골룸은 두 눈에 어린 적대감을 무겁고 파리한 눈꺼풀로 가리며 눈을 깜박였다. 물이 뚝뚝 떨어져 온몸이 축축하고 물고기 비린내를 풍기는 게(아직도 그는 손에 물고기 하나를 쥐고 있었다) 참으로 비참한 몰골이었다. 성긴 머리타래들이 뼈만 앙상한 이마 위로 무성한 잡초처럼 걸려 있었고, 코에선 콧물이 흘러내리고 있었다. 그가 말했다.

"우리를 풀어 줘! 우릴 풀어 달라고! 끈이 우릴 아프게 해. 그럼, 그렇다니까, 그것이 우릴 아프게 해. 그리고 우린 아무 짓도 안 했어."

"한 짓이 없어?"

하고 파라미르가 날카로운 눈길로 그 비참한 자를 쳐다보며 말했다. 하지만 그의 얼굴에는 노여움이나 연민이나 놀라움의 기색은 전혀 없었다.

"한 짓이 없다고? 결단코 네놈이 포박되거나 그보다 더한 처벌을 받을 만한 어떤 짓도 하지 않았어? 그렇지만 다행히도 그건 내가 판단할 일은 아니야. 하지만 오늘 밤 네놈은 오면 죽는 곳에 온 거야. 이 웅덩이의 물고기 값을 톡톡히 치러야 한다고."

골룸이 손에서 물고기를 떨어뜨리고 말했다.

"물고기를 원치 않아."

"물고기에 매겨진 값이 아니야. 여기 와서 웅덩이를 바라본 것만으로도 사형감이야. 내가 지금껏 네놈을 살려 둔 건 여기 있는 프로도의 간절한 부탁 때문이었어. 그가 말하기를, 네놈이 적어도 그에게는 어느 정도 감사를 받을 만한 도움을 줬다는 거야. 그러나 네놈은 내 의심도 풀어야만 해. 이름이 뭐야? 어디서 온 거야? 그리고 어디로 가는 거야? 네 용무는 뭐야?"

그러자 골룸이 대답했다.

"우린 길을 잃었어요, 길 잃은 거라고요. 이름도 없고 용무도 없고 보물도 없고 아무것도 없어요. 속이 비었을 뿐이에요. 배가 고팠을 뿐이에요. 그래요, 우린 배가 고파요. 불쌍한 녀석이 작은 물고기 몇 개를, 역겨운 뼈만 앙상한 작은 물고기들을 잡았을 뿐인데 죽인다고요. 대단히 현명하고 대단히 정당해요. 너무나 대단히 정당해요."

"대단히 현명하진 않아." 파라미르가 말했다. "그러나 정당하긴 하지. 그래, 아마도, 우리의 얼마 안 되는 지혜에 합당할 만큼은 정당하지. 그자를 풀어 주시오, 프로도!"

파라미르가 허리띠에서 손톱 깎는 작은 칼을 빼내 프로도에게 건넸다. 골룸은 그 몸짓을 오해하고는 비명을 지르고 벌렁 나자빠졌다. 프로도가 말했다.

"자, 스메아골! 날 믿어야 해. 난 널 저버리지 않아. 할 수 있다면 사실대로 대답해. 그래야만 네게 득이 되고 해를 입지 않을 거야."

그가 골룸의 손목과 발목을 묶은 끈들을 자르고 그를 일으켜 세웠다.

"이리 와!" 파라미르가 말했다. "날 쳐다봐! 이 장소의 이름을 아나? 전에 여기 와 본 적이 있나?"

골룸이 천천히 두 눈을 들고 마지못한 듯 파라미르의 눈을 들여다봤다. 잠깐 동안 그는 모든 빛이 사라진 음침하고 파리한 두 눈으로 그 곤도르인의 맑고 흔들림 없는 두 눈 속을 응시했다. 고요한 침묵이 흘렀다. 다음 순간 골룸은 머리를 떨어뜨리고 몸을 움츠려 내리더니 마침내 벌벌 떨며 바닥에 쭈그리고 앉았다.

"우린 알지 못하고 알고 싶지도 않아요." 그가 훌쩍거렸다. "결코 여기 오지 않았고 결코 다시 오지도 않아요."

"네 마음속에는 잠긴 문들과 닫힌 창들이 있고 그 뒤엔 어두운 방들이 있어. 그러나 이 대목에선 네가 사실대로 말한 것으로 판단해. 네겐 좋은 일이지. 다시는 돌아오지 않고 또 말이나 신호를 통해 어떤 생물도 이리로 이끌지 않겠다고 맹세할 테냐?"

파라미르의 말을 듣고, 골룸이 프로도를 곁눈질하며 말했다.

"주인님이 알아요. 그래요, 그가 알아요. 우릴 구해 주신다면 우린 주인님에게 약속하겠어요. 우린 그것에 걸고 약속하겠어요, 그래요."

그가 프로도의 발치로 기어가 칭얼거렸다.

"우릴 구해 주세요, 훌륭한 주인님! 스메아골이 보물에게 약속해요. 굳게 약속해요. 절대로 다시 오지 않고 절대 말하지 않아요, 절대 안 해요! 안 해요, 보물, 절대로!"

"만족하시오?"

하고 파라미르가 말했다.

"예. 어쨌든 당신은 이 약속을 받아들이든가 아니면 당신네 법을 집행해야 하오. 그 외의 방도는 없을 것이오. 그러나 나는 그가 내게 오면 다치지 않을 거라고 약속했소. 그리고 난 신의 없는 자가 되고 싶진 않소."

프로도가 말했다.

파라미르는 잠시 생각에 잠겨 앉아 있었다. 마침내 그가 말했다.

"아주 좋소."

마침내 그가 말했다.

"너를 네 주인, 드로고의 아들 프로도에게 넘긴다. 널 어떻게 할 건지는 그가 밝힐 것이야!"

"하지만 파라미르 공이시여. 당신은 거론하신 프로도에 관한 당신의 뜻은 아직 밝히지 않으셨소. 그것을 알 때까지는 그도 자신이나 동료들에 대한 계획을 세울 수가 없소. 당신의 판단은 오늘 아침까지 미뤄졌는데, 이제 그때가 되었소."

하고 프로도가 고개를 숙이며 말했다.

파라미르가 말했다.

"그럼 내 결정을 밝히겠소. 프로도여, 더 높은 권위를 받드는 내게 주어진 권한 내에서 밝히건대, 당신은 곤도르 왕국에서 자유로운 몸이란 것을 선언하오. 그 옛 경계의 가장 먼 곳까지 말이오. 단, 당신이나 당신과 동행하는 어떤 자도 무단으로 이 장소에 올 수는 없소. 이 결정은 만 1년 동안 유효할 것이고, 당신이 그 기한 이전에 미나스 티리스로 와서 그 도시의 영주 겸 섭정을 알현하지 않는 한 그 이후에는 시효가 만료되오. 그때는 내가 그분께 내가 행한 바를 추인하고 그것을 종신으로 해 주십사는 소청을 올리겠소. 그동안에는 당신의 보호 아래 있는 그 누구도 내 보호 아래 그리고 곤도르의 방패 아래 있을 것이오. 답이 되었소?"

프로도가 깊숙이 머리를 숙였다.

"그렇습니다. 그리고 만일 그토록 높고 고귀한 분께 어떤 쓸모가 있다면 당신을 섬기겠습니다."

"큰 쓸모가 있지요." 파라미르가 말했다. "자, 그럼 이자를, 이 스메아골을 당신의 보호 아래 두시겠소?"

"나는 스메아골을 나의 보호 아래 두는 바입니다."

프로도가 말했다. 그러자 샘이 주위의 사람에게 들릴 만큼 한숨을 내쉬었다. 물론 그 공대(恭待)에 한숨을 쉰 건 아니었다. 그것에 대해선 어느 호빗이든 그럴 것처럼 그도 전적으로 수긍했다. 실로 샤이어에서라면 그 같은 일에 훨씬 더 많은 감사와 절을 바쳐야 했을 터였다.

파라미르는 골룸에게 몸을 돌리며 말했다.

"그럼, 네게 일러두는데, 너는 죽음의 심판 아래 있다. 그러나 프로도와 동행하는 한 너는 적어도 우리로부터는 안전해. 그렇지만 네가 언제고 그 없이 혼자 떠도는 게 곤도르인에게 발견되면 그 심판은 바로 떨어진다. 그리고 만일 네가 그를 잘 섬기지 않는다면 곤도르 안이든 밖에서든 죽음이 네게 닥칠 것이다. 이제 내 말에 대답해. 너는 어디로 가려는 거야? 그의 말로는 네가 그의 길잡이였다는데. 너는 그를 어디로 인도하고 있었지?"

골룸은 대답하지 않았다.

"이것은 비밀로 인정하지 않겠다. 대답하라, 아니면 내 결정을 뒤집을 테니!"

그럼에도 골룸은 대답하지 않았다. 그러자 프로도가 나섰다.

"내가 대신 대답하지요. 그는 내가 부탁한 대로 나를 암흑의 성문까지 데려다줬소. 그러나 그것을 통과할 수는 없었소."

"그 거명할 수 없는 땅으로 들어갈 열린 문은 없소."

하고 파라미르가 말했다.

"그걸 알고서 우리는 방향을 바꿔 남향대로로 왔소. 그가 말하길 미나스 이실 근처에 길이 하나 있다고, 아니 있을 거라고 말했으니까요."

"미나스 모르굴이오."

하고 파라미르가 말했다.

"어느 쪽인지 확실히 알진 못하오. 그러나 내가 생각하기로, 그 길은 그 오랜 도시가 있는 계곡 북면의 산맥 속으로 오르는 모양이오. 그것은 높은 고개로 솟구치다가 다음에는 쭉 내리막으로—그 너머의 곳까지."

"그 높은 고개의 이름을 아시오?"

파라미르가 물었다.

"아니요."

하고 프로도가 대답하자 파라미르가 다시 말했다.

"키리스 웅골이라 불리오."

골룸이 날카롭게 쉭쉭거리더니 혼잣말로 중얼대기 시작했다. 그러자 파라미르가 그에게로 몸을 돌리며 말했다.

"그 이름이 맞지 않나?"

"아니에요!"

골룸은 다음 순간 마치 무엇에 찔린 것처럼 깩깩대며 소리쳤다.

"그래요, 그래, 우린 그 이름을 한 번 들었어요. 하지만 그 이름이 우리에게 무슨 상관이에요? 주인님이 들어가야만 한다고 말했어요. 그래서 우린 어떤 길을 찾아야만 했어요. 찾을 만한 다른 길이 없어요, 없다니까요."

"다른 길이 없다고? 그걸 어떻게 알지? 그리고 누가 저 어두운 왕국의 모든 경계를 샅샅이 탐사했단 말인가?"

파라미르가 말했다. 그는 생각에 잠긴 눈길로 오래도록 골룸을 쳐다보았다. 이윽고 그가 다시 말했다.

"이자를 데려가, 안보른. 부드럽게 대하되 감시해. 그리고 스메아골, 넌 폭포로 뛰어들려고 하지 말아. 거기 바위들의 날카로운 이빨에 넌 명줄을 재촉할 수도 있어. 이제 가서 네 물고기나 먹어."

안보른이 밖으로 나갔고, 골룸은 그 앞에서 몸을 움츠리고 갔다. 동굴 안쪽의 깊숙한 곳을 가로질러 커튼이 쳐졌다.

"프로도여, 나는 당신이 이 일을 매우 어리석게 처리한다고 생각하오. 난 당신이 이자와 함께 가서는 안 된다고 생각하오. 그놈은 사악하오."

파라미르가 말했다.

"아니요, 아주 사악하지는 않소."

프로도의 말에 파라미르가 다시 말했다.

"아마도 전적으로 사악하지는 않겠죠. 그러나 악의가 종양처럼 그것을 좀먹고 있고, 악이 자라나고 있소. 그의 인도는 아무 소용 없을 것이오. 만약 당신이 그와 헤어지겠다면 난 그가 거명하는 곤도르 변경의 어느 지점으로든 그를 안전하게 데려다주겠소."

"그가 받아들이지 않을 거요. 그는 오랫동안 해 온 대로 나를 쫓아 따라올 겁니다. 그리고 난 그를 내 보호 아래 두고 그가 이끄는 대로 가겠다고 몇 차례나 약속했소. 내게 그와의 신의를 깨뜨리라고 청하시진 않겠죠?"

"그건 아니오." 파라미르가 말했다. "그러나 마음 같아선 그러고 싶소. 본인이 그렇게 하기보다는 타인에게 신의를 깨라고 충고하는 게 덜 어려울 것 같으니 말이오. 특히 친구가 부지불식간에 스스로를 해치는 길로 가는 게 눈에 번연히 보인다면 말이오. 하지만 그러지 않겠소―만약 당신이 그와 동행하겠다면 이제 당신은 그를 견뎌야만 하오. 그러나 난 당신이 키리스 웅골로 가야 한다고는 생각하지 않소. 그는 그곳에 대해 아는 바를 당신에게 다 말해 주지도 않았소. 난 그의 마음속에서 그 정도는 분명하게 인지했소. 키리스 웅골로 가지 마시오!"

"그럼 내가 어디로 가야 할까요? 암흑의 성문으로 되돌아가 위병들에게 자수할까요? 당신은 이곳에 대해 무엇을 알고 있기에 그 이름을 그토록 두려워하시오?"

"확실한 건 아무것도 없소. 이즈음 우리 곤도르인들은 그 길의 동쪽으로 지나가는 법이 없고, 우리 젊은이들 가운데 누구도 그런 적이 없으며 또 우리 중 누구도 어둠산맥에 발을 들여놓은 적이 없소. 어둠산맥에 관해 우리가 아는 것이라곤 오래된 전언과 지난 시절의 풍문뿐이오. 그러나 미나스 모르굴 위의 고개들에는 모종의 음험한 공포의 대상이 자리 잡고 있소. 만일 키리스 웅골이 거명된다면 노인들과 전승지식에 능통한 이들은 얼굴색이 하얘져 말을 잃고 말 거요.

미나스 모르굴의 계곡은 아주 오래전에 악의 수중에 들어갔소. 추방된 대적이 아직 저 멀리에 거하고, 그리고 이실리엔의 대부분 지역이 아직 우리 수중에 있을 동안에도 그곳은 위협과 두려움의 대상이었소. 당신도 알다시피, 그 도시 미나스 이실은 한때 의기 높고 아름다운 요새였고 우리 도시의 쌍둥이 자매였소. 그러나 그곳은 대적이 자신의 첫 힘을 떨쳐 좌지우지했던 사나운 병사들에 의해 점령되었고, 그의 몰락 이후 그들은 집도 주인도 없이 떠돌았소. 그들의 영주들은 음흉한 사술에 빠져들었던 누메노르인들이라고 하는데, 대적은 그들에게 힘의 반지들을 주고서 그들을 삼켜 버렸으니 그들은 끔찍하고도 사악한 살아 있는 유령이 되어 버렸소. 그의 몰락 후로 그들은 미나스 이실을 점령해 거처로 삼고 그곳과 부근의 모든 계곡을 부패로 가득 채웠소. 그것은 텅 빈 것처럼 보이지만 실은 그렇지 않은 게, 폐허가 된 그 성벽 속에는 형태 없는 공포의 존재가 살았소. 아홉 영주가 거기에 있다가 자신들이 비밀리에 돕고 준비한 그들 지배자의 귀환 이후로 다시 강성해졌소. 그러던 중에 아홉 기사들이 공포의 성문에서 출격했고, 우리는 그들을 버텨 낼 수 없었소. 그들의 성채에 접근하지 마시오. 발각되고 말 거요. 그것은 잠들지 않는 적의의 장소로 눈꺼풀이 없는 눈들로 가득하다오. 그 길로 가지 마시오!"

프로도가 말했다.

"하지만 당신은 내게 다른 어디로 가라고 하시겠소? 당신은 당신이 직접 나를 그 산맥으로나 그 너머로 안내할 수는 없다고 하셨소. 그러나 나는 백색회의에서 했던 엄숙한 서약 때문에 그 산맥 너머로 길을 찾거나 아니면 찾다가 죽을 수밖에 없소. 그리고 만일 내가 막바지에서 그 길을 거부하고 돌아선다면, 그렇다면 내가 인간들과 요정들 속의 어디로 가야 한단 말이오? 당신은 내가 이 물건, 당신의 형님을 욕망으로 미치게 만든 물건을 갖고 곤도르로 오기를 바라오? 그것이 미나스 티리스에 어떤 마력을 발휘하겠소? 썩음으로 가득 찬 죽은 땅을 가로질러 서로를 보고 싱글거리는 미나스 모르굴의 두 도시가 있지 않겠소?"

"난 그렇게 될 것을 바라지 않소."

하고 파라미르가 말했다.

"그럼 내가 어떻게 하기를 바라시오?"

"모르겠소. 단지 당신이 죽음이나 고통으로 가지 않기를 바랄 뿐이오. 그리고 난 미스란디르라면 이 길을 택했을 거라고 생각하지 않소."

"그렇지만 그는 사라졌으니 난 내가 찾을 수 있는 길들을 택해야만 하오. 그리고 오랫동안 찾을 시간도 없소."

하고 프로도가 말했다.

"그건 가혹한 운명이고 가망이 없는 사명이오. 그러나 좌우간 이 길잡이 스메아골을 조심하라는 내 경고를 기억하시오. 그는 얼마 전에도 살생을 저질렀소. 나는 그에게서 그것을 간파했소."

파라미르는 이렇게 말하고 한숨을 지었다.

"자, 이렇게 우리는 만나고 헤어지는구려, 드로고의 아들 프로도여. 당신에겐 다정한 인사말이 필요치 않을 게요. 난 이 태양 아래서 어떤 다른 날에 당신을 다시 볼 거란 희망을 품지 않소. 그러나 이제 당신은 당신과 당신의 모든 동족에게 주는 내 축복과 함께 갈 것이오. 음식이 준비될 동안 잠시 쉬시오.

난 어떻게 이 비루한 스메아골이 우리가 이야기하는 물건을 소유하게 되었고, 또 어떻게 그것을 잃어버렸는지 무척이나 알고 싶소만 지금 당신을 성가시게 하진 않겠소. 바라기 힘든 일이지만 혹여 당신이 산 자들의 땅으로 돌아와, 우리가 양지바른 벽 옆에 앉아 옛 비애를 웃어넘기며 우리의 이야기를 다시 할 수 있다면 그때 내게 말해 주시오. 그때까지, 혹은 누메노르의 멀리 보는 돌의 시계(視界)를 넘어선 어떤 다른 시간까지 안녕하시오!"

그는 일어나 프로도에게 깊숙이 허리를 숙이고는 커튼을 걷고 동굴 속으로 들어갔다.

Chapter 7

십자로로의 여정

프로도와 샘은 다시 침대로 돌아와 말없이 누워서 잠시 쉬었다. 반면에 병사들은 부산하게 움직이며 하루 일과를 시작했다. 얼마 후 그들에게 세숫물이 날라져 왔고 그런 다음 3인분의 음식이 차려진 식탁으로 안내되었다. 파라미르가 그들과 함께 아침 식사를 했다. 그는 전날의 전투 이후로 잠을 자지 못했지만 피곤해 보이진 않았다.

식사를 마치자 그들은 자리에서 일어섰다. 파라미르가 먼저 입을 열었다.

"길에서 허기에 시달리지 않기를 바라오. 당신들에게 양식이 얼마 남지 않아 여행자들에게 알맞은 얼마간의 식량을 꾸러미에 넣으라고 일렀소. 이실리엔을 걸어갈 때는 물이 부족한 일은 없을 테지만, 살아 있는 죽음의 계곡 임라드 모르굴에서는 흐르는 어떤 개울에서도 물을 마시지 마시오. 또한 이 점도 알려 드려야겠소. 척후병들과 파수병들이 전부 돌아왔소. 모란논이 보이는 데까지 잠입했던 이들까지도. 그들 모두가 한 가지 이상한 것을 발견했소. 그 땅이 텅비어 있다는 거요. 길 위에 아무것도 없고 발소리나 나팔 소리 혹은 활시위의 소리가 어디서도 들리지 않는다고 하오. 뭔가를 기다리는 정적이 그 이름을 발설할 수 없는 땅 위를 덮고 있소. 이게 무슨 조짐인지 모르겠소. 그러나 시간은 모종의 크나큰 종결에 빠르게 다가가고 있소. 폭풍우가 오고 있소. 할 수 있을 동안 서두르시오. 준비가 됐으면 갑시다. 곧 태양이 그림자 위로 떠오를 게요."

병사들이 호빗들의 꾸러미(이전보다 약간 묵직해진)와 함께 윤이

510

나는 재목의 단단한 지팡이 두 개를 가지고 왔다. 끝에 물미를 댄 지팡이로 문양이 조각된 상단부에 땋은 가죽끈이 꿰어져 있었다.

"헤어지는 마당에 당신들에게 드릴 마땅한 선물이 없구려."

하고 파라미르가 말했다.

"하지만 이 지팡이들을 받으시오. 황야에서 걷거나 기어오르는 데 쓸모가 있을 겁니다. 백색산맥의 사람들도 이런 걸 쓴답니다. 물론 당신들 키에 맞게 자르고 물미를 새로 박은 것이오. 곤도르의 목수들이 애용하는 레베스론이란 아름다운 나무로 만들어진 것인데, 길을 찾고 돌아오는 효능이 붙어 있소. 부디 그 효능이 당신들이 들어가는 암흑 땅에서 완전히 멈추지 않기를 바라오."

호빗들이 깊숙이 허리를 숙였다. 프로도가 말했다.

"참으로 자상하신 주인이시여! 반(半)요정 엘론드께서 제게 말씀하시길 길을 가는 중에 은밀하고 예기치 못한 우정을 얻게 될 것이라고 하셨지요. 분명 저는 당신께서 보여 주신 우정을 구하지 않았습니다만, 그것을 얻었으니 전화위복입니다."

이제 그들은 떠날 채비를 했다. 골룸은 어떤 구석 혹은 은신처에서 이끌려 나왔는데, 비록 프로도에게 바싹 붙어 파라미르의 눈길을 피하긴 했지만 예전보다는 자신의 처지에 만족한 것 같았다.

파라미르가 말했다.

"당신들의 길잡이는 눈을 가려야 하오. 그러나 원하신다면 당신과 당신의 하인 샘와이즈는 그렇게 하지 않겠소."

병사들이 와서 천으로 눈을 가리자 골룸이 깩깩대고 몸부림치며 프로도를 부여잡으려고 했다. 그러자 프로도가 말했다.

"우리 셋 모두의 눈을 가리되 먼저 내 눈을 감싸시오. 그러면 아마 그도 해를 끼치려는 게 아니란 걸 알 것이오."

그렇게 된 다음, 그들은 헨네스 안눈의 동굴 밖으로 인도되었다. 통로와 계단 들을 지난 후 그들은 주위의 서늘한 아침 공기를 느꼈다. 신선하고도 감미로운 공기였다. 여전히 눈을 가린 채 그들은 얼마 동안 완만한 비탈을 오르내리며 계속 걸었다. 드디어 파라미르의 목소리가 눈가리개를 풀라고 명령했다.

그들은 다시 숲의 나뭇가지들 아래 서 있었다. 이제 그들과 개울이 흐르던 협곡 사이엔 기다란 남향 비탈이 가로놓여 있어 폭포의 소음은 들리지 않았다. 서쪽에서 그들은 나무들 사이로 비쳐 드는 빛을 볼 수 있었다. 마치 세상이 거기서 갑자기 끝나고 벼랑의 가장자리에서 위의 하늘만 쳐다보는 것 같았다.

파라미르가 말했다.

"여기서 우리의 길은 최종적으로 갈라지오. 내 권고를 받아들이겠다면, 아직은 동쪽으로 방향을 틀지 마시오. 일직선으로 계속 가시오. 그래야 수 킬로미터 동안 숲의 엄호를 받을 수 있소. 서쪽으로는 땅이 거대한 계곡들 속으로 푹 꺼지는 가장자리가 있는데, 때론 급작스럽고 가파르며 때론 긴 언덕 사면을 거치오. 이 가장자리와 숲가를 벗어나지 마시오. 여정의 첫머리에는 밝은 빛을 받으며 걸어갈 것이라 생각하오. 그 땅은 거짓된 평화 속에서 꿈을 꾸기에 한동안은 모든 악이 거둬져 있소. 할 수 있을 동안, 잘 가시오!"

그는 자기네 방식으로 몸을 굽혀 호빗들의 어깨에 두 손을 얹고 이마에 입을 맞추며 그들을 포옹했다.

"모든 선한 이들의 선의가 함께하기를!"

그들은 머리가 땅에 닿도록 절했다. 그다음 그는 몸을 돌려 뒤돌아보지 않고 그들을 떠나 조금 떨어진 곳에 서 있는 두 명의 호위병에게로 갔다. 그들은 이제 이 초록 차림의 세 사람이 엄청 빠르게 움직여 거의 눈 깜짝할 새에 사라지는 걸 보고 깜짝 놀랐다. 파라미르가 서 있던 숲은 마치 한바탕의 꿈이 지나간 것처럼 텅 비고 황량해 보였다.

프로도는 한숨을 쉬고 남쪽으로 돌아섰다. 마치 그 모든 예의범

절을 무시한다는 걸 보여 주려는 듯 골룸은 나무 밑자락의 흙을 파 헤치고 있었다.

'벌써 또 배가 고픈 거야? 이것 참, 또 시작되는군!'

샘은 생각했다.

"그들이 드디어 갔어? 역겹고 악독한 인간들! 스메아골의 목은 아직도 아파, 그럼 그렇다니까. 갑시다!"

골룸이 말했다.

"그래, 가자! 그렇지만 네게 은총을 베푼 이들에 대해 험담밖에 할 수 없다면 입 다물고 있어!"

프로도가 말했다.

"훌륭하신 주인님! 스메아골이 농담을 했을 뿐이에요. 언제나 용서해요, 그는 그래요, 그럼, 그럼, 훌륭한 주인님의 작은 속임수들까지도. 오, 그럼요, 훌륭한 주인님, 훌륭한 스메아골!"

프로도와 샘은 대꾸하지 않았다. 꾸러미를 들어 메고 지팡이를 손에 쥐고서 그들은 이실리엔의 숲속으로 나아갔다.

그들은 그날 두 번 쉬고 파라미르가 제공한 음식을 조금 먹었다. 말린 과일과 소금에 절인 고기는 여러 날 동안 먹기에 족했고, 빵은 신선함이 유지될 동안은 계속 먹을 만큼 충분했다. 골룸은 아무것도 먹지 않았다.

보이지 않는 가운데 해가 머리 위로 떠올라 지나가더니 가라앉기 시작했고, 서쪽 나무들 사이로 비쳐 드는 빛은 황금색이 되어 갔다. 언제나 그들은 서늘한 초록 그림자 속에서 걸었고, 주위는 온통 고요했다. 새들은 모두 날아가 버리거나 아니면 느닷없이 벙어리가 된 것 같았다.

어둠이 고요한 숲에 일찍 깃들었고, 그들은 밤이 떨어지기 전에 지쳐서 걸음을 멈췄다. 헨네스 안눈으로부터 35킬로미터 남짓을 걸었던 것이다. 프로도는 아주 늙은 나무 아래의 깊은 흙 위에 누워 그 밤을 잠으로 보냈다. 그 곁의 샘은 마음이 편치 않았다. 샘은 몇 번이나 잠에서 깼지만 골룸의 흔적은 어디에도 없었다. 그는 호빗들이 휴식에 들자마자 슬며시 빠져나갔던 것이다. 그는 근처의 어떤 구덩이에서 혼자 잠을 잤는지 아니면 밤새 잠 못 이루고 뭔가를 찾아 떠돌아다녔는지 말하지 않았다. 하지만 그는 가물거리기 시작한 첫 빛과 더불어 돌아와 동료들을 깨웠다.

"일어나야 해요, 그럼, 그래야만 해요! 아직 갈 길이 멀어요, 남쪽과 동쪽으로. 호빗들은 서둘러야만 한다고요!"

정적이 더 깊어진 것 같다는 걸 빼곤 그날도 전날과 다름없이 지나갔다. 대기가 음산해져 나무들 밑에선 숨이 막힐 정도로 답답해지기 시작했다. 천둥이 일 것 같은 분위기였다. 골룸은 가끔 킁킁대며 대기의 냄새를 맡느라 걸음을 멈췄고 그다음엔 뭐라고 혼자 중얼대고는 더 속도를 내야 한다고 그들을 재촉하곤 했다.

주간 행군의 세 번째 단계가 다가오고 오후가 이지러져 갈 무렵, 눈앞에 숲이 펼쳐지고 나무들은 보다 커지고 드문드문해졌다. 아름드리 너도밤나무들이 숲속의 넓은 빈터에 어둑하고 장엄하게 서 있었고, 그 속 여기저기에 희끗희끗한 물푸레나무와 거대한 떡갈나무 들이 막 갈색과 초록의 봉오리를 내밀고 있었다. 주위로는 이제 잠들려고 하얗고 푸른 잎을 접은 애기똥풀과 아네모네가 길게 뻗은 초록 풀밭을 알록달록하게 물들였다. 삼림 히아신스의 잎이 지천으로 깔린 구역들에서는 벌써 종처럼 생긴 매끄러운 줄기들이 흙을 헤치고 고개를 디밀고 있었다. 짐승이든 새든 살아 있는 것이 보이지 않았지만 골룸은 이처럼 탁 트인 곳에서 점점 두려워했다. 그래서 이제 그들은 긴 그림자들을 골라 재빨리 옮겨 다니며 조심스럽게 걸었다.

그들이 숲의 끝에 이르렀을 때 빛은 빠르게 사그라지고 있었다.

거기서 그들은 무너져 가는 가파른 제방 아래로 뱀처럼 뒤틀린 뿌리를 뻗친 옹이투성이의 늙은 떡갈나무 아래 앉았다. 그들의 앞에는 깊고 어스레한 계곡이 놓여 있었다. 계곡의 먼 쪽 사면에 음침한 저녁 아래 청회색의 숲들이 다시 모여 남쪽으로 행진하듯 뻗쳐 있었다. 오른쪽으로는 곤도르의 산맥이 불길이 반점처럼 얼룩진 하늘 아래 먼 서쪽에서 붉게 타올랐다. 왼쪽엔 어둠이 깔려 있었다. 즉, 모르도르의 우뚝 솟은 성벽이 있고, 그 어둠 속에서부터 긴 계곡이 나와 계속 넓어져 가는 골을 타고 안두인대하를 향해 가파르게 떨어졌다. 계곡의 바닥에는 물살 빠른 개울이 흘렀다. 프로도는 그 무정한 소리가 고요한 정적을 가르고 다가오는 것을 들을 수 있었다. 개울 옆 이쪽 편에는 길 하나가 희미한 리본처럼 아래로 구불구불하게 펼쳐져, 가물대는 석양빛이 전혀 닿지 않는 으슬으슬한 회색 안개까지 이어져 내렸다. 거기서 프로도는 저 멀리, 이를테면 아련한 바다 위에 떠도는 것처럼 낡은 탑의 높고 희미한 상단부와 들쭉날쭉한 첨탑들의 쓸쓸하고 어둑한 모습을 어렴풋이 식별한 것 같았다.

그는 골룸에게로 돌아서서 물었다.

"우리가 어디 있는지 알아?"

"예, 주인님. 위험한 곳들이에요. 이것은요, 주인님, 달의 탑에서 대하 기슭의 폐허가 된 도시까지 뻗은 길이에요. 폐허가 된 그 도시는, 그래요, 아주 고약한 곳으로 적들로 가득해요. 우린 인간들의 조언을 받아들이지 말았어야 했어요. 호빗들은 길에서 멀리 벗어나 버렸어요. 이젠 동쪽으로, 저기 위쪽으로 가야 해요."

그가 어두워져 가는 산맥을 향해 말라빠진 팔을 흔들었다.

"게다가 우린 이 길을 이용할 수 없어요. 오, 안 돼요! 잔인한 종족들이 저 탑에서 내려와 이리로 온다고요."

프로도가 그 길을 내려다보았다. 어쨌든 지금 그 위에서 움직이고 있는 건 아무것도 없었다. 안개에 싸인 텅 빈 폐허까지 내리뻗은 그 길은 고적하고 내버려진 것 같았다. 그러나 대기 속에는 음험한 기운이 감돌았다. 마치 눈으로 볼 수 없는 것들이 실제로 오르내리고 있는 듯했다. 프로도는 이제 어둠 속으로 좁아드는 먼 뾰족탑들을 다시 바라보며 몸을 부들부들 떨었고, 물소리도 차갑고 잔혹한 것 같았다. 악령들의 계곡에서 흐르는 오염된 개울 모르굴두인의 물소리였다.

프로도가 말했다.

"어떻게 한다? 우린 길고도 멀리까지 걸어왔어. 뒤편 숲속에서 눈에 띄지 않고 누울 수 있는 어떤 장소를 찾아볼까?"

"어둠 속에 숨는 건 소용 없어요. 호빗들이 숨어야 하는 건 낮이에요. 그럼, 낮이라고요."

호빗이 말했다.

"오, 자," 샘이 말했다. "한밤중에 다시 일어나더라도 우린 잠시 쉬어야 해. 그리고 나서도 어두운 시간은 여전히 남아 있을 거야. 네가 길을 안다면 우리를 멀리까지 데리고 갈 시간은 충분하다고."

골룸은 마지못해 이것을 받아들였다. 그는 나무들 쪽으로 뒤돌아 한동안 옥죄는 듯한 숲 가장자리를 따라 동쪽으로 나아갔다. 그는 음산한 길에 매우 가까운 땅바닥에서는 쉬려고 하지 않았다. 그래서 얼마간 의논을 한 후에 그들은 모두 큰 호랑가시나무의 아귀 속으로 기어올랐다. 몸통에서 함께 뻗어 나온 굵은 가지들이 좋은 은신처와 꽤 안락한 피난처가 되었다. 밤이 되자 닫집 같은 나무 아래가 완전히 어두워졌다. 프로도와 샘은 물을 약간 마시고 빵과 말린 과일을 좀 먹었지만 골룸은 곧장 몸을 둥글게 웅크리고 잠들었다. 호빗들은 눈을 감지 않았다.

골룸이 깨어난 것은 자정이 조금 지난 때가 틀림없었다. 갑자기 그들은 눈꺼풀 없는 골룸의 창백한 두 눈이 자신들을 보고 번득이고 있다는 걸 알아챘다. 그가 귀를 기울이고 킁킁대며 냄새를 맡았는데, 그것은 그들이 이전에 인지했듯이 그가 밤 시각을 알아보기 위해 늘상 하는 행동이었다.

"쉬었나요? 잘 잤나요?" 그가 말했다. "갑시다!"

샘이 으르렁거렸다.

"우린 쉬지 못했고 자지도 못했어. 그러나 가야만 한다면 가겠어."

골룸은 곧장 나뭇가지에서 뛰어내려 땅을 네 발로 짚었고, 호빗들도 보다 굼뜨긴 했지만 골룸을 따라 했다.

땅에 닿자마자 그들은 골룸이 길을 이끄는 가운데 동쪽으로 어둡고 비탈진 땅을 오르며 다시 나아갔다. 거의 앞을 볼 수가 없었다. 이제 밤이 아주 깊어서 걸려 넘어지기 전에는 좀체 나뭇가지들을 인지할 수가 없었다. 지면은 더 울퉁불퉁해져 걷기가 어려웠다. 그러나 골룸은 전혀 걱정하지 않는 것 같았다. 그는 그들을 이끌어 수풀과 광막한 가시나무 덤불을 헤치고, 때로는 깊게 갈라진 틈새나 어두운 구덩이의 가장자리를 돌고, 때로는 관목으로 뒤덮인 시커먼 분지 속으로 내려갔다 다시 올라가기도 했다. 그러나 그들이 조금 내려갔다 하면 언제나 저편의 비탈은 더 길고 더 가팔랐다. 그들은 꾸준히 기어오르고 있었다. 처음 걸음을 멈추고 돌아봤을 때 그들은 떠나온 숲의 처마를 희미하게 인지할 수 있었다. 그것은 방대하고 짙은 그림자처럼, 그리고 어둡고 휑한 하늘 아래보다 어두운 밤처럼 깔려 있었다. 동쪽으로부터 거대한 칠흑이 천천히 모습을 드러내 희미하고 뿌옇게 된 별들을 집어삼키는 것 같았다. 이후 지는 달이 추격하는 구름에서 벗어났지만 그 주위로는 온통 노르께한 광채가 둘러져 있었다.

마침내 골룸이 호빗들에게로 돌아섰다.

"곧 날이 밝아요. 호빗들은 서둘러야 해요. 사방이 탁 트인 이런 곳에서 머무는 건 안전하지 않아요. 서둘러요!"

그가 걸음걸이를 빨리하자 그들은 지친 발걸음으로 뒤를 따랐다. 곧 그들은 깎아지른 거대한 산등성이 같은 땅으로 기어오르기 시작했다. 여기저기에 최근 불길의 상처인 개간지가 펼쳐졌지만 대부분 금작화와 월귤나무 및 작은 키에 거친 가시나무가 빽빽하게 우거진 수풀로 덮여 있었다. 꼭대기로 다가갈수록 금작화 덤불들이 점점 빈번해졌다. 그것들은 아주 늙은 데다 키가 크고, 아래쪽은 수척하고 껑충하지만 위쪽은 굵었는데, 벌써 여리고 달콤한 향기를 발산하는 노란 꽃들을 내밀고 어둠 속에서 가물거리고 있었다. 가시투성이의 덤불들은 키가 아주 커서 호빗들은 깊고 따끔따끔한 흙으로 덮인 길고 건조한 통로를 지나면서도 곧추서서 그 아래로 걸어갈 수 있었다.

이 드넓은 산등성이의 저편 가장자리에서 그들은 행군을 멈추고 숨으려고 뒤엉킨 가시나무숲 밑으로 기어갔다. 지면까지 휘어진 가지들엔 오래된 찔레 덤불이 어지러이 기어오르고 있었다. 안쪽 깊숙한 곳에는 죽은 가지와 관목으로 기둥을 이루고 봄의 첫 잎새와 싹 들로 지붕을 인 속이 빈 공회당 하나가 있었다. 그들은 너무 지쳐서 먹지도 못한 채 거기에 한동안 누워 있었다. 그리고 그들은 은신처의 구멍들을 통해 밖을 빠끔히 내다보며 천천히 날이 밝기를 기다렸다.

그러나 날은 새지 않고 단지 죽은 듯한 갈색의 어스름만 계속되었다. 동쪽에는 잔뜩 찌푸린 구름 아래 칙칙한 붉은 빛이 있었지만 새벽의 붉음은 아니었다. 그 사이에 어지러이 널린 땅들을 가로질러 에펠 두아스 산맥이 그들을 험악하게 노려보았다. 밤이 두텁게 깔려 빠져나가지 못한 아래쪽은 캄캄하고 형체가 없었지만 위쪽은 타는 듯한 노을을 배경으로 단단하고 위협적으로 뚜렷이 드러난 삐죽삐죽한 봉우리와 모서리 들을 이고 있었다. 멀리 오른쪽에는 산맥의 거대한 지맥 하나가 도드라져 어둠 속에서 어둑하고 검은 모습으로 서쪽으로 힘차게 뻗쳤다.

"여기서 어느 길로 가지? 저것이 그 입구—모르굴계곡의 입구인가, 저 시커먼 덩어리 너머 저쪽 멀리 있는?"

프로도가 물었다.

"그것에 대해 벌써 생각할 필요가 있을까요? 분명 우린 오늘 더는 움직이지 못할 텐데요, 날이 밝더라도 말이에요."

샘이 대답했다.

"아마 못 할 거예요, 못 할 수 있어요." 골룸이 말했다. "하지만 우린 곧 그 십자로로 가야 해요. 그래요, 십자로로요. 저편에 있는 길이죠, 그럼요, 주인님."

모르도르 위의 붉은 빛이 사그라졌다. 동쪽에서 거대한 증기가 피어올라 머리 위로 천천히 다가오자 어스름이 한층 짙어졌다. 프로도와 샘은 약간의 음식을 먹고 그대로 드러누웠지만 골룸은 안절부절못했다. 그는 그들의 음식 중 어떤 것도 먹으려 하지 않고 물만 조금 마신 후 킁킁 냄새를 맡고 중얼대면서 덤불들 밑으로 이리저리 기어 다녔다. 그러다가 그는 갑자기 사라졌다.

"사냥하러 간 거겠죠."

샘은 이렇게 말하고는 하품을 했다. 이번엔 그가 먼저 잘 차례였고 그는 곧 꿈속에 깊이 빠져들었다. 그는 자신이 뭔가를 찾으러 골목쟁이네 정원으로 돌아온 거라고 생각했다. 그러나 등에 무거운 짐을 졌기 때문에 몸이 앞으로 수그러졌다. 어떻게 된 건지 정원에는 온통 잡초가 무성했고, 가시나무와 고사리가 맨 아래쪽 울타리 근처의 화단을 잠식하고 있었다.

"해야 할 일이 산더미군. 그러나 난 너무 지쳤어."

하고 그는 줄곧 말했다. 이내 그는 찾고 있던 것을 기억해 냈다.

"내 담뱃대!"

그는 그 말과 함께 깨어났다. 그는 눈을 뜨고 왜 자신이 울타리 아래에 드러누워 있었는지 의아하게 여기며 혼잣말을 했다.

"바보 같으니! 그건 내내 네 꾸러미 속에 있잖아!"

그때 그는 깨달았다. 첫째, 담뱃대는 꾸러미 속에 있겠지만 연초가 없다는 것을. 다음으로는 자신이 골목쟁이네로부터 수백 킬로미터나 떨어져 있다는 것을. 그가 일어나 앉았다. 거의 어두워진 것 같았다. 왜 그의 주인은 순번을 어기고 그가 계속 자게 내버려 뒀을까. 바로 저녁까지 계속?

"안 주무셨나요, 프로도 씨?" 그가 말했다. "몇 시죠? 해 저물 때가 가까워지는 것 같아요!"

"아니, 그렇지 않아. 그러나 날이 더 밝아지지 않고 더 어두워지고 있어. 점점 더 어두워져. 내가 식별하는 한에는 아직 정오도 안 됐어. 그리고 자넨 세 시간 정도 잤을 뿐이야."

프로도의 말에 샘이 다시 물었다.

"무슨 일인지 궁금해요. 폭풍이 몰려오려나요? 만약 그렇다면 일찍이 없던 최악이 될 거예요. 그냥 울타리 아래 박혀 있을 게 아니라 깊은 굴속에 있었으면 싶을 거예요."

그가 귀를 기울였다.

"저게 뭐죠? 천둥소리 아니면 북소리, 그것도 아니면 대체 무슨 소리죠?"

"모르겠어. 저 소리가 계속된 지는 한참 됐어. 때로는 땅바닥이 진동하는 것 같고 때로는 귀에 둔중한 공기가 왱왱거리는 것 같아."

샘이 주위를 둘러보고 말했다.

"골룸은 어디 있어요? 아직 돌아오지 않았어요?"

"안 왔어. 흔적도 소리도 없었어."

"음, 전 그 녀석을 참을 수가 없어요. 사실 제가 여행에 갖고 다니는 것 중 중도에 잃어버려 그놈보다 아깝지 않을 게 없다고요. 그러나 이렇게 멀리까지 와 놓고 지금 우리가 가장 필요로 할 바로 그때 사라지는 건 딱 그놈다운 짓이죠—말하자면, 대체 놈이 무슨 쓸모가 있을 건가 하는 건데, 전 심히 의심스럽다고요."

"자넨 죽음늪에서의 일을 잊었나 보군. 그에게 아무 일도 없었으면 좋겠는데."

"하긴 저도 놈이 덫에 걸리지 않길 바라요. 프로도 씨도 그렇게 말씀하시겠지만 어쨌든 그놈이 다른 자들의 수중에 들어가지 않길 바라요. 만일 그가 그렇게 되면 우린 곧 고초를 겪을 테니까요."

그 순간 우르릉대고 둥둥거리는 소음이 다시 들렸다. 이번에는 더 우람하고 깊은 소리였다. 발아래의 땅바닥이 흔들리는 것 같았다. 프로도가 말했다.

"어쨌든 우린 고초를 겪을 것 같아. 우리의 여정도 종말에 가까워지고 있는 듯싶어."

"그럴 수도 있겠죠. 하지만 생명이 있는 곳에 희망이 있다고 우리 노친네가 입버릇처럼 말했죠. 그리고 음식이 필요하다고 덧붙이곤 했지요. 뭘 좀 드시고, 프로도 씨, 그다음에 좀 주무세요."

샘이 말했다.

샘이 생각하기에 오후라고 불러야 마땅할 시간이 흘러갔다. 그가 은신처에서 내다보니 그림자도 없는 어두침침한 세계가 특색도 없고 색깔도 없는 어둠 속으로 천천히 사라지는 것만 보였다. 숨이 막힐 것 같았지만 덥지는 않았다. 프로도는 몸을 뒤척이고 가끔 중얼거리며 불편한 잠을 잤다. 샘은 그가 간달프의 이름을 부르는 걸 두어 번 들었다. 시간이 끝없이 느릿느릿 흐르는 것 같았다. 별안간 샘은 뒤에서 쉭쉭대는 소리를 들었다. 거기 골룸이 네 발로 기는 자세로 두 눈을 번득이며 그들을 빤히 쳐다보고 있었다.

"일어나요, 일어나! 일어나라고요, 잠꾸러기들 같으니!" 그가 속삭였다. "일어나요! 시간이 없어요. 우린 가야 해요, 그래요, 곧장 가야 해요. 시간이 없다고요!"

샘이 의심스러운 눈초리로 그를 빤히 쳐다보았다. 그는 겁을 먹거나 흥분한 것 같았다.

"지금 가자고? 무슨 속셈이야? 아직 시간이 안 됐어. 차 마실 시간조차도 안 됐어. 적어도 차 마실 시간을 지키는 점잖은 곳들에선 말이야."

"바보 같은 소리!"

하고 골룸이 쉭쉭거렸다.

"우린 점잖은 곳에 있지 않아. 시간이 바닥나고 있어, 그래, 빨리 달리고 있다고. 꾸물댈 시간이 없어. 우린 가야 해. 일어나세요, 주인님. 일어나요!"

그가 프로도를 할퀴듯 붙잡았고, 프로도는 소스라쳐 잠에서 깨어 갑자기 일어나 앉아 그의 팔을 그러쥐었다. 골룸이 뿌리치고 벗어나 뒷걸음질 쳐 물러났다. 그가 쉭쉭댔다.

"바보같이 굴어선 안 돼요. 우린 가야 해요. 어물거릴 시간이 없어요!"

그들은 그에게서 아무것도 더 캐낼 수가 없었다. 어디에 갔었는지, 무슨 일이 일어나려 한다고 생각하기에 그렇게 서두르는 건지 그는 말하려 하지 않았다. 샘은 짙은 의심이 가득 들었고 또 그것을 내보였지만, 프로도는 마음속에 지나가고 있는 생각의 어떤 기색도 내보이지 않았다. 그는 한숨을 쉬고 꾸러미를 들어 올리고는 내내 몰려드는 어둠 속으로 나아갈 채비를 했다.

골룸은 가능한 곳에서는 어디서나 몸을 숨기고, 훤히 트인 구역을 가로지를 때는 반드시 거의 바닥에 닿을 만큼 몸을 숙이고 달리며 매우 은밀하게 그들을 언덕 중턱 아래로 인도했다. 그러나 이제 빛은 너무나 흐릿해서 눈 밝은 야생동물이라 하더라도 두건을 쓰고 회색 망토를 걸친 호빗들을 좀체 볼 수 없었을 테고, 또 조심스럽게 걷는 그들의 발소리를 들을 수도 없었을 터였다. 작은 가지가 부러지거나 잎사귀가 살랑대는 소리도 없이 그들은 지나가 사라졌다.

약 한 시간 동안 그들은 말없이 일렬로 걸었다. 그들의 가슴은 어둠과 완벽한 정적에 짓눌려 있었다. 이따금 먼 데서 천둥 같은 것이 희미하게 우르릉거리는 소리나 산속의 어떤 움푹한 데서 나는 북소리만이 정적을 깨트릴 뿐이었다. 그들은 은신처에서 내려와 남쪽으로 방향을 튼 다음, 산맥을 향해 위로 경사진 길고 울퉁불퉁한 비탈을 가로질러, 골룸이 찾을 수 있는 한 곧은 행로를 잡아 나갔다. 곧 앞쪽 그리 멀지 않은 곳에서 띠 모양으로 둘러선 나무들이 검은 벽처럼 모습을 드러냈다. 점차 가까이 다가서면서 그들은 그 나무들이 방대한 크기에다 매우 오래된 것 같다는 걸 깨달았다. 마치 폭풍과 번개가 휩쓸고 지나갔지만 그것들을 죽이거나 깊이를 알 수 없는 뿌리를 뒤흔들진 못한 것처럼 비록 우듬지는 몹시 여위고 부러졌어도 여전히 높이 치솟아 있었다.

"십자로예요, 그래요."

골룸이 속삭였는데, 은신처를 떠난 후로 그가 처음 한 말이었다.

"우린 저 길로 가야 해요."

그는 이제 동쪽으로 돌아 그들을 비탈 위로 인도했다. 그런 중에 갑자기 그것이 그들 앞에 있었다. 남향대로였다. 그 길은 산맥의 바깥쪽 기슭 주위를 굽이쳐 나아가다간 이내 갑자기 내리받이가 되어 거대한 원형의 나무들 속으로 돌입했다.

골룸이 나직하게 말했다.

"이게 유일한 길이에요. 그 너머로는 길이란 없어요. 어떤 길도 없어요. 우린 십자로로 가야 해요. 그러나 서둘러요. 조용히!"

적의 야영지에 들어온 척후병들처럼 은밀하게 그들은 그 길로 살금살금 기어 내려가, 돌투성이 제방 아래 서쪽 가장자리를 따라 살그머니 나아갔다. 돌들과 같은 회색인 데다 사냥하는 고양이처럼 어김없는 발걸음이었다. 마침내 그 나무들에 당도해 보니 그것들은 한가운데가 거무스름한 하늘로 트인 지붕 없는 거대한 원 속에 서 있었다. 엄청나게 큰 나무등치들 사이의 구역들은 폐허가 된 어느 공회당의 거대하고 어두운 아치들 같았다. 바로 그 중앙에서 네 개의 길이 만났다. 그들의 뒤로는 모란논으로 가는 길이 놓였고, 앞에는 그 길이 다시 남쪽으로 길게 뻗쳤으며, 오른쪽으로는 옛 오스길리아스로부터 뻗은 길이 위로 솟구쳐 교차점을 가로지르곤 동쪽 어둠 속으로 빠져나갔다. 바로 그들이 잡을 네 번째 길이었다.

프로도는 두려움에 휩싸여 잠시 거기 서 있던 중에 하나의 빛이 반짝이고 있다는 것을 알아차렸다. 그는 그것이 곁에 있는 샘의 얼굴 위로 빨갛게 타오르는 걸 보았다. 그쪽으로 몸을 돌리자 아치를 이룬 나뭇가지들 너머로 오스길리아스로 가는 길이 쭉 펼친 리본만큼이나 곧게 서녘으로 내리뻗친 게 보였다. 거기, 저 멀리에 이제 그늘 속에 잠긴 서글픈 곤도르 너머로 태양이 지고 있었다. 드디어 느릿느릿 굽이치는 거대한 구름 장막의 가두리를 찾아내 아직 더럽혀지지 않은 바다 쪽으로 불길한 불덩이가 되어 떨어지고 있었다. 짧은 노을이 좌상(坐像)의 거대한 형상 하나에 떨어졌다. 아르고나스 왕들의 거대한 석상처럼 고요하고 엄숙한 형상이었다. 그것은 세월에 닳고 거친 손길들에 훼손되어 있었다. 그 머리는 온데간데없고 그 자리엔 우롱하듯 대충 깎은 둥근 돌 하나가 놓여 있었다. 야만의 손들이, 이마 한가운데 커다란 붉은 눈 하나가 박힌 채 이빨을 드러내고 싱긋 웃는 얼굴을 조잡하게 흉내 내 그린 것이었다. 무릎과 커다란 의자 위에, 그리고 받침대 주위로 온통 함부로 휘갈겨 쓴 글씨가 모르도르의 구더기 같은 족속이 사용하는 더러운 상징들과 뒤섞여 있었다.

프로도는 수평으로 비쳐 드는 광선들을 눈으로 좇다가 별안간 그 늙은 왕의 머리를 보았다. 그것은 길가에 굴러떨어져 놓여 있었다.

"보라고, 샘! 왕이 다시 왕관을 얻었어!"

하고 그가 깜짝 놀라 외쳤다.

두 눈은 움푹 꺼지고 조각된 수염은 부서졌지만 높고 준엄한 이마 주위에 은과 금의 작은 왕관이 씌워져 있었다. 작고 하얀 별 모양의 꽃이 달린 덩굴식물 하나가 마치 쓰러진 왕에게 경의를 표하듯 그 이마를 둘렀고, 돌로 된 머리카락 틈새들에는 노란 돌나물꽃이 반짝였다.

"그들은 영원히 정복할 수는 없어!"

프로도가 말했다. 그 짧은 일별은 갑자기 사라졌다. 태양이 가라앉아 사라졌고, 마치 등불에 갓을 씌운 듯 캄캄한 밤이 되었다.

Chapter 8
키리스 웅골의 계단

골룸은 프로도의 망토를 잡아당기고 겁에 질려 안달을 하며 쉭쉭거리고 있었다.

"우린 가야 해요. 여기 서 있으면 안 돼요. 서둘러요!"

마지못해 프로도는 서쪽을 등지고 길잡이가 이끄는 대로 동쪽의 어둠 속으로 따라 들어갔다. 그들은 원형으로 늘어선 나무들을 떠나 산맥을 향해 길을 따라 기어갔다. 길은 얼마간 곧게 뻗더니 곧 남쪽으로 굽어지기 시작해 마침내 그들이 멀리서 보았던 바위의 거대한 어깨 바로 아래로 이어졌다. 그들의 머리 위로 시커멓고 위압적으로 드러난 그것은 뒤편의 어두운 하늘보다 더 어두웠다. 길은 그 그림자 아래로 포복하듯 계속되었고, 그 모퉁이를 돌고는 다시 동쪽으로 도약하여 가파르게 솟기 시작했다.

프로도와 샘은 이제 자신들의 위험에 크게 신경쓰지 않은 채 무거운 마음으로 터벅터벅 걸어가고 있었다. 프로도의 고개가 아래로 숙여졌다. 그의 목에 달린 짐이 다시 그를 아래로 잡아당기고 있었다. 거대한 십자로를 지나치자마자 이실리엔에선 거의 잊고 있던 그것의 무게가 한 번 더 불어나기 시작했다. 이제 발 앞의 길이 가팔라진다고 느끼면서 그는 지친 듯 눈길을 들었다. 그 순간 그는 그것을 보았다. 골룸이 보게 될 거라고 말해 줬던, 바로 그 반지악령들의 도시였다. 그는 돌투성이의 제방에 기대며 몸을 웅크렸다.

길게 경사진 계곡이, 깊게 갈라진 틈과 같은 그림자가 산맥 속으로 깊숙이 거슬러 올라갔다. 계곡의 지맥들 속으로 좀 들어온 저쪽,

에펠 두아스의 시커먼 무릎 위의 암반 같은 자리에 미나스 모르굴의 성벽과 탑이 높이 서 있었다. 대지고 하늘이고 그 주변이 온통 어두웠지만 그곳에는 빛이 밝혀져 있었다. 먼 옛날 산협 속에 아름답고 찬연하게 솟았던 달의 탑 미나스 이실에 갇혀 있던 달빛이 대리암 석벽을 뚫고 샘솟고 있는 게 아니었다. 느릿느릿한 월식에 걸려 맥을 못 추는 달보다 정녕 파리한 그 빛은 부패를 발산하는 악취처럼 너울거리고 날리는 시체의 빛, 그 무엇도 비추지 못하는 빛이었다. 성벽과 탑에는 창문들이 보였는데, 공허의 내부를 들여다보는 헤아릴 수 없이 많은 검은 구멍들 같았다. 그러나 탑의 상단은 밤 속을 곁눈질하는 섬뜩한 거대한 머리처럼 처음엔 이쪽으로 다음에는 저쪽으로 천천히 회전했다. 한동안 세 동료들은 몸을 움츠리고 내키지 않는 눈길로 위쪽을 응시하며 서 있었다. 먼저 정신을 차린 건 골룸이었다. 그는 다시 절박하게 그들의 망토를 잡아당겼지만 말은 한 마디도 하지 않았다. 그는 그들을 앞으로 끌어당기다시피 했다. 그들은 마지못해 한 발 한 발씩 떼었는데, 시간이 그 속도를 지체시키는 것 같아서 발을 들어 올렸다가 내려놓는 사이에 지겹도록 긴 몇 분이 지나갔다.

그렇게 그들은 느릿느릿 하얀 다리에 도착했다. 여기서 길은 희미하게 번득이며 계곡 가운데의 개울을 건너 도시의 성문을 향해 구불구불하게 굽이쳐 오르며 나아갔다. 북쪽 성벽의 바깥쪽 원형 통로에 시커멓게 아가리를 벌린 것이 바로 그 성문이었다. 양쪽 강가에는 넓은 평지가, 창백한 하얀 꽃들로 가득한 어둑한 풀밭이 펼쳐졌다. 이 꽃들도 빛을 발했다. 그러나 아름답지만 뒤숭숭한 꿈속의 발광한 형체들마냥, 모양이 끔찍한 그 꽃들은 욕지기나는 납골당 냄새를 희미하게 발산했다. 대기에는 썩은 냄새가 진동했다. 다리는 풀밭과 풀밭 사이에 걸쳐져 있었다. 다리 입구에는 인간과 짐승의 형상을 본뜬 정교한 조각상들이 세워져 있었지만 모두 더럽고 보기에 역겨웠다. 밑으로 흐르는 물소리는 조용했고 물에서 증기가 피어올랐다. 다리 주변으로 몸부림치고 소용돌이치는 증기는 죽음처럼 차가웠다. 프로도는 현기증이 나고 정신이 혼미해졌다. 그때 갑자기 자신의 의지가 아닌 어떤 힘이 작용하는 것처럼 그가 비트적거리며 황급히 앞으로 나가기 시작했다. 무엇을 찾는 듯 더듬는 두 손이 내뻗쳤고 머리는 축 늘어져 이리저리 흔들렸다. 샘과 골룸 모두가 그를 잡으러 달려갔다. 샘은 주인이 바로 다리 입구에서 비틀거리다 막 떨어지려고 할 때 그를 품 안에 붙잡았다.

"그쪽이 아니에요! 아니, 그쪽이 아니라니까요!"

골룸이 속삭였다. 이빨 사이로 새어 나온 숨결이 휘파람처럼 무거운 정적을 찢는 것 같아 그는 기겁하여 땅바닥에 웅크렸다. 샘이 프로도의 귀에 대고 중얼거렸다.

"멈추세요, 프로도 씨! 돌아와요! 그쪽이 아니에요. 골룸이 아니라고 하는데 이번만은 저도 그와 생각이 같아요."

프로도가 손으로 이마를 어루만지고는 두 눈을 언덕 위의 도시로부터 확 잡아뗐다. 빛을 발하는 탑이 그를 홀렸던 것으로, 그는 성문 쪽으로 난 가물거리는 길로 뛰어가고픈 욕망과 싸웠다. 마침내 그가 힘들여 몸을 돌렸는데, 그렇게 할 때 그는 반지가 자신을 거역해 목에 걸린 줄을 끌어당기는 걸 느꼈다. 그리고 그가 시선을 돌릴 때 두 눈도 당장 눈이 멀어 버린 것 같았다. 그의 앞에 있는 어둠은 꿰뚫을 수 없는 것이었다.

겁에 질린 동물처럼 땅바닥을 기던 골룸은 벌써 어둠 속으로 사라지고 있었다. 샘은 비틀거리는 주인을 부축해 이끌며 될 수 있는 한 빨리 골룸을 따라갔다. 개울의 가까운 쪽 둑에서 멀지 않은 곳, 길가의 석벽 속에 틈새가 하나 있었다. 이것을 통과하고 나자 샘은 그들이 한 좁은 길 위에 있다는 걸 알았다. 그것은 주(主)도로가 그랬듯이 처음엔 희미하게 번득이다가 이윽고 죽음 같은 꽃들의 풀밭

위로 오르며 흐릿해지고 어두워지면서 계곡의 북쪽 사면으로 꼬부라져 굽이쳐 올랐다.

호빗들은 이 길을 따라 나란히 터벅터벅 걸었다. 앞서가는 골룸은 뒤돌아서 그들에게 계속 오라고 손짓할 때 외에는 보이지 않았다. 그럴 때 그의 두 눈은 어쩌면 유독한 모르굴의 광채를 반사하여 초록 빛과 흰 빛으로 반짝이거나, 그것에 화답하는 내부의 어떤 기운에 의해 환해졌다. 프로도와 샘은 줄곧 두려운 마음으로 어깨 너머를 힐끗거리고 또 줄곧 눈을 도로 끌어당겨 어두워지는 길을 찾으면서도 그 죽음 같은 번득임과 어두운 눈구멍들을 늘 의식했다. 그들은 낑낑대며 천천히 나아갔다. 독기 서린 개울이 내뿜는 악취와 증기를 벗어나 위로 오르자 숨쉬기가 한결 수월해졌고 머리도 맑아졌다. 그러나 이제 그들의 사지는 마치 짐을 지고 밤새 걸었거나 거센 물결을 헤치며 오래 헤엄을 친 것처럼 극도로 피로했다. 마침내 그들은 잠시 멈추지 않고는 더 나아갈 수 없었다.

프로도가 발길을 멈추고 돌 위에 주저앉았다. 이제 그들은 거대한 혹처럼 생긴 헐벗은 바위의 꼭대기까지 올라온 것이었다. 앞쪽으로는 계곡 방향으로 저지대가 뻗어 있고, 그곳의 상단 옆으로 돌아 길이 이어졌다. 그 폭은 오른편의 갈라진 틈이 있는 널찍한 바위 턱 정도에 불과했다. 길은 산의 가파른 남쪽 사면을 가로질러 위로 기어오르다가 마침내 위의 어둠 속으로 사라졌다.

프로도가 나직이 말했다.

"난 잠시 쉬어야겠어, 샘. 그것이 날 무겁게 눌러, 내 친구 샘, 아주 무거워. 내가 그것을 얼마나 멀리까지 지고 갈 수 있을까? 어쨌든 과감히 저것에 달려들기 전에 쉬어야겠어."

그가 앞의 좁은 길을 손으로 가리켰다.

"쉿! 쉿! 쉿!"

하고 골룸이 서둘러 그들에게 돌아오며 쉭쉭거렸다.

그가 입술에 손가락들을 갖다 대고 절박하게 머리를 흔들었다. 그는 프로도의 소매를 잡아끌며 길 쪽을 가리켰지만 프로도는 움직이려 하지 않았다.

"아직은 아냐. 아직은 아니라고."

피로와 피로보다 더한 것이 그를 짓눌렀다. 마치 그의 정신과 육체가 모진 마법에 걸린 것 같았다.

"난 쉬어야겠어."

하고 그가 중얼거렸다.

이 말에 골룸은 두려움과 동요가 격심해진 나머지 마치 공중의 보이지 않는 자가 엿듣는 걸 막으려는 것처럼 손으로 입을 가리고 쉭쉭거리며 다시 말했다.

"여기선 안 돼요, 안 돼요. 여기서 쉬면 안 된다니까요. 바보들 같아! 눈들이 우리를 볼 수 있어요. 그들이 다리로 오면 우리를 볼 거라고요. 떠나요! 올라가요, 올라요! 가요!"

"가요, 프로도 씨." 샘이 말했다. "이번에도 그의 말이 옳아요. 우린 여기서 머무를 수 없어요."

"알았어. 해 볼게."

프로도가 반쯤 잠든 상태에서 말하는 것처럼 아득한 목소리로 말했다. 그는 지긋지긋한 듯 일어섰다.

그러나 때가 너무 늦었다. 그 순간 발아래서 바위가 떨리고 흔들렸다. 어느 때보다 요란한 거대한 굉음이 지면을 울리고 산맥에 메아리쳤다. 그다음 별안간 모든 걸 다 태울 듯한 기세로 붉은 섬광이 밀어닥쳤다. 동쪽 산맥 저 너머에서 솟은 섬광은 하늘로 치솟아 검은 먹구름을 붉게 물들였다. 그 그림자의 계곡과 죽음 같은 차가운 빛 속에서 그것은 견딜 수 없을 만큼 격렬하고 사나워 보였다. 깔쭉깔쭉한 칼처럼 생긴 돌 봉우리들과 능선들이 고르고로스에서 분출되는 불길을 배경으로 유난히 시커멓게 돌출되어 보였다. 이윽고 무시무시한 천둥소리가 들렸다.

그러자 미나스 모르굴이 응답했다. 검푸른 번개가 확 타올랐다. 탑에서, 그리고 빙 에두른 산지에서 갈퀴 모양의 푸른 화염이 음산한 구름 속으로 솟구쳤다. 대지가 신음했고, 저 멀리 도시로부터 외침 소리가 들렸다. 맹금들이 내는 것 같은 날카롭고 높은 목소리와 격정과 두려움으로 날뛰는 말들의 새된 콧소리가 한데 뒤섞여 대기를 찢으며 다가와, 청역(聽域)을 넘어선 높이까지 치솟았다. 호빗들은 그쪽으로 몸을 돌리더니 손으로 귀를 막고 몸을 바닥에 내던졌다.

넌더리 나도록 길게 울부짖다가 침묵으로 잦아들며 그 끔찍한 외침이 끝나자 프로도는 천천히 머리를 들었다. 좁은 계곡을 가로질러 이제 그의 눈길과 거의 수평이 되는 곳에 그 사악한 도시의 성벽이 서 있었고, 그 동굴 같은 성문이 번득이는 이빨을 드러낸 입처럼 넓게 벌어지고 있었다. 그리고 그 성문에서 대군이 쏟아져 나왔다.

전 부대가 밤처럼 어두운 검은 옷차림이었다. 프로도는 창백한 성벽과 빛나는 포장도로를 배경으로 줄줄이 늘어선 작고 검은 형체들이 소리 없이 빠르게 행진하여 끝없이 밖으로 나오는 걸 보았다. 그들의 앞에는 거대한 무리의 기병들이 정렬된 그림자들처럼 움직였고, 그 선두에 나머지 모두보다 몸집이 우람한 자가 있었다. 그는 두건 위에 무섭게 빛나는 왕관 모양의 투구를 쓴 것 외에는 온통 검은 차림의 기사였다. 그가 아래의 다리로 다가오고 있었고, 빤히 쳐다보는 프로도의 두 눈은 깜박이거나 시선을 거두지도 못한 채 그를 좇았다. 진정 아홉 암흑기사의 영주가 무시무시한 부대를 전장으로 이끌기 위해 지상으로 돌아온 것인가? 여기에, 실로 여기에 그 차가운 손을 들어 치명적인 칼로 반지의 사자를 내리쳤던 광포한 왕이 있었다. 묵은 상처가 욱신욱신 쑤셨고, 엄청난 한기가 프로도의 가슴 쪽으로 퍼졌다.

그가 이런 생각들로 두려움에 짓눌리고 마법에 걸린 듯 꼼짝달싹 못 하고 있던 참에 그 기사가 바로 다리 입구 앞에서 갑자기 멈춰 섰고 뒤편의 전 부대가 정지했다. 잠시 죽음 같은 정적이 흘렀다. 어쩌면 반지악령의 군주를 부른 것이 반지였을 테고, 해서 그는 자기 계곡 내의 어떤 다른 힘을 감지하고 한순간 마음이 어지러웠던 것이다. 두려움의 투구와 왕관을 쓴 그 어두운 머리가 이리저리 돌며 그 보이지 않는 눈들로 어둠을 훑었다. 프로도는 다가오는 뱀 앞의 한 마리 새처럼 움직이지도 못하고 기다렸다. 기다리면서 그는 반지를 끼어야 한다는 압박을 그 어느 때보다 절실하게 느꼈다. 그러나 그 압박이 막강했음에도 지금 그는 그것에 굴복하고픈 마음이 내키진 않았다. 반지가 자신을 배반할 뿐이라는 것과 설령 그것을 낀다 하더라도 자신에겐 모르굴의 왕을 대적할 힘이 없다는 것을—아직은 없다는 것을—그는 알고 있었다. 공포 때문에 기가 꺾이긴 했어도 그 자신의 의지 속에는 그 명령에 따르려는 어떤 응답의 움직임도 더는 없었다. 그는 다만 외부로부터의 강대한 힘이 자신에게 부딪혀 오는 것을 느낄 뿐이었다. 그것이 그의 손을 붙들었고, 프로도가 그것을 바라지 않고 단지 미결정 상태에서 (마치 저 먼 곳의 어떤 옛이야기를 바라보는 것처럼) 마음으로 주시할 동안 그것은 그 손을 조금씩 목에 걸린 줄을 향해 움직여 갔다. 그제야 그 자신의 의지가 꿈틀거렸다. 그것은 천천히 그 손을 억지로 밀어내고 그것으로 하여금 다른 물건, 그의 가슴 가까이에 숨겨져 있는 물건 하나를 찾도록 했다. 그의 손아귀에 꽉 쥐어진 그것의 감촉은 차고 단단한 것 같았다. 오랫동안 고이 간직해 왔지만 그때까진 거의 잊고 있었던 갈라드리엘의 작은 유리병이었다. 그것을 만지자 한동안 반지에 대한 모든 생각이 그의 마음에서 사라졌다. 그는 한숨을 내쉬고 머리를 숙였다.

그 순간 반지악령의 군주는 몸을 돌려 말에 박차를 가해 다리를 가로질러 달렸고, 그의 음험한 부대 전체가 뒤를 따랐다. 어쩌면 요정 망토들이 그의 보이지 않는 눈을 물리쳤고 또 왜소한 적의 마음이 강해지면서 그의 생각을 슬쩍 비켜 버렸을 터였다. 어쨌든 그는 다급했다. 이미 결전의 순간이 닥쳤기에 그는 위대한 지배자의 명령에 따라 서부로 진격해야만 했다.

곧 그는 그림자가 그늘로 들어서듯 구불구불 휘어진 도로를 따라 달렸고 그 뒤로 여전히 검은 대군의 행렬이 다리를 건넜다. 이실두르가 강성했던 시절 이래로 저 계곡으로부터 그처럼 거대한 부대가 출동한 적은 한 번도 없었다. 그토록 강력한 무기를 갖춘 사나운 무리가 안두인대하의 여울들을 공격한 일도 없었다. 그렇지만 모르도르가 이번에 내보낸 부대는 하나의 무리일 뿐 가장 강력한 무리도 아니었다.

프로도가 몸을 꿈틀거렸다. 그리고 불현듯 파라미르가 애틋하게 생각났다.

'드디어 폭풍우가 닥친 거야. 창과 칼로 무장한 이 거대한 군세는 오스길리아스로 가고 있어. 파라미르가 제때 알 수 있을까? 짐작은 했더라도 공격 개시의 시간을 알았을까? 아홉 기사의 왕이 오는데 이제 누가 그 여울들을 지킬 수 있단 말인가? 게다가 또 다른 부대들이 들이닥칠 텐데. 내가 너무 늦었어. 만사가 끝장이야. 길에서 너무 꾸물댔댄 탓이야. 다 끝났다고. 내 사명이 수행된다 하더라도 누구도 알지 못할 거야. 내가 말해 줄 이도 아무도 없을 테고. 부질없는 일이 될 거야.'

그는 자신의 나약함을 뼈저리게 느끼며 울었다. 그동안에도 모르굴의 무리는 계속 다리를 건너갔다.

그때 아주 멀리서, 마치 볕이 드는 어느 이른 아침 날이 밝아 문들이 열릴 무렵의 샤이어의 기억에서 나오는 것처럼, 그는 샘이 말하는 목소리를 들었다.

"깨어나세요, 프로도 씨! 깨어나시라고요!"

만약 그 목소리가 "아침 식사가 준비됐어요."라고 덧붙였다 하더라도 그는 거의 놀라지 않았을 터였다. 분명 샘은 절박했다. 그가 다시 말했다.

"깨어나세요, 프로도 씨! 그들이 사라졌어요."

철컹 하는 둔중한 소리가 났다. 미나스 모르굴의 성문들이 닫혔다. 창기병의 마지막 행렬이 길 아래로 사라졌다. 탑은 계곡을 가로질러 여전히 이빨을 드러내고 씽긋 웃는 듯했지만 그 속의 빛은 사그라지고 있었다. 도시 전체가 나직하게 내리덮인 어두운 그늘과 정적으로 다시 빠져들고 있었다. 그렇지만 경계의 분위기는 여전히 삼엄했다.

"깨어나세요, 프로도 씨! 그들이 사라졌으니 우리도 가는 게 좋아요. 제 말을 이해하실지 모르겠지만 저기엔 아직도 어떤 것이 생생하게 움직여요. 눈이 달린 어떤 것이거나 어떤 꿰뚫어 보는 마음이에요. 우리가 한곳에서 오래 머물수록 그것은 그만큼 빨리 우리를 찾아낼 거예요. 어서요, 프로도 씨!"

프로도가 머리를 들더니 이내 일어섰다. 절망감은 떠나지 않았지만 나약한 마음은 지나갔다. 이제 그는 바로 전에 정반대로 느낀 것만큼이나 또렷하게, 자신이 해야만 할 일은 할 수 있다면 해야 한다는 것과, 파라미르, 아라고른, 엘론드, 갈라드리엘, 간달프 또는 다른 누군가가 그것에 대해 알게 될 것인지는 목적 외의 일이라고 느끼며 음울한 미소를 띠기까지 했다. 그는 한 손에 지팡이를 쥐고 다른 손엔 갈라드리엘의 유리병을 쥐었다. 벌써 손가락 사이로 선명한 빛이 샘솟고 있는 걸 보며 그는 그것을 품속에 밀어 넣고 가슴에 밀착시켰다. 그다음 그는 이제 어두운 심연을 가로지르는 하나의 희미한 회색빛에 불과한 모르굴의 도시에서 몸을 돌려 위로 향한 길을 갈 준비를 했다.

미나스 모르굴의 성문들이 열렸을 때 골룸은 호빗들을 그 자리에 내버려 두고 바위 턱을 따라 그 너머의 어둠 속으로 기어갔던 모양이었다. 이제 그가 이빨을 딱딱 마주치고 손가락을 딱딱 꺾으며 기어 돌아왔다. 그가 쉭쉭거렸다.

"바보 같으니! 어리석긴! 서둘러요! 위험이 지나갔다고 생각하면 안 돼요. 지나가지 않았어요. 서둘러요!"

그들은 대꾸하지 않고 다만 그를 따라 오르막의 바위 턱까지 갔다. 이미 다른 위험들을 그토록 숱하게 겪은 터였음에도 불구하고, 둘 중 누구도 그 일에는 마음이 내키지 않았다. 그러나 그것은 오래 지속되지는 않았다. 길은 산허리가 다시 바깥쪽으로 융기한 둥그런 모퉁이에 닿았고 거기서 갑자기 암반 속의 좁은 입구로 통했다. 골룸이 말했던 첫 계단에 드디어 도달한 것이었다. 어둠이 더 짙어져 그들은 손이 미치는 거리 너머로는 아무것도 볼 수가 없었다. 그러나 골룸이 몇 미터 앞에서 그들을 향해 돌아섰을 때 그의 두 눈은 파리하게 빛났다. 그가 속삭였다.

"조심해요! 계단이에요. 계단이 많아요. 조심해야 돼요!"

정말로 조심할 필요가 있었다. 프로도와 샘은 처음에는 이제 양쪽에 벽이 있어 한결 수월하다고 느꼈지만 계단은 거의 사다리처럼 가팔랐고, 또 위로 위로 올라갈수록 그들은 점점 뒤편의 길고 시커먼 낙차(落差)를 의식하게 되었다. 게다가 계단은 좁고 간격이 고르지 않아 처음의 생각과 달리 위험했다. 계단은 모서리가 닳아 반들반들했고 어떤 단들은 허물어졌고 또 어떤 것들은 발길이 닿으면 금이 가기도 했다. 호빗들은 힘들여 나아가다가 마침내 젖 먹던 힘까지 모은 손가락으로 앞의 단들에 매달려 욱신대는 무릎을 우격다짐으로 굽혔다 폈다 하는 지경에 이르렀다. 계단이 가파른 산속으로 점점 깊이 파고들수록 그들의 머리 위에는 암벽이 더더욱 높게 솟았다.

그들이 더는 견딜 수 없다고 느낀 바로 그 순간에 드디어 그들은 다시 자신들을 빤히 내려다보는 골룸의 두 눈을 보았다. 그가 속삭였다.

"우린 올라온 거예요. 첫 계단은 지났어요. 그렇게 높이 올라오다니 재주가 좋은 호빗들이네요. 재주가 아주 좋은 호빗들이예요. 몇 개의 단만 더 지나면 끝이예요, 그래요."

샘은 정신이 어질어질한 데다 매우 지쳤다. 프로도는 그를 따라 마지막 단을 기어오르고는 주저앉아 다리와 무릎을 문질렀다. 그들은 경사가 보다 완만하고 계단이 없긴 하지만 계속 뻗쳐오르는 것 같은 깊고 어두운 통로를 앞에 두고 있었다.

골룸은 그들이 오래 쉬게 내버려 두지 않았다.

"아직 또 다른 계단이 있어요. 훨씬 긴 계단이예요. 다음 계단의 꼭대기에 닿으면 쉬어요. 아직은 안 돼요."

샘이 신음 소리를 냈다.

"더 길다고 그랬어?"

"그럼, 그러엄, 더 길어. 그러나 그리 어렵진 않아. 호빗들은 직선 계단을 올라왔어. 다음엔 나선형 계단이야."

"그리고 그다음엔 뭐가 있어?"

하고 샘이 묻자, 골룸이 나직하게 말했다.

"곧 알게 될 거야. 오, 그럼, 곧 알게 된다고!"

"네가 터널이 하나 있다고 말한 걸로 생각하는데. 뚫고 나가야 할 터널이나 그런 게 없어?"

"오, 그래, 터널이 하나 있지. 그러나 호빗들은 그것에 돌입하기 전에 쉴 수 있어. 그것을 통과하면 거의 꼭대기에 다다른 셈이지. 통과하면 다 온 거나 마찬가지야. 오, 그럼!"

프로도는 몸을 와들와들 떨었다. 기어오르느라 땀이 났었는데 이젠 춥고 끈적끈적하게 느껴졌고, 게다가 어두운 통로에는 위쪽의 보이지 않는 고지에서 불어 내리는 으슬으슬한 바람이 새어 들었다. 그는 일어나 몸을 흔들었다.

"자, 계속 가자고! 이곳은 앉아 있을 만한 곳이 아니야."

프로도가 말했다.

통로는 몇 킬로미터나 계속되는 것 같았고, 늘상 머리 위로 흐르던 으슬으슬한 공기는 나아갈수록 모진 바람으로 번졌다. 산맥은 죽음 같은 섬뜩한 숨결로 그들의 기를 꺾어 높은 곳들의 비밀로부터 발길을 돌리게 하거나 그들을 뒤편의 어둠 속으로 날려 보내려는 것 같았다. 그들은 별안간 오른쪽에서 벽을 느낄 수 없었을 때야 끝에 다다랐다는 것을 알았다. 보이는 것이라곤 거의 아무것도 없었다. 거대하고 보기 흉한 검은 덩어리의 형체와 짙은 회색 그림자가 그들의 머리 위와 사방을 에워쌌다. 그러나 잔뜩 찌푸린 구름 아래로 간간이 흐릿한 붉은 빛이 깜박여 그들은 앞쪽과 양옆으로 거대한 봉우리들이 지붕을 떠받친 기둥처럼 높이 늘어선 것을 볼 수 있었다. 넓은 바위 턱 위에 이르기까지 그들은 수백 미터는 기어 올라온 것 같았다. 왼쪽에는 벼랑이, 오른쪽엔 깊은 구렁이 있었다.

골룸은 벼랑 아래로 바싹 붙어 길을 이끌었다. 당분간은 더는 오를 일은 없었지만 이제 어둠 속에서 땅바닥은 더 울퉁불퉁하고 위험했고 길에는 낙석의 더미와 덩어리들이 널려 있었다. 그들은 천천히 조심스럽게 걸어 나갔다. 모르굴계곡에 들어온 후 얼마나 시간이 흘렀는지 샘도 프로도도 더는 짐작할 수 없었다. 밤은 끝이 없는 것 같았다.

마침내 그들은 벽이 어렴풋이 모습을 드러내는 것을 깨달았다. 또 한 번 앞에 계단이 펼쳐졌다. 그들은 잠시 멈췄다가 다시 오르기 시작했다. 길고 지루한 오르막길이었지만 이번 계단은 산허리로 파고들진 않았다. 여기선 거대한 벼랑의 표면이 뒤쪽으로 비탈졌고, 그 위를 가로질러 계단이 뱀처럼 구불구불하게 뻗어 있었다. 어느한 지점에서 그것은 옆으로 뻗어 바로 어두운 구렁의 가장자리까지이어졌다. 프로도가 힐끗 내려다보자 모르굴계곡 상단의 거대한 골짜기가 광대하고 깊은 구덩이처럼 보였다. 그 심연 밑으로, 죽음의도시에서 감히 거명할 수 없는 고개까지 이르는 악령의 길이 마치개똥벌레가 토해 낸 실 가닥처럼 가물거렸다. 그는 황급히 시선을돌렸다.

계단은 계속 위로 휘어 구불구불 나아가다가 마침내 짧은 일직선의 마지막 구간과 더불어 다시금 또 다른 평지로 빠져나왔다. 길은거대한 협곡의 주(主) 고개로부터 떨어져 나와 이젠 에펠 두아스의보다 높은 지대 속 얕은 협곡 밑바닥을 따라 위태롭게 행로를 잡아나갔다. 호빗들은 양쪽의 높은 교각들과 들쭉날쭉 뾰족한 석주들을 어슴푸레하게 식별할 수 있었다. 그것들 사이에는 밤보다 시커먼거대한 균열과 틈새 들이 있었고 거기서 잊힌 겨울들이 볕을 쬐지못하는 돌을 갉고 쪼아 댔다. 정말로 이 어둠의 땅에 무시무시한 아침이 오고 있는 것인지 아니면 자신들이 저 너머 고르고로스의 고통 속에서 사우론이 일으킨 어떤 거대한 폭력의 불길을 보았을 뿐인지 그들로선 알 수 없었지만, 이제 하늘의 붉은 빛은 더 강렬해진것 같았다. 그럼에도 저 멀리 앞에서, 그리고 그럼에도 저 위 높은 데서 고개를 쳐든 프로도에게는 이 모진 길의 바로 그 꼭대기가 보이는 것 같았다. 동쪽 하늘의 을씨년스러운 붉은 빛을 등지고 제일 높은 능선 속 두 검은 산마루 사이에, 깊게 파이고 갈라진 틈새 하나의윤곽이 뚜렷이 드러났고, 각각의 산마루는 어깨 위에 돌로 된 뿔이얹힌 것 같았다.

그는 잠시 멈춰서 보다 주의 깊게 바라보았다. 왼쪽 뿔은 높직하고 가늘었으며 그 속에선 붉은 빛이 타올랐다. 저 너머 땅의 붉은 빛이 어떤 구멍을 통해 빛나고 있었다. 이제 그는 그것이 바깥쪽 고개 위에 자리한 검은 탑이란 것을 알았다. 프로도는 샘의 팔을 건드리고 손가락으로 가리켰다.

샘이 말했다.

"난 저것의 생김새가 마음에 들지 않아요."

샘은 이렇게 말하고는 골룸에게 돌아서며 으르렁댔다.

"그러니까 너의 이 비밀스러운 길도 결국 감시되고 있었던 거야. 넌 내내 알고 있었을 텐데?"

그러자 골룸이 말했다.

"모든 길이 감시되고 있어, 그럼. 당연히 그렇지. 하지만 호빗들은 어떤 길이든 시도해야만 해. 이 길이 감시가 가장 덜한 것일 테고. 어쩌면 그들 모두가 큰 전투에 가 버렸을 수도 있어, 어쩌면 말이야!"

"어쩌면?"

샘이 툴툴거리며 다시 프로도에게 돌아섰다.

"자, 아직 멀리 떨어져 있는 것 같으니 저기에 닿으려면 한참을 더 올라가야 해요. 그리고 터널도 아직 남아 있고요. 쉬셔야 할 것 같아요, 프로도 씨. 지금이 밤인지 낮인지조차 모르겠지만 우린 몇 시간씩이나 계속 걸어왔어요."

"그래, 우린 쉬어야 해. 바람이 들이치지 않는 구석을 좀 찾아서 기운을 차리자고—마지막 구간을 위해서."

그는 그게 그럴 것이려니 하고 여겼다. 저 너머 미지의 땅에 대한 두려움 그리고 거기서 벌어질 사태는 아득하고 너무나 멀리 떨어져 있어 아직 그의 마음을 어지럽히지 않는 것 같았다. 그의 마음은 이 철통 같은 벽과 감시를 돌파하거나 극복하는 데 온통 쏠려 있었다. 일단 그 불가능한 일을 해낼 수 있다면, 그렇다면 여하튼 사명은 완

수될 것이었다. 혹은 키리스 웅골 아래 돌투성이가 어둠 속에서 아직
도 고투를 벌이는, 지리하고 암담한 시간 속의 그에게는 적어도 그
렇게 보였다.

그들은 두 개의 큰 암벽 사이 어두운 틈새에 주저앉았다. 프로도
와 샘은 약간 안쪽으로 앉았고, 골룸은 입구 근처의 땅바닥에 쭈그
리고 앉았다. 거기서 호빗들은 거명할 수 없는 땅으로 내려가기 전
마지막일 것으로 짐작되는 식사를, 어쩌면 그들이 언제고 함께 먹
을 마지막 식사를 했다. 그들은 곤도르의 음식 약간과 요정들의 여
행식을 먹고 물을 마셨다. 그러나 물은 아끼기 위해 입술을 적실 정
도만 마셨다.

샘이 말했다.

"언제 다시 물을 구할 수 있을까요? 그렇지만 저쪽이라 하더라도
물은 마실 것 같은데요? 오르크들도 물은 마시겠죠, 안 그래요?"

"그럼, 그놈들도 물은 마시지. 그러나 그런 것에 대해선 말하지 말
자고. 그런 물은 우리에겐 적합하지 않을 테니까."

"그럼 더더욱 병에 물을 채워야겠는데요. 그런데 이 위쪽엔 물이
전혀 없어요. 물소리나 물방울 듣는 소리도 듣지 못한걸요. 더군다
나 어쨌든 파라미르가 모르굴에선 어떤 물도 마셔선 안 된다고 했
잖아요."

샘의 말에 프로도가 대답했다.

"임라드 모르굴에서 흘러나오는 물은 안 된다는 게 그의 말이었
지. 지금 우린 그 계곡에 있는 게 아니니까, 만일 우리가 샘을 마주친
다면 그건 거기로 흘러드는 것이지 거기에서 흘러나오는 건 아닐 거
야."

"전 그 말은 믿지 않겠어요. 목이 말라 죽어 가기 전까진요. 이곳
엔 뭔가 사악한 기운이 감돌아요."

샘이 킁킁대며 냄새를 맡았다.

"그리고 냄새도 나는 것 같아요. 알아차리세요? 숨 막히게 갑갑한 야릇한 종류의 냄새예요. 기분이 좋지 않아요."

"난 여기의 그 어떤 것도 전혀 마음에 들지 않아. 계단이든 돌이든, 숨결이든 뼈다귀든. 대지, 공기, 그리고 물까지, 죄다 저주받은 것 같아. 그러나 우리의 길은 그 속에 놓여 있어."

"예, 그건 그래요." 샘이 말했다. "우리가 출발하기 전에 그것에 대해 더 많이 알았더라면 우린 여기에 있지도 않을걸요. 그러나 왕왕 일은 그렇게 되고 마는 것 같아요. 옛 이야기와 노래 속의 용감한 일들이 그렇잖아요, 프로도 씨. 제가 모험이라고 부르곤 하는 일들이죠. 이야기 속의 놀라운 이들이 찾아 나서는 게 그런 일들이라고 전생각했더랬죠. 왜냐면 그들은 그런 일들을 원했고, 또 삶은 얼마간 따분한 반면에 그것들은 신나니까 프로도 씨 말씀대로라면 유희 같은 게 되는 거죠. 그러나 정작 중요한 이야기들 또는 우리 마음에 남아 있는 이야기들은 그렇지가 않아요. 사람들은 그런 일들에 그냥 마주쳤던 것 같아요, 대개는요—당신께서 표현하듯 그들의 길이 그쪽으로 놓였던 거죠. 그들에게도 우리처럼 발길을 돌릴 많은 기회가 있었을 테지만 그들은 그렇게 하지 않았을 따름이에요. 또 그들이 그렇게 했더라도 우린 알 수가 없을 거예요. 그들은 잊혔을 테니까요. 우린 계속 나아가는 이들에 관해 듣지만—모두가 좋은 결말에 이르진 않는다는 걸 유념해야 해요. 적어도 이야기 밖이 아니라 속의 사람들이 좋은 결말이라고 부르는 것에는 이르지 않죠. 당신도 아시듯, 고향에 돌아오면 별 탈은 없지만 예전과 같지 않다는 걸 알게 되죠—빌보 어르신처럼 말이에요. 그러나 듣기에는 그런 것들이 반드시 최상의 이야기는 아니지만 직접 맞닥뜨리기에는 최상의 이야기일 수 있죠! 우리는 어떤 종류의 이야기에 빠져든 걸까요?"

"나도 궁금해." 프로도가 말했다. "하지만 모르겠어. 진짜 이야기는 으레 그렇지. 자네가 좋아하는 어떤 이야기든 예로 들어 봐. 자넨 그게 어떤 종류의 얘긴지, 행복한 결말인지 슬픈 결말인지 알거나 짐작할 수 있을 거야. 그러나 그 속의 사람들은 모르지. 그리고 자넨 그들이 아는 걸 원치 않지."

"그럼요, 물론 원치 않죠. 베렌을 보자고요. 그는 자신이 상고로드림의 강철 왕관에서 저 실마릴을 얻을 거라고는 생각도 못 했어요. 그렇지만 그는 얻었고, 게다가 저것은 우리보다도 더 악조건의 장소이고 더 암담한 위험이었어요. 물론 그것은 긴 이야기라서 행복한 시기를 지나 비탄과 그 너머까지 계속되죠—그리고 실마릴도 돌고 돌아 에아렌딜에게 넘어갔고요. 그런데 참, 프로도 씨, 제가 이전엔 결코 생각하지 못한 건데요! 우리는— 당신은 귀부인께서 주신 저 별 유리병 속에 그것의 빛을 얼마간 갖고 있잖아요! 글쎄, 그걸 생각하면 우린 여전히 같은 이야기 속에 있다고요! 이야기는 계속되고 있고요. 위대한 이야기들은 결코 끝나지 않는 건가요?"

"그럼, 이야기로서 그것들은 절대 끝나지 않지. 그러나 그 속의 사람들은 왔다가 자신의 역할이 끝나면 가는 법이지. 우리의 역할도 언젠가는—아니 어쩌면 때 이르게 끝날 거야."

프로도가 말하자 샘이 음울하게 웃었다.

"그때가 되면 우리는 얼마간의 휴식과 잠을 취할 수 있겠네요. 제 말뜻은 그냥 그것뿐이에요, 프로도 씨. 소박한 일상의 휴식과 잠, 그리고 깨어나서 해야 하는 정원에서의 아침 일 같은 거죠. 제가 내내 바랄 것은 그런 게 다가 아닌가 싶어요. 모든 크고 중요한 계획들은 저 같은 것들과는 상관이 없죠. 그럼에도 저는 우리가 언제고 노래나 이야기 속에 담기게 될지 궁금해요. 물론 우리가 담긴 게 하나 있긴 하죠. 그러나 제 말은, 아시다시피, 말로 옮겨져 난롯가에서 들려지거나 또는 오랜 세월 후에 빨갛고 검은 철자들이 실린 거창하고 큰 책으로 읽히는 거예요. 그러면 사람들이 '프로도와 반지에 대해 들어 보자!'고 말하겠죠. 또 이렇게도 말할 테죠. '좋아요, 그건 제가 제일 좋아하는 이야기 중 하나예요. 프로도는 아주 용감했어요, 그렇지 않아요, 아빠?' '그럼, 애야, 호빗 가운데 제일 유명한 인물인데 그건 대단한 거야.'"

"너무나 대단하군."

프로도는 이렇게 말하고 웃었는데, 가슴에서 우러난 길고 맑은 웃음이었다. 사우론이 가운데땅에 온 이후 그런 웃음소리는 그 일대에선 그런 소리가 들린 적이 없었다. 별안간 샘에게는 모든 돌들이 귀를 기울이고 있고 우뚝 선 바위들이 그 돌들 위로 몸을 구부리는 것 같았다. 그러나 프로도는 그런 것들에 신경 쓰지 않고 다시 웃으며 말했다.

"아니, 샘, 어떻든 자네 말을 들으니 마치 그 이야기가 이미 쓰인 것처럼 기분이 유쾌해지는군. 하지만 자넨 중요 인물들 가운데 한 명을 빠뜨렸어. 강심장 샘와이즈 말이야. '난 샘에 대해 더 듣고 싶어요, 아빠. 왜 그의 말을 더 많이 넣지 않은 거예요, 아빠? 그게 제가 좋아하는 것이고 그걸 들으면 웃음이 나와요. 그리고 샘이 없었다면 프로도는 큰일을 이루지 못했을 거예요, 안 그래요, 아빠?'"

샘이 말했다.

"글쎄요, 프로도 씨. 놀리시면 안 돼요. 전 진지하게 말한 거예요."

"나도 그랬어. 지금도 그렇고. 우린 좀 너무 앞서가고 있어. 샘, 자네와 난 아직 이야기 중 최악의 지점들에서 옴짝달싹 못 하고 있고, 어떤 이들은 십중팔구 이 대목에서 이렇게 말할 거야. '이제 책을 덮어요, 아빠. 더는 읽고 싶지 않아요.'"

"그럴지도 모르죠. 하지만 저라면 그렇게 말하진 않겠어요. 이미 완료되어 위대한 이야기의 일부가 된 일들은 다르다고요. 뭐, 심지어 골룸조차도 이야기 속에선 착할 수 있을 테고 어쨌든 프로도 씨께서 곁에 두기엔 실제보다 나은 인물일 수도 있어요. 그리고 자기 말로는 그 자신도 한때 이야기를 좋아했곤 했다지요. 그는 자기를 주인공과 악당 중 어느 쪽으로 생각할까요?"

샘은 골룸에게로 돌아서며 소리쳤다.

"골룸! 넌 주인공이 되고 싶니? 어, 이번엔 또 어디로 갔지?"

은신처의 입구에도 가까운 어둠 속에도 그의 자취는 없었다. 그는 늘 그랬듯 한 모금의 물은 받아 마셨지만 그들의 음식은 거절했고 그 후엔 자려고 몸을 곱송그린 것 같았다. 그들은 전날 그가 오랫동안 자리를 비웠던 목적들 가운데 적어도 하나는 자신의 입맛에 맞는 음식을 찾아 헤매는 것이려니 하고 여겼다. 그런데 지금 그는 그들이 이야기할 동안 다시 슬며시 사라져 버린 게 분명했다. 그러나 이번엔 무슨 목적이란 말인가?

"전 놈이 말도 없이 살금살금 사라지는 게 마음에 안 들어요. 그리고 지금은 특히나 그래요. 놈이 어떤 종류의 바위에 끌리는 게 아니라면 이런 높은 데서 음식을 찾고 있을 리는 없어요. 아니, 이끼 한 줌도 없잖아요!"

샘이 말했다.

"지금 그에 대해 안달해 봤자 소용없어. 그가 없었다면 우린 이렇게 멀리까지 올 수 없었을 거야. 심지어 고갯길이 보이는 데까지도 올 수 없었다고. 그러니 우린 그의 행태를 감수해야 할 거야. 만일 그가 믿을 수 없는 자라 하더라도 어쩔 수 없는 일이야."

"그렇다 하더라도 저는 놈을 감시하겠어요. 믿을 수 없는 놈이라면 더더욱. 이 고갯길이 감시되는지 아닌지를 놈이 결코 말하지 않으려 한 걸 기억하세요? 지금 저기 탑이 보이는데, 저것은 버려진 것일 수도 있지만 아닐 수도 있어요. 당신께선 놈이 그들을, 오르크들이든 누구든, 데리러 간 거라고 생각하진 않으세요?"

프로도가 대답했다.

"아니, 난 그렇게 생각하지 않아. 설령 그가 어떤 사악한 일을 꾸미고 있다 할지라도, 또 그런 일이 있을 수도 있다고 여기지만 말이야. 난 그게 그런 거라고 생각지 않아. 오르크들이나 대적의 어떤 졸개들을 데려오진 않을 거라고. 왜 그가 지금까지 기다리고 기어오르는 그 모든 고생을 겪으며 자신이 두려워하는 땅에 이렇게 가까이까지 왔을까? 우리가 그를 만난 이후로 그는 아마 몇 번이나 우리를 오르크들에게 팔아넘길 수 있었을 거야. 아니야. 만일 뭔가가 있다면 그건 그가 매우 비밀스럽게 여기는 자신만의 작고 개인적인 술수일 거야."

"음, 옳은 말씀인 듯해요, 프로도 씨." 샘이 말했다. "그 말씀에 크게 안심이 되는 건 아니지만요. 전 확신해요, 놈이 저를 오르크들에게 넘기는 걸 자기 손에 입 맞추는 것만큼이나 기꺼이 할 거란 걸 의심치 않아요. 하지만 제가 잊고 있었네요—놈의 보물을요. 아니, 제 추측으론 그가 내내 노린 건 불쌍한 스메아골을 위한 보물이었어요. 바로 그게 그의 모든 자잘한 책략들의 바탕에 깔린 단 하나의 생각이죠. 만일 놈에게도 생각이란 게 있다면 말이에요. 그러나 우릴 이렇게 높은 곳까지 데려온 게 놈에게 어떤 도움이 될지는 저로선 짐작할 수가 없네요."

"십중팔구 그 자신도 짐작 못 할 거야. 그리고 난 그가 자신의 얼빠진 머릿속에 하나의 명료한 계략만 갖고 있다고는 생각하지 않아. 내 생각에, 정말로 그는 부분적으로는 보물이 대적의 수중에 들어가지 않게끔 애쓰고 있어. 할 수 있는 한 말이야. 만약 대적이 그걸 가진다면 그건 그 자신에게도 최후의 재앙이 될 테니까. 그리고 아마도 그는 다른 부분으로는 그냥 때를 기다리며 기회를 엿보고 있는 중일 거야."

"맞아요. 제가 전에 말한 대로 살금이 겸 구린 놈이죠. 그러나 그들이 대적의 땅에 가까워질수록 그만큼 더 살금이는 구린 놈을 닮을 거예요. 제 말 잘 들으세요. 만일 언제고 우리가 그 고갯길에 닿으면 정말이지 놈은 우리가 그 소중한 물건을 경계 너머로 갖고 가게 내버려 두지 않을 거예요. 반드시 무슨 분란을 일으킬 거라고요."

"우린 아직 거기 당도하지 않았어."

하고 프로도가 말했다.

"그렇죠, 하지만 그때까지는 우린 눈을 크게 뜨고 지켜보는 게 좋아요. 만약 우리가 방심하는 게 보이면 곧장 구린 놈이 떨쳐 일어날 거예요. 지금은 당신께서 눈을 좀 붙여도 안전하겠지만요. 제 곁에 가까이 누우시면 안전해요. 당신께서 주무시는 걸 보면 전 참으로 기쁠 거예요. 제가 지켜볼 거예요. 게다가 어쨌든 제 팔이 당신을 두른 채로 가까이 누우신다면 그 누구도 당신의 샘이 모르게 당신께 다가와 손댈 수는 없어요."

"잠이라! 그럼, 심지어 여기서도 난 잘 수 있어."

프로도가 말하고 한숨을 지었는데, 마치 사막에서 서늘한 초록의 신기루라도 본 듯했다.

"그럼 주무세요, 프로도 씨! 제 무릎을 베고 누우세요."

몇 시간 후 골룸은 앞쪽 어둠으로부터 길을 따라 살금살금 기어 돌아와 그들의 그런 모습을 보았다. 샘은 머리가 옆으로 떨어지고 거칠게 숨을 쉬며 돌에 기대어 앉아 있었다. 그의 무릎에는 깊이 잠든 프로도의 머리가 놓여 있었는데, 그의 흰 이마 위에 샘의 갈색 손 하나가 얹혔고 다른 손은 주인의 가슴 위에 부드럽게 놓여 있었다. 그들의 얼굴 모두에 평화가 깃들어 있었다.

골룸이 그들을 쳐다보았다. 그의 여위고 굶주린 얼굴 위로 야릇한 표정이 스쳤다. 두 눈에서 번득임이 사라지면서 그것들은 흐릿한 잿빛으로 변하고 늙고 지친 듯했다. 고통의 경련이 그의 몸을 뒤트는 것 같았고, 이어서 그는 눈길을 돌려 마치 어떤 내면의 토의에 열중한 것처럼 머리를 가로저으며 뒤로 고갯길 쪽을 빤히 올려다봤다. 이윽고 그는 돌아와 떨리는 한 손을 천천히 내밀어 아주 조심스럽게 프로도의 무릎을 만졌다—하지만 그 감촉은 거의 애무와도 같았다. 눈 깜짝할 동안이라도 잠든 이들 중 하나가 그를 볼 수 있었다면 그는 자신이 제 수명보다 훨씬 오래도록, 친구들과 친족 그리고 청춘의 들판과 개울 들보다 오래도록 살아온 세월에 쪼그라든 늙고 지친 호빗 하나를, 늙고 굶주리고 가련한 호빗 하나를 봤다고 생각했을 것이다.

그러나 그 감촉에 프로도가 꿈틀대고 잠 속에서 나직이 소리치자 즉시 샘이 화들짝 깨어났다. 그의 눈에 먼저 들어온 것이 골룸이었다. 그는 '나리를 더듬는군.' 하고 생각하고, 우락부락하게 말했다.

"어이, 너? 무슨 짓거리를 하는 거야?"

"아무것도 아냐, 아무것도. 훌륭한 주인님이야!"

하고 골룸이 나직이 말했다. "

"아무렴. 그런데 어딜 갔던 거야? 살그머니 떠났다가 살그머니 돌아오고, 이 늙은 악당아?"

샘의 말에 골룸이 주춤거리며 물러났는데, 그의 두꺼운 눈꺼풀 아래로 초록 섬광이 가물거렸다. 툭 튀어나온 두 눈에다 굽은 사지 위에 웅크려 주저앉은 모습이 영락없는 거미 꼴이었다. 조금 전의 눈 깜짝할 순간은 돌이킬 수 없이 사라졌다.

"살금거리고 살금거린다고!"

그가 쉭쉭거렸다.

"호빗들은 언제나 아주 예의 바르지, 그럼. 오, 훌륭한 호빗들! 스메아골이 그들을 다른 누구도 찾을 수 없는 비밀스러운 길들로 데려다줬어. 그는 피곤하고 그는 목이 말라, 그래, 목말라. 그리고 그는 그들을 안내하며 길들을 찾았는데 그들은 날더러 살금 살금거린대. 아주 훌륭한 친구들이야. 오, 그래, 내 보물아, 아주 훌륭하다고."

샘은 믿을 마음이 더 생긴 건 아니었지만 자신이 좀 심했다는 생각이 들어 말했다.

"미안해. 미안하다고. 그렇지만 네가 날 놀라게 해서 잠이 깼단 말이야. 게다가 난 잠들면 안 되는 터라 그 때문에 신경이 좀 날카로워진 거야. 그나저나 프로도 씨가 저토록 지쳤길래 내가 눈 좀 붙이시라고 청했어. 자, 사정이 그렇게 된 거야. 미안해. 그런데 넌 어딜 갔었지?"

"살금거렸지."

하고 골룸이 말했는데, 그 눈에서 초록 섬광이 사라지지 않았다.

"오, 좋아." 샘이 말했다. "네 마음대로 해! 난 그 말이 진실과 동떨어진 거라고 여기진 않아. 그럼 이제 우리 모두가 함께 살금거리며 가는 게 좋겠군. 시간이 얼마나 됐지? 아직 오늘이야, 아님 내일인 거야?"

"내일이지. 혹은 호빗들이 잠들었을 때가 내일이었어. 매우 어리석고 매우 위험한 짓이야. 만일 불쌍한 스메아골이 여기저기 살금대며 망을 보고 있지 않았더라면 말이야."

"난 곧 우리가 그 말에 넌더리가 날 거라고 생각해. 그러나 걱정 말라고. 내가 프로도 씨를 깨울 테니까."

샘은 이렇게 말하고, 프로도의 이마에서 머리카락을 부드럽게 쓸어 올리고 몸을 숙여 나지막이 말했다.

"일어나세요, 프로도 씨! 일어나요!"

프로도가 꿈틀대며 눈을 뜨더니 자신의 몸 위로 수그린 샘의 얼굴을 보고 미소를 지었다.

"날 일찍 깨우는 거 아니야, 샘? 아직도 어둡잖아!"

"예, 여긴 언제나 어둡죠. 한데 골룸이 돌아왔어요, 프로도 씨. 그리고 그가 말하길 벌써 내일이래요. 그러니 우린 계속 걸어가야 해요. 마지막 구간을."

프로도가 숨을 깊이 들이쉬고 일어나 앉았다.

"마지막 구간이라! 안녕, 스메아골! 음식 좀 찾았어? 좀 쉬었나?"

"스메아골에겐 음식도 휴식도 아무것도 없어요. 그는 살금이니까요."

하고 골룸이 말했다. 샘이 쯧쯧 혀를 차면서도 성미는 억눌렀다.

프로도가 말했다.

"너 자신에게 고약한 이름들을 붙이지 마, 스메아골. 그것들이 참이든 거짓이든 그건 어리석은 일이야."

"스메아골은 자신에게 주어지는 건 받아야 해요. 그는 친절한 샘와이즈 나리로부터 그 이름을 받았어요, 아는 게 엄청 많으신 호빗말이에요."

프로도가 샘을 쳐다보았다. 샘이 말했다.

"맞아요. 불시에 잠에서 깨어나 그가 옆에 있는 걸 보고 제가 그 말을 썼어요. 미안하다고 말했는데, 곧 그렇지도 않을 것 같아요."

"자, 그러면 그건 접어 두자고." 프로도가 말했다. "그건 그렇고 이제 우린 요점에 이른 것 같아. 너와 내가 말이야. 스메아골, 말해 줘. 우리 둘이서만 남은 길을 찾을 수 있을까? 고갯길과 들어가는 길이 보여. 그러니 이제 우리가 남은 길을 찾을 수 있다면 우리의 합의는 끝난 거라고 말할 수 있을 거야. 약속한 바를 지켰으니 이제 너는 자유로워. 음식과 휴식으로 돌아가거나 어디든 가고 싶은 데로 갈 수 있어. 단, 대적의 부하들에게 가는 것만 빼고. 그리고 언젠가 너에게 보답할 날이 있을 거야. 나 아니면 나를 기억하는 이들이 말이야."

골룸이 우는소리로 말했다.

"아니, 아니, 아직은 아니에요. 오, 아니에요! 그들은 자기들끼리 길을 찾을 수 없어요. 안 그래요? 오, 안 돼요, 정말. 곧 터널이 나타나요. 스메아골이 계속 가야 해요. 휴식도 없고 음식도 없지만 아직은 아니라고요."

Chapter 9
쉴로브의 굴

골룸이 말한 대로 지금이 실제로 낮 시간일 수도 있었지만, 호빗들로선 다른 점을 알 수가 없을 지경이었다. 아마도 위의 음산한 하늘이 완전히 캄캄하진 않은 채 방대한 지붕을 이룬 연기 같고, 다른 한편으론 균열과 구멍 들 속에서 여태 꾸물대던 깊은 밤의 어둠 대신 회색의 침침한 그림자가 주변의 돌투성이 세계를 감싼 걸 제외한다면 말이다. 골룸이 앞장서고 호빗들은 나란히 선 가운데 그들은 갈라지고 비바람에 마모된 암석 교각과 기둥 들 사이의 긴 골짜기를 올라갔다. 그것들은 양편에 다듬다 만 거대한 석상들처럼 서 있었다. 아무 소리도 들리지 않았다. 앞쪽으로 얼마쯤, 1.5킬로미터 남짓 되는 곳에 거대한 회색 암벽이 있었는데, 돌산에서 마지막으로 솟아오른 거대한 덩어리였다. 그것은 주변보다 어두운 모습으로 드러났고 그들이 다가갈수록 꾸준히 솟아오르더니 마침내는 그들 위로 높이 우뚝하게 솟구쳐 그 너머의 모든 것에 대한 시야를 차단했다. 그 발치 앞에는 짙은 그림자가 깔려 있었다. 샘이 킁킁대며 공기의 냄새를 맡았다.

"으윽! 그 냄새야! 냄새가 점점 강해지고 있어요."

이내 그들은 그 그림자 아래에 있었고 그 속에서 동굴의 입구를 보았다.

"이게 들어가는 길이에요. 이것이 터널의 입구라고요."

골룸이 나직하게 말했다. 그는 그것의 이름인 토레크 웅골, 즉 쉴로브의 굴을 말하지 않았다. 거기서부터 악취가 풍겨 나왔는데, 모

550

르굴의 풀밭에서 맡았던 부패의 역겨운 냄새가 아니라, 마치 안쪽 어둠 속에 뭐라 이름 붙일 수 없는 오물이 쌓이고 갈무리된 것 같은 고약한 냄새였다.

"이게 유일한 길인가, 스메아골?"

하고 프로도가 물었다.

"예, 예. 우린 지금 이 길로 가야만 해요."

골룸이 대답하자, 샘이 말했다.

"너는 이 구멍을 지나가 본 적이 있다는 거야? 쳇! 근데 넌 악취가 아무렇지도 않은 모양이군."

골룸의 두 눈이 반짝였다.

"그는 우리가 뭘 꺼리는지 몰라, 안 그래, 보물? 그럼, 그는 모르지. 그러나 스메아골은 온갖 걸 견딜 수 있어. 그럼. 그는 지나가 봤으니까. 오, 그럼, 쭉 지나갔지. 이게 유일한 길이야."

샘은 다시 물었다.

"그런데 대체 어디서 이 냄새가 나는 거야? 뭐 같으냐면—음, 말하고 싶지도 않군. 장담컨대, 그 속에 백 년 동안의 오물이 가득 찬 오르크들의 더러운 구멍 같다고."

"자, 오르크들이든 아니든 이게 유일한 길이라면 우린 그걸 잡아야만 해."

프로도가 말했다.

그들은 숨을 깊게 들이쉬고 안으로 들어갔다. 몇 걸음 만에 그들은 앞을 내다볼 수 없는 칠흑의 어둠 속에 놓였다. 모리아의 빛이 없는 통로들 이래로 프로도나 샘은 그 같은 어둠을 겪어 본 적이 없었다. 가능한 일인지는 몰라도, 여기의 어둠이 더 깊고도 진했다. 거기선 공기가 움직이고 있었고 메아리와 공간 감각이 있었다. 여기선 공기가 정지하고 고여 있어 께느른한 데다 소리도 올리지 않았다. 말하자면 그들은 진정한 어둠 그 자체에서 빚어진 시커먼 증기 속에서 걸었다. 그것을 호흡하면 두 눈뿐만 아니라 정신까지 눈멀고 심지어는 색깔, 형체 및 그 어떤 빛에 대한 기억마저도 생각에서 사그라들었다. 언제나 있어 왔고 또 언제나 있을 것 같은 밤이 전부였다.

그러나 한동안은 그들이 아직 느낄 수 있었으니, 정녕 그들의 발과 손가락의 감각이 처음엔 고통스러울 만큼 날카로워진 것 같았다. 놀랍게도 벽의 촉감은 매끄러웠고, 바닥은 가끔씩을 제외하곤 곧고 가지런한 가운데 내내 똑같은 가파른 비탈의 오르막이었다. 터널은 높고도 넓었는데, 폭이 워낙 넓은지라 호빗들이 두 손을 쫙 뻗어 옆의 벽만 만지며 나란히 걷는데도 불구하고 그들은 서로 떨어져 어둠 속에 홀로 고립되고 말았다.

먼저 들어갔던 골룸은 단지 몇 발짝 앞에 있는 것 같았다. 그들이 아직 그런 일에 신경 쓸 수 있을 동안에는 바로 앞에서 쉭쉭대고 헐떡거리는 그의 숨소리가 들렸다. 그러나 얼마 후엔 그들의 감각이 둔해져 촉각과 청각 모두가 마비되는 것 같았다. 그들은 주로 들어올 때의 의지의 힘으로, 돌파하겠다는 의지와 마침내 저 너머의 높은 문에 닿으려는 욕망으로 더듬어 걸으며 계속 나아갔다.

아마 아주 멀리까지 가기도 전이었을 것이다. 이내 시간과 거리 감각을 놓쳐 버린 오른편의 샘이 벽을 더듬다가 측면에 출구가 하나 있다는 걸 인지했다. 잠시 동안 그는 덜 께느른한 어떤 공기를 흐릿하게 들이마셨고 뒤이어 그들은 그것을 지나쳤다.

"여기엔 통로가 하나만이 아니에요."

샘이 힘들게 속삭였다. 숨결로 어떤 소리를 낸다는 것도 어려운 것 같았다.

"이처럼 오르크다운 곳은 그 어디에도 없을걸요!"

그 후로는, 먼저 오른편의 샘이, 다음에는 왼편의 프로도가 그런 출구 서너 개를 지나쳤는데, 어떤 것은 보다 넓고 또 어떤 것은 보다 작았다. 그러나 본(本)길에 대해선 아직 어떤 의구심도 없었던 것이, 그것은 곧게 뻗어 어느 쪽으로도 굽지 않고 꾸준히 위로 이어졌던 것이다. 하지만 그것은 그 얼마나 길고, 그런 길을 그들이 얼마나 더 견뎌야만 할 것이며 혹은 그들이 견뎌 낼 수는 있을 것인가? 기어오를수록 공기의 숨 막힘이 커져 가고 있었다. 그리고 이제 그들에겐 종종 캄캄한 어둠 속에서 오염된 공기보다 더 두터운 어떤 장애가 감지되는 것 같았다. 앞으로 밀고 나가면서 그들은 무언가가 머리나 두 손에 스치는 것을 느꼈다. 아마도 긴 촉수(觸手)들이나 늘어뜨려진 덩굴들 같았으나 그들로선 그게 뭔지 알 수가 없었다. 게다가 악취가 계속 심해졌다. 후각이 그들에게 남겨진 유일하게 선명한 감각으로 느껴질 만큼 악취는 심해졌고 그것을 견딘다는 건 대단한 고통이었다. 한 시간, 두 시간, 세 시간, 그들은 빛이 없는 이 구멍 속에서 얼마나 많은 시간을 보냈던가? 몇 시간—아니 어쩌면, 며칠, 몇 주일일지도. 샘이 터널가를 떠나 프로도 쪽으로 몸을 움츠리자 그들의 손이 닿았고, 그들은 서로 손을 굳게 맞잡고 함께 계속해서 나아갔다.

마침내 왼쪽 벽을 따라 더듬어 가던 프로도가 별안간 공허에 다다랐다. 하마터면 그가 옆의 허공 속으로 떨어질 뻔했다. 여기에는 암벽 속에 그들이 이제껏 지나친 어떤 것보다도 훨씬 넓은 출구가 있었고, 거기로부터 심히 고약한 냄새와 강렬한 숨은 적의의 느낌이 닥쳐와 프로도가 휘청거렸다. 그리고 그 순간 샘도 비틀거리며 앞으로 넘어졌다.

프로도는 메스꺼움과 두려움을 떨치며 샘의 손을 꽉 쥐었다. 그가 목소리 없는 목쉰 숨결로 말했다.

"위쪽이야! 그 모든 게 여기서 나와, 악취와 위험이. 때는 지금이야! 빨리!"

그는 남아 있는 힘과 결기를 불러일으켜 샘을 끌어 일으키고 안간힘을 써서 자신의 사지를 움직였다. 샘이 그의 곁에서 비틀거렸다. 한 발, 두 발, 세 발—마침내 여섯 발짝. 어쩌면 그들은 그 무시무시한 보이지 않는 출구를 지나쳤을 수도 있었다. 그러나 그런 건지 아닌지는 몰라도 마치 모종의 적대적인 의지가 당장은 그들을 풀어 준 것처럼 갑자기 움직이기가 보다 쉬워졌다. 그들은 여전히 손을 맞잡고 허우적거리며 나아갔다.

하지만 그들은 곧 새로운 어려움에 마주쳤다. 터널이 두 갈래로 갈라졌거나 갈라진 것처럼 보였고, 어둠 속에서 그들은 어느 쪽이 더 넓은 길인지 혹은 어느 쪽이 곧은길을 보다 가깝게 따라가는지 알 수 없었다. 그들은 어느 쪽을 택해야 하는가? 왼쪽인가, 오른쪽인가? 그들은 자신을 안내해 줄 어떤 것도 알지 못했지만 그릇된 선택이 치명적일 것이란 건 확신할 수 있었다.

"골룸이 어느 길로 갔죠? 그리고 왜 그는 기다리지 않은 거죠?"

샘이 헐떡이며 말했다.

"스메아골! 스메아골!"

프로도가 부르려고 애쓰며 말했다. 그러나 그의 목소리는 깍깍거렸을 뿐이고 그 이름은 거의 그의 입술을 떠나자마자 울리지 않았다. 아무 대답도, 어떤 메아리도 심지어 공기의 떨림조차 없었다.

샘이 중얼거렸다.

"그가 이번엔 정말로 가 버린 것 같아요. 이곳이 그가 우리를 데려오고자 했던 정확히 바로 그 자리일 거예요. 골룸! 언제고 내가 널 다시 붙잡는다면 네놈은 된통 후회하게 될 거야."

곧 그들은 어둠 속에서 휘젓고 더듬다가 왼쪽 출구가 막혔다는 걸 알았다. 거기는 막다른 길이거나 아니면 통로에 어떤 육중한 바위가 떨어진 것 같았다. 프로도가 속삭였다.

"이게 길일 리는 없어. 옳든 그르든, 우리는 다른 쪽을 택해야만 해."

"어떻든 빨리요!" 샘이 헐떡이며 말했다. "주위엔 골룸보다 더 사악한 어떤 게 있어요. 어떤 것이 우릴 주시하고 있는 걸 전 느낄 수 있어요."

그들이 몇 미터 가지 않았을 때 뒤편의 무겁게 깔린 정적 속에서 깜짝 놀랄 만한 섬뜩한 소리가 들렸다. 골록골록대고 부글부글거리는 소음과 악의에 찬 긴 쉭쉭거림이었다. 그들이 몸을 빙 돌렸으나 아무것도 보이지 않았다. 그들은 무엇인지 모르는 것을 빤히 쳐다보고 기다리며 돌처럼 꼼짝 않고 서 있었다.

"함정이에요!"

샘이 외치며 칼자루에 손을 가져갔다. 그러면서 그는 칼이 묻혀 있었던 고분 속의 어둠을 생각했다.

'지금 톰 영감님이 우리 곁에 있으면 좋으련만!'

다음 순간, 주위가 어둠으로 에워싸이고 가슴에는 캄캄한 절망과 분노가 쌓인 채 서 있던 그에게 하나의 빛이 보인 것 같았다. 그것은 그의 마음속의 빛으로, 창문 없는 구덩이 속에 오래 갇혔던 이의 눈에 닥치는 태양 광선처럼 처음엔 거의 견딜 수 없을 만큼이나 찬연했다. 이윽고 그 빛은 색깔을 띠어 초록색, 황금색, 은색, 백색이 되었다. 요정의 손길로 그려진 작은 그림 속에서처럼 그는 저 멀리서 갈라드리엘 귀부인이 양손에 선물을 들고서 로리엔의 풀밭에 서 있는 모습을 보았다. '그리고 반지의 사자,' 그는 그녀의 목소리를 멀지만 또렷이 들었다. '당신을 위해서는 이것을 준비했습니다.'

부글거리는 쉭쉭 소리가 더 가까이 다가왔다. 어둠 속에서 목표물을 느긋하게 노리며 움직이는 어떤 거대한 절지 생물이 삐걱대는 소리가 들렸다. 그 소리에 앞서 악취가 혹 끼쳐 왔다.

"프로도 씨, 프로도 씨!"

샘이 외쳤다. 그 목소리에는 생기와 절박함이 돌아와 있었다.

"귀부인의 선물! 별 유리병이요! 그녀가 어두운 곳들에서 당신께

빛이 될 거라고 말씀하신 것, 별 유리병이요!"

"별 유리병?"

프로도가 잠에서 깨어나 영문을 모르고 대답하는 이처럼 중얼거렸다.

"아, 그래! 내가 왜 그걸 잊고 있었지? 모든 빛이 사라졌을 때 인도하는 빛! 지금이야말로 빛만이 정녕 우리를 도울 수 있어."

천천히 그의 손이 가슴으로 다가갔고, 그는 천천히 갈라드리엘의 유리병을 높이 치켜들었다. 잠깐 동안 그것이 대지 쪽을 향하는 둔중한 안개 속에서 분투하면서 떠오르는 별처럼 희미하게 빛났다. 이윽고 그것의 힘이 커지고 프로도의 마음속에 희망이 자라나면서 그것은 불타기 시작하다 은빛 불길로 환하게 밝혀졌다. 그 모양은 마치 마지막 실마릴을 이마에 단 에아렌딜이 석양의 높은 길에서 친히 내려온 것처럼 작은 심장 모양의 눈부신 빛이었다. 그 앞에서 어둠이 물러났으며, 마침내 그것은 청명한 수정 구체(球體)의 한가운데서 빛나는 것 같았고 그것을 든 손에는 하얀 불꽃이 튀었다.

프로도는 그 충만한 가치와 권능을 짐작하지 못한 채 그렇게 오래도록 지녀 왔던 이 놀라운 선물을 경이의 눈길로 응시했다. 그는 모르굴계곡에 이를 때까지는 도상(途上)에서 그것을 거의 기억하지 못했고 또 거기서 드러나는 빛이 두려워 아예 사용한 적도 없었다.

"아이야 에아렌딜 엘레니온 앙칼리마!"

프로도는 이렇게 외쳤지만 스스로도 무슨 말을 한 건지를 몰랐다. 왜냐하면 구덩이의 오염된 공기에 구애받지 않은, 다른 깨끗한 목소리가 그의 목소리를 통해 말하는 것 같았던 것이다.

그러나 가운데땅에는 다른 권능들, 즉 밤의 힘들이 있었고 그것들은 오래되고 강력했다. 그리고 어둠 속을 거니는 그녀는 저 멀리 거슬러 올라간 시간의 심연 속에서 요정들이 그런 외침을 외치는 걸 들었지만 신경 쓰지 않았고, 지금도 그 때문에 주눅 들지도 않았다. 프로도는 그렇게 말하는 참에도 어떤 거대한 적의가 자신에게 쏠려 있고 죽음과 같은 시선이 자신을 노려보고 있다는 걸 느꼈다. 터널 아래 멀지 않은 곳에서, 그들과 그들이 비틀대고 휘청거렸던 출구 사이에서 그는 점차 눈에 보이기 시작하는 눈들, 두 개의 거대한 무리를 이룬 많은 창(窓)이 달린 눈들을 알아챘다. 다가오는 위험이 드디어 정체를 드러낸 것이었다. 별 유리병의 광휘는 그 눈들의 수많은 각면(刻面)들에 부딪혀 꺾이고 반사되었고, 그 반짝임 뒤에는 죽음 같은 파리한 불길이 내부에서 꾸준히 타오르기 시작했다. 사악한 생각의 어떤 깊은 구덩이 속에서 지펴진 불길이었다. 그것들은 괴물 같고 소름 끼치는 눈들로, 흉포하면서도 동시에 결의와 끔찍한 즐거움으로 충만한 채 도저히 빠져나갈 수 없는 함정에 걸려든 먹이를 흡족한 듯이 바라보고 있었다.

프로도와 샘은 공포에 질려 천천히 뒤로 물러나기 시작했지만, 주시하는 그들의 눈길은 재앙 같은 눈들의 무시무시한 응시에 붙들린 채였다. 그러나 그들이 물러나는 만큼 눈들은 다가섰다. 프로도의 손이 흔들렸고, 천천히 유리병이 축 처졌다. 그때 갑자기 자신들을 붙든 마법의 주문에서 풀려나 한동안 달릴 수 있게 되자, 그들은 즐기는 눈들에 대한 헛된 공포감에서 둘 다 몸을 돌려 함께 달아났다. 그러나 그렇게 달리면서도 프로도가 돌아보니 즉각 눈들이 뒤에서 껑충껑충 달려오는 무시무시한 모습이 보였다. 죽음의 악취가 구름장처럼 그를 에워쌌다.

프로도가 절망적으로 외쳤다.

"서, 서라고! 뛰어 봤자 소용없어."

눈들이 서서히, 더 가까이 기어왔다.

"갈라드리엘!"

프로도는 힘껏 외치며 혼신의 용기를 모아 유리병을 한 번 더 치켜들었다. 눈들이 멈췄다. 마치 어떤 의혹의 기미에 마음이 어지러워진 것처럼 잠시 그것들의 시선이 느슨해졌다. 그러자 프로도의 가슴에서 불길이 타올랐고, 그는 자신이 하는 일이 우둔함인지 절망인지 용기인지 생각할 겨를도 없이 유리병을 왼손에 잡고 오른손으로 칼을 뽑았다. 스팅 검이 번쩍거렸고, 날카로운 요정의 칼날이 은빛 불꽃을 발했으며 가장자리에서는 파란 불길이 너울거렸다. 다음으로 샤이어의 호빗 프로도는 그 별을 높게 쳐들고 빛나는 칼을 앞으로 내밀고서 침착하게 걸어 내려가 눈들에 맞섰다.

그것들이 흔들렸다. 빛이 다가들자 그것들 속으로 의혹이 스며들었다. 그것들은 하나하나씩 흐릿해졌고, 천천히 그것들이 물러섰다. 그토록 치명적인 광휘에 시달린 적이 일찍이 없었던 것이다. 그것들은 지하에서 해와 달, 별로부터 안전했었는데, 이제 별 하나가 바로 그 땅속으로 내려온 것이었다. 빛이 계속 다가들자 눈들은 기가 꺾이기 시작했다. 그것들은 하나하나씩 죄다 어두워졌다. 그것들이 눈길을 돌렸고, 거대한 몸집이 그 사이 빛이 닿지 않는 곳에서 방대한 그림자를 들어 올렸다. 그것들이 사라졌다.

"프로도 씨, 프로도 씨!"

샘이 소리쳤다. 그는 자신의 칼을 빼 들고 싸울 준비를 한 채 뒤에 바싹 붙어 있었다.

"별들과 영광! 혹시라도 이 일을 듣게 된다면 요정들이 그것을 주제로 노래를 만들 거예요! 그리고 저도 살아서 그들에게 말해 주고 그들이 노래하는 걸 들을 수 있기를 바라요. 그렇지만 계속 가진 마세요, 프로도 씨! 저 굴로 내려가진 말라고요. 지금이 우리의 유일한 기회예요. 지금 이 역겨운 구멍을 빠져나가요!"

그들은 한 번 더 몸을 돌려 처음엔 걷다가 나중엔 뛰었다. 그들이 나아가면서 터널의 바닥이 가파르게 솟아오른 데다, 성큼성큼 걸음을 내디딜 때마다 보이지 않는 굴의 악취 위로 그들은 점점 높이 올라갔기에 사지와 가슴에 힘이 다시 돌아왔던 것이다. 하지만 그들 뒤에는 여전히 감시자의 증오가 잠복해 있었다. 어쩌면 한동안 눈이 멀었을 수도 있겠지만 굴하지 않고 계속 죽음을 노리고 있었다. 이제 차갑고 희박한 공기가 흘러와 그들을 맞았다. 드디어 출구인 터널의 끝이 그들 앞에 있었다. 그들은 지붕 없는 곳을 갈망하면서 헐떡이며 몸을 앞으로 내던졌고, 그다음 순간 그들은 깜짝 놀라 뒤로 자빠지며 비틀거렸다. 출구가 어떤 장애물로 막혀 있었던 것이다. 그러나 돌은 아니었다. 폭신하고 약간 유연한 것 같으면서도 튼튼해서 꿰뚫을 수 없었다. 공기는 새어 들었지만 빛은 한 가닥도 통하지 않았다. 그들은 한 번 더 돌진했지만 뒤로 나동그라졌다.

프로도가 유리병을 높이 들어 살폈더니 앞에 별 유리병의 광휘로도 꿰뚫을 수 없고 밝힐 수도 없는 회색 물체가 있었다. 마치 빛에 의해 드리워진 게 아니어서 어떤 빛으로도 흩뜨릴 수 없는 그림자 같았다. 터널의 폭과 높이를 가로질러 방대한 피륙이 짜여 있었다. 어떤 엄청나게 큰 거미의 거미줄처럼 반듯했지만 더 촘촘하게 짜였고 훨씬 컸으며 각각의 실이 밧줄만큼이나 두꺼웠다.

"거미줄이잖아! 고작 이거야? 거미줄이라니! 한데 대단한 거미 군! 덮쳐서 뭉개 버려요!"

샘이 짓궂게 웃었다. 그가 격분에 이끌려 칼로 그것을 베었지만 그가 후려친 실은 끊어지지 않았다. 그것은 약간 우그러졌다가는 곧 잡아당긴 활시위처럼 되튀어 칼날을 내치고 칼과 팔 모두를 튕겨 올렸다. 샘이 세 차례나 온 힘을 다해 내리치자 마침내 수없이 많은 줄들 중의 단 한 줄이 뚝 끊어져 뒤틀리곤 대기 속을 소용돌이치며 휘갈겼다. 그것의 한쪽 끝이 샘의 손을 내리쳤고, 그는 고통의 비명을 지르며 흠칫 물러나 손을 입가에 갖다 댔다.

샘이 말했다.

"이런 식으로 길을 트려면 며칠이나 걸리겠어요. 어떡하죠? 그 눈들이 돌아왔나요?"

"아니, 보이지 않아. 그러나 그것들이 나를 쳐다보고 있거나 나를 두고 생각하고 있다는 걸 난 아직도 느껴. 아마도 어떤 다른 계획을 세우면서 말이야. 만일 이 빛이 약해지거나 소용이 없어지기라도 하면 그것들은 재빨리 다시 올 거야."

"결국 함정에 빠졌어요! 그물에 걸린 각다귀 꼴이에요. 파라미르의 저주가 골룸 그놈을 물어뜯기를, 그것도 속살 깊숙이!"

샘이 비통하게 말했다. 분노가 다시 피로와 절망을 뛰어넘었다.

"그런다고 해서 지금 우리에게 도움이 되진 않을 거야. 자! 스팅 검이 무얼 할 수 있는지 알아보자고. 그건 요정의 칼날이야. 그것이 벼려진 벨레리안드의 어두운 협곡들 속에도 공포의 거미줄들이 있었지. 그러니 자네가 파수를 보며 그 눈들을 제지해야 해. 여기, 별 유리병을 받아. 겁먹지 마. 그것을 쳐들고 감시해!"

그러고 나서 프로도는 거대한 회색 그물로 걸어 올라가 이리저리 넓게 휘갈기며 그것을 베었다. 사닥다리 꼴로 조밀하게 매달린 줄들을 가로질러 모진 칼날을 빠르게 그어 댔지만 곧장 튕겨 나가고 말았다. 파랗게 번득이는 칼날이 풀밭을 베어 나가는 낫처럼 헤치고 나가자 줄들이 튀어 오르고 몸을 뒤틀더니 곧 느슨해졌다. 아주 큰 틈새가 하나 만들어졌다.

그가 계속 타격을 가하자 마침내 팔이 닿는 범위 안의 모든 망이 부서졌고 위쪽 부분은 불어 드는 바람 속의 흐트러진 베일처럼 흩날리고 흔들거렸다. 함정이 격파되었다.

"자!" 프로도가 외쳤다. "계속! 계속!"

별안간 그의 마음이 바로 절망의 입구에서 탈출한 데 따른 격렬한 환희에 휩싸였다. 그의 머리가 독한 술을 한 모금 들이켠 듯 핑 돌았다. 그가 큰 함성을 내지르며 뛰쳐나갔다.

밤의 굴을 헤쳐 나온 그의 두 눈에는 그토록 어두운 땅도 밝아 보였다. 거대한 연기가 솟아올라 점차 엷어져 갔고, 음침한 하루의 마지막 시간들이 지나가고 있었으며 모르도르의 붉은 눈초리가 음울한 어둠 속에 잠잠해졌다. 그렇지만 프로도는 돌연한 희망의 아침을 대하는 것 같았다. 그는 거의 암벽의 정상에 도달했다. 이제 조금만 더 올라가면 되었다. 그의 앞에 오목한 틈새, 키리스 웅골이 있었다. 그것은 검은 능선에 새겨진 어슴푸레한 눈금 같았고, 암반의 뿔들이 양편의 하늘 속에서 어두워지고 있었다. 조금만 더 달리면, 단거리 선수처럼 달리기만 하면 그는 완주할 것이었다!

"고갯길이야, 샘!"

프로도는 자기 목소리의 날카로움에 주의하지 않고 외쳤다. 이제 터널의 숨 막힐 듯한 대기에서 벗어나자 그 목소리는 높고 거칠게 울려 퍼졌다.

"고갯길이야! 달려, 달리라고, 그럼 우린 완주할 거야, 누구든 우릴 막을 수 있기 전에 완주하는 거야!"

샘은 두 다리를 재촉할 수 있는 한 빠르게 뒤따라 붙었다. 그러나 자유로워질 것이 기쁘면서도 불안했다. 그는 달리면서도 눈들이나 그의 상상을 뛰어넘는 어떤 형체가 뒤쫓아 뛰쳐나올 것이 두려워 계속해서 터널의 어두운 아치를 힐끔힐끔 돌아보았다. 그나 그의 주인은 쉴로브의 술책에 대해 아는 게 너무도 적었다. 그녀에게는 자신의 굴에서 나오는 출구가 많이 있었다.

거미 형상의 그 사악한 것은 오랫동안 거기에서 살아왔다. 쉴로브는 옛적 한때, 이젠 바다 아래 잠긴 서쪽나라 요정들의 땅에 살았던 것들과 동족이었고, 또 오래전 베렌이 달빛 어린 헴록 꽃 무리 가운데의 초록 풀밭에서 루시엔을 만나기 전에 도리아스에 있는 공포의 산맥에서 맞서 싸웠던 것들과도 동족이었다. 어떻게 쉴로브가 파멸로부터 도망쳐 거기에 왔는지를 알려 주는 이야기는 없었다. 암흑기로부터 전해지는 이야기가 거의 없었던 것이다. 그러나 그럼에도 그녀는 거기 있었으니, 사우론에 앞서, 그리고 바랏두르의 첫 돌을 놓기에 앞서 거기 있었다. 그녀는 자신 외의 누구도 섬기지 않으면서 요정들과 인간들의 피를 마시고 끊임없이 성찬을 궁리하며 몸을 부풀리고 살찌우며 그림자의 거미줄을 짰다. 살아 있는 모든 것이 그녀의 음식이었고 그녀가 토해 내는 것이 어둠이었다. 그녀보다 못한 새끼들이 이 골짝 저 골짝에, 에펠 두아스에서 동쪽 산지까지, 돌 굴두르와 어둠숲의 요새들에 이르기까지 두루 퍼져 있었다. 그 새끼들은 그녀 자신이 낳은 가련한 수컷들과의 교미에서 생긴 사생아들이었는데, 그도 그럴 것이 그녀는 교미 후엔 그 짝들을 죄다 죽여 버렸던 것이다. 그러나 그 누구도 불행한 세상을 어지럽히는 데 웅골리안트의 마지막 자식인 그녀, 강대한 쉴로브에 필적할 수가 없었다.

이미 수년 전에 골룸은, 어두운 구멍이면 모조리 파고들었던 스메아골은 쉴로브를 보았었고, 지난날에는 그녀에게 머리를 조아리고 그녀를 숭배했던지라, 그녀의 사악한 의지의 어둠이 그가 곤하게 걷는 모든 길들에 따라붙어 그를 빛과 참회로부터 떼어 놓았다. 게다가 그는 그녀에게 먹이를 데려오겠다고 약속했었다. 하지만 쉴로브의 육욕(肉慾)은 그와는 달랐다. 그녀는 탑이나 반지, 혹은 정신이나 손으로 만든 그 어떤 것에 대해서도 알지 못했고 또 좋아하지도 않았다. 그녀가 오로지 탐한 것은 다른 모든 것들에게는 심신의 죽음이었고 자신에게는 홀로 누리는 생명의 포식이었다. 산맥도 더는 자신을 가로막지 못하고 어둠도 자신을 담아낼 수 없을 만큼 그녀는 홀로 부풀어 오르길 탐했다.

그러나 그 욕망의 성취는 아직 요원한 일이었다. 사우론의 권세가 커져 빛과 살아 있는 것들이 그의 변경을 떠나고 계곡의 도시가 죽으며 요정이나 인간은 얼씬거리지 않고 불행한 오르크들만 나타날 동안, 그녀는 자기 굴에 숨어 오래도록 굶주려 있었다. 더군다나 조악한 음식일 뿐인 오르크들마저 경계를 늦추지 않았다. 그러나 그녀는 먹어야만 했기에 그들이 아무리 분주하게 고갯길과 자신의 탑에서 새로운 꼬불꼬불한 통로를 파더라도 늘 그들을 함정에 빠뜨릴 어떤 방식을 찾아냈다. 그렇지만 그녀는 보다 맛 좋은 고기를 탐했다. 그런 참에 골룸이 그것을 그녀에게 가져다준 것이었다.

"우린 곧 알게 될 거야, 곧 알게 될 거라고."

골룸은 종종 이렇게 혼잣말을 하곤 했다. 그는 에뮌 무일에서 모르굴 계곡에 이르는 위험한 길을 걸으며 불길한 기분이 닥칠 때면 그렇게 말했다.

"우린 곧 알게 될 거야. 아마, 오 그래, 아마 그녀가 뼈다귀와 텅 빈 옷을 내던질 때 우린 그걸 찾고 그걸 손에 넣을 수 있을 거야. 맛있는 음식을 가져다준 불쌍한 스메아골에 대한 보답으로서의 보물 말이야. 그러면 우린 우리가 약속한 대로 보물을 구해 낼 거야. 오 그럼! 그리고 우리가 그걸 안전하게 확보했을 때면 그땐 그녀도 알게 될 거야. 오 그럼, 그때 가서 우린 그녀에게 되갚아 줄 거야, 내 보물. 그때 가서 우린 모든 이에게 되갚아 줄 거야!"

그는 간교하게도 속으로 이렇게 생각했지만 아직 쉴로브에게는 속셈을 감추고 싶었다. 동료들이 잠들어 있을 동안 다시 그녀에게로 가서 머리를 깊이 조아렸을 때조차도.

그리고 사우론은 어떤가 하면, 그는 쉴로브가 잠복한 곳을 알고 있었다. 그로서는 그녀가 굶주린 채, 그렇지만 악의는 조금도 누그러지지 않은 채 거기에 머물고 있다는 것이 만족스러웠다. 자신의 땅으로 들어오는 저 오랜 길의 감시자로서 쉴로브는 자신의 재간으로 고안할 수 있는 어떤 다른 방책보다도 확실하기 때문이었다. 게다가 오르크들이 유용한 노예들이긴 하지만, 그는 풍족하게 거느리고 있었다. 이따금 쉴로브가 그들을 붙잡아 식욕을 채운다 해도 못마땅해할 일이 아니었다. 얼마만큼은 그들을 떼어 줄 수 있었다. 종종 어떤 사람이 고양이에게 맛난 것을 던져 주듯 (그는 그녀를 그의 고양이라고 부르지만 그녀는 그를 주인으로 인정하지 않는다) 사우론은 별쓸모가 없는 죄수들을 그녀에게 보내곤 했다. 그는 오르크들을 쉴로브의 구멍으로 떼밀려 가게 해 놓고는 그녀가 그들을 갖고 논 수작이 보고되도록 했다.

그렇게 그들은 자신들의 책략을 즐기며 공생하면서 공격도 분노도 또 자신들의 사악함의 어떤 종말도 두려워하지 않았다. 아직껏 파리 한 마리도 쉴로브의 거미줄을 빠져나간 적이 없었으니, 이제 그녀의 열망과 굶주림은 훨씬 커졌던 것이다.

그러나 가엾은 샘은 그들이 자초한 이 재앙에 대해 어떤 두려움, 그로서는 볼 수 없는 어떤 위협이 점점 크게 닥치고 있다는 느낌 외에는 아무것도 몰랐다. 이윽고 그 느낌이 묵직해지자 그에겐 달리는 것이 무거운 짐이었고 두 발엔 납덩이가 달린 것 같았다.

주위에는 두려움이 감돌고 앞의 고갯길에는 적들이 있는데도 그의 주인은 이상한 흥분 상태에서 그들을 맞으러 무턱대고 달리고 있었다. 그는 뒤편의 그림자와 왼쪽 벼랑 밑의 짙은 어둠에서 눈길을 떼어 내 앞쪽을 쳐다보곤, 자신의 낭패감을 가중시키는 두 가지를 알아챘다. 프로도가 칼집에 넣지 않고 여태 들고 있던 칼이 푸른 불길을 일으키며 빛나고 있었고 또 이제 뒤편 하늘이 어두워졌는데도 불구하고 탑 속의 창(窓)은 여전히 붉게 타오르고 있었다.

"오르크들이야! 우린 결코 이렇게 급하게 해선 안 돼. 사방에 오르크들이 있고 또 오르크들보다도 더 고약한 게 있어."

샘이 중얼거렸다. 다음 순간 그는 재빨리 비밀 엄수의 오랜 습관으로 되돌아가 아직 들고 있는 소중한 유리병을 손으로 감쌌다. 잠시 그의 손이 자신의 살아 있는 피로 빨갛게 빛났고 이내 그는 자신을 드러내는 그 빛을 가슴 부근의 주머니에 깊숙이 찔러 넣고 요정 망토를 여몄다. 이제 그는 보속을 빨리하고자 애썼다. 그의 주인이 그를 앞서 달리고 있었다. 이미 스무 걸음쯤 앞서서 그림자처럼 계속 휙휙 달리고 있는지라, 곧 저 회색 세계 속으로 시야에서 사라질 것 같았다.

샘이 별 유리병의 빛을 감추자마자 쉴로브가 다가왔다. 약간 앞쪽이자 그의 왼쪽에서 별안간 그는 일찍이 본 것 중 가장 지긋지긋한 형체가, 악몽의 공포보다 더 끔찍한 형체가 벼랑 아래 시커먼 구멍 같은 그림자로부터 분출하는 걸 보았다. 그녀는 거미와 흡사했지만, 몸집은 거대한 야수들보다 훨씬 방대하고 무자비한 눈들에 담긴 사악한 목적 때문에 그것들보다 더 끔찍했다. 기가 꺾여 물러났다고 생각했던 바로 그 눈들이 거기 그녀의 밖으로 내민 머리에 몰려든 채 다시 사나운 빛으로 밝혀져 있었다. 거대한 뿔들이 달린 데다 줄기처럼 짧은 목 뒤에는 공기를 잔뜩 채워 넣은 방대한 자루처럼 부풀어 오른 엄청난 몸뚱이가 양다리 사이에서 흔들리며 축 늘어져 있었다. 거대한 몸체는 검푸른 반점으로 얼룩진 가운데 시커멓고 아래의 복부는 어슴푸레하고 빛이 나며 악취를 발산했다. 다리들은 굽었는데 등 위로 높이 마디진 커다란 관절들이 달려 있었고, 머리카락은 무쇠 가시처럼 삐져나왔으며, 각각의 다리 끝에는 갈고리 같은 발톱이 붙어 있었다.

그녀는 철벅거리는 부드러운 몸체와 접힌 사지를 굴의 위쪽 출구에서 힘들여 빼내자마자 때론 삐걱대는 다리들로 달리고 때론 갑작스럽게 뛰어오르기도 하며 무시무시한 속도로 움직였다. 그녀는 샘과 그의 주인 사이에 있었다. 샘을 보지 못한 건지 혹은 그 빛의 사자(使者)여서 당분간 그를 피한 건지 그것은 하나의 먹이, 프로도에게만 온 마음을 집중했다. 프로도는 유리병을 지니지 않은 채 아직 자신에게 닥친 위험을 알아채지 못하고 무턱대고 길 위를 달려가고 있었다. 그는 빠르게 달렸지만 쉴로브는 더 빨랐다. 그녀가 몇 번만 더 도약하면 그를 잡아먹을 것 같았다.

샘은 숨을 헐떡이며 남아 있는 모든 숨을 모아 고함을 질렀다.

"뒤를 조심해요! 조심해요, 프로도 씨! 저는⋯⋯."

별안간 그의 외침은 덮이고 말았다.

길고 끈적끈적한 손 하나가 그의 입을 막았고 또 하나의 손이 그의 목을 붙잡았으며 다른 한편으론 무언가가 그의 다리를 감고 들었다. 급습을 당한 그는 뒤로 쓰러져 공격자의 품속에 떨어졌다.

골룸이 그의 귀에 대고 쉿쉿거렸다.

"그를 잡았어! 드디어, 내 보물아, 우린 그를 잡았어, 그럼, 그 역겨운 호빗을. 우리는 이놈을 잡고 그녀는 다른 놈을 잡을 거야. 오, 그럼, 쉴로브가 그를 잡을 거야, 스메아골이 아니고. 그는 결코 주인을 해치지 않겠다고 약속했지. 하지만 그는 널 잡았다고. 이 메스껍고 더럽고 하찮은 좀도둑놈!"

그가 샘의 목에 침을 뱉었다.

배신에 대한 격분, 그리고 주인이 치명적 위험에 놓인 처지에서 지체하고 있음에 대한 필사적인 마음 때문에 샘에게 느닷없이 맹렬한 힘이 솟구쳤다. 그것은 골룸이 이 느릿느릿하고 아둔한 호빗에게서 예상했었던 그 어떤 것도 훌쩍 뛰어넘는 힘이었다. 골룸 자신도 더 빠르게 혹은 더 모질게 몸을 뒤틀어 댈 수는 없었다. 샘의 입을 막았던 그의 손이 슬쩍 비껴가자 샘은 자신의 목을 붙든 손아귀에서 벗어나려고 애쓰다가 휙 몸을 숙이곤 다시 앞으로 돌진했다. 그의 손에는 아직 칼이 쥐어져 있었고 그의 왼팔에는 파라미르가 준 지팡이가 끈으로 매달려 있었다. 그는 죽을 힘을 다해 몸을 돌려 자신의 적을 찌르려고 했다. 그러나 골룸은 너무나 빨랐다. 그의 긴 오른팔이 쏜살같이 튀어나와 샘의 손목을 꽉 움켜쥐었다. 그의 손가락들은 죔쇠처럼 억셌다. 골룸이 천천히 그리고 가차 없이 그 손을 앞으로 내리누르자 마침내 샘이 고통의 비명을 지르며 손에 쥔 칼을 놓았고, 그것은 바닥에 떨어졌다. 그리고 그동안에도 내내 골룸의 다른 팔은 샘의 목을 단단히 죄고 있었다.

그러자 샘이 최후의 계략을 부렸다. 그는 젖 먹던 힘을 다해 몸을 떼어 내고 두 발을 굳게 디뎠다. 다음으로 갑자기 그가 두 다리로 땅을 박차고 온 힘을 다해 몸을 뒤로 내던졌다.

샘에게서 이런 단순한 계략조차 예상치 못한 골룸은 샘이 위에 올라탄 가운데 뒤로 나동그라졌고, 자신의 복부에 그 건장한 호빗의 무게를 그대로 받았다. 그에게서 쉭쉭대는 날카로운 소리가 뿜어져 나왔고 일순간 샘의 목을 조른 손이 느슨해졌다. 그러나 그의 손가락들은 여전히 칼 쥔 손을 꽉 붙들었다. 샘은 앞쪽으로 몸을 떼어 내 곧추서더니 다음으로 골룸에게 잡힌 손목을 축으로 해서 재빨리 빙 돌아 오른쪽으로 떨어져 나갔다. 샘이 왼손으로 지팡이를 쥐고 휘두르자 그것은 쌩 하는 날카로운 소리와 함께 골룸의 팔꿈치 바로 아래 그의 쭉 뻗은 팔에 떨어졌다.

깩깩 비명을 지르며 골룸이 쥐었던 손을 놓았다. 그러자 샘이 냅다 달려들어, 지팡이를 왼손에서 오른손으로 바꿔 쥘 새도 없이 또 한 번 모진 일격을 가했다. 골룸이 뱀처럼 잽싸게 옆으로 미끄러졌기에 그의 머리를 겨눈 타격은 등 저편으로 떨어졌다. 지팡이는 금이 가 부러졌다. 본때를 보여주는 건 그 정도로 족했다. 뒤에서부터 움켜잡는 건 골룸의 오랜 술수인 데다 실패한 적이 좀체 없었다. 그러나 그는 이번엔 앙심에 휘둘려 희생양의 목을 두 손으로 조르기도 전에 떠벌리고 히죽이 웃는 실수를 저지른 것이었다. 그 무시무시한 빛이 어둠 속에서 아주 돌연하게 나타난 이후로 그의 멋진 계획은 죄다 어긋나 버렸다. 이제 그는 자신의 몸집에 못지않은 크기의 격분한 적과 맞섰다. 이 싸움은 그에게 유리하지 않았다. 샘은 땅바닥에서 칼을 주워 들고 그것을 치켜올렸다. 골룸은 깩깩 비명을 지르고 네 발로 기며 옆으로 껑충껑충 뛰더니 개구리처럼 한 번의 큰 도약으로 저만치 달아났다. 샘이 그를 붙잡기도 전에 그는 놀라운 속도로 달려 도로 터널 쪽으로 사라졌다.

샘은 손에 칼을 들고 그를 뒤쫓았다. 당분간 그는 자기 머릿속의 잔학한 분노와 골룸을 죽이려는 욕망 이외의 다른 모든 걸 까맣게 잊고 있었다. 하지만 그가 따라잡기도 전에 골룸은 사라졌다. 어두운 구멍이 그의 앞에 서 있고 거기서 나온 악취가 그에게 닿았을 때야 프로도와 그 괴물에 대한 생각이 천둥소리처럼 샘의 정신을 후려쳤다. 그는 휙 몸을 돌리고는 주인의 이름을 부르고 또 부르며 미친 듯이 돌진해 길을 올라갔다. 그는 너무 늦었다. 거기까지는 골룸의 음모가 성공한 것이었다.

Chapter 10
샘와이즈 군의 선택

프로도는 얼굴을 위로 한 채 바닥에 누워 있었고, 괴물이 그의 위로 몸을 굽히고 있었다. 그것은 자신의 제물에 너무 열중한 나머지 샘이 곁에 바싹 다가올 때까지 그와 그의 외침을 알아채지 못했다. 돌진해 오면서 샘은 프로도가 벌써 발목에서 어깨까지 온몸이 끈으로 둘둘 묶여 있다는 걸 알았고 괴물은 그 거대한 앞다리들로 그의 몸을 반쯤은 들어 올리고 반쯤은 끌어당기기 시작하고 있었다.

프로도에게서 가까운 쪽 바닥에 그의 요정 칼날이 희미하게 빛나며 놓여 있었다. 그의 손아귀에서 떨어져 쓸모없게 된 것이었다. 샘은 어찌해야 할지 또는 자신이 용감하거나 충직하거나 아니면 격분에 차 있는지 생각할 겨를이 없었다. 그는 고함을 지르며 냅다 앞으로 내달아 주인의 칼을 왼손에 그러쥐었다. 그러고는 돌진했다. 무기라고는 오로지 변변찮은 치아뿐인 작은 동물이, 자신의 친구 위에 버티고 선 뿔과 가죽의 탑과 같은 야수에게 달려들었다. 야만적인 맹수의 세계에서도 이보다 사나운 돌격은 일찍이 볼 수 없는 것이었다.

그의 작은 고함 때문에 모종의 흐뭇한 꿈이 망쳐진 듯 그녀가 무시무시한 적의의 시선을 천천히 그에게로 돌렸다. 그러나 셀 수 없이 오랜 세월 동안 겪었던 그 어떤 것보다도 격렬한 분노가 자신에게 닥쳤다는 걸 감지하기도 전에 그 빛나는 칼이 그녀의 발을 파고들어 발톱을 잘라 냈다. 샘은 안으로 뛰어들어 그 다리들의 장심(掌心) 속에서 재빨리 다른 손을 치밀어 그녀의 수그린 머리 위에 무리

지은 눈들을 찔렀다. 커다란 눈 하나가 어두워졌다.

이제 그 애처로운 이는 그녀 바로 밑에 있었지만 당분간은 그 독침과 발톱 들의 사정권에서 벗어나 있었다. 부패한 빛을 담은 방대한 복부가 그의 위에 있었고, 거기서 나는 악취 때문에 그는 몸을 가누기가 어려웠다. 그럼에도 또 한 번의 타격을 노릴 만큼 그의 격분은 여전했다. 그녀가 그를 깔아뭉개 그와 그의 하찮고 되바라진 용기를 질식시키기 전, 그는 죽을힘을 다해 찬연한 요정의 칼날로 괴물을 쭈욱 베었다.

그러나 쉴로브는 용들과는 달라서 눈 이외에는 이렇다 할 약점이 없었다. 아주 오랜 가죽은 부패로 인해 곳곳에 혹이 나고 움푹 들어갔지만 악성 생장의 켜들이 쌓이면서 내부로부터 점점 두꺼워졌다. 칼날이 가죽을 예리하게 파고들어 깊은 생채기를 냈지만 어떤 인간의 힘으로도 그 무시무시한 겹겹의 주름들을 꿰뚫을 순 없었다. 요정이나 난쟁이가 쇠를 벼리고 베렌이나 투린의 손이 그것을 휘두른다 할지라도 어림없는 일이었다. 그녀는 그 타격에 몸을 꿈틀댔지만 이내 거대한 자루 같은 복부를 샘의 머리 위로 높이 치켜들었다. 상처에서 독이 거품처럼 부글부글 일었다. 이제 그녀는 다리들을 바깥으로 내벌리고서 다시 그 엄청난 몸집을 그의 위로 내리눌렀다. 하지만 너무 일렀다. 왜냐하면 샘이 두 발을 딛고 가만히 서서 자신의 칼을 떨어뜨리곤 두 손으로 요정의 칼날의 끝을 위를 향해 쥐고서 그 소름 끼치는 지붕을 비꼈던 것이다. 그러니까 쉴로브는 자신의 잔혹한 의지의 추진력으로, 어떤 전사의 손보다도 막강한 힘으로 제 몸을 모진 대못 위에 내던진 것이었다. 샘이 서서히 땅바닥으로 짓눌릴수록 칼끝은 점점 더 깊이 파고들었다.

쉴로브로선 악의 세계에서 그리 오래도록 살아오면서 그러한 고통을 맛본 적도 없었고 맛보리라고는 꿈에도 생각하지 못했다. 옛 곤도르의 가장 용맹한 전사나 함정에 빠진 가장 흉포한 오르크도 이런 식으로 자신에게 맞서거나 자신의 소중한 살에 칼날을 갖다 댄 적은 일찍이 없었던 것이다. 전율이 그녀의 온몸을 휩쓸었다. 그녀는 다시 몸을 들어 올려 칼끝으로부터 몸을 비틀어 떼더니, 뒤틀리는 사지를 몸 아래로 굽히고는 발작하듯 도약해 뒤쪽으로 내뺐다.

지독한 악취에 어질어질한 채, 그리고 두 손으로는 아직도 칼자루를 굳게 쥔 채 샘은 프로도의 머리 곁에 쓰러져 무릎을 꿇었다. 그는 눈앞의 안개를 헤치고 프로도의 얼굴을 희미하게 알아보곤 침착함을 잃지 않고 혼수상태에서 벗어나고자 완강하게 싸웠다. 그가 천천히 머리를 들어 올리자 그녀가 몇 발짝밖에 떨어지지 않은 곳에서 자신을 노려보고 있는 게 보였다. 그녀의 긴 주둥이에서는 독이 거품처럼 질질 흘렀고, 상처 입은 눈 밑에서는 초록의 분비물이 뚝뚝 떨어졌다. 거기서 그것은 들썩이는 복부를 바닥에 쫙 벌리고 활 모양의 거대한 다리들을 벌벌 떨면서 또 한 번의 도약을 위해 기운을 모으며 웅크리고 있었다—이번에는 짓뭉개고 독침으로 죽일 심산이었다. 소량의 독을 쏘아 먹잇감의 버둥거림을 잠재우는 데 그치지 않고, 숨통을 끊은 다음 갈가리 찢어 버릴 심산이었다.

그녀를 쳐다보고 그녀의 눈 속에서 자신의 죽음을 보며 샘 자신도 몸을 웅크리고 있던 그 참에, 마치 어떤 먼 곳의 목소리가 일러 준 것처럼 한 가지 생각이 그에게 떠올랐다. 그는 왼손으로 가슴팍을 더듬어 바라던 것을 찾았다. 환영 같은 공포의 세계에서 그것의 촉감은 차갑고 단단하고 견실했다. 바로 갈라드리엘의 유리병이었다.

"갈라드리엘!"

그가 가냘프게 외쳤는데 이윽고 저 먼 곳의 음성들이 또렷하게 들렸다. 샤이어의 정겨운 어둠 속에서 별들 아래를 거닐 때의 요정들의 외침 그리고 엘론드의 저택 가운데 불의 방에서 잠결에 들려왔던 요정들의 음악이었다.

'길소니엘 아 엘베레스!'

그러고 나자 그의 혀가 풀렸고, 그의 목소리는 자신도 알지 못하는 언어로 외쳤다.

> *아 엘베레스 길소니엘*
> *오 메넬 팔란 디리엘,*
> *레 날론 시 딩구루소스!*
> *아 티로 닌, 파누일로스!*

그리고 그 외침과 함께 그는 비틀대며 일어나 다시 햄패스트의 아들 호빗 샘와이즈가 되었다. 그가 소리쳤다.

"자, 덤벼, 이 더러운 것! 네놈이, 금수 같은 네놈이 내 주인을 해쳤으니 네놈은 대가를 치러야 할 거다! 우리는 계속 길을 가야 할 몸이지만 우린 먼저 네놈과의 묵은셈을 치르고야 말겠어. 덤벼, 다시 한번 맛보라고!"

마치 그의 불굴의 기개가 그 권능을 가동시킨 것처럼 그의 손에 들린 유리병이 갑자기 하얀 햇불처럼 환하게 빛났다. 그것은 창공에서 튀어나와 견딜 수 없는 빛으로 어두운 대기를 태우는 별처럼 타올랐다. 일찍이 하늘로부터 그 같은 공포가 쉴로브의 얼굴에 타오른 적이 이전에는 없었다. 그것의 광선들이 그녀의 상처 입은 머릿속으로 들어가 참을 수 없는 고통의 칼자국을 냈고, 빛의 무시무시한 감염이 이 눈 저 눈으로 퍼져 갔다. 그녀는 내부의 번갯불로 시력이 결딴나고 정신은 극심한 고통에 휩싸인 채 앞다리들로 대기를 두들기며 벌렁 나자빠졌다. 그다음 그녀는 요절난 머리를 돌려 옆으로 구르더니 뒤편 어두운 벼랑 속의 입구를 향해 엉금엉금 기어가기 시작했다.

샘은 계속 다가갔다. 술 취한 사람처럼 비틀대면서도 그는 계속 다가갔다. 그러자 쉴로브가 드디어 패배에 쪼그라든 몸으로 꽁무니를 뺐고 그로부터 황급히 달아나려 애쓰느라 몸을 씰룩이고 떨었다. 그녀는 그 구멍에 이르자 샘이 그녀의 질질 끌리는 다리들을 마지막으로 한 차례 베는 그 참에도 몸뚱이를 마구 구멍으로 욱여넣었고, 푸르스름하고 노르께한 한 줄기 점액을 남기곤 굴속으로 미끄러져 들었다. 그와 동시에 그는 땅바닥에 쓰러졌다.

쉴로브는 사라졌다. 그것이 자신의 굴속에서 오래도록 누워 적의와 비참함을 달래고 어둠의 느릿느릿한 세월 속에서 떼 지은 눈들을 재건하면서 내부로부터 스스로를 치유하다가 마침내 죽음과 같은 허기 때문에 한 번 더 어둠산맥의 골짜기에 그 무시무시한 올가미를 쳤는지에 대해선 이 이야기는 아무 말도 하지 않는다.

샘은 홀로 남겨졌다. 감히 거명할 수 없는 땅의 저녁이 전장에 떨어졌을 때야 그는 지친 몸을 이끌어 도로 주인에게로 기어갔다.

"프로도 씨, 사랑하는 프로도 씨!"

하고 샘이 말했지만 프로도는 말이 없었다. 그가 자유의 몸이 되는 것에 대한 열망과 환희에 휩싸여 앞으로 뛰쳐나갔을 때 쉴로브가 무지무지한 속도로 뒤따라와 한 번의 날랜 타격으로 그의 목을 쏘았던 것이다. 이제 그는 창백하게 드러누워 아무 소리도 듣지 못했고 움직이지도 않았다.

"나리, 사랑하는 나리!"

샘이 긴 침묵을 견디며 귀를 기울였지만 허사였다. 그러자 그는 가능한 한 빨리 묶인 줄을 끊어 내고 프로도의 가슴에, 그리고 입에 머리를 갖다 댔지만 아무런 생명의 기적을 찾지 못했고 심장의 가장 가냘픈 고동도 느낄 수 없었다. 가끔 그는 주인의 손과 발을 비비고 이마도 만졌지만 모든 게 싸늘했다.

"프로도! 프로도 씨! 절 여기 혼자 버려두지 말아요! 당신의 샘이 부르잖아요! 내가 따라갈 수 없는 곳으로 가지 말아요! 깨어나요,

프로도 씨! 오, 깨어나요! 프로도, 소중한 이, 소중한 이여! 깨어나라고요!"

이윽고 분노가 치민 나머지 그는 격정에 휩싸여 허공을 찌르고 돌멩이들을 걷어차고, 할 테면 해 보라고 고성을 내지르며 주인의 몸 주위로 날뛰었다. 그러다가도 이내 돌아와 몸을 숙이곤 땅거미 속에서 자기 밑에 창백하게 드러누운 프로도의 얼굴을 쳐다보았다. 그 와중에 갑자기 그는 프로도가 로리엔 땅 갈라드리엘의 거울 속에서 자신에게 드러났던 그림 속에 있다는 것을 알았다. 창백한 얼굴로 높고 어두운 벼랑 아래 깊이 잠들어 누워 있던 프로도였다. 혹은 깊이 잠든 거라고 그때 그는 생각했었다.

"그는 죽었어! 잠든 게 아니라 죽은 거야!"

그가 그렇게 말했을 때 마치 그 말이 독을 다시 가동시킨 것처럼 그 얼굴의 색이 납빛 초록으로 변한 것 같았다.

다음 순간 캄캄한 절망이 들이닥쳐 샘은 땅바닥에 머리를 숙이고 회색 두건을 당겨 그의 머리 위에 씌웠다. 그의 가슴에 밤이 밀려들었고 그는 그 이상 아무것도 알지 못했다.

마침내 그 캄캄함이 지나갔을 때 샘이 눈을 들어 보니 주위엔 어둠이 깔려 있었다. 그러나 그는 그사이에 몇 분 혹은 몇 시간이나 세상이 꾸물대며 돌아갔는지 알 수 없었다. 여전히 그는 같은 장소에 있었고, 여전히 그의 주인도 죽어 그의 곁에 누워 있었다. 산들이 허물어지지 않았고 대지가 폐허로 되지도 않았다.

"어떡하지, 어떡하지? 그와 함께 이 먼 길을 온 게 허사란 말인가?"

그러자 그들의 여행이 시작될 무렵 당시엔 스스로도 이해하지 못한 말을 내뱉었던 자신의 목소리가 기억났다. '저에겐 끝나기 전에

해야 할 어떤 게 있어요. 저는 그 일을 끝까지 해 내야만 해요, 제 말을 이해하실지 모르지만요.'

"하지만 내가 뭘 할 수 있지? 프로도 씨를 산맥 꼭대기에 묻지도 않고 죽은 채 내버려 두고 고향으로 갈 수는 없잖아? 아니면 계속 간다? 계속 간다?"

그는 되풀이해서 말했는데, 한순간 의구심과 두려움이 그의 몸을 뒤흔들었다.

"계속 간다? 그게 내가 해야만 할 일인가? 그것도 그를 내버려 두고서?"

그러다가 마침내 그는 울기 시작했고, 프로도에게 가서 그의 몸을 수습해 차가운 두 손을 가슴 위에 포개고 망토를 몸에 꼭 감싸 주었다. 그러고는 한쪽에는 자신의 칼을, 다른 쪽에는 파라미르가 준 지팡이를 갖다 놓았다.

"만일 제가 계속 가야 한다면, 그렇다면 실례지만 저는 당신의 검을 가져야 해요, 프로도 씨. 그렇지만 이것을 당신 곁에 놓아두겠어요. 옛적에 그것이 고분 속 늙은 왕 곁에 놓였듯이 말이에요. 게다가 당신은 빌보 어르신께서 주신 아름다운 미스릴 갑옷을 입으셨잖아요. 그리고 당신의 별 유리병을, 프로도 씨, 당신은 그것을 저에게 빌려주셨는데, 저는 이제 늘 어둠 속에 있을 테니 제게는 그것이 필요할 거예요. 제게는 과분하고 귀부인께서 당신에게 준 것이지만, 아마 그분도 이해하실 거예요. 당신은 이해하나요, 프로도 씨? 나는 계속 가야만 해요."

샘이 말했다.

그러나 그는 갈 수가 없었고, 아직은 갈 수 없었다. 그는 무릎을 꿇고 프로도의 손을 잡고는 그것을 놓을 수가 없었다. 시간이 흘러갔지만 여전히 그는 주인의 손을 잡고 마음속으로 어떻게 할 건지를 궁리하며 무릎을 꿇고 있었다.

이제 그는 자신의 몸을 떼어 내고 복수를 위한 외로운 여행에 나설 힘을 찾고자 애썼다. 일단 갈 수만 있다면 그는 분노를 동력으로 삼아 세상의 모든 길을 헤집으며 쫓을 것이었다. 드디어 그를 붙잡을 때까지, 골룸을. 그때가 오면 골룸은 쥐도 새도 모르게 죽을 것이었다. 그러나 그것이 그가 하고자 마음먹은 것은 아니었다. 그것 때문에 주인을 떠난다는 건 가치 있는 일이 아닐 것이었다. 그런다고 해서 프로도가 살아나는 것도 아닐 테고 그렇게 할 수 있는 건 아무것도 없을 터였다. 그들은 둘이 함께 죽는 게 더 나았을 것이다. 그리고 그 또한 외로운 여행이 될 것이었다.

그는 빛나는 칼끝을 바라보았다. 그는 시커먼 벼랑가와 무(無)로의 텅 빈 추락이 있던 뒤편의 곳들을 생각했다. 그쪽으로는 탈출구가 없었다. 그것은 아무것도 하지 않는 것이었고 심지어는 애도하는 것도 아니었다. 그것은 그가 하려고 마음먹은 바가 아니었다.

"그렇다면 난 뭘 해야 하나?"

그가 다시 외쳤다. 그제야 그는 그 어려운 답을 선명히 알 것 같았다. '그것을 끝까지 해낸다.' 또 한 번의 외로운 여정, 최악의 여정이었다.

"뭐라? 내가, 홀로, 운명의 산으로 간다고, 정말로?"

그는 여전히 기가 질렸지만 그 결의는 자라났다.

"뭐라? 내가 그에게서 반지를 빼낸다? 그 회의는 그것을 그에게 주었어."

그러나 대답이 곧장 나왔다.

"그리고 그 회의는 그에게 동지들을 주었어. 사명이 실패하지 않게 하려고. 그리고 너는 모든 원정대원들 중에서 남은 마지막이야. 그 사명은 실패해선 안 돼."

그는 신음했다.

"내가 마지막이 아니었으면 좋겠어. 늙은 간달프나 아니면 누군가가 여기 있었으면 좋으련만. 왜 내가 혈혈단신으로 남아 이런 결심을 해야 하는 거야? 난 일을 그르치고 말 게 틀림없어. 게다가 반지를 갖고 가는 건 내가 할 일이 아닐뿐더러 주제넘게 나서는 짓이야.

하지만 샘, 넌 주제넘게 나선 게 아니라 앞으로 내세워졌어. 그리고 옳고 합당한 인물이 아니라는 점에 대해 말하자면, 글쎄, 프로도 씨도 빌보 씨도 아니었다고 말할 수 있을 거야. 그들 스스로가 선택한 게 아니었다고.

아, 자, 난 결심해야 해. 난 결심하겠어. 그러나 난 틀림없이 일을 그르치고 말 거야. 달리 '감지네 샘'이겠어.

자, 어디 한번 보자. 만일 우리가 여기서 발견되거나 프로도 씨가 발견되고 저 물건이 그의 몸에 있다면, 음, 대적이 그걸 차지할 거야. 그렇게 되면 우리 모두는, 로리엔은, 그리고 깊은골 및 샤이어와 그 밖의 모든 것은 끝장이야. 더군다나 허비할 시간이 없어. 혹은 어쨌든 시간 허비가 곧 끝장일 테지. 전쟁은 시작되었고 십중팔구 사태는 벌써 대적의 뜻대로 돌아가고 있어. 그것을 갖고 돌아가 조언이나 허락을 얻을 계제가 아니야. 아니지! 문제는 그들이 와서 날 죽여 주인의 시체 위에 겹쳐 놓고 그것을 차지할 때까지 여기 앉아 있든지 아니면 그것을 갖고 가는 거야."

그는 깊이 숨을 들이쉬었다.

"그렇다면 그것을 맡아, 그거야!"

샘이 몸을 숙였다. 그는 매우 부드럽게 목의 걸쇠를 풀고 프로도의 짧은 상의 속으로 손을 밀어넣었다. 그다음 다른 손으로 머리를 들어 올려 차가운 이마에 입을 맞추고는 살며시 그 위로 목걸이를 빼냈다. 그 머리는 다시 뒤로 조용히 눕혀져 안식에 들었다. 고요한 얼굴 위로 어떤 변화도 나타나지 않았고, 샘은 다른 모든 징표들보

다도 그것에 근거해 이제 프로도가 죽었고 원정을 그만두었다는 걸
드디어 확신했다.

"안녕히 계세요, 프로도 씨, 사랑하는 이여!"
하고 그가 중얼거렸다.

"당신의 샘을 용서하세요. 그 일이 끝나면 이곳으로 돌아오겠어
요—만일 용케도 그 일을 해낸다면 말이에요. 그다음에 다시는 당
신을 떠나지 않겠어요. 제가 올 때까지 편히 쉬세요. 그리고 그 어떤
더러운 놈도 당신 곁에 오지 않기를! 만일 귀부인께서 제 말을 들을
수 있어 한 가지 소원을 들어주신다면 저는 돌아와서 당신을 다시
보고 싶어요. 안녕히!"

그러고 나서 그는 자신의 목을 숙여 목걸이를 걸었다. 마치 거대
한 돌덩이가 매달린 것처럼 곧장 반지의 무게 때문에 그의 머리가
땅바닥으로 수그려졌다. 그러나 서서히, 마치 그 무게가 덜해지거나
아니면 그에게서 새로운 힘이 자라난 것처럼 그는 머리를 들어 올리
고 그다음 크게 용을 써서 일어서고는, 자신이 그의 짐을 지고 걸을
수 있다는 것을 알았다. 그는 잠시 유리병을 치켜올리고 주인을 내
려다보았는데, 이제 그 빛은 여름날 저녁별의 부드러운 광휘로 은은
하게 타올랐고 그 빛 속에서 프로도의 얼굴은 다시 고운 색을 띠었
다. 오래전에 어둠을 지나친 이처럼 창백하지만 요정의 미(美)를 띤
아름다운 얼굴이었다. 샘은 그 마지막 모습의 쓰라린 위안을 안고
몸을 돌려 그 빛을 감추고는 짙어 가는 어둠 속으로 계속 비트적대
며 걸어갔다.

그가 가야 할 길은 멀지 않았다. 터널은 뒤로 얼마쯤의 거리에 있
었고, 벼랑길은 200미터나 그에 못 미치는 앞쪽에 있었다. 어스름
속에 길이 보였다. 오랜 세월에 걸쳐 밟히고 다져져 깊게 파인 길은
이제 양쪽에 벼랑을 거느린 기다란 골 속으로 완만하게 뻗쳐올랐

다. 골은 급속히 좁아졌다. 곧 샘은 널찍하고 얕은 단들의 긴 층계에 이르렀다. 오르크의 탑이 험악하게 찌푸린 채 바로 위에 있었고, 그 속에서 붉은 눈이 타올랐다. 지금 그의 몸은 그 아래의 어두운 그림자 속에 숨겨졌다. 그는 계단의 꼭대기까지 올라가다가 마침내 벼랑 길 속에 있었다.

"나는 결심했어."

그는 계속해서 자신에게 말했다. 그러나 그는 그렇게 하지 않았었다. 비록 최선을 다해 숙고했지만, 지금 그가 하고 있는 일은 전적으로 자기 본성의 결을 거스르는 것이었다.

"내가 잘못 택한 건가? 내가 어떻게 해야만 했던 걸까?"

샘이 중얼거렸다.

벼랑길의 가파른 측면들이 그를 둘러싸자 그는 실제의 정상에 도달하기도 전에, 마침내 감히 거명할 수 없는 땅속으로 내려가는 길을 바라보기도 전에 몸을 돌렸다. 잠시 그는 견딜 수 없는 의혹 속에서 꼼짝도 하지 못한 채 뒤를 돌아보았다. 몰려드는 어둠 속의 작은 반점 같은 터널 어귀가 아직은 보였다. 그는 프로도가 누운 곳을 보거나 가늠할 수 있다고 생각했다. 저 아래 땅바닥에 희미하게 빛나는 것이 하나 있다는 뜬금없는 생각이 들었다. 혹은 어쩌면 그것은 그가 자신의 모든 삶이 폐허 속에 허물어졌던 저 높은 돌투성이의 장소를 물끄러미 내다볼 때 흘러내린 눈물로 인한 착각일 수도 있었다.

"내 소망, 단 하나의 내 소망을 이룰 수만 있다면! 돌아가 그를 찾고 싶은 소망을!"

그는 한숨지었다. 그러고는 마침내 앞의 길로 몸을 돌려 몇 걸음을 내디뎠다. 그것은 그가 일찍이 내디딘 발걸음 중 가장 무겁고 내키지 않는 것이었다.

단지 몇 걸음일 뿐이었다. 그리고 이제 몇 걸음만 더 내디딘다면 그는 아래로 내려가고 있을 테고 결코 다시는 저 높은 곳을 볼 수 없을 것이었다. 그때 갑자기 그는 어떤 외침과 목소리 들을 들었다. 그는 돌처럼 꼼짝 않고 섰다. 오르크의 목소리들이었다. 그것들은 그의 뒤에도 그의 앞에도 있었다. 쿵쿵 짓밟는 발들과 귀에 거슬리는 고함들의 소음이었다. 오르크들이 먼 쪽에서부터, 아마도 탑으로 들어가는 어떤 입구로부터 벼랑길로 올라오고 있었다.

그 뒤로 쿵쿵거리는 발소리와 고함이 일었다. 그는 몸을 빙 돌렸다. 그들이 터널에서 분출하면서 저 아래로 작고 붉은 빛들, 횃불들이 깜박이며 멀어져 가는 게 보였다. 드디어 추격이 시작된 것이었다. 탑의 붉은 눈은 눈멀었던 게 아니었다. 그가 발각된 것이었다.

이제 앞쪽에서 다가오는 횃불들의 깜박이는 빛과 쇠가 부딪히는 쨍그랑 소리는 아주 가까워졌다. 곧장 그들은 꼭대기에 이르러 그를 덮칠 것이었다. 결심하는 데 너무 시간이 오래 걸렸던 것이고 이제 그것은 아무 소용도 없었다. 어떻게 탈출하거나 목숨을 구하거나 반지를 구할 수 있단 말인가? 문제는 반지였다. 그는 어떤 생각이나 결심도 의식하지 못했다. 자신도 모르는 사이에 그는 목걸이를 벗겨 내고 반지를 손에 쥐었다. 오르크 부대의 선두가 바로 앞의 벼랑길에 모습을 드러냈다. 그 순간 그는 반지를 끼었다.

세상이 변했고, 시간의 단 한 순간이 한 시간의 생각으로 가득 찼다. 시력이 희미해지는 반면 청각이 예리해졌다는 걸 그는 즉시 인지했다. 그러나 쉴로브의 굴에 있을 때와는 사정이 달랐다. 지금은 주위의 모든 사물이 어둡지 않고 희미했다. 반면에 그 자신은 거기 회색의 흐릿한 세계 속에 홀로 작고 시커멓고 견고한 바위처럼 있었고, 그의 왼손을 내리누르는 반지는 뜨거운 황금의 구체(球體) 같았다. 그는 자신이 보이지 않기는커녕 모골이 송연할 만큼 도드라져 보인다고 느꼈고, 어딘가에서 하나의 눈이 자신을 찾고 있다는 걸 알았다.

저 멀리 모르굴계곡에서 돌에 금이 가는 소리와 졸졸대는 물소리가, 저 아래 암반 밑에선 어떤 막다른 통로에서 길을 잃고 더듬어 가는 쉴로브의 끓어오르는 고통의 소리가, 탑의 지하 감옥에서 나는 목소리들이, 그리고 터널에서 나오면서 질러 대는 오르크들의 함성들이 들렸다. 덧붙여 앞에는 오르크들의 요란한 발소리와 찢는 듯한 아우성이 그의 귀를 멍멍하게 할 만큼 마구 밀려들었다. 그는 벼랑에 기대어 몸을 움츠렸다. 그들은 유령 부대처럼 진군해 올라갔다. 그 모습은 안개 속의 일그러진 회색 형상들이자 손에 파리한 불꽃을 든 꿈속의 악귀들 같았다. 그들은 그를 지나쳐 갔다. 그는 몸을 곱송그린 채 어떤 바위 틈새 속으로 기어가 숨으려 했다.

그는 귀를 기울였다. 터널에서 나온 오르크들과 행군해 내려가는 다른 놈들이 서로를 알아보고는, 이제 두 패거리가 부산을 떨며 고함을 지르고 있었다. 그는 양쪽 모두의 소리를 또렷이 듣고 그 내용을 이해했다. 아마도 반지가 언어들에 대한 이해력을, 혹은 그저 이해력을 준 것 같았는데 특히 그것을 만든 사우론의 부하들에 대한 이해력을 준 것 같았고, 그래서 주의를 기울이면 그들의 생각을 이해하고 자신의 말로 옮길 수 있었다. 분명 반지는 그것이 벼려진 장소에 다가갈수록 그 힘이 크게 증대했다. 하지만 그것이 부여하지 못하는 게 한 가지 있었으니 그것은 용기였다. 현재로선 샘은 모든 것이 다시 조용해질 때까지는 여전히 숨는 것, 낮게 엎드리는 것만을 생각했고, 애태우며 귀를 기울였다. 그는 그 목소리들이 얼마나 가까이 있는지 알 수가 없었다. 그들이 주고받는 말은 거의 자신의 귀에다 대고 하는 것 같았다.

"어이, 고르바그! 너흰 여기 위에서 뭘 하고 있는 게야? 벌써 전쟁에 질린 거야?"

"규율 위반이야, 이 뒤틈바리야! 그럼, 넌 뭘 하고 있는 게냐, 샤그 랏? 거기 잠복하는 데 넌더리가 난 게야? 그래서 내려가 싸울 생각 이야?"

"네놈이야말로 규율 위반이야. 난 이 고갯길의 지휘자야. 그러니 정중하게 말하라고. 뭐 보고할 게 있나?"

"아무것도 없어."

"하이! 하이! 요이!"

지휘자들의 수작 속으로 날카로운 고함이 끼어들었다. 저 아래의 오르크들이 갑자기 뭔가를 본 것이었다. 그들은 달리기 시작했다. 나머지 병사들도 그랬다.

"하이! 이것 봐! 여기 뭐가 있어! 바로 길바닥에 드러누웠는데. 첩 자, 첩자야!"

뿔나팔 소리가 요란하게 울리고 짖어 대는 듯한 목소리들이 어지 럽게 들렸다.

샘은 무시무시한 충격을 받고 위축된 기분에서 깨어났다. 그들이 주인을 본 것이었다. 그들은 무엇을 할 것인가? 그는 오르크들에 대 한 오싹한 얘기들을 들은 적이 있었다. 그런 끔찍한 짓이 벌어지도 록 내버려 둘 수는 없었다. 그는 벌떡 일어섰다. 그는 원정과 자신의 모든 결심을, 그리고 그것들과 더불어 두려움과 의구심을 내팽개쳤 다. 이제 그는 자신의 자리가 무엇이고 어디였던지를 알았다. 주인 곁이었다! 비록 거기서 자신이 할 수 있는 일이 뭔지는 분명치 않을 지라도. 그는 도로 계단을, 프로도를 향한 길을 달려 내려갔다. 그리 고 생각했다.

'거기에 얼마나 많은 놈이 있을까? 적어도 탑에서 나온 놈들이 서 른 내지 마흔은 될 테고, 저 밑에서 올라온 놈들은 그보다 훨씬 많

을 거야. 놈들이 날 해치우기 전에 내가 얼마나 많은 놈을 죽일 수
있을까? 내가 칼을 뽑자마자 놈들은 그 검의 화염을 볼 테고 그러
면 놈들이 조만간 날 해치울 거야. 언제고 어떤 노래가 그것을 언급
해 줄지 궁금해. 샘와이즈가 높은 고개에서 쓰러지며 그의 주인 둘
레에 시체의 벽을 쌓아 올린 내력을. 아니야, 어떤 노래도 없을 거야.
당연히 아니지. 반지가 발견되고 나면 노래는 더는 없을 테니까. 어
쩔 수 없지. 내 자리는 프로도 씨 곁이야. 그들은 그것을 이해해야만
해—엘론드와 그 회의, 그리고 온갖 지혜를 다 갖춘 위대한 영주들
과 귀부인들은 말이야. 그들의 계획은 어그러져 버렸어. 나는 그들
의 반지의 사자가 될 수 없어. 프로도 씨 없이는 안 될 일이지.'

그러나 이제 오르크들은 그의 흐릿한 시야에서 벗어나 있었다.
그는 자신의 일신을 생각할 시간이 없었지만 자신이 지쳤다는 걸,
거의 탈진할 만큼 지쳤다는 걸 깨달았다. 자신이 원하는 대로 다리
가 움직여 주질 않았다. 그는 너무도 느렸다. 길은 수 킬로미터나 되
어 보였다. 안개 속에서 놈들은 모두 어디로 갔단 말인가?

놈들이 다시 나타났다! 여전히 멀찍이 앞에 있었다. 땅바닥에 누
운 무언가의 주위로 형체들이 몰려 있었다. 몇 놈은 냄새를 맡는 개
처럼 몸을 숙인 채 이리저리 내닫고 있는 것 같았다. 그는 힘차게 달
려 나가려고 애썼다.

"달려, 샘! 안 그러면 넌 다시 너무 늦어 버리고 말 거야!"

그는 칼집 속의 칼을 느슨하게 해 두었다. 즉시 그것을 뽑아 다음
엔⋯⋯.

바닥에서 무언가가 들어 올려지자 야유하고 웃어 대는 왁자한 소
란이 일었다.

"야 호이! 야 하리 호이! 위로! 위로!"

그때 한 목소리가 고함쳤다.

"이제 떠나! 빠른 길로. 도로 지하 문으로 가는 거야! 모든 징표로 보건대 오늘 밤엔 그녀가 우릴 괴롭히지 않을 거야."

오르크 형상들의 전 부대가 다시 움직이기 시작했다. 가운데 네 놈이 시신 하나를 어깨 위로 높이 운반하고 있었다.

"야 호이!"

그들이 프로도의 시신을 데려갔다. 그들은 떠났다. 샘은 그들을 따라잡을 수 없었다. 그렇지만 그는 끙끙대면서도 계속 걸었다. 오르크들이 터널에 도착해 안으로 들어가고 있었다. 짐을 멘 자들이 먼저 갔고, 그 뒤로 서로 밀치고 당기는 대단한 승강이가 벌어졌다. 샘은 계속 다가갔다. 그가 칼을 뽑자 흔들리는 손에서 푸른 빛이 명멸했지만 그들은 그것을 보지 못했다. 그가 헐떡이며 다가드는 바로 그 순간 맨 후미에 있던 오르크가 시커먼 구멍 속으로 사라졌다.

잠시 그는 헐떡이며 가슴을 움켜쥐고 서 있었다. 그다음 그는 얼굴 위로 소매를 당겨 얼룩과 땀과 눈물을 닦아 냈다.

"저주받을 더러운 놈들!"

그는 말하고 그들을 쫓아 어둠 속으로 뛰어들었다.

그에게 터널 속은 더는 아주 어두워 보이지 않았다. 오히려 엷은 연무에서 벗어나 보다 짙은 안개 속으로 들어선 것 같은 느낌이었다. 피로가 점차 커지고 있었지만 그의 의지는 그만큼 더 굳세졌다. 얼마쯤 앞에 횃불들의 빛이 보인다고 그는 생각했다. 그러나 아무리 기를 써도 그들을 따라잡을 수가 없었다. 오르크들은 터널 속을 빠르게 가는 데다 이 터널을 잘 알고 있었다. 쉴로브의 위험에도 불구하고 그들은 죽음의 도시에서 산맥을 넘어가는 가장 빠른 이 길을 종종 이용하지 않을 수 없었던 것이다. 주(主) 터널과 거대한 둥근 구덩이가 얼마나 아득한 시절에 만들어졌고 쉴로브가 머나먼 옛

날에 거처를 정한 곳이 어디인지 그들은 알지 못했다. 그렇지만 그들은 지배자들이 내린 임무를 수행하느라 이리저리 오가는 길에 그굴을 피하기 위해 그 주변의 양쪽으로 많은 샛길을 스스로 파 놓았다. 오늘 밤 그들은 밑으로 멀리 내려갈 생각 없이 도로 벼랑 위의 감시탑으로 통하는 측면 통로를 찾으려고 발길을 서두르고 있었다. 그들 대부분은 자신들이 보고 발견한 것에 만족해 기분이 매우 들떠있었기에 달려가면서도 자기네 방식대로 재잘대고 투덜거렸다. 샘은 죽은 듯한 대기 속에 단조롭고 딱딱하게 들리는 그들의 거친 목소리들을 들으면서도 그중에서 두 목소리를 또렷이 분간해 낼 수 있었다. 그 목소리들이 더 컸고 또 그에게 더 가까웠던 것이다. 두 무리의 대장들은 대열의 후위를 맡아 보는 것 같았고 그렇게 가면서 실랑이를 벌였다.

"네놈의 오합지졸이 저리 야단법석을 떨지 못하게 할 수 없어, 샤그랏? 쉴로브가 우릴 덮치지 않을까 걱정된다고!"
하고 한쪽이 투덜댔다.

"허튼소리 작작해, 고르바그! 네놈의 졸개들이 더 떠들어 대고 있다니까. 어쨌거나 애들이 좀 놀게 내버려 둬! 쉴로브를 걱정할 필요는 조금도 없다고 생각해. 그녀가 대못 위에 주저앉은 모양인데 그렇다고 우리가 애달파할 건 없잖아. 못 봤어? 저 망할 동굴로 돌아가는 길을 따라 온통 내갈긴 역겨운 오물을? 한 번만 더 얘기하면 백 번째야. 그러니 애들이 웃게 내버려 두라고. 게다가 드디어 우린 대단한 횡재를 했어. 루그부르즈가 원하는 어떤 걸 얻었으니 말이야."

"루그부르즈가 그걸 원한다고, 에? 넌 그게 뭐라고 생각해? 내겐 그게 요정 같아 보였어. 보통보다 작긴 하지만. 그런 게 뭐가 위험하다는 거지?"

"우리가 한번 보기 전엔 알 수 없지."

"오호! 그러니까 그들이 네게 무얼 보게 될 건지 일러 주지 않았다는 말이지? 그들은 우리에게 자기들이 아는 걸 다 말해 주지 않아. 안 그래? 절반도 말해 주지 않아. 하지만 그들도 실수할 수 있어! 심지어 대가리 것들도 말이야."

"쉿, 고르바그!"

샤그랏의 목소리가 낮아졌다. 심지어 야릇하게 예민해진 청각으로도 샘은 그가 한 말을 간신히 포착할 수 있을 뿐이었다.

"그들도 실수할 수 있지. 그렇지만 그들은 도처에 눈과 귀를 깔아 뒀어. 필시 내 부하들 중에도 좀 있을걸. 그렇지만 그들이 뭔가를 두고 골치를 썩이고 있는 건 틀림없어. 네 말대로 저 아래의 나즈굴이 그렇고, 루그부르즈도 그래. 뭔가 낭패가 날 뻔했던 거야."

"날 뻔했다고!"

하고 고르바그가 말했다.

"그럼. 하지만 그건 나중에 얘기하자고. 지하로에 도착할 때까지 기다려. 거기에 우리가 잠시 이야기할 만한 곳이 있으니까, 애들이 계속 갈 동안 말이야."

그 후에 즉각 샘은 횃불들이 사라지는 걸 보았다. 그러고는 우르릉거리는 소음이 일었고, 그가 서둘러 나갈 참에 쿵 하는 충돌음이 들렸다. 그가 짐작하는 한 오르크들이 방향을 돌려, 프로도와 그가 빠져나가려 시도했지만 막혀 있다는 걸 알았던, 바로 그 출구로 들어간 것 같았다. 그것은 여전히 막혀 있었다.

거대한 돌 하나가 길을 가로막은 것 같았지만 오르크들은 어떻게든 통과했었다. 맞은편에서 그들의 목소리가 들려왔던 것이다. 그들은 탑을 향해 산맥 속으로 점점 더 깊이 파고들며 계속 달려가고 있었다. 샘은 절망적이었다. 그놈들이 어떤 고약한 목적으로 주인의 시신을 떠메고 가는데 그는 따라갈 수가 없었다. 그는 그 장애물을 찌르고 밀기도 하고 또 몸을 던져 부딪치기도 했지만 그것은 꼼짝도 하지 않았다. 그때 안쪽 멀지 않은 데서, 혹은 그가 그렇다고 생각한 데서 두 대장이 다시 얘기하는 소리가 들렸다. 혹시 뭔가 유용한 걸 알 수도 있을 거란 기대에 그는 잠시 동안 귀 기울이며 가만히 서 있었다. 혹시 미나스 모르굴에 소속된 것 같은 고르바그가 밖으로 나올 수도 있었고 그러면 그때 슬쩍 안으로 들어갈 수도 있을 터였다.

고르바그의 목소리가 들려왔다.

"아니야, 난 몰라. 대개 전언이란 날짐승보다 빠르게 퍼지는 법이지. 그러나 난 그것의 이유를 캐지 않아. 그러지 않는 게 상책이지. 그르르! 저 나즈굴들은 생각만 해도 온몸이 오싹해진다고. 그들은 널 쳐다보는 즉시 네게서 육체를 벗겨 내고 널 맞은편의 어둠 속에 벌벌 떨게 내버려 둬. 하지만 그는 그들을 좋아해. 요즘은 그들이 그의 총애를 받고 있으니 툴툴거려 봤자 소용없어. 정말이지 저 아래의 도시에서 섬기는 일은 장난이 아니라고."

"그렇담 넌 여기 위로 올라와 쉴로브와 한패가 되어야겠군." 하고 샤그랏이 말했다.

"그들이 없는 어떤 곳이라면 그러고도 싶어. 그러나 지금은 전쟁 중이고, 그게 끝나면 사정이 보다 편해질 수도 있지."

"그들의 말로는 전쟁은 잘 돌아간다던데."

"그들은 그렇게 말할 테지." 고르바그가 투덜거렸다. "곧 알게 될 거야. 하지만 어쨌든 그것이 잘 되어 간다면 우리에게도 훨씬 많은 기회가 생길 거야. 어떤가?—만약 기회가 오면 너와 내가 슬쩍 빠져 어딘가에서 믿을 만한 애들 몇 데리고 우리끼리 한 판 벌이는 게? 아주 손쉬운 약탈거리가 풍부하고 거창한 왕초들이 없는 어딘가에서 말이야."

"아! 옛날처럼 말이지."

샤그랏이 말했다.

"그럼!" 고르바그가 말했다. "그렇지만 크게 기대하진 마. 난 마음이 편치 않아. 말했다시피 거창한 왕초들도, 그래."

그의 목소리는 거의 속삭임으로 잦아들었다.

"그래, 심지어 최고의 왕초도 실수할 수 있어. 뭔가 낭패가 될 뻔했다고 넌 말했는데. 내가 알기론 정말로 무슨 일이 낭패가 되었다고. 그러니 우린 정신 바짝 차려야 해. 낭패를 수습하는 건 언제나 불쌍한 우르크들의 몫이지만 수습해 봤자 공치사뿐이지. 하지만 잊지 말라고. 적들은 그를 사랑하지 않는 만큼이나 우리도 사랑하지 않아. 그러니 만일 그들이 그를 이긴다면 우리도 끝장이야. 근데 이봐, 넌 언제 출동 명령을 받은 거야?"

"한 시간쯤 전, 너희가 우리를 보기 바로 전이지. 이런 전갈이 왔거든. '나즈굴 기분 꺼림칙함. 계단에 첩자들 우려됨. 갑절의 경계. 계단 상단까지 순찰.' 그래서 곧장 왔지."

"고약한 일이야." 고르바그가 말했다. "한번 따져 보자고—우리 침묵의 감시자들은 이틀 전부터 불안해했어. 그건 내가 알아. 그런데 하루가 더 지날 동안에도 순찰 명령은 내게 떨어지지 않았고 또 어떤 전갈도 루그부르즈로 전해지지 않았어. 위대한 신호가 먹혀들지 않고 나즈굴의 영주는 전장으로 떠나고 그 밖에 여러 가지 때문이지. 내가 듣기로, 그런 다음 그들은 루그부르즈로 하여금 한동안 주의를 기울이도록 할 수가 없었어."

"위대한 눈은 다른 데서 분주한 모양이로군." 샤그랏이 말했다. "대단한 일들이 멀리 서쪽에서 벌어지고 있다고 하잖아."

"내 말이!" 고르바그가 으르렁거렸다. "한데 그사이에 적들이 계단을 올라온 게야. 그런데도 넌 뭘 하고 있었어? 특별 명령이건 아니건 넌 망을 봐야 하는 거잖아, 안 그래? 넌 뭐 하는 놈이야?"

"그만해! 내게 내 임무를 가르치려 들지 마. 우리의 경계엔 빈틈이 없었어. 우린 재미있는 일이 벌어지고 있다는 걸 알았어."

"아주 재미있는 일?"

"그래, 아주 재미있는 일이지. 빛과 고함과 그 밖의 모든 것 말이야. 그나저나 쉴로브가 바삐 움직였어. 내 부하들이 그녀와 그녀의 살금이를 봤거든."

"그녀의 살금이? 그게 뭔데?"

"틀림없이 너도 본 적이 있을 거야. 작고 야위고 시커먼 놈인데, 거미 같거나 어쩌면 쪼쭐 굶은 개구리를 더 닮았지. 이전에도 여기 온 적이 있어. 수년 전에 처음 루그부르즈 바깥으로 나왔는데, 우린 상부로부터 그를 지나가게 하라는 명령을 받았어. 그 후로도 그는 한두 번 계단을 올라왔지만 우린 그를 그냥 내버려 뒀어. 마나님과 모종의 기맥이 통하는 것 같더라고. 하긴, 먹잇감으로도 허접한 놈일 테고, 또 그녀는 상부로부터의 지시에 신경 쓰지도 않거든. 그건 그렇고 넌 계곡에다 훌륭한 파수병 하나를 둔 셈이야. 이 모든 소란이 일기 전날 그가 여기 위에 있었네. 지난밤 이른 때에 우린 그를 봤어. 어쨌든 우리 애들이 보고하기를, 마나님께서 꽤 재미를 보고 있다는데, 그 전갈이 오기 전까진 꽤 잘 된 일인 성싶었어. 난 그녀의 살금이가 그녀에게 장난감 하나를 갖다줬거나 어쩌면 네가 그녀에게 전쟁 포로든 뭐든 선물 하나를 보냈을 수도 있다고 생각했어. 그녀가 재미를 보고 있을 땐 난 끼어들지 않아. 사냥에 나선 쉴로브를 빠져나가는 건 없거든."

"없다고! 그럼 저 뒤에서 일어난 일은 뭐야? 그 때문에 난 마음이 편치 않단 말이야. 계단을 오른 게 뭐든 간에 빠져나갔다고. 그것이 그녀의 거미줄을 끊고 그 구멍에서 깨끗이 빠져나갔어. 그건 생각해 봐야 할 대단한 일이란 말야!"

"아, 자, 그렇지만 결국 그녀는 그를 잡았잖아, 안 그래?"

"그를 잡았다고? 누굴 잡았어? 이 쪼그만 놈 말이야? 한데 그 한

놈뿐이었다면, 쉴로브는 벌써 오래전에 그를 식료품실로 데려갔을
테고 지금쯤 거기에 있을 거야. 그리고 루그부르즈가 그를 원했다
면 네가 가서 그를 데려와야 했을 거야. 네겐 신나는 일이지. 하지만
한 놈이 아니었어."

이 대목에서 샘은 보다 주의 깊게 경청하기 시작해 돌에 귀를 바
싹 갖다 댔다.

"그녀가 그를 둘둘 묶었던 줄을 누가 자른 거야, 샤그랏? 거미줄
을 자른 것과 똑같은 놈이야. 그걸 몰랐단 말이야? 그리고 마나님의
몸에 못을 박은 건 누구야? 난 똑같은 놈이라고 생각해. 그런데 그
놈은 어디 있지? 그놈이 어디 있냐고, 샤그랏?"

샤그랏은 대답하지 못했다.

"네게도 머리란 게 있다면 당연히 그걸 써야지. 이건 웃을 일이 아
니야. 너도 잘 알다시피 이제껏 누구도, 어느 누구도 쉴로브의 몸에
못을 박은 적이 없었어. 물론 그걸 슬퍼할 건 없어. 그렇지만 생각해
봐―고난의 옛 시절 이후로, 대공성(大攻城) 이후로 나타났던 그 어
떤 반역자보다도 더 위험한 누군가가 이 부근을 나다니고 있어. 무
언가 낭패가 난 거야."

"그렇담 그게 뭔데?"
하고 샤그랏이 으르렁댔다.

"모든 징표로 보건대, 샤그랏 대장, 아주 큰 전사 하나가 나다니는
것 같아. 십중팔구 요정일 텐데, 어쨌든 요정의 칼을 들고 아마 도끼
도 지녔을 거야. 더군다나 그는 네 구역에도 나다니는데, 그런데도
넌 그를 탐지하지 못했어. 실로 아주 재미있는 일이야!"

고르바그가 침을 뱉었다. 샘은 자신에 대한 이런 설명에 씁쓸한
미소를 지었다.

샤그랏이 말했다.

"아, 자, 넌 언제나 사태를 어둡게 바라보지. 넌 그 징표들을 너 좋

을 대로 풀이할 수 있겠지만 다르게 설명할 수도 있다고. 여하튼 난 모든 지점에 파수병을 배치해 둔 만큼 한 번에 한 가지씩 처리할 거야. 먼저 우리가 붙잡은 놈을 한번 보고 나서, 그다음에 다른 일에 대해 걱정하기 시작할 거라고."

그러자 고르바그가 대답했다.

"짐작건대 그 쪼그만 놈에게서 많은 걸 알아내지 못할걸. 그는 눈앞의 이 난리와는 아무 상관이 없었을 수도 있다고. 어쨌든 날카로운 칼을 지닌 그 큰 놈은 그를 대단하게 여긴 것 같지 않아. 바닥에 누운 걸 그냥 내버려 뒀잖아. 요정들의 단골 수법이지."

"곧 알게 되겠지. 자! 이만하면 충분히 이야기했어. 가서 포로를 한번 보자고!"

"넌 그놈을 어떻게 하려는 거야? 내가 그를 처음 발견했다는 걸 잊지 마. 뭔가 쓸 만한 게 있으면 나와 내 부하들에게도 돌아갈 몫이 있는 거야."

그러자 샤그랏이 으르렁거렸다.

"이봐. 난 명령을 받은 몸이야. 명령을 위반하면 내 배때기나 네 배때기도 성치 못해. 파수병에 의해 발견된 어떤 침입자든 탑에 수감되어야 해. 포로는 발가벗겨지고. 옷, 무기, 편지, 반지 또는 장신구 등 모든 물품에 대한 명세서가 곧장 루그부르즈에 전달되어야 해. 또 오로지 루그부르즈에만 전달해야 해. 그가 누굴 보내거나 그 자신이 친히 올 때까지, 포로는 안전하고 온전하게 보관되어야 해. 위반 시에는 어떤 파수병이든 죽음을 면치 못해. 그 명령이 명명백백한 만큼 난 그대로 할 거야."

"발가벗겨, 에?" 고르바그가 말했다. "아니, 이, 손톱, 머리카락 또 그 밖의 것까지 죄다?"

"아니, 그 정도는 아니고. 그는 루그부르즈로 간다네. 그러니 그는 안전하고 건강해야 하지."

그러자 고르바그가 웃어 젖혔다.

"그게 어렵다는 걸 너도 알 텐데. 지금 그는 썩은 고기에 불과해. 루그부르즈에서 그런 걸 갖고 뭘 하려는 건지 도통 짐작이 안 가. 그는 가마솥에 들어가는 게 나을걸."

"이런 바보!" 샤그랏이 으드등거렸다. "쭉 똑똑한 소리를 해 오더니, 하지만 다른 이들 대부분이 아는 걸 너만 모르는 것도 많군. 만일 조심하지 않으면 네놈이 가마솥에 들어가거나 쉴로브의 먹이가 될 거야. 썩은 고기라! 마나님에 대해 아는 게 고작 그거야? 줄로 묶을 때는 고기를 탐하는 거야. 그녀는 죽은 고기는 먹지 않고 차가운 피도 빨지 않아. 이놈은 죽은 게 아니라고!"

샘은 휘청거리다 돌을 꽉 붙들었다. 어두운 세계가 송두리째 거꾸로 뒤집히고 있는 것 같았다. 충격이 너무나 큰 나머지 졸도할 지경이었다. 그러나 정신줄을 놓지 않으려고 분투하는 그 참에도 그는 몸 깊은 데서 울려오는 훈유(訓諭)의 소리를 감지했다.

'이 바보야, 그는 죽지 않았고 네 가슴은 그걸 알고 있었어. 네 머리를 믿지 마, 샘와이즈. 그건 너의 가장 좋은 부분이 아니야. 네 문제점은 네가 정말로 어떤 희망을 갖지 않았다는 거야. 이제 어떡할 거야?'

당장은 부동(不動)의 돌에 몸을 기대고 역겨운 오르크의 목소리들을 귀 기울여 듣는 것 외에는 어쩔 도리가 없었다.

샤그랏이 계속 말했다.

"허, 참! 쉴로브에겐 독이 한 가지만 있는 게 아냐. 사냥할 때 그것은 그냥 먹잇감의 목을 한번 가볍게 건드릴 뿐이야. 그러면 먹잇감은 뼈를 발라낸 물고기처럼 휘주근해지고, 그다음 그녀는 그것을 마음대로 처리하는 거지. 늙은 우프삭을 기억해? 그가 며칠간 보이지 않았어. 그러다가 어느 구석에서 그를 발견했는데, 매달려 있었어. 그렇지만 완전히 깬 상태로 눈을 부릅뜨고 있더라고. 우리가 얼마나 배꼽 잡고 웃었던지! 아마 그녀가 그를 잊어버렸던 모양이지. 하지만 우린 그를 건드리지 않았어―그녀의 일에 끼어들어 이로울게 없으니까. ―이 쪼그만 악당, 그도 몇 시간이면 깨어날 거야. 잠시 동안의 메스꺼운 기분을 넘기면 말짱해질 거야. 혹은 만일 루그부르즈가 그를 그대로 내버려 둔다면 그렇게 될 거야. 물론 자신이 어디 있고 자신에게 무슨 일이 있었던 것인지 어리둥절한 시간을 거칠 테지만."

"그리고 그에게 무슨 일이 일어날 건지도." 고르바그가 웃어 댔다. "우리가 다른 일은 할 수 없다 해도 어쨌든 그에게 몇 가지 이야기는 해 줄 수 있지. 그는 사랑스러운 루그부르즈에 와 본 적이 없을 테니 어떤 꼴을 당하게 될지 알고 싶을걸. 생각보다 일이 재미있어지겠어. 가자고!"

"아무 재미도 없을 거야. 그리고 그는 안전하게 간수되어야 해. 안그러면 우린 모두 죽은 거나 다름없어."

"아무렴! 하지만 내가 너라면 난 루그부르즈에 보고를 보내기 전에 먼저 나돌아다니는 큰 놈을 잡을 거야. 새끼 고양이를 잡고 그 어미를 놓쳤다고 말하는 게 그리 곱게 들리진 않을 테니."

그 목소리들이 움직여 떠나기 시작했다. 샘은 멀어져 가는 발소리를 들었다. 충격에서 회복되고 있던 그에게 이제 격렬한 분노가 엄습했다. 그가 외쳤다.

"내가 모든 걸 그르친 거야! 그럴 줄 알았다니까. 이제 그들은 그를 붙잡아 갔어, 악마들이! 더러운 놈들이! 결코 너의 주인을 떠나지 말라, 결코, 결단코, 그게 내겐 제격의 규칙이었어. 그리고 난 그것을 가슴으로 알고 있었어. 내가 용서받을 수만 있다면! 이제 난 그에게로 돌아가야 해. 어떻게 해서든, 어떡하든 간에!"

그는 다시 칼을 뽑아 칼자루로 돌을 두들겨 댔지만 둔중한 소리만 울릴 뿐이었다. 그러나 칼이 너무나 찬연하게 타올라 그는 그 빛 속에서 어렴풋하게나마 볼 수 있었다. 놀랍게도 그는 그 거대한 장애물이 육중한 문처럼 생기고 자기 키의 두 배에 못 미친다는 것을 알아챘다. 그 위에는 입구의 꼭대기와 낮은 아치 사이에 어둡고 휑한 공간이 있었다. 아마도 그것은 쉴로브의 침입을 막으려는 방책(防柵)으로, 그녀의 간지로도 어떻게 해 볼 도리가 없게끔 안쪽에 모종의 빗장이나 자물쇠가 단단히 질러져 있었다. 샘은 남은 힘을 다해 펄쩍 뛰어올라 꼭대기를 붙들고 기어올라 맞은편으로 떨어졌다. 그런 다음 그는 손에 쥔 칼이 타오르는 가운데 모퉁이를 돌고 구불구불한 터널을 오르며 미친 듯이 달렸다.

주인이 아직 살아 있다는 소식에 그는 피로도 까맣게 잊고 마지막 기운까지 끌어 일으켰다. 이 새로운 통로는 간단없이 굽고 휘었기에 앞에 있는 어떤 것도 보이지 않았다. 그러나 그는 자신이 두 오르크를 따라잡고 있다고 생각했다. 그들의 목소리가 다시 점점 가까워지고 있었던 것이다. 이제 그들은 꽤나 가까이에 있는 것 같았다.

"그게 내가 하려는 바야. 그를 바로 꼭대기 방에 둘 거라고."
하고 샤그랏이 성난 말투로 말했다.

"뭣 땜에? 저 아래엔 감옥이 없어?"

고르바그가 으르렁거리자 샤그랏이 대답했다.

"그래야 그가 안전할 테니까. 알겠어? 그는 귀중한 몸이야. 난 내 부하들 모두를 믿지 않아. 네 부하들도 못 믿고. 또 재미에 안달할 때의 너도 마찬가지야. 그는 내가 두고 싶은 곳으로 갈 거야. 네가 오지 못할 곳으로, 네가 예의 바르게 굴지 않는다면 말이야. 꼭대기로 올라갈 거야. 거기선 그가 안전할 테니."

그 순간 샘이 외쳤다.

"과연 그럴까? 넌 나다니는 저 위대하고 큰 요정 전사를 잊고 있는 거야!"

그 말과 함께 샘은 마지막 모퉁이를 돌아 질주했지만 터널의 어떤 속임수 때문이든 아니면 반지가 그에게 부여한 청각의 속임수 때문이든 자신이 거리를 오판했다는 걸 깨달았다.

여전히 두 오르크는 상당히 앞에 있었다. 이제 붉은 섬광을 등져 시커멓고 땅딸막한 모습의 그들이 보였다. 마침내 통로는 일직선으로 뻗어 비탈 위로 올랐고, 그 끝에 거대한 두 겹의 문이 활짝 열려 있었는데 아마도 탑의 높은 뿔 저 아래의 깊숙한 방들로 이어지는 것 같았다. 짐을 떠멘 오르크들은 벌써 안으로 들어갔다. 고르바그와 샤그랏은 성문에 가까이 다가들고 있었다.

샘은 목쉰 노랫소리, 요란한 뿔나팔 소리와 징을 두들기는 소리가 뒤섞인 끔찍한 아우성을 들었다. 고르바그와 샤그랏은 벌써 거의 문간에 이르렀다.

샘은 고함을 지르고 스팅을 휘둘렀지만 그의 작은 목소리는 그 소란 속에 묻혀 버렸다. 아무도 그를 거들떠보지 않았다.

거대한 문들이 쿵 닫혔다. 우르르. 쇠 빗장이 안에서 철커덕 하고 걸렸다. 뎅그렁. 성문이 닫혔다. 샘은 빗장 걸린 놋쇠 판들에 몸을 던져 부딪치곤 정신을 잃고 땅바닥에 쓰러졌다. 그는 어둠 속 바깥에 남겨졌다. 프로도는 살아 있지만 대적에게 붙잡혔다.

「BOOK 5에서 계속」

옮긴이 소개

김보원

서울대학교 인문대학 영어영문학과를 졸업하고 동 대학원에서 문학박사 학위를 받았다. 현재 한국방송통신대학교 영어영문학과 교수로 재직 중이다. 옮긴 책으로 톨킨의 작품 『반지의 제왕』 『실마릴리온』 『후린의 아이들』 및 데이빗 데이의 연구서 『톨킨 백과사전』이 있고, 『번역 문장 만들기』 『영국소설의 이해』 『영어권 국가의 이해』 등을 썼다.

김번

서울대학교 인문대학 영어영문학과를 졸업하고 18세기 영국소설 연구로 동 대학원에서 문학박사 학위를 받았다. 현재 한림대학교 영어영문학과 교수로 재직 중이다. 옮긴 책으로 『반지의 제왕』 『위대한 책들과의 만남』 『미국 대통령 취임사』 등이 있다.

이미애

현대 영국소설 전공으로 서울대학교 영문학과에서 박사 학위를 받았고 동 대학교에서 강사와 연구원으로 활동했다. 조지프 콘래드, 존 파울즈, 제인 오스틴, 카리브 지역의 영어권 작가들에 대한 논문을 썼다. 옮긴 책으로 버지니아 울프의 『자기만의 방』 『등대로』, 제인 오스틴의 『엠마』 『설득』, 조지 엘리엇의 『아담 비드』, J. R. R. 톨킨의 『호빗』 『반지의 제왕』 『위험천만 왕국 이야기』 『톨킨의 그림들』, 토머스 모어의 서한집 『영원과 하루』, 리처드 앨틱의 『빅토리아 시대의 사람들과 사상』 등이 있다.

독자들과 함께 만들어가는 톨킨 유튜브채널
MY PRECIOUS TOLKIEN

편집, 교정, 영상 제작에 도움을 주신 분들
네이버 톨킨 팬까페 '중간계로의 여행' https://cafe.naver.com/ehdrjsdma
이지희(금숲), 김지혁(베렌), 정가은(유로파), 신정현(Strider),
박현묵(팩맨), 변하경(Halon), 김주형(두부두로), 서유경(아노르)

반지의 제왕 ❷ 두 개의 탑

1판 1쇄 발행 2021년 4월 1일
1판 5쇄 발행 2022년 6월 10일

지은이 | J.R.R. Tolkien
옮긴이 | 김보원 김번 이미애
펴낸이 | 김영곤
펴낸곳 | (주)북이십일 아르테

책임편집 | 장현주
교정교열 | 이지희 김지혁 정가은 신정현 박현묵
표지 및 본문 디자인 | 여백커뮤니케이션(주)

아르테본부 문학팀 | 최연순 임정우 원보람
출판마케팅영업본부장 | 민안기
마케팅2팀 | 나은경 정유진 박보미 백다희
출판영업팀 | 이광호 최명열
해외기획팀 | 최연순 이윤경
제작팀 | 이영민 권경민

출판등록 | 2000년 5월 6일 제406-2003-061호
주소 | (우10881) 경기도 파주시 회동길 201(문발동)
대표전화 | 031-955-2100 팩스 | 031-955-2151
이메일 | book21@book21.co.kr

ISBN 978-89-509-9247-7 04840
       978-89-509-9255-2 (세트, 반지의 제왕 1~3)